edition ariadne

Marge Piercy
Donna und Jill

Roman

Deutsch von Heidi Zerning

edition ariadne

Titel der amerikanischen Originalausgabe:
Braided Lives

Deutsche Erstausgabe 1994

Rentzelstraße 1, 20146 Hamburg
Buchgestaltung: Martin Grundmann
Umschlaggemälde: Sigrid Grundmann
Foto der Autorin aufgenommen von Ira Wood
Lektorat: Else Laudan
Texterfassung durch die Übersetzerin
Fotosatz: Steinhardt, Berlin
Druck: Clausen & Bosse, Leck
ISBN 3-88619-454-X

Für meine Freundin Penny –
sie kennt
all diese Jahre

Inhalt

1 In dem Jill sich an die Kandare nimmt und anfängt

Vorgestern war mein Geburtstag, Josh kochte zwei Hummer in Meerwasser und machte dann für das Fest eine Schokoladentorte, die so köstlich war, daß ich sie am liebsten in hauchdünnen Scheibchen gegessen hätte. Die Sonne schien warm für Ende März, und die ersten Keimlinge, Kresse, brachen durch den Boden, den wir vorige Woche umgegraben und vorbereitet hatten. Ich freute mich den ganzen Tag, fühlte mich dabei aber seltsam leicht und losgeschnitten.

Am Nachmittag wußte ich plötzlich, warum. In dem Sommer, als ich für immer von zu Hause fortging, las meine Mutter mir zum letzten Mal aus der Hand und sagte, ich würde im Alter zwischen achtunddreißig und zweiundvierzig sterben. Ich war der Gefahrenzone entronnen.

»Wie konntest du ihr das glauben?« fragte Josh.

Ich nicht: Ein in mir eingesperrtes Kind hatte daran geglaubt. Als ich gestern um sieben aus dem Haus eilte, um zum Flughafen zu fahren, den Kopf voll mit dem Sand und Schotter der Müdigkeit, nagte etwas an mir. Den ganzen Tag in Flughäfen und rüttelnden Flugzeugen hockte ich mit dem Block in der Hand und wartete darauf, daß dieser seltsamen Unruhe ein Gedicht entsprang, vergebens.

Ich wurde von drei Studentinnen abgeholt und in mein Motel gebracht. Ein Workshop folgte mit ein paar guten Fragen und der Gelegenheit, politische Standpunkte zu verdeutlichen, dann ein mehr oder weniger gelungenes Abendessen im Frauenzentrum und meine Lesung. Ich schritt in meinem Sternennachtsamtkleid zum Mikrofon, wollte es verstellen und stieß dabei die Wasserkaraffe um – das Mikrofon ist immer zu hoch angebracht. »Wir haben Sie uns viel größer vorgestellt«, sagten sie, wie sie es immer tun. Dann legte ich an auf ihre Herzen. Leidenschaft, die zufälligen Umständen entwächst, darauf fahren sie ab.

Hinterher auf dem Empfang machten mich die Schüchternheiten, die Verklemmtheiten, die gewundenen Ego-Eiertänze vor mir nervös. »He, laßt den Schwachsinn«, hätte ich am liebsten gesagt. »Das ist doch bloß die – na eben ich. All die Jahre, die ich mich als Halbtagssekretärin durchgeschlagen habe, hätten Leute wie ihr mich nicht mal gegrüßt. Wozu der Rummel?« Sie glauben, ich bin die Fleisch gewordenen Bücher, aber die Bücher sind die Bücher. Ich bin nur die rundliche, verdrossene, müde Frau, die inzwischen lieber zu Hause mit Josh im Bett wäre, um die Perlen unseres Tages auszutauschen und den Bernstein dieser Wirklichkeit mit der Hitze unserer Körper zum Leuchten zu bringen. Zu hohe Selbsteinschätzung fand ich nie besonders fein: als ob ich mir den Rücken verrenke, um meinen eigenen Hintern zu besichtigen. Dabei brauche ich keinen Spiegel, sondern freie Sicht auf das, was hinter mir liegt. Ich habe ein Gefühl, als hätte ich unwegsames Gelände und Ödland um Fabriken und unbeschilderte Großstadtstraßen ohne Karten durchwandert, und ich weiß und weiß auch wieder nicht, wo ich gewesen bin. Ich möchte es jemandem erklären. Mir? Josh? Der imaginären geneigten Leserin? Denn obwohl ich der Gefahrenzone lebend entronnen bin, wurde mein Leben noch mit vierzig von einer Scheidung schwer durcheinandergeschüttelt, und wenn ich jetzt zur Ruhe gekommen bin, so finde ich das anders als früher eine Errungenschaft. Obendrein bin ich heftig verliebt, und um Vergleichbares zu finden, muß ich in meinem Leben weit zurückschauen.

Es ist also nicht das ganze geschäftige, wimmelnde Leben, durch das ich hindurch muß, um Sie inmitten einer Touristenschar in die Altstadt zu führen, sondern jene wenigen Jahre, in denen ich zu der Frau wurde, die ich irgendwie in allen Wetterumschwüngen und Wechselfällen geblieben bin. Ich möchte wieder jene von Flammen verwüstete Gegend aufsuchen, in der ich zu lieben lernte – in Freundschaft und in Leidenschaft – und zu arbeiten.

Heute haben mich drei Flugzeuge wie langgezogene lärmende U-Bahnwaggons durch die Wolken endlich sicher nach Hause gebracht, deshalb möchte ich am liebsten nur herumtrödeln, hier, wo es immer frischen Wind vom Meer gibt und das Geräusch des Windglockenspiels und Möwenschreie und Katzengemaunze auf der falschen Seite jeder Tür und das Geklapper einer unserer Schreibmaschinen. Jedesmal, wenn ich zurückkomme, laufe ich im Kreis und singe: was bin ich froh, wieder da zu sein, was bin ich froh, wieder da zu sein. Bist du dir so sicher, daß du deinem jüngeren Ich gegenübertreten möchtest? Mutter von dem, was ich jetzt bin, unbedarfter, angeberischer, verletzlicher, als ich wahrhaben will, und dennoch eine, die immer überlebt, mit der argwöhnischen Vorsicht und dem robusten Magen eines Aasfressers. Ich kann Mitleid für diese geschundene kleine Trümmerkatze aufbringen. Unmut.

Herablassende Anerkennung. Den Wunsch, mich einzumischen und mich hübscher, reiner, tapferer, besser zu machen. Aber was ich eigentlich empfinde – und das bohrt sich zwischen meine Rippen wie ein Messer –, ist blankes Entsetzen, ich könnte bei dem Versuch, mich in jene Geistesverfassung zu begeben, irgendwie in das Gefängnis jenes mageren, sechzehnjährigen Körpers zurückgeraten. Schon beim ersten Mal habe ich das kaum überstanden. Meine Vorstellung von der Hölle ist, wieder jung zu sein. Meine sehr verehrten Damen und Herren, Mädels und Jungs, Katzen und Hunde, habt Erbarmen mit den Aufrichtigen, denn die bekommen, wonach sie sich sehnen: eine Erziehung.

Dann hinein. Es ist März 1953. Ich bin sechzehn, werde bald siebzehn. Der Koreakrieg scheint auszulaufen; die Rosenbergs sind verurteilt und warten in ihren Zellen; Eisenhower ist seit Januar Präsident, und Washington stößt jeden Abend in den Nachrichten graue Nebelwolken aus; in Detroit sind die Zeiten für die Fließbandarbeiter recht gut. Lassen Sie dazu in Ihrem Hinterkopf Pfeifer und Trommler eine muntere Begleitmusik spielen. Das Mädchen – ja doch, ja – ich spaziere von Schwelle zu Schwelle zwischen Gleisen, die der Rost orange gefärbt hat, während zu meiner Linken die glänzenden Gleise verlaufen, auf denen noch jede Stunde Dieselzüge vorbeirasen. Struppige Stengel vom vorjährigen Unkraut streifen meine Jeans, zwischen den Gleisen stehen Pfützen vom gestrigen Regen. Nicht mal ein Eisrand heute. Mutter war dagegen, mir vor der Oberschule einen Büstenhalter zu verpassen, deshalb entwickelte ich zu meinem Schutz Hängeschultern und meinen Gang, ein rasches, gleichmäßiges Gleiten, das mich immer noch fast ein wenig verstohlen in Zimmer hinein- und wieder hinausträgt, denn ich bin klein, dunkel und bewege mich rasch. Allein schreite ich in ganz schönem Tempo aus, vorbei an den rückwärtigen Bretter- und Drahtzäunen von Holzhäusern, die in Reihen aufgestellt sind wie angeschmuddelte Kuchenstücke, auf einem Gelände, das in meiner Kindheit noch Industriewüste war zwischen den Häuserblöcken, wo die Arbeiter wohnen, und den Fabriken, wo sie arbeiten. Wenn die Autoarbeitergewerkschaft streikt, dreht sich unser Viertel im Leerlauf weiter, und die Männer stehen übellaunig an den Straßenecken, an denen sich sonst ihre Kinder herumtreiben.

In dieser müllnarbigen Steppe, diesem Gestrüpp spielten Callie und ich Entdecker und Forscher und Bankräuber und Sturmtrupp. Dort fanden wir einen toten Fasan und bestatteten ihn feierlich trotz der Maden, fanden niedergetrampelte Stellen und weggeworfene Kondome, fanden einen Wurf kleiner Kaninchen, die wir nicht vor einem

Hund retten konnten. Letztes Jahr kam Callie in Schwierigkeiten und ging von der Schule ab. Im Gehen trauere ich um die Callie von zwölf, deren schlaksige Rüpelrevolte sich mit Phasen der langen lila Fingernägel abwechselte und dem Brüten über Klatschillustrierten, die wir in Supermärkten klauten. Das Brausen eines Zuges trifft mich, und ich schrecke zusammen, denn ich habe ihn auf den guten Gleisen nicht kommen hören. Wuusch-klick, wuusch-klick donnern die Waggons vorbei, Santa Fe, Chesapeake, Südpazifik. Ich möchte fort, weit fort.

Die romantischen Güterzüge meiner Kindheit. Callie und ich rannten neben ihnen her und schrien die Bremser an, bis sie uns Kreidestücke zuwarfen, so dick wie unsere knochigen Handgelenke. Mit der Kreide beschrifteten sie die Waggons. Bestens für Hopse und um unanständige Wörter an Häuserwände zu kritzeln. Ich träumte von Meeren und Gebirgen und wußte nicht, daß unsere Gleise zur Detroiter Lokalbahn gehörten, die Frachtgüter von einem Sackbahnhof der Innenstadt zum anderen schob. Callie wanderte '61 hinter Gitter, weil sie ihren Ehemann mit seiner eigenen Polizeiwaffe erschossen hatte, als er ihre Tochter die Treppe hinunterwarf. Ich meine, heute könnten wir daraus einen Musterprozeß machen, aber damals konnte ich nichts weiter tun, als sie per Anhalter besuchen fahren. Sie bekam lebenslänglich.

Ich bin fast zwei Kilometer gelaufen und habe noch einmal so viele vor mir, bevor ich bei meinem Freund Howie bin. Der rußige Wind bläst die Hitze und das Geschrei unseres engen Hauses fort, er schneidet durch mich wie ein Tranchiermesser. Wir wohnen beide in der Innenstadt von Detroit, in überwiegend schwarzen Vierteln, doch meines war und ist immer noch etwas irischer, polnischer, mit Zuzüglern von der Ostküste, und seines war und ist immer noch etwas jüdisch. Ich gehe von dem Streit mit meiner Mutter verbrüht zu ihm und errichte unbestimmte, verwickelte Erwartungen. Ich habe ihm etwas zu sagen. Was? Ach, irgendwas. Eine Feststellung, die den aschgrauen Himmel aufhellen wird, die mein Leben mit meinen Träumen verzahnen wird, die bewirken wird, daß jemand, er, mich wahrnimmt. Ich marschiere hinter Fabriken entlang, meine Knie knacken mit dem regelmäßigen Pochen von Kolben. Die Hände habe ich in die Taschen einer Wildlederjacke gestopft, sie stammt von einem alten Reitkostüm, das Mutter beim Trödler erstand, und ihr Geruch nach Stall und altem Leder tröstet mich. Ich weiß nicht einmal mehr, worüber Mutter und ich uns gestritten haben: es ist ein unaufhörlicher Streit, der begann, als ich in die Pubertät kam.

Weit nach den Fabriken biege ich in Howies Viertel der vielen Mietshäuser ein. Das Schild eines Chiropraktikers blinkt von einem breiten Erker im Busen eines matronenhaften grauen Hauses. Da ist eins mit einem Schiffsbug, frisch gestrichen in grellem Gelb mit rotbraunen Rändern:

TEMPEL DER WAHRHEIT
EHRWÜRDEN MADAMA FUTURA
GEISTIGE RATGEBERIN UND MYSTISCHE PSYCHOLOGIN
TRITT EIN UND FINDE FRIEDEN

Der hartnäckige Howie trat ein und bekam Krach mit ihrer Sekretärin.

Das schmiedeeiserne Tor des Jüdischen Friedhofes steht offen unter dem ungeschlachten Kopfsteinbogen. Ich spähe durchs Fenster ins Büro. Leer, wie gut. Howies Vater ist alt, und mit ihm zu reden strapaziert mein spärliches Jiddisch. Ich nicke immer zu Ausdrücken, die ich nicht ganz verstehe, und schäme mich. Howie sagt: »Warum solltest du?«, was noch schlimmer ist. Vom Sportunterricht der Welt befreit, zu keiner Mannschaft gehörig.

Direkt hinter einer Insel aus Hemlocktannen verzweigt sich der Weg in die unübersichtliche Ebene der Nekropolis, grau und weiß wie ein überbelichteter Schnappschuß. Nekropolis. Das Wort hat mir Howie beigebracht. Genüßlich wiederhole ich es, während ich auf die Klingel drücke. Ungeduldig klingele ich noch einmal. Wenn du nicht zu Hause bist! Ich fröstele vor wachsender Erkältung, und meine Waden tun beißend weh. Ich müßte einen Wintermantel tragen, aber meiner ist orange und lila kariert, mit einem mottenzerfressenen Pelzkragen von Mutters Freundin Charlotte. Mutter und ich bekriegen uns seit zwei Jahren wegen dieses Mantels. Wenn ich gezwungen werde, ihn in die Schule anzuziehen, lasse ich ihn bei einer Freundin auf halbem Wege. Wie ich angezogen bin, das bereitet mir in der Schule schon so viel Kummer, daß ich lieber von November bis März Schnupfen habe.

Die Tür geht auf. Sein Gesicht ist rot und verquollen, wodurch er noch jünger aussieht. Er ist fast ein Jahr jünger als ich, aber wir gehen beide in die letzte Klasse. »Jill ... hallo ... Du hast mich aufgeschreckt. Ich habe gedöst.«

»Du schläfst zu viel.« In der eingeschlossenen Hitze des Wohnzimmers fängt meine Nase an zu laufen. Das Licht stirbt an den schmalen Fenstern, vor der dicht gedrängten Plüschdunkelheit. »Himmel, ist das heiß. Können wir ein Fenster aufmachen?«

»Sie mögen es so heiß. Ich wachse auf wie eine Zimmergeranie.« Er schlendert vorbei, hat die Arme hinter dem Kopf verschränkt, sein kantiger Kiefer drückt beim Gähnen auf seine Brust. Ich vergesse immer, wie groß er ist, denn er hat noch nicht verloren, was seine Mutter beharrlich seinen Babyspeck nennt. Die Umrisse seines kräftigen, langgestreckten Körpers und seines störrischen Gesichts verschwimmen. *Mit Mühe zaubere ich dich herbei ... Du hattest noch nicht dein eigenes Gesicht. Ich tue dir Gewalt an, wenn ich dein späteres Gesicht auf deine breiten, aber pummeligen Knabenschultern setze. Ich fürchte, das Gesicht, das ich inzwischen sehe, ist das auf dem immer wieder abgedruckten Foto. Du sahst, als du gerade sechzehn geworden warst, manchmal wie ein unwirsches Baby aus, manchmal verhutzelt und abweisend wie ein alter Mann beim Davenen, manchmal kalt und höhnisch, der dicke Junge, der zu viel grübelte, nach innen gekehrt.* Er schüttelt den Schlaf ab und reibt sich mit den Knöcheln die Augen. »Meine Mutter ist mit Oma beim Arzt.«

Die Möbel, die zur dunklen Decke streben, machen mich zappelig. »Komm, wir gehen raus.«

Wir teilen uns eine Steinbank im Hof, der von der hohen Außenmauer, dem Bürogebäude und dem Haus umschlossen wird. Ich mag diesen Hof, wo verdorrte Strünke aus grün angelaufenen Urnen ragen, eine Schubkarre an der kahlen Büromauer lehnt neben säuberlich ineinander gestapelten Blumentöpfen auf dem zerfallenden Ziegelpflaster. Verkehrsgrummeln ergießt sich über die Mauer, ein unablässiges Baßgemurmel wie das Meeresrauschen in einer großen Muschel. Howie redet laut über Aristoteles, den er für Große Klassiker liest. Ich begegnete ihm zum ersten Mal in einer Abteilung der Hauptbücherei, bevor ich nicht mehr hinkonnte, weil ich nach der Schule jobben mußte. Ich kann Howie gar nicht oft genug sehen, aber Beck werde ich nie wieder sehen, groß mit dunklen Lockenhaaren, der mit solcher Heftigkeit und so viel Witz redete, daß meine Hände unter dem Tisch zitterten und ich ihm nur wackelig widersprechen konnte. »Wie heißt der – Beck? – geht der noch hin?«

»Klar. Der Scheißer.«

»Ja? Beck?« Seinen Namen auszusprechen bereitet brennenden Genuß, aber ich würde in mich zusammensinken wie eine gestrandete Qualle, wenn Howie dahinterkäme. Zwischen uns darf keine Schwüle entstehen, nichts davon darf meiner Innenwelt entschlüpfen, die randvoll ist mit Reiz und Staunen, Schwärmerei und Gemunkel.

»Beck verdreht alles, bis es in sein Geschwafel paßt. Wenn er ihn durchgekaut hat, ist jeder Gedanke so simpel, daß du dich fragst, warum sich jemand mal die Mühe gemacht hat.« Er zieht ein Gesicht, schuldbewußt wegen des harschen Urteils.

Ich kann meine Neuigkeit nicht länger zurückhalten. »Howie, ich habe das Stipendium zur Uni. Heute kam der Brief.«

»Ist doch gut.« Er zieht eine alte, aber sorgfältig gehütete Schachtel Lucky Strike hervor und bietet mir eine an. »Du gehst also nach Ann Arbor?«

»Ob *die* mich hinlassen?« Ich stehe auf und gehe auf den Ziegelsteinen hin und her. Howie versteht das nicht. In seiner Familie steht fest, daß er aufs College gehen wird. Er ist schon von Columbia angenommen. Seine Großmutter hat jahrelang gespart, die Lebensversicherung ihres Mannes beiseite gelegt, für die beste Erziehung, die sie ihm kaufen können. In meiner Familie ist das alles nur meine Idee. »Ich hab den ganzen Sommer über gearbeitet, aber mir fehlen zweihundert fürs Studentenwohnheim. Da muß man drin wohnen. Ob meine Leute mich gehen lassen? Ob sie mir die zweihundert dazugeben?«

Er nickt finster. »Wie kommst du mit deiner Mutter aus?«

»Gar nicht. Wir haben uns gestritten, bevor ...« Ich setze mich hin.

»Heute?« Der Rauch kriecht ihm unter die Brille. Er wedelt ihn weg. »Weswegen?« Er blinzelt mich an.

»Ach, alles. Laut und langweilig.«

Er zwinkert mißtrauisch. »Alles was?«

Ich beschäftige mich mit meiner Zigarette. »Du zum Beispiel. Sie sagt, es ist krankhaft, hier rumzulungern, weil du auf dem Friedhof wohnst.«

»Ich wohne in einem Haus.« Seine grauen Augen sind blind und nach innen gewandt. »Das habe ich immer in der Schule gesagt. Ich fand das schlau, aber es hat nie was genutzt. Sie haben trotzdem über mich und Papa Geschichten erzählt, daß wir an den Knochen knabbern.« Wie zum Trost zerrt er seinen silbernen Glücksdollar heraus, den ihm sein Bruder Milt aus Reno mitgebracht hat, und befingert den Adler.

»Ich weiß.« Ich weiß es wirklich. Wenn meine Kindheit in meinen Träumen auftaucht, ist meine Grundschule ein Gefängnis, und die Kinder fallen vor Wut und Enttäuschung übereinander her. Sie riecht wie Pisse und Blut und Schlacke. Mein Name Jill Stuart haftet mir seltsam an und veranlaßt Fremde zu der Frage, ob es in der Klinik eine Verwechslung gegeben hat. Ich sehe wie meine Mutter aus, und wir sehen beide aus wie Juden aus Kasan, wo es einen deftigen tatarischen Einschlag gibt. In der Grundschule konnten sich die Kinder nicht entscheiden, ob sie mich aufziehen sollten, weil ich chinesisch aussah, oder ob sie mich einfach dafür quälen sollten, daß ich ein Itzig war. Es gab noch eine andere Jüdin, ein schwarzes Mädchen namens Sarah Altweiler. Die Obrigkeit teilte uns zusammen zur Pausenaufsicht ein. Selbst mit zehn oder elf Jahren entging uns nicht die Komik. Die Obrigkeit hatte recht, wir kamen gut miteinander aus, während wir in unserer gemeinsamen Abnormität Rücken an Rücken standen. Wenn ich dann nach Hause ging und irgend etwas davon sagte, brüllte mich Paps an, ich sei nicht jüdisch. Ich lernte früh, bei ihm meinen Mund zu halten, und auch, daß alle ein bißchen verrückt sind, nur ich nicht. Und vielleicht Sarah. Sie hat krauses Haar in faszinierendem Bronzebraun, und ihre Haut ist grauer Satin. So wie die Grenzen unserer durcheinandergewürfelten Bezirke manipuliert sind, geht sie jetzt in die schwarze Oberschule, während ich eine besuche, die bislang überwiegend weiß ist. Ich sehe sie kaum noch. *Jahre später war sie der Leitstern, der Howie in den Süden zog. Bei der Beerdigung in Selma stand ich an ihrer Seite.*

In heißem Schweigen wirft Howie den Silberdollar hoch, steckt ihn wieder ein. Wir gleichen uns, der dicke Junge, das magere Mädchen, die wir mit Bücherstapeln auf den Armen aus unserer brutalen, bleichen Kindheit stolpern. Wie können wir uns nur gegenseitig ein Trost sein, wenn wir jeder so gar nicht aussehen wie der Stoff, aus dem die Träume sind? Ich trete meinen Zigarettenstummel aus und schiebe ihn unter einen losen Ziegel, stürze mich in etwas, wovon ich weiß, daß es ihn in sicheren, abstrakten Disput zieht. »Howie, ich habe *U.S.A.* von Dos Passos gelesen, und ich bin überzeugt, wenn wir beide in den dreißiger Jahren gelebt hätten, wären wir Kommunisten gewesen –«

Mit Fahrgeld, das ich mir von Howie gepumpt habe, besteige ich einen Bus, ich bin ganz ausgehöhlt von der Trunkenheit, zu viel, zu leidenschaftlich und ohne Ziel geredet zu haben. Die Straßenbeleuchtung geht an und verbreitet Nacht, und ich werde was zu hören kriegen, weil ich zu spät komme. Hundehütten, so kauert ihr mit den Köpfen zwischen den Pfoten, ihr seht zu proletarisch aus, um irgendeinen Zauber zu haben. Hinter euren Rouleaus kann ich mir keinen starken Fremden vorstellen, nur die bunten Glitzerlampen genau in der Mitte des Fensters, so wie die, die jetzt an ist und auf mich wartet, immer noch in ihrem Zellophanpapier, obwohl sie vier Jahre alt ist. Das Riviera, wo ich mich für die Nachmittagsvorstellung am Samstag anstellte, zwei Western und sechs Zeichentrickfilme, und wo wir uns dann auf dem Klo versteckten, um hinterher den Abendfilm für Erwachsene zu sehen. Jetzt lese ich Freud und Marx. Wenn ich meinen Eltern nicht entfliehen kann, so kann ich sie wenigstens einstufen.

Ich steige aus dem Bus in die scharfe Luft mit dem Lokomotivgeruch des Braunkohlequalms aus den Schornsteinen; nur die besser gestellten Familien haben das neue Öl. Unsere Straße ist ein enges Wirrwarr, die hölzernen Zwei- und Vierfamilienhäuser mit ihren Veranden wie Wälle aus verschränkten Armen, die flachen Bungalows dazwischengequetscht, aber sie ist auch freundlich, denn jedes Haus hat ein Rasengeviert und einen großen Schattenbaum. Abendbrotzeit, also lungern keine Kinder unter den Laternen. Kein Stehenbleiben für einen Zug Zigarette und ein paar Witze; kein Wetterleuchten des schlechten Gewissens. Ich hörte auf, mit meiner alten Gang rumzuhängen, als ich anfing, Zensuren ernst zu nehmen, meine Hefte vollzuschreiben, fürs College zu sparen. In all meinen Träumen bin ich fort aus diesem Viertel, hinausgeschossen wie eine Kanonenkugel aus der engen Furcht, daß ich hier festsitze, früh geschwängert, in Schwierigkeiten mit den Gesetzen, die immer *denen* gehörten und nie *uns*, daß ich auf der Straße liege, in die Fallen von Drogen und Suff geraten, an die ich schon Freunde verloren habe. Wenn ich mit ihnen rede, sage ich: »Ich geh ins Revier« statt, Riviera, und ich sage: »Freddie hat mich nicht gebumst, der soll seine Angeberfresse halten, oder ich stopf sie ihm.« Wenn ich mit Howie rede, rede ich eine Sprache, die ich aus dem Radio gelernt habe. Ich weiß, ich mache allen was vor, und das ist Teil meines schlechten Gewissens. Der Rest gärt in den Geschichten, die ich in mir herumtrage. Alle reden mit mir.

»Jill, nicht ein Samstag, wo der sich nicht wie'n Stint besäuft, und sieh dir an, was er mit mir gemacht hat. Eine ganze Handvoll Haare ausgerissen, und dann hat er mir'n Zahn ausgebrochen, siehst du das?« Callie reißt den Mund weit auf und zeigt hinein.

»Jillie, hat der Scheißfreier doch Tatsache einen Schlagstock in der Tasche. Ich denk erst, das ist seine Nille, verstehst du, und ich schubber mich noch dran und sag, Mann, hast du 'ne starke Stange!«

In Wahrheit habe ich nur die vageste Vorstellung, welche biologischen Gegebenheiten Marcie meint, doch sie will nur, daß ich ihr zuhöre. Das hat meine Mutter mir früh beigebracht; Übung macht eine Zuhörerin, die den ganzen Abend lang Blickkontakt halten kann. Und ich komme heim mit dem Kopf voll blutigem Leid wie die Abfalltonnen hinter der Fleischerei.

»Zweihundert bar auf die Kralle. Lumpige zweihundert. Muß doch drin sein. Im Toto stecken ganze Wagenladungen Kies, Jill, ich schaff's, ich brauch bloß die Kohle dafür, aber der verlogene Nigger blökt schon letzte Woche, ich wär zweihundert in der Kreide.« Das ist Freddie, mein Freund mit dreizehn und vierzehn, als ich mit der Gang rumzog.

Hoppla, Paps sitzt nicht mit der Zeitung am Vorderfenster: sie essen schon. Sie wird mir die ganze Küche an den Kopf schmeißen. Die Straßenlaterne hebt die kalkige Asbestverkleidung hervor, macht das Haus unheimlich weiß und lauernd. Der gekrümmte Ellbogen der Veranda wartet darauf, mich zu packen.

»Mutter, bin zurück.« Eintopfgeruch. Mutter nennt es Rindstopf, eine kräftige Brühe mit saftigem Fleisch und Gemüse. Paps ißt kein Hammelfleisch. Ich merkte erst, daß ich Hammelfleisch mag, als der Fleischer einen neuen Gehilfen bekam und ihn anbrüllte: »Nein, sie will das übliche Suppenfleisch für die Stuarts, das ist Hammel.«

»Mutter«, wiederhole ich, »bin zurück.« Bringen wir's hinter uns. Sie steht in der Küche und wäscht Gläser aus den oberen Regalen ab, die nur benutzt werden, wenn Besuch da ist. Warum? Sie wirft mir ein Handtuch zu.

Ich sage kein Wort in der Hoffnung, Streit zu vermeiden. Statt dessen versuche ich so zu tun, als merkte ich das zornige Blitzen ihrer dunklen Augen nicht, das bedrohliche Klappern im Ausguß. Meine Schultern krümmen sich. Die Spitzen ihres glänzend schwarzen, immer ungebärdigen Haares reichen mir bis ans Kinn, obwohl ich nur einszweiundsechzig bin. Trotz ihres lappigen, mit ausgebleichten Petunien bekleckssten Waschkleides, trotz ihrer billigen Büstenhalter, die sie trägt, bis sie ausgeleiert sind, bevor sie sie für mich kleiner näht, trotz ihrer Sucht nach Zucker, die nur von ihrer Sucht nach Melodrama übertroffen wird, ist ihre Figur eindrucksvoll. Fett polstert die Kurven übertrieben aus – Huri-Wölbung von Hüften und Hintern, ausgeprägte Taille, üppige Pracht der Brüste. Ihre Hände und Füße sind klein und oft geschwollen. Die Augen dunkel wie meine. Beide mit kleinen geraden Nasen. Ihr Mund ist ein Amorsbogen und Anlaß ihrer Eitelkeit, große Münder wie meinen findet sie beklagenswert. Ihre Stimme ist tief und angenehm, kann jedoch sehr durchdringend werden. Dies ist ein Haus, in dem alle brüllen.

Sie sehen ein rundliches, kokettes, energisches Püppchen mit trippelndem Gang. Ich sehe die Große Verschlingende Mutter, eine Menschenfresserin, riesig wie der Horizont, die mir auf dem Kopf thront. »*Dein Vater*«, beginnt sie, Wörter, die immer kursiv hervorgehoben klingen, »ist noch nicht zu Hause. Natürlich hat er nicht angerufen. Wir werden um zwölf Uhr nachts essen. Männer! Die denken, das Essen wächst aus dem Tisch, schießt plötzlich aus dem Holz wie Pilze aus dem Boden.«

Paps arbeitet bei der Stadt und wartet die Straßenbahnen und Oberleitungsbusse, die die Stadt gerade nach und nach durch Autobusse ersetzt *(als Teil eines – wie es im nachhinein ausschaut –*

Gesamtplanes zur Zerstörung ihres öffentlichen *Verkehrssystems).* Er ist Gewerkschaftsobmann und ein technisches Genie mit dem Ruf, unter seinen Händen laufe jeder Schrotthaufen noch einen Tag länger. Mein Magen knurrt, und ich halte nach dem Eintopf Ausschau, denn er steht nicht auf dem Herd. Der Herd ist makellos reingescheuert, und es steht überhaupt nichts drauf. Unsere Puppenstubenküche ist überraschend modern, sie strotzt von elektrischen Bratpfannen und elektrischen Büchsenöffnern, ein kolossaler Klotz von Kühlschrank spielt sich als Herr auf über den wackeligen alten Tisch. Paps kann dem Kauf einer elektrischen Schuhbürste ebensowenig widerstehen wie meine Mutter einem schockrosa Zwei-Dollar-Ramschverkauf-Pullover Größe 48, der bestimmt für mich passend gemacht werden kann, wenn ich fünfzig Pfund zunehme.

Ich spähe durch die letzte Dämmerung nach Paps' Auto in der Einfahrt. Es schaut aus, als hätte Mutter wieder die Rasenkanten für Gemüsebeete umgegraben und die ersten winterfesten Samen ausgesät. Bei ihr wächst alles, auch unter dem sauren chemischen Regen aus dem gelbbraunen Himmel des industriellen Detroit. Mein Vater hegt und pflegt nur seinen Rasen, der für ihn Wohlanständigkeit bedeutet, und sie fechten einen Krieg aus, der so lange dauert wie die Vegetationsperiode, er rollt seinen Rasenmäher über ihre Pflanzen, sie stiehlt ein paar Zentimeter, indem sie ihre Beete verbreitert. Mein knochiger Körper wird von Hungerkrämpfen geschüttelt. Ich versuche, an die großen Asketen zu denken, aber die Luft ist feucht von Eintopf.

»Wo warst du, nachdem du hier rausgedonnert bist?«

»Spazieren.«

»Was hatte dein Freund Howie alles zu sagen?« Sie zieht den Stöpsel, und das Seifenwasser verschwindet gurgelnd.

Es hat keinen Sinn, zu leugnen. »Er liest Aristoteles für die Großen Klassiker.«

»Und was macht die groß? Der Schweinkram?«

»Das war Aristophanes. Der hat das Stück geschrieben, über das du dich so aufgeregt hast. Du weißt, Sex ist Teil unseres Lebens, also was ist daran falsch, darüber zu schreiben?« Als ich kleiner war, las Mutter meine Bücher mit mir zusammen, aber irgendwo zwischen *Rebecca vom Sonnenbachhof* und *Schöne neue Welt* teilten sich unsere Wege, und wir haben uns das gegenseitig nicht verziehen. Sie ist eine besessene Leserin, alle vierzehn Tage bringt sie stapelweise Bücher aus der Stadtbibliothek heim, die sie bis spät in die Nacht verschlingt. Ein ungeheurer Hunger nach etwas. Der gleiche Hunger, der sie in mir zutiefst erschreckt. Sie hat panische Angst vor der Welt und denkt, wenn sie mich erst einmal züchtigt, werde ich so zerkleinert sein, daß ich mich irgendwie durchschlängle.

»War Howies Mutter zu Hause?«

»Sein Vater.« Wahrscheinlich war er ja sogar da, irgendwo auf dem Friedhof. Ich lüge automatisch.

»Im Haus?«

»Im Büro. Wir sind sowieso rausgegangen.«

»Weil sein Vater drin war?«

»Weil sie das Haus zu stark heizen.«

Mit einer raschen Kopfbewegung schüttelt sie das Haar aus den Augen. »Howie ist ein vernünftiger Junge. Den wirst du nicht dabei ertappen, daß er hier rübergerannt kommt. Richtige jüdische Jungen hören auf ihre Mütter.«

»Was hat seine Mutter damit zu tun? Dieses Haus ist zu klein.«

»Zu klein für was? Du kannst deine Gäste im Wohnzimmer empfangen.«

»Du hörst immer zu.«

»Was hast du zu sagen, was deine eigene Mutter nicht hören darf?« Während sie den Tisch deckt, bin ich ihr aus dem Weg gegangen und stehe mit geballten Fäusten vor dem Zeitungshaufen, der darauf wartet, von ihr durchgesehen zu werden für ihre Ausschnittsammlung unglaublicher Geschichten. Zwischen Zucker und Essig federt ihre Stimme hin und her: »Lauf du und lüge Howie was vor, wie ich dich mißhandle, weil er dir glaubt, bis er dich eines Tages besser kennt.«

Das ist wirklich zu blöde. Ich möchte mit gelangweiltem Gähnen hinausspazieren und die Zeitung lesen, aber ich kann mich nicht von ihr losreißen. Als ich kleiner war, sagte ich immer: Ich erzähle alles meiner Mutter. Sie krempelte mich um wie ihr Portemonnaie nach den letzten Krümeln und Pfennigen. Jetzt leben wir im Kriegszustand, unsere Versöhnungen sind kurz und schmerzhaft vor wundgescheuerter Liebe und ranzigem Mißtrauen, eine von uns beiden wittert immer Verrat. »Du glaubst wohl, ich kann von nichts anderem reden als von dir? Du bist nicht mein Universum.«

»Dein Universum! Dein Schweinestall!«

Mit dem nachgeahmten Grinsen eines hartgesottenen Burschen auf dem Gesicht drücke ich mich an die Zeitungen. »Mein Inneres. Der einzige Ort, wo du nicht spionieren kannst.«

»Wenn du jetzt schon so schlecht bist, so widerborstig, wie wirst du dann erst sein, wenn wir dich aufs College schicken? Du willst dich doch nur davor drücken, zu arbeiten und dich dankbar zu zeigen.« Ihre Augen leuchten mit diesem harten Blitzen auf. Ich kann nicht so grimmig gucken; ich weiß es, denn ich habe es vor dem Spiegel versucht. Ihre Fäuste tanzen zwischen uns. Noch ein Schritt, und ich liege auf den Zeitungen. »Du hast es leicht gehabt. Wenn du hättest schuften müssen wie ich. Selbst dein Vater durchschaut dich endlich. Früher konntest du ihn um den Finger wickeln, aber –«

»Ich will nur in Ruhe gelassen werden! Du willst mich als Baby im Laufställchen eingesperrt. Immer, wenn ich jemand gut leiden kann, versuchst du es kaputtzumachen!«

»Dich gut leiden können? Die lachen doch hinter deinem Rücken! Freunde? Wie wagst du es, türenknallend abzuhauen und dich auf einem Friedhof rumzudrücken und den ganzen Tag Gott weiß was zu treiben und mich mit dem Hausputz alleine zu lassen, und dann stolzierst du vor mir rum und spielst dich auf mit deinen Freunden!«

Meine Spannungen lösen sich auf in albernes Gelächter, ich rutsche hintenüber und rudere nach dem Gleichgewicht. Kreischend tastet sie auf dem Tisch umher, erwischt eine Tasse und schleudert sie. Ich falle auf die Zeitungen, die Tasse landet an der Wand und versprüht Steingutscherben. Die Außentür geht. Ich höre auf zu lachen, und wir beide erstarren. Ein rascher Blick unter Komplizen: der Ausländer kommt. Ich rappele mich auf, kehre Tassenscherben unter die Zeitungen, während sie für eine neue zum Küchenschrank eilt.

Trotzdem hat er was gehört. Er macht die Tür auf, schaut rasch zu ihr und dann lange zu mir, die grauen Augen hinter der Goldrandbrille kalt und abwägend. Seine tiefe Stimme ist modulationslos. »Wo ist das Abendessen? Ich bin im Werk aufgehalten worden.«

Wenn sie ihm mit dem Streit kommt, wird er ihn augenblicklich niederschlagen, und mich auch. Aber sie macht sich um ihn zu schaffen, ihre Stimme ist eine ganze Oktave höher. »Malcolm, es tut mir leid, es tut mir ja so leid, aber weißt du, ich konnte noch kein Abendessen machen. Jetzt werde ich schnell was zusammenzaubern. Warum wirfst du nicht einen Blick in die Zeitung? Das habe ich im Nu fertig, ein paar schöne Hamburger.«

Unmerklich, so hoffe ich, gleite ich rückwärts und drücke den Hebel vom Mülleimer gerade so weit, daß ich hineinschauen kann. Mein Magen macht einen Satz. O leckerer, verlorener Eintopf, der immer noch auf dem Packpapier dampft.

2 Das Kuckucksei im Adlernest

Wir sitzen eingezwängt um den Tisch. Unsere drei Stühle sind zwischen Schornstein und Kellertür in einen Raum geklemmt, den ein großer Sessel füllen würde. Dieses Haus wurde für Leute gebaut, für die Wohlanständigkeit darin bestand, ein Haus zu besitzen, die sich aber nicht mehr als eine Umzugskiste leisten konnten. Doch selbst heute abend tragen die wackeligen Tischbeine kaum die Last der Beilagen: zwei Sorten Brot, rote Beete in Aspik, Kartoffelbrei, Hamburger, zum Nachtisch selbst eingeweckte Pfirsiche und Apfelkuchen, der vor unserem Streit gebacken wurde.

»Stocher nicht so in deinem Essen herum!« Mutter häuft auf meinen Teller in Eile gemachten Kartoffelbrei, der unten angebrannt ist und voller harter Klümpchen steckt. »Iß!«

Ich fühle mich ihren Ellbogen zu nah, dem Ansturm ihrer Launen ausgesetzt. Beim ersten mißtrauischen Blick vergeht mir der Appetit. Ein dürres Kind, das sich einbildete, vertauscht worden zu sein, so saß ich mit vier Jahren ewig vor einem Teller mit erstarrendem Kleister, dazu verurteilt, die orangeroten Os von Büchsenmohrrüben anzustarren, bis ich sie hinunterbekommen, ausgekotzt oder heimlich in den Mülleimer gekippt hatte. *Fünfundzwanzig Jahre später kann der Geruch von Dosenspinat oder verkochten Erbsen, der Anblick der Schleim-Schimmel-Formen von handelsüblicher Gelatine mir schlagartig die Magensäure in die Kehle zwingen. Glücklicherweise sind solche Begegnungen im Leben einer wählerischen Feinschmeckerin selten, aber ich esse immer noch zu schnell.*

In rituellen Worten, die ich mitsingen könnte, sagt Paps mit plumper Schalkhaftigkeit: »Wie ich sehe, hast du ein wenig Fleisch zu den Zwiebeln aufgetragen, Pearl.« (Wehklagend.) »Ich sehe nicht ein, warum das natürliche Aroma von Rindfleisch mit diesem italienischen Grünkram eingenebelt werden muß.«

(Schelmisch.) »Ich habe nur eine Prise zum Abrunden reingetan.« (Gemartert.) »Ich weiß wirklich nicht, warum ich mich abquäle, um etwas Gutes auf den Tisch zu bringen, für das die meisten Männer ihre Schneidezähne hergeben würden, und zum Dank bekomme ich nichts als Nörgeleien.«

Paps nennt sich selber einen Fleisch-mit-Kartoffeln-Mann und versucht, den Magen, den er mir vererbt hat, zu ignorieren, ein Organ des Seelenlebens und erst in zweiter Linie der Verdauung. Zwischen Mutter und mir ist alles Berührung und Ringkampf, Liebe und Haß treten deutlich hervor. Zwischen Paps und mir türmen sich Gefühle gestaltlos, aber bedrohlich auf. Sein Haar ist früh silbern geworden. Seine Brauen dräuen und Haare wachsen ihm borstig aus der ragenden, knochigen Nase und glänzen auf dem Rücken seiner langen, feingliedrigen, tief vernarbten Hände, die ebenso nikotingefleckt sind wie seine Zähne. Die kurzen Augenblicke bei Tisch, wenn er sein Essen hinunterschlingt und seine Tasse schwarzen Kaffee trinkt, sind das einzige Mal, daß ich ihn je ohne Zigarette sehe. Wenn er vom Schlaf aufsteht, in dem rüttelnde Schnarcher aus ihm hervorbrechen, und morgens zur Kommode stolpert, höre ich ihn abhusten, dann das Ratschen eines Streichholzes, wenn er sich seine erste Kippe ansteckt. Er ist ein Kelte, der ein angesehener 'Wasp' sein möchte, ein weißer Protestant angelsächsischer Herkunft, und er behandelt seine Gefühlsregungen wie die Mäuseplage in unserem Keller oder die Ratten in der Garage, wie Ungeziefer, das in Fallen zermalmt oder mit Ködern vergiftet werden muß. Wenn er kann, wahrt er den Frieden, doch ist sein Zorn erst einmal geweckt, dann zerspaltet er das Haus. Dann haut er mit Händen und Füßen um sich, er tritt und schlägt so fest zu, was dabei zu Bruch geht, ist nicht mehr zu reparieren. Wenn er mich schlägt, habe ich immer blaue Flecken.

Paps kommt aus einer Kleinstadt. Seine Mutter sprach Walisisch, so wie meine Bobe Russisch und Jiddisch sprach; und da meine Mutter fast nie Jiddisch spricht, behauptet mein Vater, kein Walisisch zu können. Wenn ich etwas Jiddisch kann, so ist es, weil meine Bobe es immer sprach, wenn wir alleine waren, und bis sie letztes Jahr, als ich fünfzehn wurde, starb, verbrachte sie stets den halben Sommer bei uns. Der Vater meines Vaters hatte ein Textilgeschäft, und obwohl er durch seine Frau mit der Hälfte aller arbeitslosen Bergleute der Gegend verwandt war, ließ er sich davon seine Kassenbücher nicht vermiesen. Meine Mutter, mein Vater, das sind die Hälften von zwei Welten, die sich nicht miteinander vermischen, ja sich nicht einmal die Waage halten. Über den beiden Familien wölbt sich weder der gleiche Himmel, noch erstreckt sich unter ihnen die gleiche Erde.

Mutter stammt von eingewanderten russischen Juden ab und wuchs in den Slums von vier Städten auf. Sie hatte sieben Brüder und vier Schwestern, die vor ihren Augen mit der Hilfe von Hebammen geboren wurden. Mit fünfzehn mußte sie die Schule verlassen und arbeiten gehen. Mit sechzehn heiratete sie. Mit siebzehn wurde sie Witwe. Ihr erster Mann Sam, nur ein Jahr älter als sie, arbeitete bei den Carnegie-Stahlwerken. Als er in das geschmolzene Erz stürzte, schickte ihr die Firma einen Barren, den sie beerdigte. Sie zog wieder die sechs Querstraßen zurück zu ihrer Familie, gerade rechtzeitig, um zu erleben, wie mein Großvater von Pinkerton-Agenten erschossen wurde. Er war Gewerkschaftsagitator. Also heiratete meine Mutter Max Abel, einen fünfzehn Jahre älteren, soliden Geschäftsmann in Philadelphia, und begann, ihrer Mutter Geld zu schicken.

Mutter war immer noch mit Max Abel verheiratet, als ihr Paps begegnete, lange Junggeselle mit den Freuden von Kumpanen und Kneipen und der Einsamkeit möblierter Zimmer. Wie kann ich den – seinem Temperament nicht unähnlichen – Blitzschlag ermessen, der in ihm die Liebe zu ihr entfachte? Mißtrauen mischt sich in ihre Liebe, und sie ziehen sich gegenseitig in Bann in hilfloser Umklammerung, die mit den Jahren verworrener geworden ist, nicht entspannter. Sie flohen von Philadelphia nach Detroit mitten hinein in den Mahlstrom der Depression und waren überzeugt, dies sei ihre persönliche Strafe. Liebe, diese Kannibalin, saß an meiner Wiege; kein Wunder, daß ich heikel mit meinem Abendessen bin.

Sie kabbeln sich immer noch darüber, daß Mutter ihren Kaffee süß und mit Milch trinkt und Vater seinen schwarz. Sie tun es halbherzig und stochern in den Schriftstücken auf dem Tisch herum, der Bekanntgabe meines Stipendiums, den Formularen, die ich für die Universität wegen des Studentenheims ausfüllen muß.

»Studentenheim.« Mutter gibt den Papieren einen Stups. »Wie ein Hotel?«

»Es gibt Sperrstunden, Mutter. Alles nur Mädchen. Nachts werden wir eingeschlossen.« Ich vermute, in welche Richtung ihre Gedankengänge laufen, und versuche, ihr zuvorzukommen. Sie hatte mal als Zimmermädchen gearbeitet und verbindet Hotels mit betrunkenen Handelsreisenden, die sie betatschen wollten.

»Hm. Wayne ist eine sehr gute Schule. Du steigst bloß in den Bus, und schon bist du da.«

»Zwei Busse.«

Das Telefon klingelt. Mutter springt auf und stürzt sich darauf. »Leo!« höre ich sie aufjuchzen. »Es ist Leo!« erklärt sie uns mit tanzenden Augen. »Vermittlung, ich übernehme die Gebühren.«

»Frag ihn, wie die Unterwassergrundstücksgeschäfte laufen«, sage ich, aber leise. Leo ist mein ältester Bruder. Meine beiden Brüder sind die Söhne von Max, aber Max hat nichts mit ihnen zu tun. Leo ist dreißig und wohnt in Toledo gleich hinter der Staatsgrenze, damit er keine Alimente zahlen muß. Ich glaube, er wäre schon seit langem reich – die einzige Leidenschaft, die ich je an ihm entdecken konnte, obwohl er immer wieder heiratet –, aber irgendwie ist er so glitschig, daß er nicht mal sein Geld festhalten kann. Meinen Bruder Francis, genannt Frankie, mag ich lieber. Mit dreißig hat Leo eine Glatze und einen Bauch und trägt dreiteilige Anzüge, die immer aussehen, als habe er sie von einem zwanzig Pfund Dünneren ausgeborgt. Francis hat mehr Stil, aber machen wir uns nichts vor, es ist der Stil eines Spielers.

Wenn Francis mit seinen siebenundzwanzig nach Hause kommt und mit mir die Straße entlanggeht, dann fragen mich alle Mädchen, die ihn noch nicht kennen, was ich für einen süßen Freund habe. Er trägt ein schreiend buntes Hemd unter einer Lederjacke, und ich erinnere mich noch an seine Röhrenhosen und die langen, taillierten, wattierten Jacketts von vor ein paar Jahren. Ich bete ihn an, und auf einen Wink von ihm schmilzt mein Herz wie Schokolade, aber ich würde ihm keinen Fünfdollarschein anvertrauen, und wenn ich ihn damit ins Badezimmer einschlösse. Er würde ihn rauchen, wenn er ihn nicht beim Pferderennen oder beim Boxkampf oder beim Pokerspiel verlieren könnte. Francis hat kein Glück. Jeder weiß das, nur er nicht. Ich kann ihm auch mit Geheimnissen nicht völlig trauen. Anders als Leo liebt er mich, glaube ich, aber Mutter kann ihn vollkommen umkrempeln und die Taschen seiner Seele ausleeren, bis meine Geheimnisse zusammen mit seinen herausfallen. Als ich kleiner war, konnte ich vollendet flirten, aber das hat sich verloren, und mit sechzehn ist er der einzige Mann, mit dem ich flirte.

»Hast du! Na das ist ja wunderbar«, schnattert Mutter. Sie dreht sich zu uns. »Leo ist ins Farbengeschäft eingestiegen! Er hat eine ganze Wagenladung voll Farbe, spottbillig.« Sie wendet sich wieder dem Telefon zu. »Ja, du bist auf Draht, Leo, das ist mein Sohn. Alle streichen im Frühjahr ihre Häuser. Wir müssen unsers ja selber innen streichen ... Natürlich kannst du das. Wann kommst du?«

Versengt vor Eifersucht versuche ich mich hinauszustehlen. Paps hält mich auf, indem er sich räuspert. Er hat die Lesebrille aufgesetzt, die seine Weitsichtigkeit keineswegs korrigiert, und hält die Bewerbungsformulare so weit wie möglich weg. »Was höre ich da, Donna geht auch an die Universität von Michigan?«

»Glaub ja.« Donna ist die jüngste Tochter seines Bruders Hubie. Donna Stuart. »Sie hat mir geschrieben, daß sie hingeht.«

»Hat sie dich gefragt, ob du mit ihr zusammenziehst in dieses Dingsbums, diese Fremdenpension?«

»Sie hat sowas gesagt«, gestehe ich widerwillig. Eigentlich hatte ich vor, von der Familie wegzukommen.

»Gut, unter Verwandten zu sein.« Stirnrunzelnd studiert er die Formulare. Gleichzeitig lauscht er auf das Gespräch mit Leo.

Ich nutze den Moment, um mich zu verdrücken. Zum Abwaschen werde ich schnell genug zurückgerufen. Wir haben nur zwei Schlafzimmer, und meins hat sich nicht verändert, seit Leo und Francis es sich teilten – Etagenbetten und zwei Kommoden, in der einen hat Mutter ihr Nähzeug und die Winter- oder Sommersachen. Die Tür, die wie ein Wandschrank aussieht, führt zum Dachboden, und da will ich hin. Das ist mein Refugium. Das Schlafzimmer teile ich mit der ständig surrenden Nähmaschine, mit einer Mangel, mit den Sachen, die meinen Brüdern gehören und mit Großmutter, als sie noch zu Besuch kam. Es ist meins seit meinem sechsten Lebensjahr, aber es hat sich nie wie mein eigenes Zimmer angefühlt. Der Dachboden ja.

Im Sommer stickig heiß, im Winter eisekalt, überall aufeinandergestapelte Kisten, ist er mein staubiges Himmelreich. Es erstreckt sich vom Hinterfenster, das auf unseren winzigen Hinterhof voller Blumen und Wäscheleinen schaut, bis zum Schornstein und ist *mein* Zimmer. Die Stuben um meine Puppenbetten entsprangen nur meiner Phantasie. Kisten bildeten die Wände der Mädchenclubs, die ich nach Mustern aus meinen Büchern gründete – sie kamen immer nur einmal zusammen, und diese eine Versammlung ging völlig damit drauf, Listen der Mädchen aufzustellen, die wir wegen irgendeiner Rotzigkeit nicht dabeihaben wollten, Callie und Shirley und ich. Letztes Jahr hat Paps Trennwände aus Hartfaserplatten aufgestellt. Wochenlang lehnte draußen eine unfertige Tür; schließlich holte ich sie rein, jetzt liegt sie auf mehreren Kisten und dient mir als Schreibtisch. Meine Bücher, mein Stuhl, meine Hollywoodschaukel (ehedem zur Veranda gehörig). Meins, meins, meins.

Die Dachsparren sind die Decke. Drei Wände sind weiß. Dann ging mir die Farbe aus, und so steckt die vierte voller Reißzwecken für meine Galerie: aus *Life* ausgeschnittene Reproduktionen, eine künstlerische Weihnachtskarte und Landkarten, die Blaupausen des Entrinnens. Der Körper der Liebe an die Wand gespannt, rote Straßen, schwarze Straßen. New York, Paris, Athen, Adern und Brustwarzen, Lenden und Täler der ungeheuren, geheimnisvollen Welt, ich komme!

Auf der wohltuenden, körnigen Fläche meines Schreibtischs, in einem Wust von Leihbüchern, liegt mein Heft voller Gedichte, in sorgfältiger Unleserlichkeit bekritzelt, damit seine Ketzereien nicht ausspioniert werden können (sie triefen von Tod, unerwiderter Liebe und rettender Flucht). Ich führe Listen der klassischen Musik, die ich höre, und der Bücher, die ich lese, und der Wörter, die mich beeindrucken (volltönend, Autodidakt). Nicht einfach aus Spaß an Listen, denn wenig an mir ist ordentlich, sondern weil die Welt der Kunst und der Literatur und der Ideen für mich ein vierdimensionaler Irrgarten ist, bislang mühe ich mich noch einige Ecken vor dem Eingang.

Liste der MÄNNER, DIE ICH BEWUNDERE:

KARL MARX
LEO TROTZKI (ich bin unparteiisch)
MOZART
GANDHI
LORD BYRON
PICASSO
MR. STEIN (Mein Englischlehrer. Ich habe einen Sonettzyklus auf ihn geschrieben. Er duldet meine verschwitzte Anbetung.)
GARIBALDI
ADLAI STEVENSON
VAN GOGH
FRANÇOIS VILLON
WILLIAM BLAKE
BUDDHA
N. BECK (Arschloch?)
FRANZ SCHUBERT
J.S. BACH
LEONARD BERNSTEIN
TECUMSEH
MEIN GROSSVATER DAVID HABENSKI
MARLON BRANDO
ALDOUS HUXLEY

Ich begann eine entsprechende Liste
der FRAUEN, DIE ICH BEWUNDERE:

~~MEINE TANTE RIVA~~ (Ich strich sie wieder, als sie uns voriges Jahr besuchte und mit meiner Mutter paktierte.)
SACAJAWEA
GEORGE SAND (Ich kann in der Leihbücherei keines ihrer Bücher finden, aber ich habe über sie in einer Biographie von Chopin gelesen.)

ZIPPORA MENDEL (Eine Sabra, der ich im Katalograum der Hauptbibliothek begegnete. Sie war Soldatin gewesen und studierte Ingenieurwissenschaften.)
EMILY DICKINSON (Ihre Gedichte überwältigen mich, und sie würde das mit dem Dachboden verstehen.)

Das wär's. Es ist mir peinlich. Ich bin versucht, Eleanor Roosevelt und Florence Nightingale hinzuzufügen, aber in Wahrheit möchte ich wie keine von beiden werden. Hin und wieder versuche ich, diese Liste zu ergänzen, doch jedesmal, wenn ich sie betrachte, macht sie mich trübselig.

Ich liege auf der Hollywoodschaukel und stopfe mir die Hände zwischen die Oberschenkel, um sie zu wärmen. Ich unterscheide kaum zwischen Arbeit und Träumerei, denn alle meine Vorhaben – Gedichte, Aufzeichnungen, Tagebuch, Träume, Lesen – scheinen Teil derselben geheimen Unterwelt. Existiert sie wirklich irgendwo? Ich verbringe viel Zeit damit, Romane und Biographien umzuschreiben und Rollen für mich hineinzudichten, wofür man Einfallsreichtum braucht, denn ein weiblicher Hamlet und ein weiblicher Graf von Monte Christo strapazieren meine Erfindungsgabe. Hamlet darf das ganze Stück an sich reißen, ergießt sich in wunderbaren Monologen, die ich auswendig kann, und schwingt ein Schwert, das er ab und an jemand in den Leib rennt, während Ophelia nichts bekommt als die Wahnsinnsszene und einen Mundvoll Wasserpflanzen. Diese Schwierigkeit ist ein Knoten, den ich nicht aus dem Kopf bekomme. Es gelingt mir nicht, mich selber als einen jener Anderen zu sehen, die mich neugierig machen, von denen ich aber kaum etwas weiß.

Mädchen werden, wenn sie mit Jungen reden, anders. Die Art zu lachen, zu reden und zu stehen, der Ausdruck, die Stimme meiner Freundinnen wandeln sich; sie äußern andere Gedanken, und sogar ihr Gang ändert sich. Ich weiß nicht, ob ich das nicht tun kann oder nicht tun will; ich weiß nur, daß ich Angst habe. Die Ehe kommt nicht in den Geschichten vor, die ich mir erzähle. Die habe ich täglich vor Augen, und sie scheint eher ein Verhängnis als eine Belohnung. Mutter sagt immer, Riva war Tänzerin, aber dann hat sie geheiratet; Charlotte war Einkäuferin bei Crowley, aber dann hat sie geheiratet. Ruhm und Abenteuer sind die Belohnungen. Und Liebe. Ich verachte meinen Hunger nach Zuneigung.

Lieben ist nicht ausgefallen, denn ich war immer in jemand verliebt, und nicht selten war jemand in mich verknallt, obwohl die beiden Leidenschaften nicht mehr zusammentrafen, seit ich acht war, es sei denn, ich zähle Callie mit. Was ich nicht versuchen möchte.

Ich war elf, als eine ältere Freundin, die jetzt auf der Straße mit Marcie anschafft, mich verführte. »Komm, wir spielen Mammi und Pappi«, sagte sie und zeigte mir, wie. In den nächsten Jahren entdeckte ich, daß so ziemlich alle meine Freundinnen dieses Spiel miteinander spielten. Ich wußte, daß es etwas Schlechtes war, aber das galt für zwei Drittel unserer Vergnügungen. Es schien nicht schlimmer, als bei Woolworth zu klauen oder die Schubladen unserer Mütter zu durchstöbern oder dem alten Kasmierov die Luft aus den Reifen zu lassen, weil er die Polizei geholt hatte, als wir auf seiner glatten neuen Einfahrt Rollschuh liefen, oder unseren Vätern Zigaretten aus den Taschen zu stibitzen und im Schulkeller zu rauchen. Es war harmloser Sex, wobei ich überhaupt keine Ahnung hatte, daß das Sex war. Zur gleichen Zeit redeten wir uns die Köpfe darüber heiß, was genau Männer mit Frauen taten und wo die Babys rauskamen. Was Jungen mit einem taten, das war richtiger Sex, beängstigend, faszinierend, schummerig.

Callie war meine beste Freundin von der siebten bis zur neunten Klasse. Ich verführte sie in der 7a. Auch wenn sie wütend war, schimpfte sie Sarah und mich nie Drecksjuden, als einziges der Mädchen. Die schimpften sie Südstaatentrampel. Wir gingen Arm in Arm umher und redeten über Jungens und gingen ins Kino und schnitten Fotos von anbetungswürdigen Stars aus. Ich versuchte regelmäßig, ihre Hausaufgaben zu machen, damit sie mit mir versetzt wurde, aber die Schule stank ihr immer mehr. Callie sprach Südstaatendialekt, und die Lehrer ließen sie das schwer spüren. Sie hatte nie Milchgeld dabei oder die Münzen, die sie uns für irgendwelche Staatsanleihen abzwackten. Callie war immer 'unpassend' angezogen. Ich auch, aber meine abgelegten Sachen waren öde und erregten keine Aufmerksamkeit, es sei denn, daß die anderen weißen Mädchen mich quälen wollten. Callies Sachen stammten von ihrer älteren Schwester, die als Bardame arbeitete. Callie kam in die Schule immer mit oder ohne Sicherheitsnadel an einem Dekolleté, das so oder so nichts als Rippen zu enthüllen hatte.

Plötzlich krümme ich mich auf der Hollywoodschaukel. Als ich zwölf war, bekam ich zum Geburtstag einen neuen roten Nylonpullover, den ich in die Schule anzog. Nylonpullover waren neu und billig und bunt, und ich war stolz, denn ich hatte nie so etwas gehabt. Auf dem Klo hielten mich zwei Mädchen fest und zogen ihn mir aus, damit die anderen sehen konnten, ob ich Schaumstoffbusen drunter hatte. Den Rest des Tages versuchten die Jungen, mich zu kneifen. Ich schämte mich zu sehr, um den Pullover je wieder in die Schule anzuziehen.

Ich war in Callie verschossen. Ich konnte sie gar nicht oft genug anfassen, vor Hinwendung, vor Gefühl, vor Liebe. Ist sie gut genug für mich? fragte ich mich selber, wenn ich mir klug vorkam. Bin ich gut genug für sie? fragte ich, wenn ich mich meiner treulosen Sehnsucht schämte, auf und davon zu gehen, wenn ich mit meinem Wissen geprotzt hatte, wenn ich eine Eins bekommen hatte in einer Klassenarbeit, die sie verhauen hatte. Callie war mein kleines Nest tief unten, in dem ich daheim war. Ich kam zu ihr mit meinen Wunden, und ich versuchte, mich zwischen sie und die Verachtung zu stellen, der sie täglich ausgesetzt war. Ich predigte ihr, sich zu benehmen.

Wir zogen beide mit der Gang herum, aber niemand wußte von unserer geheimen Bindung. Was für Wörter hatten wir dafür? Sie war so heimlich wie die Tatsache, daß wir beide noch manchmal mit unseren alten Puppen spielten; so heimlich wie das Valentinsherz mit Pralinen von Tante Riva, das ich nur mit Callie teilte, nicht mit der Gang; so heimlich wie der Tag, als Callie den Büstenhalter ihrer Mutter anzog, ihn mit Papiertaschentüchern ausstopfte, sich anmalte und unter bewundernden Pfiffen den Grand River entlangspazierte, wobei sie mich, vornübergebeugt und holpernd wie ein kaputter Bollerwagen, hinter sich herzerrte.

Dann, an einem Nachmittag im Juli, pokerten wir in Dinos Haus um Kronenkorken, seine Eltern waren beide in der Bäckerei. Ich weiß noch, daß ich eine Gewinnsträhne hatte und in der Aufregung auf nichts achtete, bis Dino und Callie ins Schlafzimmer gingen und die Tür zumachten. Selbst dann machte ich mir noch keine Gedanken, doch es dauerte und dauerte und Freddie und Sharkie fingen an, Witze zu machen, die ich nicht verstehen wollte.

Das Spiel ging zu Ende. Ich wartete und wartete. Freddie versuchte mich dazu zu kriegen, mit ihm nach oben zu gehen. »Hau ab«, sagte ich, mir wurde langsam schlecht vor Sorge. Es ging auf fünf zu, da mußten wir beide zu Hause sein. Schließlich hämmerte ich an die Tür.

»Sei kein Kamel«, warnte mich Freddie. »Dino haut dir die Fresse ein, wenn du ihm dabei in die Quere kommst.«

Aber sie waren fertig. Callie knöpfte beim Herauskommen ihre Bluse zu, Dino zog sein Hemd gar nicht erst wieder an. Er verabschiedete sich lange an der Tür von ihr und küßte sie schlabberig, bot aber nicht an, uns nach Hause zu bringen.

Gleich an der Ecke Tireman beim Drugstore hatten wir einen Riesenkrach. »Hast du etwa mit ihm gefickt, Callie?«

»Na und wenn schon!«

»Du kannst schwanger werden.«

»Nein, kann ich nicht. Ich hab noch gar nicht meine Tage.«

»Callie! Warum hast du das gemacht?«

»Dino ist süß. Der süßeste Junge, den ich kenne. Du bist bloß eifersüchtig. Du findest ihn auch gut.«

Das saß, denn ich war tatsächlich in Dino verknallt. Alle sagten, Freddie sähe besser aus, aber Dino war schneller in seinen Worten und Gedanken und Bewegungen. Im stillen verglich ich ihn mit meinem schönen schwarz-weißen Kater Blitz, den ich hatte, bis er umgebracht wurde; aber ich konnte mir nicht vorstellen, das, was Callie da getan hatte, selber mit Blitz oder Dino zu tun.

Callie nahm meinen Arm. »Du kannst Freddie haben.«

»Ich will Freddie nicht. Warum hast du das gemacht?«

»Jill, laß mich in Ruhe. Ich schwöre, du kannst Freddie kriegen. Leicht.«

»Außerdem habe ich meine Regel. Seit vorigem Jahr.«

Callie riß ihren Arm weg. »Du traust dich bloß nicht! Das Baby traut sich nicht! Aber ich bin schon groß, und von jetzt an lebe ich auch so.«

Ich ging weinend durch die Seitenstraßen nach Hause, damit mich niemand sah. Das Band zwischen uns riß. Nicht nur, daß Callie ab sofort nur noch mit Dino beschäftigt war, ihn vergötterte und verwöhnte und seine dreckigen Bemerkungen einsteckte, nein, sie ließ mich in die Bedeutungslosigkeit fallen, ich durfte ihr nur noch zuschauen beim richtigen Leben. Ein Jahr später reichte Dino sie an Sharkie weiter, von dem sie ein Kind bekam. Freddie wollte, daß ich seine Freundin wurde, also wurde ich es, aber mehr als Knutschen ließ ich nicht zu.

Ich setze mich in der Hollywoodschaukel auf und rubbele mir die kalten Hände. In den Psychologiebüchern und Erwachsenen-Romanen, die ich in letzter Zeit gelesen habe, fand ich ein Etikett für meine Spiele. Bin ich krank? Bin ich verworfen? »Bin ich l.?« schreibe ich in mein Heft und traue mich nicht, das Wort lesbisch auszuschreiben. Es stellt sich heraus, daß unser Spiel nicht nur böse war, sondern schlimmer als normaler, angsteinflößender, richtiger Sex. Ich kann es kaum glauben, aber da steht es schwarz auf weiß, und ich muß den Büchern mehr trauen als meinen eigenen unglaubwürdigen und kindischen Erfahrungen. Vielleicht bin ich schon verrückt? Ich führe Selbstgespräche, ich denke mir Phantasiewelten aus, die mir wichtiger sind als meine Hausaufgaben, und ich bin weder beliebt, noch blond, noch mit festem Freund – nichts von dem, was ein Teenager sein sollte. Ich war noch nie richtig verabredet, wie ich es gelesen oder im Fernsehen gesehen habe. Ich sehne mich immer noch nach Callie.

Jetzt hat sie sich für immer verwandelt, von der übermütigen, leicht zu begeisternden Range, die mit mir Fasane beerdigte, in eine Hausfrau, die in Unterrock und Nylonpantoffeln herumlatscht, mit ständigem Jammerton in der Stimme und ratloser Sorgenmiene, die an ihrem breiten Mund zieht.

Francis' Gitarre lehnt in ihrem ramponierten Kasten an der Wand, die weiblichen Kurven ziehen meinen Blick an. Ich starre darauf mit meiner üblichen vagen Flut aus Verlangen und Ekel, da wird unten die Tür aufgerissen.

»Jill? Versteckst du dich wieder da oben? Was meinst du wohl, wer dein Geschirr für dich abwäscht? Die Heinzelmännchen?«

Als ich die Treppe hinuntersteige, steht sie jedoch in den roten Kimono gehüllt, den ihr Francis aus Japan mitgebracht hat. Bedrückt schürzt sie den kleinen Mund. »Ich kann mich nicht entscheiden, was ich anziehen soll. Und mit meinen Haaren ist nichts anzufangen.«

»Die sehen doch gut aus.«

»Wie eine Katze, die in den Ventilator geraten ist!« Kokett legt sie eine Hand an die Kehle. »Du kannst es so gut, und Charlotte hat sich die Haare bestimmt wieder legen lassen. Sie geht jeden Freitag in den Schönheitssalon.«

Wir breiten Kleider auf dem Bett aus. »He, ist das neu?«

Sie gibt dem Kleid einen strafenden Klaps. »Seit wann kann ich auch nur einen Pfennig für mich selber ausgeben? Das war stark herabgesetzt, schon vor einer Ewigkeit.«

Sie läßt den Kimono von ihren molligen Schultern gleiten und winkt nach dem Kleid, türkis mit weißen Blumen. Ich greife zum Kamm. »Dein Haar hat doch Fasson. Du wirst sehen, es sieht bestimmt gut aus.« Als Page, Kammerzofe, Spiegel meiner Mutter sehen Sie mich in einer Rolle, die ich gespielt habe, seit ich alt genug war, um aufrecht zu sitzen und zu den Geschichten und Klagen meiner Mutter ja zu sagen. In den letzten Jahren entwaffne ich ihre mißtrauische Eifersucht durch bewußte Schmeichelei. Der Grund ihrer Eifersucht ist mir schleierhaft, denn alles, was ich mit einem Spiegel anfange, ist Gesichter schneiden. Sogar von meinem Spiegelbild über ihrem Kopf wende ich, während sie mit sich selbst flirtet, verschämt den Blick. Ich habe meine Mutter zigmal nackt gesehen, denn sie ruft mich oft herein, damit ich ihr den Rücken wasche, aber meinen Vater sehe ich selten anders als voll angezogen. Sogar Badeanzüge sind ungewöhnlich. In der Innenstadt von Detroit ist nicht viel Wasser, obwohl es auf einer Karte der Großen Seen so aussieht, als säßen wir auf einem Floß. Im Sommer fahren wir vielleicht zweimal an den Strand. Ich habe Angst vor Wasser, wie vor so vielem anderen; ich habe alle

Ängste meiner Mutter und noch ein paar dazu. Obwohl ich in der Oberschule schwimmen gelernt habe, käme ich mir treulos vor. Paps kann schwimmen, Mutter nicht. Schwimmen hieße sie im Stich lassen, die sich an meine Hand klammert und schon Angst hat, wenn ihr das Wasser bis zu den Waden reicht.

»*Er* möchte also, daß du mit diesem blonden Knochengestell das Zimmer teilst.« Sie prustet verächtlich. »Was hat das für einen Sinn, daß du nach Ann Arbor gehst, wenn du nicht neue Leute kennenlernst und nützliche Kontakte knüpfst? Du bist mit der Familie deines Vaters sowieso nie zurechtgekommen.«

Er kommt herein, nimmt einen Schlips von der Türleine und peitscht damit spielerisch ihren Po. Er sehnt sich ungeduldig nach der Gesellschaft von Männern, wo ein paar Gläser seinen Humor freisetzen. Er hat strikte Vorstellungen, was für Gesprächsthemen sich für einen Mann schicken: in der Spielzeit Baseball, Football und Hockey, dann Gewerkschaftsdinge und Politik – sofern die anderen Burschen auch gestandene Demokraten sind. Wenn er Roosevelt erwähnt, stockt seine Stimme. Die dreißiger Jahre waren für ihn die Zeit der Entscheidungsschlachten. Obwohl seine Arbeit schmutzig ist, trägt er, sooft er nur kann, einen Anzug, denn sein Vater hat ihm beigebracht, sich nicht wie ein Arbeiter zu kleiden. »Jawoll, die stoßen wir aus der Hose, Gene und Charlotte.«

»Ach?« Sie fährt herum, ihre Augen gewittern. »Also das würdest du gern mit Charlotte machen? Sowas habe ich doch immer vermutet.« Unmöglich zu sagen, ob sie Spaß macht. Weiß sie es selbst?

Er fährt sich rasch durch die Haare und wirft den Kamm auf seine Kommode. »Nun mach mal ein bißchen, sonst sind sie eingeschlafen, bevor wir da sind.« Er sieht gut aus in Anzügen, denn er ist schlank.

Mutter umzirpt ihn und liest ihm Fusseln ab. Plötzlich verdunkeln sich klagend ihre Augen. »Wenn Gene vorschlägt, um Geld zu spielen, wirst du dem einen Riegel vorschieben. Wieviel nimmst du mit?«

Er streift sich Asche vom Revers. »Mach dir mal keine Sorgen.«

»Wo der Kühlschrank und der Fernseher noch nicht abbezahlt sind! Was wäre das für eine Blamage vor den Nachbarn, wenn die wieder abgeholt werden!«

Ich stehe am Vorderfenster, der Packard biegt aus der Einfahrt. Mein Vater weigert sich, einen Ford oder einen GM zu fahren. Er hat nicht vergessen, wie Bennetts Ford-Werkschutz auf die Arbeitslosen geschossen hat, und wie sie Gewerkschaftsleute zusammengeschlagen haben, die meisten von ihnen Frauen, die vor den Werkstoren Flugblätter verteilen wollten, einer brachen sie die Wirbelsäule, einer anderen zertrümmerten sie den Schädel. Er beschreibt den Sitzstreik bei

GM. Wir haben Terraplanes, Hudsons, Studebaker, bis sie einer nach dem anderen schlappmachen. »Henry Ford hat die Juden gehaßt«, flüstert meine Mutter. »Ford hat die Gewerkschaften zerschlagen«, brummt mein Vater. Geschichte sickert in mich ein.

Dann lasse ich die Rolläden herunter und wirbele umher. Das Haus ist leer, leer. Ich laufe und mache den Abwasch doppelt so schnell wie sonst, damit das Haus wirklich meins ist, ohne lästige Pflicht im Rücken, die mich unterbricht.

Fertig. Erhitzt vom heißen Wasser greife ich mir ein Glas und poltere die Treppe hinunter, vorbei an der ebenerdigen Tür zum Hof. Feuchte Schatten legen sich auf mich mit dem Hauch faulender Kartoffeln. Ich haste am gepanzerten Zentralofen vorbei, wo Feuerschein auf dem Zementboden spielt, ducke mich unter der Wäscheleine durch, wo Vaters Overalls tropfen, vorbei an seiner Werkbank und seinen elektrischen Werkzeugen, in den Obstkeller.

Ich liebe die bunten Gläser, goldene Pfirsiche, gelbbraune Birnen, dunkle Beeren, die Literflaschen Tomatensaft, die kleinen Gläser mit Erdbeer- und Himbeermarmelade, obwohl ich die Erntezeit hasse, wenn ich Mutter beim Einmachen helfen muß. *Bilder, die sich überlagern. September ist die Zeit, wo ich Pfirsiche einwecke. Es macht mir Spaß, das Obst, das ich anbaue, einzumachen. In den Freuden werde ich zu meiner Mutter. Ab dreißig begannen in mir ihre Stärken und Tugenden zu blühen, ihre Abneigung dagegen, etwas wegzuwerfen, ihre Zauberhände mit Pflanzen und Vögeln und Tieren mit weichem Fell, ihre Wertschätzung von Sonnenlicht und sauberem Wasser und Erde, die mit Kompost angereichert ist.*

Paps' Weihnachtsflasche Old Grand Dad ist hinter einer Reihe eingeweckter Tomaten versteckt. Die Feuchtigkeit kriecht meine Ärmel hinauf, sucht den Halsausschnitt meines Pullovers. Ich achte darauf, die Staubschicht nicht zu zerstören, gieße mir drei Zentimeter ins Glas, stelle die Flasche zurück, stelle die Tomatengläser zurück auf ihre Kreise im Zeitungspapier, mit dem das Bord ausgeschlagen ist, kehre mit dem Whiskyglas in der Hand um und entfliehe den Schatten nach oben.

Ich räkele mich auf dem huckeligen rostfarbigen Sofa, das eine Wand füllt, nippe an meiner Beute und überlege, ob ich den Fernseher anstellen soll. In der Kurve allmählicher Fernseheranschaffungen in unserer Nachbarschaft waren wir Durchschnitt. Ich ging in die neunte Klasse. Hätten wir ihn früher bekommen, ich bin überzeugt, ich wäre nicht solch eine besessene Leserin geworden, und so wäre mir die Fähigkeit, mich hier hinauszustudieren, verschlossen geblieben. Anfangs schauten wir jeden Abend, aber jetzt ist es ihrer, und ich bin ihm dankbar, daß er sie beschäftigt, während ich mich in meine Privatwelt davonstehle. Doch immer noch habe ich warme Erinnerungen. Als der Kefauver-Untersuchungsausschuß tagte, ließ meine betörte Mutter mich unter dem Vorwand einer Grippe von der Schule wegbleiben, damit wir die besten Teile zusammen gucken konnten, wie hypnotisiert. »Nicht, daß Geschäftsleute nicht genau solche Gauner sind«, erinnerte sie mich. »Und die Senatoren stecken alle in deren Taschen. Aller Reichtum ist Raub.« Aber sie konnte dem Schauspiel nicht widerstehen. Unsere letzte Phase leidenschaftlicher Annäherung war während des Prozesses neulich gegen die Rosenbergs. Der erschreckte meine Mutter zutiefst. Vor Paps sprachen wir nie davon. Wir stritten uns nicht einmal über die Bücher, die ich las, und abends blieb ich unten. Wir sind immer noch überzeugt, daß sie begnadigt werden. Wegen irgendeines Unsinns mit Streichholzschachteln können sie doch keine Mutter mit Kindern umbringen. Paps ahnt nicht, wieviel radikale Identifikation Mutter an mich weitergereicht hat. Nicht, daß sie einen politischen Standpunkt argumentativ vertreten kann, aber ihre Leidenschaft und Loyalität kann ich mit einer Basis aus Lektüre und Beobachtung verbinden. Logik habe ich von ihm gelernt. Man muß seine Sache gut begründen, wenn man etwas von ihm will, es sei denn, man geht auf Umwegen vor, so wie sie.

Kleines Zimmer, die Wände mit Leimfarbe gestrichen und herausgeputzt mit Bildern von schneebedeckten Bergen und Gipsreliefs von Weintrauben (inklusive derer, die ich im Hort bemalt habe, als die Rassenunruhen von Detroit auf unser Viertel übergriffen), mit Hängebegonien in Übertöpfen in Form niedlicher kleiner Hunde. Das gequälte Teppichmuster windet sich zwischen grünen und braunen Läufern über den abgetretenen Stellen. In zwei Ecken hängen Nippesregale mit Porzellangiraffen und -elefanten, vergoldeten Sammeltassen, Wigwams, Andenken von Mackinac Island, dem Blue Hole, den Wisconsin Dells.

Ich marschiere zum Radio und stelle eine der Wohltaten von Detroit an, den CBC, der mich mit richtiger Musik vollpumpt. Diesmal stelle ich sie schön laut, damit sie das ganze Haus füllt, ein Musikaquarium, in dem ich steige und sinke, plötzlich Anmut besitze. Ich springe und wirbele und tänzele und werfe die Beine, bis die Musik zu Ende ist und ich auf den Boden plumpse, mit Blick auf die rauhe Unterseite des Tisches. Die Ränder der Tischdecke, die Bobe gehäkelt hat, hängen zu allen Seiten herunter. Hätte sie mich immer noch lieb? Oder würde sie mich so übel beurteilen, wie Mutter es tut? Der warme Zimtschoß, die Geschichten ganz anders erzählt, als Mutter sie erzählt, als drehe man die Gestalten auf einem Foto um und sähe ihre Rückseite.

Eine langsame und romantische Geige. Ich tanze, aber ich sehne mich nach *U.S.A.*, das ich zu zwei Dritteln aus habe. Bibliothekarinnen, eine strikter und engstirniger als die andere. Diese wollte mir *U.S.A.* nicht geben ohne einen Zettel von meiner Mutter. »Meine Tochter Jill hat meine Erlaubnis, jedes Buch aus den Regalen dieser Bibliothek zu lesen. Nur durch breitgefächerte und unzensierte Lektüre kann sich der Geist eines jungen Menschen ...« Schon in der vierten Klasse hatte ich gelernt, Entschuldigungen zu fälschen, als Callie und ich anfingen, gelegentlich zu schwänzen.

Ich trinke den Bourbon aus und schüttele mich, während ich auf das Sofa sinke. Ich bin der Überzeugung, daß Mischgetränke unecht sind. Je schlimmer der Bourbon in meiner Kehle brennt, desto erwachsener komme ich mir vor. *Er* wird groß und klug sein und wahnsinnig geistreich. Ich liebe das Wort weltmännisch, obwohl ich mir nichts Genaues darunter vorstellen kann. »Bourbon ist weltmännisch«, sage ich laut und kleide ihn in ein romantisches weißes Rüschenhemd und dunkle Hosen, seine schmelzenden Augen können ihren elektrisierenden Blick nicht von mir abwenden. Das Konzert endet in Applaus, und ich stelle das Radio ab ... *Haben und Nichthaben* habe ich viermal gesehen. So sollte es sein, daß der Mann und die Frau sich beide wollen und sich ein bißchen duellieren und sich frotzeln, aber sich als treu und tapfer erweisen. Ich möchte tapfer sein. Vielleicht kann ich Lauren Bacall noch auf meine Liste setzen. Ich bete sie an. Ja, das werde ich tun, aber nicht jetzt. Die Stille macht das Haus ungemütlich. Die Decke knarrt unter Schritten. Der Wind heult an den Scheiben, prüft die Riegel. Ich möchte meine Hefte und meinen Roman, aber plötzlich ist mir der Dachboden unheimlich.

In meiner Phantasie steht der große, schöne Fremde mit dem schwelenden Blick und dem Rüschenhemd immer noch da, doch plötzlich ist er ganz nah und verwandelt sich in Freddie, wie er hereinkam, als ich allein zu Haus war und die Hemden meines Vaters bügelte. Ich sehe sein hartes, zorniges Gesicht und erinnere mich noch an die entsetzliche Furcht, die mich auf dem Küchenfußboden packte, als mir klar wurde, daß er diesmal nicht auf mein festes Nein hören würde. Die Furcht durchzuckte mich heftig wie ein schlimmer Schock, und ich bäumte mich unter seinem Gewicht, unter seinen Händen, die meine Brüste begrapschten und mir weh taten. Ich boxte ihn mit aller Gewalt aufs Ohr, dann wand ich mich los und griff mir das heiße Bügeleisen. Da wich er zurück. Ich erinnere mich immer noch nicht gern an sein Gesicht. Wie kann ich ein Verbindungsglied entdecken zwischen der Musik, die meine Gefühle aufwühlt, und jenem gewalttätigen Gerangel, das es keineswegs tut? Irgend etwas stimmt bei mir nicht.

Wird mich denn keiner je lieben? Ich bin ein Einzelgänger und pervers. Meine Finger kribbeln, aber ich weiß nicht, ob ich vor Einsamkeit brenne oder vor Fülle überfließen möchte. Die gedrungene schwarze Gestalt des Telefons zieht mich an. Howie kann ich nicht anrufen, denn es ist Freitag abend. Der Hörer singt in meiner Hand. Meine wenigen Freundinnen sind ausgegangen. Ich wähle meine eigene Nummer bis auf zwei Ziffern, die ich aufs Geratewohl verändere. Tuut tuut. Wo, auf welchem Flur oder neben einem Bett, auf einem Schreibtisch oder an einer Küchenwand? Ein schrilles Geräusch, das die Luft aufschreckt.

»Hallo?« Eine Männerstimme, tief und ein bißchen zu laut.

Macht nichts. »Hallo, ich liebe dich.« Runter mit dem Hörer. Mein Gesicht verbrennt meine kalten Finger. Ich bin verrückt.

Ich stopfe mein Haar unter Francis' alte Wollmütze. Seit zwei Jahren lasse ich aus Protest mein Haar lang wachsen, jetzt reicht es mir halb den Rücken hinunter und läßt sich auf meinem Kopf zu einem perfekten Knoten stecken. Ich streife meine Wildlederjacke über und stehe einen Augenblick auf der Veranda, schaue nach der Uhr und ob ich meinen Hausschlüssel habe. Wenn ich bis halb elf zurück bin, werden sie gar nicht merken, daß ich weg war. Mein Viertel ist gefährlich, so heißt es, aber ich gehe nach Belieben umher. Ich finde, ich kann ganz schön schnell rennen. In Jeans und Jacke und Francis' Mütze gehe ich als Junge durch. Ich weiß, daß auch das irgendwie verworfen ist, aber es verschafft mir einen Passierschein durch die Straßen hier.

Ich mache mich auf den Weg und renne in die Richtung von Callies Wohnung über dem Bäckerladen in der Joy Road. Ich brauche sie nicht vorher anzurufen. Callie ist bestimmt da, mit ihrem Baby, und für Sharkie ist es noch viel zu früh zum Nachhausekommen. Ich schäme mich, daß ich zu dem renne, was von ihr übrig ist. Sie macht mich traurig, aber das Haus, das ich immer für mich haben möchte, gibt der Einsamkeit den scharfen Geschmack vom Bourbon. Anfangs wird Callie schmollen, aber ich werde mir ihr Gejammer über Sharkie anhören und die kleine Marilyn schaukeln und bewundern und Callie sämtliche schmutzigen Geschichten über die in der Schule erzählen. Ich werde Purzelbäume schlagen, um sie aus ihrem Schmollwinkel herauszulocken. Ich frage mich, ob Callie je darauf gekommen ist, was ich aus Büchern gelernt habe, nämlich daß wir laut Ärzten, Psychiatern, Richtern ein Liebespaar waren und dafür ins Gefängnis kommen könnten. Ich bin mir nicht sicher, ob sie sich daran erinnert, außer daß sie mich manchmal auf bestimmte wissende, skeptische Art anschaut und mir das Gefühl gibt, alle meine Schwächen lägen offen. Meine Schritte haben sich verlangsamt, doch ich gehe weiter. Immer noch besser als allein sein.

3 Eine Runde Farben

Seit zwei Wochen regnet es Tag für Tag. Wenn ich vom Bürgersteig auf Vorgartenrasen oder den Grasstreifen zwischen Pflaster und Fahrdamm trete, gluckst der Boden. Durch das Dach tropft es zum Verrücktwerden in einen Eimer. Zwischen meinen Fingern wächst Schimmel, und ich kann mich zu nichts entscheiden. Die Studentenheimformulare liegen immer noch halb ausgefüllt unten. Fast könnte ich aufgeben. Das tun, was sie wollen. Meine Träume auf den Müll werfen. Aufgeben, nachgeben und geliebt werden. Ich weiß nicht, ob sie mir die zweihundert geben werden, die mir immer noch fehlen, denn ich kann sie nicht beim Streichen und Streiten unterbrechen, um das herauszukriegen.

Der Frühling weckt in meinen Eltern die Malwut, aber am meisten war Leo an der letzten Woche schuld, denn er stopfte den Keller mit Farbe in Fünfliterkanistern voll. Er lagert hier einiges von seinen Beständen, denn Farbe an den Mann bringen ist doch gar nicht so leicht, wie er gedacht hatte. Ich frage mich, ob es heiße Ware ist, doch meinen Eltern kommt dieser Verdacht nie. Sie sind selig, genug Farbe für einen ganzen Stadtteil zum – wie Leo sagt – Großhandelspreis kaufen zu können. Bei so vielen Vorräten können sie jede Farbe nehmen, die ihnen Spaß macht.

Mutter hat Türkis für die Wohnzimmerwände gewonnen, gegen das Hellgrün von Paps, aber er nahm das Hellgrün fürs Schlafzimmer, was Mutter erboste, denn sie sagt, sie kann kein Grün tragen. Er sagt, er wußte gar nicht, daß sie die Schlafzimmerwände anzieht. Mein Allzweckschlafzimmer ist gemäß ihrem gemeinsamen Beschluß in einem Drosseleier-Blau gestrichen worden. Jetzt streiten sie sich erbittert um die Küche. Mutter will ein helleres Gelb und die Schränke zinnoberrot, wohingegen er Beige und Blau möchte. Die Küche ist zum Knackpunkt geworden. Keiner gibt nach.

Heute endlich reißen die Wolken auf in hohe Gaze, und die Sonne steht über Detroit wie ein brennendes Gänseblümchen. Meine Eltern vertreiben sich den Sonntagvormittag mit Streit über die Küche, ich verstecke mich oben und lerne unregelmäßige spanische Verben. Dann höre ich meinen Vater über meinem Kopf auf dem Dach umhergehen, gleich danach ruft Mutter mich herunter. Sie hat ihr widerspenstiges Haar unter ein gelbes und fuchsienrotes Kopftuch gesteckt – ich schwöre, die Hälfte ihrer Sachen kauft sie vor lauter unterdrücktem Zorn – und schleift den Staubsauger hin und her über den Teppich. Sie stellt den Motor ab, worauf der wurstförmige Staubsack seufzend zusammensinkt, und zeigt auf zwei dampfende Eimer und einen Haufen Lumpen. »Nimm dir die Verandafenster vor. Wenn du dich auf die Stufen stellst, kommst du an die Fenster vom Vorderzimmer ran. Los, los, beweg dich. Bummelt herum, während andere arbeiten!«

Meine Methode für Hausarbeit ist, mich so stark auf eine aufwühlende Geschichte in meinem Kopf zu konzentrieren, daß ich kaum wahrnehme, was ich treibe. Das hat Vorteile und Nachteile. Bei Fenstern funktioniert es prima, denn ich merke unbewußt, wann ich sie sauber gekriegt habe, während ich mir vorstelle, was Mr. Stein hätte sagen *sollen*, als ich ihm von meinem Universitätsstipendium erzählte. Ich weiß, daß er weiß, daß ich für ihn schwärme, und in meinen saureren Momenten habe ich ihn im Verdacht, das zu genießen, aber wenigstens hat niemand die Gedichte gesehen, die ich an ihn geschrieben habe.

Er ist die Nadel, senkt sich spitz und tief
in mein Gemüt. Die Pläne, weit und groß,
zerstieben in den Winden, die er rief,
verwirbeln sich zu Staub. Ich liege bloß ...

und so weiter und so weiter. Er sagte mir, ich müsse aufhören, freie Verse zu schreiben, und anfangen, Sonette zu schreiben.

»Was?« Erschreckt kehre ich zurück.

Paps ist auf der hohen Leiter vom Dach heruntergekommen. Er reibt sich den windgeröteten Nacken und setzt sich zum Rauchen auf die Stufen. »Steif ... Ach verdammt, ich habe den Hammer vergessen. Geh und hol ihn, ja?«

Der schmutzige rosa Lumpen, Mutters alter Schlüpfer, hängt schlaff und dampfend in meiner Hand. »Die Leiter hoch? Aufs Dach?«

Er grinst leicht verärgert. »Der läuft nicht von allein runter.«

»Entschuldige, aber du weißt doch ... Von Höhen wird mir schlecht.«

»Du bist dir selbst gegenüber zu nachgiebig.« Seine Augen lasten auf mir, seine Zähne verkrampfen seinen Kiefer. »Du und deine Mutter! Hol ihn runter.«

»Aber ...« Gnade, Herr Richter! »Vielleicht kannst du ihn später holen?«

»Nein!« Seine großen, knotigen Hände packen seine Knie, er starrt mich zornig an.

Er wollte einen Jungen. Mit zwölf unternahm ich den großen Versuch, ruderte ihn durch schaurig dämmerige Moskitosümpfe, spießte Wurmstücke auf, zog mir Angelhaken aus den Haaren, starrte auf den Schwimmer, und alles juckte. Monatelang saß ich juckend und schwitzend da und mühte mich um eine unbewegte Miene, die geradlinige, hölzerne, wortkarge Tugend von Robin Hood bis Batman, ein richtiger Goybengel. Ich hab's versucht, das kann ich Ihnen sagen.

Er preßt die Fäuste auf die Knie, daß die Knöchel weiß werden. Gleich explodiert er. Ich flitze zur Leiter. »Bitte. Vielleicht kann ich's später machen?«

Er steht auf, und ich krieche die ersten sechs Sprossen hinauf. Einen Fuß, dann den anderen daneben. Meine Handflächen schwitzen am Holz. Immer näher an die kalkigen Rillen der Asbestverkleidung. Nicht runtersehen. Ich habe alle meine Ängste von ihr, und sie schickt er nie da hoch! Die Leiter wackelt, schwankt. Ich presse mich daran, die Sprossen quetschen meine Brüste. Meine Waden spannen sich, bis es weh tut. Ein Krampf: zerschmettert unten auf dem Pflaster, das Schienbein spießt heraus. Jetzt bin ich in Höhe des Daches, aber wie komme ich da rüber?

»Ich halte die Leiter.« Seine Stimme direkt unter mir. »Einfach aufs Dach rübersteigen. Na los!«

Aus lauter Angst, daß er vor Ärger an der Leiter rüttelt, krabbele ich aufs Dach hinüber. Es hat eine Schräge, aber ich merke, ich kann langsam, wie beschwipst, hochgehen. Ich bin jetzt über dem ersten Stock, und Le Roy aus dem Nachbarhaus, der in die zehnte Klasse geht, gafft zu mir rüber. Ich stolziere den Dachfirst entlang zum Schornstein. Da liegt der Hammer. Lässig hebe ich ihn auf und schwinge ihn. Könnte ich doch davonfliegen in die große alte Ulme im Hof, ihre Knospen werden schon grün. Hier oben sind die Ulmen ringsum beeindruckend, eine zweite Geisterwelt über den Bäumen. Wäre ich doch ein Papierdrachen und der Wind könnte mich tragen.

Wär ich ein welkes Blatt, von dir getragen
Wär ich ein Wolkenhauch, mit dir zu fliegen

Mein fünfzehntes Jahr gehörte Shelley. Er war der erste Dichter, den ich liebte, vor Walt Whitman. Vor Keats. Vor Emily.

»Jill! Was ist denn los?«

Mist. Was raufgeht, muß auch runterkommen. Ich krieche zur Kante, wo unter mir die Welt in kaltem, schwindelerregendem Wasserfall davonstürzt. Er steht da und wartet. Ferien in den Bergen von Virginia, blauer Dunst löst den Horizont auf. Am Boden hielt sich Mutter die Perlenhandtasche an den Kopf und kreischte: »Du wirst sie noch umbringen!« Über mir auf dem Feuerwachturm versuchte Paps, meine kleine Pfote loszuwinden. Ich war auf halbem Wege versteinert und hatte nur noch den Wunsch, der Berg möge sich auftun und dieses Häufchen Unglück verschlingen.

Ich erstarre mitten auf der Leiter, eine Hand umklammert den Hammer, die Füße kleben an einer Sprosse. »Hast du ihn?« ruft er. »Laß ihn nicht fallen. Denk dran, ich halte die Leiter.«

»Komme!« Stimme aus Kreide.

Ich steige von der Leiter, er nimmt den Hammer und macht eine Bewegung, als wolle er mir auf die Schulter klopfen. »Du bist bestimmt froh, daß das alte Dach nicht mehr auf dich runtertropft.«

Meine Knie sind weich. Wo ist der Orden für Feiglinge? Ich sollte dankbar sein, statt in meine verhexten Ängste eingesperrt. »Viel besser.«

»Es ist frisch, trotz der Sonne. Wollen mal sehen, ob wir einen Kaffee auftreiben können.« Zwei Kumpel, gehen wir herum zur Hoftür und vermeiden das Vorderzimmer, wo Mutter immer noch mit schnaubenden Nüstern herumspringt wie ein Spielzeugdrache. Jetzt wird er mich eine Weile lang beschützen. Ich habe meinen Zoll entrichtet.

»Paps ...« Ich gieße den Kaffee aus der Maschine in seinen hohen blauen Spezialbecher. »Ich möchte unbedingt auf die Universität, aber mir fehlen zweihundert. Meinst du, daß du sie mir vielleicht geben könntest?«

Er runzelt die Stirn, schweigt lange. Ich wage nicht, noch etwas zu fragen, sondern rutsche hin und her. Schließlich sagt er: »Und Hubie schickt Donna wirklich da hin?«

Ich nicke heftig. Er weiß es, aber glaubt er auch, was er weiß? »Donna war immer besser in der Schule als Estelle.« Ihre langweilige, spießige ältere Schwester, sie ist verheiratet und lebt in Detroit. »Donna hat ein Stipendium bekommen. Wie ich.«

Er stupst die Bewerbungsformulare. »Du hast die ja noch gar nicht fertig ausgefüllt.«

»Ich dachte, ich warte besser, bis ich weiß, ob ich gehen kann. Wenn ich Donna sage, ich ziehe mit ihr zusammen, und dann sage ich ab, dann kriegt sie am Ende sonstwen ins Zimmer.« Warum fühle ich mich immer wie ein Schauspieler, wenn ich ihn um seine Hilfe bitte? Die Rolle ist unangenehm und beschämt mich. Letzten Endes hat er die eigentliche Macht. Es ist sein Geld. Mutter fragt, bevor sie etwas ausgibt, er nie. Ich habe Jahre gebraucht, um das zu verstehen, denn als ich klein war, schien Mutter so stark. Sie war die Sonne, die Quelle der Wärme und der Nahrung und des Lebens selbst; alle anderen Planeten und Lichter turnten um sie herum. Warum sollte sie ihm etwas vorlügen und schmeicheln und flehen? Ich konnte es nicht begreifen. Warum war sie vor mir stark, aber vor ihm schwach?

»Du kannst ihr sagen, daß du mit ihr das Zimmer teilst. Wir schaffen das schon.«

Ich nehme mir rasch die Formulare und gehe sie ausfüllen, bevor er es sich anders überlegt.

Als ich am Dienstag von der Arbeit heimkomme, steht Paps' Auto in der Garage. So früh schon zu Hause? Alle Möbel stehen wieder an ihrem Platz, und Mutter wischt Staub. Sie nickt mir mit leidgeprüfter Duldermiene zu, der Mund verkniffen, die Augen gesenkt. Doch ich spüre ein unterdrücktes Lächeln in ihrem Schweigen. Sie entfernt den Staub mit koketten Gesten, als ruhe sie mit geheimer Genugtuung in ihren Rundungen. Geruch von frischer Farbe. Hat sie schließlich in der Küche ihren Willen durchgesetzt?

Paps ist nicht zu sehen. Ich gehe zur Küchentür. »Heiliger Strohsack!«

Sie ist sofort an meiner Seite, kneift mich in den Oberarm. »Pssst! Er ist im Keller. Heute mittag kam er mit übler Laune nach Hause, und dann hat er es gemacht. Kein Wort davon vor ihm!«

Unsere Schränke sind tatsächlich zinnoberrot, und die eine Wand ist gelb. Die Wand zur Auffahrt ist rosa. Die hintere Wand ist gelbbraun. Die Wand hinter dem Tisch ist wüst gestreift mit breiten Bändern in Türkis, Rot, Rosa, Blau, Grün und in weißer und schwarzer Lackfarbe. Ich kann nicht anders, ich muß kichern, und plötzlich lacht sie mit mir, hält sich die Hand vor den Mund. »Der Mann ist wirklich zum Schießen!« sagt sie bewundernd. »Also nein, dieser Mann!«

Die General Custer Highschool: ein Backsteinklotz, ein kalter roter Wal, von dessen Walspeck dieser Jonas abmagert. Spülwassersuppengestank im Speisesaal. Modergeruch der Aula. Schulversammlung zur Förderung der Fairneß, unser Direktor rollt die falschen Zähne im Mund, wenn er gurgelt: »Liebe Ferreunnde«, keine Prügeleien mit zerbrochenen Flaschen mehr nach den Spielen. Das Gebimmel der Pausenklingeln bricht sich an braunroten Decken und lädierten

Schlössern. Hier wird die Langeweile scheibchenweise eingeteilt in Stunden und Klassenzimmer und Leistungsgruppen. Hier belegt man Langeweile 1 (das ist die Leistungsgruppe, die zum College führt), gefolgt von Langeweile 2, und wenn man alle Tests besteht, wird man versetzt in die Fortgeschrittene Langeweile. Hier wird man, wenn man auch nur einmal die Wahrheit sagt, verspottet, schlecht benotet und ins Büro des Direktors geschickt. Ein Zettel, den ich in Staatsbürgerkunde weiterreichte: »Findest du Jim nicht auch ganz süß? Hattest du schon mal einen festen Freund? Deine Freundin Wilma.« Antwort, wieder von mir weitergereicht: »Welcher Jim? Ja, Bill McIver, drei Tage lang. Deine Freundin Sue.« Der fensterlose Raum der Schülerzeitschrift. Dort sitze ich, die Nachrichtenredakteurin, auf einem Tisch, baumle mit den Beinen und schwatze, damit ich nicht gleich nach Hause muß.

Ich ziehe den Reißverschluß meiner Jacke hoch und drücke gegen die schwere Doppeltür. Der Himmel tropft. Die Fahne flattert an der Spitze ihres Mastes im nassen Wind und klappert mit den Seilen und Metallringen, die sie hoch- und runterziehen. Autos biegen quietschend aus dem Parkplatz und schießen in den Verkehr. Während ich auf meinen Bus warte, ruft ein Mädchen neben mir: »Hau doch ab, hattest du nie! Erzähl mir nicht solchen Scheiß.« Blaue Lidschatten, eine Silbersträhne im braunen Haar, grüne Nägel. Harte Wadenwölbungen über Stöckelschuhen. Sie trägt ein Lesebuch meiner Stufe, aber ich muß Jahre jünger aussehen. Ich fühle mich kaum weiblich neben ihr. Wie ich revoltiert sie, aber ich habe eine Kluft geschaffen, die ich inzwischen nur noch mit Mühe überbrücken kann. Dennoch bin ich ihr näher als den selbstsicheren Mädchen in Faltenröcken und pastellfarbenen Twinsets, die fest befreundet sind mit jungen Männern mit kieferorthopädisch korrigierten weißen Zähnen und Wahlplakaten und Button-down-Hemden und Blazern. Ich arbeite mit diesen Mädchen in der Schulbücherei zusammen und in anderen Aktivitäten außerhalb des Stundenplans, für die ich mich freiwillig gemeldet habe, weil ich dachte, das muß man, um ins College zu kommen, aber ich weiß nicht, wie ich mich mit ihnen unterhalten soll. Wenn ich komme, verstummen sie. Ich bin die Extremistin der Schule, und sie wissen nicht, was sie mit mir anfangen sollen, außer mich zu hänseln, wenn sie können. Ich weiß, sie sind wohlgestaltet, diese Jungs, aber sie rühren mich nicht mehr, als es ein hübsches Windspiel täte. Die wohlerzogenen, adretten Paare verfügen sich zum Parkplatz oder zu dem Bus, der westwärts in das mehr bürgerliche Viertel fährt, das ebenfalls Einzugsgebiet der Schule ist.

Die Bücher unter einen Arm geklemmt, hänge ich an einer Halteschlaufe nahe der Hintertür. Ganz hinten brüllen sich die Jungs dreckige Witze zu. Einer singt:

Ich hab 'ne Frau in Singapur,
    Schnuckelpuppe,
Ich hab 'ne Frau in Singapur,
Die ist nur eine Stundenhur,
    Schnuckelpuppe, du.

Ich hab 'ne Frau, die will's und kann's,
    Schnuckelpuppe,
Ich hab 'ne Frau, die will's und kann's
Und leckt mir jeden Tag den Schwanz,
    Schnuckelpuppe, du.

Das Mädchen mit der Silbersträhne ist den Tränen nahe und kreischt: »Halt dein dreckiges Maul, Jerry, oder ich stopf's dir!«

Ich beuge mich über meine Bücher. Warum hassen sie Mädchen, die das tun? Meine Tagträume winden sich wie Messer in mir. Ich versuche, mir keine Phantasievorstellungen von der Collegezeit zu machen, sie nicht mit falschen Erwartungen zu verzerren. Worauf habe ich mich mit Donna eingelassen? Wird sie mich bei ihren und meinen Eltern verpetzen? Onkel Hubie ist ein Tyrann. Wie der Mutter und mich anschaut, da kann einem angst und bange werden. Bei Hochzeiten und Beerdigungen habe ich mich mit Donna verbündet.

Ich habe sie nicht mehr gesehen, seit wir vierzehn waren, auf Onkel Floyds Beerdigung, der einzige Schwiegersohn und ein Bergarbeiter. In der Anthrazitmine arbeiteten sie zu weit unter dem Fluß, und der Fluß brach durch. Vier Bergleute kamen dabei um. Der Fluß ergoß sich in die ganze Mine und machte alle meine Vettern ersten, zweiten und dritten Grades, die ganze walisische Verwandtschaft, arbeitslos. Ich erinnere mich noch, wie Tante Elaine vor Kummer zusammengekrümmt saß, als hätte sie Magenkrämpfe.

In meinem dreizehnten Sommer waren Donna und ich zusammen in Cold Springs. Wir kletterten auf den Berg über der Stadt. Wir schliefen oben in einer Dachkammer und kicherten die ganze Nacht. Wir schwammen im alten Steinbruch und aßen zu Abend mit Tante Elaine und Onkel Floyd in Cokeville, wo er uns den Eingang zum Bergwerk zeigte und die großen Maschinen und den Schichtwechsel. Er gab uns Wildbret zu essen. Wenn er nicht arbeiten mußte, verbrachte er seine Zeit am liebsten oben auf dem Berg, unter den

Bäumen. Donna war klein und blond, mit einer Haut, die nach einer halben Stunde verbrannt war und andauernd einriß, an jedem Zaun, den wir überkletterten, an jedem Brombeerstrauch, den wir aberntеten. Ich führte sie immer in Versuchung, aber ich erinnere mich, daß sie auch immer mitmachte. Ich erinnere mich, wie sie weinte, als Onkel Hubie mit ihr schimpfte wegen der Brombeerflecken auf ihrem weißen Kleid oder weil sie in ihrem rosa Kleid in den Bach gefallen war, aber ich erinnere mich nicht, daß sie sagte, was sogar gestimmt hätte: »Jill hat mich angestiftet.« Ich spielte mich gerne auf vor ihren intensiven blauen Augen, so blau wie die Wegwarte, die auf Trümmergrundstücken wächst.

Ich habe einen Horror davor, den Vater meines Vaters zu besuchen, den alten Patriarchen in seinem 1889 erbauten Haus in Cold Springs, wo er über die Tochter herrscht, die zu Hause sitzen blieb, um ihn zu versorgen. Tante Mary ist jetzt fünfundfünfzig und mein Großvater achtzig, aber er marschiert immer noch jeden Tag die fast zwei Kilometer in die Stadt und zurück, obwohl die Stadt inzwischen zu ihnen hinausgewachsen ist. In den letzten Jahren hatte ich immer die Ausrede, im Sommer und in den Ferien arbeiten zu müssen. Die Familie meines Vaters sieht auf Donnas Mutter herab, weil sie katholisch ist. Onkel Hubie arbeitete bei Flint Chevrolet am Fließband, als er Tante Louella kennenlernte, aber jetzt ist er Vorarbeiter. Er steht auf der Seite der Firmenleitung, deshalb streiten mein Vater und Onkel Hubie sich regelmäßig. Onkel Hubie kaufte ein Haus in einem weißen Viertel. Es ist klein, aber aus Backstein. Ob Donna sich wohl in eins der Mädchen mit den pastellfarbenen Twinsets verwandelt hat?

Als ich von der Schule heimkomme, sitzt eine der Nachbarinnen, Mrs. O'Meara, mit Mutter am Küchentisch. Mutter liest gelegentlich aus der Hand, allerdings nur, wann *sie* will, während sie auf Wunsch aus Teeblättern liest. Vor der knallig gestreiften Wand beugen sich Mutter und Mrs. O'Meara vor, zwischen ihnen steht die Tonteekanne von Bobe, ausgebuchtet wie das Bäuchlein einer alten Katze, um ihren breiten Fuß scharen sich die 'interessanten' Tassen wie Katzenbabys.

»Häschen, magst du eine schöne Tasse heißen Tee? Es ist Darjeeling.«

»Aber wird er sie heiraten?« jammert Mrs. O'Meara. Sie möchte Mutters ungeteilte Aufmerksamkeit. Kleine Hundeaugen warten. Mrs. O'Meara ist genauso klein wie Mutter. Wie Kinder, die Kaffeekränzchen spielen, berühren ihre Füße nicht den Boden, sondern hakeln sich um die Querstäbe der Stühle.

»Der ist nicht davon abzubringen, der ist nun mal ganz wild auf sie.« Mutter setzt sich auf, ihre Schultern stoßen den Stuhl zurück.

»Aber wenn er mich verläßt, ich verlaufe mich ja in dem leeren Haus.«

»Jugend und Alter! Du hast dein Leben gehabt.« Mutter fixiert sie streng. »Aber wenn du oben eine kleine Wohnung einrichtest, damit sie was haben, wo sie für sich sind, das wäre was anderes. Sie sind bestimmt nicht scharf darauf, die Mieten zu blechen, die die Hauswirte, diese Verbrecher, unsereins heutzutage aus der Tasche ziehen.«

»Pearl! Das ist *die* Idee!« Mrs. O'Meara lächelt sogar mir zu. »Eine kleine Wohnung oben. Die könnte ich ganz süß machen –«

»Zeit, das Huhn aufzusetzen.« Mutter springt auf. »Halt mich auf dem laufenden.« Wenn ihre Geduld am Ende ist, dann von einem Moment auf den anderen. Mutter schneidet schon Zwiebeln, das Messer blitzt.

»Ach, Pearl ...« Mrs. O'Meara bleibt am Kopf der Hintertreppe stehen. Wenn Frauen Mutter konsultieren kommen, benutzen sie immer den Hintereingang. »Was ist denn mit deinen Küchenwänden passiert? Wer war das?«

»Mein ältester Sohn Leo ist ins Farbengeschäft eingestiegen. Er wollte sie nur mal ausprobieren. Natürlich streichen wir es am Wochenende über.«

»Ausprobieren?« Mrs. O'Meara bestaunt die gestreifte Wand und hofft auf ein Bröckchen Klatsch. Mutter ist in diesem Viertel so fehl am Platze wie eine goldbraune Löwin. Sie folgt nicht einmal Mrs. O'Mearas Blicken, nickt nur unbeteiligt, während sie schnippelt.

Als Mrs. O'Meara sich endlich hinausbequemt hat, schüttelt Mutter den Kopf. »Diese unbelehrbare alte Schachtel! Ich habe aufgepaßt, daß meine Söhne mir nie am Schürzenband hingen. Ein Sohn muß hinaus und seinen eigenen Weg machen.«

Eine Tochter auch. Ich widerspreche ihr nicht, aber Leo heiratet alle zwei Jahre. Und als Francis das letzte Mal zu Hause war, schrie sie ihn an, er sei versessen darauf, seinen »Hut nur bei Lumpen und Flittchen aufzuhängen.«

Ich sage nur: »Ich gehe hoch, lernen.«

»Magst du nichts essen?« Schnipp, schnipp geht das Messer.

»Hab in der Schule ein Sandwich gegessen.«

»Trink doch noch eine Tasse Tee, während ich das Huhn aufsetze.«

»Nein danke.« Die Farbdämpfe sind immer noch stark, durchdringen sogar die Treppe zum Dachboden. Ich steige langsam empor und genieße den Aufstieg über das Haus in mein Refugium. Meine Augen erreichen die oberste Stufe, und da sehe ich es durch die offene Tür: eine breite gelbe Wand. Meine Hollywoodschaukel ist zur Seite geschoben worden, meine Bücher wahllos aufgestapelt, meine Hefte (durchwühlt? gelesen?) auf einem Haufen, mein Zimmer um und umgekrempelt und in kreischendem Gelb gestrichen. Ich springe zur Tür hinauf, mir wird übel, ich kann es gar nicht glauben. Nein. Wir liegen so im Krieg miteinander, daß alles als Angriffswaffe dienen kann, Geschenke, Mahlzeiten, sogar Farben. Dann schmeiße ich meine Schulbücher quer durchs Zimmer und stürze die Treppe hinunter.

Sie wirbelt vom Herd herum, ihr Gesicht starr in der Nachahmung eines Lächelns. »Sieht es nicht fröhlich aus? Ich habe den ganzen Vormittag gerackert, um dich zu überraschen.«

»Ja, Scheiße! Wie kannst du es wagen, mir das einzige, was ich habe, wegzunehmen?«

»Schrei mich nicht an. Jeder normale Mensch wäre mir dankbar. Sich da oben Tag und Nacht verkriechen.«

»Du kannst mich mal! Du würdest alles tun, nur um mir weh zu tun. Du willst mich bei lebendigem Leib auffressen!«

»Wage es nicht, so mit mir zu reden, du Wurm! Jetzt ist Schluß mit dem Gewühle in schmutzigen Büchern wie ein Schwein in seinem Stall!«

»Du hast kein Recht! Überraschung – ein Messer in den Rücken!«

»Jaul jaul! Wie eine Katze. Du läufst rum mit dem Kopf im Arsch und den Ohren voller Scheiße, du jämmerlicher Schlopp, und dann wunderst du dich, warum du von nichts eine Ahnung hast.«

»Das verzeihe ich dir nie! Nie!«

Ich ducke mich, aber nicht schnell genug. Ihr Handballen schlägt mich auf den Mund, daß mein Kopf in den Nacken fliegt. »Mir verzeihen? Du armselige, blinde, häßliche Schlampe! Du dreckiger kleiner Gossenwurm, der von seiner eigenen Scheiße lebt!«

Weinend und benommen vor Wut und Selbstmitleid drehe ich mich um, halte mir die Ohren zu und stürze hinaus. Ich renne, bis ich Seitenstiche habe, dann laufe ich weiter und weiter, meine Zähne klappern, ich sauge an meiner geschwollenen Lippe und balle die Fäuste, bis mein Zorn endlich abgestumpft ist. Gleichgültig und kalt bis ins Innerste meines Hirns, kalt durch alle verknoteten Muskeln drehe ich um und laufe nach Hause. Und ich werde weggehen. Ich werde mich ihnen nicht beugen. Ich werde weggehen.

4

Worin wir erfahren, daß Schneeleoparden dunkle Flecke haben

In der Eingangshalle, wo es zwischen den Gummibäumen von Familien und Gepäckstücken wimmelt, quittiere ich am Empfang den Schlüssel, mit dem ich zum ersten Mal das kleine Doppelzimmer aufschließe. Licht aus dem Hof strömt zu den tomatenroten Vorhängen aus Sackleinen herein, rauht die Struktur der weißen Wände auf und wirft Schatten von den schlichten hellen Möbeln und dem Haufen Kisten und Koffer.

Mutter drängt sich herein, um ihre Last loszuwerden. »Ach! Das ist ja winzig. Sieht aus wie eine Zelle, Häschen. Man sollte doch denken, daß sie für den Preis ...«

Ich fahre zusammen, ein Schock spontaner Vertrautheit, als ich dem Blick meiner Kusine begegne. Einen Augenblick noch steht sie starr in der Ecke, in die sie vor unserem geräuschvollen Anmarsch geflohen sein muß, zierlich und flachshaarig, von harter Blässe (warum fällt mir dabei ein Frühlingsnachmittag mit Howie im Zoo ein und durch trennende Gitterstäbe die Begegnung mit einem einsam hin- und hertigernden Schneeleoparden?), bevor ihre hohe Stimme panisch wie ein gefangener Vogel in schwachsinnige Familienbegrüßungen ausbricht.

Paps fährt sich enttäuscht durchs Haar. »Hubie und Louella schon weg? Ich dachte, wir treffen uns. Essen zusammen. Ich habe ja gesagt, wir müssen früh los.«

»Ist das deine Decke auf dem unteren Bett?« Mutter strahlt Donna an, aber die Mohnblüten auf ihrem Hut wackeln bedenklich. »Natürlich werdet ihr jeden Monat tauschen, damit es gerecht ist.«

Mutter will mit mir auspacken, aber der Abschied macht Paps kribbelig. Während sie sich streiten, flattert Donna mit nervösen Scherzen zwischen ihnen. Als wir allein gelassen sind, lacht sie noch panischer, versucht so verzweifelt, eine gedankenlose, schlichte, heitere Fassade an den Tag zu legen, daß es mir Rätsel aufgibt. Sie trägt an diesem Sonntag ein kleines goldenes Kreuz auf ihrem blaßblauen Pullover, aber am nächsten Morgen ist es verschwunden. Ich stoße danach nur ein einziges Mal darauf, als ich mir saubere Socken ausborgen will und in ihrer obersten Schublade krame.

In dieser ersten Woche umschleichen wir uns auf Zehenspitzen, vorsichtig wie Bombenentschärfer. Ihre Fassade bröckelt ab, eine spröde Scherbe nach der anderen. Zwei Kräfte befreien Donna. Die eine bin ich. Ich bin eine Kraft. Eine mächtige Freude durchpulst mich in diesen ersten Wochen im Reich meines köstlichen eigenen freien Willens. Wenn ich mit meinen Referaten fertig bin, lese ich ihre, einfach um teilzuhaben, um alles in mich hineinzuschlingen. Ich renne in Vorlesungen, mein Gesicht brennt vor Gier nach zuhören, aufnehmen, jedes Seminar in dem dicken Vorlesungsverzeichnis belegen, gleichzeitig und ohne Ende. Ich will lernen, Französisch und Zoologie, chinesisches Denken und biologische Anthropologie, der Hundertjährige Krieg, die Welt des Cervantes. Inniger Regen streichelt mich, niemand schimpft mich in Gummigaloschen hinein. Ich laufe barhäuptig durch Straßen, vollgehagelt mit leuchtenden Elritzenblättern, die im Rinnstein schwimmen. Ich marschiere an den Wohnheimen vorbei, aus jedem Fenster funkelt eine Lampe, die riesigen Gebäude segeln wie Lichterschiffe in den windgepeitschten finsteren Himmel, und keine Obrigkeit kümmert sich darum, was ich treibe, solange ich zur Sperrstunde zurück bin. Die Gitter sind fort. Ich bin aus meinem Käfig entwichen, und niemand wird mich je in ein enges Gelaß zurücklocken. Donna muß über meine Energie lächeln.

Die zweite Kraft? Ihre eigene Verzweiflung. Ich spüre sie wie elektrisches Knistern, das sich aufbaut, bis es über die Kluft hinweg brennt wie ein Hochspannungsexperiment in Physik, wenn sie mich anschreit: »Du hast ja keine Ahnung! Du kennst mich nicht. Wenn du wüßtest, wie ich bin, würdest du das Zimmer verlassen.«

Das ist ein scharfer Angelhaken. Aus zusammengekniffenen Augen beobachte ich sie, sie sitzt rittlings auf ihrem Schreibtischstuhl wie Marlene Dietrich im *Blauen Engel*, ihr Kordrock hat sich hochgeschoben, um ihre schönen Beine zu zeigen – Donnas, nicht Marlenes –, und ich weiß, ich soll dazu verlockt werden, Fragen zu stellen. Wie wohltuend, daß jemand von mir beachtet werden möchte. Bei Beginn der vierten Woche denke ich von ihr nicht mehr als meiner Kusine; ich habe begonnen, von ihr als meiner Mitverschwörerin zu denken. Wir sind arm, wir haben Stipendien, wir sind schlecht angezogen, wir belegen die schwierigen Seminare, wir kommen aus den falschen Städten und den falschen Vierteln, wir lassen uns nicht von Verbindungen einfangen. Auf dem Rest des Flures zählt die Angesehenheit nach der Anzahl der Kaschmir-Twinsets und der Freunde in renommierten

Verbindungshäusern, die bei einem anständigen Mädchen unter oder neben, aber nicht auf dem Bett liegen. Man geht bis kurz vorm Ziel, und man verlobt sich. Donna schafft es immer, an den Wochenenden verabredet zu sein, aber wonach sie auch suchen mag, die Kens und Bobs, die mit ihr ausgehen, sind es bislang nicht. Wie kommt es, daß ich mir plötzlich der Kastenschranken auf unserem Flur bewußt werde? Donna erzieht mich zu ihrem Bewußtsein, wie ich sie zu meinem. Sie beschreibt sich selbst als Sozialistin, seit letzter Woche.

Unsere Gespräche sind voller »wir müssen« und »wir dürfen nicht«, wie in: »Wir müssen lernen, uns dem anderen Geschlecht gegenüber authentisch zu verhalten« (ich), bis zu Donna, die gerade erklärt: »Wir müssen uns anständige BHs besorgen.«

Ein anständiger Büstenhalter ist 1953 dem Brustpanzer einer Ritterrüstung näher als dem duftigen Hauch zarter Dessous. Er teilt die Brüste und richtet sie nach vorn und nach oben aus wie zwei Mondraketen. Wir besitzen solche Geräte nicht, aber Donna ist der Ansicht, daß wir sie brauchen. Sie kaufen liegt außerhalb unserer Mittel. Ich klaue uns regelmäßig Nahrungsmittel zur Ergänzung der Mensarationen, aber mir ist nicht klar, wie ich Büstenhalter mopsen soll, die in der City unter dem Ladentisch verwahrt und nur einzeln zur Anprobe herausgerückt werden. Ich habe die Lage erkundet und dabei, in einem Wiederaufleben meiner alten Gang-Fertigkeiten, zwei Pullover abgestaubt, einen aus schwarzer Wolle mit Rollkragen und langen Ärmeln für mich und einen marineblauen für Donna. Ich hatte keinen für eine bestimmte von uns gedacht, da wir beide in allem außer Büstenhaltern und Schuhen die gleiche Größe tragen, aber Donna bestand darauf, festen Besitz einzuführen. Ich glaube, ich werde sie bearbeiten. Ich neige mehr zum Gemeinsamen. Mir wäre am liebsten, alles im Zimmer gehörte beiden von uns.

Donna trägt ihren neuen marineblauen Rolli und beäugt ihr ordentliches, blasses Selbst im Spiegel, sie drückt die glatte Rolle ihres mondfarbenen Haares an. »Umwerfend. Wenn das jetzt noch Kaschmir wär!«

Ich lerne. Das nächste Mal werde ich die richtige Sorte klauen. Ich möchte ihr eine Freude machen. Wenn sie sich freut, ist sie begeistert und ungestüm. Jetzt schaut sie mürrisch und wiederholt: »Wir brauchen anständige BHs.«

Ich hocke auf dem Sims am Flügelfenster, das in den sanften Regen geöffnet ist, und spüre eine sinnliche Traurigkeit durch meine Adern rinnen wie eine Droge. »Hmm«, sage ich, »in den Kaufhäusern bringe ich das nicht mit dem BH, Donna mia.«

Sie schaut auf ihre Uhr, ein Geschenk von einem früheren Freund zum Schulabschluß. Ich glaube, der Abschluß hat ihn gleich mitgetroffen. »Fast Mitternacht. Wir schlagen in den Wäschekellern zu.«

»Ich weiß nicht.« Ich wende mich vom Regen zu ihr. »In Kaufhäusern zuschlagen ist was anderes.«

»Diese reichen Ziegen? Bei denen möchte ich in echt zuschlagen.«

Werden wir erwischt, fliegen wir raus, aber darum geht es nicht. Ich achte ihren Klassenhaß, der den meinen schärft, aber mir gefällt nicht, daß sie so heftig begehrt, was die anderen haben. »'Die Dinge sitzen im Sattel und reiten den Mensch'«, zitiere ich, aber Donna sagt: »Sodomie! Du würdest nicht so krumm gehen, wenn du einen anständigen BH hättest.«

Ich stelle die Grundregeln auf: Wir dürfen nur Mädchen bestehlen, deren Wäsche sie als sehr wohlhabend ausweist, und nur, wenn sie auf der Leine mehr gleiche Stücke zu hängen haben, als wir einstecken. Wir dürfen nur andere Häuser nehmen, nicht unser eigenes. (Vier Häuser sind durch Keller miteinander verbunden. Die Außentüren sind nach halb elf alle mit Alarmsirenen gesichert.) Die letzte Regel ist aus Angst, eine könnte später bei unserer Wäsche ihre Sachen wiedererkennen. Hinab in die Eingeweide des Hügels, wir gleiten mit Wäschesäcken und Büchern, als wollten wir waschen und lernen. Donna setzt ein fröhliches, straffes Gesicht auf, ihre Augen linsen hinter der blaugerandeten Brille hervor, ihre Lippen geben ihre kleinen guten Zähne frei. Wo hat sie in unserer Familie gute Zähne her? Als ich in der medizinischen Aufnahmeuntersuchung meinen Mund aufmachte, juchzte der Zahnarzt vor Freude, und dreimal in der Woche muß ich hin, damit Studenten an meinen faulenden, bröckelnden Armer-Leute-Kind-Backenzähnen üben können.

»Kommst du morgen abend mit in *Der Wilde*?«

Sie schüttelt den Kopf. »Geh mit Bob weg.«

»Wozu?« Wir sehen Wäsche durch, die alle unsere Anforderungen erfüllt, bis auf eine: Größe 38A. Zu schade. »Du kannst ihn nicht mal leiden.«

»Was hat das damit zu tun? Er ist besser als gar nichts.«

»Ich habe dich neulich draußen mit ihm knutschen sehen«, sage ich, um sie auf die Probe zu stellen.

»Na und? Ich schlafe nicht mit ihm, falls du das meinst.«

Diese Möglichkeit ist mir gar nicht in den Sinn gekommen. »Warum denn nicht, wenn dir danach ist?« Ich tue vollkommen gleichgültig, obwohl mir die Vorstellung, daß jemand sie berührt, den sie nicht einmal leiden kann, scheußlich ist.

»Meinst du das ernst?« Sie prüft eine weitere Wäschereihe. »Eingenähte Namensschilder. Die kann ich mit der Rasierklinge raustrennen. Der hier ist deine Größe. Ich dachte, inzwischen hättest du dich auch mit einem eingelassen.«

»Ich? Ich weiß doch gar nicht, wie ich das anfangen soll.« Ich kurve ständig zwischen ihr und der Tür hin und her, denn ich stehe Schmiere.

»Du bist doch keine Jungfrau mehr. Du doch nicht!«

Ich zucke die Achseln. »Tja, wenn man seine Unschuld verlieren könnte, indem man drüber nachdenkt oder nachliest oder drüber schreibt ...«

»Das hätt ich nie gedacht.« Sie ist von mir enttäuscht. »Natürlich bin ich noch Jungfrau.«

Sie lügt. Es ist mir peinlich. Ich fühle mich, als hätte ich ihr gegenüber versagt, weil ich unerfahren bin, und versagt, weil sie mich anlügen muß. Ich sage nichts, sondern gehe vor in den nächsten Wäschekeller.

Football-Samstag Ende Oktober, die Studentenheime, die Hügel der Stadt sind geleert. Aus dem Stadion drei Kilometer entfernt steigt rhythmisches Gebrüll, ein gewaltiges Tosen, das in die leuchtende Luft aufsteigt und durch Mark und Bein geht und mich, die ich schon von dem schweren Apfelwein in der Tragflasche genascht habe, an ein Menschenopfer aus *Der goldene Zweig* erinnert. Ich trage ferner mein Heft, Donna schleppt Graubrot, Käse und Birnen. Wir sind auf dem Weg ins Arboretum. Donna war hier letzten Abend knutschen, mit Vincent, ihrem Neuesten. Auf der anderen Seite der Schlucht schimmern Backsteinhäuser für verheiratete Studenten durch lachsbraunes Eichenlaub. Unsere Footballkarten haben wir verscheuert, um uns dafür Schallplatten zu kaufen. Ich habe gerade Bartók entdeckt, und in was eine von uns beißt, das kaut und schluckt die andere.

»In dem schwarzen Rollkragenpullover und dem guten BH siehst du direkt sexy aus«, sagt sie mir.

Ich zucke die Achseln. Ich werde umgeschneidert. Breite Blätter, braun auf Gold geadert, scharlachrote Speerspitzen treiben über die Furchen des Schotterweges. »Ich möchte nicht in die Gefangenschaft solch weiblicher Hege und Pflege geraten. Blind sein vor lauter Ichbezogenheit.«

»Hör mal zu!« Sie bleibt stehen. In der Sonne sind ihre Augen Alkoholflammen. »Wenn du kein Bewußtsein von deinem eigenen

Körper hast, kannst du genausogut sterben. Du bist mit dir selbst beschäftigt, aber auf schlimme, verklemmte Art.«

»Ich bin zwei Monate alt. Ich bin eben erst geboren worden, und du tust mir gut.«

Sie stößt ihr hohes, kläffendes Lachen aus. »Ich? Ich bin der garantiert echte verderbliche Einfluß.«

Verletzend vielleicht. Wir stoßen uns aneinander und schlagen uns dabei den unbrauchbaren Schutt unserer Kindheit ab. Mit ihren knappen, nie ganz beendeten Bewegungen eilt sie den Weg entlang. Sie hat so wenig Farbe in Haut und Haar, daß sie bleich aussehen müßte, aber ihre Blässe hat scharfe Kanten. »Wir geben uns gegenseitig Konturen.«

»Komm, wir geben uns gegenseitig Nahrung. Ich bin jetzt genug gelaufen.« Sie zeigt auf einen Pfad. »Da geht's zum Plateau, für Paare, die's eilig haben. An schönen Abenden kann man da kaum gehen, ohne auf welche draufzutreten.«

Wir verlassen den Weg und klettern einen Hügel hinauf. Über den Sträuchern ist der Gipfel baumlos, störrisches braunes Gras raschelt unter uns. Wir lassen den Apfelwein hin- und hergehen, während ich kleine braune Ameisen, geschäftig wie Berufsverkehr, um ihren Hügel beobachte. Mutter hat mir von frühester Kindheit an beigebracht, zu sehen, zu hören, wahrzunehmen. Sie hielt es für unmoralisch, nicht genau achtzugeben, und ließ mich immer in allen Einzelheiten beschreiben, was ich gesehen hatte. Zusammen ahmten wir insgeheim nach, wie Bekannte redeten. In den letzten Jahren, entsetzt von meiner Pubertät, meinen kümmerlichen, doch unbestreitbar weiblichen Auswüchsen, zog sie sich zurück in Anweisungen, meine Neugier zu bezähmen, zurückzubleiben, die Augen zu verschließen. Ich flüchtete mich in Bücher und die Phantasie, und jetzt reißt Donna diese Papierwände ein. Während mir klar wird, daß ich wirklich von zu Hause fort bin, kommt mir die Erinnerung, wie nah Mutter und ich uns einmal waren.

»Du wolltest mir etwas zeigen«, murmelt sie.

Ich schaue auf mein Heft im toten Gras. »Nicht wichtig.«

»Ich könnte dich treten, Stu. Du willst, daß ich dir zuhöre, und ich bin willens. Nutze den Augenblick.«

Ich hebe das Heft auf und weiß, ich verzögere es ebensosehr aus Furcht wie aus Bescheidenheit. »Es heißt 'Tag ist für Gesichter'«, ich räuspere mich und verfalle in hastigen, verlegenen Galopp:

Über den Abgrund des einzelnen Ich
spannt das Gesicht sein Trommelfell ...
Kinder mit klebrigen Fingern wispern hinter alten Sofas
falsche Geheimnisse.
Totgeschlagene Freunde hängen von Haken
wie Rinderhälften im Kühlraum ...

Ich habe mit dem Reimen aufgehört. Sofort kam alles an den Tag. Schweiß perlt mir über den Rücken, während ich durch den Teil jage, wo Stimmen ihre Beichten hinausschreien: die Beerdigung unseres gemeinsamen Onkels, stehlen, nachspionieren. Dann:

Im Haus aus Flaschenglas und Schlacke spielte die gossengewitzte
Freundin
Vater mit mir auf dem Bett ihrer Mutter.
Hinterher wusch ich die Hände und starrte mich an im Spiegel.
Ich kam nach Hause, wartete, daß Mutter mich las wie eine Hand.
Ich kniete. 'Oh Gott, bestimmt nie wieder.'
Bis nächsten Nachmittag.

Ich habe das Gedicht beendet, was sagt Donna? Sie schlägt die Augen auf unter der Hand gegen die Sonne und sagt: »Ich bin keine Jungfrau, Stu.«

Ich setze mich auf und überlege, ob ich überrascht tun soll. »Mit Bob oder wie heißt der gleich?«

»Mit dem Mann meiner eigenen Schwester.«

»Jim?« Dieses grinsende Sommersprossengesicht. Der? »Aber wie?«

Sie preßt die Hände in die rauhen Grasbüschel. Ihre Stimme kommt dumpf. »Ich war einige Zeit bei ihnen, als sie ihr Kind bekam. Als sie in der Klinik war, Stu!«

In meiner eigenen Stadt fiel so etwas vor, während ich auf dem Dachboden Freud las. Estelle ist älter, doch ich erinnere sie mit blonden Engelslocken, die wie Flockenblumen wippten. Vielleicht habe ich nicht die leibhaftige Estelle in Erinnerung, sondern die Estelle aus den Amateurfilmen von Onkel Edward, dem Pfarrer, wo sie auf ewig, wie im Geiste Gottes, Pirouetten dreht, und wo Donna mit rotem, verschmierten Gesicht eine verstümmelte Puppe hinter sich herzerrt, und als sie in Tränen ausbricht, rutschen ihr die Höschen herunter: schallendes Gelächter aller Onkels und Tanten. »Aber wie? Hat er dich einfach aufgefordert oder was?«

»Als wir ihr Ehebett machten.« Rasche rauhe Schluchzer schütteln ihren Rücken. »Dabei bete ich Estelle an, wirklich!« Ihr Gesicht zuckt.

Braunes Mascara bildet Rostflecken auf ihren Wangen, während ich sie zu trösten versuche.

»Nicht weinen!« Meine Hände sind Catcherpranken. Was eine Geschichte war, ist plötzlich realer Schmerz. »Du wolltest ihr doch gar nicht weh tun. Sie weiß es nicht, oder?«

»Ist das nicht schlimmer? Sie liebt mich, weil sie es nicht weiß.«

»Dann tut es ihr nicht weh«, sage ich hölzern.

Sie setzt sich auf und putzt sich die Nase. »Aber es ist wieder passiert.«

Gekentert. Augenblicklich weicht eine dumpfe Mattigkeit meine Knochen auf. Donna hingegen wirkt wie ein feuchtes Baby, Babyhaut, Babyhaar. Ihre Qual hat sich abgenutzt, und sofort bereitet sie voller Appetit frische Enthüllungen zu. Die knisternde Schnellkraft, der Schmerz, die Kehrtwende sind alle gleichermaßen echt. »Wie?« frage ich.

»Letzten Sommer, als sie bei uns zu Besuch waren. Mutter und Estelle gingen an dem Tag einkaufen, Jim und ich blieben beim Baby. Jim kam in mein Zimmer. Hinterher mußte ich ihm versprechen, daß ich es Estelle niemals sage, und daß ich ihn nie wieder lasse.«

»Hast du?«

»Nein.« Ein kleines schiefes Lächeln. »Wir sind seitdem nicht mehr allein gewesen. Und er ist grantig zu mir. Stu, er gibt mir die Schuld.«

»Dazu hat er kein Recht. Er hätte es nicht tun dürfen, wenn er dir die Schuld auflädt.«

»Er hat mich immer aufgezogen. Nannte mich Zuckerpüppchen. Aber Estelle war immer wundervoll. Mutter hat mir nie etwas über die Periode gesagt. Alles, was sie je über Sex sagte, war: »Männer sind Tiere.« Als ich Akne bekam, war es Estelle, die mit mir zum Arzt ging.«

»Donna, hör zu.« Von einer Vision gepackt, hocke ich mich hin. »Sex ist nichts Schmutziges. Dein Schwager ist ein Heuchler, und du hattest eine schlechte erste Erfahrung, das ist alles.«

»Es war nicht so schlecht. Ich meine, dabei. Hinterher fühlte ich mich wie ein Stück Dreck. Ich wurde sogar wieder fromm. Ich ging zur Beichte und tat fast alles, was Pater Ross mir auftrug, als Buße. Aber es wurde mir langweilig. Beim zweiten Mal habe ich mich gar nicht mehr damit aufgehalten. Ich glaube sowieso nicht an den Quatsch.«

»Wir werden einander die gute Familie sein. Wir werden uns zusammentun und einander helfen und die Lügen ausräumen, die sie uns eingetrichtert haben.«

Ihr Gesicht ist zu spitzer Weiße getrocknet, auch wenn ihre Lider geschwollen sind. »Du findest mich nicht verdorben?«

»Nicht mehr als mich. Wir müssen zu einer Moral finden, die für uns funktioniert.« Ich lehne mich zurück und berühre mein Notizbuch und glühe vor Macht wie ein erfolgreicher Schamane. Mein Gedicht hat die Welt geändert, und ich bin nicht allein.

Aber sie beobachtet mich mit einem kleinen Lächeln. »Ich bin froh, daß ich nicht in deinem Gedicht vorkomme, zusammen mit dieser Callie. Ich dachte schon, ich steh drin.«

Es ist, als ob ich im Sitzen zehn Meter tief falle. »In dem Gedicht?«

»Wegen damals – du erinnerst dich –, als wir zusammen bei Opa oben schliefen, als ich vierzehn war und du dreizehn.« Sie beobachtet mich abwartend mit großen Augen, aber das kleine Lächeln hat sie nicht ganz in der Gewalt.

Ich weiß sofort, daß sie recht hat. Ich kann ihr nicht die Wahrheit sagen, nämlich, daß ich es völlig vergessen habe. Ich denke, sie wäre beleidigt. Ich kann gar nicht glauben, daß ich meine eigene Kusine in den Sommerferien verführt habe, aber mit dreizehn war das für mich kein Sex. Es war einfach ein richtig schönes, unanständiges Spiel. Aber sie weiß, es ist ernstzunehmen; das hat auch sie gelernt. Wir beide haben Psychologiebücher gelesen. »Ich glaube nicht, daß ich wirklich lesbisch bin«, sage ich kleinlaut. Ich habe nicht die leiseste Ahnung, was ich bin. Eine Nulpe, die die Verführung der eigenen Kusine vergessen kann, offensichtlich. Ich habe Glück gehabt, daß sie mich nicht bei der ganzen Familie verpetzt hat. Ich wäre im Gefängnis oder in der Besserungsanstalt oder in der Klapsmühle.

»Natürlich nicht«, sagt sie besänftigend. »Ich glaube nicht, daß du richtig krank bist. Aber du brauchst die Erfahrung mit Männern. Das ist einseitig. Du hast falsch angefangen.«

»Das habe ich seit Jahren nicht gemacht. Ich hatte viele Freunde, in der Gang. Mit Freddie habe ich eine Menge geknutscht. Und er hat einmal versucht, mich zu vergewaltigen.« Na das sind ja Referenzen! Die Wahrheit ist, ich fühle mich nicht sonderlich weiblich, so wie es von meiner Mutter oder den Mädchen im Heim repräsentiert wird. Ich fühle mich auch nicht männlich. Ich muß noch etwas ganz anderes sein, sowas wie eine Giraffe vielleicht. Wer kann das Geschlecht der Eiche sagen, die auf den Abhang unter uns Eicheln streut? Die Vorstellung, vom Wind befruchtet zu werden, hat etwas Anziehendes, wenn ich mir jeden Abend auf dem Heimweg vom Kino oder der Bibliothek oder von einem Spaziergang einen Weg durch die einander vollsabbernden Paare im Hof des Wohnheims bahnen muß.

»Dir fehlt nur Selbstvertrauen«, verkündet sie und beißt in eine Birne, die sie vorher sorgfältig inspiziert hat. »Wenn du attraktiv tust, dann behandelt dich auch jeder so.« Sie ißt nur diejenige Frucht, die ihren hohen Anforderungen gerecht wird. Ich esse den Rest. »Du ißt alles Matschige und Angestoßene, solange es nicht völlig platt gequetscht ist.«

»Ja, aber bei Schimmel ist für mich die Grenze. Wir haben alle unsere Grundsätze.« Das Blau des Himmels dunkelt ein. Die Luft wird schwerer und kälter.

»Grundsätze«, murmelt sie. »Ich habe keine Lust, mich weiter mit Vincent zu treffen. Er ist ein kleiner Faschist. Bei ihm muß ich blöde tun.«

»Ich finde nicht, daß wir uns mit Leuten abgeben sollten, bei denen wir uns verstellen müssen.«

»Ich hasse es, am Wochenende drinzubleiben.«

»An dieser Uni gibt es vierzehntausend Männer.«

»Was für eine Vorstellung.« Sie bricht den Käse auseinander und wirft mir ein Stück zu. »Du verstehst es, mich aufzumuntern ... Er ruft heute abend an. Geh du ran, sag, ich bin nicht da. Gib ihm ausweichende Antworten. Laß durchhören, daß ich verabredet bin.«

»Warum ihm nicht einfach sagen, daß du ihn nicht sehen willst?«

»Das geht nicht. Nein, mach es auf meine Art, ja?«

»Meinetwegen«, brumme ich, und mir ist gar nicht wohl dabei. Uns ist schwindelig vom Apfelwein, wir reden und liegen und reden und reden, bis die Sonne ein Feuerball am Fuße unseres Hügels ist und wir durchgefroren und hungrig sind, sogar auf das Heimabendessen.

5 Wofür Frauen gemacht sind

Morgens beladen wir unsere Tabletts mit Rührei aus Eipulver, Toast, einem Schlag unidentifizierbarem Glibber, bitterem Kaffee. Zum Reden zu verschlafen, futtern wir unser Essen. Julie, die ein Einzelzimmer am Ende des Flurs hat und zum Frühstück nichts ißt, setzt sich auf eine Tasse Kaffee zu uns. Dann eilen wir zusammen hinaus zu dem schlammigen Weg, der am Frauensportfeld vorbeiführt. Das Geklirr und Geklapper von Geschirr, Frauen ergießen sich aus jeder Tür und reihen sich ein in die ungeordnete Prozession hügelab- und aufwärts. Der Wind vertreibt die letzten Zipfel Schlaf, läßt uns mißgelaunt und wund vom langen Lernen.

Ich trabe schweifwedelnd los, meine Referate Professor Bishop hinzulegen. Langgestrecktes Gesicht bis hinauf ins spärliche Haar, schmale, leberfleckige Hände, deren gewandte rote Sarkasmen meine Arbeiten besprenkeln, ist er der magenkranke Engel, der das Tor zu meinem Paradies der Wörter hütet. Um ihn aus seinem ermüdeten, boshaften Überdruß an Erstsemester-Prosa hervorzulocken, erzähle ich ihm Geschichten aus meiner Kindheit. Er stellt das Aufsatzthema Vorrechte: Ich schreibe über Vater. Er stellt das Aufsatzthema Freiheit: Ich schreibe über Mutter. »Amüsant.« »Prägnant.« Der Zirkus meiner Kinderstube steht zu Ihrer Erbauung offen, Mr. Bishop, obwohl meine Clowns ihre Purzelbäume in heiliger Furcht vor Ihrem Spott schlagen, keineswegs sicher, warum wir komisch sind.

Schleimiges Gegrabbel im Zoologiesaal. Die Abbildungen in den Handbüchern sind präzise, doch mein Frosch enthält nur Eier. Uns werden lebende Frösche ausgehändigt, um ihr Rückenmark zu punktieren. Mein Partner sticht nervös drauflos. Blut sickert über den gesprenkelten Rücken, der Frosch kreischt und zuckt lang und verzerrt wie ein Heiliger bei El Greco in der ungeschickten Faust meines Partners. Straff vor Wut nehme ich den Frosch und treibe die Nadel hinein, meine Hand naß von Schleim und Blut. Stolz auf meine erfolgreiche Brutalität schaue ich auf und sehe Donna zur Tür hinausstürzen, ein schlaksiger Laborassistent flattert ihr hinterher. »Es ist die unsinnige Vergeudung«, sagt sie später. »Sie abzumurksen, und keiner hat auch nur das geringste gelernt. Es wäre besser, die schauderhaften Vorkliniker abzustechen.« Auch bei geringen Anlässen ist sie unversöhnlich in ihrem Haß, dezidiert, wo ich schwankend und neugierig bin.

Ich kämpfe mich durch die Wandelhalle im Gebäude der Geisteswissenschaften, bekannt als das Goldfischglas. Erhitzt und aufgelöst sinke ich auf einen vorderen Sitz in dem keilförmigen Hörsaal, um gute Sicht auf mein Idol, Professor Donaldson, zu haben. Ich wollte eigentlich Geschichte des Altertums oder des Mittelalters belegen und landete in der amerikanischen, nur weil ich bei der Einschreibung zwei Studenten schwatzen hörte, was für ein Roter Donaldson ist. In seinen Kursen sind höchstens Stehplätze frei, sie sind voll bis zur zugelassenen Grenze von 440 und darüber hinaus mit denen, die offiziell oder inoffiziell daran teilnehmen.

Er fängt an zu reden, fast bevor er zur Tür herein ist. Er benutzt seinen Jackettärmel, um abzuwischen, was er vorher angeschrieben hat und was Platz einnimmt, den er von neuem braucht. Schlank, agil, über einsachtzig groß, aber er wirkt nicht so, denn er läßt den Kopf hängen, diesen Kopf wie eine preisgekrönte Dahlie, die der Stiel nicht zu tragen vermag. Ich hege den Verdacht, er hat sein volles, rotbraunes Haar wachsen lassen, um älter auszusehen als seine Studenten. Wer hätte erwartet, daß die Pilgerväter schon Politik kannten, oder daß sich der Unabhängigkeitskrieg in Bolivien wie eine richtige Revolution anhört? Seit letzten Mittwoch ist seine Brille zerbrochen. Sie wird am Scharnier mit Klebeband gehalten, was ich rührend finde.

Am Samstagmorgen, nachdem ich seine Adresse nachgeschlagen habe, zerre ich Donna mit, um zu begaffen, was sich als rotes Backsteinmietshaus im Tudorstil in der North State Street herausstellt und als viel zu nichtssagend und normal für meine Tagträume. Bei der siebten Runde um den Block äußert Donna, die Donaldson noch nie gesehen hat, aber meine Anhimmelei bereitwillig mitmacht, endlich Protest. Doch wir werden belohnt. Er kommt heraus mit einer Frau in einem Trenchcoat, der seinem gleicht. Kastanienbraunes Haar in einem langen Zopf. Sie klettern in seinen blauen VW-Käfer und fahren weg.

»Wenigstens weißt du, daß er Frauen mag«, sagt Donna. »Können wir jetzt nach Hause?«

»Sie hat nicht viel älter ausgesehen als ich. Sieht aus wie eine Studentin.«

»Zweiundzwanzig vielleicht. Phantastische Stiefel. Guter Tweedrock. Geld, würd ich sagen.« Donna hat Geduld mit mir gehabt, aber auf dem Rückweg verlangt sie Zinsen. »Das ist doch albern. Du fühlst dich wohl in diesen Schwärmereien. Rennst durch die ganze Stadt, um ihm nachzuspionieren. Du könntest ihm doch begegnen, wenn du wolltest. Geh einfach zu ihm hin und belege ihn mit Beschlag.«

»Das könnt ich nicht«, murmele ich. »Warum soll er von mir Notiz nehmen? Er hat mindestens tausend Studenten.«

»Zieh deinen neuen schwarzen Rolli an.«

»Ein Drittel seiner Studenten haben Busen, Donna. Ich bin sicher, sowas hat er schon mal gesehen.«

»Du bist defätistisch, Stu. Du kannst doch nicht so dahintreiben, heimlich Männer anschwärmen aus der sicheren Entfernung von einhundert Metern.«

Warum nicht? Mir wird das nicht fade. Ich bin glücklich. Als ich ihr das erkläre, wird sie noch ärgerlicher. »Du erklärst immer, daß du alles erfahren möchtest, aber das ist nur Gerede. Du hast Schiß.«

Der Subtext ihrer Einwände ist, ich muß mich als normal erweisen, heterosexuell. Der Grund für meinen Widerstand ist halb Unfähigkeit – ich habe nicht die leiseste Ahnung, wie ich es anfangen soll – und halb Zufriedenheit. Ich habe jemanden, den ich lieben kann: Donna. Ich will nur meine Bücher lesen und unserer Musik lauschen und in der Stadt umherrennen wie ein von der Leine gelassener junger Hund, soviel Gratis-Konzerte und billige Theatervorstellungen mitnehmen, wie ich vertragen kann, und mit ihr reden und reden und reden.

Und wir reden. 'Verteidigung' ist das schmutzigste Wort, das wir kennen. Wir verurteilen Rassismus und Militarismus und unsere Eltern; wir machen Dramen daraus, was wir McCarthy entgegnen würden. Wir streben eine flüssige Offenheit an, in der Denken gleichbedeutend ist mit Reden und in sofortiges Verstandenwerden mündet; in der das Ausdenken einer Aktion schon mehr als der halbe Weg zur Tat ist. Wir geben uns Mühe. Unser weißes Zimmer brennt. Die Luft draußen wirkt entspannter.

Wir teilen uns eine Nische im Süßwarenladen gegenüber von den Wohnheimen. Unsere Mäntel sind bis zum Hals zugeknöpft, weil wir nur unsere Röcke anhaben. Unsere Blusen und Unterwäsche werden im Waschmaschinenraum saubergeschleudert. Verdorbenes Abendessen ist schuld an unserem Hunger. »Warum sitzen und darben?« fragte ich. Jetzt, mit dem Scheuern des rauhen Jackenfutters an meinen Brustwarzen und einem neuerlichen Wagestück auf dem Tisch, bin ich hin- und hergerissen zwischen dem Kitzel unserer Spiele und der Angst davor, wie rasch sie eskalieren.

»Wir brauchen eine Teekanne.« Sie zeigt auf die Metallkanne, aus der uns gerade eingegossen wurde. »Als Kind hast du um dich geschlagen. Ich bin nur in Schwierigkeiten hineingestolpert. Ich muß lernen zu handeln.«

»Aber wenn sie uns heute abend erwischen?« Unsere Nische ist zum Ladentisch offen, an dem der knochige Besitzer lehnt. Donna hat ihrem schlanken Körper gegenüber einen kühlen, nüchternen Stolz, den ich bewundern, aber nicht nachahmen kann.

»Das ist ein schwacher Hosenscheißer-Grund.« Sie leert die Kanne in ihre Tasse und stopft sie in ihre offene Handtasche. Während sie aufsteht und zur Kasse geht, lasse ich den Aschenbecher mit Kippen und allem in meiner Jackentasche verschwinden und eile hinterher. Feucht vor Schweiß kramen meine Finger nach Münzen.

Auf der nassen Straße grinsen wir uns an. »Was für eine hübsche Teekanne, meine Liebe«, säusele ich. »Ist die schon lange in Ihrer Familie?« Ich krempele meine Tasche um und schütte Asche und Kippen in eine Pfütze, sie hopst auf ein Mäuerchen und stolziert balancierend an mir vorbei. Es elektrisiert mich, wie das, was ich zu ihr sage, nicht gründlich durchgekaut zu mir zurückkehrt wie bei Howie, sondern umspringt in Tat.

Der Schnee wirbelt im Hof, große Zuckerwatteflocken, die Julie an unserem offenen Flügelfenster zu fangen versucht. Auf dem Sims, auf dem ich so oft hocke oder lümmle, sitzt sie, ein Bein in karierter Wollhose angewinkelt, das andere ausgestreckt mit dem Stiefelfuß auf dem Boden. »Meinst du, wir haben sie verpaßt?« fragt sie mit ihrer tiefen, gurrenden Stimme.

»Dann wäre sie schon hier oben.«

Julies kurzes rehbraunes Haar ist gestern in steife, gewundene Locken gelegt worden, und sie befingert es immer wieder, verschämt, aber zwanghaft. »Vielleicht ist er mit ihr essen gegangen.«

»Er hat kein Geld. Außerdem hat sie gesagt, daß sie zurückkommt.« Gestern abend war Donna mit einem Kunststudenten aus. Jetzt warten wir darauf, den ersten Blick auf diesen Lennie zu erhaschen. »Er ist auf attraktive Art häßlich«, erzählte mir Donna. »Er sieht subversiv aus. Er ist in einem Slum aufgewachsen und hochbegabt!« Student aus Brooklyn im dritten Semester, ist er wie wir mit einem Stipendium hier. Ich frage mich, ob die Tatsache, daß er Jude ist, meinen Einfluß zeigt.

»Ich weiß nicht, warum wir solch ein Gewese darum machen«, brummelt Julie angesäuert. »Sie gabelt alle drei Wochen einen Neuen auf.« Julie kommt aus Bloomfield Hills, einem reichen Vorort von Detroit, von dem ich noch nie gehört hatte, bis ich aufs College kam und entdeckte, daß dies einer der wenigen Bezirke um Detroit war, aus dem man kommen durfte. Julies Eltern kauften ihr Kultur zusammen mit Reitstunden und Skiunterricht, aber sie fand ernsthafteren Gefallen an Büchern und Musik, als ihnen lieb ist. Sie findet uns ordinär, aber intelligent. Ich finde sie einen einsamen Snob mit verletzlichen Stellen. Sie ist groß und birnenförmig, errötet leicht und haßt sich dafür. Jetzt stößt sie einen Schrei aus, ihr Armband mit den Glücksbringern klimpert. »Komm her!«

Ich springe auf und stoße mir den Kopf am oberen Bett. Donna in ihrem blauen Mantel geht umschlungen mit einem Jungen, der nur wenig größer ist. Krauslockiges Haar dick wie ein Fuchsschwanz und ein üppiger roter Bart umrahmen sein Gesicht wie ein gekräuselter Heiligenschein. Wir drängeln uns ins Fenster und winken hektisch. »He, Donna!« echot durch den Hof, bis sie lachend hochschaut und winkt, und Lennie dreht sich dahin um, wohin sie zeigt, und winkt auch mit wippendem Bart und ruft etwas.

Julie hält sich den Handrücken vor den Mund. »Das ist zu viel«, kichert sie. »Er sieht aus wie ein Wahnsinniger. Van Gogh gekreuzt mit einem Rabbi!« Sie lacht, bis ihre Augen tränen.

»Julie, ich sage dir, wenn du nicht aufhörst zu kichern, stopfe ich dich in den Wandschrank! Bewundere ihn ihr zuliebe!«

Sie schüttelt meine Hand ab und beruhigt sich. »Soll ich ihr etwa sagen, daß er toll aussieht?«

»Sag ... er sieht interessant aus.«

Donna kommt hereingeflogen, wirft den Mantel auf ihren Schreibtischstuhl. »Leute! Was für ein wunderbarer Nachmittag!« Ihr feines Haar klebt an ihren frisch geröteten Wangen. Ihre Augen verengen sich zu Freudenschlitzen.

»Was habt ihr gemacht?« frage ich.

»Wir sind gelaufen. Hügelauf und hügelab, im schönen, reinen, herrlichen Schnee. Haben Spuren gemacht.« Sie stößt die dunkel durchnäßten Schuhe von den Füßen. »Was hältst du von ihm? Ist er nicht wundervoll? Sieht er nicht wahnsinnig aus?«

»Er sieht interessant aus«, sagt Julie steif mit einem Blick auf mich.

»Den muß ich kennenlernen«, sage ich. »Hat er dich geküßt?«

»Zigmal. Jeden Hügel rauf und runter.« Ihr Lachen kläfft, hoch und lebhaft vor Entzücken. »Sein Bart ist so weich, wie Katzenfell!«

Julie schaut auf ihre schmale goldene Uhr. »Ich muß los, zu Le Cercle Français ... Sehen wir uns beim Abendessen?«

Sobald die Tür sich hinter ihr schließt, wirft Donna die Arme um mich in einer heftigen, scheuen Umarmung. Bevor ich sie erwidern kann, zieht sie sich zurück und hüpft hinter ihren Stuhl. »Er ist großartig, Stu. Er weiß alles! Er ist wie du – rasch und ein bißchen dogmatisch und innen drin ganz warm und weich.«

»Du magst ihn, Donna? Diesen magst du wirklich?«

»Ich liebe ihn.«

»Ich bin froh. Siehst du, es läuft schon besser. Das ist die Art Mann, die du brauchst – jemand, mit dem du reden kannst.« Ich marschiere im Zimmer umher und fuchtele vor Aufregung mit den Armen und bin wirklich nicht eifersüchtig. Meine Liebe zu ihr ist zugleich anspruchslos, weißglühend und nicht besitzergreifend. Ich möchte die Welt für beide von uns. Ich möchte, daß sie in die täglichen Abenteuer des Lernens und Tuns und Fühlens hinaussegelt und abends mit mir in den Hafen heimsegelt, um zu teilen und sich mitzuteilen.

Sie starrt in den Spiegel, freudlos, zynisch. »Was habe ich mit jemand zu schaffen, der so wundervoll ist? Ich werd's nur versauen. Ich mach doch sowieso nie was richtig. Ich verdiene ihn gar nicht.«

Heute abend, Samstag abend, bin ich mit einem Carl Forbes aus meinem Spanischkurs verabredet. Donna überwacht, was ich anziehe. »Wie sieht er aus, dein Carl? Groß und blond?«

»Gar nicht übel.« Ich weiß es nicht, denn ich hatte nicht darauf geachtet, und nachdem er mich aufgefordert hatte, war ich zu schüchtern, hinzugucken.

Der Summer. Ich schnappe nach Luft und greife nach meiner Handtasche, bevor ich kapiere, was Donna sagt: »Zweimal. Das ist Lennie. Ich hatte schon Angst, er ist nicht rechtzeitig hier.«

Ich packe meine Handtasche mit einem Rums hin. »Rechtzeitig wofür?«

Sie glättet ihr feines Haar und zwinkert mir nasekräuselnd zu. »Wir wollen uns diesen Herrn anschauen. Ob unser Komitee ihn billigt.«

»Nein, Donna!« Die Tür knallt hinter ihr ins Schloß, und ich sinke auf das untere Bett, habe Angst, mich zu rühren, um nichts an mir durcheinanderzubringen. Trotzdem bin ich stolz. Ich habe das ganz allein geschafft. Da geht der Summer für mich, und ich trabe in die Halle hinunter. Lennie wirft mir einen unverschämten Blick zu, als ich zum Empfang gehe, um mich auszutragen. Dort hat sich Carl aufgebaut, in einem Tweedmantel, breitbrüstig und plattfüßig, mit rotbackigem, grobknochig hübschem Gesicht. Er nimmt meinen Arm, und wir sind auf dem Weg über den Campus ins Kino.

»Wie geht's dir mit dem ollen Spanisch?«

»Es bringt mich um«, sage ich höflich. Ich habe versucht, für mich allein Nerudas *Canto General* zu lesen.

»Sag das noch mal! Wo kommst du denn her?«

»Detroit. Und du?«

»Chagrin Falls. Das ist vor Cleveland.«

Es ist gar nicht so schwer. Ich fange an, lockerer zu werden. Ich kann tatsächlich schlucken und atmen. Wir haben uns kaum im Dunkeln niedergelassen vor der Leinwand, auf der die Farben ein biblisches Breitwand-Epos aus lebenden Muskelbergen aufleuchten lassen (ich hatte vergessen, ihn nach dem Film zu fragen), da kommt sein Arm um meine Schulter. Einen Augenblick später flüstert er in mein Ohr.

»Entschuldige. Was hast du gesagt?«

»Nichts, Mausi.« Trotzdem bewegen sich die Lippen an meinem Ohr. Als ich seine Zunge spüre, bin ich überrascht, dann besorgt, ob mein Ohr sauber ist. Bedrängt und betatscht und beschleckt sitze ich ungemütlich still. Sein Gesicht sieht von nahem sonderbar aufgebläht aus. Eine Bauchtänzerin tritt mit Schlangen auf. Der König schwatzt einem finster aussehenden Muskelprotz mit einem Krummsäbel ins Ohr. Wenn Carl doch bloß wegginge, aber ich möchte ihn nicht beleidigen. Vor Verlegenheit verfalle ich in klebrige Starre, schaue, wie Sklaven Felsblöcke schleppen, bis sich seine Hand fest und heiß über meiner rechten Brust schließt. Ich schiebe seine Hand weg. Er packt sie wieder hin. Ich packe sie weg und setze mich auf, lehne mich fort. Die Hand zieht sich zu meiner Schulter zurück. Ich atme wieder. Innerhalb von fünf Minuten hat sich die Hand hinuntergeschoben. Ich klemme sie zwischen mich und den Sitz, um sie dort festzunageln.

Carl raunt: »Magst du das nicht?«

»Ich kenne dich nicht.«

»Willst du nicht, daß wir uns näher kennenlernen?«

»Psst!« geht es hinter uns. Moses hält die Gettysburg-Rede, während Rom brennt und die Mauern einstürzen. Wenn ich die Augen zumache, kann ich nicht mal Carls Gesicht sehen. Als die Hand mir wieder auf den Leib rückt, verdrehe ich ihm heftig die Finger. Ich rechne damit, daß er wütend aufspringt: laß ihn gehen! Aber er beginnt nur aufs neue zu stupsen und schlecken. Ich muß ihm weh getan haben, aber er läßt sich nichts anmerken. Sein Überfall wirkt halb feindselig. Ich kann nicht glauben, daß er das wenige, was er von mir kennt, mag.

Als wir gehen, Gottes letzte Stentorgebote klingen uns noch in den Ohren, sagt er: »Ich weiß von einer Party. Was meinst du, Mausi?«

Ich möchte nach Hause, aber wenn er nicht vergnatzt ist, sollte ich es auch nicht sein. Dieser Anfangsüberfall mag so üblich sein. Ich möchte auf keinen Fall als völliger Versager zu Donna heimkommen. Wir stapfen mit raschem Schritt vorbei an den Läden des Universitätsviertels. Wir überqueren den Campus und stiefeln einen Kilometer weit hinaus nach Washtenaw. Ich habe ihm kein Geplauder zu bieten, er stürmt voran. Ich höre die Party, schon bevor wir bei einem großen, weißen Haus ankommen, das weit von der Straße zurückgesetzt liegt.

Das Wohnzimmer ist vollgepfercht. Ich würde mich nicht in dieses heiße, lärmende Getümmel stürzen, hätte er nicht wieder meinen Arm gepackt. Mädchen sitzen Jungen auf dem Schoß, und alle sitzen auf dem Fußboden. Ein Plattenspieler bietet laut weiße Tanzmusik. The Four Sophomores. Dreary and the Dreamers. Stanley and the Softheads. Ich tanze gern: Ich habe es in der Grundschule gelernt, und es war etwas, das mit Freddie großen Spaß machte. Wir tanzten Jitterbug bis zum Umfallen, den von Detroit und den von Chicago. Detroit ist enger; Chicago ist stampfender. Aber niemand hier tanzt. Es wäre auch kaum Platz.

Die Mädchen sehen aus wie die im Wohnheim, gut angezogen, alles zueinander passend, proper, sie reden in engen Grüppchen oder lehnen wie angeklebt an ihren Begleitern. Unter dem ballonbehangenen Leuchter macht ein Bierfaß eine Pfütze. Eine Flagge gerät in mein Blickfeld, und ich merke, das ist ein Verbindungshaus. Ich bin enttäuscht. Ich habe Luxus erwartet, aber die Möbel sind alt und schäbig.

Aus privater Quelle organisiert Carl zwei Pappbecher mit Gin, hallot ein paar Leuten zu, während er uns den Weg in ein Hinterzimmer freischultert. Nur eine Nachttischlampe verdünnt die rauchige Düsternis in einem ebenso überfüllten Zimmer. Niemand schaut auf. Ich höre nasse Küsse, leises Stöhnen, Gelächter. Wie seltsam, daß Leute zum Knutschen auf eine Party gehen. Wir stolpern über Beine und Flaschen und setzen uns in die einzige freie Ecke, halb unter einem Schreibtisch.

»Nein!« sage ich. Er holt weiteren Gin und versucht es wieder. Ich trinke zügig, was er mir in die Hand drückt, damit er meine Grimassen nicht sieht. Was tue ich in diesem Treibhaus mit diesem Ungeheuer an Beharrlichkeit? Warum meint er, daß ich umschwenken werde? Ich frage ihn.

»Was wirst du denn tun, wenn du heiratest? Die ganze Nacht diskutieren?«

»Aber ich werde nicht heiraten.«

»Red doch nicht, jedes Mädchen möchte heiraten.«

»Quatsch. Jedenfalls sind wir nicht verheiratet.«

»Wie willst du Männer kennenlernen, wenn du so kalt bleibst?«

Will er mich hier auf dem Fußboden rannehmen? »Ich bin nicht kalt. Du bist blöd.« Er ragt verschwommen vor mir auf. Ich fange leise, hilflos an zu lachen.

Er schafft mehr Gin herbei. »Was bist du, Erstsemester?« Als ich nicke, sagt er: »Du kommst auch noch zur Besinnung. Dir möchte ich mal in ein paar Jahren begegnen. Frauen sind für die Liebe gemacht.« Er steht auf, um Gin zu holen. Als ein Augenblick nach dem anderen in benommenem Dunst verstreicht, wird mir klar, daß er mich verlassen hat. Ich stolpere zum Bett und zerre meinen Mantel unter einem dösenden Jungen hervor.

Ich husche durchs Wohnzimmer, ein greller Schwall von Gesichtern, platzende Ballons von Gesprächen. Die Tür geht auf und zu. Der Wechsel ist ein Stromstoß. Die Straße ist eisig still. Meine Füße sind abgekoppelt. Hier bin ich und verstecke mich hinter meinen Augen wie ein Affe im Baum und habe die Gewalt über meine Füße verloren, aber sie traben da unten voran wie zwei freundliche Hunde, leisten mir Gesellschaft. Ich fange an zu rennen, rutsche auf dem Eis, ich hopse um Ecken, sinke knietief in Schneehaufen, es kracht, wenn ich durch die Eiskruste breche. Ich springe hoch, um mit der Hand gegen ein Parkverbotsschild zu hauen. Beim Landen rutsche ich aus und plumpse auf den Rücken. Ich kann vor Lachen kaum aufstehen. Ich galoppiere über den Campus, breche durch eine Hecke, fliege über einen Parkplatz. Die scharfe Kälte beißt meine Haut, als ich Hände voll Schnee in hohem, raschelnden Bogen den Autos entgegenschleudere, die mich angrinsen.

»He! Du da, laß das!« Ein Uni-Wachmann kommt auf mich zu.

Wie er watschelt. Ich knete einen Schneeball, und er saust zielsicher davon, explodiert auf seinem Hals. Verblüfft starre ich, bis er mich fast hat, dann renne ich los und bin mit einem Satz durch die Hecke. Seine schweren Schritte stampfen hinter mir, aber bis zum Wohnheimhügel habe ich ihn abgehängt. Es ist leicht, sich hinter kahlen Fliederbüschen entlang der Friedhofsmauer beim ältesten Gebäude hinzuducken. Die Laternen an den Wohngebäuden blinken zweimal auf, blinken einmal auf, verlöschen, verkünden die Sperrstunde. Ich lächle, lausche schlau auf die Schritte des Wachmanns. Schließlich stehe ich auf, klopfe mir den Schnee ab und trabe zu meinem Haus. Die Tür ist abgeschlossen, und ich muß hämmern, damit die Aufsicht mich einläßt.

»Du kommst zu spät.« Die Frau betrachtet mich prüfend. »Was ist denn mit dir passiert?«

»Ich bin hingestürzt. Hab mir den Knöchel verstaucht.« Ich humpele listig an den Tresen, um mich einzutragen, dann humpele ich zum Fahrstuhl. Wir segeln so schön empor. Die Tür geht auf. Ich trete verwirrt vor eine Menschenmenge. Den Flur entlang sitzen Mädchen in Bademänteln und Schlafanzügen, drehen sich Lockenwickler ein, feilen sich die Nägel. Warten sie auf mich? Das Schwurgericht. Fliehen!

»Du kommst wieder zu spät zur Korridorversammlung, Stuart«, bellt die adrette, strenge Blonde, die sich in der Mitte aufgestellt hat. »Wenn's nicht die eine von euch ist, dann ist es die andere.«

Mit gespielter Würde putze ich mir Erde, welke Blätter und tote Zweige vom Mantel. »Meine Damen, die demokratische Willensbildung bedeutet mir sehr viel!« Ich hole tief Luft. »Das Problem mit diesem Haus ist –«

Julie zerrt an mir, und ich lande mit einem Plumps zwischen ihr und Donna. Meine Hände sind dreckverschmiert, aus einem Riß in meiner Handfläche sickert Blut. Durch den langen Winter der Versammlung starre ich auf die Scheuerleiste. Dulcie, die Haussportwartin, drängt uns, Fußball oder Feldhockey zu spielen. Ich hebe die Hand, wenn die andern es tun. Ich unterschreibe einen Beschluß und reiche ihn weiter. Mein Kopf brummt.

Als ich hinter Donna ins Zimmer komme, knipse ich das Oberlicht aus. »Könntest du bei deiner Schreibtischlampe lernen?«

»Warum bist du zu spät gekommen? Du gehst doch nicht etwa schon ins Bett?«

»Ich bin tot.« Ich schäle mich aus meinen Sachen und lasse sie fallen.

Ihr Stuhl poltert zurück. »Stu, ist was mit Carl passiert? Es wird dir besser gehen, wenn du es mir erzählst.«

Das Zimmer kreist langsam. Ich ziehe mir die Decke über den Kopf. »Carl?«

»Heißt er nicht so?«

»Ach, Carl ... den habe ich auf einer Party verloren.«

»Aber Stu!«

»Nein, der hat sie nicht alle.« Ich stecke mein Gesicht unter dem Deckenhaufen hervor. »Ich bin nicht geschaffen für Verabredungen mit Jungs. Tut mir leid, Donna, ich kann's nicht, das ist alles!« Als sie wieder etwas sagt, tue ich, als hörte ich nicht.

Ich stoße die Tür zum *Drake* auf, das viele Tee- und Kaffeesorten anbietet, etwas Jazz und schummerige Nischen, und gehe in die dunkelbraune Luft, dick von Rauch und Gesprächen. Verlegen vor all den

Fremden, die sich hier wie zu Hause räkeln, schlüpfe ich schüchtern nach hinten durch. Ah, Lennie: der rote Schopf, die starken Zähne heben sich vom Bart ab, er winkt mich hinüber. Als ich auf die Bank ihnen gegenüber gleite, sagt er: »Tolle Neuigkeiten! Ich habe eine Wohnung gefunden mit zwei anderen zusammen. Am zweiten Februar kann ich einziehen.«

»Jetzt ist es eine Qual.« Donna seufzt aufgebracht. »Wir können nirgendwo hin. Wir sind nicht eine Minute allein. Wir sitzen nur auf Bänken, bis wir Lungenentzündung kriegen.«

Ich hatte vor, es Donna allein zu sagen, aber ich ziehe die Seiten mit den roten Klöppelspitzen meines Englischdozenten an den Rändern heraus. »Bishop hat mir 'Der Tag ist für Gesichter' zurückgegeben.«

»Wie hat es ihm gefallen?« Sie lehnt sich über die Tassen. Das Interesse der beiden ist mehr als nur höflich, denn die Stimmen aus dem Abgrund erzählen jetzt auch von Donnas Verführung durch ihren Schwager und dem Schrecken ihrer ersten Periode, von Lennies Großvater, der auf der Treppe an einem Herzanfall starb, von der Tracht Prügel, die sich Lennie von einer puertoricanischen Gang einfing, die ihn auf ihrem Terrain erwischte. Ihre Köpfe berühren sich über den Seiten, flachsblond und rot. Ich weiß, was sie lesen.

> Miss Stuart, die Mißgeschicke Heranwachsender sind nicht das Material, aus dem Literatur geschnitzt wird. Persönliche Aufschreie vermögen dem Kritiker lediglich Bestürzung abzuringen; und ich bezweifle, ob die Experimente der Pubertät so wiedergegeben werden können, daß sie nicht nur die Leserschaft von Sensationsillustrierten interessieren. Ergüsse wie dieser sollten für sich behalten werden.

Lennie knallt das Manuskript hin. »Schwuler Laffe!« Donna muß immer wieder blinzeln. »Mißgeschicke der Pubertät! Das soll nun alles sein.«

»Er wollte mich nicht anschauen. Er meint, es ist an ihn adressiert – ihr wißt schon, liebe mich und so weiter.« Der hagere, trockene Mr. Bishop. »Vielleicht ist es zu melodramatisch.«

Lennie pflanzt seine Hand drauf – riesig für seine Körpergröße, mit krausen Paprikahaaren. Durch Donna bin ich mir seines Körpers bewußt. »Ich zeige es mal dem Dichter, den ich kenne. Von dem kriegst du eine unverbogene Einschätzung.«

Ich schüttele den Kopf, aber Donna lächelt. »Er meint Mike. Mike hat große braune Augen und grübelt. Hast du nicht gesagt, daß er kommt?«

»Was fällt dir ein, seine Augen wahrzunehmen? Ich mache dir ein Vorhängeschloß um.« Seine große Hand drückt ihre Schulter, sie küßt ihn auf die Wange. Sie sind hartnäckig freizügig mit öffentlicher Zärtlichkeit, so daß ich gelernt habe, mit ausdruckslosem Gesicht zu sitzen und weiterzureden.

Vor dem *Drake* vertrete ich mir die Füße, während sie sich verabschieden. Dann merke ich es. Aus einem Hauseingang gegenüber in der State Street beobachtet uns jemand. Er schirmt den Mund ab, um sich eine Zigarette anzuzünden, aber sein Blick über den vorgehaltenen Händen ruht auf uns. Er ist großknochig, steht mit gekrümmten Schultern im Wind, den Kragen seines schlechtsitzenden alten Mantels hochgeklappt um die Ohren. So viel sehe ich in einer Folge rascher Blicke. Seine Augen ziehen mich durch ihre Intensität an. So ein Dickkopf, im eisigen Pfeifen des Windes rumzustehen. Während Lennie davontrottet und Donna mit mir losgehen will, bringt mich eine Bewegung im Augenwinkel zum Stehen, ich halte Donna mit hastigem Griff fest.

»Was ist denn? Hast du was im Drake vergessen?«

Mir fällt keine Antwort ein. Inzwischen kommt er auf uns zu mit großen Schritten und mit übertriebener Zielstrebigkeit, die ihn in eine Schneewehe führt und auf der anderen Seite mit den Hosen voller Schnee wieder hinaus, als könne er sich um so etwas nicht kümmern.

Donna sieht ihn. »Ach, da ist Mike. Wie üblich zu spät.«

Er schnippt seine Zigarette fort, und seine Hände suchen Zuflucht in den Taschen seines übergroßen Mantels, wo sie sich zusammenballen – ich kann es fühlen. »Eine Ahnung, wo ich Lennie finden kann?«

Schwindler, denke ich, du hast ihn doch gehen sehen. Das gibt mir den Mut hinzugucken. Sein Haar ist dunkel, nicht schwarz wie meins, aber dunkelstes Braun, die Farbe von schwarzem Kaffee. Ein seltsames Gesicht, mit einer scharfen Narbe direkt unter dem Mund, etwas Sinnliches, das man berühren möchte, dunkel in seiner fahlen Haut. Ein markantes Gesicht, der Schädel ist markant, aber mich ziehen die Augen an: groß, rindenbraun, tiefliegend und dunkel leuchtend.

»Du hast ihn gerade verpaßt.« Donna macht eine Bewegung wie um mich vorzuhieven. »Ach, übrigens, kennt ihr beide euch?«

Pfui über dich, Donna, du weißt es doch!

»Also du bist Jill? Na sowas!« Sein Lächeln öffnet ihn. »Lennie sagt, du bist Dichter-rin.«

»Ich schreibe Gedichte«, sage ich mit kampfbereiter Terrierstimme.

»Stu.« Donna gibt mir noch einen Stups. »Zeig ihm das Gedicht.

Sie hat ein paar ihrer Sachen ihrem Englischprofessor gegeben, und er hat einen widerlichen Kommentar abgesondert. Zeig's ihm, Stu.«

»Ich sondere auch widerliche Kommentare ab.« Mike streckt das Kinn vor.

»Wie aufregend. Ich schreibe widerliche Gedichte. Ich verlange kein Wohlwollen.« Zu meinem Erstaunen belle ich zurück, aber meine Gedichte sind einer der wenigen Lebensbereiche, wo ich mich tapfer fühle.

Donna beugt sich kokett zu ihm. »Mike schreibt auch Gedichte. Wenn er nicht zu viel Angst hat, sie dir zu zeigen ...«

»Ich würde sie gern lesen«, sage ich.

»Ein faires Geschäft.« Er tritt zurück. »Schick deine Sachen mit Lennie vorbei, und ich revanchiere mich.« Er schreitet davon, der Mantel ist zu groß für ihn, flattert und bockt.

»Donna, hat er das ernst gemeint? Warum habe ich mich bloß mit ihm angelegt?«

»Ich hatte den Eindruck, das hat ihn neugierig gemacht.«

»Ehrlich? Sagst du das bloß, damit ich ein gutes Gefühl habe? Woran hast du das gemerkt?« Und weiter und weiter, bis sie sich von mir loswindet. Ich gehe die kurze Begegnung wieder und wieder durch, bis sie völlig abgenutzt ist. Als ich schließlich ein paar Gedichte mit Lennie vorbeischicke (sie wohnen im gleichen Männerhaus), habe ich vergessen, warum ich es je wollte. Nächste Woche fahren wir nach Hause in die Weihnachtsferien. Wenn die vorüber sind, muß ich daran denken, daß Lennie mir meine Gedichte zurückbringt.

6 Die dunkelste Nacht des Jahres

»Willst du mir den Fuß zerquetschen? Paß doch auf, wo du hinschiebst, Malcolm!« Mutter lugt hinter dem alten Polstersessel hervor, den sie in eine Ecke bugsieren, und sieht, wie ich den runden Säulentisch Fuß um Fuß vorankante. »Jill, du ungeschickter Tolpatsch, schau dir an, was du meinem Teppich antust!«

Matt kommt aus meinem alten Zimmer geschlendert, dort riecht es inzwischen so stark nach Pimentöl-Aftershave, daß ich mich frage, ob er das Zeug trinkt. Hautenge Levis mit T-Shirt, blondes Haar zu einem Entensterz gekämmt, keckes oder grobes Gesicht, je nachdem, wie sehr man sich über ihn ärgert; in drei Tagen habe ich mich reichlich über ihn geärgert. »Kommen Sie, Mrs. S., ich helfe Ihnen. Gehn Sie weg!« Er wuchtet den Sessel hoch. »Wo wollen Sie das alte Ding hinhaben?«

Barsch sagt Paps: »Vors Fenster.«

»Malcolm, willst du's hier düster wie in einer Höhle? Schon schlimm genug, daß das Haus nebenan uns das Licht nimmt –«

Paps lehnt sich zurück, die Hände in den Taschen. »Soll ich ihnen sagen, sie solln's verrücken?«

Als ich nach Hause kam und Matt vorfand, den neuen Untermieter, der im Haus aus und ein ging, dachte ich, Paps hat einen neuen Sohn gefunden. Aber Paps erträgt ihn nur mit Mühe.

Matt rügt sie: »Ein bißchen Beherrschung, Mrs. S. Wir verfrachten ihn dahin.«

Warum schlägt sie ihn nicht tot? Aber sie strahlt. »Du bist mir eine echte Hilfe. Wo ist jetzt wieder dieser blöde Baumständer? Jedes Jahr schwöre ich, daß ich mich nie wieder mit dem albernen Kram rumplage.«

Matt und Mutter haben den Baum gekauft. Die Wahrheit ist, für Paps ist Weihnachten eine Selbstverständlichkeit – er wuchs damit auf und ist noch nie in seinem Leben ein Geschenk kaufen gegangen –, während es für Mutter immer noch schimmert von verbotener Herrlichkeit der Geschenke, des Baums, der Weihnachtskarten. Sie liebt den Weihnachtsschmuck, und als ich kleiner war, gaben wir uns beide große Mühe, alles besonders schön zu machen. Jetzt kann ich mich kaum an der Betriebsamkeit beteiligen. Während der Ferien arbeite ich im Schichtdienst bei der Telefongesellschaft, von neun bis eins und von sechs bis zehn, und vermittle Ferngespräche an der lärmenden Schalttafel. Mein Zimmer vermietet und meine Dachbodenzuflucht versperrt, da nur durch Matts Schlafzimmer zugänglich. Ich tue mir auf trockene, höhnische Art heftig leid. Mutter hat eingerichtet, daß ich auf dem Sofa schlafe, aber bis Leo um Silvester herum nach Hause kommt, werde ich mich meistens auf dem Feldbett neben dem Heizkessel herumdrücken, auf dem sonst Francis schläft. Wenn Francis da ist, merkt man das an den gefühlvollen Gitarrenklängen, die spätabends durch die Dielen dringen; Francis soll jedoch vielleicht in Texas sein, vielleicht auch in Mexico, aber auf jeden Fall in Schwierigkeiten. Bis Leo kommt, gehört das Feldbett mir.

Ich sitze verbittert im Schneidersitz darauf und komme mir sehr interessant vor, wenn ich abends kurz vor elf nach Hause komme und erst weit nach Mitternacht schlafen gehe. Keiner sagt: Jill, wie gescheit du jetzt bist, wie wach, wie reif. Keiner sieht, wie ich mich verändert habe. Ich kann es kaum erwarten, daß Donna kommt; sie verbringt Weihnachten bei ihren Eltern und dann den Jahreswechsel bei ihrer Schwester und ihrem Schwager. Bis dahin lese ich Dostojewski und rauche, lasse die Asche auf den Zementfußboden fallen. Diesmal rauche ich zu Hause ganz offen, Mutter zetert. *Liebste Mutter: Nach zwanzig Jahren entschuldige ich mich, ich krieche und krauche und winsele Entschuldigungen. Die Wahrheit ist, du hattest oft unrecht mit dem, was ich brauchte oder wollte, aber diesmal hattest du recht. Jedesmal, wenn ich zuschaue, wie sich mein jugendliches Selbst mit süffisantem, selbstzufriedenem Lächeln eine ansteckt, könnte ich ihr über die Schulter greifen und sie ihr in die Ohren stopfen. Mit fünfunddreißig werde ich vor chronischer Bronchitis Blut husten. Nie werde ich vergessen, wie es ist, nach kostbarer Luft zu ringen, zu keuchen, zu ersticken. Ich dachte, ich puste den süßen Rauch der Freiheit, aber ich sog nur an der wohlbekannten Todeszitze. Bei allem, was wächst, hast du fast immer recht.*

Ich weiche dem mürrischen Wind aus und Autos, die mit einer Bugwelle durch den schmutzigen Schneematsch schwimmen, und gehe durch den Pflastersteintorbogen. Ich habe mich um eine halbe Stunde verspätet, Howie steht mit finsterem Gesicht am Fenster. Seine Augen streifen mich, und ich weiß, er hat mich gesehen, aber er tut, als hätte er mich nicht wahrgenommen, und schaut auf die Uhr. Ich drücke auf die Klingel. Gemächlich zieht er eine Kapitänsjoppe über, während ich immer noch an der Tür warte. Seine Mutter macht auf.

»Jill, kleine Jill«, sprudelt seine Mutter in ihrem weichen, nicht ganz akzentfreien Tonfall. *Sie* muß reden. Sie ist exakt so groß wie ich, nur erheblich umfangreicher, immer noch in ihrer gestärkten Schwesterntracht. Ihr Haar ist hellbrauner Flaum unter einem dünnen Haarnetz, die Augen, groß und blau hinter der rosa eingefaßten Brille, nehmen mich auf. »Was hast du viele Haare! Du siehst aus wie Rapunzel in den Märchenbüchern. Wie gefällt es dir denn auf dem College? Wie kommst du voran?«

»Wir haben ein Semestersystem, deshalb bekommen wir unsere Noten erst Ende Januar. Ich glaube, ganz gut.«

»Howie hat lauter Einsen.«

Er hat sich endlich die Joppe zugeknöpft und zwängt sich an seiner Mutter vorbei. »Dann laß uns gehen. Komm schon.«

»Wo gehst du hin?« entrüstet sich seine Mutter.

»Rüber zur Bibliothek.« Er führt mich hinaus.

»Aber ich bin eben erst nach Hause gekommen«, ruft seine Mutter. »Ich habe dich noch gar nicht zu Gesicht bekommen ...«

»Die Bibliothek«, frage ich, als wir um die Ecke sind. »Warum hast du mich nicht angerufen? Ich hätte genauso schnell dahin kommen können wie hierher.«

»Ich will aus dem Haus raus. Wir laufen einfach ein Stück.«

Ich schreite neben ihm mehrere Querstraßen weit aus, ohne daß wir etwas sagen. Wenigstens macht es Spaß, mit ihm zu laufen. Ich hatte vergessen, wie schnell er geht, in meiner natürlichen Gangart. Ich frage schließlich: »Columbia gefällt dir also?«

»Eine gute Schule, aber da gehen viele Arschlöcher hin. Bengels mit Geld und extrem eingebildet auf das, was sie sind und wieviel das wert ist. Ich hatte es satt, in den ersten Monaten in aller Form vollgepinkelt zu werden.«

Ich werfe ihm einen Blick zu. »Aber immerhin bist du in New York. Ich bin noch nie da gewesen. Ich gäbe sonstwas, es zu sehen.«

Er nimmt die Brille ab, putzt sie mit einem verkrumpelten Taschentuch und steckt sie weg, eine neue Angewohnheit, begleitet von einem Lächeln, das sagt: Du darfst es komisch finden, aber bitte keinen Kommentar. »Ach Jill, ich bin kaum je südlich der Hundertzehnten Straße gewesen. Ich hatte so viele Hausarbeiten, ich bin zu nichts sonst gekommen.«

Plötzlich wird mir klar, daß Howie Vorkliniker ist, genau wie die widerlichen Ehrgeizlinge, mit denen Donna und ich uns in Zoologie herumschlagen müssen. Das erschreckt mich dermaßen, daß ich ihn verstohlen von der Seite mustere, auf irgendwelche gräßlichen Veränderungen hin.

Er fängt meinen Blick auf. »Fällt dir nichts auf?«

»Was denn?« Die gleichen, weit auseinanderliegenden grauen Augen, der sture Kiefer, der breit gebaute Körper ...

»Vielleicht jetzt.« Er geht vor mir her, dreht sich mit verschämter Hartnäckigkeit um.

»Die Joppe ist neu? Die steht dir.«

»Die habe ich schon seit letztem Jahr, und du hast sie zigmal gesehen.« Er reibt sich die Wange. »Ich bin fünf Zentimeter gewachsen.«

»Seit September? Ich bin nicht mehr gewachsen, seit ich vierzehn war.«

»Ich bin ein Spätentwickler. Das einzige, was ich pünktlich gemacht habe, war mit dem Reden anfangen.«

»Und manchmal knauserst du selbst damit.« Ich lächle. »Für mich war das Aufregendste Donna. Wir hassen beide die gleiche Art Scheinheiligkeit und Beschiß.«

»Du hast sie erwähnt. Genaugenommen ist die Hälfte deiner Briefe nichts als Donna.«

»Mit ihr zu reden schüttelt mein Denken durcheinander. Du mußt sie kennenlernen. Sie kommt nach Detroit und ist über Neujahr bei ihrer verheirateten Schwester.«

»Von mir aus.« Er zuckt die Achseln. »Wenn sie will. Mach nicht so eine große Sache draus.«

»Sicher will sie. Sie ist wundervoll, Howie. Wir sehen überhaupt nicht wie Kusinen aus. Sie hat seidiges blondes Haar. Sie ist so hellhäutig, daß man denkt, sie muß im Dunkeln leuchten.«

»Warum redest du so?« Er runzelt die Stirn. »Du hast doch gesagt, sie hat jetzt einen Freund.«

Ich weiß nicht, was ich sagen soll. Natürlich hatte ich Howie nicht für Donna gedacht. Da ist Lennie, und selbst wenn nicht, Howie ist zu jung – zehn Monate jünger als ich und fast zwei Jahre jünger als Donna. Nein, so hatte ich das überhaupt nicht gemeint.

»Es ist kalt und naß. Ich habe in der Second ein Syrisches Kaffeehaus entdeckt. Was meinst du, Jill? Hast du schon mal türkischen Mokka getrunken?«

»Noch nie. Warum nicht? Dann sind alle Semiten zusammen.«

»Vielleicht können wir eine örtliche Jüdisch-arabische Friedensoffensive gründen? Du kommst dir wohl überhaupt nicht scheinheilig vor, um dein Lieblingswort zu benutzen, wenn du da reinmarschierst und zweifelsohne italienisch tust?«

»Meinst du, sie fragen einen nach dem Ausweis, Howie?«

»Bei deiner Stupsnase bist du es doch gewohnt, durchzugehen, Jill Stuart?«

»Verkündest du etwa jedesmal, wenn du ein goyisches Restaurant betrittst, daß du Jude bist, Howie?«

Wir rennen streitend los. Ich hatte vergessen, welchen Spaß es machte, mit ihm in vollem Tempo zu laufen. Ich hatte vergessen, welchen Spaß es machte, mit ihm zu streiten, mich selbst zu beweisen, indem ich seinem Bulldoggenbiß Schritt auf Schritt soviel endgültige Meinung abringe, wie ich nur kann. Wir sind immer noch Freunde.

Mutter sitzt, eine angebundene Zuhörerin, und stopft Vaters Socken. Auf der anderen Seite des Tisches hocke ich hinter meinem Anthropologieheft und lese ihr die Worte vor, die ihre Vorurteile auslöschen werden. »Wenn der primitive Urmensch affenähnlich ist, dann ist Körperbehaarung primitiv. Welche Rasse hat die stärkste Körperbehaarung? Mutter! Du hörst ja gar nicht zu!« Ich möchte sie mitnehmen. Ich kann nicht anders, wir haben in meiner Kindheit so viel miteinander geteilt, daß ich mich immer noch danach sehne, sie auf meine Reisen zu entführen. Mag sein, sie möchte, daß ich bin wie sie, aber ich möchte auch, daß sie ist wie ich.

»Natürlich höre ich zu. Ich hatte nie ein Problem mit Körperhaaren. Du mußt dir die Augenbrauen zupfen – die sind so buschig wie die von deinem Vater.«

»Keiner zupft sich mehr die Augenbrauen, Mutter!« Die Socke in ihrer Hand ist kanariengelb. »Wessen Socke ist das?«

»Die hier? Ach … wahrscheinlich eine von Matt. So ein netter Junge, es ist ein Genuß, ihn hier zu haben.«

»Ja, ein Einblick in den Urmensch.«

»Du bist eifersüchtig. Das macht ein bißchen den Schmerz wett, daß meine beiden Söhne so weit weg sind …« Halbherzig. Schließlich ist Leo öfter da als ich, seit der Farbhandel schiefging. Er kommt immer über die Grenze angetanzt, um seinen Gläubigern in Ohio nicht zu begegnen, und dann rennt er zurück, um seinen Ex-Frauen in Michigan nicht zu begegnen. Ihre schönen braunen Augen weiden sich an den Socken. »Ich hatte mal ein Abendkleid in genau der Farbe.«

»Läuft er tatsächlich damit rum? Und er wird nicht auf der Straße gesteinigt?«

»Mit einem todschicken Bolero. Eigenlich müßte ich noch ein Stück davon haben. Dein Vater sagt ja, ich werfe nie was weg.« Sie zwinkert mir zu. »Bestimmt kann ich's ausgraben. Was sagst du?«

Solch ein Gefallen kostet nicht viel. »Klar. Schau mal nach.«

Sie sitzt auf Matts Fußboden, die kurzen Beine ausgestreckt, um einen Schoß zu machen, und holt Reste aus der Kommode mit ihrem Nähzeug und den Sommersachen. Sie versucht, ihre Arme in einen gelben Seidenbolero zu zwängen, dessen Nähte schon geplatzt sind. »Ich habe so viel zugenommen. Das kam drauf, als ich mit dir schwanger war, und ich habe es nie wieder runtergekriegt.« Sie betrachtet meinen Körper. »Dir paßt er bestimmt. Zieh's wenigstens mal über.«

Ich quetsche es über meinen zotteligen Pullover. Begütigend streicht sie das Jäckchen glatt. Als sie mit Max Abel verheiratet war, hatte sie offensichtlich bessere und hübschere Sachen als jetzt. »Als ich in deinem Alter war, hatte ich ein kurzes Kleid in der Farbe. Natürlich nicht so gut wie diese Seide. Ich hatte es für ein Fest gekauft. Er war auf dem College gewesen, der junge Mann. Aber als wir hinkamen, trugen alle Mädchen Grün. Sie haben mir gesagt, es wäre St. Patrickstag. Diese Ziegen, herausgeputzt und hundsgemein. Was gingen mich ihre Heiligen an? Ich hasse Grün – darin sehe ich aus wie ein Radieschen.«

»Haben sie sich über dich lustig gemacht?« Kleidersnobismus ist mir auf der Schule begegnet, und wenn ich das an mich ranließ, konnten sie mich verletzen, diese Mädchen, die die Sprache der Marken und Modelle lasen. Donna nennt sie blöde Weiber, aber manchmal liegt sie auf dem Bett, blättert in *Vogue* und starrt voll verkrampftem Hunger auf die Mannequins.

»Sie haben es versucht. Aber ich wußte, wie man tanzt und flirtet. Nichts Aufdringliches, aber so, wie Männer es mögen. Bald umschwärmten mich alle. Die Mädchen wurden so grün wie ihre Kleider.« Sie wird sich nie in Schwäche mit mir verbünden. »Männer mögen Frauen mit einer guten Figur, so ist nun mal die menschliche Natur.« Ihre Augen spazieren auf mir herum wie Spinnen. »Halt die Schultern gerade. Hast du irgendwelche netten jungen Männer kennengelernt? Ist denn *niemand* mit dir ausgegangen?«

Ich zerre mir den Bolero herunter. »Ein- oder zweimal.«

»Bei deiner Garstigkeit, du streitest dich wahrscheinlich rum, bis ihnen die Ohren abfallen. Lerne, deinen Mund zu halten und zu lächeln. Halte deinen Mund straff, so etwa, dann sieht er kleiner aus. Zeig mir, wie du einen Jungen anlächelst.«

Ich springe auf. »Ich lächle nicht. Donna sagt, mein Mund ist nicht zu groß. Und wenn schon, es ist meiner! Ich mag mich. Donna mag mich.«

Ihre Augen ruhen hart und feindselig auf mir. »Donna! Donna! Donna! Mit dir stimmt wirklich was nicht. Da ist was faul.«

Nicht reagieren. Nichts anmerken lassen. Bacall in *Haben und Nichthaben*, wenn der Polizist sie ohrfeigt. Stolz, das ist cool bleiben. »In diesem Zoo, kein Wunder!« Ich krame nach einer Zigarette, zünde sie mit einem Küchenstreichholz an meinem Daumennagel an, eine neue Affektiertheit, die sie wahnsinnig machen wird, das weiß ich. Plötzlich bin ich wieder dreizehn und unglücklich.

Wir sitzen hinten im Bus, damit wir ungestört sind. Donna wischt sich die Augen. »Es ist erst fünf Jahre her, daß Jim Examen gemacht hat, aber sie sind schon ekelhaft etabliert! Früher hat er sich Gedanken gemacht, er war praktisch Sozialist. Aber wenn ich ihnen von Lennie erzählen wollte, haben sie sich nur über ihn lustig gemacht.«

»Wie kommen sie dazu? Sie kennen ihn doch gar nicht.«

»Weil ich gesagt habe, er hat einen Bart und malt.« Sie putzt sich heftig die Nase. »Ich habe gesagt, warum müssen Frauen zu einer bestimmten Zeit zu Hause sein und Männer nicht? Beide haben losgelegt, Eltern würden ihre *Kinder* nicht studieren schicken, wenn sie nicht behütet wären. Ich habe gesagt, glaubt ihr etwa, Menschen bumsen nicht vor halb elf Uhr abends? Das macht es nur um so erbärmlicher. Und sie hatten die Frechheit, schockiert zu tun!«

»Wie steht es zwischen Jim und dir?«

»Stu, weißt du, was er gemacht hat? Mich beiseite genommen und mir eine schrecklich selbstgerechte Predigt gehalten, ich müßte dafür sorgen, daß die Männer mich achten. Er hat gesagt, weil ich keine Jüdin bin, will Lennie mich nur benutzen – Lennie! *Ich* bin es leid, keinen Sex zu haben, viel mehr als Lennie!«

»Lennie liebt dich. Rede mit denen nicht mehr über ihn.« Ich zupfe an meiner Jacke, denn ich spüre den kalten Druck der Ausgrenzung. Das tugendhafte Gehabe von Tante Jean, die unverblümt sagt: »Als ich ihm das Haus gezeigt habe, hat er doch tatsächlich versucht, mich auf die jüdische Art runterzuhandeln.« Donna ist ein Glücksfall warmes Fleisch und Blut.

»Du bist außer Lennie die einzige lebende Seele, mit der ich reden kann, und es gibt Dinge, die kann ich ihm nicht sagen.«

»Hast du ihm von Jim erzählt?«

»Noch nicht. Er ist so *gut.* Ich kann's einfach nicht.«

Ich bin ganz für Ehrlichkeit, aber sie ist zu unglücklich, als daß ich sie mit meinen Skrupeln plagen könnte. Ich prüfe mein Bündel, luge nach dem feurigen Rot des Kleides. Unter großer Geheimniskrämerei brachte Donna mich in einen Flur voller Zahnarztpraxen, wo sie mich mit der großäugigen Inständigkeit ihrer Beichten auf Verschwiegenheit einschwor. »Versprich mir, daß du nichts sagst! Niemandem!

Besonders nicht Julie. Versprich es mir!« So wurde ich in den Gebrauchtwarenladen eingeweiht, wo ich ein rotes Wollkleid mit V-Ausschnitt gekauft habe, schlicht in einer Art, die selbst ich als elegant erkennen kann, aus einem Jersey, der sich anschmiegt und schmeichelt.

»Donna.« Ich tippe ihr auf den Arm. Sie starrt aus dem Busfenster auf Awreys Fabrik, wo die nach Mandeln schmeckenden Windmühlenkekse gebacken werden. »Ich möchte, daß du meinen alten Freund Howie kennenlernst. Heute abend?«

»Ein andermal. Ich bin völlig erledigt. Laß mich einfach mit zu dir nach Hause fahren. Die schaffen es immer, daß ich mir so mies vorkomme.«

Paps und Leo sind unten im Keller. Das Geheul der elektrischen Bandsäge erhebt sich. Jedesmal, wenn es aufhört, höre ich sie reden. Sie kommen gut miteinander klar, ihre Gespräche klimpern von seltsamen, unzusammenhängenden Fakten wie eine Hosentasche voller Nägel. Paps weiß gerne ganz genau, wie mechanische Vorrichtungen oder Vorgänge funktionieren. Da Leo sich immerzu in einer neuen Branche etabliert, ist Paps in der Lage, ihn auszufragen, und Leo in der Lage, den kenntnisreichen Fachmann zu spielen.

Ich stehe am Spülbecken und wasche das Abendbrotgeschirr ab. Mutter und Donna und Matt sitzen um den angezündeten Lichterbaum im Wohnzimmer. Ich hatte erwartet, daß Donna mir beim Abwaschen Gesellschaft leistet. Ich wünsche mir, daß sie kommt. Statt dessen lungert sie im Wohnzimmer herum und tut wieder wie die Donna jener ersten Woche im College, flatterig, nichtssagend, mit dem trockenen albernen Kichern, das in ihrer Kehle klickert wie Murmeln. Matt scheint anzuschwellen, während sie zusammenschrumpft. Er nimmt mehr als einen Stuhl ein, brüstet sich, stolziert herum, sogar im Sitzen. Mutter schaut zu, neckisch verschämt und amüsiert. Mutter sitzt mit ihrem Nähzeug im Schoß, aber sie näht nicht. Die Gesprächsfetzen, die ich über die Säge und das Geschirr aufschnappe, bringen mich dazu, in hilfloser Wut mit den Zähnen zu knirschen.

»... ich finde das toll, wie du deinen Hornet frisiert hast.« Als ob sie einen Ford irgend besser als ich von einem Chevy unterscheiden könnte. Ha.

»Matt hat wirklich geschickte Hände«, sagt meine Mutter kokett. »Der bringt alles zum Laufen.« Dann zerstört sie ihre versteckte Andeutung, indem sie eine unendliche Geschichte zum besten gibt, was der Waschmaschine fehlte.

»... ach, Jill lernt viel mehr als ich.«

Verräterin! In Wirklichkeit – mit Genuß haue ich einen gesprungenen Teller aufs Abtropfbrett und lege die zwei Stücke säuberlich zur Seite – lerne ich sehr viel weniger als du, meine liebe Donna. Ich gehe spazieren, während du über deine Bücher gebeugt bist, zusammengekrümmt wie ein Stachelschwein mit Bauchschmerzen. Und ich lese deine Arbeiten und meine. Vielleicht ärgert sie das. Daran habe ich noch nie gedacht. Vielleicht meint sie, ich will vor ihr angeben. Dabei will ich nur alles, was sie lernt, wissen, um auch daran teilzuhaben.

Als ich schließlich mit dem Abwasch fertig bin, ist es für mich Zeit, zur Arbeit zu gehen. Matt bietet an, mich hinzufahren. Bis zum Telefongebäude sind es über zwei Kilometer. Ich würde sein Angebot liebend gern ausschlagen, aber ich komme sonst zu spät.

Als wir hinausgehen, sagt Mutter zu Donna: »Schließlich ist es ja nicht so, als ob du mit dem Jungen aus New York verlobt wärst, hab ich recht?« Sie ergreift Donnas linke Hand. »Und da du's nicht bist, was ist denn schon dabei, wenn du dich mit einem anderen Burschen ein bißchen amüsierst? Wenn er dich am Silvesterabend alleine läßt, ist das seine Schuld. Er kann nicht verlangen, daß du zu Hause sitzt, wenn er dich nicht mal angerufen hat. Du bist nur einmal jung.«

Matt hat mich noch nicht drei Querstraßen weit gefahren, da streiten wir uns schon. »Und sie wird nicht mit dir ausgehen! Das tut sie nicht. Du siehst in ihr nichts als eine hübsche Blondine, aber sie ist intelligent. Das tut sie nicht!«

»Wollen wir wetten? Ich weiß genau, wann ein Mädchen interessiert ist. Ich hab gemerkt, wie sie mich angesehen hat.«

»Wie soll sie dich nicht ansehen, wenn du herumstolzierst wie ein Pfau?«

»Paß auf, was du sagst, Schneeweißchen.« Er drückt mein Knie. Sofort biege ich seine Finger um. »Aua! He, ich fahre.«

»Dann fahr. In der Fahrstunde habe ich gelernt, man braucht beide Hände zum Fahren.« Dabei habe ich nie eine genommen. Die kostete Geld. Paps sagte immer, er würde es mir beibringen, aber jede Stunde endete rasch damit, daß ich von seinem Zorn eingeschüchtert mit dem ganzen Körper nur noch stottern konnte, alle falschen Hebel drückte und hart aufs Gas statt auf die Bremse trat.

»Ich könnte dir ein paar Dinge beibringen, die du nicht auf der Schule lernst. Aber du hast ja Angst vor mir.«

»Du ödest mich bloß an.« Ich wundere mich, daß ich es schaffe, so fröhlich und glatt zu klingen, wo ich doch wirklich Angst habe. Ich traue ihm nicht, weder bei Tag noch bei Nacht. »Du kannst den Sohn meiner Mutter spielen, soviel du Lust hast – aber komm mir nicht in die Quere.«

»Deine Mutter ist eine ganz tolle Frau. Werd mal ein bißchen erwachsen.«

»Ich geb mir Mühe. Aber laß mich und meine Freundinnen in Ruhe.«

»Deine Mutter hat nichts dagegen, daß ich mit Donna ausgehe. Also warum überlassen wir's nicht der Dame? Ich werd sie fragen, wenn ich sie heute abend nach Hause fahre.«

Alle lachen mich aus. Mutter und Matt. Jetzt wird Donna zu ihnen rübergezogen.

Silvesterabend. Als ich Viertel vor elf hereinkomme, haben meine Eltern Besuch. Mutter besteht darauf, daß ich bei ihrem Canasta mitspiele. Zu meiner Rechten sitzt Charlotte Ballard, das Gesicht aus Ziegenleder, messingblondes Haar zu Röllchen festgesprayt. Sie gibt ein Vermögen, das sie nicht hat, auf diese Schnörkelfrisur aus und auf die Schönheitspflege ihres Körpers, der gepanzert ist wie ein Kampfdinosaurier. »Oh Malcolm, was hast du mir für ein fürchterliches Blatt gegeben, du gemeiner Kerl!« Dann kommt Paps. Mutter sitzt zwischen Gene Ballards blankgescheuertem, roten Gesicht mit den stählern strahlenden Augen und Leo. Ich muß es Leo lassen, es gelingt ihm, in seinem hellbraunen Anzug wie ein südländischer Beau auszusehen. Zu meiner Linken sitzt seine neue Freundin. Anita trägt ihr aschblondes Haar in einem Pudelschnitt und hat ein Kleid an, das reihenweise mit Fransen besetzt ist. Sie legt ihr bestes Benehmen an den Tag, dazu gehört, einen kleinen Schwips zu haben und über alles zu lachen, was die Männer sagen, denn es könnte ja komisch sein, und jedesmal »Huch, Pardon!« zu sagen, wenn sie »Mist!« gesagt hat.

Ich gebe und schaue, wie die Karten schnippen. Francis hat mir das beigebracht. Er hat mir auch das Mogeln beigebracht, aber mir ist nicht danach, es zu probieren, denn ich bin aus der Übung. Ich gebe Stil den Vorzug vor Kontrolle. Der arme Lennie, wir sind heute abend beide verraten. So etwas darf ich nicht denken. Warum soll sie nicht mit Matt ausgehen? Am Telefon, mit Mutters Teppichkehrer im Hintergrund, wußte ich ihr keinen Grund zu nennen. Die Nerven krabbeln in meinen Fingern wie Raupen.

Auf der Veranda höre ich neben Paps das Feuerwerk und die Glocken an den versiegelten schwarzen Himmel schlagen. Mach, daß Matt jetzt zurückkommt. Warte mal ab, bis er ein paar seiner erlesenen Meinungen über Frauen, die Gesellschaft und das gute Leben absondert. Was kann sie nur von ihm wollen?

Zwanzig nach eins. Paps blitzt um den Tisch einen raschen Blick jungenhaften Triumphes, dann legt er Karte auf Karte ein Handspiel hin. »Fertig!«

»Du alter Schlauberger!« Mutter tut, als schlüge sie nach ihm. Ballard streicht sich über den Pferdekopfschlips und späht seitwärts in den U-Ausschnitt, wo ihre Brüste unter schwarzer Spitze schimmern. Ballard war früher mit Paps in der Werkstatt. Dann arbeitete er als Elektriker für einen Bauunternehmer, der nördlich der Stadt Parzellen anlegte. Jetzt ist er selber Bauunternehmer, ein bißchen schäbig, manchmal schwimmt er im Geld und manchmal ist er so pleite, daß er meine Eltern anpumpt.

Die Nacht schleppt sich dahin bis zum Kaffee um halb drei. Schließlich ist das Haus leer von Gästen. Leo ist mit Anita fort, unter der Anstandslüge, daß er später durch die Hintertür heimkommt. Ich liege schlaflos auf dem Sofa, nur die Verandalampe brennt. Paps' Schnarcher rütteln die Dunkelheit. Meine Gedanken schleppen sich im Kreis wie ein angeketteter Esel in der Tretmühle. Wie Samson, geblendet in Gaza. Ich liebe Milton nicht, aber für die scheußliche Nacht ist er passend.

Matts Schlüssel im Schloß. Ich stütze mich auf den Ellbogen und falle zurück. Das Licht der Verandalampe trifft die Uhr. Halb vier. Am liebsten würde ich ihn rasch und leise ermorden. Trotzdem sträuben sich mir die Nackenhaare, als ich den Morgenmantel meiner Mutter rascheln höre. »Matt«, flüstert sie, »du kommst spät. Ich habe mit dir zu reden.«

»Hab ich Sie aufgeweckt? Tut mir leid. Ich hab leise gemacht wie eine Maus.«

»Ich habe nicht geschlafen. Es ist vier Uhr, Matt.«

Das Küchenlicht fällt kurz zu mir herein, während sie beiseite geht, um ihn vorbeizulassen, dann zieht sie die Pendeltür zu. Ihr Gesicht aus dem plötzlichen Lichtschein schwebt noch im Dunkeln, die Falten um den Mund scharf eingeschnitten, die Augen Anthrazit, das Haar steht zu Berge wie ein Haufen erboster Nerven. Während ich vom Sofa gleite und zur Tür schleiche, tut mir Matt einen Moment lang leid. Das Zischen ihrer Stimme und sein antwortendes Beichtgemurmel quälen mich, während ich mir einen Weg über die knarrenden Dielen suche. Aus dem Schlafzimmer ertönen unvermindert Paps' Schnarcher.

Mutter knirscht: »Aber du hast es versprochen!«

Seine Antwort ist ein Genuschel. Ich lehne mich langsam gegen die Tür, ein Zentimeter, zwei Zentimeter. »Leugne nicht! Ich seh es dir an. Sitz nicht da und lüg mir frech ins Gesicht.«

»Aber Mrs. S. –«

»Du hast dein Versprechen gebrochen!«

»Gott ist mein Zeuge, das wollt ich nicht...« Ich erkenne diesen jaulenden Jungen kaum wieder. »Ich bin auch nur ein Mensch, verdammt noch mal.«

Funken tanzen vor meinen zusammengekniffenen Augen. Nein.

»Ich wußte doch, ich hab mich nicht geirrt in diesem kleinen Luder. Aber deswegen bist du noch nicht aus der Schlinge. Ich kann dir nie wieder trauen, Matt. Ich habe dich in mein Haus aufgenommen –«

»Sie waren eine Wucht. Ich verdiene das gar nicht. Aber ich hab wirklich versucht, an mein Versprechen zu denken, ehrlich.«

Sie schnalzt mit der Zunge und sagt freundlicher: »Na ja, ich habe lange genug gelebt, um zu lernen, wenn ein Mann die Situation ausnutzt, dann, weil die Frau es herausgefordert hat.«

»Mrs. S., die hat mehr Feuer, als mir je begegnet ist –«

»Das hatte ich befürchtet. Ich habe einen guten Instinkt für Menschen.«

»Ich schwöre, ich wollte das nicht. Ich weiß nicht, wie ich Ihnen das anständig sagen soll, aber sie hat mich völlig in Wallung gebracht –«

Meine Schulter schleudert die Tür auf. Halb geblendet vom Licht stürze ich mich auf ihn. »Du dreckiger Lügner!« Ich bekomme ihn an der Kehle zu packen, sehe die rosa Lippenstiftflecke auf seinem Kragen. Mutter greift meinen Arm, und er reißt sich los.

Ihre Hand holt aus, um mich zu schlagen, dann fällt sie herunter. »Sei still, du Tölpel. Willst du deinen Vater herholen? Wenn der davon Wind bekommt, gehst du nicht zurück ins College!«

Ich lasse die Hände sinken und begegne ihrem dunklen Blick. Augen brennen zurück. Aber ich gewinne. Sie wendet sich mit entlassendem Wink an Matt. »Geh ins Bett. Leise. Und morgen kein Wort davon!«

Er drückt sich vorbei und hinaus. Ich knipse das Licht aus, will sie nicht sehen. Mein Zorn kühlt zu einem festen Klumpen in meiner Brust. Ich spüre sie bei meinem Ellbogen.

»Ich dulde nicht, daß du mit ihr zusammenwohnst. Ich wußte ja, es war sowas! Wenn dein Vater das rausbekommt, dann zerrt er dich so schnell nach Hause, daß dir schwindlig wird. Du wirst um ein anderes Zimmer bitten.«

Ich gehe steif zum Sofa, im Mund ein Geschmack wie Rost. Mutter hat mir eine Waffe gegeben. Paps wollte keinen Untermieter. Bei seinem Familiensinn wird er ihr nie verzeihen, wenn er das herausbekommt, und ihr doppelt Vorwürfe machen, weil sie es verheimlicht hat. Sie versteckt ihre Teeorakel, ihre Handorakel, die übelriechende

Heimdauerwelle, die sie benutzt, in ihrem Herzen überzeugt, sie halte ihn mit listigen Ränken. Ich wäre grausam, es ihm zu erzählen, aber es heißt Kampf oder den Anspruch auf mein eigenes Leben aufgeben. Ich werde nicht das Zimmer wechseln.

Wie hat Donna doch Mutter in die versteckte Hand gespielt. Matt war nur der dumme Köder. Gibt es nichts weiter zwischen Frauen und Männern als den heimlichen Krieg der Ehe, Sex als Tauschgeschäft oder als Unterwerfung unter die schweinische Welt der Gosse? Ich liege starr, die Hände zusammengeballt auf dem Bauch. Wenn Sex ein Krieg ist, dann verweigere ich den Kriegsdienst: ich spiele nicht mit.

7 In dem Poeten sich begegnen und Worte wechseln

Sonntag abend, ein Zettel von Donna liegt auf meinem Bett. Sie hat mein und ihr Kissen als Brüste aufgeschüttelt, meine schwarze Bürste als Schamhaare benutzt und ihren Handspiegel als Gesicht. Auf dem Bauch der Puppe liegt der Zettel, und darauf steht:

Stuieste,

Peter (ein Freund von Lennie – hat viele $ und eine eigene Wohnung) borgt sie uns heute abend bis zur Sperrstunde. Peter kommt erst spät zurück. Also heute abend ist endlich, endlich unser Abend! Bete für mich jetzt und in der Stunde unseres Todes – hoffentlich an übermäßigem Genuß.

Küßchen, Küßchen, Küßchen — la tia Donna

Eine Stunde später hockt Julie auf meinem Bett und schneidet Früchtekuchen. »Wenn ich ihn esse, werde ich noch dicker, als ich schon bin. Diese Mutter! Schimpft mit mir, ich hätte Übergewicht, und dann gibt sie mir einen zweipfündigen weinbranddurchtränkten Früchtekuchen mit. Das ist doch Sabotage!« Julie ist in ein neues graues Kostüm mit Rüschenbluse gekleidet. Ich mag sie nicht in Kostümen, da die Stattlichkeit ihres Körpers ganz in barocke Hüften und Hinterbacken geht und sie in dem Kostüm wie hineingestopft aussieht. Ich würde ihr Zigeunerröcke oder Hosen anziehen. »Ich hab mit Van Abendbrot gegessen, aber er mußte früh auf sein Zimmer und lernen. Er muß der einzige Mensch auf dem Campus sein, der heute abend lernt ... Also du hast Mike kennengelernt? Hat er nicht wunderbar schmelzende Augen? Aber seine Ohren stehen ab wie die Griffe einer Zuckerdose, das arme Schäfchen. Findest du nicht?«

»Ist mir nicht aufgefallen.« Ich will mich vor Julie nicht verletzlich machen. »Ich hab ihn nur einmal gesehen, und das auch nur fünf Minuten.«

»Lennie kriegt in einem Monat eine Wohnung, hmm? Hätte Van doch auch bloß eine. Vom Knutschen im Stehen kriege ich Rückenschmerzen. Heute abend hat er ganz mutig die Hand auf meinen Pullover gelegt und gedrückt. Dann ist er rot geworden, ich schwör's. Natürlich war alles, was er in der Hand hatte, mein wattierter BH Marke Unwiderstehlich Größe vierunddreißig A – aber was zählt, ist die gute Absicht.«

»Warum verführst du ihn nicht, Julie?«

»Ich hab auch schon dran gedacht. Sonst geht er nach dem Examen weg. Wenn wir's tun, heiratet er mich vielleicht.«

»Na, dir bleiben noch zwei Jahre, um ihn zu bearbeiten.«

»Anderthalb. Als Collegeprofessor wird er ganz ordentlich verdienen. Er bewirbt sich bei ein paar der besten Hochschulen ... Ich glaube, Mutter erwartet gar nicht, daß ich es besser treffe. Aber wie soll ich ihn stehend im Hof verführen?«

»Da mußt du Donna fragen. Ich wüßte nicht mal, wie ich ihn liegend im Bett verführe.« Es sei denn, er wäre ein Mädchen, denke ich trocken. Ich bin zwar aus der Übung, aber wenigstens weiß ich, wo ich anfangen muß.

»Donna? Die würde sich nur lustig machen. Die hat nichts am Hut mit den verschwiemelten Problemen anderer Leute.«

»Teste sie mal bei Gelegenheit.« Verteidigen! Wenn auch ohne Überzeugung. Unter den Frauen bin nur ich es, an die Donna sich anschließt. Habe ich, frage ich mich kurz, einen höheren Status wegen dieser lange zurückliegenden Geschichte, an die ich mich nur mühsam erinnert habe?

Mit dreizehn war ich halb Lausebengel, halb Leseratte und fand meine Gemeinschaft in der Gang. Mit vierzehn war Donna eher patzig als niedlich, wild und scheu mit acht hervorstehenden Ellbogen. Sie hatte ein hohes meckerndes Lachen und eine hellrote Nase, die sich von Sonnenbrand schälte. Ich trug meine Haare noch in Zöpfen, denn einer meiner Auflehnungsversuche in dem August – dem Monat nach der Zeit, die ich mit Donna in Cold Springs verbracht hatte – war, daß ich mir von Callie die Zöpfe abschneiden ließ. Ich wollte Mutter nicht sagen, wer das gemacht hatte, und durfte eine Woche lang nicht hinaus. Dann gab meine Mutter nach und drehte mir metallene Lockenwickler ein. Jetzt ist sie permanent wütend, weil ich mein Haar lang trage. Keiner hat heute lange Haare, sagt sie und hat fast recht. Es gilt als etwas für Bohemiens. Vielleicht ist das ja der Grund dafür, daß ich mein Haar wachsen lasse, aber ich lasse es lang, weil ich mag, wie es sich anfühlt, teils Mantel, teils Fächer, teils Mähne, teils schützende Decke.

Donna und ich saßen an dem Nachmittag auf dem Rücksitz, während Vater fuhr und Onkel Hubie die Karte las. Ich sagte zu Donna: »Ach, meine beste Freundin Callie und ich, wir haben ein ganz tolles Spiel, wenn wir alleine sind.« Ich wollte ihr erzählen, wie wir uns angewöhnt hatten, Namen aus dem Telefonbuch anzurufen und so zu tun, als wären wir von der Gallup-Umfrage. Wir fragten, was immer uns in den Sinn kam (Trägt Ihr Hund einen Schlafanzug? Woran müssen Sie denken, wenn Sie auf Marshmallows treten?), bis sie aufhängten oder wir zu kichern anfingen. Wir waren ganz erstaunt, wieviele dumme Fragen die Leute beantworteten. Da merkte ich, daß beide Väter inzwischen schwiegen. Wenn meiner mich das erzählen hörte, kam ich in Schwierigkeiten.

»Was für'n Spiel?« fragte sie hartnäckig.

Ich machte ihr Zeichen, still zu sein.

»Was für'n Spiel?« flüsterte sie und rutschte näher.

»Später«, zischte ich und begann laut vom Schwimmen zu reden.

Den ganzen Tag lang fragte sie mich, und immer wieder konnte ich es ihr nicht sagen, anfangs aus Sicherheitsgründen, da Familie in Hörweite, und dann, weil nichts dieser riesigen Vorankündigung angemessen war. Als wir schließlich an dem Abend ins Bett gingen, fiel mir nur ein Spiel ein, das als Höhepunkt dieses ungewollten Crescendos in Frage kam. Ich beschloß nicht, meine Kusine zu verführen, sondern hatte mich selbst in eine Ecke gedrängt, wo mein Stolz mir abverlangte, etwas zu liefern, was all die Spannung rechtfertigte. Ich erinnere mich an meine Verzweiflung und meine Lösung, aber nicht an den Vorgang. Mit vierzehn war Donna im Bett nichts Besonderes, und ich vergaß sie. Jetzt liebe ich sie weit mehr, als sie mich liebt.

Donna kommt Sonntag abend unmittelbar vor der Sperrstunde strahlend vor Zufriedenheit nach Hause, und erst am nächsten Nachmittag kann ich zur Sprache bringen, was ich in der Silvesternacht gehört habe.

»Bitte.« Ich beuge mich über sie, denn sie sitzt sprachlos da, die Stirn in die Faust vergraben. »Schlaf nie mehr mit so jemandem – jemand, dem zuzutrauen ist, daß er in der Familie tratscht.«

»Ich hätte nie, nie gedacht, daß er nach Hause fährt und es ihr erzählt.«

»Du darfst nicht solch ein Risiko eingehen. Mutter will uns trennen –«

»Oh.« Nackte kindliche Furcht verknittert ihr Gesicht, aber ihre Stimme klingt flach. »Wann ziehst du aus?«

»Nie. Sei nicht albern. Ich sage, alle Zimmer sind belegt.«

Die Erleichterung wird sofort wieder aus ihrem Gesicht vertrieben. »Wird sie es meiner Mutter erzählen?«

»Glaub ich nicht.«

»Aber es kann sein? Ich möchte sterben. Was wird dann mit mir?«

Ihr Gesicht ist so verzerrt, daß ich mich schäme, ihr Angst zu machen. »Warum sollte sie? Sie hat Angst vor einem Skandal, und mein Vater wäre außer sich.«

Sie dreht sich hin und her, schaut mich nicht an. »Außerdem haben wir nur geknutscht.«

»Ach hör auf. Das hat er nicht gemeint.«

»Männer übertreiben. Das wüßtest du, wenn du irgendwas über Männer wüßtest!« Immer noch rotiert sie auf ihrem Stuhl.

»Donna, er hatte viel zu viel Angst, um zu lügen.«

»Ich hab's nicht getan.« Sie springt auf, wendet sich halb zu mir. »Ich hab's nicht getan. Glaubst du mir nicht?«

»Vergiß es.« Ich will mich abwenden.

Sie schreit: »Glaubst du mir?«

»Nein.«

Sie wirft sich auf mich, ihre Nägel kratzen auf mein Gesicht ein. Im Reflex stemme ich mich dagegen und stoße sie fort. Sie rennt hinaus und knallt die Tür zu. Mein Arm. Über dem Ellbogen füllt sich eine Doppelfurche mit Blut. Katzenkratzer. Ich fahre mit der Zunge darüber.

Ich sitze an meinem Schreibtisch, das Kinn in die kalte Hand gestützt. Kann es sein, daß sie die Wahrheit sagt? Was macht das für einen Unterschied? Mein Zweifel ist gefährlich. Ich habe versprochen, mich um sie zu kümmern, sie zu akzeptieren. Vielleicht muß ich akzeptieren, daß gewisse Momente ausagierte Alpträume sind.

Die Tür geht auf. Ich bleibe still. »Stu? Es tut mir leid. Es tut mir so leid.«

Ich stehe auf, reiße an meinem Pullover. »Es tut mir auch leid.«

»Ich konnte nicht ertragen, daß du mir nicht glauben wolltest.«

»Wahrscheinlich wollte ich dir weh tun. Es tut mir auch leid.«

»Dann glaubst du mir jetzt?«

Ich weiß es nicht. Wie kann ich es wissen, wenn der Preis der Entscheidung zu hoch ist? »Natürlich.«

Rasch umarmt sie mich heftig und entzieht ihren Körper sofort wieder. »Ich würde dich nicht anlügen. Ich liebe dich. Du bist das einzige weibliche Wesen, das ich ausstehen kann. Die einzige Verwandte. Der einzige Mensch, der mich je gut gekannt hat und mir nicht das Gefühl gibt, daß ich ein Stück Scheiße bin.« Sie nimmt meinen Arm, um sich den Kratzer anzusehen. »Ich hole ein Pflaster.«

»Kratzer heilen schneller, wenn sie freiliegen.« Aber nicht alle Wunden. Ich werde nicht mehr von Matt reden. Mir wird klar, zum allerersten Mal hat mir ein Mensch gesagt, daß er mich liebt. Ich fühle mich zu betäubt, um es zu genießen. »Ich bin viel zu aufgewühlt, um lernen zu können. Komm, wir gehen über die Straße eine Tasse heiße Schokolade trinken.«

»Au ja, aber nicht da drüben. Im *Drake* ist sie mit Milch und zwei ganzen Marshmallows.« In ihrem Spiegel frischt sie mit rituellem Ernst ihr Make-up auf. Ich mag sie lieber ohne den Korallenlippenstift und den blauen Lidschatten, aber sie glaubt, wenn sie nicht alle elf Flaschen auf ihrer Kommode benutzt, sieht sie 'mitgenommen' aus.

»Noch vor sechs Monaten hätte ich nie geglaubt, irgend jemand könnte mich dazu bringen, einen Kilometer weit zu laufen für heiße Schokolade mit Milch und richtigen Marshmallows.« Aber ihre Freude an Kleinigkeiten finde ich gut. Bewußte Sinnenfreude ist teils Auflehnung und teils Disziplin, die sie mir beibringt.

Im *Union,* der Cafeteria des Studentenclubs, die vom Lehrkörper und den lose verknüpften Splittergrüppchen der Campus-Intellektuellen frequentiert wird, sitze ich, meine Büchern vor mir ausgebreitet. Ich habe das Lernen aufgegeben und beginne statt dessen einen Brief an Howie:

> Ich schreibe dir aus dem Studentenclub, während ich auf Mike Loesser warte, einen Freund von Lennie, der auch Poet ist.

Ich fühle mich, als sei ich zu völligem Stumpfsinn abgestorben, wie ich hier sitze und warte und warte, unfähig, mir auch nur einen weiteren Satz nach dieser Eröffnung auszudenken. Mike hat es offensichtlich vergessen, unseren ... Termin.

Jemand steht neben mir. Ich schaue auf – nicht so groß, wie er inzwischen in meiner Vorstellung gewachsen war, aber mit einer steiferen Haltung als ein Wachsoldat. »Ach, hallo.« Leicht, locker, autsch.

»Tja, da bin ich.«

»Ja. Ja.« Wir haben nichts zu sagen. Ich wußte es.

Er wirft seinen alten Mantel über einen Stuhl. »Ich hole Kaffee. Milch oder Zucker?«

»Zucker bitte.«

Als er zurückkommt, nimmt er meinen Packen Gedichte heraus, blättert ihn mit strengem Gesicht durch.

»Kann ich deine Gedichte sehen?«

»Ach.« Er schnippt mit den Fingern. »Vergessen.«

Von wegen. Wenigstens schaffe ich es, ihn anzuschauen. Dunkles Haar mit sehr hohem Ansatz, als wolle es dem Gesicht mehr Raum geben, aber dicht im Schopf. Hohe Stirn über den Knochenwülsten. Breiter, voller Mund. Bloß nicht rot werden. Sein Hals ist dünn, ebenso wie seine knochigen Handgelenke, die zu den langfingrigen Händen führen. Alle seine Sachen passen nicht: sie hängen und baumeln und schlottern mit menschenscheuer Gleichgültigkeit. Sein Marinepullover ist aus guter Wolle, aber an den Ellbogen und Manschetten ausgefranst. Seine Knochen sind kräftig, aber sein Fleisch ist spärlich. Seine Wimpern streifen seine Wangen, während er liest und jetzt lächelt. Was findest du so komisch: mich? Maus-Frau, kauere ich hinter der Tisch-Barrikade und knabbere mit den Augen, aber wenn du eine plötzliche Bewegung machst oder scharf sprichst, verwandle ich mich in einen leeren Stuhl.

Er fächert die Bogen auf wie eine Handvoll Karten. »Hübsche Bilder, verrückt! Aber als wär seit dem Manifest der Imagisten nichts passiert. Ihnen fehlt Form.«

Wird er mir erzählen, ich soll Sonette schreiben, wie Mr. Stein? Ich fühle mich nicht wohl in Sonetten. Sie sitzen mir wie Kleinmädchenkleider, die kneifen und in denen ich gehe, als hielte ich ein Stück Seife zwischen den Knien. »Wie soll ich denn schreiben?« Ich bin nicht ironisch. Wahrscheinlich muß ich Unterricht nehmen in einer ganz neuen Sprache.

Er tut das mit einer Handbewegung ab. »Aber das hier, wüst. Erinnert mich an das Zeug, das ich gemacht habe, als ich herkam. Heftiges, schreiendes, groteskes Zeug. Wirklich verrückt, daß ein Mädchen das geschrieben hat.«

»Das ist das, von dem mein Seminarleiter meint, es wäre was für Sensationsillustrierte – obwohl es eine Zusammenstellung der Erlebnisse mehrerer Leute ist, verstehst du. Darunter auch Lennie.«

»Diese ganze *Ich*-Lyrik!« Er pflanzt die Ellbogen auf den Tisch. »Ich möchte Mechanismen machen, so hart und brutal und abgekapselt, daß nach dem Zusammenbruch unserer Syphilisation kleine grüne Männchen mit Antennen statt Ohren von weit weg kommen können und sie aus dem Schutt ausbuddeln – und ganz weg davon sind. Verstehst du? Kapierst du?«

Sanft schüttle ich den Kopf. »Das mußt du erklären. Was würdest du denn mitteilen, das nicht ein Ich zu einem anderen Ich wäre?«

Er trinkt seine Tasse aus und schiebt sie beiseite. »Reiner Blödsinn, das Gerede über *Literatur.* Überlassen wir das Nörgeln getrost unseren Kritikern.« Er ist still, lauscht dem Klang dieser Anspielung nach, die ich nicht mitbekomme. Dann: »Wie alt bist du?«

»So gut wie achtzehn. Und du?« Ich habe gehört, er ist im dritten Jahr.

»Ich bin zwanzig.« Er zieht die Stirn in Falten, lehnt sich zurück. »Ich bin nämlich jünger, als ich aussehe.«

Na ja, mag sein. Die vorspringenden Knochen sind für das Gesicht des Mannes ausgebildet, aber das zu spärliche Fleisch, das zerzauste Haar, der Mund, die Augen, beweglich und überempfindlich, widersprechen ihm. »Bist du auch aus Detroit?« Hätte ich zugeben sollen, daß ich Lennie nach ihm ausgefragt habe?

Er nickt, kippelt mit dem Stuhl zurück, als müsse er überlegen. »Bei Eight Mile. Aber ich bin in der Innenstadt aufgewachsen, eine Seitenstraße von der Second. Bis ich neun war. Das ist ein Negerviertel und eine ziemlich rauhe Gegend.«

Ich lächle. Jeder aus Detroit beruft sich auf eine rauhe Gegend. »Mein Freund Howie wohnt nicht weit davon.«

»Dein Freund? Ist er hier?«

»Er hat ein Stipendium für die Columbia. In New York City.«

»Ich weiß, wo die Columbia ist«, sagt er bissig. »Und ich war am Cranbrook Institute. Dafür hatte *ich* ein Stipendium.«

Das ist eine Art vornehme Privatschule irgendwo draußen in Woodward. »Hat es dir da gefallen?«

»Ein Haufen künftiger Pendler und primitiver Protze und verwöhnter Schnösel, die in Pastelltönen schwelgen. Aber ein Jahr lang hatte ich Cribbets.«

»Was ist das?« Vielleicht eine Mangelkrankheit?

Sein Mund verzieht sich verächtlich. »Arthur Cribbets hatte bloß Gedichte in der *Chicago Review* zu stehen und im *Beloit Poetry Journal* und – in Dutzenden Veröffentlichungen. Weiter nichts.«

Ich versinke in meinen Stuhl. Die Namen, die aus ihm rauskommen. Er muß mich verachten.

»Er schreibt das maßgebliche Buch über Rimbaud. Weißt du, was er mir gesagt hat? ‘Unabdingbar für das literarische Leben sind die Fähigkeiten, über das Werk des Kollegen zu reden, ohne ihn merken zu lassen, was man denkt, und auf den Hinterbeinen zu stehen und Martinis zu trinken.’«

»Ich glaube, den würde ich nicht mögen.«

»Natürlich nicht. Er ist anders rum.« Eine Augenbraue senkt sich unabhängig von der anderen. Das würde ich auch gern können. Ich beschließe, es zu üben.

»Warum sagst du, ich würde ihn nicht leiden können, nur weil er homosexuell ist?«

»Du bist eine Frau.«

Frau: nicht Mädchen. Danke. »Na und?«

»Na deshalb könntest du ihn nicht ertragen.«

»Gut, ich wäre nicht an ihm als Mann interessiert, sagen wir mal, aber ich könnte ihn als Freund oder Lehrer mögen.« Ich wünsche mir, Arthur Cribbets, dieser Pinsel, wäre hier am Tisch, damit ich ihn auf der Stelle ostentativ mögen könnte.

»Als Frau könntest du das nicht.«

»Als menschliches Wesen könnte ich das wohl. Oder hältst du mich für eine beschränkte Idiotin?« Plötzlich merke ich, daß er mir auf den Pullover schaut, lehne mich zurück und verschränke die Arme.

»Du siehst aus, als würdest du gleich beißen.« Dieses Grienen.

Unsere Blicke verknoten sich. Wir starren mehrere verklebte Momente. Dann schaue ich weg und in die leeren Tassen. »Ich muß gehen. Sonst verpasse ich das Abendessen«, sage ich.

Auf dem Bürgersteig draußen: »Tja, dann ...« Er steht gegen den Wind gebeugt. Die Ampel springt um und läßt eine Meute Autos und Fahrräder von der Leine.

»Danke, daß du dir meine Gedichte angesehen hast.«

»Klar.« Er kippt nach vorn, halb stirnrunzelnd. Wenn er doch was sagen würde über ein Wiedersehen. Aber warum? Er dreht sich um und ist fort, mit gesenktem Kopf, der Mantel flattert. Ich gehe erst rasch und dann im Laufschritt. Wäre ich doch schon in meinem Zimmer, augenblicklich hinversetzt zu Donna, damit ich wortwörtlich – die Gesten nachgespielt, die Pausen betont – den Nachmittag vor ihr ausgießen kann. Erst dann wird er für mich Wirklichkeit sein, abgesichert, verstanden.

Die Semesterprüfungen verschlucken uns, und das neue Halbjahr beginnt. Am zweiten Montag wache ich mit einem Ruck auf. Donna hängt gerade ihren Mantel auf. »Schläft noch! Hast du kein Seminar, Stu?«

»Mir war nicht danach.« Ich habe ihretwegen Spanisch sausen lassen. Ich versuche, ihren Gesichtsausdruck zu erwischen, aber sie kämmt sich ihr glattes Haar. Sie lächelt, als sie sich rockschwenkend herumdreht, damit ich fragen kann: »Wie war's gestern nacht?«

»Phantastisch. Jedes Risiko wert.« Sie kuschelt sich neben mich aufs Bett, verführerisch glücklich. »Keine Hast, kein Blick auf die

Uhr. Miteinander schlafen ist anders, wenn man wirklich zusammen schläft. Kein Wunder, daß die Leute heiraten! Da er die Wohnung mit anderen teilt, haben wir nicht so sehr viel Ungestörtheit, aber es ist trotzdem toll.« Sie lächelt aufreizend. »Eines Tages wirst du es verstehen ... Was von Mike gehört?«

»Deine Gedankengänge sind nicht sonderlich subtil.« Ich habe Neuigkeiten, aber ich horte sie. Ich möchte ihre ungeteilte Aufmerksamkeit.

»Lennie ist so warm. Wenn er sich gut fühlt, dann strömt er vor Glück.« Sie streckt sich, dann ringelt sie sich in einem Sonnenfleck auf dem satten Rot der Korddecke zusammen. »Er hat angefangen, mich zu malen. Modell stehen ist öde, aber er gibt mir das Gefühl, schön zu sein.« Sie streckt die Arme in die Sonne und zwinkert mir zu. »Wie war's an der Heimatfront? Hat jemand gefragt, wo ich war?«

»Keinen Mucks.« Ich strecke mich, taste nach meinen Slippern. »Ich bin lange vorm Zuschließen runtergegangen und habe mich für ein Bügeleisen eingetragen. Während die Aufseherin es holte, habe ich deinen Ausgangszettel aus dem Abwesend-Karteikasten gefischt und in den Anwesend-Karteikasten gesteckt. Ich habe sogar dein Bett verwühlt.«

»Ich war richtig traurig, als ich an dich denken mußte, so ganz allein. Aber ...« Sie steht auf, streicht imaginäre Knitterfalten aus ihrem Rock. »Lennie sagt, Mike stellt immer wieder Fragen.«

»Was denn so?« Wir setzen uns an unsere nebeneinanderstehenden Schreibtische.

»So wer Howie ist, und ob er dein Freund war.« Sie fährt sich mit den Knöcheln über die Nase.

»Donna, Mike will mit mir ausgehen. In ein Konzert am Freitag. Einen Bachabend.«

Sie lacht, klopft mir auf die Schulter. »Ich weiß! Lennie sagt, Mike hat sich den Kopf zerbrochen nach einem Vorwand, um dich wiederzusehen – als ob er dich nicht einfach fragen könnte.«

»Ich kann mir so ein Verhalten an ihm gar nicht vorstellen.« Ich stoße meinen Stuhl zurück und gehe meine Stirn an das kalte Fenster lehnen. Der Glanz der Sonne, der schmelzende Schnee, der die Steinplatten im Hof dunkel färbt, scheinen plötzlich mehr, als ich ertragen kann. »Er wird mich nicht mögen.«

»Ach sicher wird er. Er wär ja ein Idiot. Außerdem hat Lennie erst gestern gesagt, daß du gut ausgestattet bist –«

»Sag Lennie ... Ach, laß mich in Ruhe.« Ich nehme mein Buch und konzentriere mich hinein. Donna beobachtet mich einen Moment, dann schüttelt sie den Kopf.

Eine Flut von Pärchen ergießt sich zwischen den Säulen des Hill Auditoriums, wirbelt auf den Bürgersteig, vertröpfelt dann in alle Richtungen. Er sagt: »Wieviel Zeit, bis die Grauspinner dich einsperren?« Die Baßstimme ist schneidend, wenn er will, neigt aber zu Genuschel.

»Ungefähr eine Stunde. Grauspinner?«

»Du weißt schon. Die. Die Graubärte, die Dekane und Verwalter und Richter. Die die Häuser besitzen und dich aus- oder einsperren. Willst du Kaffee, oder sollen wir einfach laufen?«

»Was du magst.« Schüchternheit macht mich gefügig.

»Dann laß uns laufen!«

Sogar unter dem Mantel spüre ich das Rot meines Kleides auf seiner Jungfernfahrt. »Du weißt mehr über Musik als ich.«

»Ich war ein Wunderkind auf der Geige, bis sich das mit etwa neun Jahren gegeben hat.« Wir schlendern am Springbrunnen vorbei, der mit seinem Winterschuppen bedeckt ist. Er faßt meinen Arm. Durch die Wollschichten brennt das Fleisch. Er räuspert sich: »Hier ist was, das ich dir zeigen möchte.«

»Ja. Und was?« Ich muß mich ein bißchen vorbeugen, um seinen Kopf gegen die Straßenbeleuchtung zu sehen. Er starrt mürrisch vor sich hin, der Mund verbissen. Langweile ich ihn?

»Nichts. Bloß ein Haus. Wenn der Mond draußen bleibt.«

Ich schaue zur blauweißen Mondscheibe, der Gewölk hinterherfliegt. »Noch nicht gucken. Warte!« Er befiehlt. Dann dreht er mich nach rechts. »Es ist bloß die Mauer da.«

Wir stehen vor einem schmalen Hof, die Mauern links und hinten sind mit Stuck bedeckt, der nur von einem schmalen Balkon und den schweren Eisengittern der Parterrefenster unterbrochen wird. Hinten wirft eine gelbe Laterne schwache Muster. Mondlicht hat die Längsmauer weißgetüncht und wirft darauf die ausgemergelten Schatten kahler Zweige.

»Sieht das nicht verdammt französisch aus?«

»Ich muß hier x-mal vorbeigegangen sein, aber es ist mir nie aufgefallen.«

»Bei Tag sieht es nach gar nichts aus. Eine auf Kunst gequälte Stuckkiste. Aber gefällt es dir?«

»Ja, sicher.«

Er stopft die Hände in die Taschen. »Es ist sinnlos.«

»Was?«

»Der Versuch, ein Erlebnis zu wiederholen. Man kann nicht zweimal in denselben Fluß gehen, und es hat keinen Zweck.«

»Aber ich bin froh, daß du es mir gezeigt hast.« Langsam gehen wir weiter.

»Wirklich?«

»Ja!«

Er faßt wieder meinen Arm. »Was bist du deiner Meinung nach – jüdisch oder nichtjüdisch?«

»Ich bin jüdisch. Doch, das bin ich. Nicht von der Religion her. Aber ich fühle mich auch walisisch, ein bißchen. Ich bin ein Mischling.«

»Das ist absurd. Du kannst nicht zwei einander widersprechende Dinge sein. Ich habe mich schon gewundert, als Lennie gesagt hat, daß deine Ricke –«

»Meine was?«

»Deine Ricke. Hast du Einwände gegen den Ausdruck?« Seine Schultern schnappen zurück, seine Stimme wird tiefer.

»Also ich selber sage Mutter zu ihr. Findest du nicht, es klingt ein bißchen gekünstelt?«

»*Merde.* Reine Prüderie. Warum ein Wort für Tiere benutzen und ein besonderes Wort für Menschen? Es ist der gleiche Deckakt. Und geboren sind wir alle aus einer behaarten weiblichen Vulva.« Seine Stimme hebt sich zu Rednerlautstärke.

»Findest du das traurig oder irgendwas? Wärst du lieber aus dem behaarten Schädel deines Vaters geboren?«

»Der Schädel meines Vaters ist vermodert. Er ist tot.«

»Das wußte ich nicht.« Ich bin taktlos. Ich habe ihn verletzt. Langsam gehen wir bergauf, vorbei an einem dunklen Lehrgebäude für Forstwirtschaft.

Er sagt rauh: »Das ist sein Mantel. Ich bin jetzt so groß, wie er war, aber der Mantel ist immer noch zu weit. Ich muß mich hineinentwickeln.«

Das gute Stück ist alt. Er wird sich wie ein Ballon aufblasen müssen, wenn er es füllen will, bevor es restlos zerfällt. »Wann ist er gestorben, Mike?«

»Als ich zehn war.«

»Hast du ihm sehr nahe gestanden?«

»Nah? Er war mein Vater.« Er schlägt mit den Knöcheln gegen einen Laternenmast. »Ich kann mich kaum an sein Gesicht erinnern. Was vorbei ist, ist vorbei, und man muß einsehen, daß man daran nichts ändern kann. Ich versuche, dir was zu sagen. Findest du, ich bin geschwätzig?« Fast fährt er mich an.

»Ich höre zu. Willst du mich einem Test unterziehen?«

»Betrachte es als eine Enthäutung.«

»Hört sich wie eine Krankheit an.«

»Wenn du mich krank findest, betrachte es als das.« Er steht vor mir und durchbohrt mich mit qualvoll gespannter Nachforschung.

Ich öffne die zusammengeballten Hände und lasse sie fallen. »Tue ich überhaupt nicht!«

»Man kann nie wissen. Du könntest dich heimlich über mich lustig machen.«

»Mike! So durchtrieben bin ich nicht. Mich heimlich über dich lustig machen!«

»Mein Vater war Kürschner, aber meine Mutter kam mit dem Geschäft einfach nicht zurande. Sie machte fast pleite und mußte es dann verkaufen. Sie hat das Geld in einem Treuhandfonds angelegt, um mein Studium zu finanzieren.«

»Bist du Einzelkind?« frage ich.

»Ich hatte einen älteren Bruder. Er kam mit meinem Vater bei dem gleichen Unfall um ... Hast du Geschwister?«

»Zwei Brüder. Einer ist einunddreißig und einer achtundzwanzig.«

»So viel älter. Wie kommt das?«

»Sie sind die Kinder meiner Mutter aus einer früheren Ehe. Aber ich bin mit ihnen aufgewachsen. Ich meine, sie waren beide zu Hause, bis ich sechs war.«

»War sie Witwe?«

»Nein, geschieden.«

»Ach«, sagt er, als hätte ich gestanden, meine Mutter sei eine Axtmörderin. Welch komische Mischung aus Sittenstrenge und dem Bemühen: épater le bourgeois. Ich verstehe seine Welt nicht, die dunkel und voll drohender Schatten aussieht. Wir gehen weiter zum Gipfel des Hügels.

Uns gegenüber leuchtet hell mein Wohnheim, das mich gleich verschlucken wird. »Sei nicht böse. Ich wußte das nicht von deinem Vater.«

Er bleibt stehen und schaut mich durchdringend an. »Du bist eine merkwürdige Person.« Dann grient er.

»Sicher, aber alles in allem auch nicht merkwürdiger als du.«

»Dann sind wir quitt.« Er zieht an meiner Hand, und wir rennen den Abhang hinunter, holterdiepolter, unsere Schritte klappern von der Stützmauer zurück wie ein Kieselschauer.

8 Die Versuchung der Heiligen Jill

Donna steht barfüßig auf meiner Kommode und hält einen riesigen, zerklüfteten, grünen Frauenakt an die Wand, die Frucht ihrer langen Modellsitzungen. »Halte ich es gerade?« ruft sie über *Le sacre du printemps* hinweg.

»Gerade genug.« Ich sitze und wiege mich im Rhythmus der Musik, während ich gewaschene Wäsche sortiere. Das geschäftige Treiben vom Samstagvormittag macht mir Spaß, und ich mag unser Zimmer mit Lennies grellen Leinwänden an den weißen Wänden. Sie lösen die Picasso-Reproduktionen aus der blauen und rosa Periode ab, die jedes zehnte Mädchen im Haus aufgehängt hat. Theo hat sich auf mein Bett plumpsen lassen wie ein großer Cockerspaniel. Sie und Donna teilen die gleiche Gesichtsfarbe, beide flachshaarig und blauäugig, aber Theo ist immer sonnengebräunt. Sie ist einsachtundsiebzig, ihre Knochen sind kräftig, aber wohlgeformt. Sie hat etwas von einer Sportlerin und etwas von einer Trinkerin. Theo sagt nicht viel, sie summt zur Musik und wippt mit dem Fuß. Donna ist mit Theo entspannter als mit Julie.

»Deine Kommode ist voller Puder. Hast du meinen benutzt?« Donna hüpft leichtfüßig herunter und wischt sich die Fußsohlen ab.

»Du hast mir gesagt, ich seh damit besser aus. Deshalb habe ich ihn gestern abend benutzt.«

Donna schaut scharf auf die Socken, die ich wegpacke. »He, das sind meine.«

Ich werfe ihr das zusammengeknäuelte Paar zu. »Hätte ich merken müssen. Es waren keine Löcher drin.«

»Was meinst du damit? Meine Socken sind nicht neu wie deine.«

»Wie würde es dir gefallen, wenn du zu Weihnachten ausgerechnet Socken bekommst? Und meine übrigen sind so prudelig gestopft, daß ich darin Blasen kriege.«

Die Platte geht zu Ende, Theo streckt sich, um sie in ihre Hülle zurückzutun.

»Danke, daß du sie vorbeigebracht hast«, sage ich. »Strawinsky ist riesig.«

»Ach ... wenn du sie eine Woche behalten willst?« Sie sieht meinen Gesichtsausdruck und legt mir die Platte in den Schoß. »Ich geh ins Schwimmbad.«

Donna tut, als müsse sie sich schütteln. »Chlor. Kaltes Wasser.«

Theo setzt ihr breites Lächeln mit den traurigen Augen auf. »Ich fänd es schön, wenn ihr mal zu einem Treffen kommen würdet. Kaum jemand tut's.«

Theo verläßt schwungvoll das Zimmer, Donna wendet sich mit einem Arm voll Socken um und packt sie mir zu Füßen. »Ich werde es dir beweisen. Da, schau!« Sie steckt die Faust hinein, zeigt mit den Fingern durch zwei Löcher auf mich.

»Meinst du, das beeindruckt mich? Da, schau, ich greife mir irgendeine.« Ich halte eine Socke gegen das Licht. »Fünf einzelne Löcher. Zähl mal!«

»Fühl mal, wie prudelig das Stopfloch ist. Fühl mal!« Sie drückt mir eine Socke in die Hand. Unsere Blicke treffen sich, und wir müssen lachen, wie wir uns da über unserer Wäsche gegenüberknien. »Wenn wir auf dem Scheiterhaufen verbrennen würden, wir würden uns noch darum streiten, wer das heißere Feuer hat«, sagt sie.

Ich stehe auf, um die Platte noch einmal aufzulegen. »Stell dir mal vor, die Musik würde sich steigern und steigern und nicht auflösen?«

Sie steht auf einem Bein wie ein Reiher. »Glaubst du, Theo ist schwul?«

»Nein«, sage ich laut. Selbst wenn ich mich das auch frage, ist das etwas, was ich nicht mit Donna teilen will. »Sie ist asexuell. Etwas ist kaputt.«

»Ihr Jungfernhäutchen?«

»Etwas Ernsteres.«

»Ich weiß nicht, Kleine.« Sie wirft mir ihr schiefes Grinsen mit zusammengekniffenen Augen zu. »Scheint ja eine sehr ernste Angelegenheit für dich zu sein – wie die Vorbereitung auf die mündliche Doktorprüfung –, wenn man sich mit den eigenen abgibt. Hat Mike dich gestern abend geküßt?«

»Nöö.« Ich schaue wütend zu dem Stapel Bücher von Pound und Eliot, den er mir geborgt hat. »Er formt meinen Geist. Er gibt mir einen Kurs in Geisteswissenschaften. Am Ende der vier Jahre wird er mir einen Kuß geben und einen Antrag machen.« Ich schaffe es, unbekümmert zu klingen, aber dann verderbe ich es, indem ich bang an meinem Daumennagel kaue.

»Warum kommt ihr nicht heute abend mit uns mit? Wir gehen mit

Van und Julie in *Bei geschlossenen Türen* in der Dramatischen Gesellschaft.«

»Mike haßt Sartre. Ich hab ihn schon zu überreden versucht.«

»Seit Julie mit diesem Streber Van zusammen ist, verbringe ich mehr Zeit mit ihr, als mich unbedingt begeistert ... Manchmal glaube ich, du hast dir vorgenommen, jeden Gesellschaftskrüppel in diesem Haus, der nirgendwo hineinpaßt, aufzusammeln.«

»Was ist ein Gesellschaftskrüppel, Donna? In was bemühen wir uns hineinzupassen?«

Donna gibt nach und versetzt mir einen Klaps auf die Schulter. »Ich werd dir was sagen – du kannst dir heute abend meinen schwarzen Pullover leihen. Darin wirst du großartig aussehen.«

»Wirklich, Donna?« In ihren Sachen fühle ich mich, als hätte ich Zauberkräfte.

»Aber mach keine Essensflecke drauf und gieß dir keinen Kaffee drüber.«

»Ich werde weder essen noch trinken! Ich werde mich kaum hinsetzen. Ich versprech's.«

Einer der Gemeinschaftsräume – gewagt und kühl wie Werbung und von einer Hausmutter und Aufseherinnen patrouilliert, die Regeln aufstellen wie die, daß man sich nur mit beiden Füßen auf dem Boden küssen darf – ist als gemischter Studienraum angelegt. Hier haben Mike und ich uns am folgenden Mittwoch abend verschanzt, ich versuche, ein Referat über die Cleveland-Regierung zu beginnen, die erste oder die zweite. Ich habe amerikanische Geschichte nach dem Bürgerkrieg belegt, aber Donaldson liest nicht, und alles Prickelnde fehlt. Professor Grimes sagt nur den Text auf. Sogar die Witze stehen im Buch. Doch die Schleimer in der ersten Reihe lachen laut und machen sich Notizen. Worüber? Seine Binder? (Krawatten.) Seine Position? (Rechts.) Er läßt höhnische Anspielungen fallen auf das, was wir vielleicht falsch gelernt haben. »Im Gegensatz zu dem, was Sie gefolgert haben mögen, war Lenin keiner der Gründungsväter, hähä.« Er hält Vorträge über die Gewalttätigkeit der Arbeiterschaft. Mein ermordeter Großvater raunt mir ins Ohr, Gewalttätigkeit ist, wenn *wir* es wagen, uns zu wehren.

Mike thront mir gegenüber am Tisch und schreibt in seine Schreibmappe aus geprägtem braunen Leder. Die säuberlichen Spalten wachsen in seiner seltsam überladenen Handschrift mit ihren Schnörkeln und Häkchen, ein wenig zurückgeneigt, als blase Wind dagegen an. Die Mappe enthält nicht nur Vorlesungsnotizen. Mit tückischem und zufriedenem Lächeln spielt er darauf an. »Das ist böses Zeug. Das kann ich keinem zeigen.«

Kurz vor zehn schlägt er sie zu. »Komm, wir vertreten uns die Beine. Wir lassen den Kram hier. Den stiehlt keiner.«

Der Schnee ist aufgeweicht zu langsamem, unregelmäßigem Regen. Er hebt seinen großen schwarzen Schirm, unsere Hände berühren sich auf dem Horngriff. Ich frage: »Worin liegt der Sinn, ein Tagebuch zu schreiben, wenn du es niemandem zeigen willst?«

»Um in meinem Kopf alles klar zu kriegen. Damit ich aus diesen Tiefen entkommen und von vorn anfangen kann.« Er grient. »Ich nenne es 'Liebesbrief an eine Narbe'.«

Wie kann man ein Tagebuch irgendwas nennen außer Tagebuch? Dann windet sich unter den vielen hundert Fragen, die ich ihm sehnlichst stellen möchte, eine winzige hervor. »Wie bist du zu der Narbe gekommen? Die kleine neben deinem Mund?«

»In einer Schlägerei ...« Er geht ein bißchen angeberisch.

Ich glaube es nicht. Was ich an Mike mag, er stolziert nicht muskelprotzend wie Matt. Er ist mager und völlig unsportlich. Sein einziger Sport ist Gewichtheben, hat er mir erzählt: Er hebt gern ein volles Glas, das dann leer ist. Er mag so viel trinken, wie er andeutet, oder nicht, jedenfalls hat er sich nie in Straßenschlachten getummelt, soviel weiß ich. Daß er verprügelt worden ist, glaube ich, und ich möchte die Arme um ihn legen und ihm sagen, es ist vorbei, es ist alles gut, jetzt bist du da, wo Hirnmasse und nicht Muskelmasse zählt. »Ich finde, sie wirkt sehr edel.«

»Eine Duellnarbe. Mein Freund Davis und ich haben uns mal in Cranbrook geschlagen, als wir hinter demselben Mädchen herwaren. Eine blöde blonde Sexbombe, die in der Oper sang.«

»Wie war sie? Bist du mit ihr ausgegangen?«

Er zuckt die Achseln. »Davis hat das Rennen gemacht. Aber der ist sowieso eine Schwuchtel. Der ist Cribbets immer in den Arsch gekrochen.« Seine Stimme ist laut, überrollt mich.

Am Fuß des Hügels nahe dem Heizkraftwerk strömt Dampf aus einem Kanalschacht und zieht in Schwaden über das nasse Pflaster. »Dort unten ist die Hölle. Sünder wie wir rotieren an Spießen«, deklamiert er.

»Sünder wie du. Ich erhebe keinerlei Anspruch.«

Seine Stimme ist höflich und sanft. »Du bist also noch Jungfrau? Das find ich gut. Die Jungfernschaft einer Frau ist das schönste Geschenk, das sie zu vergeben hat.«

»Eignet sich für Geburtstage und Weihnachten ebenso wie für Hochzeiten?« Ich gehe schneller. Er lacht mich aus, und das hasse ich. Linkisch, grün wie Gras findet er mich. »Wie spät ist es eigentlich?«

Er streckt sein Handgelenk aus. »Zwanzig nach zehn.«

»Komm, los. Wir schaffen es gerade noch.«

Während er neben mir den Hügel hinaufrennt: »Meine Bücher. Bring sie rüber.«

»Kann ich nicht, zu spät. Beeil dich.«

»Wenn wir's nicht schaffen ... Mein Tagebuch. Nicht lesen.«

»Du willst doch ... daß ich dich kennenlerne.«

Er bleibt stehen und dreht sich um. »Wenn du es liest, merke ich das. Wenn du es liest, gehörst du zur Vergangenheit. Du wirst eine Eintragung.«

»Einfach so?«

»Einfach so.«

»Droh mir nicht, Mike.«

Er läßt seinen Regenschirm fallen, um mich bei den Schultern zu packen. »Versprich mir, daß du es nicht tust. Verstehst du denn nicht, was passiert?«

»Nein. Ich habe die Rätselhaftigkeit satt. Ich verstehe überhaupt nichts.«

»Was *passiert.*« Er küßt mich.

Eine Hand auf seinem Nacken, küsse ich ihn zurück. Seine Lippen sind kalt und frisch, sein Haar naß. Wir lösen uns und schauen uns an. Seine Augen halten mich, als würde ich darauf schwimmen. Er nestelt an den Knöpfen meiner Jacke, und ihn nachahmend knöpfe ich seinen Mantel auf. Die großen Knöpfe gleiten leicht durch die abgewetzten, zerschlissenen Löcher. Der Wind schneidet mich, und ich schaudere. Er versucht, den alten Mantel wie ein Zelt um uns zu ziehen, aber der Wind flattert hindurch. Zusammen füllen wir den Mantel, unsere Münder vereinen sich offen.

Als er mich losläßt und wir weiterrennen, wiederholt er: »Versprich es!«

Als ich hereinkomme, dreht Donna sich um und reibt sich die Augen. »Verspätet, Stu?«

»Sechs Minuten.« Ich werfe meine nasse Jacke über einen Stuhl, lege die Schreibmappe auf die Kommode, lege mich hin und starre auf sie. »Siehst du die Mappe?«

»Ist nicht schwer zu sehen. Mikes, nicht? Schönes Leder.« Als ich nur nicke, fragt sie: »Soll ich sie küssen?«

»Du kannst sie im Klo runterspülen.«

»Bist du auf ihn wütend?« Sie setzt sich neben mich, ihr Gesicht sofort straff vor Entrüstung. »Was hat er gemacht?«

»Nicht wütend. Gib mir mal die Zigaretten aus meiner Tasche, ja?« Wenn ich mit Mike zusammen bin, vergesse ich das Rauchen. Manchmal wundere ich mich, daß ich das Atmen nicht vergesse, denn ich fühle mich vollgepfropft bis in die Augen und Ohren und Finger hinein, dränge mich an diese meine Fenster, schaue, will zu ihm hinausfallen. »In dem blöden Deckel ist ein Tagebuch. Er hat mir gesagt, wenn ich es lese, werde ich zu einer Eintragung. Kein Mike mehr.«

»Süß. Lies es natürlich, aber sag's ihm nicht.«

»Er sagt, er merkt es, wenn ich es lese.«

»Er will dir Angst einjagen.« Sie greift danach.

»Nicht.«

Sie wird rot und stakst davon. »Alles deins.« Mit einem raschen, schüttelnden Gähnen bürstet sie sich das feine Haar.

»Er traut mir nicht. Ihm ist nicht klar, wie offen und tolerant ich bin. Jedes Erlebnis ist prestigeträchtig, sogar eins mit einem Rhinozeros oder seiner Großmutter. Er meint, ich bin zu linkisch für die Wahrheit.«

»Du machst aus nichts eine Krise. Wenn du neugierig bist – und du zitterst ja praktisch –, dann lies es. Ich wette, es ist langweilig. Ich gehe jetzt ins Bett.« Ihre nackten Beine verschwinden in das obere Bett. »Mach dir über das stinkige Tagebuch morgen Gedanken. Ich wette, der liegt nicht wach.«

Die Hände hinter dem Kopf verklammert, liege ich straff gespannt, meine Nerven jaulen. Ich verfluche die Ledermappe, die Rivalin, der mehr als mir getraut wird.

Ich stehe auf, gehe zur Kommode. Die Mappe wiegt schwer in meinen Händen, während ich so durchblättere, daß ich nur die äußerste untere Ecke jeder Seite sehen kann. Seiten mit unten durch Vokabeln ergänztem Deutsch, Vorlesungsnotizen, bis ich schließlich einen eng beschriebenen Teil erreiche. Mike in meinen Händen. Sätze springen heraus: »gepeinigt von unermeßlicher Lust ...« »Sie sitzt auf dem Stuhl, ihre hängenden ...« Brüste? Wer? » ... konnte im naßkalten Nebel nicht mehr sehen als den Umriß des sich senkenden dunklen Bugs ...« » ... Sein Adlernasenprofil voller Hohn. Ich konnte nur mühsam meine Wut beherrschen.« Ich höre Mikes Stimme diese Schnipsel sagen, mit seiner tragenden Rednerstimme. »Dennoch, C.s beharrliche Anstrengungen, mich mit Andeutungen Wildescher Dekadenz zu bezirzen ...« » ... Hüften wiegen sich, als wäre die Kraft der Wellen in ihr ...« Ich schmecke Erregung wie Säure im Mund. Meine Handflächen hinterlassen feuchte Flecke. Ekelhaft. Mutter in meiner Dachkammer, beim Durchwühlen meiner Sachen. Ich schlage die Mappe zu und werfe sie auf die Kommode.

Als er am Donnerstag nach seinen Kursen vorbeikommt, um seine Mappe abzuholen, fragt er mit breitem Grienen und hochgezogenen Augenbrauen, ob ich das Tagebuch gelesen hätte?

»Nein. Ich habe mein Versprechen gehalten.«

»Gutes Mädchen. Ich wußte es. Du bist ehrlich.«

Aber ich könnte schwören, für einen Augenblick erschlafft sein Gesicht vor Enttäuschung.

9 In dem Jill die Zähne des Löwen bedenkt

März hat zwei Wetter, Regen und Schnee, mit Graupelschauern als Mittellinie: durchweicht, gefroren oder halb und halb. Die schwammige Erde saugt an unseren Füßen, wenn wir Wanderungen machen. Zweige tropfen wie eisige Wunden auf unsere Köpfe. Nirgendwo können wir uns hinsetzen oder hinstellen oder anlehnen zum Schutz vor dem kratzenden Wind und dem triefenden Himmel. Wir halten uns in Mikes Manteltasche an der Hand, wir gehen zwischen Gebäuden wie großen Waben mit privatem Leben, das uns ausschließt. Wir klappern die Universität ab nach einem Raum, den ein nachlässiger Hausmeister unverschlossen ließ.

Ich kenne seine Tage; ich sehe die Campusgebäude und die Straßen der Stadt wie ein Schachbrett, auf dem er allein sich gekrönt durch die Reihen der Professoren und Bauern bewegt. Um sieben Uhr fünfundvierzig wecke ich ihn jeden Morgen mit einem Anruf. Dann muß ich aufstehen. Ich verstehe nicht, warum er möchte, daß ich das tue, denn er ist oft zu verschlafen, um mehr zu sagen als: »Morgen, Schlumps. Och, bin ich müde. War auf bis drei.«

Wann immer unsere Stundenpläne so zurechtgebogen werden können, daß sie sich überschneiden, treffen wir uns. Fünf Minuten auf dem Kreuz, einem Platz vor der Bibliothek, auf dem viele Campuswege zusammenlaufen, fünf Minuten in der zugigen Vorhalle des alten Gebäudes für Romanistik. Manchmal zeigt er mir beim Kaffee im *Union* ein Gedicht. Zuerst liest er es mit der besonderen, lauten Stimme vor. Dann darf ich es sehen.

HINC ILLAE LACRIMAE

Starr stand er an den Fenstern voller Ruß und Staub,
nur der Ekel war sein Schatten, war sein Gast,
fleckige Gardinen flatterten wie welkes Laub,
Vergangenheit bot seinen Blicken wenig Rast,
die Zukunft keine. Seine Träume alle längst ein Raub
der Gemeinheit, sie regierte im allnächtlichen Morast

der Männer, die betrogen und beschälten, blind und taub,
und Langeweile drückte mit rauchgrauer Last
die Stadt. Schwarze Hüften quollen ihr aus dem Korsett
zu nacktem Sport in klebrig-heißem Rendezvous
der Leiber, brünstig aufgedunsen über dem Skelett.
Die Klinge nippte erst an seinem Arm, dann biß sie zu.
Die neuen Münder feierten ein blutiges Bankett,
das ihn am Ende ausspie, weißer als das Bett.

Wenn ich zu viele Fragen stelle oder nicht rasch genug lobe oder die falschen Elemente lobe, zieht er sich zurück, versteckt sich in seinen weiten Sachen. Behutsam biete ich meine Reaktionen an, stutze sie zurecht zu seinem Wohlgefallen.

Eines Abends – wir durchstreifen ein Eigenheimviertel, wo das blaue Flimmern der Fernseher durch die Fenster scheint – finden wir eine Garage, deren Tor nur angelehnt ist. Draußen fällt eisiger Nieselregen, aber hier drin ist die Luft trocken, mit scharfem, kalten Geruch nach Farbe und Benzin. Wir quetschen uns zwischen den Kühlergrill eines Ford und einen Rasenmäher, der schief an der Rückwand lehnt. Mit aufgeknöpften Mänteln pressen wir uns aneinander. »Für ein kleines Weilchen sind wir sicher«, murmelt er. »Wir haben die Grauspinner ausgeschlossen.«

Wenn ich mit ihm zusammen bin, hängt die Zeit in einem seltsamen Stillstand. Wir ziehen uns in eine dunkle Tasche zurück, wo es nur die Eindringlichkeit von Blick und Berührung gibt. Ich halte die Lider offen, wenn wir uns küssen, schaue, wie seine Augen zu einem großen Auge zusammenfließen. Den Zyklop nennen wir es. Seine gleitenden Hände wiegen meinen Bauch, umschließen meine Brüste. Ich schmiege mich an, meine Hände betasten den straffen Bogen seines Rückgrats. Ich lehne mich zurück und berühre seine Augenlider mit meiner Zunge. Eis bricht in Venen und Mark, entläßt eine Flut des Verlangens, mein Körper krümmt sich ihm zu. Er zaubert mich in Bewegung, ich gleiche einem Pfeil, der sich seine Bahn durch die Luft ißt zu seinem Ziel.

Er raunt in mein Haar: »Hast du irgendwelche Zweifel?«

»Zweifel?« wiederhole ich verwirrt. Wir haben uns mehrere Male über Religion gestritten.

»Es ist doch so. Entweder ich liebe dich, oder ich bin verrückt. Liebst du mich?«

Ich taumle zurück gegen das Auto, umklammere den kalten Kühlergrill. »Dieses Wort! So hochtrabend. Ich weiß nicht. Ich finde es so ...« Ich streiche mit dem Finger über seine Wange. »Liebe, das ist das, was meine Eltern in gegenseitiger Erpressung zusammenhält. Liebe nennt Mutter es, wenn sie meine Briefe oder mein Tagebuch liest ... Woran merkst du das?«

»Ich weiß es eben.«

»Ich glaube, ich habe vorher noch nie jemanden außer Donna geliebt –«

»Vielleicht bist du andersrum.«

»Sei nicht auf sie eifersüchtig. Sie hat uns zusammengebracht.«

Wir verlassen die Garage. Während wir die Straße überqueren, kommt ein Auto vorbei, wirft unsere Schatten voraus, große langbeinige Geschöpfe mit einem dicken gemeinsamen Arm. Aber Mike stapft in verletztem Schweigen, starrt geradeaus.

»Stu, was machst du denn da?« Donna schleudert ihre Stiefel weg und tappt mit klagendem Lächeln heran. »Ich habe dir ein Brötchen vom Abendbrot mitgebracht und einen Apfel.«

Ich strecke eine Hand aus dem Bett. »Danke.«

»Bist du krank? Hat Mike was gemacht?«

Sie hat einen ausgedehnten Tagtraum unterbrochen über die Bedeutung jener Schnipsel, die ich schändlicherweise mit den Augen aus seinem Tagebuch gestohlen habe. Ich habe gesagt, ich hätte es nicht gelesen, aber ich habe diese Bruchstücke gelesen. C.: Cribbets? Die Sängerin, die er erwähnte, was ist zwischen ihnen passiert? Wessen hängende Brüste? Vielleicht bin ich einfach zu naiv für ihn. Ich rolle von der Bettdecke und falle auf den Boden. Ich stoße mir den Kopf, aber ich gönne meiner Blödheit nicht den Trost, ihn zu rubbeln. »Ich bin solch ein Hornvieh, Donna. Bin ich verliebt?«

»Heilige Mutter, wie soll ich das wissen? Meinst du? Du selber hast das Wort benutzt. Du schmachtest wie eine Zwölfjährige.«

»Bisher habe ich es immer nur im weitesten Sinne gebraucht – ich liebe Mandarinen oder Blake. Liebst du Lennie?«

»Ja. Und wie!«

»Was meinst du damit?«

Sie zaust mir das Haar. »Ich gehe gern mit ihm ins Bett. Ich möchte ihn glücklich machen. Er fehlt mir, wenn ich nicht bei ihm bin. Ich würde ihn morgen heiraten, wenn meine Leute nicht an die Decke gehen würden. Aber keins davon ist gleichbedeutend mit ich liebe ihn.«

Ich fahre mit dem Fingernagel über die Heizkörperrillen, dann bemerke ich ihren Gesichtsausdruck und höre auf. »Ich möchte Erfahrungen. Ich möchte mein Leben voll ausnutzen. Aber wofür ich gekämpft habe, worauf ich gewartet habe und was ich endlich bekommen habe, ist ein bißchen Freiheit.«

»Du meinst, er wird dich in einen Käfig stecken?«

»Liebe sagt: Meins. Liebe sagt: Ich könnte dich auffressen. Liebe sagt: Bleib, wie du bist, sei mein eigenes, privates Ding, wage es nicht, Ideen zu haben, die ich nicht teile. Liebe muß den anderen einfach verschlingen, mit Knochen und allem, knusper. Ich will das nicht tun. Und ich will auf keinen Fall, daß das mit mir getan wird!«

Sie setzt sich rittlings auf ihren Stuhl mit dem Gesicht zu mir, ihr marineblauer Rock rutscht hoch. »Was fühlst du, wenn du ihn anschaust?«

Ich greife nach meiner Jacke. »Nichts.«

»Nichts? Dann bist du nicht verliebt.«

»Ich meine, es gibt kein Ich. Es ist, als wäre ich verdampft.«

»Wo gehst du hin? Willst du nicht, daß ich mitkomme?«

»Entschuldige, tut mir leid, das alles. Ich verspreche, vernünftig nach Hause zu kommen.«

»Stu. Wenn dich das unglücklich macht...« Ihre Fußspitze tippt auf den Boden. »Lauf nicht fort. Vergiß den mürrischen Mistkerl!«

Auf dem Korridor stehen die meisten Türen offen mit nach-abendbrotlicher Geschäftigkeit. Ein Summer surrt, und eine hochgewachsene Frau mit kastanienbraunem Haar tänzelt heraus, um das Telefon abzunehmen, im Laufen zieht sie akrobatisch den Reißverschluß an ihrem hautengen Futteralkleid über dem Hüftgürtel zu. Irgendeine Ecke von mir wünscht sich, daß mir in aller Form der Hof gemacht wird und ich in Anmut nachgeben kann. Liebe auf dem Rest des Korridors, das ist der Tausch von Anstecknadeln, einschmeichelnde Serenaden der Verbindungsstudenten, das Rauschen von Cocktailkleidern, geruchsfreie Korsagen mit kleinen Orchideen. Warum muß ich Entscheidungen treffen wie ein Kohlelaster auf einer Straße voller Schlaglöcher? Doch selbst während ich mich bemitleide, entsinne ich mich an unsere Sportwartin Dulcie. Mit ihrer schlanken Tüchtigkeit und ihrer ganzjährigen Sonnenbräune nahm sie zwischen den Semestern eine Überdosis Schlaftabletten. Das Hausmädchen fand sie, Dulcies Magen wurde ausgepumpt, und jetzt verbringt sie mehrere Stunden in der Woche bei einem Psychiater am Neurologisch-Psychiatrischen Institut. Sie hat ihren Verlobungsring mit dem anderthalbkarätigen Diamanten abgelegt. Dulcie will niemandem sagen, was geschehen ist, deshalb wuchern immer noch die Gerüchte.

Der weite Himmel über dem Sportfeld ist tiefblau, klar wie der Ton einer Stimmgabel. Im Westen stehen der Glockenturm und die Schornsteine des Heizkraftwerks, die kahlen hochreichenden Bäume in zweidimensionaler, obsidian-scharfer Silhouette am zitronengelben Horizont. Aber was für einen Sinn hat es, Schönheit zu empfinden, wenn ich niemanden habe, mit dem ich sie teilen kann? Ein alter Mangel. Habe ich mich so an die Einsamkeit gewöhnt, daß ich dagegen ankämpfe, sie zu brechen? Meine Mutter hat mich immer einen Feigling genannt.

Ich überquere den Campus, die meisten Gebäude sind dunkel, bis auf einen Lichtspalt aus dem Chemiegebäude, eine Flucht kahler Mauern, wo ein schwarzer Hausmeister einen Besen schiebt. Ich lebe jetzt in einer weißen Welt, wird mir klar. Nur zwei schwarze Frauen in meinem ganzen Haus, und wer hätte das gedacht, sie teilen sich ein Zimmer, obwohl sie ganz offensichtlich aus verschiedenen Landesteilen kommen und sich einander nicht ausgesucht haben können. Auf dem Bewerbungsformular für das Studentenheim verlangen sie ein Foto, und sie fragen auch nach der Rasse. Der Gestank von Formaldehyd bläst aus dem Lüftungsschacht des Naturwissenschaftsgebäudes. Ja, außer daß ich lebe und wandle, bin ich selbst so eine Art Schweinefötus, ein rosa Bauch eingeschrumpelter Unschuld wie die armen Geschöpfe, die wir in Zoologie für unsere praktischen Abschlußprüfungen sezieren mußten.

Ich verlasse den Campus und durchwandere die Straßen der Stadt, die grauen und weißen Holzhäuser, über die sich Eichen und Ahornbäume beugen. Dies ist eine anziehende Stadt, weitläufiger als mein altes Viertel, ein Grund, weshalb ich gern hier spazieren gehe. Jetzt weniger oft, denn die Treffen mit Mike kosten Zeit. In einer grauen Kirche ist Gottesdienst: mitten in der Woche? Ich dachte, das machen sie am Sonntag. Licht fällt durch Buntglasfiguren, lang und schmalschultrig, mit Gesichtern in gelben Goldfischgläsern. Alles Männer, also evangelisch. Wenigstens haben die Katholiken ein oder zwei Damen. Es riecht nach Kanalisation um Kirchen. Wie kann etwas Heiliges feucht und klamm sein? Was ich heilig finde, das ist der strahlende Glanz des einzelnen, dieses Licht, dieser Baum, die Einzigartigkeit eines Gesichts. Donnas. Seins. Wenn mich etwas bewegt, dann möchte ich es im Geiste ergreifen und ein Gedicht schreiben, das diese Energie wiederaufleben läßt.

Ich erinnere mich an den Kirchgang in Cold Springs in die Kirche von Onkel Edward, dem Pfarrer. Wir hatten keine Wahl. Großvater, Onkel Edward, Tante Jean und Tante Mary, alle gingen davon aus, daß richtige Menschen presbyterianisch waren. In meiner Kindheit versuchte ich, alles in einen Topf zu werfen. Jeder aus unserem Viertel schien in irgendeine Kirche zu gehen, außer Callie und mir. Sie gab sich für meine Spiele her und war es mit ihrem sehnsüchtigen

Görenlächeln zufrieden, daß kahles Ödland ein Dschungel war oder ein Indianerlager oder eine arktische Tundra, wenn ich es so sagte. Ich gab mich für ihr Heimkino her. »Paß auf, du hast eine Knarre und du verrenkst mir den Arm und sagst mir, ich muß. Aber zuerst wehre ich mich ganz doll. Dann stößt du mich hin und zwingst mich mit Gewalt. Klar, ja?« Die Jungfräulichkeit, die sie Dino so bereitwillig hingab, hatte sich durch Paulinchens Feuerproben gekämpft und sich erst unter Maschinengewehrfeuer auf einem Leichenhaufen mit einer Handgranate am Hinterkopf ergeben. Callies altes Zimmer – bevor sie schwanger wurde und Sharkie heiraten mußte – leuchtet wie ein Buntglasfenster in meinem Kopf auf, in Blau und Gelb und Weiß, ihr weißes Bettgestell, der blaue Glaskrug, den ich auf dem St. Lukasfest für sie gewonnen habe, eine als Braut angezogene Plastikpuppe, die wir bei Kresge geklaut haben. Wenn ein Zug vorbeifuhr, summten die Bettfedern wie Gleise. Ich liebte sie, unbeholfen, ungeschickt, bruchstückhaft; aber ich sagte es ihr nie.

Ich stelle fest, ich habe kehrtgemacht und bin zu Mikes Haus gegangen. Über dem Seitenflügel des *Union* sind die Lichter zu sehen. Als ich um die Ecke biege, verlangsame ich meine Schritte zu gemessenem Gang. Ja, ich liebe ihn. Ich glaube nicht an für immer und klammern, aber ich liebe ihn. Ich werde es ihm sagen, jetzt gleich. Sein Studentenheim hat die gleiche Backsteinfassade wie meins, aber es sprießen ihm Seitenflügel und es ist viel höher und größer. Neun Stockwerke voller Männer: peinlich.

Die anonymen Lichterreihen erobern den Himmel. Noch schlimmer, als ich die Straße überquere und den Hof betrete, sehe ich, daß jeder Flügel einen Eingang hat. Natürlich haben Jungens keine Sperrstunde; sie müssen sich nicht aus- und eintragen wie wir. Ich sehe keine Frauen in der Nähe. Frauen sind in den Zimmern der Männer genausowenig erlaubt wie sie in unseren, aber Frauen gehen nicht in die Männerwohnheime, wie sie es tun, um uns abzuholen und wieder zurückzubringen. Vielleicht gibt es gar keine Anmeldung, die ihn rufen kann? Ich sehe mich durch Flure hasten, panisch in falsche Zimmer stolpern, verspottet, ausgelacht werden. Ich fühle mich auf Sperrgebiet. Ein Bursche lehnt aus einem Fenster im vierten Stock.

»Hallo, Süße. Suchst du mich? Was suchst du denn? Hast du Bedarf, Süße?«

Obwohl ich so tue, als hörte ich ihn nicht, gehe ich weg. Ich stelle mir vor, wie ich laut »Mike! Mike!« schreie, bis ich meine Stimme von den Mauern abprallen höre und mein Hals sich erhitzt, als hätte ich es getan. Woher weiß ich, daß er zu Hause ist? Mit flauer Schwammigkeit in meinen Eingeweiden wird mir klar, daß ich nicht den Mut habe, durch die nächste Tür zu marschieren und mich zurechtzufragen. Ich kann ihn nicht aus diesem grellen Kaninchenbau herbeizaubern. Während ich noch denke, ich hätte einfach hineingehen sollen, bin ich schon umgekehrt.

Ich gehe in mein Haus zurück, aber ich kann Donna noch nicht gegenübertreten. Sie verkörpert eine Reihe von Anforderungen. Die erste, daß ich mich mit einem Mann einlasse, habe ich erfüllt. Die zweite, daß meine Beziehung ihre mit Lennie spiegelt, beginne ich zurückzuweisen. Sie ist dagegen, daß meine Besessenheit von Mike solche Formen annimmt, wie sie es gerade tut. Ich gehe ins nächste Haus zu Theos Einzelzimmer.

Auf Theos lakonisches »Ja« finde ich sie auf dem Fußboden liegend und einem Violinkonzert lauschend. »Wieniawski«, reagiert sie auf meine Neugier. »Reden oder zuhören?«

»Zuhören«, sage ich, angenehm berührt von ihrer Gesellschaft und ihrem Schweigen. Sie bietet mir Wodka an aus einer Flasche für äußerlich anzuwendenden Alkohol. Ich hasse Wodka, aber es wäre wohl zu linkisch, das zuzugeben. Ich nehme einen großen Mundvoll und schaffe es, alles hinunterzuschlucken, obwohl ich blinzeln muß, damit mir nicht die Augen tränen.

Als die Platte zu Ende ist, frage ich: »Warst du jemals verliebt?«

Theo stützt sich auf einen gebräunten Ellbogen und reißt die Augen auf. »Ich?«

»Ist sonst noch wer hier?«

»Ähmmm«, sagt sie, ohne sich festzulegen. Dann bricht es aus ihr heraus: »Und wie!«

»Hast du sehr geliebt?«

»Zu sehr.«

»Wurdest du wiedergeliebt?«

Sie hustet ein Lachen. »Nein. Es war mein Psychoanalytiker.«

»Dein Psychoanalytiker? Ach, Übertragung.«

»Und wie, und er ermutigte das. Es wäre gesund und ich hätte sexuelle Probleme, erklärte er mir, die nur von ihm beseitigt werden könnten. Auf mir drauf.«

»Spinnst du? Ein Arzt? Wer war das?«

»Ist doch egal, wie er heißt. Ich habe immer noch Angst vor ihm.«

»Wovor hast du Angst?« Ich kann das kaum glauben.

»Jill, er und meine Eltern haben mich eingewiesen. Ich mußte ein Jahr in einer Klapsmühle zubringen, bevor ich auf die Idee kam, meine Geschichte besser zurückzunehmen. Ich gab zu, es wäre Hysterie und ich hätte mir bloß eingebildet, daß er mich dreimal in der Woche auf der Couch in seiner Praxis gevögelt hat.«

»Er hat dich dazu gezwungen?«

Theo zuckt die Achseln und langt nach der Flasche mit dem Einreib-Alkohol. »Wenn da drin wäre, was drauf steht, würden wir blind werden.«

Ich würge. Woher weiß ich, was in der Flasche ist?

Theo lächelt mir matt zu. »Es war seine Idee. Ich hatte Angst. Aber ich war so verliiiiiebt in ihn. Wie eine aufgespießte Auster.«

»Aber hast du nie jemand anders geliebt, ich meine, im richtigen Leben?«

»Pablo Casals. Ich möchte ein Cello sein ... Das war mein richtiges Leben, altes Haus. Das ist mein Nachleben.«

»Aber du bist ihnen entkommen.«

»Nicht sehr weit. Wirklich nicht weit. Alan, mein Seelendoktor, ist in New York, und meine Eltern ebenfalls. Da kannst du hinfliegen und mit ihnen zu Abend essen. Die Wunder der Technik.«

»Du bist nicht in New York aufgewachsen?«

»Mit Kansas-Dialekt? Mein Vater zieht mit wachsendem Erfolg ostwärts. Als ich vierzehn war, zogen wir nach Manhattan.«

»Aber du bist zwanzig.« Mikes Alter. »Bald bist du einundzwanzig, und dann können sie dir nichts mehr anhaben.«

»Altes Haus, ich werde nie volljährig sein. Sie können mich jederzeit einweisen lassen. Ich bin für verrückt erklärt worden, und nun bin ich ein für allemal verrückt. Jedesmal, wenn ich wieder aus einer Schule wegen Trinkens rausfliege, drohen sie mir. Alan erzählt ihnen, wie krank ich bin. Ich bin nur unter der Bedingung hier, daß ich dreimal die Woche zu seinem Kumpel Dr. Atwood gehe.«

»Was macht der?«

»Klassischer Freudianer. Sitzt da und versteckt sein Gähnen. Ich habe gelernt, die Stunde rumzukriegen wie ein tropfender Wasserhahn. Ich bin vorsichtig. Ich bin cool. Ich muß nur darauf achten, daß meine Lügen System haben.«

Ich beschließe, mich über Mike nicht Theo anzuvertrauen. Als ich zu Donna hinaufgehe, fällt mir ihr Witz über das Sammeln von Gesellschaftskrüppeln ein, die nirgendwo hineinpassen. Doch Dulcie schien hervorragend hineinzupassen, ihre Zukunft mit ihren Klauseln war vorgezeichnet wie eine Versicherungspolice. Alle Frauen sind nirgendwo hineinpassende Gesellschaftskrüppel, denke ich; ohne Amputationen passen wir nicht in diese Welt.

Tauwetter belebt die Luft. Der Himmel ist geschäftig; die Sonne taucht wie ein Segen aus den Wolken auf und berührt mein Gesicht. Um vier soll ich Mike treffen. Bis dahin schaue ich mich nach einem

Geburtstagsgeschenk für Donna um. Ich habe mich fast schon entschieden, die Gesammelten Gedichte von Dylan Thomas zu besorgen, da denke ich, wenn ich ihr ein Buch schenke, wird das ihrem Intellekt schmeicheln, aber wenn ich ihr etwas Hübsches schenke, wird sie sich durch und durch freuen. Also kaufe ich den Thomas für mich, und da ich kein Geld übrig habe, bummele ich weiter, um ihr Geschenk zu stehlen. Was ihr wirklich gefällt, kann ich mir sowieso nicht leisten. Mit hohem, bedrängenden Kribbeln in der Brust schlendere ich in dem Trenchcoat, den Donna und ich letzte Woche in dem Fast-wie-neu-Laden gleich an der Main Street fanden. Er hat nur wenige Flecke, und sein Saum ist jetzt wieder in Ordnung. Die rechte Tasche habe ich nicht geflickt, sie ist bodenlos und entleert sich in den Saum.

Sobald ich es ergattert habe, laufe ich mit dem Geschenk und dem gekauften Buch (Hund mit einem Vogel im Maul) zu einer Bank über den Eisenbahngleisen, die ich mag. Ich mag es, Detroit in der einen Richtung zu wissen und Chicago in der anderen. Schließlich bin ich übersättigt von Gedichten und kritzele einen raschen Brief an Howie, zitiere ausgiebig und befehle ihm, den Thomas zu kaufen.

> Schon in zwei Wochen Frühlingsferien. Freue mich, daß wir beide zur gleichen Zeit frei haben. Bin in Mike verliebt. Er ist auch aus Detroit – obwohl man das gar nicht denken würde. Er ist so belesen! Er ist ungeheuer gescheit. Hier ist ein weiter, windiger Tag, und ich sehe ihn bald. Bis dahin bewege ich mich vorsichtig, damit ich den Leuten nicht die Häuser umstoße. Denk dran, dir sofort den Thomas zu besorgen.

> Dein Zimmergenosse scheint ein richtiges Arschloch zu sein. Wenn er weiter jeden abhört, warum schickst du nicht *seinen* Namen an McCarthy als einen rot Angehauchten, der den Kommunisten auf den Leim gegangen ist, dann soll er mal sehen, wie sehr er seinen Helden in Aktion genießt! Wenn er das wieder macht, warum zerreißt du nicht eines seiner Bücher und schaust mal, wie ihm das gefällt?

Wir sind so scheu, unsere Briefe zu unterschreiben, daß wir uns beide der List bedienen, die Seite so vollzuschreiben, daß nur noch Platz ist, um den Namen hinzuquetschen. Aber die Liebe macht mich stark in meinen anderen Lieben, und ich unterschreibe mit einem Schnörkel über meinem Namen.

Mike sitzt schon an einem Tisch im *Union*. Ich haste durch die Schlange, um mir einen Kaffee zu holen. Als ich ihn hinübertrage, fischt er meinen Thomas aus der Tüte. Seine Brauen heben sich. »Was soll das?«

Ich lächle. »Ich wollte Donna ein Geschenk kaufen, aber die Gier ist mit mir durchgegangen. 'Die Kraft, die durch die grüne Lunte Blüten treibt –'«

»*Merde*. Er war Schauspieler, kein Literat.«

»Mir gefallen die Gedichte.«

»Dir sicher. Er ist ein dekadenter Romantiker, und das zieht dich an.«

»Ach, ich bin dekadent? Ich dachte, ich wäre bloß ungebildet.«

Seine Hände ruhen mit den Knöcheln schwer wie Richter und drücken das ausgebreitete Buch flach. »'In ihr liegendes Haupt'. Das hat dir gerade noch gefehlt!« Sein Mund sinkt, er rollt die Augen.

»Durch des haarbegrabenen Ohres Schallwellensiebe;
Und Noahs wiederbelebte, diesmal herzlose Taube
Flog männerbeladen heran ...

Des haarbegrabenen Ohres Schallwellensiebe – und alles reimt sich schließlich auf Liebe, wie wir fast schon befürchtet haben? Haarige Ausschmückung. Dir ist völlig egal, was es bedeutet. Du willst dich an den Worten berauschen.«

Ich versuche, ihm das Buch unter der Faust wegzuziehen. Schon hat er dieses Gedicht so verhunzt, daß ich es nicht mehr lesen kann, ohne zu hören, wie seine Stimme daraus Schwulst macht. »Gib es her. Wenn es dir nicht gefällt, hast du kein Recht, es mir kaputtzumachen.«

Er pflanzt seine Faust noch härter darauf. »Kein Recht? Wie kann ich es kaputtmachen, es sei denn, ich habe recht?«

»Du kannst alles verderben, wenn du es so sagst.«

»Du willst es nehmen und dich damit verstecken! Wie ein heimlicher Trinker in einer Ecke mit den Lippen schmatzen.«

»Bist du eifersüchtig auf ein Buch?«

»Warum nicht? Dieser Schauspieler! Wenn du mich liebtest, würdest du es verstehen. Warum darf ich nicht alles hassen, was du anstarrst, wo du hinrennst und was du mir vorziehst? Du verschwendest dich an alles.«

»Ich liebe dich aber!«

»Sicher.« Seine Zähne sind zusammengebissen. Er hat sein Gesicht zu einer höhnischen Maske verhärtet, auf die meine Botschaft wirkungslos verschwendet ist. »Du liebst mich neben Donna und deinem Idol Professor Donaldson und dem Jungen, dem du schreibst, und deinen toten Katzen.«

Der Tisch sinkt, und ich bin an meinen Stuhl gefesselt. »Nein. Ich liebe dich. Hör doch zu.« Tränen brennen auf meinen Wangen. »Willst du, daß ich jeden anderen hasse?« Hätte ich doch bloß unter den Brief nicht 'in Liebe' geschrieben. »Was kann ich sagen? Ich liebe dich.«

»Mehr als die andern?«

»Viel mehr.« Ich habe ein schlechtes Gewissen. Was hat das zu bedeuten?

»Mehr als deine Eltern?«

Ich nicke.

»Mehr als Gott?«

»Ich glaube nicht an einen Gott.«

Sanfter sagt er: »Du mußt aber. Sonst ist alles nur Ameisen auf einem Ameisenhügel. Es wird alles nur zu Staub.« Er lehnt sich auf seinem Stuhl zurück.

Er hat nicht nach Donna gefragt; das ist eine Erleichterung. In dieser Windstille spüre ich die fremden Blicke. Ich sitze, eine Vogelscheuche mit tropfenden Augen, in einem Ring aufmerksamer Tische. In öffentlicher Nacktheit sühne ich die Feigheit, gestern abend nicht gewagt zu haben, sein Wohnheim zu betreten. Wenn ich meine Liebe dann gestanden hätte, wäre das nicht passiert. Er kam schon mit der Absicht, an mir herumzunörgeln.

Er stupst meine Hand auf dem Tisch, jeden einzelnen Finger. »Dann gehören wir jetzt einander?«

Gehören erschreckt mich, aber ich nicke.

»Wenn du mich liebst, wirf das Buch weg.«

»Das kann ich nicht. Das wäre Verschwendung.«

»Ich gebe es zurück. Und tausche es um in eins, das du haben solltest.«

Mir gefällt das nicht, aber ich habe keine Kraft mehr, um zu kämpfen.

Er steckt mein Buch in die Mitte seines Stapels, lenkt meine Aufmerksamkeit auf seine Ledermappe. »Paulsen, meinem Prosalehrer, hat das Tagebuch nicht gefallen. Zu nachgeahmt, sagt er, der Scheißkerl. Aber ich verlor sowieso die Lust daran.«

Die Mappe ist beträchtlich dünner. »Du hast es doch nicht weggeworfen?«

»Eine Säuberung.« Er schnippt mit den Fingern. »Es war gut bis zu dem Punkt, wo mein bester Charakter J. – für *je, naturellement* – sich umbringt, indem er sich auszieht und in den Michigansee geht.

Aber Paulsen, dieser Widerling, hat gesagt, es wäre zu sehr wie Virginia Woolfs Selbstmord. Ich kehre sowieso zur Dichtung zurück. Prosa ist zu schlaff. Etwas für Amateure.« Er zieht sich mit einem Ruck den Mantel über, nimmt die Bücher an sich.

Das Tagebuch, dessentwegen ich Höllenqualen gelitten habe, war frei erfunden. Ich könnte einen Stuhl auf seinem Kopf zertrümmern. Er wartet, aber ich sitze weiter da, versuche mir etwas auszudenken, was gemein genug ist, um ein Loch in ihn zu pieken. Dann entsinne ich mich, weshalb ich hergekommen bin, was ich ihm sagen wollte, und springe auf. Wir gehen an den Tischen vorbei, von denen Blicke uns folgen, viel zu langsam bewegen wir uns zum rettenden Foyer.

10 Das Leben geht auf ein Fest

Wir sind schon aus einem dunklen Konferenzraum in Angell Hall hinausgeworfen worden, um im prasselnden Regen unter Mikes großem Schirm durch die Straßen zu laufen. Schau, wie wir laufen, in harmonischer Übereinstimmung aneinandergepreßt, die Bewegungen synchronisiert, die Hüften zusammen, meine Schultern schweben auf seinem Arm. In einem dunklen Tango folge ich ihm durch die Pfützen, erlebe mich selbst als klein und weich, als ob mein Körper sich plötzlich verwandelt hätte. Unter einem Baum küssen wir uns, und das langsame Tropfen der Zweige segnet unsere Köpfe. Das Glück ist uns hold, und schon im dritten Gebäude finden wir einen offenstehenden Hörsaal. Ein Rascheln unten bei der Rednertribüne bringt uns mit zusammengefrorenen Händen zum Stehen.

»Mäuse«, flüstert er. Ich sitze auf seinem Schoß, und langsam fahren wir fort, uns den Körper des anderen im Dunkeln zu erbauen. Ich bin so an den feuchten Wollstoff seines Mantels an meiner Wange gewöhnt, daß ich mir gar nicht vorstellen kann, wie es sich anfühlen würde, durch dünnere Membranen getrennt zu sein. Fleisch ist eine heftig angestrebte ferne Glätte. Dies sehnsüchtige Verlangen wird in fünf Minuten unterbrochen werden, manchmal in zwanzig, von einem Hausmeister oder Campusaufseher oder anderen Studenten. Ich erfahre seinen Körper in kleinen Flicken.

Heute abend ißt Donna ihr Geburtstagsabendessen bei Lennie, während ich ein Referat zu Ende schreibe, das ich morgen abgeben muß, bevor wir in die Frühlingsferien nach Hause fahren. Ostern ist dieses Jahr früh. Wenn ich fertig bin, soll ich zu Mike, Donna und Lennie nachkommen auf ein Fest, das Peter in der Wohnung gibt, wo Donna und Lennie in der Nacht nach den Weihnachtsferien zum ersten Mal miteinander geschlafen haben. Wie hat sich mein Leben seitdem geändert, und Donnas auch.

Ein Block leicht gebauter, verschachtelter Holzhäuser und dickstämmiger Eichen. Die Nummer in meiner Hand paßt auf ein schlichtes graues Haus mit einer hölzernen Feuertreppe. Schüchtern gebe ich der Haustür einen Stups. Sie führt in eine große Diele, ein britisches Fahrrad ist ans Treppengeländer angeschlossen. Aus einer angelehnten Tür kommen Gitarren und Stimmen, die rauh einen Work-Song singen. Ich stehe in der Diele, spüre, wie die reine, duftende Luft der Frühlingsnacht an mir haftet, möchte am liebsten weiterlaufen durch die geräumige Dunkelheit, vorbei an erleuchteten Häusern, in Gesellschaft meiner Gedanken. Dann kommt ein Pärchen herein und drängt sich streitend vorbei: »Schön, vielleicht gibt es schlimmere Dinge, als ein paar Seminare zu schwänzen«, faucht die Frau. »Zum Beispiel den Horror davor, auch nur ein einziges Seminar zu schwänzen.« Es ist Julie mit Van. Dann sieht sie mich und zwingt sich zu einem Lächeln. »Weißt du nicht, wohin, Jill? Hier wohnt Peter.«

Van nickt mir zu. Ich habe immer das Gefühl, er billigt mich nicht so recht. Irgendwie genüge ich nicht. Meistens schenkt er mir ein kurzes, kleines Nicken von seiner blond-schnurrbärtigen würdigen Höhe, manchmal einen kleinen Ruck der Pfeife zwischen seinen Zähnen. Er kommt aus Kalamazoo, wo sein Vater in einer Papierfabrik arbeitet. Manchmal denke ich, er hat Angst, wenn er mit mir redet, wird unsere gemeinsame Klassenherkunft für jedermann ersichtlich. Sie gehen hinein, Julie hat mich untergehakt und reißt mich mit. Ihr Taftkleid raschelt. Das beunruhigt mich. Mein roter Krieger ist in der Reinigung, endlich, und ich habe meinen schwarzen Rollkragenpullover an mit meinen besten schwarzen Kordhosen, eine Aufmachung, die ich mir aus einer Vorstellung von französischen Existentialisten in meinem Hinterkopf zusammengestellt habe. Den Akzent bildet die lange Doppelkette blutroter Perlen von meiner Mutter aus den zwanziger Jahren, die ich immer trug, wenn ich mit Callie Erwachsen-Verkleiden spielte.

Mit einem Blick sehe ich, daß ich zufällig und ausnahmsweise einmal hineinpasse. Die meisten Frauen sind nicht gekleidet, wie das Vorzeigefest verlangt, in Stöckelschuhe und rauschende Roben. »Ziemlich bohemienhaft«, knurrt Van und reagiert auf Julies Ellbogen, indem er ihr aus dem Mantel hilft. »Hätte ich nicht von Peter erwartet.«

»Der tolle Prinz Heinz in seiner Falstaff-Phase«, murmelt Julie und späht umher. Junge Leute sitzen auf dem Fußboden, spielen Gitarren und Banjos und Bongos, nicken mit dem Kopf und murmeln den Text. »Im College darf man sich manchmal unter sein Niveau begeben.«

»Ich wußte gar nicht, daß du Peter kennst?«

»Nicht persönlich«, sagt Julie. »Aber ich weiß, wer er ist.«

»Wer ist er?« Ich meine das wörtlich, angesichts des dämmrigen Zimmers voller Menschen.

Van schwebt über uns und all dem. Seine Interessen enden 1800. Seine Leidenschaft ist Dryden. Alle seitdem sind Parvenüs.

»Forest Crecys Sohn«, sagt Julie geziert. »Ich habe zwar nie von irgendwelchen anderen Crecys gehört, aber sie sind eine alte Detroiter Familie.«

»Crazy Loueys tolle Gebrauchtwagenschlager«, sage ich ebenso geziert. »Schnäppchen auf Rädern. West Chicago und Grand River.«

»In Detroit gibt es nur die Forest Crecys – und zwar seit die Trapper da ihre Pelze verkauften.«

Im nächsten Zimmer sehe ich Leute in Gruppen stehen und reden, aber die Folksänger fallen meiner Schüchternheit leichter. Das ist die einzige Musik, die in unserer Altersgruppe tatsächlich gesungen und gespielt wird. Popmusik, das sind Schnulzensänger, die unseren Eltern schmalzige Ständchen bringen. Weiße Rockmusik gehört der Highschool-Clique, in der keiner von uns war. Schwarze Musik kenne ich nur, weil ich in einem teilweise schwarzen Viertel gewohnt habe. Wir finden Folkmusik echt, handfest, unverfälscht. Wir mögen Lieder über alte Arbeitskämpfe. Erleichtert sehe ich Lennie, er lehnt an einem Heizkörper mit einer Gitarre, die zu groß für ihn aussieht, er hat den Kopf zurückgeworfen und singt mit weit offenem Mund, sein roter Bart wackelt dazu. Lennie, mein lang vermißter Freund, ich könnte dich dafür küssen, daß du mir ein Ziel gibst in diesem Zimmer. Ich kann mir sogar dabei Zeit lassen, über Beine und Gläser zu steigen, und bemerken, obwohl deine Stimme heiser ist, sind deine Hände auf den Saiten flink und zärtlich. Ich stehe lächelnd da, während du mit einem Tusch endest und dann die Zähne blitzen läßt, als seist du überrascht.

»Ich wußte gar nicht, daß du spielst. Wo ist Donna?«

»Hier irgendwo.« Er schaut sich um. »Mike säuft sich im Nebenzimmer zu.«

Ein weiter Weg durch einen Wald von Schultern. Ich setze mich erstmal an den Heizkörper. Bald werde ich mich auf den Treck begeben, bald. Unter den Folksängern gibt es deutlich zwei Stars, die am besten spielen und alle Lieder kennen. Eine Frau, die hart und geübt Banjo spielt, singt mit guter, voller Altstimme, sie ist hochgewachsen, mit langem, glattem, schwerem kastanienbraunem Haar, das ihr wie ein Mantel um die Schultern hängt. Ihr Gesicht ist scharf, keck und auf asymmetrische Art hübsch. Ich habe das Gefühl, sie schon mal gesehen zu haben, aber ich weiß nicht, wo. Alberta sagen sie zu ihr. »Alberta, spiel 'East Virginee'.« »Alberta, 'Los Quatros

Generales'.« Der andere Sänger ist dunkelhäutig, breitschultrig, gutaussehend, mit Zähnen, die den Rest des Gesichts auszulöschen scheinen. Er singt sehr laut, aber sehr gut, und sie nennen ihn Rob.

Zeit, nach Mike und Donna zu suchen. Das nächste Zimmer ist heller und mit ins Gespräch vertieften Klümpchen übersät, ein paar sind am Rand gestrandet wie ich, aber mit Glas in der Hand bemüht, beteiligt auszusehen. An der Tür zur Küche redet Mike mit zwei Männern, einer sonnenbraun und schön, der andere älter in verschlissenem Tweed. Während ich hinzukomme, sagt der Sonnenbraune: »Salinger als der amerikanische Flaubert – wenn ich das noch einmal höre, muß ich kotzen. Lauter kleine frischgebackene Erstsemester rennen mit dem *Fänger* unterm Arm rum und meinen, sie haben ihre Seele zwischen Pappdeckeln gefunden.«

Ich wünschte, Mike würde mich vorstellen. Alles, was er tut, ist, er legt den Arm um mich und redet weiter. Jetzt kann ich ihnen nicht folgen, denn sie sprechen über jemanden, der dem Goldbraunen, Stone, Briefe geschrieben hat. Er hat ein Gesicht, das völlig aus Profil zu bestehen scheint, eines, das er ausstellt, indem er den Kopf hin- und herbewegt wie ein Tischventilator, seine Mähne wogt, wenn er Wörter und Arroganz ausstößt.

Mike tönt gedehnt: »Wenn du wirklich im Besitz der Briefe bist, wieso hast du sie nie veröffentlicht?«

Der Mann in Tweed zuckt mit den Ellbogen. »Hast wohl keine Genehmigung bekommen, Stone?«

»Kann ich nicht sagen, da ich's natürlich nie versucht habe. Findest du es nicht ein bißchen billig, auf seinen Namen zu reisen?«

Ich werde es nie verstehen. Ich mag ihre Wortgefechte nicht, aber ich mißtraue meiner Abneigung, da mitfechten über meinen Horizont geht. Mike ist wahrscheinlich fünf Jahre jünger als Stone und zehn Jahre jünger als der andere, doch sie behandeln ihn als Gleichen, denn er spielt gut mit. Das Wissen, das zu diesem Spiel gehört, das will ich haben.

Ein zierlicher blonder Junge, konservativ gekleidet, so daß mir als erstes in diesem zusammengewürfelten, aufeinander einredenden Gewimmel seine Distanz und sein Schneider auffallen, bleibt stehen, um Mike zu begrüßen und dann mich gelassen und sorgfältig zu mustern. »Ich bin Peter Crecy.« Unser Gastgeber.

Mike dreht sich um und sagt, bevor ich es kann: »Das ist Jill.« Sein Arm sinkt zu meiner Hüfte und drückt mich an ihn.

»Natürlich.« Peter lächelt kurz. Seine blauen Augen hinter der Brille sind so frisch wie Donnas, aber blasser. Er scheint keine Hemmungen zu haben, andere anzustarren. Mike steht einen Moment hilflos zwischen uns und den anderen, dann wendet er sich mit einem finsteren Blick der Verzweiflung wieder zu Stone. Peter sagt: »Ich habe dich im *Union* mit Mike weinen sehen«, so, wie er sagen würde: »Ich habe dich Kaffee trinken sehen.«

Aus der Fassung gebracht, frage ich: »Weißt du, wo meine Zimmergenossin ist?«

Er lacht trocken. »Wenn du mir ihren Namen sagst, vielleicht.«

»Entschuldige. Donna Stuart.«

»Sie hält in der Küche Hof. Aber du heißt doch auch Stuart? Ihr könnt unmöglich Schwestern sein.«

»Alle Menschen sind Schwestern.« Ich mache mich von Mike los, um an Peter vorbeizuschlüpfen.

»Die helle und die dunkle Seite des Mondes.« Peter rührt sich nicht, um mich vorbeizulassen. Statt dessen verlagert er seinen durchtrainierten Körper, um mich zu streifen. »Was ist auf der dunklen Seite des Mondes?«

»Noch mehr grüner Käse.« Ich winde mich vorbei.

Mike ruft mir nach: »Unser Gin ist im Kühlschrank. Bring ihn her.«

Donnas scharfes, sägendes Lachen. Sie hockt auf dem Resopaltisch und baumelt mit den Beinen, sieht mich aber nicht gleich, weil sie mit einem der Assistenten aus dem englischen Fachbereich flirtet.

»Herzlichen Glückwunsch, Kezele«, sage ich, Großmutters Kosewort überrascht mich selber.

»Ich bin ja so froh, dich zu sehen! Mike hat mir eine Bachkantate geschenkt, ist das nicht nett? Aber schau, ich trage den Pullover, den du mir geschenkt hast. Mein allererster Kaschmir.« Ihr Babygesicht legt sich in verzückte Falten. »Fühl mal, wie weich!«

Ein Pullover mit einem runden Kragen, in der Farbe ihrer Augen. Ihr Gesicht glüht darüber. »Was trinkst du, Donna mia?«

»Zuerst war es Rheinwein. Dann Bier. Jetzt ist es Scotch. Ich liebe Scotch, und Peter hat ihn hervorgeholt, weil ich Geburtstag habe. Er hat eine ganze Vitrine voll Schnaps, aber er hält sie unter Verschluß.« Sie beugt sich verschwörerisch zu mir, und ich denke, sie will mir etwas zuflüstern, statt dessen brüllt sie mir ins Ohr: »Peter ist reich!«

»Und besoffen«, fügt ein Junge hinzu, der am Ausguß Wasser in Gläser gießt. Donna murmelt, das sei Peters Zimmergenosse, dessen Namen sie vergessen habe. Sie gleitet vom Tisch und rüttelt an meinem Ellbogen. »Komm mit aufs Klo.«

Nachdem die Tür zu ist, sagt sie: »Ich habe mit Peter geflirtet und mit seinem Nichts von Zimmergenossen und sogar mit Rob Prewitt, als er in die Küche kam, mit Gitarre und allem.« Sie setzt sich auf die

Toilette. »Ich muß leise pinkeln, weil die Küche voller Männer ist«, sagt sie ernst.

»Ich bezweifle, daß sie zuhören. Männer hören uns ja nicht mal zu, wenn wir reden.« Ich bin immer noch verärgert, weil Mike mich nicht vorgestellt hat.

»Ich hätte Lennie nicht allein lassen sollen, wie? Stu, er hat mir einen Plattenspieler geschenkt. Er ist so süß, ich könnte heulen!«

Ich lehne mich auf den Badewannenrand. »Wo hatte er das Geld her?«

»Ich fand es so traurig, als Mike mir die Platte schenkte, denn wenn irgendwas mit deinem Plattenwechsler passiert, und er funktioniert jetzt schon kaum, dann könnte ich die nie hören. Lennie sagte: 'Peter hat so viel Zaster, er hat sogar in der Küche einen Plattenspieler. Crecy, sei ein netter Kerl. Gib dem Mädchen eine Chance und laß ihn ihr.'« Am Waschbecken betupft sie ihr Gesicht. »Weißt du, was ich machen werde? Ich werde ehrlich sein und ihm heute abend alles von Jim erzählen. Alles offen eingestehen.«

»Du meinst, du hast ihm nie was gesagt?«

»Wenn er mich dann nicht liebt, werde ich ihn nicht behelligen. Ich werde ihm den Plattenspieler zurückgeben und weggehen.« Sie läßt dramatisch die Schultern hängen.

»Ach Quatsch, wegen einer alten Geschichte wird er nicht aufhören, dich zu lieben.«

Aber wenn es ihm doch etwas ausmacht?

Ich nehme ihre Hand. Kalt wie feuchte Erde. »Du mußt das irgendwann aus dem Weg räumen.«

»Aus dem Weg räumen, ja.« Sie kämmt sich das feine Haar. »Wie gefällt dir Peter?«

Ich zucke die Achseln. »Eigentlich gar nicht.«

»Er macht mich neugierig, wie er im Bett ist.«

Ich röchle verächtlich. »Dornen und Eiswürfel.«

Sie grinst. »Du hast eben keine Ahnung.« Sie schiebt mich vor sich her aus dem Badezimmer in den zweiten Raum. Dann sagt sie: »Hoppla. Ich war zu lange nicht am Ball!«

Lennie ist in den zweiten Raum gekommen. Auf der Armlehne seines Stuhls und fast auf seinem Schoß hockt eine junge Frau und lacht in derbem, gutmütigem Flirt, sie hat ein grellbuntes Kleid in den Farben Orange, Gold und Violett an, das sehr selbstgeschneidert aussieht, und trägt zigeunerhaft mehrere Glasperlenketten, die vorschwingen, als sie mit Lennies Bart spielt. »Wer ist das?« frage ich.

»Stephanie Barboulis, die gierige Griechin. Ein Weibsbild, das ihn zu kaschen versucht, seit er sie mal als Modell benutzt hat.« Donna schießt mit Falsettgelächter voran.

Ich mache kehrt, um die Getränke zu holen, nach denen ich geschickt wurde. Der Kühlschrank ist vollgestopft mit Flaschen, aber unsere ist leicht zu finden, eine halbleere Flasche Gordon's Gin, auf deren Etikett Mikes Name samt Adresse aufgestempelt ist. Während ich Gin mit Tonic mixe, sagt eine vertraute Stimme: »Miss Stuart. Was machen Sie da?«

»Gin und Tonic – der einzige Drink, den ich mixen kann. Wollen Sie einen?« Ich denke nicht im Traum daran, ihn auf einer Party mit Professor Donaldson anzureden. Ich würde ihm wirklich einen mixen. Sogar mit Mikes Gin. Während ich zu seinem braunbärtigen Gesicht aufschaue, durchflutet mich warm meine alte Schwärmerei.

»Nein, ich bin bei Wein. Schnaps macht mich sofort betrunken. Sehr altmodisch, aber was soll ich machen.«

»Sie fehlen mir. Professor Grimes ist ein alter Stinker, der so weit rechts steht, daß er die Monarchie wiedererrichten möchte.« Ich denke selten nach, bevor ich spreche, stelle ich fest. Ich mache den Mund auf, und die Worte fliegen wie niedliche, kleine bissige Fledermäuse hinaus. Professor Grimes ist wahrscheinlich sein bester Freund. Ich weiß, es gehört sich nicht, einen Dozenten vor einem anderen zu kritisieren.

»Mit sich selbst als König? Ich dachte, er wollte Papst werden.«

»Nein. Unfehlbarkeit macht keinen Spaß, wenn man anderer Leute Lehrbücher benutzen muß.«

»Mag schon sein.« Er lächelt mich an. Er ist so viel größer als ich, daß er seinen Hals hinunterrenken muß. Das letzte Mal habe ich mit ihm geredet, als ich ihm eine Woche nach der Semesterprüfung auf dem Campus begegnete und er mir sagte, ich hätte in seinem Test die höchste Punktzahl erreicht. Da war die pure Lust am Werk. Das habe ich natürlich nicht gesagt; heute abend könnte ich es fast. »Das Semester ist halb um. Werden Sie Geschichte als Hauptfach nehmen? Warum belegen Sie nicht mein Seminar über die Arbeiterbewegung?«

Die Folkgesangsgruppen haben sich aufgelöst, und Rob Prewitt in kariertem Cowboyhemd kommt mit seiner Gitarre angelatscht und sagt laut: »Hab ich vor. Fangen Sie mit den Helden der Arbeit an?«

Ich könnte eine Flasche auf Rob Prewitts Kopf zertrümmern. Ich kann mich gar nicht erinnern, ihn im Seminar gesehen zu haben, aber wahrscheinlich hatte ich für kaum jemand außer Donaldson Augen. Rob ist so selbstsicher, daß ich ihn hasse. Mir meinen Moment zu stehlen.

»Mit dem ersten Streik. Der war vor der Revolution ...«

Ich habe seine Aufmerksamkeit verloren. Mike taucht auf und packt mich am Arm. »Wo warst du?«

»Hab geredet – wie du.«

Er zerrt mich mit. »Wir suchen uns was, wo wir ungestört sind.« Das erste Schlafzimmer ist besetzt mit einem Pärchen in heftigem Streit, Van und Julie. Julie steht am Fenster und knetet den Taftrock in ihren Händen.

»Bitte laßt uns allein«, zischt sie.

Das zweite Schlafzimmer ist leer. Er macht die Tür zu und wirft die Mäntel vom Bett auf den Boden. Wie viel hat er getrunken – den ganzen fehlenden Gin? Sobald das Bett frei ist, läßt er sich darauf fallen. Ich setze mich ganz vorsichtig.

»Stell dich nicht an. Schon den ganzen Abend über habe ich irrsinniges Verlangen nach dir.«

»Du warst zu beschäftigt mit deinen Spielchen.«

»Ich muß meine Kontakte pflegen.« Er lächelt über seinen eigenen Schwulst und reißt mich zu sich hinunter.

Ich versuche, ihn von seiner schwerfälligen, schläfrigen Leidenschaftlichkeit abzulenken. »Wer ist dieser Stone?«

»Grant Stone? Hat eine reiche Mutter und den Spore-Verlag. Ich habe ihn gelöchert, daß er mich druckt, aber er zieht mich nur auf. Er ist ein erstklassiges Arschloch.«

»Was macht ihn zu einem erstklassigen?«

»Die meisten Arschlöcher sind dumm. Das weiß er, aber er paßt auf sich auf.« In langen Bewegungen streichen seine Hände über mich.

»Das macht mich zweitklassig.«

»Das macht dich weich.« Er glättet mein Haar auf dem Kissen, läßt sich auf mich sinken, bis sein Gewicht mich bedeckt. Heiß und kalt, ja und nein laufen Arpeggios über meine Haut. Dann schürzt sich zum ersten Mal und doch vertraut der Knoten, der heiße, hohle Krampf des Verlangens. Ich starre zur Decke, wo eine Lampe einen trüben Kreis auf den von Lattenwerk durchzogenen Gips wirft. Sein Reißverschluß. Gelächter, eine Gesprächswoge, ein Krachen gefolgt von zerbrechendem Glas. Etwas preßt sich gegen meine Hüfte, ich zähle seine Hände und weiß, es muß sein Phallus sein.

»Mike ... es kann jemand reinkommen.«

»Ich hab die Tür abgeschlossen.«

»Um so schlimmer.«

Er schließt meine Hand darum, ein dicker Stummel. Um mein Fleisch zu zerreißen. Ich halte ihn, wo er meine Hand hingetan hat, habe panische Angst, die Hand zu bewegen, während er mich küßt. Sein Organ ist dicker und härter, als ich erwartet hatte, und ich kann einfach nicht verstehen, wo das in mich hineinpassen soll.

»Halt ihn doch nicht wie einen Gartenschlauch.«

Ich lache. »Du warst doch ganz weg, daß ich noch Jungfrau bin.«

Er schüttelt mich. »Du sollst nicht kichern. Was wir hier machen, ist nicht komisch.«

»Mike, ich kann nichts dafür, ich habe Angst.« Ich entziehe mich ihm, bringe mit abgehackten Bewegungen meinen Pullover und meine Hosen in Ordnung.

Er wiegt mich in seinen Armen. »Ich will dich so sehr.«

»Aber nicht einfach irgendwo, nicht wie Hunde auf dem Bürgersteig.«

»Ich schäme mich nicht.«

»Ich fühle mich nicht allein mit dir. Ich kann mich hier nicht entspannen. Bist du wütend?«

Er steht da, stopft sich das Hemd in die Hose, schüttelt die Hosenbeine herunter. »In den Ferien kriege ich das Auto. Dann sind wir allein.« Seine Finger streifen meine Wange, als wir zur Party zurückkehren. »Nächste Woche in Detroit, Schlumps. Noch eine Woche.«

Ich schaue mich um, ob alle gucken. Nur Julie wirft mir mit hochgezogenen Augenbrauen einen Blick zu, während sie in ihren Mantel schlüpft. Rob Prewitt spielt wieder Gitarre, Stephanie sitzt auf seiner Armlehne, und er singt sie an. Donaldson steht mit einem Arm um die kecke Frau, die Banjo gespielt hat. Jetzt weiß ich, wo ich sie gesehen habe, sie kam an dem Morgen aus seiner Wohnung. Mir gefällt, wie Alberta aussieht. Sie ist fast so groß wie Donaldson, und sie lehnt sich nicht an ihn, sondern steht fest auf ihren Füßen und hat ihren Arm um seine Taille, wie sein Arm um ihre Taille liegt. Ich beschließe, ich werde aufhören, an Mikes Seite zu kleben wie eine schmelzende Schneewehe. Ich beobachte sie verwirrt. Ich bin leidenschaftlich in Mike verliebt, doch einen Augenblick lang in der Küche hätte ich alles getan, um Donaldsons Aufmerksamkeit zu fesseln. Ich wollte ihn auch. Was hat das zu bedeuten? Ich muß Donna fragen.

Donna hängt gerade ihren Mantel auf, als ich hereinkomme. »Na, bella Donna, es ist nach Mitternacht und du hast nicht mehr Geburtstag, aber sei trotzdem glücklich.« Ich küsse sie auf die Wange.

Sie lehnt ihre kalte Stirn an meine. »Jetzt bin ich nüchtern.«

»Verkatert?«

»Mir geht's gut. Es war ein netter Abend.« Die Stimme leise, harsch. Sie starrt auf ihren Rock herunter, macht vorsichtig den Reißverschluß auf, als trüge ihn ein Mannequin.

»Was ist los? Hast du Lennie von Jim erzählt?«

Sie faltet den neuen Pullover in eine Plastiktüte. »Ja.«

»Was ist passiert?«

Sie tut ihren BH und ihren Slip in den Wäschesack. Nackt steht sie da und bürstet ihr Maisfädenhaar, ihre kleinen spitzen Brüste sind hochgezogen. »Nichts.«

»Nichts?«

»Er hat es geschluckt wie ein Praliné.« Sie schlüpft in ihren karierten Bademantel und macht sich auf den Weg zu den Toiletten. »Er hat einfach nur ernst geguckt und gesagt, meine Schwester würde mir bestimmt verzeihen, wenn sie die Umstände wüßte. Dann hat er angefangen, über abstrakten Expressionismus zu reden.«

»Bist du denn nicht froh, das aus dem Weg zu haben?« Ich stoße die Tür auf zu dem Raum mit den Toiletten- und Waschbeckenreihen.

»Aus dem Weg?« Neben mir putzt sie sich die Zähne, spuckt, starrt ins Becken. »Wahrscheinlich habe ich damit gerechnet. Es hat ihm überhaupt nichts bedeutet! Er verstand es nicht.«

Beichte und Absolution. Ein Ritual, das wir spielen. Lennie konnte nicht entsprechend reagieren, war es das? Ich fühle mich schuldig, als hätte ich sie betrogen, hätte ihr Versprechungen von der Welt gemacht, die die Welt jetzt nicht einhalten will.

Als wir in unser Zimmer zurückkehren, wartet Julie auf uns, sie hockt vor den tomatenmarkroten Vorhängen in ihrem strengen, marineblauen Bademantel mit grünen Paspeln. Manchmal schaue ich Julie an und sehe sie von einer Mutter angezogen, die sie nicht liebt und viel Geld zum Ausgeben hat. Ich fühle mich einen kurzen Moment zwischen verschiedenen Klienten gefangen, denn auch Julie hat offensichtlich Gefühle über den Abend auszuschütten.

»Wir sind nicht mit Absicht bei euch beiden hereingeplatzt.« Ich setze mich an meinen Schreibtisch, gleich weit entfernt von Donna, die in einer S-Kurve auf ihrem Bett liegt, und Julie, die steif auf dem Fensterbrett hockt. »Du siehst nicht überglücklich aus.«

»Kann ich nicht von einem Mann, der angeblich in mich verliebt ist und ausgezeichnet Auto fährt und weiß, wie man in einen Bus steigt, erwarten, daß er mich in zehntägigen Ferien mal besuchen kommt? Von Kalamazoo bis zu meinem Haus sind es ungefähr vier Stunden! Er tut, als verlange ich von ihm, daß er mich in der Antarktis besucht!«

»Du möchtest, daß deine Eltern ihn kennenlernen?«

»Sie haben ihn schon kennengelernt, als sie hier waren. Aber ich möchte, daß er ins Haus kommt und sie in ihrer natürlichen Umgebung betrachtet. Außerdem muß ich die Geschichte wieder in Gang bringen. Sie ist in der Erkundungsphase steckengeblieben.«

»Bist du sicher, daß du Van willst?«

»Warum nicht?« Sie betastet ihr straff gewelltes Haar.

»Warum nicht Nonne werden?« schnappt Donna zurück.

»Episkopalische Nonnen sind zu außerirdisch. Außerdem sehe ich in Schwarz aus wie nicht gar gekocht ... Du warst lange mit Mike im Schlafzimmer, Jill. Und?«

»Und was? So lange war es gar nicht. Mitten auf einer Party?«

»Wenn du ihn wirklich lieben würdest, wär's dir egal«, sagt Donna.

»Ihn lieben ist nicht das gleiche wie erregbar sein«, sage ich, und sie verströmt ein verletztes Schweigen. »Ich kann doch nichts dafür, wenn ich einen Zeitpunkt will, der sich richtig anfühlt.«

»Verstehe. Mir reicht jedenfalls strenge Ehrlichkeit. Wenn du glaubst, gewisse Dinge mit Lennie besprechen ist einfacher als mit ihm ins Bett gehen, dann spinnst du!«

Julie lächelt ein wenig düster, ihre braunen Augen sind weich, doch ihr Mund ist affektiert verzogen. »Wir müssen beide unsere Ferien nutzen, Jill, um uns richtig deflorieren zu lassen wie Donna.«

Ins Schwarze getroffen, denn Donna ist gerade eingefallen, daß sie Julie erzählt hat, sie wäre noch Jungfrau; eine Behauptung, die Julie sowieso nie geglaubt hat. Donna liegt nicht genug an Julie, um ihr gegenüber bei ihren Lügen zu bleiben. Einen Augenblick lang sehe ich das ganze Wohnheim als ein Minenfeld sexueller Heuchelei, alle Frauen lügen einander vor, was sie tun oder nicht tun mit Jungen, die sie ebenfalls anlügen, weil die Jungen ihrerseits sie anlügen und über sie lügen. »Für mich ist das kein Blütenflor«, sage ich. »Nur ein Versehen, das ich durch Willenskraft korrigieren möchte.«

»So wirst du's nicht schaffen, Süße.« Donna setzt sich auf, fröhlich ordinär. »Ihr beide werdet von den Frühjahrsferien genauso zurückkommen, wie ihr aufgebrochen seid, nur imstande, jeden der nächsten dreihundertvierundsechzig Abende lang darüber zu reden.«

»Nach dem zu urteilen, was ich von seinem glühenden Tagebuch gehört habe, wird wenigstens Mike wissen, wie er's anfangen muß«, sagt Julie. »Den brauchst du nicht zu verführen.«

Donna ist immer noch auf mich wütend: weil Lennie ihr nicht die Absolution erteilt hat, weil Julie im Zimmer ist, weil sie versehentlich Julie die Wahrheit gesagt hat. Weil sie müde ist und schlafen möchte und wir offensichtlich noch eine Weile reden werden. Weil wir alle getrennt von unseren Freunden und unserer kleinen Beistandsgruppe nach Hause fahren müssen und keine von uns das will.

Donna springt vom Bett, um auf- und abzutigern, in ihrer Schneeleopardenart, ganz eisige Geschwindigkeit. Julie und ich schauen ihr gedankenverloren zu, unsere Köpfe drehen sich. Dann läßt sie sich rittlings auf ihren Schreibtischstuhl fallen und schaut uns an, ist uns entfremdet durch unsere Unerfahrenheit. »Julie, du willst es auf einem silbernen Tablett serviert bekommen. Wenn du ihn willst, nimm ihn dir. Was hindert dich? Nimm seinen Pimmel in die Hand, wenn du mußt. Reib dich an ihm. Setz dich auf seinen Schoß und wackel hin und her. Nichts leichter als das, wenn du ihn wirklich willst. Die Leute laden normalerweise nicht auf Büttenpapier zu einem Verhältnis ein. Kein Krawattenzwang... Und du, Jill, du hast einfach Angst vor Männern. Du redest und redest und redest über Ehrlichkeit und Anständigkeit, und dann suchst du dir irgendeinen mäkeligen Grund, warum es ehrlich und anständig ist, sich vor Angst in die Hosen zu machen! Mike tut mir leid.«

Ich fühle mich, als hätte mir Donna in den Bauch getreten. Ich muß blinzeln. Julie wirkt bewußt gleichmütig, schaut zu. Donna macht weiter, lächelt säuerlich: »Ich wette mit jeder von euch um eine Einladung zum Essen, daß ihr's nicht macht. Das bezahlen doch die Herren der besseren Schichten normalerweise dafür, nicht wahr? Ein Essen in einem Restaurant?«

»In einem Restaurant unserer Wahl?« fragt Julie.

»Nein. In einem Restaurant meiner Wahl. Denn ich werde zum Essen eingeladen. Zweimal.«

Verärgert stimme ich der Wette zu. Donna nimmt Mike nicht richtig wahr, sonst würde sie mich nicht drängeln. Und ich, ich habe nur einen Wunsch: daß wir alle im Kindergarten mit dem Vögeln begonnen hätten, um diesen bangen Unsinn zu vermeiden.

11 Heißes Pastrami auf hartem Brot

»Was soll ich denn machen, Mrs. S.?« Matt sitzt mit dem Kopf in den Händen am Küchentisch. »Ich bin völlig pleite. Aber ich schwöre Ihnen, irgendwie zahle ich die Miete für letzten Monat.«

Mutter wäscht ab, ich trockne ab, Paps liegt auf dem Sofa und hat den Fernseher an. Mutter schüttelt sich das krause, widerspenstige Haar aus den Augen. »Darüber mach ich mir keine Sorgen. Aber ein großer starker Junge wie du müßte doch Arbeit finden können.«

»Ich hab's ja versucht, Mrs. S. Stehe ich nicht jeden Morgen ganz früh auf, auch wenn's mich umbringt, und klappere alles ab? Liege ich im Bett? Warte ich darauf, daß die zu mir kommen?«

Wie sehr hört er sich doch mit dieser selbstgerechten Rhetorik an wie einer aus der Familie! Er hat sogar angefangen, zum Reden die Hände zu benutzen. Deine besten Freunde würden es dir nicht sagen, Matt, aber du hast dich assimiliert.

»Die Autowerke legen Feierschichten ein. Und in den Büros fragen sie nur, haben Sie Ihren Wehrdienst geleistet und haben Sie einen Abschluß – und damit meinen sie nicht den von der Highschool.«

»Das stimmt«, ruft Paps aus dem Vorderzimmer. »Der Highschool-Abschluß gilt nicht mehr so viel wie früher. Sie behalten sie sowieso viel zu lange in der Schule.« Er nimmt Matt jetzt eher hin. Manchmal läßt er ihn im Keller kauern und an der Werkbank helfen wie mich früher. Aber nur manchmal.

Mutters Augen verengen sich. »Bist du zu all den Firmen hingegangen, die ich in der Sonntagszeitung rot umrandet habe?«

Jetzt trockne ich die Töpfe ab und beeile mich, damit ich mich für Mike umziehen kann. Ich weiß, wo Matt seine Tage verbringt. Ich sah ihn mit Freddies jüngerem Bruder und Le Roy von nebenan die Maschine von einem hochfrisierten Auto zusammenbauen, und zwar in der Autowerkstatt, wo Sharkie arbeitet. Matt duckte sich hinter die aufgeklappte Motorhaube, als Sharkie rauskam und mir zurief: »He, Titte, wie läuft's denn?«, wie er das eben so tut.

Matt steht halb auf. »Ich geh zum Militär. Sollen sie mich haben!

Morgen geh ich hin und melde mich ...« Er verstummt und wartet.

Sie überlegt, den Kopf wie ein Vogel geneigt. »Das könnte das Beste für dich sein, Matt. Meine Jungs waren beide beim Militär.«

Klar, und Leo kam als Hochstapler wieder heraus, und Francis verbrachte sechs Monate im Arrest und wurde unehrenhaft entlassen. Was für Spiele sie treiben. Sie wird ihn nie aus den Krallen lassen. Ich stürze zum Badezimmer, sichere mir das heiße Wasser, das vom Abwasch übrig ist. Obwohl ich das Wasser in die Wanne laufen lasse und den Fußboden voller Sachen streue, um mein Terrain zu markieren, reagiert er im Flur nicht auf meine herausgestreckte Zunge. Mit hängenden Schultern schleicht er in seinem T-Shirt an mir vorbei, aller Kampfgeist verwelkt.

Ich ziehe mein schwarzes Hemdblusenkleid an, das ich mir vor zwei Sommern gekauft habe, als ich einen Job in Sams Billigkaufhaus in der City hatte, rasch, ehe Mutter erscheint und merkt, daß ich keinen Unterrock anhabe. Dann setze ich mich an ihren Frisiertisch und hoffe auf Inspiration. Vielleicht sollte ich mir Mutters Puder leihen. Rachel Nr. 2. Der Liebesakt – welch karger Ausdruck. Ich fühle mich wie die Heldin eines Romans oder einer Oper. Vielleicht sollte ich in Versen sprechen.

Sie sitzt vorm Spiegel in den letzten zerraspelten Minuten,
wird so kühl und so vereinzelt wie die Birke,
der Nachtfalter der Furcht schlägt an ihrer Kehle ...

In ihrer Kehle? Ist zerraspelt zu preziös?

»Also, Liebling, ein Rendezvous.« Mutter schließt die Tür mit dem Geklapper von Kleiderbügeln und dem Rascheln von Paps' Krawatten. »Was träumst du vor dich hin?«

Wenn ich sie nicht beachte, wird sie dann gehen? Kein Gedanke.

»Schwarz! Warum willst du so trist aussehen?« Sie stupst meine Schulter.

Ich weiche ihrer Berührung aus. »Ich bin hell. Ich kann das tragen.« Warum verteidige ich mich immer?

»Man denkt ja, deine Eltern sind gestorben, schwarz schwarz schwarz! Warte mal ab, bis du dein Quantum an Beerdigungen gehabt hast.« Sie sinkt aufs Bett und schaut mich unverwandt an, im Spiegel erscheint ihr Gesicht neben meinem. Ihre schmalen Lippen sind zusammengepreßt wie nach etwas Saurem. »Was will er machen – dieser Junge – Michael?«

»Im College unterrichten.«

»Hm. Lehrer verdienen nicht viel.«

»Ich werde ihn nicht heiraten, Mutter.« Ich fühle mich schon aufgewühlt, als könnte sie mit einem langen Löffel in meine Eingeweide reichen. Immer macht sie willkürliche, naive Behauptungen über die Außenwelt. Dozenten verdienen sehr viel mehr als mein Vater, aber sie ist fest überzeugt, Colleges sind durchsetzt mit vornehmer Armut.

»Kann ich nicht eine simple Feststellung machen?« Sie liest mir ein loses Haar von der Schulter. »Was macht sein Vater?«

»Der ist tot.«

»Der arme Junge.« Sie kneift mich in den Arm und flüstert: »Ist er Jude?«

Ich nicke.

Sie betrachtet sich im Spiegel. »Deinem Vater wird das nicht gefallen. Orthodox?« Sie richtet sich mit den Fingern das Haar.

»Nein.«

»Du weißt, was das für Umstände mit deiner Großmutter waren. Papa hat immer gesagt, in einem neuen Land braucht man neue Formen. Er konnte fünf Sprachen lesen, und sein Englisch war perfekt. *Sie* hat es nie richtig sprechen gelernt.«

Eigentlich mochte ich die Regeln ihrer Küche, denn sie bedeuteten, daß wir anders aßen und zum Einkaufen in das alte jüdische Viertel mußten, in dem Howie wohnt. Wenn Großmutter im Sommer kam, war das die einzige Zeit, wo ich Bejgel bekam, Kohlrouladen, geräucherten Weißfisch und Ruggeleh. »Mike studiert Deutsch und Französisch.«

Sie stemmt die Hände in die Hüften. »Ich habe nie verstanden, was es Papa genutzt hat, von Tür zu Tür zu verkaufen, Fisch abzupacken. Und dann läßt er sich umbringen und läßt uns mit all den Kindern zurück. Das Leben ist hart, ein Wolf frißt den andern, da laß dir von deinen Professoren nichts erzählen.« Sie sitzt und schaut finster vor sich hin, dann braust sie auf, als hätte ich ihr widersprochen. »Aber er war ein sehr kluger Mann, vergiß das nie! Ein Gelehrter und ein Mann der Tat! Ein Jude, der sich für alle eingesetzt hat, sogar für die Polacken, die Schwarzen. Zu sehr hat er sich eingesetzt und ist dafür in den Tod gegangen.« Sie berührt mein Haar. Ein Funke springt auf ihre Hand über. »Laß dir von mir die Haare schneiden, wie ich sie in deinem Alter trug. Dein Gesicht würde ganz entzückend aussehen, Häschen.«

Die verführerische Kraft der beschwörenden Stimme: gib nach, gib nach, und alles ist warm und liebevoll im Garten Es-war-einmal. Ich wage mich nicht daran zu erinnern, wie sehr ich sie geliebt habe, als ich klein genug für ihren Schoß war. »Mike gefällt es so.« Warum muß sie mit dieser wissenden Sehnsucht schauen, nicht für mich, sondern durch mich hindurch, und mich zu einem Phantom machen, das ihre Träume ausagiert?

»Wenn er was zu dir sagt. Worüber redest du mit ihm? Du mußt wissen, was du zu einem Jungen sagst und was nicht.«

»Mutter, ich rede mit ihm genau wie ich mit Donna rede. Mit allen.«

»Du mußt wissen, wie man flirtet, Jill. Hast du denn nichts von mir gelernt?«

»Ich finde es wichtig, zu Männern ehrlich zu sein«, fahre ich sie an, schließlich doch aufgebracht. Am Ende kommt sie immer an mich heran, und ich fange an zu reden. »Ich werde nicht so tun, als sei ich bei ihm jemand anders. Ich glaube, wenn du offen zu Männern bist, sind sie auch offen zu dir.«

»Du bedauernswerter Dummkopf. Bleib du nur dabei, und du endest vergewaltigt und tot in einem Graben mit aufgeschlitzter Kehle.«

Die drei Gongs der Klingel läuten, der mittlere hat einen Sprung, ding fum dong. Ich laufe zur Tür.

»Auf einmal hast du's eilig.« Sie quetscht sich an mir vorbei und streicht sich das Haar glatt. Paps schüttelt Mike schon die Hand, beide schauen so grimmig drein wie Kapitäne, die mit ihrem Schiff untergehen, da kommt Mutter rosig vor Neugier angehüpft. »Sie müssen Michael sein! Jill hat schon so viel von Ihnen erzählt.«

»Angenehm.« Mike könnte nicht steifer aussehen, wenn er an die Wand genagelt wäre. Das Gesicht in blinder Förmlichkeit erstarrt, schaut er stur geradeaus und sitzt in einem Sessel beim Fernseher. Er hat sich gegen das Haus verschlossen, beurteilt es. Ich winde mich wegen der radförmigen Schondeckchen auf den knochigen Lehnen des ausgesessenen Sofas, der vergoldeten Pfauen, die auf den Fensterbrettern stolzieren, dem knallbunten Porzellangetümmel auf den Nippesborden, den Andenken ans Blue Hole und die Wisconsin Dells. Er weiß die Bedeutung dieses heiligen Schlachtfeldes, dieses vollgestopften Palastes nicht zu lesen. Verziert mit Rüschen und Firlefanz, schwimmt dieses Haus wie eine Schaumblase auf dem Stolz meiner Eltern. Nie sind sie mir so verletzlich vorgekommen, Mutter vorgebeugt auf dem Sofa, Paps weit zurückgelehnt hinter einer Rauchwolke, sich fragend, warum ich nicht zehn bleiben und wenigstens so tun konnte, als wäre ich ein Junge. Paps räuspert sich. »Was studieren Sie denn?« Seine Stimme macht deutlich, daß jede Antwort Schande mit sich bringt.

»Literatur, Sir. Hauptfach Anglistik.«

Mutter zieht ein Mündchen. »Ihre Mutter, was macht sie?«

»Sie ist Sozialarbeiterin.«

Mein Beschützerinstinkt fällt in sich zusammen, als ich die Anstrengung erkenne, die sich um seinen Mund und seine Augen einschneidet. »Wir kommen zu spät.« Ich greife nach meinem Mantel und pralle mit Mike zusammen, der hastig aufspringt, um mir hineinzuhelfen.

»Jill!« Mutter schnalzt mit der Zunge. »Also, Michael, ich weiß, wir brauchen Ihnen nicht zu sagen, daß Sie Jill nicht zu spät nach Haus bringen. Ich bin sicher, Sie sind ein netter Junge und verstehen, daß wir uns sonst Sorgen machen. Sie werden nicht zu schnell fahren.«

Ich spüre, wie wir uns unter ihrem blitzenden Blick in Cartoon-Teenager verwandeln. Schließlich sind wir draußen, Mike führt mich zum bejahrten Dodge seiner Mutter. »Ach, ist das nicht gut, da raus zu sein?« Er antwortet nicht. »Was hast du gemacht?« Immer noch keine Antwort. Er ist wohl wütend, weil meine Eltern zu viele Fragen gestellt haben. Er fährt, als müsse er einen Verfolger abschütteln, biegt willkürlich in Nebenstraßen ein, zieht immer größere Kreise nach Nord und West, vorbei an meiner Highschool, die Wyoming entlang, über die Plymouth Road in den Schaefer Highway. Nervöse Beklommenheit sitzt wie eine dritte Person zwischen uns. Das ist nicht unser gutes Schweigen. Mir fällt nichts zu sagen ein, was sein Gesicht auftauen könnte. Er liebt mich nicht. Seine Familie hat ihn zurückgestohlen.

Schließlich sagt er: »Sag doch was!«

»Was soll ich denn sagen?«

»Das weißt du nicht? Denk mal nach.« Er stößt mit dem Zigarettenstummel nach dem Aschenbecher, daß ein roter Funkenschauer niederrieselt. »Wir haben uns verfahren.«

»Wir sind kurz vor der Fenkell.« Tatsächlich ist es unmöglich, sich in diesem Teil von Detroit zu verfahren. Alles ist in einem Gitter angelegt, die Nummern gehen bis in hohe Zahlen, sind aber systematisch. Geschäfte und Fabriken säumen die Hauptstraßen, kleinere oder größere Wohnhäuser die Straßen dazwischen.

Er fährt langsamer, über das Lenkrad gebeugt. Er schaut stur geradeaus, und ich drücke mich ans Seitenfenster. »Was habe ich gemacht?« frage ich.

»Vielleicht ist es das – die ganze Geschichte von Erwartung und Wirklichkeit. Die Phantasie verwelkt zu Tatsachen …«

Ein Zug fährt vor uns vorbei, Lichter blinken und Klingeln läuten auf dem ebenerdigen Bahnübergang. In meinem Magen bildet sich eine kalte, glatte Quecksilberkugel. Es ist vorbei. Er will mich nicht.

»Stell dir vor, wir wagen jetzt Selbstmord, bevor wir die Wirklichkeit ausprobiert haben. Wer weiß, wie enttäuscht wir sein werden?«

Der Zug klappert vorbei, leere Abteile. Die Schranke geht hoch, und wir rumpeln über die Kreuzung, die Straße vor uns wird dunkler, kleine Fabriken und Lagerhäuser mit kahlen, tristen Fassaden. Ich verstehe nur, daß er mich nicht will.

»Antworte mir! Bist du hier? Langweilst du dich?«

»Ich bin unglücklich. Was willst du denn? Ich bin hier, ich bin bereit. Warum bestrafst du mich?« Ich lehne meine Wange an die Glasscheibe. Ein leerer Parkplatz taucht auf.

»Warum sagst du es nicht? Oder ist es nicht wahr?«

»Was sagen?«

»Was will ich schon hören? Außer daß du mich liebst. Wenn es wahr ist.«

Ich schaue ihn an, wie er abweisend über dem Steuer hängt. »Natürlich liebe ich dich. Was mache ich denn sonst hier?«

Er hält neben der Laderampe eines dunklen Gebäudes. »Warum hast du es nicht gesagt?«

»Wann denn? Du hast mir doch überhaupt keine Chance gelassen.«

»Du steigst ins Auto und setzt dich so weit weg wie möglich –«

»Aber du ... Laß uns von vorn anfangen. Guten Abend, Mike.«

»Oh Gott, hast du mir in diesen drei Tagen gefehlt. Schon morgens, wenn ich aufstehe, und es ist nicht deine Stimme, die mich übers Telefon weckt ...«

Dunkel, bis auf die schwache, bläuliche Straßenlaterne, das Glimmen der Uhr, die er abnimmt und auf der Ablage verstaut. Ein metallenes Schweigen um das Getrommel seiner Finger auf dem Lenkrad. Er streckt den Arm aus, um meine Schulter zu berühren, und wir küssen uns scheu. Langsame Unterwasserliebkosungen, wir kosten unseren Mangel an Eile aus. Mein Atem geht schwer. Er küßt meine Kehle, sein seidiges Haar an meinen Lippen. Unter seinen Händen verstärkt sich der Pulsschlag in meinen Brüsten. Seine Hemdknöpfe sind klein und gefügig unter meinen Fingern, bescheiden. Darunter ist er nackt, mit kitzligen Drahthaaren. »Warum hast du eine Delle mitten auf der Brust?«

»Warum ...« hänselt er. »Warum hast du keine?«

Das Befreien ist bei jedem anders. Er schiebt mein Kleid hoch, wir ziehen seine Hose herunter, sie löst sich wie die Schale von einer Orange. Seine Unterwäsche ist überraschend vertraut, denn sie ist wie das, was Mutter mir verbilligt kauft, Baumwolle, weiß, kindlich.

Ich zerre ungeschickt, und er schnellt heraus. Fast komisch: Francis hat mir mal ein Springteufelchen geschenkt. Man schob den Deckel von einem Kästchen, und ein Hammer schnellte hoch und schlug einem auf die Finger.

Sanft streichelt er meinen Bauch. »Du bist aus Mond gemacht.«

Ich weiß nicht, was ich mit meinem Höschen machen soll, das mir um die Knöchel baumelt, denn er zieht mich herunter und es fesselt mich. Ich knäuele es zusammen und stopfe es in meine Handtasche. Feierlich bringt er sich in Stellung, seine mageren Hüftknochen nageln mich fest. Ich fühle seinen Penis hart gegen mich gepreßt, aber irgendwie will er nicht hineingehen.

Er rammt und rumst, bis die Erregung stirbt und es anfängt, mir weh zu tun.

»Tut dir das weh?«

»Ein bißchen.«

»Bin ich denn überhaupt an der richtigen Stelle?«

Ich bekomme einen Schreck, daß er sich in die falsche Öffnung zwängt. »Ich weiß nicht. Merkst du das nicht?«

»Es wär vielleicht besser, wenn du mich hineinführst.«

»Aber Mike, ich weiß doch nicht, wie!«

»Was hast du denn mit deinen kleinen Flittchen gemacht?«

Ich kann nicht erklären, daß ich ganz genau weiß, wo meine Klitoris ist, obwohl ich bis vor kurzem keinen Namen dafür hatte; aber kein einziges unserer Spiele hatte etwas mit Penetration zu tun, und ich habe nie irgend etwas in mich hineingesteckt. Ich habe noch nie ein Tampon benutzt, denn meine Mutter duldete sie nicht im Haus, und die angedeuteten Abbildungen in den Ratgebern für Heranwachsende scheinen nicht mit meinem Körper übereinzustimmen. Wie kann er so barsch zu mir sprechen? »Du bist doch derjenige, der es wissen müßte.«

Er stöhnt. »Ich kann's nicht glauben. Also gut, halt dich fest.« Er probiert einen raschen Ausfall und haut mit dem Rücken ans Lenkrad. Die Hupe tutet. Ich kann einen Aufschrei nicht unterdrücken, als er mich schmerzhaft rammt.

»*Merde.*« Er setzt sich auf und reibt sich den Rücken. »Das blöde Lenkrad klemmt in meiner Wirbelsäule. Laß uns hinten hingehen.«

Er hält seine Hosen fest, macht die Tür auf, und ich stolpere hinter ihm her zum Rücksitz, um dort vom ersten Kuß an von vorn zu beginnen, als sei es eine Probe. Aber es tut weh. Es schmerzt höllisch, und immer noch stößt er auf mich ein, und immer noch verweigert ihm mein Fleisch den Eintritt.

»Aber ich will ja. Ich weiß nicht, was los ist, Mike. Vielleicht bin ich mißgestaltet.« Dann versuche ich, Witze zu machen, weil mir

Tränen über die Wangen tropfen und mein Fleisch brennt und sich vor ihm verschließt. »Bist du sicher, daß du weißt, was du tust?«

Er erschlafft zwischen meinen Schenkeln. »Wenn du einen Experten wolltest, hättest du dir einen angeln müssen.«

»Was ist passiert?«

Er zieht sich mit einem enttäuschten Seufzer zurück. »Es ist weg.« Wir lehnen uns aneinander, mein Kopf auf seiner Schulter, heiß und erschöpft vor Verdruß. Er streichelt mein Haar. Ich lange nach meinen Zigaretten und zünde mir eine an, die wir hin- und hergehen lassen.

»Mike, bin ich physisch anders als andere Frauen?«

»Woher soll ich das wissen?«

»Hast du denn nicht –«

»Ich hatte gerade soviel Erfahrung wie du.« Er wendet den Kopf ab.

»Bitte schau mich an. Ich bin froh. Denn dann sind wir quitt.«

»Du versuchst, das Beste draus zu machen.«

»Du solltest auch froh sein, Lieber. Wenn du eine Vergangenheit hättest, würde ich dich mit Fragen wahnsinnig machen.«

Er drückt mich an sich. »Trotzdem, wie alle neuen Gegenstände solltest du mit einer Gebrauchsanweisung geliefert werden.« Er zieht mich enger an sich: »Der alte Herr hat wieder sein blutiges, wundes Haupt erhoben, aber laß uns eine andere Stellung probieren. Setz dich auf mich. Dann kannst du so viel Druck ausüben, wie du erträgst, und wenn es zu sehr weh tut, kannst du aufhören und ausruhen.«

Wenigstens können wir uns auf die Art anlächeln. Ich grabe meine Knie in das Sitzpolster und nehme alle Kraft zusammen. Er rutscht ab, und wir fummeln ihn zurück. Der Schweiß bricht mir im Kreuz aus. »Verdammt. Verdammt. Verdammt. Glaubst du, mein Hymen ist aus Eisen?«

Auch er hat alle Kraft zusammengenommen und stemmt sich gegen mich. »Dicht davor. Ich werde eine Woche lang nicht pinkeln können.«

Sogar das Lachen tut weh, und mit heißem, schartigen Schmerz spüre ich, wie ich reiße, während mir das Blut naß über die Schenkel rinnt.

»Ah, Liebste«, sagt er, »beiß mir nicht den Hals durch. Sonst fällt mir der Kopf ab.«

»Tut mir leid ... Mike, ich kann nicht, ich schaff es nicht. Ich kann nicht.«

»He, blutest du? Wir müssen es geschafft haben!«

»Entweder das, oder wir haben ein Loch gebohrt.« Dann, weil ich mich zerrissen und wund fühle und das heiße Tropfen des Blutes mich erschreckt: »Mike, es tut mir leid. Ich muß mich zurückziehen.«

»Ich bin sowieso halb schlaff. Wenn man bedenkt, daß Jungfernhäutchen erobern der große Sport der westlichen Welt war. Da fragt man sich, was manche Leute Vergnügen nennen.«

Ich gleite von seinem Schoß und setze mich vorsichtig. »Oi, Sitzen tut weh. Hast du ein Taschentuch?«

»Schau dir das an! Wir sind bis auf den Sitz durch.«

Wir starren den dunklen Fleck an. »Was können wir machen? Wenigstens habe ich was Schwarzes an.«

»Ich glaube, in der Garage ist Reinigungsflüssigkeit. Ich werde versuchen, es heute abend rauszukriegen, damit sie es nicht sieht.«

»Und wenn du's nicht schaffst?«

Er zuckt die Achseln. »Pech gehabt. Dann bleibt es eben drin.«

Wir tupfen an dem Fleck herum, aber er sickert nur tiefer in die Polsterung. »Jetzt bin ich über den Rücksitz deiner Mutter verteilt.«

»Wenigstens sind wir durchgekommen, Kumpel.« Er packt meine Schulter. »Du bist ein guter Soldat. Wollen wir für heute abend Schluß machen? Ich bin für ein heißes Pastrami-Sandwich.«

»Ich glaube, ich habe genug, wenn es dir nichts ausmacht.« Ich folge ihm herum zu den Vordersitzen, und wir bringen uns in Ordnung. »Wie spät ist es?«

»Erst elf.« Er lächelt schief. »Um halb eins bringen wir dich zurück. Das ist doch innerhalb der Regeln, oder?«

Howie zieht sich den Reißverschluß seiner Jacke zu, während wir unter dem Pflastersteintorbogen hindurchmarschieren. Seine Eltern gehen früh zu Bett, und in der letzten halben Stunde hat seine Mutter gegähnt und an den Jalousien genestelt. Aber jetzt, wo wir draußen sind, kann ich nicht länger warten, es ihm zu erzählen. Ich kann nicht unter falschen Vorspiegelungen neben ihm hergehen. »Howie, ich weiß nicht, wie du dich fühlen wirst – wir haben nie darüber geredet. Ich hoffe, du bist nicht schockiert. Ich bin nicht mehr Jungfrau.«

Er geht langsamer, das Kinn an die Kehle gepreßt. »Du ...« Ich fühle, wie er nach dem richtigen Ausdruck sucht. » ... hattest Sex mit ihm? Diesem Mike Loesser?«

»Hast du Probleme damit?« Ich versuche, eine knallharte, unbeteiligte Stimme aus der Kehle zu pressen.

»Theoretisch habe ich keine Einwände. Aber die doppelte Moral zieht.«

»Theoretisch?«

Er stößt mit dem Fuß nach einem Kiesel, der sich aus der Einfahrt hierher verirrt hat. »Der klingt total von sich eingenommen. Genau wie der Beck in Große Klassiker, in den du immer verknallt warst.«

»War ich nie! Außerdem kennst du Mike gar nicht.«

»Na du redest doch die ganze Zeit von ihm.« Er stupst seinen Kiesel von einem Rasenstück zurück auf den Bürgersteig, damit er wieder danach treten kann. »Sei gefälligst vorsichtig.« Er dreht sich um und schlägt mir mit der Faust auf den Oberarm.

Erschreckt reibe ich mir den Arm und starre ihn an. Er läuft von mir weg, springt hoch und klatscht mit der Hand gegen das aufgehängte Bushaltestellenschild. Dann schwingt er um den Pfahl, kommt zurückgetrabt und brüllt mir zu: »'Wenn mich der Liebe Reibung kitzelte ...', wer weiß, wie ich reagieren würde? Vielleicht ist es gut. Jedenfalls habe ich den Dylan Thomas, wie du gesagt hast. Zuerst fand ich ihn abstrus. Aber Sandy hat eine Platte von ihm, wo er selbst liest, und das hat mir die Augen geöffnet –«

»Sandy?«

»Ein Macker, den ich kenne. Er ist zwanzig, rennt andauernd nach Harlem, um Jazz zu hören. Er bläst die Kanne. Jedenfalls, nachdem ich Dylan Thomas selber gehört habe, bin ich voll drauf eingestiegen.«

Dieser Jargon ärgert mich, klingt von ihm falsch. Er ist in einem schwarzen Viertel aufgewachsen, und jetzt fährt er als Tourist nach Harlem und ahmt die Sprache der schwarzen Musiker nach. »Thomas ist bestenfalls in sechs oder sieben Gedichten gut«, verkünde ich in meinem besten kanadischen Rundfunktonfall. »Aber Eliot ist ungleich bedeutender. Dies ist das Zeitalter von Eliot, und man kann es ohne ihn nicht verstehen.« Ich lehne mich an den Pfahl. »Thomas ist schrecklich ungleichmäßig.«

»Seit wann bist du verrückt nach dem, was in Mode ist?«

»Ich rede nicht über das Modische, sondern über das Wesentliche. Pound und Eliot sind unsere Väter –«

»Pound war ein Faschist. Er hat Rundfunkansprachen für Mussolini gehalten.«

»Red keinen Quatsch.«

»Ich rede keinen Quatsch. Frag doch Mike. Da kommt doch dieser ganze Mist her. Pound ist ein Antisemit. Seine Scheißgedichte habe ich auch gelesen, wie du gesagt hast.«

»Aber Howie, du kannst doch nicht einfach jemanden gut finden, bloß weil er sich auf einer Platte toll anhört –« Der Bus hält mit knirschendem Getriebe und schreckt uns auf. Ich drehe mich um und springe hinein, suche nach Kleingeld. Die Türen schließen sich, der Bus ruckt an. Als ich mich umdrehe, ruft mir Howie etwas nach.

Er ist dickköpfig, wenn er einen Gedanken zwischen die Zähne bekommt. Ich plumpse auf einen Sitz. Ich bin nicht an eine Meinung gekettet, nur weil ich sie mal in einem Brief vom Stapel gelassen habe. Man stelle sich vor, er will mir erzählen, daß ich Eliot gut finde, weil er in Mode ist. Ich mag die Art, wie seine Zeilen bleiben, wie seine langsame Musik auf mich wirkt. Die Rhythmen dringen in mich ein. Aber das habe ich nicht gesagt – ich habe gesagt, er sei wichtig. Ich habe keinen Thomas mehr gelesen, seit Mike mir das Buch weggenommen hat. Die beiden Szenen hängen wie Gegengewichte, als Mike seine Wut auf mich ummünzte. Ich bin ein Windei und ein Idiot. Ich springe auf und ziehe die Klingelleine.

Sobald meine Füße den Boden berühren, fange ich an zu rennen. Es ist eine Qual, nicht augenblicklich wieder bei Howie zu sein, meine Entschuldigung rumpelnd in mir herumzutragen, mir wieder und wieder vorsagen zu müssen. Die Binde, die ich trage, scheuert an meinen Schenkeln. Die Blutung hat nachgelassen. Ein Kilometer bis zum Friedhof zurück. Ich habe starke, schuldbewußte Furcht, daß das, was Howie über Pound sagte, sich als wahr erweisen wird. Mike wäre das nicht wichtig: warum nicht? Weil er Politik haßt. Öde, sagt er. Er ist rein mechanisch antikommunistisch, weil seine Helden es sind. Ich bin politisch auf eine Art, die sich nicht laufend mischt mit dem, was ich tue, aber Teil meiner Grundausstattung ist. Ich glaube nicht, daß die Ansichten von Dichtern belanglos sind für die Wirkung oder die Kraft ihres Werkes. Irgendwo müssen Mikes Helden einen tiefen Makel haben, obwohl ich ihm das noch nicht beweisen kann.

Unter dem Torbogen sehe ich, alle Lichter im Haus sind aus, bis auf eines im ersten Stock. Sein Zimmer? Seine Eltern müssen zu Bett gegangen sein. Klingeln kann ich also nicht. Meine Entschuldigung mit mir nach Haus schleppen kann ich auch nicht. Muß die Dinge richtigstellen. Ich werde Howie herunterrufen. Ich bücke mich und sammle eine Handvoll Kies von der Einfahrt auf und werfe ihn an das erleuchtete Fenster. Nicht schwer genug. Ich gehe zurück und suche mir eine Handvoll größerer Kiesel. Howie müßte taub sein, um die zu überhören. Sorgfältig werfe ich einen, ziele auf den Rahmen, damit ich die Scheibe nicht zerbreche. Der Kiesel trifft und fällt neben die Tür. Ich habe mich jetzt ganz gut eingeschossen, und weitere Kiesel fliegen. Steht sein Bett am Fenster? Ich bin noch nie oben gewesen. Er muß mich doch hören. Der Vorhang wirbelt vor dem Lichtrechteck, teilt sich. Ich hole Luft, um leise zu rufen. Das zerfurchte und schlaffe Gesicht seines Vaters, jetzt zahnlos, die Worte klebrig von Speichel. »Wer ist da? Mach, daß du wegkommst.«

Ich renne schon um die Ecke vom Haus, der Kies spritzt, als ich am Büro vorbeisause. Das verklebte Gebrüll der Entrüstung des alten Mannes verfolgt mich. »Rabauken!«

Wieder halten wir in einer Seitenstraße, diesmal ein Viertel kleiner Häuser und großer Bäume. Wir haben Angst vor Parks, denn da patrouilliert die Polizei. Bevor wir uns an dieser Stelle niederlassen, wagen wir uns aus dem Auto, um Hand in Hand um den Block zu gehen und die Abgelegenheit zu überprüfen. An der Art, wie die Straßen angelegt sind, parallel, aber nicht in gleichen Abständen, an einer schmalen Scheune, die immer noch hinter einem von der Straße zurückgesetzten Haus steht, an den vielen Kleingärten können wir noch das Dorf erkennen, das hier gewesen sein muß, bevor die Stadt darum herumwuchs. Wir fragen uns, welchen vergessenen Namen es wohl hatte, und möchten es in sentimentale Windeln packen, wie wir es mit dem Dorf selbst nicht täten. Wir gehen weiter, als wir vorhatten. Dann kehren wir langsam, ganz langsam zum Auto zurück.

Der Geruch von Reinigungsflüssigkeit hängt über der Polsterung. Auf dem Rücksitz zeigt sich ein anonymer brauner Fleck. Seine Mutter hat nichts gesagt. Wir haben Angst zu reden. Das Knistern des Kondoms. Ein strenger Geruch. Wachstuch von Segelbooten, wie es früher auf unserem Küchentisch lag. Oder der Geruch von Kinderregenmänteln.

Er lächelt darüber. »Das ist auch ein Regenmantel.«

Er dreht sich zur Seite und verbirgt das Gesicht zwischen meinen Brüsten. Dann, ohne einander anzuschauen, gleiten wir zusammen. (Hartnäckig habe ich im Badezimmer fast den ganzen Inhalt einer Vaselindose in mich hineingestopft.) Er gibt die Bewegung vor, und ich folge unbeholfen. Ich will nicht denken, aber ich kann nicht umhin. Dieses Auf- und Abgerucke. Dieses örtlich begrenzte, lächerliche Geruckel ist nun das, worüber ich mir stundenlang den Kopf zerbrochen habe? All unser Lieben und Mühen und Tasten dafür. Wir wippen mechanisch wie ein Karussellpferd. Es tut ein bißchen weh, eine örtliche Reizung, ein Gefühl, gedehnt zu werden. Weiter nichts.

Bloß eine Lüge mehr, mit der die Gesellschaft einen konfrontiert. Kein Wunder, daß sie einen bis nach der Hochzeit warten lassen wollen: Wer würde sonst heiraten? Ich ziehe mich ein wenig zurück, hebe die Wange von seiner, um ihm ins Gesicht zu sehen. Aber er ist angestrengt, seltsam angestrengt, die Augen fest geschlossen, die Hände auf meine Hüften gepreßt. Tue ich ihm weh? Aber dann tief in mir ein Stoßen, ein stumpfes Pochen, und während ich schaue, öffnet er sich, erblüht, feucht schimmernde Weichheit breitet sich in seinem Gesicht aus. Mit tiefem, nach innen gekehrtem Lächeln wird sein Mund weich, seine Augen öffnen sich. Ein lachendes Stöhnen rundet seine Kehle, und er drückt mich an sich, und innen drin, wo ich ihn einen Moment lang nicht ausmachen kann und unwillkürlich die Muskeln anspanne, um ihn zu finden, pocht eine Ader, und ich kann nicht sagen, wessen Puls das ist, dieses verborgene, vogelhafte Klopfen. Sein Griff um mich schmilzt, er lehnt sich zurück und schüttelt den Kopf, und durch seine Arme und Schenkel fließt befreiende Wärme. Er strahlt in seinem Wohlbehagen, und das habe ich ausgelöst.

»Ach, Jill«, murmelt er, »du hast mich fast umgebracht.«

»Ich habe dich gefühlt.« Ich küsse seine Wange und seine Augen und seine Kehle und sein Haar. »Ich habe dich gefühlt!«

12 Die runde Welt und das verborgene Gelaß

Julie und ich zeigen uns gegenseitig unsere Literaturreferate zur Kritik. Donna, die sich für Kunstgeschichte als Hauptfach entschieden hat, bleibt von diesem Austausch ausgeschlossen, aber Julie und ich genießen die Streitgespräche. Ich bin in ihr Zimmer gekommen, ein Einzelzimmer mit den gleichen nüchternen hellen Möbeln wie unseres, aber so ordentlich, wie unseres nie ist. Auf ihrem Bett liegt eine marineblaue Korddecke straff gespannt wie ein Billardtuch, ein blankäugiger Plüschpudel sitzt vor den zusätzlichen Kissen, die das Bett in eine Couch verwandeln. Während wir gesittet an entgegengesetzten Enden Platz nehmen, erzählt sie mir, sie habe das korrekte Bettenmachen im Lager gelernt. Für mich ist ein Lager etwas, wo meine Brüder hinkamen, als sie zum Militär eingezogen wurden. Da haben sie tatsächlich Bettenmachen gelernt, obwohl man bei Leo nur staunen kann, wie rasch er es wieder vergessen hat.

»Ins Lager fahren doch alle.« Sie schaut verwundert.

»Niemand, den ich kenne.« Das muß es sein, wo man all die abgedroschenen Lieder lernt, die sie auf sogenannten fröhlichen College-Abenden singen: 'John Jacob Jingleheimer Schmidt', 'Steh auf und leuchte', 'Klopf-klopf', 'Immer lächeln'.

»Aber das macht man im Sommer. Diesen Sommer fahre ich wieder hin als Lagerberaterin. Das macht man, wenn man zu alt ist, um als Kind im Lager zu sein.« Julie ist trotzdem freundlicher Stimmung. Sie holt eine Dose Pâté aus geräucherter Regenbogenforelle heraus und streicht sie auf dünne, hartgeröstete Brotscheiben aus einem der CARE-Pakete, die ihre Mutter verschickt. Ich esse die Köstlichkeit, als sei ich es gewohnt, denn ich bin immer hungrig.

Julie möchte ein neues Thema eröffnen. Ihre Methode bewirkt, daß ich es wie einen Haifisch gegen die Fußbodendielen rumsen spüre. Ich muß herumtrödeln und abwarten, bis der Hai mit blitzenden Zähnen auftaucht. Sie hatte in den Frühjahrsferien mit Van übrigens keinen Sex. Wie sie es ausdrückt: »Das Thema konnte einfach gar nicht aufkommen!« Julie macht sich über ihr Liebesleben lustig; sie geht davon aus, wenn sie an einer Szene beteiligt ist, dann muß etwas Lächerliches daran sein. Über sich selber lachen, bevor andere die Chance haben. Eine durchdringende Einsamkeit an Julie macht mich geduldig mit ihr, eine Einsamkeit, die auch kaum von Van abgeschliffen wird oder ihrer Familie, den anderen Mädchen, mit denen sie schwatzt, ihrem dicken Pensum an Lehrveranstaltungen, Le Cercle Français und der literarischen Zeitschrift, zu deren Treffen ich mit ihr gehe. Sie schreibt nicht, sondern tendierte von Anfang an zu der wenig geschätzten Funktion des Werbemanagers. Andere Mitarbeiter sind verblüfft, als es ihr gelingt, den Geschäftsleuten in der Stadt Anzeigen zu verkaufen. Uns will kein Grund einfallen, warum die bei uns annoncieren sollen.

»Komm doch Samstag oder Sonntag morgen mal mit. Es ist hier überhaupt nicht teuer, und die Reitwege sind wunderschön.«

»Reiten? Hoch zu Roß?«

»Du brauchst deine proletarische Herkunft nicht stündlich unter Beweis zu stellen. Es würde dir gefallen. Es gibt einem solche Kraft, solche Energie!« Ihre Augen leuchten, sie wird rot.

»Energie? Wie das denn?« Ich auf einem Pferd wie ein Polizist oder ein Bronzegeneral?

Sie setzt sich kerzengerade auf. »Dieses kraftvolle Tier leiht dir seine Stärke. Du und ein prachtvolles Tier, ihr bewegt euch wie eins. Du bist drei Meter groß und du kannst galoppieren!«

Ich habe noch nie ein Pferd angefaßt, ebensowenig wie einen Elefanten. Ich werde neugierig. »Wie billig ist billig?«

»Nur drei Dollar die Stunde.«

»Bei der Telefongesellschaft kriege ich einen Dollar siebenunddreißig die Stunde in der Fernsprechzentrale. Die verdammten Pferde verdienen mehr in der Stunde als ich.«

Julie schweigt, ich warte. Ich glaube nicht, daß Pferde das verborgene Programm sind. Mit ihrem Mittelfinger wischt sie die Pâtédose aus und leckt ihn so sorgfältig ab wie meine alte schwarze Katze. »Hast du schon mal über das atomare Inferno nachgedacht, Jill?«

»Klar, jede Nacht zwischen zwölf und eins. Weshalb?« Ich erlebe das Aufblitzen einer angenehmen Überraschung. Ich habe von Anti-Atombomben-Märschen gehört. Ist Julie daran interessiert?

»Weißt du noch, um Dezember rum, als wir eine von den öden Krisen hatten, und eine Woche lang alle rumliefen und dachten, vielleicht werfen die Russen gleich die Bombe?«

»Das ist doch nicht neu. Das ist unsere Kindheit, in einem Satz.« Ich war in der Grundschule, als damit angefangen wurde, daß wir unter Bänke kriechen und uns die Augen zuhalten mußten gegen die

Druckwelle und die blendende Helligkeit; daß wir in den Keller marschieren und uns unter die Heizungsrohre stellen mußten, wo ich sarkastisch darauf hinwies, wenn in der Nähe auch nur eine ganz kleine Bombe fiele, würden wir augenblicklich zerkocht. Mutter war es, die den sarkastischen Ton vorgab. Als wir den Atomschutzbunker von Onkel Edward, dem Pfarrer, besichtigen durften – von allen, die wir kannten, der einzige, der einen hatte oder sich leisten konnte –, fuhr meine Mutter mit dem Nagel über die rostigen Konservendosen und murmelte: »Na, Häschen, die werden eine hübsche Zeit haben, wenn sie an Botulismus und Rheumatismus sterben, falls sie sich nicht vorher gegenseitig umbringen. Ehe ich mich mit Onkel Edward in einen Kartoffelkeller sperren lasse, versuche ich es lieber mal bei den Russen. Schweinefleisch und Bohnen in Büchsen, die werden sich gegenseitig vergasen.«

Immer noch brausten die ersten Düsenflugzeuge über Detroit hinweg, daß das Geschirr in den Schränken schepperte. In der Oberschule schrieb ich ein Gedicht über das Warten auf den feurigen Todesregen, da man Unsere ja nicht von Ihren unterscheiden konnte, falls Raketen über uns zusammenstießen, und der Unterschied schien akademisch. Wer würde je erfahren, wer nun auf den alles vernichtenden Knopf gedrückt hatte? Wenn ich meine Gedichthefte aus der Oberschulzeit durchschaue, spricht die Hälfte aller Gedichte vom Bombenfeuer, einer Welt in Trümmern. Als wir aufwuchsen, rechneten wir jeden Nachmittag inmitten öder Langeweile mit dem Weltuntergang.

»Stell dir vor, du kommst nicht in der ersten Druck- und Hitzewelle um. Die Autobahnen verstopft mit Millionen Flüchtlingen. Kein Benzin. Autos springen nicht mehr an, werden stehengelassen. Die Nahrungsmittel gehen zu Ende, das Wasser in den Städten ist verseucht ...«

Nach der Lektüre von Herseys *Hiroshima* hatte ich Alpträume. Ich flog im Tiefflug über den breiten Detroit River, seine übervolle Wasserebene erstickte an ausgebrannten Schiffen, einige loderten noch, Leichen schwammen verkohlt wie Holz. Die Wellen hatten eine ölige Trägheit, und als ich tiefer ging, sah ich tote Fische mit dem Bauch nach oben unter den zerfetzten und zerkochten Körpern, die den Fluß überschwemmten. Nein, denke ich, nein. »Bei dem Fallout ist es besser, früher zu sterben.«

»Woher weißt du denn, wieviel du abbekommen hast?« Sie schüttelt ungeduldig den Kopf. »Van und ich haben im Dezember einen Plan ausgeheckt, an den ich seitdem immer wieder denken muß. Er reitet auch so gerne. So haben wir uns kennengelernt. Wir haben die Idee, wir machen uns zu den Reitställen auf und nehmen uns jeder ein Pferd zum Reiten und ein paar, um den Proviant zu tragen. Dann nichts wie raus aus der Stadt.«

Ich schaue sie entgeistert an. »Man erfriert im Freien. Man verhungert, wenn man sich eine Woche lang in den Wäldern der Upper Peninsula verirrt.«

»Pferde fressen Gras. Ich wette, man kann sogar im Winter unter der Schneekruste genug Gras ausgraben.« Etwas Beleidigtes in ihrer Stimme. Ein bockbeiniges Quengeln. »Eine Möglichkeit ist, sofort nach Norden zu reiten. Deswegen habe ich die Karte von Michigan aufgehängt.« Sie zeigt.

Ich grunze unverbindlich. Ihre Nägel sind in einem zarten Blütenrosa lackiert. Diese Hände sollen der Wildnis den Lebensunterhalt abringen?

»Die andere Möglichkeit ist, nach Westen zu reiten, einen weiten Bogen um Chicago zu machen und dann durch Wisconsin nach Kanada – nordwärts in unbewohntes Gebiet. Völlig von vorn anfangen. Vernünftig. Mit Pferden und Vorräten. Man kann mit Pferden pflügen, man kann mit ihnen Holz schleppen.«

»Das würde Jahre dauern. Du würdest verhungern. Du kannst kein Gras essen.«

»Ich war bei den Pfadfindern, bis ich fünfzehn wurde. Ich weiß, wie man sich aus der Natur ernährt. Ich kann eßbare von giftigen Pflanzen unterscheiden. Stell dir vor, noch mal ganz von vorn anfangen, Jill. In den Momenten habe ich mich Van am nächsten gefühlt. In den Momenten schien er so entschlossen. Ich konnte uns zwei beinahe davonreiten sehen, hinter uns hängt immer noch eine große Rauchsäule am Himmel – und wir sind auf dem Weg, eine neue Welt zu gründen.«

»Adam und Eva, was? Oder die einsame Insel. Mit einem Mann eine Welt aus dem Nichts gründen.« Aber sich so eine Grabeseinsamkeit zu erschaffen, die Welt in Chaos, damit sie sich endlich befreit wähnt von den Zwängen der Gesellschaft, der Familie, der Geschlechterrollen, der Erwartungen!

»Jill, willst du denn nicht überleben? Du bist doch eine Kämpfernatur. Deshalb möchte ich, daß du mit mir reiten kommst. Du solltest es lernen.«

Sie hat viel in diese Phantasievorstellung investiert; hoffentlich bedauert sie nicht, sie ausgepackt zu haben, aber das Ganze hat den Modergeruch, der einem lange verschlossenen Gelaß entströmt. »Man würde euch aufzuhalten versuchen, und du müßtest töten. Wofür? Um in feuchten Wäldern zu hocken und zwei Stöckchen aneinanderzureiben und in einem Verschlag zu gebären?« Ich gleite von dem ordentlichen Bett. »Außerdem, wenn sie Ford ausschalten, kriegen sie uns sowieso. Bis nachher.«

»Wenn es ein Nachher gibt«, sagt sie säuerlich, während ich zur Tür hinausschlüpfe.

Mike streckt mir seine Uhr entgegen. »Ich soll gerade eine Passage von Rilke interpretieren. Sharp weiß, daß ich fehle, weil das Seminar so klein ist.«

»Schsch. Erinnere mich nicht daran, wo ich sein sollte.«

»Du kannst dir die Botanik- und Geschichtsnotizen borgen. Das ist nicht dasselbe.«

Wir kreuzen die Haarnadelkurve einer Straße und klettern zwischen Kirschbäumen in weißer Blüte bergauf. »Vielleicht solltest du dann nicht so oft schwänzen.«

»Wie kannst du das sagen? Ich mache es, um mit dir zusammenzusein.«

Meine Hand in seiner ist der Drehpunkt. Die Knospen sind aufgebrochen, die Ferne verschwimmt in grünem Dunst. Wir überqueren eine Wiese, spröde Vorjahrsstengel zerbrechen unter unseren Füßen, und wir zertreten biegsame Keimlinge. Ich stelle mir vor, einen Schößling in den Mund zu stecken; das Holz hätte einen kühlen, reschen Geschmack wie Sellerie aus Mutters Garten, und die Knospen würden scharf und ein wenig bitter schmecken.

Wir laufen einen Grasabhang hinauf zum flachen Gipfel. Der Platz, wo wir das letzte Mal lagen, ist mit einem frischen Haufen Bierdosen markiert. Ich trete zurück. »Er ist verdorben.«

Er blickt auf den Pfad zurück. »Jedem Pfad droht, von Menschen ausgetreten zu werden. Wir müßten uns schon einen eigenen machen.«

»Das ist es. Unser eigener Pfad. Ein Liebesort, der nur uns gehört.«

Wir rennen um die Wette einen Abhang hinunter. Bei einem bizarr verkrümmten Baum wartet er auf mich. Die fleischigen violetten Blüten sprießen aus schwarzem Holz und nackten Stacheln ohne mildernde Blätter. »Ein Hexenbaum«, verkündet er.

»Sieh mal, er hat einen Namen.« Ein verwittertes lateinisches Schild hängt an der ersten Astgabelung.

»Die Groteske des Arboretums.« Er pflückt eine Blüte und steckt sie mir ins Haar, während wir durch ein Buchental wandern.

Ich muß Ihnen ein Gefühl für den großzügigen Reichtum dieses gehegten und viel genutzten Arboretums geben. Ein Schotterweg durch bewaldete Hügel verzweigt sich von den Eingängen: eine Hintertür für Tippelbrüder beim Müllverbrennungsplatz, ein offizieller Eingang für Sonntagsfahrer, wo Verbindungshäuser und Pensionen Platz machen für rasenumwachsene Wohnsitze, denen Eltern aus ihren Autos zunicken, Vermögen grüßt Vermögen. Die Straße windet sich wie eine Sichel von der Aussicht über den Fluß bis zu den beiden Krankenhäusern, der Universitätsklinik und dem Militärhospital, als unerschütterlichen Wächtern auf gegenüberliegenden Ufern. Aber der Eingang der Liebespaare ist unterhalb der Wohnheime, von dem Weg, der zwischen der Schlucht und dem Friedhof trichterförmig auf die erste Hochebene führt, die einen allgemein bekannten Namen hat – das Plateau; die anderen Hügel, die Schluchten der Felsen und grünäugigen Bäche, die Unterwassersenken der hüfthohen Farne, die taschendunklen Höhlen der schlängelnden Weiden haben Namen nur für die, die dort gelegen und sich der Erde aufgestempelt haben.

An Frühlings- und Herbstnachmittagen ziehen hinter ihren munteren Lehrern Botanikklassen hindurch, machen sich Notizen und scheuchen Liebespaare im Dickicht auf. Die Bäume wachsen hier bis in luftige Höhen. Gerüchte wollen wissen, die Hügel seien Anhäufungen alter Kondome, und vielleicht hat das vergossene Sperma den Boden gekräftigt. Nachts tappen wir Hand in Hand, während in den hohen, gespenstischen Bäumen die Nymphen seufzen und das Fleisch von Liebenden wie Gardenien aus dem Dunkel leuchtet. Nein, diesen Ort können Sie nicht besuchen. Sie können ihn nicht betreten, indem Sie einfach den Hügel hinuntergehen. Sie müssen so jung sein, daß Sie Angst vor dunklen Treppen haben. Sie müssen daran glauben, daß Sex schlecht ist und herrlicher Zauber. Sie müssen in verzweifelter Lage und bedürftig sein, um das Aroma dieser Bäume und Büsche zu schmecken, diesem Tummelplatz für Landstreicher, Jogger, Botanikexkursionen, Verbindungsbiergelage, reizbare Jugendbanden mit Klappmessern heiß und blank in ihren Taschen, Sonnenanbeter, Picknickfamilien mit Babys und Brathühnchen, aber immer und unablässig bei Sonne und Mond und Regen regt sich unter dem Schutz der Blätter und der überhängenden Zweige das Geraschel der Liebespaare.

Wir stehen an einer Weggabelung am Fuße eines steilen, felsigen Hügels. Er zieht mich hoch. Ich krabbele und halte mich an Wurzeln fest. Wir klettern zu einem flachen Becken mit schottischen Kiefern. Die struppigen Stämme erheben sich kerzengerade, Flecken rotgelben Holzes zeigen sich durch die Borke. Die Sonne dringt durch die hohen Zweige und zeichnet helle Kringel auf den Boden, der dick und weich ist von gebleichten Nadeln. Er umkreist den Rand mit vorgestrecktem Kopf. »Großartige Lage für eine Festung. Beherrscht die Straße.« Er schaut mich lange an, und etwas strafft sich in seinem Gesicht. »Völlig allein. Wenn du schreien würdest, es würde dich niemand hören.« Behutsam legt er die Hände um meine Kehle, dann hart. »Hast du keine Angst?«

Ich lächle. »Nein.«

»Du traust mir.« Er wendet sich ab, tritt nach den Nadeln am Boden. »Wie weit, das würde ich gern wissen. Sogar hier ist uns jemand zuvorgekommen.«

Asche unter den Nadeln. »Mindestens vom Vorjahr.«

Er stochert in der alten Asche. »Das ist unser Herd.«

»Wir könnten uns ja eine kleine Feuerstelle bauen und hier manchmal Abendessen kochen.«

»Genau. Hol die flachen Steine vom Hang.« Er stürzt sich über den Rand, und ich folge ihm, wir brechen durch das Dickicht. Der erste Stein, den ich zu lösen versuche, ist zu tief eingebettet, aber der zweite gibt nach, etwas Vielbeiniges huscht davon. Er setzt zwei gleich hohe Steine nebeneinander. Der Schweiß bricht mir auf dem Rücken aus, meine Hände sind abgeschürft, aber der Ring wächst. Schließlich paßt er den letzten Stein ein.

Er streckt sich auf dem Boden aus, und nach einem letzten prüfenden Blick lege ich mich zu ihm. Die Arbeit hat diesen Ort zu unserem gemacht. »Wir könnten bestimmt einen Verschlag bauen«, sagt er. »Warum nicht? Zwei verrückte Dichter zurück zur Natur. Einmal im Monat stapfen wir hinaus, ich mit einem Großvaterbart bis zur Taille und du mit nichts an als deinem langen schwarzen Haar, und bestellen Proviant. 'Liefern Sie bitte alles zum Vordereingang vom Arboretum.'«

Ich lege meinen Kopf auf seinen Arm. Verwobene Zweige. Schlitze von Spätnachmittagshimmel. »Wir könnten Beeren und Nüsse sammeln. Einen kleinen Garten anlegen.«

Er zieht mich enger an sich. »Siehst du uns schon, ganz zerlumpt und unzivilisiert und behaart? Es gäbe Gerüchte – wilde Einsiedler, leben in Bäumen und schmeißen mit Steinen nach Fremden. Wir würden Kaninchenfallen aufstellen. Jemand würde uns zufällig sichten, zwei Gestalten zottelig wie der Yeti ...«

Sanft zupfe ich die Nadeln aus seinem Haar. Wenn seine Augen sich mit diesem dunklen, melancholischen Leuchten an mir weiden, dann bin ich schön. Der nach Harz duftende Boden piekt. Droben reiben und wippen Zweige. Keine Schritte, die uns zu verkehrtem Zuknöpfen aufschrecken, nur das Gekecker von einem Eichhörnchen, der Schlag von Vogelflügeln. Gewicht, zu dem mein Körper sich hinrundet. Diesmal berührt er mich, bevor er eindringt, fingert mit überwältigender Wirkung. Es ist mir noch nie in den Sinn gekommen, daß er mich anfassen könnte, denn mir schien das zu jenen fernen, wohltuenden Spielen zu gehören, die nach allgemeiner Übereinkunft für gefährlicher gelten als Bolidenrennen um Geschwindigkeitsweltrekorde. Dann bewegt er sich in mir lebendig und warm, als drehte und hüpfte er. Ich schließe die Augen, und unsere Körper schwellen ins Riesenhafte. In die Tiefe und in die Länge wachsen wir, rasen rückwärts wie Schnellzüge. Halb in Angst vor dem heißen Lecken heftigen Verlangens umklammere ich ihn, die dornige Flamme, die in meinem gewölbten, verkrümmten, aufwärts drängenden Leib auflodert und vergeht, auflodert und vergeht.

Dann sinke ich befreit zurück, während das Gestirn aufgeht, schwebt, leuchtet und schließlich explodiert, die Leuchtspuren flammen durch meine Schenkel und Brüste und Arme, die Funken stieben und verlöschen einer nach dem anderen. Ein Gefühl – das ist richtig, vertraut, aus uralter Zeit.

Nachdem er gekommen ist und mit schleppendem Kondom aus mir hinausgleitet, sage ich: »Mike, ich bin gekommen. Ich bin gekommen. Wirklich.«

»Ich wußte, wir schaffen bald den Durchbruch. Wie war es für dich?«

Ich räkele mich in meinen Muskeln, warm wie Badewasser. Reden ist anstrengend. Die Vollständigkeit unseres Wohlbehagens trennt uns. »Hitze ... heftiges Verlangen.«

»Für mich auch.« Er läßt sich an mich geschmiegt nieder. »Muß genauso sein.«

»Blöde, daß wir's nicht wissen können. Ich würde gern in deine Finger kriechen und durch deine Augen sehen.«

»Du hast keinen Plato gelesen, er drückt es hübsch aus. Wir waren einmal runde Tiere, aber die Götter wurden eifersüchtig und spalteten uns. Jetzt versuchen wir alle, unsere andere Hälfte zu finden.«

»Mike ... wie du mich anfangs berührt hast? Das mochte ich.«

»Ah.« Er schweigt. »Die Jungs haben mir gesagt, ich soll das probieren, als ich erzählt habe, daß du nicht kommst.«

Ich setze mich auf, hasche nach meinen verstreuten Kleidungsstücken. »*Welche Jungs?*«

»Die Jungs im Wohnheim.«

»Wie konntest du mit denen über mich quatschen?«

Er grinst. »Die sind neidisch, weil ich richtiggehend bumse. Meine Aktien sind gestiegen. Willst du mir weismachen, daß du mit Donna oder Julie nicht über Sex redest?«

»Aber nicht über das, was wir machen.«

Er zuckt die Achseln. »Es kann sogar Lennies Idee gewesen sein. Es ist ganz einfach, wenn man mal den Trick raushat.«

Ich sitze still und halte mich an meinem Pullover fest. Er hat meinen Körper und seine Eigenarten überall ausposaunt. Ich möchte in die Erde kriechen. Ich sitze da, versuche, meine Schande abzuschmirgeln, damit ich daran vorbeipasse. Ich werde sie alle an Frechheit überbieten. Was bleibt mir anderes übrig?

Studentinnen auf dem Kirchgang stöckeln in Kostümen und hohen Absätzen vorbei, starren Lennies Bilder an und mich, die ich mit den Füßen an die Mauer neben dem Wohnheim trommle. Das grüne und leere Sportfeld erstreckt sich in der Ferne, ein wenig Dunst flirrt schon darüber unter dem Ansturm der bereits hämmernden Sonne. Von den Tennisplätzen kommt das regelmäßige Pock-pock der Schläger. Ausgerechnet jetzt müssen Donnas Eltern überraschend zu Besuch kommen! Es ist das Wochenende vom Maifestival, und sowohl Mike als auch ich lesen heute nachmittag zusammen mit acht anderen Dichtern. Ich war im Badezimmer und mußte mich aus Nervosität übergeben, da erschienen plötzlich Onkel Hubie und Tante Louella. Jetzt habe ich keine Zeit mehr, mich wegen meines ersten öffentlichen Auftritts als Dichterin verrückt zu machen. Ich mußte die beiden Leinwände über die Hintertreppe schmuggeln und draußen auf Lennie warten. Endlich ist er da und hemmt in seiner Lederjacke und dem roten Bart den Strom der Kirchgängerinnen. Er winkt zurück und kommt in seinem ruckartigen Gang auf mich zu.

»Donnas Eltern sind gekommen. Sie will nicht, daß sie die Frauenakte sehen, jedenfalls jetzt noch nicht.«

Er hebt den Kopf. »Warte hier. Bin gleich zurück.«

»Wo willst du hin? He!«

»Ihre Leute kennenlernen.«

Ich packe seinen Arm. »Tu ihr das nicht an. Laß sie selbst den Mut finden, es ihnen zu sagen. Sie wird es schon machen.«

»Wann? Was hindert sie?« Er blinzelt. »Glaubt sie vielleicht, es war einfach, es meiner Mutter zu sagen?«

»Sie wird es ihnen heute noch sagen. Sie hat's versprochen. Laß sie es auf ihre Art tun.«

Sein Finger fährt über den Keilrahmen. »Ihr haltet immer zusammen, was?«

Onkel Hubie legt die Gabel hin. »Lennie. Was ist denn das für ein Name?« Sein Haar ist oben immer noch braun, daran fällt mir auf, wie silbrig das von Paps geworden ist.

»Das ist eine Kurzform von Leonard.« Donnas Blick holt sich bei mir Stärkung. »Nur ein Spitzname.«

»Leonard«, wiederholt Onkel Hubie. Er und Tante Louella blicken zu mir und wieder fort. »Aus New York, sagst du? New York City?«

Werden sie die Frage stellen, solange ich dabeisitze? Wir essen im Colonial House, wo Studenten nur mit ihren Eltern hinkommen. Die Kellnerinnen tragen schwarze Kleider und knisternde Schürzen. Während Tante Louella Hühnchenbrust ißt, wirft sie ihrer Tochter verstohlene Blicke zu. Sie gleichen sich nur in ihrer an Albinos grenzenden Farbgebung. Tante Louella ist eine papierdünne Frau, ungeschickt wie eine behinderte Heuschrecke, sie neigt dazu, ängstlich die Hände zu ringen. Ihre Stimme ist ein aufsteigendes Gejammer. Etwas in ihr zittert immer. »Ist er ein netter Junge?«

»Oh ja«, sagt Donna eifrig. »Er ist sehr nett.« Unter dem Tisch umklammern sich unsere Hände.

Tante Louellas Blick gleitet zu ihrer Tochter und wieder fort, als habe sie Angst, Donna zu lange anzuschauen. Hubie und Louella sind beide wenig anziehende Menschen, Onkel Hubie ist mit seinem fliehenden Kinn und den unentwegt blinzelnden, scheelen Augen der unattraktivste der Stuart-Männer. Wie haben sie Donna hervorgebracht? Sie betrachten sie voll Mißtrauen, als zu attraktiv, um harmlos zu sein. Ihr Gesicht mit etwas gewöhnlichen, scharfen Zügen ist hübsch, aber ihre Haut, ihr Körper, ihr Haar leuchten. Tante Louella stammelt: »Ich meine, wirklich nett?«

Ich nicke heftig. »Und intelligent.« Falsch: Tante Louella senkt traurig den Kopf, und Onkel Hubie schaut noch finsterer drein.

Proben für die Dichterlesung wurden an vier aufeinanderfolgenden Nachmittagen abgehalten. Obwohl ich hinging, um Mike zu hören, hatte er eine Klausur, als ich dran war vor einer Jury aus den Herausgebern der Literaturzeitschrift und zwei Dozenten, die kreatives Schreiben unterrichten. Die Leute schauen mich halb mitleidig an, als ich meinen Platz in der geraden Stuhlreihe im Hintergrund einer kleinen Bühne einnehme, denn ich bin offensichtlich, sehr offensichtlich, die Jüngste, die Grünste, die Unerfahrenste unter den Dichtern. Sieben der Dichter sind Männer, alle zweieinhalb Meter groß und bärtig. Mehrere waren im Koreakrieg und haben jetzt ein Veteranenstipendium, ihre Frauen und Kinder im Zuschauerraum bedenken die anderen Vortragenden mit feindseligen Blicken. Eine der anderen Frauen ist auch verheiratet; ihr Mann und ihre zwei Söhne sitzen da und zwinkern und warten. Die andere ist eine wohlerzogene und schöne Studentin im vierten Studienjahr, Tochter eines Professors, über die Mike sexuelle Phantasien hegt und mich damit eifersüchtig machen will.

Ich weiß, Dylan Thomas hat auch mit Dichterlesungen angefangen, und ich gehe zu sämtlichen Fördervereinen der Universität. Wegen der Hopwoodpreise und der Schreibkurse und einer Englischfakultät, die als Hochburg des New Criticism bekannt ist, kommen viele Schriftsteller her, und viele lungern in Ann Arbor herum. Ich weiß, ich bin hier meilenweit außerhalb meines Elements. Auf der Plattform umklammere ich meine Arme, damit meine Hände nicht zu sichtlich zittern. Die Bögen mit meinen paar Gedichten auf meinem Schoß vibrieren von allein, als habe ein kleines Erdbeben sein Epizentrum direkt unter mir. Mike sitzt neben mir, aber er ist damit beschäftigt, seine bösartigen, knallharten Gesichter zu ziehen, das Kinn eingezogen, die Augen verfinstert.

Mrs. Starini liest als erste, Gedichte über ihre Söhne, ihren Mann, ihre Hausfrauentätigkeiten. Ich wundere mich, wieso sie die erste ist, denn sie hat schon mehrere Gedichte veröffentlicht. *Erst jetzt, wo ich aus dem Abstand der Jahre daran denke, verstehe ich, daß die Herausgeber, die anderen Dichter, sie für ihre häuslichen Themen und ihre plumpe Figur verachteten. Sie wurde dafür bestraft, den Geschlechtsdrüsen der Herren keine Anreize zu bieten.* Ich lausche verängstigt. Ich versuche, das Publikum zu zähmen, wie Mike mich angewiesen hat, indem ich jedem ins Gesicht schaue. Ich entdecke Donna in der zweiten Reihe mit Lennie. Keine Eltern. Was ist passiert? Ich werde für sie lesen. Ich bin gerettet. Julie und Van sitzen am Gang. Da ist Alberta Mann, ihr schimmerndes Haar ist zu langen Zöpfen um ihren ovalen Kopf gewunden, auf ihrem olivbraunen Gesicht liegt ein feierlicher, erwartungsvoller Ausdruck, aber Donaldson ist nicht bei ihr. Verdammt. Ich möchte ihn hierhaben. Vielleicht kommt er später? Sie hat einen Platz neben sich freigehalten. Ihre große Futtersacktasche sitzt darauf wie ein Hund.

Der zweite Dichter ist einer der Dozenten. Er liest schrecklich, undeutliches Gemurmel über obskure philosophische Spitzfindigkeiten, aber das Komitee hat nicht gewagt, ihn zu übergehen, weil er ein Lieblingskind des örtlichen Kritikerpapstes und außerdem bekannt ist für seine bissigen Attacken auf alle anderen. Das kundige Publikum kommt immer noch hereingetröpfelt, viele kommen später, um die Verlierer zu verpassen – mich natürlich eingeschlossen.

Ich stehe auf. Einen Augenblick glaube ich, die letzte Meile bis zum Mikrofon nicht mehr zu schaffen, es blitzt in einem Sonnenstrahl wie ein Schlachtspieß. Ich habe ein Kleid an, das Donna ausgesucht hat, ein Rock in dunklem, gebranntem Orange und ein blaßrosa Oberteil, es sieht, finde ich, griechisch aus mit den gekreuzten Hälften des Oberteils über enger Taille und weitem Rock. Sie hat die eine Hälfte als Geburtstagsgeschenk bezahlt und ich die andere Hälfte. Mike sitzt hinter mir, aber ich habe das Gefühl, für ihn zu lesen, da er dieses Gedicht noch nicht gehört hat. Ich hatte Hemmungen, es ihm zu zeigen:

Liebe, ich wuchs schief heran,
ersatzgeschädigt. Enttäuscht, doch nicht *ent-*
täuscht, von Hörensagen und Lektüre
zynisch, schon ohne Unschuld,
Unwissen nur und Furcht zur Mitgift.

Wie erkläre ich mir das?
Mit atemloser Fahrstuhlbeschleunigung
sind meine Tage aufgeschossen.
Ich schwinge mich auf Stundenzeiger
und zwinge dich aus den Gebäuden ...

Ich lese für Donna, die still sitzt, ohne zu blinzeln, als könne ihre Konzentration mir helfen, einen Abgrund auf einem Hochseil zu überqueren. Die Hände in ihrem Schoß sind verklammert, sie waschen sich wie die ihrer Mutter.

Ich möchte mich ausleeren für dich,
meine Geschichte, meine Epochen sollst du dir zu eigen machen,
meine Gelüste und meine Lust in Händen halten,
bis sie von deinem Körper warm erglühen
wie Perlen einer Halskette aus Bernstein.
Ich möchte so wie deine Zunge deinen Willen
in den Mund nehmen und spüren.

Die Bernsteinhalskette gehört Tante Riva und war vorher Bobes. Ich entwickle genug Mut, um rasch ins Publikum zu blicken. Theo ist hereingekommen und setzt sich in eine hintere Reihe, fehl am Platz in schmutzigen Tennisshorts mit dem Schläger neben ihrem Stuhl. Sie sitzt und nickt mit dem Kopf wie eine alte Frau, ganz unbefangen genießt sie den Klang. Donaldson ist nicht gekommen. Albertas Tasche hockt immer noch auf dem Platz.

Liebe, sei behutsam.
Ich bin ein Lüster, der nur an einem Draht hängt.
Liebe, sei ungestüm. Wenn du zögerst,
stülpe ich mich zuckend ein und zermalme mich
wie ein Ei, das zusammenstürzt ...

Plötzlich bin ich fertig. Ich fliehe vom Mikrofon. Leute applaudieren, ich nehme an, aus Höflichkeit. An der Art, wie mich die anderen Dichter ansehen, merke ich, daß ich nicht so schreibe, wie von mir erwartet wird, aber Mikes wütender Gesichtsausdruck erschreckt mich. Hat ihm das Gedicht nicht gefallen? Die nächsten zwei höre ich nicht, denn ich bin immer noch damit beschäftigt, herauszukriegen, wie ich war und warum Mike so böse aussah. Ich sitze da und zittere wie saures Aspik. Ich kann nicht fassen, daß ich mein Liebesgedicht vor all den Fremden gelesen habe; doch es fühlte sich nicht persönlich an.

Jetzt ergreift Mike das Mikrofon und stürzt sich in sein erstes Gedicht. Seine Stimme füllt den Raum, tief, volltönend, aber sorgfältig bar jeder Emotion, außer vielleicht Verachtung.

> ... wie Maden kriechen sie durch das verfaulte Fleisch,
> Verschlingen alles, schleimen sich bleich voran
> Hinter emsigen Zähnen. Die Toten sind süß
> Für sie ...

Das ist über Professoren. Manchmal werde ich ja schlau aus seinen Gedichten. Das nächste ist über Selbstmord, den er für ein höchst poetisches Thema hält. Alle reden eine Menge über unentgeltliche Handlungen. Alle Welt liest Camus' *L'Etranger*. Selbst wenn sie es in Englisch lesen, sagen sie dazu *L'Etranger*. Ich finde diesen Kerl widerlich, aber ich wage das nicht noch einmal zu sagen. Unentgeltlich ist ein hübsches Wort. Stehlen ist unentgeltlich. Außer daß es keinen Weg gab, im College zu bleiben, ohne die meisten Lehrbücher und Lebensmittel und Wäschestücke zu stehlen, habe ich eine Schwäche für den Moment, wenn meine ganze Haut Augen bekommt. *Jahre später werden mich die Youngster in der Friedensbewegung bürgerlich schimpfen, wenn ich gewohnheitsmäßig ablehne, mich an ihren ideologisch begründeten Ladendiebstählen zu beteiligen. Aber ich muß es nicht mehr tun, sage ich. Ich schätze, ich habe meine Glück vor Jahren aufgezehrt, als ich es brauchte.*

> So macht das Hackebeil Haschee aus Mammi,
> Wie es blitzt und steigt gleich einer Sonne,
> Wie es auf Knochen dröhnt gleich einer Kirchenglocke.
> Jetzt springt das Blut in lachender Fontäne.

Das heißt 'Der Triumph der Familienaxt', über Lizzie Borden. Nach dem Lesen steht Mike da und starrt aggressiv ins Publikum. Es gibt zwei getrennte Fraktionen, eine, die Beifall klatscht, und die andere, die das ostentativ nicht tut. Die starre ich auch aggressiv an.

Einer der Zweieinhalb-Meter-Riesen liest, ein Sonett mit einer tadellos steinernen Huldigung an den Heiligen Sebastian. Sicherheitsgedichte mit Goldschnitt über Brancusi, Fragonard und Gott. Dann liest die hübsche Studentin Kate, ihr gesamter Stoff ist Märchen entliehen, mythologisiert ihr Leben und ihre Liebhaber. Es ist seltsam und nebulös, aber nicht uninteressant. Sie liest mit klarer, leicht affektierter Stimme. Mike betrachtet sie mit dem Gesichtsausdruck, der mich immer ärgert, einem Grinsen auf halbem Wege zwischen Lüsternheit und Hohn. Er nennt sie eine kastrierende Frau. Sie hat einen lockeren Ruf, obwohl sie – soweit ich das beurteilen kann – wenig dafür getan hat, außer gelegentlich ein Gedicht zu schreiben, das eine gewisse Kenntnis des anderen Geschlechts andeutet. Sie ist mit niemandem hier; sie hat keinen von ihnen zum Liebhaber genommen. Vielleicht ist das ihr Verbrechen. Als Tochter eines Professors ist sie in Ann Arbor zu Hause und ein ganz klein wenig unabhängig. Grant Stone liest als letzter, eine Reihe von Sestinen. Wenn es irgend etwas Langweiligeres gibt als eine Sestine, dann ist es eine Serie von Sestinen. Geschnatter der Gänse. Sonntag der Sestinen. Dann liest er einige kurze gereimte Gedichte:

Klage einer oft Geschiedenen
Bei vielen Männern sucht ich Glück,
doch gaben sie mich stets zurück.

Alle sind so selig, lachen zu dürfen, daß er tosenden Applaus erhält. Mit Löwengrinsen steht er und kostet ihn aus.

Hinterher kommt er forsch auf mich zu. »Deine Lesung hat mir sehr gefallen. Sie war ... hypnotisch ... 'Ich möchte deinen Willen in meinem Mund spüren.' Wie wunderbar phallisch.«

Ich bin mir völlig sicher, kein Kompliment erhalten zu haben. Mike trennt uns sofort, mit dem Arm um meine Taille zieht er mich zurück in ein heftiges Streitgespräch, ob seine Arbeit Wortgeklingel ist. Ein junger Mann zitiert Yvor Winters, einer Hugh Kenner, einer John Crowe Ransom, einer geht auf Nummer Sicher mit Eliot. In gewisser Weise wollen Mikes Gedichte irritieren, und so bestätigt ihn ihre Wut.

Als wir hinausgehen, muß ich fragen: »Hat dir mein Gedicht gefallen?«

»Es ist weich, Schlumps. Zu weich, um es an diese Wichser zu verschwenden ... Natürlich ist es formlos und unbedarft. Das ist selbstverständlich keine Kunst. Du hättest es einfach mir geben sollen. Sinnlos, es vor Arschlöchern auszuschütten.«

Donna wartet draußen, und wir machen uns auf den Weg ins Heim zum Abendbrot. Ich nehme ihren Arm. »Wie war ich?«

»Ich fand dich großartig«, sagt sie loyal. »Du hast zu schnell gelesen, aber mit Gefühl. Wenigstens sind deine Gedichte über etwas Menschliches.«

»Klang ich nicht naiv?«

»Nur ein bißchen.« Sie drückt meinen Arm.

»Hat Lennie deinen Eltern gefallen?«

»Ach, die mußten zurück nach Hause. Sie waren zum Abendessen verabredet. Sie sind nur zum Mittagessen hergekommen.«

»Sie wollten ihn also gar nicht kennenlernen, nach all dem?«

»Sie kennenlernen ist wohl kaum ein Vergnügen, das ich ihm vorenthalte, oder? Ich habe es ihnen gesagt. Das ist der große Schritt ... Wir haben uns in letzter Zeit so gut verstanden, Lennie und ich. Gestern abend hatten wir eine Stunde lang die Wohnung für uns allein, und wir lagen im Bett, nachdem wir miteinander geschlafen hatten. Er hat mir gesagt, ich sähe aus wie ein Akt von Modigliani.«

»Was?« Aber ich habe sie verstanden. »Äh, Donna, das hört sich vielleicht verrückt an, aber gestern im Arboretum hat mir Mike gesagt, ich sähe aus wie ein Akt von Modigliani.«

Wir schauen uns ungläubig an. »Diese Mistkerle«, sagt sie. »Meinst du, die setzen sich bei einem Bier zusammen und denken sich aus, was sie zu uns sagen werden?«

»Lennie hatte letzte Woche Geburtstag. Ich weiß, Mike hat ihm ein Buch geschenkt. Dreimal darfst du raten, was es gewesen sein muß.«

Ich habe recht, das weiß ich, solcher Geheimabsprache sind sie nicht schuldig, und dennoch fühlen wir uns beide um unsere Komplimente betrogen.

Die runde Welt. Das Gefühl von Gemeinschaft. Wir sitzen in gewaltigen überheizten Amphitheatern, wo die Glatze des Professors am Fuße des Rodelhanges fern und kalt wie der Mond leuchtet, während seine Worte in unsere Ohren dringen und zu unseren Fingern wieder herauskommen. Mit elektronisch lesbaren Stiften markieren wir Schlitze auf Multiple-choice-Fragebögen und erhalten unsere Zensuren. Bildung? Die erhalten wir voneinander. Wir gehen in einem heftigen, lauten Knäuel durch Exponate und Galerien, und Lennie lehrt uns sehen. Wir verschmähen Kulturbissen und verschlingen andere. Bücher, die den Universitätsbibliotheken unbekannt sind, schwirren wie Wespen zwischen uns, prägen unsere Sprache. Musik ist eine Leidenschaft und die Struktur verdunkelter Räume. Wir hauen uns unsere Gedanken um die Ohren. Lennie malt uns als springende Delphine in einem roten Meer. Keinem von uns gefällt sein Konterfei, aber wir denken jeder, Lennie hat die anderen gut getroffen. Zwei Wochen lang ist alles, was wir auf Lennies Herd kochen, gelb von Currypulver. Wir entdecken Avocados. Wir tun Kapern in die Spaghetti. Wir erfinden Dramen mit uns in Starrollen.

Die Sonne hängt wie eine Mandarine in den langnadligen Zweigen unseres Zimmers im Arboretum. Der Küchenschrank ist eine runde Keksdose, die wir bündig in den Boden eingegraben haben. Sie enthält zwei Untertassen aus meinem Wohnheim, zwei Löffel, einen Salzstreuer aus dem *Union*, einen Büchsenöffner, ein Heftchen Streichhölzer und eine Extrapackung Kondome. Manchmal lernen wir da. Das späte Licht fällt in rauchigem Dunkelrot zwischen die Kiefernstämme und vergoldet die tanzenden Mücken. Wir essen ein Abendbrot aus Thunfisch mit Zwiebelringen auf Roggenbrot. Die weiche Dämmerung schmilzt, der Himmel ist immer noch milchig. Manchmal hören wir ein Pärchen auf der Straße reden; manchmal streifen Autoscheinwerfer die Büsche am Hang, aber wir sind oben sicher. Sex ist jetzt so einfach wie reden.

13 Der Wurm im Paradiesapfel

Die Zeit, die ich vergeudet habe! Das schöne Semester vorbei und die Abrechnung der Abschlußprüfungen vor der Tür. Aus meinen endlosen literarischen Debatten mit Julie hatte ich genug Stoff über Faulkner, um mir meine Semesterarbeit abzuquälen, aber mit dem Rücken zur Wand und hochgezogenen Knien verschlinge ich auf der oberen Pritsche den Spanisch-Amerikanischen Krieg nach Grimes. Ein Uhr fünfzehn. Rauch hängt unter der Decke. Immer wenn ich ein Kapitel beende und eine Pause mache, um es im Kopf zusammenzufassen, nehme ich wahr, daß Donna unnötige Ausflüge zu Schreibtisch oder Schrank macht, mit Geseufze und Geschrape aufsteht und sich wieder hinlegt. Ich weiß, sie möchte reden, aber ich weigere mich, mich ihrer überbetonten Ruhelosigkeit zu stellen. Die Federung quietscht, wenn sie sich umherwälzt, aufsetzt und wieder lang hinwirft.

Wie hieß noch das verflixte Einwanderungsgesetz, das erste, das zum Ziel hatte, Menschen wie meine Großeltern auszuschließen, alle Dunkelhaarigen und Dunkelhäutigen? Mein Kopf ist leer, das Getriebe blockiert vorübergehend. Donna haßt die Art, wie ich lerne, meine besessene Konzentration, aber ohne ein Stipendium wäre ich wieder in meinem Sackgassenviertel, wie ein Güterwagen, der auf einem toten Gleis vor sich hin schmort. Ich sehe mich selbst als Berufsstudentin: Nicht, daß ich vorhabe, meinen Weg in der akademischen Welt zu machen wie Mike, aber das ist meine gegenwärtige Arbeit, und ich studiere für meinen Lebensunterhalt. Unter mir erhebt Donna ein gedämpftes Schluchzen. Himmel Herrgott, laß mich in Ruhe! »Fehlt dir was?«

Sie schluchzt lauter.

War es das McCarran-Walter-Gesetz? Nein, das ist wesentlich neueren Datums und hat zum Ziel, Menschen wie mich auszuschließen, Umstürzler, Propheten, Agitatoren, wilde Poeten. Wie hieß das erste Gesetz, das die goldene Tür zuschlug? Wann wies das Paradies die Elenden der Erde zurück? Ich markiere meine Stelle und klettere hinunter. »Was ist los?«

Sie krümmt den Rücken und umklammert die Pfosten, die das Hochbett tragen. »Ich möchte sterben! Ich möchte sterben, ich habe solche Angst!«

»Ach komm, du kannst doch dein Zeug. Prüfungen sind bloß Mogeleien.«

»Prüfungen?« Sie setzt sich auf, reibt sich die Augen. »Ich bin acht Tage überfällig.«

»Bist du sicher?«

»Du hörst dich an wie Lennie! Glaubst du, ich kann nicht zählen?«

Ich halte meinen eigenen Bauch. »Was für ein beschissener Zeitpunkt dafür.«

»Wie soll ich mich konzentrieren?« Ihre blassen Wimpern sind verfilzt. »Was soll aus mir werden? Er verschwindet nächste Woche nach New York. Ich muß heim nach Flint.«

Ich lehne meine Stirn an die Pritsche. »Gibt es keine Labortests?«

»Lennie will das rauskriegen. Ich habe so wenig Zeit, wenn es stimmt.« Sie umklammert ihre Knie. »Wenn ich's bin, wie sollen wir je das Geld zusammenkriegen?«

»Wieviel brauchen wir? Ich habe zwanzig und etwas.«

»Lennies Zimmergenosse kennt einen Arzt, der es macht. Wenigstens zweihundert, glaubt er. Vielleicht zweihundertfünfzig.«

»Mike muß was haben. Was ist mit Lennie?«

»Nicht viel, zwanzig oder so, aber er meint, er kann sich was borgen und Bücher verkaufen. Stu, ich habe schreckliche Angst. Stell dir vor, wie das da drin wächst. Peter hat Geld, aber Lennie sagt, er ist knickerig. Peter denkt immer, jeder versucht ihn zu benutzen.« Sie putzt sich gründlich die Nase. »Ich habe achtundzwanzig, und ich kann zehn von Estelle kriegen, indem ich ihr sage, ich muß zum Zahnarzt. Sie findet es ganz wichtig, daß man seine Zähne in Ordnung bringen läßt.«

»Zweihundert! Nach seiner letzten Prüfung werde ich Mike anhauen. Ich kann nicht riskieren, ihn aus dem Tritt zu bringen.« Ich hocke mich an die Regale. »Wir können auch unsere Bücher verkaufen.« Ich zerquetsche vorweggenommenen Trennungsschmerz. »Es darf nicht wahr sein!«

»Ja, wie vom Blitz getroffen werden. Warum ich?«

Ich lege meinen Arm um ihre Schultern. »Wir werden Geldzusagen bekommen, aber verlaß dich nicht darauf.«

»Und wenn etwas schief geht? Und wenn ich verblute? Wird man da aufgeschnitten?«

»Schsch. Wir gehen zu einem richtigen Arzt.« Sie fühlt sich zerbrechlich an. Durch das Stroh ihres Haares schimmert schwach ihre rosa Kopfhaut, feucht von Schweiß.

»So viel Geld den Bach runter. Weißt du, ich glaube, wenn ich zu Peter ginge und ihn selber bitten würde, ich wette, er würde mir das Geld leihen.« Langsam entspannt sich ihr Körper. »Die Unverfrorenheit hätte ich, das weiß ich. Den Kater mit Schnaps austreiben – man sollte nicht meinen, daß ich mir über die Männer Illusionen mache.«

Mein Arm um ihre Schulter fängt an weh zu tun. »Du kannst ihn ja fragen.« Peter: ein Gehabe von höflicher Kälte, der Einstich eines Pfeils. Was sieht sie in ihm?

»Stu, das Leben ist so einfach für die feuerfesten rosa Weiber im Flur. Die geben nicht, die werden nie verletzt. Oder bin ich nur eifersüchtig, weil die unschuldig sind?«

»Was ist an denen unschuldig – vielleicht ihre Politik? Die Kerzen, die sie vor dem Heiligen McCarthy abbrennen? Ihre Taschenbücher?«

»Ihre Vorstellung von Dilemma ist, eine Diät zu machen oder während der Fastenzeit keine Schokolade zu essen.« Ihre Hände verkrampfen sich auf ihrem Bauch. »Was soll ich bloß machen? Andauernd sehe ich auf der Straße schwangere Frauen wie die Walfische.«

Ich stehe auf. »Lennie und ich werden uns um das Geld kümmern. Du lerne.« Ich schiebe die Vorhänge beiseite und lehne mich hinaus. Geruch von feuchtem Gras. Eine Glocke schlägt. »Schon zwei. Versuch zu schlafen.« Ich fühle mich blöd im Kopf, und doch kann ich immer noch einen Kern wacher Konzentration spüren wie ein Skalpell, das in einen Schwamm eingebettet ist. Ah, das Gesetz über die Ausschließung von Chinesen von 1882 – da hat es angefangen. Menschen mit meinen Augen. Auf der anderen Seite des Platzes erlischt ein Licht. Unsere Freunde in ihren Betten müssen auch ein wenig des Preises zahlen, um Donna freizukaufen. In der Not, wie brauchen wir da freundliches Entgegenkommen, weit mehr, als wir je verdient haben.

Liebe Jill,

Doch, hier ist alles in Ordnung. Matt ist schließlich gerade noch rechtzeitig ausgezogen, damit deine Mutter dein Zimmer machen kann. Eingeschnappt ist er losgezogen und hat sich zum Militär gemeldet. Deine Mutter hat sich die Hand beim Bügeln verbrannt, deshalb hat sie nicht geschrieben.

Ich bin froh, daß mit den Untermietern eine Weile Schluß ist. Den idealen haben wir nicht gefunden. Wenn's nach deiner Mutter ginge, dürfte er nicht rauchen, keine Besucher empfangen, nicht das Badezimmer benutzen und keine Telefonanrufe bekommen oder tätigen. Er müßte um 7 Uhr morgens aus dem Haus gehen und nicht vor 10 Uhr abends zurückkommen, dann direkt ins Bett gehen oder still sitzen, ohne Strom zu verbrauchen.

Hast du die Baseballmeisterschaft verfolgt? Ich glaube, wenn sie die Ersatzbank nicht verstärken, sind die *Tigers* in Schwierigkeiten. Geh nicht so spät zu Bett. Rechtzeitig immer ein bißchen lernen ist besser als Überstürzung am Schluß.

Alles Liebe, Paps

Im Strom der Studenten taucht Mike von seiner Deutschprüfung auf. Ich springe vom Rasen. »Hierher! Wie ist es dir ergangen?«

»Frag mich nicht. Ich möchte nicht darüber reden.« Er zündet ein Streichholz an, das ausgeht, zündet das nächste an. »Aufgeputscht mit Dexedrin. Ich muß drei Prüfungshefte vollgeschrieben haben.«

Die Bänke an den Wegen sind leer, der Campus ein stiller Park. Die meisten Studenten sind abgereist, und der Rest hat sich in den Studienräumen oder den Prüfungssälen vergraben. »Donna ist heute zu einem Schwangerschaftstest gegangen.« Und nicht zurückgekommen. Wir wollten am frühen Nachmittag unsere Bücher verkaufen.

»Was?« Er wechselt die Gangart.

»Sie ist vierzehn Tage zu spät dran.«

Er pfeift. »Sie müssen unvorsichtig gewesen sein.«

»Donna sagt nein. Sie benutzen immer ein Kondom, wie wir.«

Er geht rascher bergauf, vorbei an einem Mädchen, das einen Schrankkoffer rollt. Wir berühren uns nicht mehr beim Gehen.

»Ich habe zweiundzwanzig Dollar. Donna hat dreißig und Lennie hat vierundzwanzig und er hat vierzig geliehen. Wieviel kannst du für uns erübrigen?«

»Wovon redest du?«

»Für ihre Abtreibung, falls sie schwanger ist. Wir brauchen mindestens zweihundert, vielleicht zweihundertfünfzig. Kannst du dir was leihen? Wie wär's, wenn du deinen Freund Van anhaust?« Die Worte purzeln aus mir heraus. Ich habe das geduldig zurückgehalten bis zum Schluß der Prüfungen. »Sie wird diesen Sommer arbeiten, soviel sparen, wie sie kann, und uns im Herbst alles zurückzahlen.«

»Du willst, daß ich ihr Geld für eine Abtreibung gebe?«

»Leihen. Nicht schenken. Sie kann es dir als erstem zurückzahlen.«

»Und du gehst davon aus, daß ich was dazu beisteuere.« Er schreitet aus und schleudert übertrieben die Arme, seine Stirn ist in Falten gezogen.

Ich muß hoppeln, um Schritt zu halten. »Wir sammeln nur Geldzusagen. Sie ist zu einem Labortest.« Auf dem Weg zum Arboretum kommen wir an meinem Wohnheim vorbei.

»Ich werde nicht dazu beitragen, einen Mord zu finanzieren.«

»Ach, komm schon, Mike. Mord? Sei nicht spitzfindig!« Die Fenster stehen offen, die Vorhänge sind noch immer so gegen die Sonne zugezogen, wie ich sie verlassen habe. Wenn sie nun in Panik geraten ist und den Test nicht gemacht hat? Wieder ein Tag verloren, und die Zeit rennt davon.

»Du bist kein Schwachkopf. Es ist Mord, ganz egal, wie du es drehst und wendest.«

Wir kreuzen die Straße und gehen bergab zum Arboretum hinunter. »Ein Kind zu kriegen, das die Mutter nicht haben will, ist langsamer Mord. Für beide.«

»Wenn du nicht daran glaubst, daß das Leben heilig ist, bleibt gar nichts. Es läuft nur alles auf den Tod hinaus, und eine Banane essen ist das gleiche wie deinen Vater erstechen.«

»Blödsinn, Mike! Das sind bloß Worte. Ein bequemer Standpunkt für einen Mann, und das meine ich so. Ich habe Donna sehr lieb. Ich habe nichts dagegen, daß Hühner und Kühe sterben, um sie zu ernähren, und dieser Embryo, um ihr ihre Freiheit zu erhalten.«

»Halt den Mund und hör zu. Es stand in der Zeitung, ein Mann hat ein Lebensmittelgeschäft überfallen. Er hat den Ladenbesitzer mit einer Pistole bedroht und, um ihm Angst einzujagen, in die Luft geschossen. Die Kugel ging durch einen Vorhang und hat die Frau des Mannes, die sich da versteckt hatte, getötet.«

»Donna ist Wirklichkeit. Ein Embryo ist nur Möglichkeitsform. Ich will nicht, daß je ein Kind geboren wird, das nicht gewollt, gewünscht und erwartet wird.«

»Wie der Mann willst du jemand umbringen, den du nie gesehen hast.«

»Es ist ihr Körper – verstehst du das nicht? Sie ist kein Brutkasten, und ich auch nicht. Was soll sie denn deiner Meinung nach tun – das Kind kriegen und das Studium hinschmeißen? Von der Wohlfahrt leben? Lennie bitten, sie zu heiraten? Sich umbringen?«

»Das ist ihre Angelegenheit. Was erwartest du von einer, die in ihrer eigenen Familie rumvögelt?«

»Wie war das – woher weißt du das von ihrem Schwager?«

»Von Lennie natürlich.«

»Er hat es dir erzählt? Wie konnte er!«

»Er ist ein anständiger Junge. Die Geschichte hat ihn entsetzt. Sie hat die Moral einer Straßenkatze.«

»Warum redest du auf einmal so hochtrabend moralisch? Was werden wir hier anderes tun als bumsen, genau wie sie!«

»Das ist nicht dasselbe.« Er packt mich bei den Schultern. »Und du bist nicht dasselbe wie dieses kleine Schicksen-Miststück!«

»Mike, komm mir ja nicht so! Ich bin ein Mischling, und vergiß das nicht. Du bist genauso schlimm wie ihre Eltern.«

»Nur weil du ihre Kusine bist, mußt du sie nicht anbeten. Sie versucht ständig, mir das Wasser abzugraben.«

»Mike, sie wollte, daß ich dich mag. Du bist bescheuert!«

»Was hast du zu mir gesagt?« Er verstellt mir wütend den Weg.

Ich habe ihn angeschrien. Das erschreckt mich. Ich verschlucke meine Stimme und sage leise: »Ich meine, du bist da unlogisch.«

»Schlumps informiert mich, daß ich unlogisch bin!« Seine Stimme ist sanft von einer erzwungenen Beherrschung, die schlimmer ist als Wut. »Ich habe dir meine Gründe genannt, während du über dieses Miststück nur hysterisch rumjammerst. Du willst Gesetze brechen und ungeheure Risiken eingehen, die uns alle in Schwierigkeiten bringen können. Hast du nicht gesagt, du weißt, daß ich der Intelligentere von uns beiden bin?«

Ich bin ein bißchen schockiert. Er weiß mehr als ich. Das habe ich gesagt. »Manchmal kann ich recht haben. Ich will nicht, daß Kinder geboren werden, die nicht gewollt sind. Wirklich gewollt.«

»Besser als sie ungesehen umbringen?«

»'Des Menschen glücklichstes Los ist es, nicht zu sein' – hast du mir nicht Sophokles zitiert, als du von der Verzückung des Selbstmordes geschwärmt hast?« Wie sind die Ligusterblätter in meine Hand gekommen? Ich zerreiße sie. Das Sonnenlicht schneidet meine Augen wie zerbrochenes Glas. »Das Sperma, das du in die Büsche abstreifst oder im Klo runterspülst – Mord? Die Natur ist Verschwendung. Frauen – Donna und ich – können fünfzehn, zwanzig Kinder aus unseren Leibern gebären wie Kaninchenwürfe, bevor wir an Erschöpfung sterben.«

»Die Natur ist Verschwendung! Jill denkt jetzt mit ihrem eigenen Kopf. Zuerst schreist du mich an und nennst mich irrsinnig –«

Ich schwitze Elend aus jeder Pore. »Es tut mir leid. Ich habe gesagt, es tut mir leid.« Es läuft darauf hinaus, daß er sich auf die Seite seiner Väter stellt, jener langbärtigen Väter seiner Vorstellung, die nein zu Frauen sagen und uns in Salzsäulen verwandeln.

»Warum sollst du rumrennen und Geld zusammenbetteln, um sie zu decken?«

»Ich bin für sie verantwortlich. Sie ist meine beste Freundin.«

»Was ist mit mir? Wir sind wieder bei Platos runden Männern. Entweder bin ich deine fehlende Hälfte, oder du bist lesbisch und deine andere Hälfte ist Donna. Da ist die schlechte Erfahrung mit Callie, von der du mir erzählt hast.«

Der naßkalte Druck von Hoffnungslosigkeit macht sich in mir breit. Was war daran schlecht? Es war das einzig Warme in meinem Leben, als ich die Schule haßte, als ich mich nirgendwo zu Hause fühlte, als meine Mutter mich nicht mehr in die Arme nahm und streichelte, weil ich kränklich und knochig geworden war und zu altklug und anmaßend. »Ich liebe dich. Wie kannst du dich weigern, das zu glauben?«

»Wenn du mich wirklich liebst, wenn du mich so lieben würdest, wie ich dich liebe, dann wären andere Menschen nicht wichtig. Dann würdest du ihretwegen nicht so ein Theater machen.«

»Sie ist in Not! Wenn du jemanden liebst, warum soll das dazu führen, daß du andere verachtest? Das glaube ich nicht!«

»Weil du mich nicht so liebst, wie ich dich liebe. Du verzettelst dich. Alles, was ich im Leben brauche, das bist du, das ist der Brief, den Pound mir geschrieben hat, und das sind eine Handvoll wirklich bedeutender Gedichte.«

Ich würde sagen: Essen, Wasser, ein wenig Schlaf. Reden. Schreiben. *Brauche* ich ihn? Was bedeutet das, gebraucht zu werden? »Du willst uns nicht helfen, also vergessen wir es einfach.«

Er steht über mich gebeugt. »Und wenn ich dir sage, du sollst dich nicht einmischen?«

»Das kannst du nicht. Ich muß meinem eigenen Gewissen folgen.«

»Gegen meine, wie du zugibst, richtigen Gründe? Selbst wenn ich dich bitte, es nicht zu tun?«

Richtige Gründe? Weltfremdes Moralisieren. Er will mich in seinen Händen verbiegen. »Ich muß aber.«

»Weil du mich nicht genug liebst, um das zu tun, worum ich dich bitte.«

»Mike! Hör damit auf!« Ich explodiere in Tränen, und nachdem er mir beim Weinen zugesehen hat, legt er die Arme um mich, streicht mir übers Haar und murmelt: »Ist ja gut, Schlumps, ist ja gut, mein Kleines.« Wozu sind Worte da, wenn ich ihn nicht dazu bringen kann, mich zu hören? Er spielt den Vater, wenn ich weine. Während wir über das Plateau davongehen, hält er meine Hand umschlossen und summt, als hätte er, weil ich geweint habe und er nicht, gewonnen.

Er bleibt stehen. »Ist das Regen?«

Ein leises Prasseln in den Bäumen. »Muß der Wind sein.«

»Ja.« Wir gehen weiter. Dann streckt er die Arme aus, um mich aufzuhalten. »He!«

Vor meinem Gesicht dreht sich mitten in der Luft eine verschrumpelte Raupe in der Farbe eines vertrockneten Blattes. Ich schrecke zurück. Von der Raupe reicht ein hauchdünnes Fädchen ins Laubwerk oben. »Das ist das Geräusch. Die Bäume werden aufgefressen. Laß uns machen, daß wir hier rauskommen.«

»Wir können nirgendwo anders hin. Vielleicht fressen sie keine Tannennadeln«, sagt er.

Wir bahnen uns unseren Weg durch knisternde Wälder, wo Blätter abbrechen und hinunterschweben, vorbei an einem kleinen Ahornbaum, der in Gazenetze eingesponnen ist. Unter den Kiefern hängen keine Raupen, endlich, nur Moskitos umsirren uns. Um sie abzuhalten, zünden wir ein kleines verbotenes Feuer aus Zweigen in unserem Herd an. Unter dem Rauch liegen wir auf unseren Bäuchen und essen halbgare Hot dogs, außen verkohlt und innen kalt.

Dann gleiten wir auf den Nadeln ineinander wie so viele Male. Die Liebe ist eine schwere Sache, denke ich und mühe mich immer noch mit diesem harten Knochen, *brauchen*. Was bedeutet das, jemand brauchen? Es fühlt sich für mich an, als verwandelte er mich oder ich ihn in eine Sache.

Ich gehe müde den Flur entlang, aus dem Duschraum kommt kein Geplansche, kein Gesang, kein Gelächter. Vor den Türen warten Gepäckstücke. Unweit unserer Tür erklingt gedämpft die Dynamik von Bartóks Zweitem Klavierkonzert. Als ich die Tür aufmache, trifft es mich mit voller Wucht. In Büstenhalter und Schlafanzughose vollführt Donna ein stampfendes und schleifendes Ballett.

»He, was ist das?« Ich schaue sie entgeistert an. »Geht's dir gut?«

Sie wirft die Arme um mich, atmet sauren Wein, ihr Gesicht ist von weitem Lächeln verknittert. »Ich hab's! Es ging gleich los, nachdem wir aus der Praxis vom Arzt kamen.« Sie ist einen Augenblick still, um Atem zu holen. »Ach, Stu, ich bin so glücklich, ich bin völlig außer mir!«

»Aber wo warst du?«

»Ich hab so schreckliche Krämpfe gekriegt, ich mußte mich bei Lennie hinlegen. Ich habe immer noch Krämpfe und blute in Klumpen, aber ich bin so voll Aspirin und Wein, daß ich nichts spüre. Trink einen Chianti – er steht auf meinem Schreibtisch.«

Ich fülle einen der Plastikbecher, die wir für Pulverkaffee benutzen. »Ist das eine Erleichterung. Donna, halleluja! Wir sind in Sicherheit.«

»Alle waren ganz prima zu mir.« Donna dreht die Lautstärke um die Hälfte herunter. Sie wendet sich zu mir um, ihr Gesicht zieht sich in sich selbst zurück. »Dieser Sommer jagt mir solche Angst ein, Stu. Nichts ist öder als Flint im Sommer. Außer Flint im Winter.«

»Bitte bring dich nicht in Schwierigkeiten. Bitte. Lies und verdien Geld. Rede nicht mal mit einem Mann.«

»Da gibt es niemand, mit dem ich reden kann. Wie soll ich in Flint in Schwierigkeiten kommen? Lennie wird mir wahnsinnig fehlen.«

Schon sind die nackten grünen Frauen verschwunden und Mikes Wälzer zurückgegeben. Das gemütliche Netzwerk unseres Lebens wird morgen abgebaut, und wir werden dieses Nest so kahl verlassen, wie wir es vorfanden. »Du wirst mir fehlen, Donna. Ich habe auch ein bißchen Angst. Vielleicht können wir nächsten Sommer einen Ferienkurs machen.«

Sie sitzt und reibt sich den Bauch. »Ich glaube, ich nehme noch ein paar Aspirin. Was für ein langer, einsamer Sommer wird das werden ...«

14 Es ist ein gutes Zeichen, wenn ein Junge dich seiner Mutter vorstellt

Short Brothers Television hat unten Ausstellungsräume, aber ich arbeite oben hinter einem Aktenwall an einem Schreibtisch voller Telefone. Das Telefonbuch liegt aufgeschlagen vor mir, und ich wähle nacheinander jede Nummer. Wenn jemand abhebt, lege ich den Hörer neben einen Plattenspieler, auf dem eine Platte immer wieder einen Werbespruch abspielt, den alten Fernseher gegen einen neuen einzutauschen zu einem alle Rekorde brechenden Tiefstpreis. Die meisten hängen auf. Manche sagen etwas, aber mir ist verboten zu reden, nicht einmal mit der armen Großmutter, die stammelte: »Hallo, ja bitte? Sprechen Sie bitte langsam. Ich höre nicht gut. Mein Sohn, Sie wollen meinen Sohn sprechen?«

Ich bin in vollem Ornat auf Jobsuche gegangen, samt meinem Hochzeits-Beerdigungs-und-Jobsuche-Hut, den weißen Handschuhen, die ich in der Hand halte, denn sie gehören Mutter und passen mir nicht, und den weißen Pumps von meiner Highschool-Abschlußfeier. Während ich eine Nummer wähle und warte, eine Nummer wähle und warte, sehe ich Mutter im hellen Morgensonnenlicht meines Schlafzimmers Bettwäsche und Handtücher in die Mangel geben (sie bügelt alles, selbst Vaters und ihre Unterwäsche). Sie schob ein ungebügeltes Handtuch hinein, zog ein gebügeltes zum anderen Ende der Rolle heraus, faltete es und schleuderte es säuberlich auf den Haufen hinter ihr auf dem Tisch. Ihre Bewegung war schön, ein strenger und geschickter Tanz der Hände und des Rumpfes, aber ihre Hand auf dem Mangelhebel mit der blauroten Brandwunde tat mir weh, als ich sie sah. Fühlte sie sich schuldig, weil sie Matt hinausgedrängt hat? Hat sie sich deshalb verbrannt?

Während ich frühstückte, stand sie am Ofen und spulte ihre Litanei ab: Wenn ich all das Geld nicht für alberne College-Kurse ausgegeben hätte, hätte ich Sekretärinnenkurse machen und inzwischen gutes Geld nach Hause bringen können. Ich bin aus der Übung, Leute auszublenden. Draußen hörte ich meistens zu, außer bei Professor Grimes, dem Freund der Ausbeuter. Hochnäsige Vorzimmerdamen, strenge Aufseher und Schreibmaschinenprüfungen bei laufender Stoppuhr, das wäre dann mein Tag. Meine Erlebnisse verleugnen, das College verleugnen. Dann das langweilige Einerlei, das den Sommer auffressen würde.

Als ich auf meinen engen Pumps zur Tür stakste, ermahnte sie mich: »Lächeln!« Sie trabte hinter mir her. »Halt den Rücken gerade. Gib keine Widerworte. Schreib deutlich! Wenn du essen gehst, such dir einen netten, sauberen Imbiß!« Plötzlich flüsterte sie mir ins Ohr, riß an meinem Arm: »Wenn sie nach der Religion fragen, sag episkopal.« Ihre Wangen waren eingekerbt von der Anstrengung, mir diesen Gedanken einzuremsen. »Episkopal, Jill! Denk dran, sie können es dir nicht ansehen.«

Ich sitze wieder an meinem Schreibtisch mit all den Telefonen und wähle, während die schneidende Insektenstimme auf der Platte mit unverminderter Begeisterung die billige Gelegenheit anpreist. Sie mußte lügen, um einen Job zu bekommen, und nicht wegen ihrer Schulbildung. Ihre Persönlichkeit ist von Nöten geformt, die ich so nicht erleben werde. Manchmal höre ich doch zu, auch wenn das, was ich höre, nicht das ist, was sie mir sagen will.

»Mike, da kommt jemand.« Ich entwinde mich ihm und ziehe meinen Rock herunter. Ein Mann mit Krückstock kommt durch die Lichtlache der Straßenlaterne auf uns zu.

»Du kannst dich doch nicht so losreißen. Du bringst mich halb um.«

»Aber er hätte uns gesehen.«

»Wieviele Leute schauen im Vorbeigehen in geparkte Autos?« Trockener, sturer Tonfall. »Wie langsam er geht, alter Mann in warmer Nacht. Hat einen erregenden Anblick verpaßt.«

Wenn er doch ahnen könnte, wie ein Passant mir das Verlangen auswringt, aber ich kann es nicht noch einmal sagen. Ich würde wieder einen Krach heraufbeschwören.

»Wenn ich Bildhauer wäre, würde ich ein Jahr lang nur alte Männer machen.« Er streichelt abwesend meinen Hals. »Der Charakter ist da, die Lach- und Sorgenfalten, dabei sind alte Männer gleichzeitig animalischer – der Habicht oder die Bulldogge oder der Affe versuchen durchzukommen.«

»Das gefällt mir.« Ich kuschele. So müde, seit sieben auf.

Sein Gesicht bricht auf in ein listiges Grienen. »Muß gestehen, ich hab das in einem Gedicht ausgearbeitet. Tatsache ist, ich rede in meinem Schädel den ganzen Tag mit dir.«

Ich halte den Atem an, als wir zusammenkommen, aber ich kann mich nicht hingeben. Ich spähe an seiner Schulter vorbei, drehe vorsichtig den Kopf, damit er nichts merkt. Ist jemand bei den Sträuchern? Meine Schenkel schmerzen. Scheinwerfer treffen uns und werfen den Zwillingsschatten unserer Köpfe auf den Rücksitz. Ich vergrabe mein Gesicht in seiner Schulter. Das Auto rauscht vorbei, und die Rücklichter verschwinden im hinteren Fenster. Haben sie was gesehen? Versuch doch, daß dir das unwichtig ist! Er gibt einen langen kehligen Seufzer von sich und lockert seinen Griff. »Ah. War das für dich auch gut?«

Ich bin schon so lange nicht mehr gekommen, daß er mich gestern abend beschuldigte, ihn nicht zu lieben. Wir hatten zwei Stunden lang Krach. Ich weiß nicht, was ich sagen soll. Wie kann er nicht merken, ob ich komme? Bei einer anderen Frau habe ich es immer gemerkt. Aber ich kann keinen Krach mehr ertragen. »Ja, ich bin gekommen.« Es klingt falsch. Rasch füge ich hinzu: »Was hast du heute gemacht?«

»Bin gegen elf aufgestanden. Etwas D.H. Lawrence gelesen. Nach dem Mittagessen habe ich rumgelungert und auf einen Anruf gewartet, der nicht kam.«

»Mrs. Papich hat mich zur Post und zum Drucker geschickt.«

»Dann bin ich mit einem Jungen aus der Nachbarschaft schwimmen gegangen. Er hält mich jetzt für eine große Nummer, weil ich jeden Tag bumse.«

»Das hast du ihm gesagt?«

Er setzt sich auf. »Warum nicht? Du erzählst es ja auch.«

»Aber wie konntest du das so sagen? Bumsen. Wie Haare schneiden.«

»Ich würde nicht damit angeben, daß ich mir sechsmal in der Woche die Haare schneiden lasse. Was soll ich denn sagen – ich liebe sie leidenschaftlich, Reginald, halt meine Hand. Ein Mann kann nicht so reden, Schlumps, dafür bekäme er keine Punkte. Was ist der große männliche Traum? Jede Nacht eine andere tolle Frau, und am Morgen wird sie geköpft.«

»Du willst bloß einen Fleischklumpen.«

»Du wärst überrascht, was ein Mann will. Ich erzähle dir eine Geschichte.« Seine Stimme kommt langsam, ein Singsang. »Mein Vetter Sheldon war gleich nach dem Krieg in Deutschland. Er hatte ein Mädchen, die war zu *allem* bereit. Alles, was er wollte, und sie war ihm auch noch dankbar. Er sagt, amerikanische Frauen sind kalt und gierig. Er kam gar nicht gern zurück.«

»Warum hat er sie nicht hierher mitgenommen?«

»Sie war eine Nutte. Darum geht es nicht. Er hat mir erzählt, daß sie der Himmel war und alles andere seitdem ein Reinfall.« Er zieht mich an sich, so daß mein Kopf unter seinem Kinn ruht und seine Hände sich lose um meine Brüste schließen.

»Ein schöner Himmel in anderer Leute Schutt.«

»Soll er so tun, als hätte es ihm nicht gefallen?«

»Warum streiten wir uns über deinen Vetter? Befriedige ich dich nicht?«

»Etwas ganz Schönes willst du nicht machen. Du willst mich nicht reinlassen ohne diese verdammte Rüstung.«

Rums. Wir sind angekommen. »Ich habe Angst.«

»Wovor? Ich würde nicht kommen. Ich würde sanft sein.« Er gurrt an meiner Kehle, seine Finger plädieren in meinem Kreuz. »All die Kleidungsstücke. Wir berühren uns nie richtig.«

»Und wenn du kommst, ohne es zu wollen?«

»So lange bleibe ich nicht. Nur, damit wir für einen Augenblick richtig zusammen sind.« Als ich schweige, beschwatzt er mich: »Willst du das nicht auch? Das für mich tun? D. H. Lawrence sagt ...«

Als ich mich ausziehe, stelle ich fest, daß meine Regel angefangen hat. Ich mache einen Kreis um das Datum im Kalender auf meiner Kommode, bevor ich barfuß ins Badezimmer gehe.

Ich stehe unter dem kühlen Geplätscher und wiege meine seifigen Brüste in den Händen. Wie fühle ich mich für ihn an? Beschämt drehe ich die Dusche strafend kälter. Manchmal steht das Mädchen vom letzten Jahr in mir und feixt höhnisch. Denkst du an überhaupt nichts anderes mehr? Wie langweilig!

Ein leises Klopfen.

Ich krümme mich zusammen. »Ich bin unter der Dusche. Gleich fertig.«

Mutter kommt trotzdem herein. »Ich dachte, vielleicht magst du die Lavendelseife benutzen, da du ja ausgehst.«

Ich stehe da und presse lächerlich die Knie zusammen. Der Luftzug von der offenen Tür macht mir Gänsehaut. »Danke.«

»Ist doch hübsch, wenn man was Besonderes hat.« Ihr Blick krabbelt über mich wie eine Fliege. Abrupt geht sie hinaus.

Wieder, während ich vor dem Spiegel trödele, setzt sie sich mit einem Seufzer auf mein Bett, fächelt mit ihrem Rock. »Trotz des Regens hat sich's kaum abgekühlt. Was machst du heute abend?«

»Ich weiß noch nicht.« Ich halte den Kopf gesenkt.

»Geht ihr gewöhnlich ins Kino?«

»Manchmal.«

»Was macht ihr an den anderen Abenden?«

Ich zucke die Achseln. »Wir fahren rum. Wir reden. Wir trinken Kaffee.«

»Geht ihr denn nie tanzen?«

»Tanzen? Nein.«

»Dein Vater und ich, wir gingen jeden Samstag in den Aragon-Ballsaal. Er war ein flotter Tänzer.« Sie lächelt bitter und fächelt mit ihrem Rock. »Davon ist nichts mehr zu merken. Michael sollte sich besser anziehen, wenn er dich hier abholt.«

»Er hat nicht viele Sachen.«

»Seine Mutter sollte besser für ihn sorgen. Hast du sie schon kennengelernt? Es ist ein gutes Zeichen, wenn ein Junge dich seiner Mutter vorstellt.« Sie beugt sich vor und lächelt wie im Badezimmer, ihre Zunge befeuchtet die Lippen. »Ist er liebevoll, Jill?«

Wie kann sie solche Fragen stellen? »Wie meinst du das?«

»Ist er liebevoll zu dir?« Ihre Stirn kräuselt sich über einem weichen, behutsamen Lächeln.

»Er ist sehr intelligent.«

Ihre Hände heben und senken sich. »Hast du ihn lieb?«

»Ich kann ihn gut leiden.« Ich warte auf das Gefühl von Verrat. Es wird überwältigt von dem stärkeren Gefühl, in feuchter, einengender Neugier gefangen zu sein.

»Ihr seht euch so oft.«

»Wer ist denn sonst da? Howie ist in New York geblieben, zur Sommeruni.«

»Als ich ein junges Mädchen war, ging ich mit verschiedenen Jungen aus. Es ist nicht gut, zu viel Zeit nur mit einem zu verbringen – sie werden anspruchsvoll.«

Endlich im Auto gerettet, sage ich zu Mike: »Du bist zu spät gekommen. Mutter hat mich ausgequetscht –«

»Deine auch? Wie bist du darauf gekommen, dich gut anzuziehen? Mutter möchte dich kennenlernen.«

»Oh.« Ein Kloß bildet sich in meiner Mitte. »Warum so plötzlich?«

»Wir haben uns in die Haare gekriegt. Deshalb bin ich zu spät gekommen.«

»Meinetwegen?«

»Unter anderem.« Er zieht ein Gesicht. »Unwichtig.«

Ich kenne Mikes Viertel, weil wir dort oft essen, in einem Imbiß auf der Seven Mile Road, wo die Frau hinter dem Tresen mir zuzwinkert und so tut, als wolle sie mir Kochen beibringen. In Mikes Viertel zogen die Juden aus Howies Viertel, die zwar nicht wohlhabend, aber aus dem Ghetto heraus auf dem Weg nach oben waren. Mikes Straße kommt mir breiter und flacher vor als meine. Die Rasenstücke sind tiefer, die Grundstücke größer, und die Häuser weitläufiger, weiter auseinander. Er hält vor einem der ältesten Häuser im Block, reichlich schäbiger Stuck, entfernt spanisch, das Gras wuchert über einem Zu-verkaufen-Schild in Mikes bester Druckschrift. »Du hast mir gar nicht erzählt, daß sie das Haus verkauft.« Sie werden umziehen? Wohin?

»Das Schild stellt sie immer mal wieder auf. Keiner will zahlen, was sie dafür verlangt. Sie bildet sich immer noch ein, es ist das Haus, das es mal war, als mein Vater noch lebte, dabei zerfällt alles unaufhaltsam.«

Ich werde das Gefühl nicht los, beobachtet zu werden, aber wir gehen in ein dunkles Wohnzimmer. Ich sehe Licht im hinteren Teil des Hauses. Ich folge ihm durch große, düstere Räume, vorbei an einem polierten Eßtisch, an Porzellan und Silber, das in einem Buffet zur Schau gestellt ist. Hinten ist ein Wintergarten, aus dem Durcheinander von Büchern und Nähzeug schließe ich, daß sie dort hausen. Welche von den beiden Frauen in den Korbsesseln ist die Mutter? Sie beugen sich ein paar Sekunden vor und schauen mich an Mike vorbei mit solcher Wucht an, daß ich mich ins Dunkel zurückziehen möchte, bevor sie sich mit schmalem, wißbegierigem Gesellschaftslächeln zurücklehnen.

Mikes Gesicht verhärtet sich vor Ärger. »Na, Tante Ban«, sagt er zu der wesentlich größeren und knochigeren Frau mit dem kurzgeschnittenen grauen Haar und dem streng humorvollen Gesicht, das ich mit Lehrern verbinde, »was ist denn los, daß nicht die ganze Sippe auf dem Plan ist?«

Die Winkel ihres langen Mundes senken sich. »Habe nur vorbeigeschaut. Willst du die junge Dame nicht vorstellen?«

»Mutter, Tante Ban, das ist Jill.«

»Miss Loesser«, verbessert ihn Tante Ban. »Und Sie sind Jill ...«

»Stuart«, antworte ich.

»Mir war doch so, es sei was Schottisches«, sagt seine Mutter. »Sehr freundlich, daß Sie kommen konnten.« Eine alt-junge Frau, die sich so gerade hält, daß nur ihr Nacken die Stuhllehne berührt, ist sie kaum drei Zentimeter größer als meine Mutter, wiegt aber bestimmt ein Drittel weniger. Ihr graumeliertes Haar ist säuberlich eingeschlagen. Ihre Schminke ist blaß, ihre Brille farblos, ihr Kleid braun. Trotz der Hitze ist sie gekleidet, wie ich mich anziehe, wenn ich zur Arbeit gehe. Dennoch wirkt sie mädchenhaft, durch ihre Schlankheit, ihre festen Waden, ihre großen, aber wohlgestalteten

Hände (wie die von Mike) auf den Armlehnen. Ich verwelke in der sumpfigen Nacht, in der sich kein Lüftchen regt, aber sie sitzt in ihrem eigenen, klimatisierten Raum und winkt uns zu der Polsterbank.

»Jill«, wiederholt Tante Ban, »ein ungewöhnlicher Name heutzutage. So britisch. Ist das ein Name in der Familie Ihres Vaters?«

»Nein. Meine Tante Riva – die Schwester meiner Mutter – war beim Varieté –«

»*Varieté*?« wiederholt Mrs. Loesser.

Habe ich aus Versehen Kittchen gesagt? Da ist mein Bruder, in Mexiko, aber macht ja nichts.

»Und was tat sie da?« fragt Tante Ban ein wenig anzüglich.

Habe ich gesagt, sie arbeitete in einem Puff? Was ist mit diesen Leuten los? Alle Juden meiner Kindheit waren im Showgeschäft, in der Politik, in Gewerkschaften oder in Schwierigkeiten. »Ach, sie hat jongliert. Jedenfalls hat sie mal eine Rolle in einem Musical bekommen – gerade, als ich geboren wurde. Da war Depression und alle waren arbeitslos, bis auf sie. Ich wurde nach der Rolle genannt, die sie gespielt hat.« Weil sie zu der Zeit unsere Wohltäterin war und die Arztrechnungen bezahlte. Tante Riva ist großzügig zu der ganzen ungeratenen Familie, wenn sie irgend etwas hat, womit sie großzügig sein kann. Ich habe Juden gekannt, die völlig pleite waren, und Juden, die gut bei Kasse waren, aber niemals welche, die ehrlich meinten, sie seien oder müßten sich so wohlanständig geben wie das hier. Mir kommt der Gedanke, daß meine Klischeevorstellungen heute eine Tracht Prügel beziehen.

Tja, mit dem Schweigen, das zwischen uns dampft wie ein Haufen frisch gefallener Pferdeäpfel, sind meine Vor- und Zunamen erledigt: Ich danke meinen Eltern, daß ich keine weiteren Vornamen habe. Die Hände zwischen die Knie geklemmt, sitzt Mike zusammengesackt da mit einer straffen Furche quer über die Stirn. Die Frauen schauen mich mit höflicher Erwartung an: Der Abend fühlt sich an wie Cold Springs, wenn wir Tante Jean, die Frau des Pfarrers, besuchen, die mit aufgezogenem kleinen Lächeln dasitzt und darauf wartet, daß Mutter und ich etwas schrecklich Jüdisches tun, zum Beispiel ihren Collie Tam-Tam kreuzigen. Ich höre Mutter flüstern: »Meinst du, sie kocht die Teetassen aus, sobald wir weg sind?«

»Michael, warum holst du uns nicht den Eistee?«

Ein warnender Blick von ihm. Sie wollen mich allein abfangen. »Sonst noch was zu trinken?«

»Ich glaube, Sue Ellen hat einen Krug Limonade gemacht. Aber hol den Tee für deine Tante und mich.«

»Sue Ellen?« frage ich.

»Das Mädchen.« Übertrieben ermattet erhebt er sich. »Komm, du kannst die Gläser tragen.«

»Deine Gäste sind doch keine Laufburschen«, sagt seine Mutter, aber ich eile hinterher. Mike hat kaum etwas zum Anziehen, dennoch arbeitet er nicht, und sie haben ein Mädchen. Die Küche ist mit zwanzig Jahre alten Gerätschaften vollgestopft, die meine Mutter mitleidig betrachten würde. Der Kühlschrank ist halb leer, nichts, was zum Naschen verführt. »Mike, was hat denn das Mädchen zu tun? Ist sie hübsch?«

»Sie ist fünfzig, kohlschwarz und ein riesiges Trumm.« Gegen die Kühlschranktür küßt er mich rauh, setzt einen Anspruch durch.

Statt einfach die Gläser zu füllen, ist das Servieren kompliziert. »Mike als Haushaltsvorstand wird einschenken«, sagt Mrs. Loesser forsch.

Er bedient seine Tante zuerst, aber sie ist unwirsch. »So lange in der Küche, und du hast meine Zitrone vergessen?«

»Entschuldigung.« Mit gesenktem Kinn marschiert er hinaus und zurück. Dann schüttet er ohne aufzublicken Tee in Gläser und verteilt sie.

»Wie ist das stickig! Bist du nicht froh, daß du bei diesem Wetter nicht unterrichten mußt, Ban?« sagt seine Mutter.

Ich frage: »Was unterrichten Sie?«

»Naturwissenschaften«, antwortet Mike und schenkt ihr sein schönstes Lächeln. »Irgendwelche guten Schlangen dies Jahr, Ban?«

»Um die Wahrheit zu sagen, ja, ich habe eine entzückende blaue Rennschlange. Möchtest du sie den Sommer über haben?«

»Ban! Du kennst doch Michael. Führe ihn nicht in Versuchung. Sein Leben lang hat er streunende Tiere nach Hause gebracht. Alle nur denkbaren verirrten Geschöpfe von Gott weiß woher.« Das kleine, verkniffene Lächeln ändert sich nicht.

Was bleibt mir anderes übrig, als die Begriffsstutzige zu spielen?

Die Hände seiner Mutter umfassen die Enden der Korbsessellehnen. Ihr Blick wandert gemächlich von meinen Schuhen zu meinem Gesicht. Meine alten Winterschuhe mit flachen Absätzen. Ich muß den Drang bekämpfen, meine Füße unter die Sitzbank zu stecken. »Sie besuchen auch die Universität?«

»Ja. Im Herbst bin ich im dritten Semester.«

Tante Ban lächelt schwach. »Haben Sie irgendwelche besonderen Berufsabsichten?«

»Ich schreibe.«

»So viele junge Leute scheinen Schriftsteller werden zu wollen«, sagt sie trocken. »Worüber haben Sie denn vor zu schreiben?«

Mikes Mutter sagt sanft: »Ban, ich bin sicher, wenn man in einer Fremdenpension aufwächst, begegnen einem viele ungewöhnliche Situationen.«

»Ich bin nicht in einer Fremdenpension aufgewachsen, Mrs. Loesser. Vielleicht denken Sie an Thomas Wolfe?«

»Entschuldigen Sie. Das war wohl ein anderer Freund von Michael. Es wäre ja auch eine unangenehme Lage für ein junges Mädchen.« Sie nippt an ihrem Tee. »Wir hatten gehofft, Michael für seine letzten zwei Jahre auf eine gute Schule im Osten zu schicken ...«

Tante Ban nickt energisches Einverständnis.

»... doch ich nehme an, das wird bis nach seinem Bakkalaureat warten müssen.«

»Du hast noch Jahre der Schulung vor dir, Junge«, sagt Tante Ban mit fest entschlossener guter Laune. »Eine lange, harte Durststrecke. Du mußt dich ganz deinem Studium widmen. Die Zensuren dieses letzten Semesters haben uns enttäuscht ...«

Seine Finger trommeln auf seinen Knien, er blickt von einer zur anderen mit dem Ausdruck eines aufmerksamen und gewissenhaften Jungen.

Tante Ban nickt zum Tisch, wo seine Ledermappe liegt. »Was macht der Proust?«

»Wie?«

»Hast du mir nicht gesagt, du wolltest diesen Sommer Proust im Original lesen?«

Seine Stimme ist so sanft wie in Momenten größter Wut. Plötzlich verstehe ich, genau so macht es seine Mutter. »Ich gebe zu, es hört sich an wie die Äußerungen, zu denen ich manchmal neige.« Er steht auf. »Ich lege eine Platte auf.«

»Es ist schon spät, Michael«, sagt seine Mutter. »Das Geräusch trägt bei den offenen Fenstern. Vielleicht ist dir die richtige Einschätzung abhanden gekommen, du bist ja in letzter Zeit lange aufgeblieben.«

Er marschiert zweimal um die Veranda, dann bückt er sich, um eine Geige unter der Sitzbank hervorzuziehen.

»Michael, hast du sie wieder hier raus gebracht? Die feuchte Luft wird sie verderben.«

»Ich habe geübt.« Er klemmt sie sich unters Kinn und fährt mit dem Bogen über die kreischenden Saiten. »Die hat meinem Vater gehört, aber ich habe mit fünf angefangen, darauf zu lernen. Ich hatte rasch den Bogen raus, und sie dachten, ich würde ein Wunderkind. Aber mein Talent hat sich verflüchtigt.«

»Michael!« Seine Mutter schüttelt den Kopf. »Niemand wollte, daß du ein Wunderkind wirst, kein Gedanke. Du hast furchtbar ungern geübt. Dein Vater hatte nie vor, daß du etwas anderes wirst als Arzt.«

Der Bogen scheuert gequält gegen die Saiten. Seine Augen glühen dunkel. »Ich erinnere es anders.«

»Wunderkind!« Sie schnalzt mit der Zunge, lächelt echt belustigt. »Dann spiel, wenn du magst. Wenn es deine Bekannte nicht langweilt.«

»Es ist viel zu heiß.« Er hebt grob den Violinkasten auf und bringt die Geige ins Haus. Einen Augenblick später knallt eine Schublade zu. Die Blicke der beiden Frauen begegnen sich in amüsierter Duldsamkeit, und in diesem Augenblick hasse ich sie richtiggehend.

10. Juli 1954

Liebe Stu,
irgendwie hatte ich nicht die Kraft zu antworten. Je weniger ich tue, desto weniger kann ich tun. Wie wenn man zu lange schläft und erschöpft aufwacht. Lennie schreibe ich jeden Abend. So bleiben wir in Berührung, wenn man das Berührung nennen kann – oh Gott, diese Frustration!

Ich habe einen miesen Job bei der Anmeldung in einem Zahnärztehaus gefunden. Ich schwöre, so werde ich nie wieder einen Sommer vergeuden. Wie abhängig wir von ein paar lausigen Dollars sind – der ganze Unterschied zwischen Freiheit und Zwang!

Ich habe Colette gelesen (in der Übersetzung, aber sag das nicht Julie, wenn du sie siehst) und C. Wright Mills. Mir ist klargeworden, daß ich mich wegen Lennie entschieden hatte, Kunsthistorikerin zu werden. Meine eigenen Interessen liegen mehr in Richtung Soziologie, wie du selbst indirekt gesagt hast. Ich fühle mich sehr klassenbewußt, bin fasziniert von den Interaktionen zwischen Menschen und Gruppen. Ich denke, ich werde Soz. als Hauptfach nehmen. Was denkst du?

Du weißt ja gar nicht, was für ein Glück du hast, mit Mike zu sein, deine Liebe leben zu können, statt sie mit der Post schicken zu müssen. Ich würde *alles* geben, um nur zwei Stunden mit meinem lieben Lennie in der alten Wohnung zusammenzusein, oder selbst rasche zwanzig Minuten! Ich bleibe für mich, hörst du das, und frequentiere die Bezirksbibliothek. Einer der Zahnärzte sieht gar nicht schlecht aus so auf Gregory Peck-Art, aber wer braucht jemand, der andauernd sagt: Ein bißchen weiter aufmachen bitte, es tut auch nicht weh. Ich lasse mir Krallen wachsen für den Kampf mit den Eltern. Ich werde ganz heiser, weil ich mit niemandem reden kann. Du fehlst mir wahnsinnig & unser Zimmer & der liebste, süße Lennie & sogar diese Knutschmaschinen auf dem Flur mit den Jungfernhäutchen aus Plastik und ihren Kaschmirgehirnen! Schreib mir bald. Erzähl mir was Schönes.

Alles Liebe, Donna

Er liegt quer mit angezogenen Knien und mit seinem schweren Kopf auf meinem Schoß. Durch mein Baumwollkleid fühle ich seinen Atem. Die Scheibe des abnehmenden Mondes steht auf Dachebene zwischen den Häusern, eine reife Kantalup-Melone. Es regnete den ganzen Tag, bevor es sich aufgeklärt und die Stadt gewaschen zurückgelassen hat. Bäume wirbeln und riffeln sich mit dem Geräusch eines Flusses, der über uns hinwegströmt. Die Häuser in der Nachbarschaft sind in Dunkelheit ertrunken. Seine Lider senken sich, sein Mund entspannt sich. Angenommen, wir lägen in diesem Haus in einem Zimmer im ersten Stock, die Fenster in der Höhe des Ulmenlaubs weit geöffnet? Er würde sich im Schlaf umdrehen und murmeln, und ich würde mich auf einen Arm stützen und darüber wachen, wie er wieder in Schlaf sinkt... Mein Kopf fällt vornüber. Darf nicht schlafen! »Wie spät ist es?«

»Ummmmm.« Er rührt sich, vergräbt die Nase in meine Taille.

Ich greife nach seinem Handgelenk, aber er versteckt die Uhr unter sich. »Mike, es ist schon spät.«

Er gähnt mit wollüstigem Räkeln der Schultern. »Immer so scheußlich spät.«

»Mutter hat wieder mit mir geredet, daß ich so lange ausbleibe.«

»Desgleichen, nur noch schlimmer.« Er reibt sich mit den Knöcheln die Augen. »Wenn ich dich abgesetzt habe, fühle ich mich wund. Ich schlafe fast nie ein, bevor es hell wird.«

»Könnten wir doch einmal im selben Bett schlafen und aufwachen.«

»Als Kind hatte ich mal Grippe. Sie haben Federbetten auf mich gehäuft, damit ich's ausschwitze. Wenn ich mich von dir verabschiede, dann muß ich dich aus meinem Körper ausbrennen, bevor ich schlafen kann.« Seine Augen sind weit offen, schwarz. »Hör zu, ich liebe dich.«

»Ich liebe dich.« Worte sind zu schwach, um den Druck in meiner Brust zu mildern. Ich kann nur mit den Händen über sein schwerknochiges Gesicht fahren und es wieder und wieder sagen. Streitereien reiben mich wund und müde. Meine Eltern finden mich ein Ärgernis. Jeden Tag ist mir mein Job heftiger zuwider. Zu Hause fühle ich mich, als sei ich in meine frühe Pubertät zurückversetzt, ohne Gemeinschaft, ohne Freunde, ohne Rückhalt bei irgendwem. Alles entgleitet mir. Nur bei ihm finde ich irgendeine Form von Zärtlichkeit und Gedankenaustausch.

15 Was die Teeblätter sagten

Als ich am Samstag aufstehe, finde ich Mutter am – bis auf die Teekanne, eine Tasse und einen Aschenbecher abgeräumten – Küchentisch ihre halbjährliche Zigarette rauchen. Auf ihrer Frisierkommode bewahrt sie ein Holzkästchen mit russischen Goldmundstückzigaretten, die ihr Onkel Murray, der Schmalspurkomiker, geschenkt hat, als ich noch ein Kleinkind war. Obwohl sie nicht raucht, erriet er, daß die exotische Aufmachung diese Zigaretten aus der Kategorie dessen, was sie »diese scheußliche Angewohnheit« nennt, herausnehmen würde. Dann, eines Abends nach dem Abendbrot an einem Tag, der nicht ungewöhnlicher anmutet als jeder andere, erscheint sie mit einem schlanken braunen Röhrchen elegant zwischen den angewinkelten Fingern und spielt in ihrem eigenen Film. Dann sehe ich die junge Schönheit aus dem Elendsviertel, die in abgedunkelten Kinos verführerische Attitüden studiert. Alles, was sie hatte, um sich zu retten, war ihre Weiblichkeit.

»Es ist spät für Frühstück«, sagt sie. »Zu Mittag gibt es Thunfischsalat.«

»Du hättest mich wecken können.«

»Du warst so spät noch aus, da mußt du ja müde sein.«

»Es ist Wochenende«, sage ich in automatischer Verteidigung. Während ich esse, ringeln sich zarte Rauchwölkchen vom wenigen Tabak aus dem Röhrchen, als würden sie durch einen Strohhalm geblasen. Sie ist so still, daß ich sie überrascht anschaue, doch sie scheint in ihr Ritual versunken. Erst nachdem sie das vergoldete Mundstück ausgedrückt hat, rafft sie sich auf, mir Tee einzuschenken.

Teeblätter schwimmen reichlich in der Tasse. »Du hast das Sieb vergessen.«

»So ist es, ich werde dir die Teeblätter lesen.«

Ich zucke verlegen die Achseln. Sie hat aus meiner Hand gelesen, als sie mich aus der Klinik mit nach Hause nahmen, aber seitdem nicht mehr. Als ich klein war und eifersüchtig auf die Frauen in der Küche, habe ich sie immer gelöchert, mir die Teeblätter zu lesen. »Jill wird gerne zur Schule gehen dies Jahr, und sie wird ein braves Mädchen sein und ihrer Mutter frohen Herzens helfen.« »Kriege ich ein Fahrrad?« »Das ist noch nicht klar«, sagte sie dann traurig, was hieß, es haperte am Geld.

Sie nimmt die Tasse, brütet darüber. Ich stütze die Wange in die Hand, Gähnen streckt meine Kiefer. Ich werde mich im Hof sonnen und *Söhne und Liebhaber* lesen, falls ich ihr nicht beim Hausputz helfen muß. Neben Mike bin ich bleichsüchtig. Dann stößt sie mir die Tasse hin, eine Teewoge planscht heraus. Sie starrt mich an und ich starre zurück, bis ich sage: »Also, was gibt's? Siehst du das Zeichen des Henkers in der Tasse?«

»Nein. Das Zeichen der Bestie.«

Au, die Zeichen stehen auf Sturm. »Ach komm, Mutter. Ich trinke vielleicht lieber eine Tasse Kaffee.«

»Ich kann mich nicht irren.« Sie zeigt mit zustechendem Finger auf die Tasse. »Du schläfst mit ihm – mit dem Jungen.«

Das Zimmer setzt sich wieder in neuer Gestalt. »Was?« Ich kann nicht anders, ich folge ihrem Finger zum Grund der Tasse.

Ihre Lippen kräuseln sich. »Du hast genau verstanden.«

Ich zwinge mich zu einem klebrigen Lächeln. »Ich habe wohl nicht richtig gehört.« Ich erwäge zu sagen, sie wisse ja schließlich, daß ich hier schlafe, aber Sprachspiele scheinen mir angesichts ihres Ausdrucks nicht ratsam.

»Du schläfst mit dem Jungen.«

»Mike, nehme ich an? Herrgott, Mutter, du hast auch immer gedacht, daß Howie und ich –«

»Du besitzt die Frechheit, IHN anzurufen? Wir ziehen unsere Kinder groß, damit sie uns ins Gesicht lügen. Treibt es wie eine Gossenschlampe!«

Ich springe von meinem Stuhl auf. »Hör auf! Ich gehe raus.«

Sie schlägt mit der Faust auf den Tisch, daß die Tasse klappert. »Setz dich! Sollen das die Nachbarn hören?«

Ich setze mich, mein Magen wird hart. Ich höre tatsächlich das Summen eines Küchenmixers. Mrs. McAllen nebenan muß einen Kuchen backen.

»Nicht, daß die sich nicht schon denken können, was los ist, wenn du jede Nacht erst um zwei nach Hause kommst.« Sie schwillt vor Zorn. »Du hast dich ihm nicht einmal, sondern viele Male hingegeben. Du hast mich zum Narren gehalten, es hinter meinem Rücken getrieben. Du Verräterin an deiner Mutter!«

Faszniert schaue ich ihr zu. Dann werfe ich mich auf. »Was willst du?«

»Versuch nicht, dich mit Unverschämtheit durchzumogeln! Denkst du, ich bin blind, ich sehe das nicht in den Blättern?«

»Du siehst, was du willst.«

»Wie kannst du da sitzen und von meinem Tisch essen, wo du weißt, was du getan hast? Hast du keinen Stolz? Meine Tochter, meine einzige Tochter, eine Dirne.«

»Ich habe sehr viel Stolz.« Ich mache die Schotten dicht. Nur durch Lügen kann ich mich schützen. »Du hast mich beschuldigt, seit ich zwölf bin. Laß das sein. Ich habe die ganze Woche hart gearbeitet, und ich brauche kein versautes Wochenende.«

»Kannst du es leugnen? Sieh mir in die Augen.«

Ich begegne ihrem wütenden Blick. »Klar.«

»Jetzt weiß ich, daß du verloren bist.« Sie zieht ein zusammengefaltetes Blatt aus ihrer Schürze und wirft es hin.

Mit spitzen Fingern hebe ich es auf. Donnas Handschrift.

10. Juli 1954

Liebe Stu,
irgendwie hatte ich nicht die Kraft zu antworten. Je weniger ich tue, desto weniger kann ich tun. Wie wenn man zu lange schläft und erschöpft aufwacht. Lennie schreibe ich jeden Abend ...

Erleichterung durchströmt mich wie kühles Wasser. »Das ist bloß Donnas letzter Brief.«

Sie pocht auf die Seite. »Kannst du leugnen, was da steht?«

»Wie bist du an den gekommen? Das ist meiner.«

»Du hältst dich wohl für schlau, aber laß dir von mir sagen, keiner ist so dumm, daß er nicht in der Schublade mit der Unterwäsche nachschaut.«

»Der ist privat. Der ist an mich gerichtet.«

»Ich würde nicht so dicke tun.« Sie pocht darauf. »Lies das.«

Ich folge ihrem Finger.

Du weißt ja gar nicht, was für ein Glück du hast, mit Mike zu sein, deine Liebe leben zu können, statt sie mit der Post schicken zu müssen ...

»Was ist daran schlimm?« frage ich.

»Deine Liebe *leben* zu können?« Ihre Stimme federt vor Sarkasmus. »Nur zwei Stunden mit meinem lieben Lennie in der alten Wohnung *zusammensein*, oder selbst rasche zwanzig Minuten? Du denkst, ich weiß nicht, was das heißt?«

»Lennie fehlt ihr. Sie ist verliebt. Das ist was Schönes.«

»Was weißt du von Liebe, du Dirne? Schmutz, das kennst du.«

»Schluß jetzt.« Ich stoße meinen Stuhl zurück und stehe auf.

»Fang nicht an zu schreien.« Sie steht auch auf, beugt sich so nah, daß ihr Atem meine Wange versengt. »Hast du mir nicht gesagt, du hängst nicht besonders an ihm, aber dafür reicht er, ja?«

»Meine Gefühle gehen dich nichts an. Ich gehe raus.« Ich will vorbeischlüpfen, aber ihr Arm schießt vor.

»Setz dich, oder ich zeige deinem Vater den Detektivbericht.« Sie lächelt schmal über meinen Aufschrei. »Ich habe euch beide die letzten zehn Tage von einem Detektiv beobachten lassen.«

Meine Haut brennt vor Nacktheit. »Das glaube ich dir nicht.«

»Du hast dich so sonderbar benommen, seit du nach Hause gekommen bist –«

»Nein, dafür hast du nie im Leben Geld ausgegeben. Das ist zu unsinnig!«

»Fünfundzwanzig Dollar pro Abend hat mich das aus meinem eigenen Geld von Matt gekostet. Burkes Detektei, du kannst sie im Telefonbuch nachschlagen.«

»Das glaube ich dir nicht!« wiederhole ich lauter. »Das ist doch ein Märchen!«

Sie marschiert an mir vorbei, greift sich ihre mit weißen Glasperlen besetzte Geldbörse, sucht darin. »Hier. Das ist der Mann. Du hast ihn letzte Woche gesehen, du und Mike, ihr seid gerade los, als er kam.«

Eine Visitenkarte.

Detektei Thomas E. Burke
Vertrauliche Ermittlungen
Zivilrecht – Strafrecht – Eherecht
2525 Woodward Avenue, Suite 14A
KL 5-8500

staatlich zugelassen — rund um die Uhr Überwachungen

über 25 Jahre Berufserfahrung

Ein Name ist mit Kugelschreiber auf die Karte geschrieben. Roy Nastasian. Ich bin benommen. Meine Nerven klingeln, aber ich spüre nichts. Ich fühle mich taub. Sie hat es wirklich getan.

»Im Auto von dem Jungen«, schreit meine Mutter. »In Parks und im Freien und in Gassen und in Gräben!«

»Was spielt der Ort für eine Rolle? Wie bringst du es fertig, mir nachzuspionieren?«

»Hast du überhaupt keinen Stolz? Bist du eine läufige Hündin, die jeden Rüden nimmt, der angeschnüffelt kommt?«

»Das ist das Schlimmste, was du je getan hast.«

»Bist du fertig mit Lügen?«

»Ich schäme mich nicht. Du hast es beschämend gemacht.«

»Ich hatte immer zu viel Selbstachtung!« Sie streckt die Hände von sich. »Hat er dir gesagt, er liebt dich? Heiße Luft ist billig. Männer bezahlen eine Prostituierte, aber was hat er dir gegeben?«

»Was ich ihm gegeben habe. Ich liebe ihn.«

»Liebe!« Sie spuckt es durch die Zähne. »Ein Witz.«

»Ich bin stolz auf ihn, und durch ihn bin ich stolz auf mich.«

»Wenn ein Mann dich liebt, wenn du ihm etwas bedeutest, hat er zu viel Achtung vor dir. Er wird dich heiraten, um dich zu besitzen.«

»Ich will nicht, daß mich jemand besitzt. Achtung, die nicht berührt? Woher weiß ich, ob ich ihn heiraten will?«

»Ehen werden nicht im Bett geschlossen, du arme Närrin.«

»Ich habe andere Werte als du. Ich muß mein Leben nach meinem eigenen Gefühl leben für das, was richtig und was falsch ist –«

Sie steht auf. »Ruf ihn an.«

»Wozu?«

»Ich will heute abend mit ihm reden. Würde mich nicht überraschen, wenn er kneift, aber wenn ihm irgend etwas an dir liegt, wird er kommen.«

Ich folge ihr ins Wohnzimmer. »Du glaubst nicht, daß er mich liebt.« Ich greife nach dem Hörer, halte inne. »Willst du etwa zuhören?«

»Du erwartest doch nicht von mir, daß ich dir jetzt traue.«

Ich lege den Hörer wieder auf. »Dann rufe ich auch nicht an.«

»Dann rufe ich an.«

Ich beuge mich über das Telefon, wähle. Es klingelt, klingelt. Laß ihn nicht da sein.

»Hallo?« Schlaftrunken. Die Stimme so belegt wie in der Uni, als ich ihn immer aufweckte.

»Mike, hör zu –«

»Du hast mich geweckt.« Er gähnt. »Wie spät ist es?«

»Eins. Meine Mutter hat gerade mit mir geredet. Sie weiß von uns.«

»Weiß was?«

»Von uns. Ja, sie ist hier. Sie hat mich beschuldigt.«

»Was soll denn das?« Ich sehe ihn vor mir, wie er den Kopf schüttelt, um wach zu werden. »Daß wir Sex haben?«

»Ja.«

»Du hast es natürlich abgestritten.«

»Lange Zeit.«

»Du hast doch nicht etwa irgendwas zugegeben! Bist du noch bei Trost?«

»Sie hat uns von einem Detektiv beobachten lassen.«

»*Merde!*« Ein langes Schweigen.

»Mike.«

»Du hättest es trotzdem abstreiten sollen. So eine Scheiße!«

Sie lehnt am Türpfosten mit kalt flackerndem Lächeln. »Sag ihm, er soll heute abend vorbeikommen.«

»Mike, sie will, daß du heute abend vorbeikommst.«

»Hält sie mich für schwachsinnig?«

»Mike! Sie will mit dir reden. Du mußt kommen.«

»In das Haus da? Und mit ihr ‘reden’?«

»Sie hat gesagt, du wirst es nicht tun, weil dir nichts an mir liegt.«

»Was ist denn mit dir los? Muß ich das deiner Mutter beweisen?« Er stöhnt. »Warum hast du das zugegeben?«

Mutter bewegt sich unruhig. »Kommt er jetzt oder nicht?«

»Nun warte doch«, sage ich zu ihr und lege die Hand über den Hörer. Dann zu ihm: »Kommst du, Mike? Bitte!«

»Na schön, ich versuche, um acht da zu sein. *Merde alors,* da hast du uns ja was eingebrockt. Sag nichts weiter. Wir werden sehen, ob ich den Schaden wiedergutmachen kann.«

Ich hänge auf und wende mich ihr zu. »Er kommt um acht.« Der grimmig funkelnde Zorn ist in ihre Augen zurückgekehrt, aber ich mache mich los. »Ich gehe nach oben.«

»Damit du mir ja aus den Augen kommst!« Sie rauscht an mir vorbei und knallt die Tür zu ihrem Schlafzimmer zu. Die Bettfedern zucken quietschend unter ihr zusammen.

Paps' Gesicht strahlt von gesunder Röte. Sein Haar sieht noch weißer aus im Kontrast zu der Sonnenbräune eines ganzen Tages beim Angeln. »Je einen schöneren Fang Klumpfische gesehen? Wieso hast du Schweinekoteletts gemacht?«

Mutter sagt: »Die mache ich dann morgen.«

Ich schiebe das Essen auf meinem Teller herum, warte darauf, daß ich vom Tisch aufstehen kann.

»Deine Mutter wollte nicht, daß ich dich aufwecke, sonst hätte ich dich mitgenommen.« Er grinst. »Hinterher sind wir reingesprungen, zur Abkühlung. Das Wasser war herrlich. Der arme Gene hat nur einen Sonnenfisch gefangen, und der war auch noch winzig.« Er nimmt sich Kartoffeln nach. »Frisch gefangen schmecken sie am besten.«

Mutter sitzt tief in ihrem Stuhl, ihre Wangen sind geschwollen. »Ich hab's nicht über mich gebracht, sie auszunehmen.«

Er bekommt Sorgenfalten. »Fühlst du dich angegriffen, Pearl?«

Sie schüttelt den Kopf.

Seine tiefe Stimme zittert vor ungeschickter Zärtlichkeit, wie seine Hände bei hauchfeinen Arbeiten. »Bist du auch nicht krank? Die Hitze hat dir zugesetzt.«

»Ich erkläre es nach dem Essen.« Sie schüttelt den Kopf; ihr Gesicht zieht sich zusammen, als wolle sie weinen.

Sie hat doch nicht vor, es ihm zu sagen! Sie muß etwas geplant haben, damit er nachher aus dem Weg ist. Aber als ich den Tisch abräume, sagt sie: »Geh besser rauf. Das wird ihn schwer treffen. Ich weiß nicht, was er dir antut.«

Ich sehe ihn durch die Tür vorm Fernseher hocken. »Was wirst du ihm sagen?«

»Was?« Die Falten ihres Gesichtes senken sich. »Was du mir gesagt hast.«

»Mutter, das kannst du nicht.«

»Ich muß es. Glaubst du, ich freu mich darauf?«

»Dann tu es nicht. Warum? Es geht ihn nichts an.«

»Weil er, wenn er dahinterkommt, mir die Schuld geben wird.« Sie wischt sich das Haar aus der Stirn. »Er wird denken, ich hätte es stillschweigend geduldet.«

Ich drehe mich um und renne nach oben, werfe mich auf die Hollywoodschaukel. Obwohl ich angestrengt lausche, höre ich nur Stimmengemurmel vermischt mit Fernsehgeräuschen. Dann hört das Fernsehen auf, aber die Stimmen gehen weiter. Sie ist eine Frau und sinnlich. Ihre Mutter bekam zu viele Kinder, und sie half bei den blutigen Geburten. Mit zehn sah sie aus wie fünfzehn. Ihr gieriges Lesen setzt sie gewissen Ideen aus, einer gewissen Weite des Lebens. Aber er hat sich mir gegenüber nie anmerken lassen, daß Sex existiert. Liebe ist kein Wort, das er benutzt. Sein Urteil ist der Fall des Scharfrichterbeils.

Endlich der gebrochene Dreiklang des Gongs. Als ich hinuntergehe und merke, wie zerzaust ich mich fühle, rutscht meine Sehnsucht, Mike zu sehen, davon. Die Welt ist offen, in allen Richtungen verlockender als dieses Haus. Ein Bettlakenseil aus dem Fenster. Sie suchen mich. Zehn Jahre später eine Postkarte aus Manila, Jill, die Strandgutsammlerin. Jetzt werden meine Eltern mich nie anerkennen, mich nie annehmen, mich nie lieben. Versaut. Aber nichts, was ich tat, war je, was sie wollten. Das falsche Kind.

Mike posiert steif in dem rostbraunen Sessel, der an den grünen stößt, in dem Mutter thront, die Hände im Schoß verklammert. Sie hat sich ihr gutes blaues Kleid angezogen und das Gesicht gepudert, aber ihre Haare sind wirr. Zuletzt und widerwillig schaue ich zu Paps in seinem angestammten Sessel vor dem Fenster. Sein Gesicht ist eine Maske aus kalter Wut. Ich setze mich auf das Sofa zur Küche hin, so weit weg wie irgend möglich.

»Wo das nun herausgekommen ist, beabsichtige ich, das heute abend zu regeln.« Paps' Stimme hakt. Er sitzt schwer, redet ein Kupferrelief über Mike an mit einer Galeone unter vollen Segeln. »Das Schlimmste ist passiert. Wir können die Schande auf ein Minimum beschränken.«

»Ich denke nicht, daß wir etwas getan haben, für das wir uns schämen müßten«, beginnt Mike in seiner lauten Vorlesestimme. »Das muß ein Mißverständnis sein.«

»Ich mißverstehe gar nichts.« Die Falten straffen sich in Vaters Wangen. »Wir wollen nicht darüber reden.«

»Mr. Stuart, Jill ist alt genug, um zu wissen, was sie will –«

»Sie ist meine Tochter und von mir abhängig, und das ist mein Haus.« Vaters Hände zittern, als er sich eine Zigarette anzündet. »Ein Unrecht ist der Gesellschaft, ist uns zugefügt worden. Es muß wiedergutgemacht werden.«

Die zweihundert Dollar: Abhängigkeit. Aber ich verdiene auch dieses Jahr im Sommer nicht genug, um das Studentenheim bezahlen zu können. Meine sämtlichen Muskeln spannen sich, als zögen sie die Worte aus Mike heraus, denn ich möchte, daß er ihnen antwortet, es ihnen verständlich macht. »Vorstellungen ändern sich, Sir. Jill glaubt genausowenig wie ich, daß das, was wir getan haben, Unrecht war.«

»Wir haben recht«, platze ich heraus. »Ich kann nicht nach einer Moral leben, an die ich nicht glaube, die ich nicht gutheiße. Ich will euch ja auch nicht vorschreiben, ihr sollt euch verhalten wie ich, denn ihr seid in einer anderen Welt aufgewachsen als der, in der ich leben muß. Ihr seid gleich nach dem Ersten Weltkrieg aufgewachsen. Da gab es noch nicht mal Autos –«

»Sei still«, donnert mein Vater. »Du hast dein Recht verwirkt, gehört zu werden.« Kein Blick trifft mich.

»Angenommen, ich hätte etwas wirklich Schlimmes getan wie Mrs. Coyle ihre Sozialhilfe klauen oder ein spielendes Kind auf der Straße überfahren! Daß zwei Menschen sich lieben, ist einfach kein Verbrechen!«

»Du hast nichts zu sagen! Sei still!« Mein Vater ballt die Fäuste. Einen Augenblick herrscht Schweigen. Jeder schaut zu Boden. Warum äußert Mike sich nicht? Auf ihn werden sie hören.

Mutter funkelt mich an: »Warst du noch Jungfrau? War er der erste?«

Mein Gesicht prickelt. Ich reibe die Finger an den abgewetzten Sofanoppen.

»Antworte mir. Warst du noch Jungfrau, Jill?«

»Was macht das für einen Unterschied? Er war es auch.«

Mike wirft mir einen furchtbaren Blick zu.

»Belügst du mich? Wenn ich dir bloß glauben könnte.« Sie wendet sich Mike zu. »War sie es?«

Widerstrebend nickt er. Wie kannst du nur, sie wird dir nicht glauben. Da sein Nicken unsere Blicke nicht gelöst hat, sagt er schließlich: »Ja.«

Mein einziger Wert für sie. Zerbrochen wie eine Vase.

»Da bleibt nur eins ...« Vaters Blick prallt von unseren Gesichtern ab und kommt schließlich auf dem leeren Fernseher zur Ruhe. »Was getan werden muß ...« Seine Augen hinter der Goldrandbrille sind Winterteiche. Die frische Sonnenbräune vom Angelausflug hat sich zu hektischen roten Flecken verdichtet. »Ihr werdet so bald wie möglich heiraten.«

Mike regt sich. »Ich habe nie versprochen, sie zu heiraten.«

»Ich habe auch nie versprochen, ihn zu heiraten!« kreische ich. Wir werden diesem Ort nie entrinnen. Wir werden hier angepflockt für immer schwitzen.

»Bestimmt waren Sie so vorsichtig, nichts zu versprechen!« Mutter beugt sich zu Mike. »Sie auszunutzen – Sie sehen doch, daß sie nicht genug Verstand hat, aus dem Regen zu gehen. Was hatten Sie für Absichten?«

Er streckt das Kinn vor, verspannt sich in entnervtem Ärger. »Wir hatten keine Absichten! Wir sehen uns gern, reden gern, verbringen gern die Zeit miteinander. Vielleicht heiraten wir ja eines Tages, wenn ich meinen Doktor habe, aber das ist unerheblich.«

»Ich möchte mal wissen, wie unerheblich Ihre Mutter das finden wird, wenn ich ihr den Detektivbericht vorlege.«

Vater windet sich in seinem Sessel und verstreut Asche. Mike starrt Mutter mit offener Feindseligkeit an, sie messen ihre Willenskraft miteinander. »Sie wissen, ich dulde nicht, daß meine Mutter den sieht. Sie würde lieber sterben, als mit etwas so Schmutzigem wie Detektiven zu tun haben.«

»Daran hätten Sie denken sollen, bevor Sie es getrieben haben. Ihr arrogantes Gehabe können Sie gleich lassen.«

»Wie könnt ihr mir das antun? Seht ihr nicht ein, daß Mike recht hat? Ich will nicht heiraten! Das ist das letzte, was ich will.«

»Dafür ist es zu spät.« Vater ruckt vor, klammert die Hände zusammen, bis die Knöchel vorstehen wie ein Gebirgsgrat. »Ihr habt einander gewählt, und ihr müßt das Beste daraus machen. Obwohl Gott weiß, das ist nicht, was ich gewählt hätte. Oder Sie als Schwiegersohn.«

Mike fragt leise: »Werden Sie mein Studium finanzieren?«

Vater dreht sich, um ihn direkt wütend anzustarren, das Licht bricht sich an seinen weißen Bartstoppeln. »Was?«

»Wenn ich ein Mädchen heirate, das keine Jüdin ist – ja sogar, wenn ich jetzt überhaupt heirate, wird meine Familie mich enterben und mir die Unterstützung streichen.«

»Daran hätten Sie denken sollen, bevor Sie sich mit Jill eingelassen haben«, spuckt Mutter. »Bisher war Sie Ihnen jedenfalls jüdisch genug.«

Mike lümmelt lässig und tönt gedehnt: »Aber verstehen Sie denn nicht, wenn mir die Unterstützung gestrichen wird, ist mir egal, ob meine Familie Ihre verdammten Berichte liest. Dann verliere ich sie sowieso. Was spielt es für eine Rolle, ob ich enterbt werde, weil Sie Schmutz ins Haus meiner Mutter zerren, oder weil ich eine Frau heirate, mit der meine Familie nicht einverstanden ist?«

Er ist ihnen entkommen. Wie können sie reden, als sei ich ein Gegenstand, über dessen Besitz gestritten wird? Der Verlierer führt mich ab.

Vater sitzt schrecklich still. »Raus!«

»Warte, Malcolm.« Mutter betrachtet Mike unter ihren Wimpern hervor. »Sie sind dagegen, weil Sie die Unterstützung Ihrer Mutter und Ihrer Tante verlieren?«

»So ist die Situation, kurz und bündig.«

»Alles ist Ihnen wichtiger als Jill. Ich verstehe. Nun gut, leben Sie wohl, und ich rufe die Polizei, falls Sie sich je wieder an sie ranmachen.«

»Nein!« Meine Stimme hallt in meinen Ohren. Ich sage noch einmal: »Nein! Das könnt ihr nicht machen.«

»Das ist nicht wahr«, sagt Mike. »Wie soll ich sie denn ernähren, soll ich in der Fabrik arbeiten?«

Paps sagt: »Ich habe meine Frau zwanzig Jahre lang ernährt ohne den Genuß einer akademischen Ausbildung. Und wir hatten die Disziplin, zu warten.«

Sie war mit jemand anders verheiratet, aber solche Waffen kann ich nicht gegen die beiden einsetzen. Ich kenne ihre verletzlichen Stellen. »Ihr habt Leo zur Heirat gezwungen, ihr und die Haleckis, als ihr ihn mit Joanie erwischt habt. Wie lange hat das gedauert, achtzehn Monate? Was für Befriedigung kann das geben, Menschen in eine Ehe zu drängen, die sie nicht wollen? Ich werde Mike nicht heiraten, wenn er das Studium abbricht.«

»Du tust, was dir befohlen wird«, sagt Vater.

»Ich denke nicht daran. Ich würde lieber sterben, als daß er das Studium abbricht.«

Mike schaut mich zum ersten Mal mit Wärme an. »Sie haben gehört, was sie gesagt hat. Wir sind uns darin einig.«

»Sie wollen auch sterben?« Mutter lächelt. »Ich habe eine bessere Idee. Heiratet heimlich, und keiner braucht es zu erfahren bis nach Ihrem Examen.«

»Aber ...« Ich sehe richtig, wie ihn die Überraschung trifft. »Woher weiß ich, daß Sie es geheimhalten?«

Vater drückt seinen Zigarettenstummel im vollen Aschenbecher aus, zerstößt ihn wieder und wieder. »Erwarten Sie von uns, daß wir damit angeben?«

»Und wenn Sie sich ärgern? Woher weiß ich, daß Sie damit nicht zu meiner Familie gehen?«

Mutter sagt: »Wir würden Ihnen unser Wort geben.«

An der Stellung von Mikes Lippen kann ich seine Belustigung schmecken. »Würden Sie meins nehmen?«

»Welche Garantie ...« beginnt Mutter.

Geschacher. Er sitzt wie mit einem Bolzen durchschossen. Ein kalter Ölfleck von Erniedrigung beschmutzt mich.

» ... wenigstens meinen Magister ...«

Laß das Dach einstürzen und uns zu Schweigen zerquetschen. Wir sind Insekten, alle.

» ... schriftlich von einem Rechtsanwalt festlegen ...«

Der rötliche Lebensbaum auf dem maschinegewebten Orientteppich windet sich wie die gequälten Nerven in meinem Fleisch. Auf dem Nippesbord putzt sich eine blaue Porzellankatze mit kühler Würde. Ich erinnere mich, wie Blitz, mein schwarz-weißer Kater, immer mit einem zerrissenen Ohr oder einer aufgekratzten Backe nach Hause kam, aber in meinem Schoß lag er und schnurrte sich in und aus dem Schlaf. Ich schrieb Geschichten über seine Heldentaten nach dem Muster der Burschi-der-Hund-Geschichten und glaubte sie fast.

»Jill, hörst du zu?« fragt Mutter scharf. »Wir sind einverstanden, deine Heirat nicht bekanntzugeben, bevor Mike seinen Doktor hat, es sei denn, du wirst schwanger. Wenn wir das Versprechen brechen, zahlen wir sein Studiengeld, bis er fertig ist.«

Sind sie wahnsinnig? Wo wollen sie das Geld hernehmen? Sie bezahlen ja nicht einmal meine College-Kosten, und meine Noten sind besser als seine, was ihn wütend macht. »Wollt ihr das?«

»Wollen!« Mutter gibt ein verächtliches Geräusch von sich. »Das ist das Letzte, was ich je wollte.«

»Schickt ihr mich aufs College zurück?«

»Wozu?« Mutter schaut unbehaglich zu Vater, der dasitzt und seine Finger betrachtet. »Denkst du etwa, du verdienst es? Außerdem heiratest du. Was soll's also?«

Ich bin auf den Füßen. Verheiratet mit einem Mann, der mich nicht will. Die wasserblauen Wände und ihre bleichen Gesichter sind mit Punkten übersät, roten und dann schwarzen Flecken, die immer größer werden. Der Eßzimmertisch taumelt auf mich zu, knallt mir auf die Hüfte. Ich renne zum Badezimmer. Ich klammere mich ans Becken, auf steife Arme gestützt breche ich mein karges Abendbrot aus, mein unverdautes Thunfischmittagessen, Säure, schließlich Luft.

Mutter steht mit verschränkten Armen in der Tür. »Jill, alles in Ordnung?«

Alles in Ordnung? Nichts ist in Ordnung. Als ich herauskomme, steht sie am Eßzimmertisch und hält sich fest. »Mit dem College, Jill. Wir werden sehen. Nachdem du geheiratet hast.«

Dünn, schattenlos warte ich. Ich möchte bewußtlos sein.

Sie blickt mir ins Gesicht. »Mike möchte mit dir reden. Möchtest du eine Stunde ausfahren?«

Raus aus dem Haus, ja. Sie bringen uns zur Tür, da bleiben sie einen Fußbreit voneinander stehen und schauen uns zum Auto nach. Ich kauere mich ans Fenster. Meine Kehle fühlt sich zerschabt an, mein Mund schmeckt nach Mundwasser und Säure. Sein Gesicht ist starr vor Zorn, quietschend nimmt er die Kurven, ich schleudere gegen die Tür. Um Ecken, durch eine finstere Gasse, über Gleise. »Ich glaube, ich habe ihn abgeschüttelt.«

Ich versuche mich aufzuraffen. »Was?«

»Den Detektiv. Keiner ist hinter uns.« Er hält in einer Seitenstraße bei einem großen Backsteinhaus, wo wir oft geparkt haben, wo wir uns Phantasiegeschichten ausgedacht haben über unser Leben zusammen in dem Haus.

»Wenn uns jemand beschattet, dann kann es doch sein, daß er hierher kommt?« Die vertraute Umgebung erfüllt mich mit Ekel. Ich kann dem Gefühl nicht entrinnen, daß uns jemand beobachtet.

»Ich hoffe, er kommt.« Er stößt die Faust in die Handfläche. »Ich breche ihm die Nase und dresche ihm die Zähne in den Hals.«

Ich kann nicht glauben, daß wir Nastasian sehen werden, außer in einem Alptraum. Unsere alten Muster sind durchtrennt; ich kann mich nicht rühren. Er merkt es und verfinstert sich. »Komm her.« Er zerrt mich in einen Kuß: ohne Lust wird ein Anspruch durchgesetzt. Er zieht sich zurück und kauert über dem Lenkrad, trommelt mit den

Fingern. »Da hast du ja was Schönes angerührt! Warum hast du nicht alles abgestritten?«

»Es tut mir leid.«

»Warum hast du nicht schockiert getan, aber Mutter, wie kannst du sowas sagen, und bist aus dem Zimmer gerannt?«

»Dann hätte deine Mutter inzwischen die Berichte. Außerdem hätte sie mir das sowieso nicht abgenommen.«

»Wolltest du, daß das passiert?«

»Du benimmst dich, als ob du mich haßt!«

»Was soll ich denn sagen, au ja, Mrs. Stuart, ich würde mir ein Loch in den Bauch freuen, Ihnen Ihre Tochter abzunehmen? Sie brauchen sie nur noch ein bißchen einzupacken.«

»Siehst du denn nicht, wie mich das erniedrigt? Ich will so nicht heiraten!«

»Dann heiraten wir eben nicht.«

»Was soll dann aus uns werden?«

Er kratzt sich den Kopf. »Ich werde drüber nachdenken. Wir überlisten sie doch noch.«

»Sie ist gerissen, Mike.«

»Offensichtlich.« Wieder trommelt er mit den Fingern. »Muß doch einen Weg geben. Muß mir Rat holen. Cribbets vielleicht. Dem kann ich trauen, daß er den Mund hält.«

»Dein alter Schullehrer?«

»Der Dichter. Mir wird schon was einfallen. Vertrau mir.«

Ich muß es ihm glauben. Heute abend ist er überrumpelt worden.

»Wenn er zuschaut, soll er was davon haben.« Er rückt zu mir.

Die Straße ist leer, unheilvoll still unter den Laternen. Wie so viele Male lieben wir uns in Gebärden, die die Wiederholung selbstverständlich gemacht hat, dennoch verspüre ich einen Hauch von Peinlichkeit, von Abläufen, mehr gewollt als gefühlt. Ich bin mir jeder Bewegung bewußt, selbst der leisesten Liebkosung seines Hosenaufschlags an meinem Knöchel. Seine Hand auf meiner Brust ist ungestüm. Als ob seine Sinne mich frisch erführen, sind wir leidenschaftlicher und doch kälter. Elektrisiert reiben wir uns aneinander. Für dieses simple Tun hassen mich meine Eltern. Sie glauben, man braucht eine amtliche Erlaubnis dafür. Ich erinnere mich an meine blutige Durchbohrung, wie er den Arm um mich legte und mich einen guten Soldaten nannte. Die Zeit unter den Kiefern, als meine Lust geboren wurde. Heute abend gibt eine Anspannung in ihm nicht nach, hämmert in mich hinein und hält sich zurück. Von Zeit zu Zeit gleitet ein Zucken der Wut über sein Gesicht; auch ich komme nicht los von der Erinnerung.

16 Jill wird Zeugin eines Lanzenstechens

Am nächsten Morgen schrecke ich kerzengerade hoch. Es ist halb sechs. Das Zimmer ist blendend hell, aber niemand steht über mich gebeugt. Dann fällt es mir wieder ein. Ich kann nicht in diesem Bett bleiben. Die Furcht treibt mich nach oben in die Hollywoodschaukel – die Furcht, meine Eltern zu sehen und gesehen zu werden. Ich döse und wache verschwitzt auf, als die kleinen Geräusche des Hauses durch die Dielen sickern: die Toilettenspülung, das Schließen der Kühlschranktür, das rauhe Timbre der Stimme meines Vaters, der antwortende Alt meiner Mutter. Ich kann die Zeit nicht spüren, denn immer hockt der gleiche Alpdruck auf meiner Brust. Durch das offene Fenster flattern Kinderrufe eines Versteckspiels wie weiße und gelbe Motten. Ein Rasenmäher murrt. Schwach schwebt der Geruch von Bratfisch hoch. Warum soll die Kenntnis der Freude als Verbrechen gelten? Sie leiden und ich leide, und dieses Haus ist zu eng.

Das Telefon klingelt näselnd durch den Fußboden. Dann geht die Tür am Fuß der Treppe auf. »Jill?« ruft Mutter. »Telefon. Es ist Mike.«

Ich fühle mich zu unbehaglich, um mich hinzusetzen, und bleibe stehen. »Hallo?«

»Bist du allein?«

Das Geheul der Säge ortet meinen Vater im Keller, aber Mutter staubt die Nippesborde ab. »Nein. Sehe ich dich heute abend?«

»Wir gehen zu meiner Tante. Versuch, vor sechs zu einer Telefonzelle zu kommen. Ich habe nachgedacht.«

»Ist dir was eingefallen?« Ein schwacher Hoffnungsschimmer.

»Der erste Schock ist vorbei. So ein billiger Trick überrumpelt eben.«

»Ich versuch's.«

Als ich auflege, sagt Mutter: »Du kannst genausogut was essen. Da ist noch Fisch übrig, den kann ich dir aufwärmen.«

»Nein danke.«

»Wenn du nicht ißt, wirst du krank, und dann muß ich dich auch noch pflegen. Hör auf, dir leid zu tun. Du hast dir dein Bett gemacht, und du wirst darin liegen.«

Zu zerschlagen, um zu widersprechen, folge ich ihr in die Küche. »Ich habe keinen Hunger. Ist ein bißchen Käse da? Sind schon Tomaten reif?«

»Kommt er heute abend, um seine Antwort zu geben?«

»Mike muß Verwandte besuchen.«

»Im Sturm ist jeder Hafen recht.« Sie stellt den Brenner unter dem Kaffeekessel an. »Ich bin zum Umfallen müde. Sogar dein Vater konnte nicht schlafen.«

Fischgestank aus der Bratpfanne. »Vielleicht sollte ich ausziehen.«

»Ich erinnere mich noch an letztes Mal. Heinemanns Garage hattest du bald gründlich satt.«

Ich war zehn. Nach den ersten paar Stunden wartete ich schon darauf, gefunden zu werden, und wußte nicht, daß Mrs. Heinemann Mutter benachrichtigt hatte und angewiesen worden war, mich da zu lassen, bis ich bereit sei rauszukommen. Besiegt. Ich kaue Hüttenkäse und Kirschtomaten.

»Natürlich möchte dein Freund dich in dem prächtigen Stil unterhalten, den er angeblich gewohnt ist, mit seinen zerrissenen Hemden ...«

Die Küchentür wird aufgerissen. »Pearl, was hast du mit dem Ameisenpulver gemacht?« Er bleibt stehen, und eine Schockwelle bringt ihn zum Erstarren, als sei es zu viel, mich leibhaftig zu sehen. Dann beugt er sich mit zitterndem Kiefer vor und stößt den Tisch nach mir. Ich springe vom Stuhl auf. Mutters Stimme überschlägt sich in hoher Warnung: »Malcolm!«

Seine Stimme reißt sich aus ihm los: »Straßengöre!«

»Du haßt mich! Aber ich bedaure es nicht!« Ich renne verbrüht aus dem Zimmer.

Ich hole meine Brieftasche, Mutter kommt mir nach. »Wo gehst du hin? Wenn du wegläufst, wird es dir alle Tage deines Lebens leid tun.«

»Ich gehe spazieren.« Ich lasse die Haustür zuschlagen und springe die Auffahrt hinunter, etwas ist in mir losgerissen. Zermalmtes Gewebe. Straßengöre. Schlimmer noch die Vorstellung, wofür das steht und was er nicht über die Lippen bringt.

Marcie sonnt sich auf ihrer Veranda im ersten Stock, sie hat ihre Sonnenbrille auf und alte Shorts an, hat sich noch nicht mit ihren Nuttenklamotten aufgetakelt. Sie nickt mir kurz zu. Seit ich ans College gegangen bin, redet keiner mehr mit mir. Sogar Freddie quatscht mich nicht mehr mit seinen Geldproblemen voll. Ich fühle mich doppelt ausgestoßen. Meine alte Gang würde mir nicht den Nerv töten, weil ich mit Mike bumse; sie würden die Achseln zucken und sagen: Sonst noch was? Woher haben meine Eltern ihre sonderbare Moral? Ich war die letzte Jungfrau meines Alters im Viertel. Mutter vergötterte Freddie. Sie buk ihm immer Schokoladenplätzchen, und wenn er mich nicht auf dem Küchentisch vergewaltigt hat, so nur, weil ich ihm mit einem heißen Bügeleisen kam. Ich dachte, mit Mike bumsen wäre ein Beweis dafür, daß ich eine gesunde, normale Frau bin. Ich brauche dringend eine Freundin. Donna ist meilenweit weg, Julie ist in einem Vorort, den ich nur mit dem Auto erreichen kann. Theo ist in New York, in einer Stadt namens Southampton.

Drei Mädchen gehen Arm in Arm vor mir in den Drugstore an der Ecke, ihre kleinen Pos in Shorts wackeln selbstbewußt, ihr Geschwätz ist unüberhörbar. »Er hat mir gestern bei Sharkies Werkstatt zugepfiffen!« »Frieda hat auf dem Balkon mit ihm geknutscht, als Doris Day lief.« Sie bleiben beim Limoausschank stehen, während ich nach hinten weitergehe zur leeren Telefonzelle.

Seine Mutter meldet sich. »Wer spricht da bitte? Ich schaue nach, ob er zu Hause ist.«

Ich schiebe die Tür auf, um ein bißchen Luft zu bekommen. Der Telefonhörer in meiner Hand beruhigt mich. Er hat einen Plan.

»Wie geht's, Schlumps?«

»Red nicht davon. Tut gut, deine Stimme zu hören. Kannst du heute abend weg?«

»Es ist gute Taktik, das ein paar Tage aufzuschieben. Sie sollen merken, daß sie mich nicht drängen können. Ich habe Cribbets angerufen und treffe ihn Freitag.«

»Warte nicht bis zum nächsten Wochenende mit deiner Antwort, Mike.« Wie lange kann ich mich noch auf dem Dachboden verstecken? Ich fürchte meinen Vater.

»Schau mal, sie versucht, dich unter die Haube zu bringen. Der uralte Schwank. Da wird sie nicht den einzigen Freier wegschicken.«

»Das ist nicht wahr! Sie sind zornig und sie schämen sich.«

»Sie wußte, was vorging. Sie hat uns vom ersten Abend an beschatten lassen und hat so lange gelauert, bis ich in der Falle saß. Ich staune, daß sie dich nicht schon früher mit einem ihrer Untermieter verheiratet hat.«

»Hör auf!« Ich ziehe die Tür zu. »Du bist schlimmer als sie! Ich bin immer noch der gleiche Mensch, ich habe mich nicht geändert.«

»Es ist auch immer noch die gleiche Beziehung. Du bist mit mir ins Bett gegangen, weil du es wolltest, und nicht, damit ich dich heirate. Hab ich recht?«

»Sicher. Ich war stolz darauf, dich zu lieben. Du weißt nicht, wie mich das erniedrigt.« Die Zelle bedrängt mich mit ihrer abgestandenen

Luft. Ich schiebe die Tür ein paar Zentimeter auf und stecke die Nase in den Spalt.

»Das ist ein billiges Proletarierritual, dieses Verheiraten. Wie eine Filmklamotte über Provinztrottel.«

»Es verletzt sie auch. Sie versuchen, deinen Standpunkt zu berücksichtigen, mit dieser Vertragsgeschichte.«

»Toll. Wie ein Taxi zur Hinrichtung.«

Ich mache die Tür zu. »Du hast hundertmal gesagt, daß du mich liebst. Warum ist es eine Hinrichtung, mich zu heiraten?«

»Ich will nicht heiraten.«

»Ich genausowenig. Aber was können wir machen? Was können wir machen?«

»Jetzt geh nicht gleich an die Decke. Ich habe dir gesagt, daß ich nachgedacht habe, und du hast mich nicht mal gefragt, was mir eingefallen ist.«

»Dann sag.« Ich schiebe die Tür auf und strecke die Beine aus.

»Es ist so einfach, ich wundere mich, daß wir gestern abend nicht daran gedacht haben. Zieh einfach aus.«

»Sie verlassen?«

»Richtig. Besorg dir eine kleine Wohnung hier in der Gegend. Wär das nicht kuschelig?«

»Nicht sehr. Wovon sollen wir leben?«

»Na du arbeitest doch, oder etwa nicht?«

»Ich bringe achtundfünfzig die Woche nach Hause. Und was ist mit dem Studium?«

»Im Herbst kannst du da einen Job kriegen. Dann sind wir immerhin noch zusammen.«

»Mike, ich kann nicht genug verdienen, um das Wohnheim zu bezahlen, und die Universität erlaubt Mädchen nicht, außerhalb zu wohnen. Wenn ich von dem leben muß, was ich verdiene, bin ich im September pleite, wenn das Semester anfängt.«

Er seufzt entnervt. »Nebensächlichkeiten, die wir lösen können. Die Hauptsache ist, du kommst aus dieser Hölle raus und schaffst sie dir vom Hals.«

Ich mache die Tür zu, feuchte Niedergeschlagenheit kriecht wie nasser Nebel mein Rückgrat hoch. »Ich begreife nicht, was mir das helfen soll.« In Ann Arbor für die derzeitigen Sklavenlöhne arbeiten, gelegentlich abends meine Freunde treffen, hin und wieder, wenn sie mal nichts zu tun haben, sie um Leselisten bitten. Ich müßte mich im Selbstunterricht bilden wie Tante Sarah, die hellste von den Schwestern meiner Mutter, die den *Weltalmanach* von vorn bis hinten liest, den Kopf voll unverbundener Fakten, die sie einem erzählen will, nach dem Muster: Welche ist die längste Hängebrücke der Welt. Tante Sarah ist Buchhalterin. »Warum soll nur ich leiden?«

»Es sind deine Eltern.«

»Sie hat recht, dir ist egal, was aus mir wird!«

»Wie kannst du sowas sagen? Nach allem, was ich deinetwegen gestern abend durchgemacht habe, woher nimmst du die Unverschämtheit?«

»Mike, es tut mir leid.«

»Das ist ein Test, ob du mich liebst, ob du sie verläßt und mir folgst.«

»Ein Test hat mir gerade noch gefehlt. Warum können wir es nicht auf die andere Art machen? Dann können wir einfach so weitermachen wie bisher und beide weiterstudieren.«

»Du willst, daß ich mich auf diese Zwangsheirat einlasse?«

»Ich könnte das durchziehen, und ich will es ebensowenig wie du.«

Er antwortet lange nicht. »Hör mal, Schlumps, ruf mich morgen an, aber nicht von zu Hause. Ich komme Dienstag oder Mittwoch vorbei.«

»Dienstag ist besser. Da hat mein Vater eine Gewerkschaftsversammlung. Ein Gegner weniger.«

»Schön, aber du denk mal über meinen Plan nach. Du könntest dir eine kleine Wohnung mit einem großen Bett besorgen. Du wirst schon noch einverstanden sein.«

Am Ende des Grubentunnels diese luftlose, hoffnungslose Zelle.

Bei Short Brothers bin ich dazu aufgestiegen, die Rechnungen über die Ratenzahlungen zu tippen. Den ganzen Tag lang setze ich Namen ein, Adressen, Monatsraten und ob das arme Schwein schon im Verzug ist, aber ich schaue nicht mehr auf die Uhr. Ich hasse das Nachhausegehen. In der Mittagspause, wenn ich durch die Straßen laufe an gelben und rosa Häusern vorbei mit Einstellplätzen und Kutschenlaternen auf Pfosten, dann frage ich mich, wie eine Frau dazu kommt, in so eine Kiste eingesperrt sein zu wollen, um sie sauberzumachen und mit immer neueren Gegenständen zu füllen. Kinder sind Hoffnung, aber nur, wenn man weiß, worauf man hofft. Ist Liebe nur eine honigbeschmierte Falle, damit es mehr Kinder gibt? Warum ist dann die Welt größer geworden, als ich mich verliebt habe? Ich kenne kein Mädchen, das nicht sagt, ich möchte nicht wie meine Mutter leben, ich möchte nicht wie meine Mutter sein. Sind es unsere Mütter, wir selbst oder unsere Männer, die uns formen?

»Erzählen Sie mir ja nicht, daß alle es tun.« Mutter reißt den Kopf hoch. »Ich bin zu meiner Zeit ganz schön in der Welt rumgekommen, und ein Möchtegern-Lebemann kann mich nicht beeindrucken.«

Mike und Mutter sitzen im rostbraunen und im grünen Sessel mit einem Krug geeister Limonade auf dem kleinen Tisch. Ich war verblüfft, als sie das Getränk hereinbrachte, aber beide gingen sofort aufeinander los. Jetzt ist der Krug fast leer. Zwischen ihren Reden nehmen sie einen Schluck Limonade wie Diskussionsteilnehmer.

»Schauen Sie, Mrs. Stuart, wir sind nicht Kinder, über die Sie nach Gutdünken verfügen können. Sex hat für jeden Menschen nur die Bedeutung, die er dem beimißt.«

»Ach?« Mutter schürzt die Lippen. »Und welche Bedeutung hätte es, wenn Jill schwanger wird?«

»Das ist unmöglich, da ich natürlich alle Vorsichtsmaßnahmen ergriffen habe, um sie zu schützen.«

Mit theatralischem Lachen wirft Mutter den Kopf zurück. »Wenn Sie so lange verheiratet wären wie ich und so viele Frauen kennen würden wie ich, die mit Bälgern von ach so vorsichtigen Männern dasitzen, würden Sie wissen, wie komisch das klingt.«

»Ich kann nur sagen, die waren nicht vorsichtig genug.«

»Es gibt nur ein sicheres Heilmittel, und das ist ein bißchen Tugend.«

»Mutter, du redest, als ob alle Tugend bedeutet, keinen Sex zu haben.« Ich beuge mich vor, um ihre Aufmerksamkeit davon abzulenken, einander wütend abzustarren. »Frauen sind auch Menschen. Tugend ist komplizierter. Da ist Ehrlichkeit und Mitgefühl und Großzügigkeit und Mut –«

»Und deine Mutter belügen. Ich verstehe.«

»Ja, wenn dein Wissen bedeutet, daß du dich einmischst. Du versuchst, mich zu regieren.«

»Jill, laß mich antworten.« Mike macht eine schneidende Geste. »Das ist zwischen uns beiden.«

»Sie hätten das nie getan, wenn Jills Vater Jude wäre. Sie meinen, das gibt Ihnen eine Entschuldigung?«

Er fährt sich mit der Hand durchs Haar. »Ich brauche keine Entschuldigungen! Verstehen Sie das nicht?«

Lange kalte Augenblicke schaut sie ihn an. »Hinter dem Unglück jeden jungen Mädchens ist eine Schlange wie Sie. Meine Schwester Sarah hat sieben Jahre an einen schlechten Schauspieler verschwendet, der trank und den Frauen nachstieg und sie schließlich mitten in Georgia mit einem Kind sitzengelassen hat. Sie erinnern mich an ihn! Der gleiche Blick. Sie denken, was immer Sie wollen, können Sie sich nehmen, und niemand hat das Recht, Sie nach dem Preis dafür zu fragen.«

»Mama, so ist er nicht! Und ich bin nicht zu verkaufen, ich habe keinen Preis.«

»Du weißt überhaupt nicht, wie er ist.« Sie dreht sich um, ihre Augen leuchten vor inständigem Flehen. »Du bist ihm gegenüber blind. Aber ich sehe, und es bricht mir das Herz, daß du an ihn geraten bist.«

»Sie reden immerzu von Tugend«, sagt er, »aber Sie haben stillschweigend geduldet, daß wir uns immer wieder trafen, bis Sie Ihr Beweismaterial beisammen hatten. Wenn Sie so besorgt um die Tugend Ihrer Tochter waren, hätten Sie sie zur Rede gestellt, statt Detektive anzuheuern. Ich möchte die Berichte sehen. Ich wette, Sie wußten schon vor zehn Tagen, was vorging.«

Mutter nickt, eine zurückhaltende, abwägende Bewegung. »Also Sie wollen die Berichte sehen.«

»Ich bestehe darauf.«

»Sie halten sich für schlau, aber Sie sind ein leichtgläubiger Tropf.«

Er senkt den Kopf, seine Schultern spannen sich. »Wie meinen Sie das?«

»Keine Detektive, keine Berichte.« Sie schlägt die Beine übereinander, läßt ihren Fuß frei wippen.

Keine Detektive. Der Welt fällt ein Stück aus. Keine Detektive, und doch schließt die Wunde sich nicht. Es verfolgt mich immer noch, daß wir uns zusammen hinlegten und dachten, wir wären allein, dabei hatten die Büsche Augen. »Aber du hast mir die Karte von dem Detektiv gezeigt. Er war hier. Ich habe ihn gesehen.«

»Roy Nastasian? Sicher war er hier. Eunice ist wegen der Alimente wieder hinter Leo her. Mr. Nastasian wollte herausbekommen, wo Leo steckt.«

»Mutter! Warum hast du gesagt, daß du es getan hast? Warum?«

»Um Zeit zu sparen. Ich wußte, du würdest es abstreiten, und kaum bist du fertig, würde er es abstreiten. Ich dachte mir, Mr. Nastasian treibt sich hier rum, um Leo abzufangen, vielleicht jagt er euch zufällig einen schönen Schrecken ein. Ich habe ihm erzählt, Leo hätte ein Auto wie Ihrs.«

»Herrgott, so ein Schwachsinn!« Mike schlägt sich mit der Faust in die Handfläche. »Sie hat dich hereingelegt, und du hast mich hereingelegt. Na prima!«

»Aber sie hat mir seine Karte gezeigt. Ich habe ihn hier gesehen.«

»Machen Sie nur, geben Sie ihr die Schuld«, sagt meine Mutter gepreßt. »Männer wie Sie geben immer der Frau die Schuld.«

Dieser verfluchte Leo! Gleichzeitig empfinde ich einen Stich der Verbundenheit mit ihm; die Haleckis und meine Eltern zwangen ihn, Joanie zu heiraten, und lösten Leos Heiratstick aus.

Mutter sagt: »Sie meinen, Sie wären so schlau, daß Sie unsichtbar sind. Bleiben die halbe Nacht lang mit ihr weg, und sie kann mir nie sagen, was ihr gemacht habt. Ich habe ihre Schlüpfer im Wäschekorb untersucht, um rauszukriegen, was sie getrieben hat, und sie hatte alle mit der Hand gewaschen. Da wußte ich es. Und wenn man ihr nur am Telefon zuhört, ja, Mike, ja, Mike, tut mir leid, euer Gnaden, zuckersüß.«

»Was soll sie denn sagen, wenn Sie zuhören? Sie fügt sich mir, da sie mich kennt.«

Ich kann ihre wutverzerrten Gesichter kaum auseinanderhalten. Ihnen macht dieser Zweikampf Spaß, merke ich plötzlich. Sie beweisen sich ihre Kraft, indem sie miteinander ringen. Sie sehen sich gleich. Jeder genießt seinen Auftritt.

»Sie halten sich für stark, aber Sie sind ein Schwächling«, höhnt sie. »Ein Mann ist kein Mann, weil er ein paar Mädchen verführt hat, sondern weil er die Verpflichtungen eines Mannes auf sich nimmt. Sie sind ein bockiger, arroganter Bengel.«

»Jill wird sich hüten, auf Ihre Gemeinheiten zu hören.«

Mutter setzt sich auf, ihre Füße erreichen kaum den Boden. »Ich weiß genau, wenn sie draußen war und Sie angerufen hat, denn sie kommt mit völlig verquollenem Gesicht zurück, vom Weinen. So sehr lieben Sie sie.«

»Ich muß mich vor Ihnen nicht rechtfertigen.«

»Sie ist meine Tochter, und ich werde sie beschützen, solange ich atme!«

»Und wer beschützt sie vor Ihnen?«

Sie reden unentwegt von Liebe, aber sie meinen Macht, und sie sehen sich gleich.

»Wir brauchen uns Ihre Gemeinheiten nicht anzuhören.« Er springt auf. »Jill, wir machen, daß wir hier rauskommen.«

Ich stehe auf.

»Wohin? Wo bringen Sie sie hin?« schreit Mutter. »In irgendeine finstere Gasse? Ich lasse sie nicht aus dem Haus.«

»Sie können uns nicht aufhalten. Los komm, Jill.«

Ich gehe einen Schritt und bleibe stehen. »Ich verstehe nicht. Was soll ich tun, was willst du von mir, Mike?«

»Ich will, daß du hier rauskommst mit mir.«

»Jillie, tu das nicht!« Mutter springt aus ihrem Sessel und ringt die Hände. »Mein Kleines, geh nicht mit ihm.«

»Oi, Gott, was wollt ihr beide denn?«

»Komm mit mir hier raus.« Sein Gesicht ist verzerrt zu einer Grimasse wütenden Flehens.

»Aber Mike, was werden wir machen? Wirst du dann nach Hause gehen? Wirst du ausziehen, und werden wir zusammenleben?«

»Hör nicht auf ihn, Häschen.« Mutter wringt meinen Arm. »Er liebt dich nicht. Er will nur seine Macht über dich beweisen. Er will dich mir wegnehmen.«

»Du warst diejenige, die mich weggeben wollte! Jetzt seid endlich still! Muß ich beweisen, daß ich jemandem gehöre? Ich bin ich, seht her! Ich lebe! Ich bin ein Mensch.«

Mike sinkt wieder in den Sessel. »Sie haben sie völlig aufgebracht mit Ihrem Gekreische. Hör zu, sag der Frau, daß du mich liebst.«

»Ich liebe dich. Ich liebe ihn.«

»Warum heiratet er dich dann nicht?« Mutter sackt in ihren Sessel. »Warum zeigt er nicht, ob ihm was an dir liegt?«

Mike nimmt den Kopf in die Hände. »Mein Kopf platzt. Ich habe solche Kopfschmerzen, daß ich nicht mehr denken kann.«

»Willst du ein Aspirin?«

»Bring mir zwei. Mit kaltem Wasser.«

Ich hole sie und stehe neben ihm. An seiner Schläfe pocht eine Ader. Ich hebe die Hand, um ihn zu streicheln, lasse sie wieder fallen, als ich Mutter über seine Schulter hinweg sehe, eine gebeugte Göttin der Einsamkeit. Ihr Mund verzieht sich bis zu ihrer kleinen Stupsnase, ihre Augen blinzeln. »Hast du was, Mutter?«

»Mir ist so schwach. Kannst du nicht das Fenster ein bißchen weiter aufmachen?«

Ich schiebe die Fenster hinter Paps' leerem Sessel so weit hoch, wie es geht. »So besser?«

»Ein bißchen.« Sie berührt ihre Lider. »Ich habe keine Nacht mehr richtig geschlafen, seit das losging. Solche Sorgen mache ich mir.«

Ich erinnere mich an die angespannten Drohhaltungen der beiden und wage nicht, mich einen Schritt zu entfernen, um dies friedliche Gleichgewicht ja nicht zu stören.

Mike rührt sich als erster, reckt die Schultern, zieht den Kiefer ein zu einem Doppelkinn. »Es gab also keine Detektive, wenn ich Ihnen jetzt glauben kann.«

Mutter strafft sich. »Das macht keinen Unterschied. Das kann nicht so weitergehen.«

»Drängen Sie mich nicht!«

»Aber vorher hatten Sie es schrecklich eilig. Schön, setzen Sie sich allein hin und denken Sie darüber nach. Aber Sie werden sich nicht mehr mit Jill treffen.«

Ich stelle ihn mir in dem düsteren Stuckhaus vor, von seiner Familie einverleibt. »Nein. Wir müssen uns sehen. Wir müssen gemeinsam entscheiden.«

»Er macht dich nur unglücklich.«

»Er hat ein Recht darauf!« Meine Hände zucken und fliegen. Sie versteht es nicht, sie will es nicht wahrhaben. Er ist der, der mich liebte. Der, dem ich mich versprochen habe: das dunkelhaarige, eigenwillige, geistreiche und launische Idol meiner Träume, mein Heathcliff-Hamlet-Byron-Graf von Monte Christo.

»Dann bis Samstag. Versprich mir, daß du dich nicht heimlich mit ihm triffst.«

Ich wende mich zu Mike, aber sein Gesicht ist verschlossen und mürrisch. Er starrt auf seine abgetragenen Halbschuhe. Ich wende mich wieder Mutter zu. »Ich verspreche es.«

17 Aus nichts wird etwas und aus etwas wird alles

Ich habe geschworen, nicht vor zwei wieder nachzuschauen, und habe es durchgehalten, aber das andere Versprechen, das ich mir abgerungen habe – nicht zu hoffen –, kann ich nicht halten. Während ich die Kabinentür verriegle, plärre ich mich an, natürlich hat es nicht angefangen, noch nicht. Als ich in meine Höschen schaue und nichts sehe, gleitet kalte Übelkeit durch mich. Diesmal war ich mir sicher. Ich fühlte das Blut. Donna war vierzehn Tage zu spät dran, ich nur elf. Bei dem stummen, verwickelten Elend, in dem ich schmore, ist es kein Wunder, daß meine Regel aussetzt. Trotzdem habe ich Angst.

Als ich an ihrem Schreibtisch vorbeigehe, schaut die ältere Sekretärin, Mrs. Papich, auf, ihre Wurstfinger ruhen auf den Tasten. »Haben Sie Durchfall?«

Ich nicke und schaue unterwürfig drein.

»Das ist nun schon der dritte Tag, daß Sie andauernd aufs WC rennen. Gehen Sie mal zum Arzt, Püppchen, bevor der Chef ärgerlich wird.«

Der kann das nur erfahren, wenn du es ihm sagst, du Kröte. Sie identifiziert sich mit Short Brothers und ist bemüht, mir jede Minute schlecht bezahlter Arbeit abzupressen. Doch als sie mich gestern fragte, wie mir die Tätigkeit gefalle, brach es so leidenschaftlich aus mir heraus, daß sie ganz getroffen war. Papich, ich würde den ganzen Tag Schweine schlachten, um aus dem Haus zu kommen. Fürchterliche Szenen hinter verschlossenen Türen, wie konntest du, warum hast du, läufige Hündin, mein Kleines, schamlos, dein Leben ruiniert ...

Regen trommelt auf die Dachbalken. Im Westen grollt Donner, der Schweif des Gewitters nähert sich. Gewitter kommen gewaltig über Detroit, Donner rollt in riesigen Blöcken vom Himmel herab, der Regen kommt gerade herunter wie endlose Schleier.

27. Juli 1954

Liebe Stu,
aus Deinem Brief bin ich nicht schlau geworden. Ich verstehe nicht, wie Tante Pearl meinen letzten Brief so mißdeuten konnte! Ich bin sicher, ich habe nichts Derartiges gesagt. Ich weiß, daß ihr, du und Mike, nur als gute Freunde zusammen seid. Sie muß etwas falsch ausgelegt haben, was ich im Scherz gesagt habe ...

Donna, Donna, verstehst du nicht, daß das keinen Sinn hat? Ich soll den Brief wahrscheinlich da liegen lassen, wo sie ihn finden kann, als ob der ihr in den einfachsten Zeiten etwas vormachen könnte. Ich hätte zehnmal lieber einen richtigen Brief von dir, für mich gemeint und nicht für Mutter.

Ich falte ihn und werfe ihn in den Papierkorb. Die Hinterhofulme steht in weißem Aufleuchten, die Wucht des Regens kämmt ihre Blätter alle in eine Richtung. Ich spanne einen Bogen in meine Schreibmaschine,

31. Juli 1954

Liebe Donna,

und stütze meinen Kopf in die Hand. Wo soll ich anfangen? Daß meine Regel fünfzehn Tage überfällig ist? Ich kann es ebensowenig niederschreiben, wie ich es laut aussprechen kann. Soll ich ihr erzählen, daß mein Vater durchs Haus schleicht wie der Geist von Hamlets Vater und daß wir froh sein können, die Mahlzeiten durchzustehen? Daß Mike und Mutter sich nicht entscheiden können, ob es schlimmer ist, einen Disput zu verlieren oder mich am Hals zu haben?

Ich schmiege meine Wange an das Metall der Schreibmaschine, so weit fort von Donna, als wäre es zehn Jahre her, daß wir in dem weißen Zimmer wohnten und einander das Leben erzählten. Das simple Erzählen hat seinen Zauber verloren. Was kann sie in Flint tun als sich Sorgen um mich machen? Die Abwesenheit ist absolut. Ich reiße den Bogen aus der Maschine und werfe ihn ihrem Brief hinterher. Sofort scheint sie noch weiter fort. Ein Blitzstrahl, ein Krachen und polterndes Donnergrollen, das Licht flackert zwischen den Dachbalken, wo eine kleine Motte ihren Zigarrenstummelkörper gegen die Birne wirft. Halb möchte ich hinuntergehen und mich mit ihnen bekriegen, um des menschlichen Kontaktes willen; ich kann nicht gehen. Die Reibung ihrer Blicke zermürbt mich.

»Weißt du, was der alte Cribbets zu mir gesagt hat?« Mike lehnt hinter dem Lenkrad, den Kopf auf die Brust gesenkt.

Sein Ton, auf eisige Art spielerisch, kratzt an meinen Nerven. Ich warte.

»Ein Jungfernhäutchen zu durchbrechen ist nicht ganz dasselbe wie das Rosenfenster in Chartres zu zerbrechen. Nimm dich selbst nicht zu ernst, Loesser. Zitat Ende.«

»Ihm den Hals zu brechen würde sogar noch mehr Spaß machen. Ich habe weniger Theater um meine Jungfräulichkeit gemacht als du.«

»Wenn du deinen Eltern nicht gesagt hättest, daß ich es genommen habe, was hätten sie dann zu jammern?«

»Soll ich sagen, davor waren vierzig andere?«

Er streckt achselzuckend die Handflächen hoch. »Er hat mir auch geraten, meine Geliebten in Zukunft unter Frauen zu suchen, die von zu Hause ausgezogen sind.«

»Wenn ich deine Geliebte bin, wieso muß ich dann jeden Tag zur Arbeit gehen?« Meine Nackenhaare sträuben sich. Er will einen Streit vom Zaun brechen. »Es wäre bequemer gewesen, wenn wir uns erst in drei oder vier Jahren begegnet wären, aber wer von uns kann sagen, wir waren noch nicht so weit?«

Er seufzt laut und schaut hinaus. Dann belebt sich sein Gesicht. »He, schau dir mal die an!« Zwei Frauen in weißen Shorts radeln vorbei. Er reckt den Hals, um ihnen nachzuschauen. »Nichts geht über ein Mädchen mit einem großen Hintern.«

Was mich ausschließt. »Hast du mich satt, Mike?« Eine unrealistische Frage.

»Satt in welcher Beziehung?«

Warum verneint er meine Alptraumfrage nicht? »In jeder.«

»Deine Eltern habe ich mehr als satt.«

Ich kann diese Szene nicht glauben. Wir haben eine falsche Abzweigung genommen, ein reiner Zufall; wir können den Weg in die Liebe zurückfinden. Wie seine Augen dunkel gebrannt haben, als er mir sagte, daß er mich liebt. So hat er in letzter Zeit nicht ausgesehen. Aber wenn dich jemand liebt, wenn du wirklich geliebt wirst, wie kann das einfach aufhören? Ich kann es nicht glauben. Ich kann es nicht.

»Cribbets sagt, das Schlimmste für einen Schriftsteller ist eine zu enge Beziehung. Ein Schriftsteller braucht breite Erfahrung, aber er muß mit einem Teil von sich auf Distanz bleiben.«

Wenn er mich geliebt hat und ich immer noch ich bin, warum kann er mich nicht mehr lieben? Ich habe mich nicht verändert. »Ach ja? Hast du dein Notizbuch heute abend mitgebracht?«

»Ich erwarte von dir nicht, daß du der gleichen Meinung bist. Jede Frau mißgönnt einem Mann die Unabhängigkeit. Sie will, daß er ihr an der Brust hängt wie ein Baby.«

»Ich schreibe genausoviel wie du. Und du bist nicht unabhängig. Ich bin näher dran, selber für meinen Lebensunterhalt aufzukommen, als du.«

»Du bist zwangsläufig zuerst eine Frau. Und das meiste von dem, was du schreibst, ist schlicht *merde.*«

»Ach? Das hast du vorher nie gesagt.«

»Das ging aus allem hervor, was ich dir über ästhetische Theorie erklärt habe. Du erwartest doch nicht von mir, daß ich das ernst nehme? Ist dir eigentlich klar, daß ich jahrelang über Ästhetik nachgedacht habe? Meine Karriere geplant habe?«

»Mike, wenn du Schluß machen willst, sag es. Vergifte es nicht.«

»Sei nicht melodramatisch.«

»Verstehst du denn nicht, daß sie mich nicht weiterstudieren lassen, wenn wir nicht verheiratet sind? Du wirst mich nicht mehr sehen. Ich werde nicht da sein.«

»Zieh aus. Du bist achtzehn.«

»Wenn ich fortgehe, kann ich nicht mehr zurück. Es sind meine Eltern!«

»Du hast Eltern, die reichen für die ganze Stadt und dann bleibt noch genug zur Versorgung aller Waisenkinder. Er lebt im Viktorianischen Zeitalter, und sie ist eine machtbesessene Hexe.«

Ich sollte still sein, ich weiß. »Mike, willst du mich nicht heiraten? Ich habe keine Haut mehr. Warum muß ich dich anbetteln?«

Er starrt vor sich hin, die Muskeln seiner Arme verknoten sich vor meiner Berührung. Ich rutsche weg zur Tür. »Tut mir leid. Ich bin aufgebracht. Du bringst mich besser nach Hause.«

»Ich habe nicht gesagt, daß ich dich nicht heirate.«

»Ja, sicher.« Ein Stein in meinen Eingeweiden: der Embryo? »Bring mich trotzdem nach Hause.« Ich werde es ihm nie sagen, nach heute abend.

»Wir haben noch nicht gebumst.«

»Ich will nicht.«

»Ach? Nach all dem Ärger, den ich deinetwegen habe? Versuch bei mir nicht diese Verweigerungsspielchen. Du meinst, dann kriegst du mich rum. Nein danke. Komm her.«

An dem Abend erfahre ich Sex als reinen Schmerz.

Ich komme die Auffahrt entlang, der Qualm des Berufsverkehrs hat sich auf meiner Haut niedergeschlagen, auf meinem verknautschten

Kleid. Mutter späht aus dem Fenster. »Du kommst spät«, sagt sie nervös.

»Der Bus hatte eine Panne.« Ich setze mich müde auf die andere Seite des Tisches und nehme ein Messer zum Katoffelschälen.

»Jill.« Ihre Zunge, so rosa und rauh wie die einer Katze, schnellt hervor, um ihre Lippen zu lecken. »Willst du ihn heiraten?«

»Das wollte ich nie.« Ich zucke zusammen. »Nicht sehr passend, wie?«

»Eine lange Zeit, die Ehe.«

»Ich glaube nicht, daß diese lange dauern würde.«

»Ich habe nachgedacht. Wir könnten dich woandershin auf die Universität schicken, wenn du ihn aufgibst ...« Ihre Stimme verklingt fragend. Wir schauen uns mit offener, blanker Ermattung an.

»Es ist spät für eine Bewerbung.«

»Du könntest nach Wayne gehen.«

»Das ist nicht so gut wie Michigan.«

»Er ist das Leid nicht wert, Liebling. Er ist schwach.«

Der Protest steigt in meiner Kehle auf, versinkt wieder.

»Du wirst über ihn hinwegkommen. Du wirst vorsichtiger sein, ja? Ich kann es nicht ertragen, dich so blaß zu sehen.«

»Du siehst auch nicht so toll aus.« Die Schnecke der Kartoffelschale entringelt sich unter meinem Messer. »Warum mußtest du dich einmischen?«

»Du warst nicht glücklich. Das konnte ich dir ansehen.«

»Ich war glücklich. Oder denkst du, ich bin's jetzt?«

»Wir könnten dich woandershin auf die Universität schicken. Weg von ihm.«

»Nach Berkeley?«

»So weit? Nun ja ... Sarah ist in Sacramento. Dort gibt es auch ein College. Du könntest bis Februar arbeiten und dann hingehen.«

»Wäre Vater einverstanden?«

»Er haßt Mike.«

»Er haßt mich auch.«

»Sag sowas nicht.« Sie reibt sich die Nase. »Er ist müde. Er will nur, daß es vorbei ist. Wir könnten ihn rumkriegen.«

»Ich weiß nicht.« Die zerteilte Kartoffel blutet kalkigen Saft, von dem mir die Hand juckt. Ein lebendiges Ding, das man kaputtschneidet. Vertrau mir, überredet sie mich, und was dann?

»Du bist jung«, flüstert sie. »Wie soll ein Mann merken, daß du nicht mehr Jungfrau bist, wenn du dich straff hältst? Ich habe Max nie was von Sam gesagt. Mit siebzehn Witwe, das war zu viel! Schwarz tragen müssen und nie tanzen gehen. Er hätte es nie erfahren, wenn dein Onkel Murray sich nicht verplaudert hätte. Dann habe ich Max überzeugt, daß die Ehe nie – wie nennt man das?«

»Das wäre der Ausverkauf von allem, was wir hatten. Du und ich, wir werden nie einer Meinung darüber sein, was diese Liebe mir bedeutete.« Vergangenheit. Ich höre mich.

»Du hattest eine schäbige Affäre in Autos und auf Wiesen und Gott weiß wo, wie Diebe. Idealisiere deine Fehler nicht, wenn ich versuche, dir zu helfen.«

»Wir sehen die Dinge so anders. Ich kann mich nicht bestechen lassen, mit ihm zu brechen. Ich muß mich entscheiden.« Außerdem kann ich ihr nicht trauen. Sie werden mich nirgendwohin schicken, außer zur Arbeit in einem Job ohne jede Aufstiegsmöglichkeit. Sie wollen für mich nichts Gutes, nichts von dem, was ich für mich will, keine Ausbildung, keine Freiheit, keine zu mir passenden Freunde, keine Liebe, keine Chance zum Schreiben.

Ihre Augen blitzen eng, während sie die Kartoffel in immer kleinere Stückchen schneidet. »Überleg es dir, Jill. Denk darüber nach.«

»Bist du allein? Ich habe Neuigkeiten.« Mikes Stimme ist undeutlich vor Erregung.

»Sie sind auf der Veranda. Kannst du verstehen, wenn ich so leise spreche?« Ich möchte ihn fragen, was gestern abend mit ihm war, daß er nicht um acht gekommen ist, aber ich traue mich nicht.

»Vorgestern abend habe ich mit meinem Vetter Sheldon geredet. Er sagte, ich soll es Mutter erzählen, sie würde mich schon nicht rauswerfen. Also habe ich es gemacht.«

»Was hat sie gesagt?« Ich halte mir den Bauch.

Er lacht kurz auf. »Deswegen konnte ich gestern nicht kommen.«

»Will sie mich heute sehen? Soll ich vorbeikommen?«

»Sie rauft sich die Haare, daß ich dich je ins Haus gebracht habe. Sie sagt, deine Eltern haben keinerlei Beweise. Sie hat ihren Schwager angerufen, der ist Rechtsanwalt.«

»Sie haben doch nicht etwa über die rechtliche Lage geredet, Mike.«

»Sie hat das Auto weggeschlossen und gedroht, sich beurlauben zu lassen, um mich zu überwachen.«

Warum klingt er so geschmeichelt von all dem Theater? Meine Hand um den Hörer schwitzt nicht, weil sie zu kalt ist. »Hast du vor, zu Hause zu bleiben?«

»Ich komme in ein paar Tagen vorbei, wenn sie sich beruhigt hat. Aber ich bin froh, daß ich es endlich offen zugegeben habe. Mich der Gnade des Gerichts anheimgegeben habe. Die Verwandtschaft ist in Harnisch, Telefonanrufe und Besuche und Vorladungen! Sie waren nicht mehr so aufgebracht, seit Sheldon bei der Prüfung geschummelt hat und ertappt wurde.«

»Ich kann nicht mehr reden. Gute Nacht.«

Ich gehe ins Badezimmer, um mich zu übergeben. Neunundzwanzig Tage und keine Regel. Neunundzwanzig Morgen mit dieser Rasierklinge, die mich aus dem Schlaf schneidet, neunundzwanzig Tage Hoffnungsschimmer bei jedem Krampf und Stich, nach dem Blut schauen, das nicht kommt. Rot ist die unsichtbare Farbe der Hoffnung.

Als ich Samstag morgen aufwache, steht Mutter bei meiner Kommode und hält meinen Kalender. Ihr Gesicht ist hart. »Jill, bist du in anderen Umständen?«

Ich schwinge mich aus dem Bett, halte mit einer Hand meine alte Pyjamahose fest. »Ich weiß nicht.«

»Wieviel bist du zu spät?«

Sie kann auch rechnen. »Zweiunddreißig Tage.«

»Warum hast du mir nichts gesagt?«

Ich ziehe meine Pyjamahose hoch. »Du machst wohl Witze?«

»Hast du noch andere Symptome?«

»Übelkeit. Ich mußte mich übergeben.«

»Jucken deine Brüste?«

Sie fangen sofort an, oh mein psychosomatischer Körper. »Ich bin zu spät dran wegen all dem Aufruhr.«

Sie schüttelt energisch den Kopf. »Einen Monat zu spät? Nie im Leben. Du bist regelmäßig, wie die übrige Familie.«

Draußen zetert eine wütende Drossel im Baum. »Meinst du, ich bin schwanger?«

»Ich hab's ja gewußt! Du hast dich mir widersetzt, bist hinter meinem Rücken gegangen. Und jetzt hast du dir das eingebrockt.«

»Wenn du mich jetzt zwingen willst, ihn zu heiraten, verlasse ich dieses Haus.« Ich gehe näher zu ihr und balle die freie Hand.

»Weiß er es?«

»Nein! Und er wird es auch nicht erfahren. Ich werde weggehen, und du wirst mich nie wiedersehen. Du wirst nicht wissen, ob ich lebe oder ob ich tot bin, aber ich werde ihn nie heiraten.«

Unsere Gesichter eine Handbreit voneinander entfernt, so stehen wir da, ihre schwarzen Augen versuchen, meine zum Wegschauen zu zwingen. Ich lasse mich nicht ducken.

»Wir müssen schnell reden. Dein Vater ist im Hof und schwatzt mit dem alten Wilensky. Du willst doch nicht mit einem vaterlosen Kind dasitzen!«

»Ich will es nicht. Ich will eine Abtreibung.«

»Nein! Das sind schmutzige Männer, Jill. Sie kosten ein Vermögen, und sie erpressen dich.«

»Wir brauchen nicht unseren richtigen Namen anzugeben.«

»Das ist gegen das Gesetz. Du kannst ins Gefängnis kommen. Dein Vater würde mich umbringen!«

»Andere gehen auch hin und werden nicht erwischt.«

»Meistens machen sie es nicht richtig. Nein!« Ihre Hände suchen einander in der Schürze, ihr Blick huscht im Zimmer umher. »Sie richten dich so zu, daß du danach nie wieder Kinder bekommen kannst.«

»Mutter! Das Risiko gehe ich ein. Ich muß.«

»Nein. Du hast dein Bett gemacht und du wirst darin liegen.« Sie tritt von einem Fuß auf den anderen, ihr Gesicht zuckt. »Schön. Ich sage dir, was zu tun ist.«

»Mutter, ein Arzt weiß, was zu tun ist. Ich will mich nicht umbringen.«

»Dann krieg das Balg, wenn du nicht auf mich hören willst.« Sie dreht sich um und drängt sich an mir vorbei.

Ich packe ihren Arm. »Mutter, nicht!«

»Wirst du auf mich hören? Ich sage dir, was zu tun ist.« Ihre Augen suchen mich ab. »Du bist immer ein Schwächling und ein Feigling gewesen. Kränklich, seit du sieben warst. Du wirst das allein tun müssen. Du wirst das tun, oder ich will nichts mehr mit dir zu schaffen haben. Wenn du zu Ärzten rennst, und man kann keinem von denen trauen, sind alle nur hinter dem Geld her, dann sage ich es deinem Vater, und er wird dich zwingen, es zu kriegen.«

»Also gut.« Ich setze mich auf die Bettkante und halte mir den Bauch. Fischkalt.

»Glaub nicht, es ist leicht. Es ist schwer, sehr schwer.«

»Du wirst sehen, daß ich stark genug bin.« Die Galle steigt mir in die Kehle, ich schlucke sie hinunter. »Sag mir, was zu tun ist.«

18 Der Entscheidungskampf

Dampf beschlägt den Spiegel, gerinnt auf der gelben Wand und fließt in kleinen Bächen hinunter. Während die Wanne volläuft, sitze ich auf der Toilette und starre auf meinen von scharfen Abführmitteln glatten und flachen Bauch. Unter dem Fettpolster verbirgt sich die Gebärmutter, die schwammige Faust, die sich nicht öffnen will, während sich in ihr Zellen teilen und teilen. Heiß wirbelt der Dampf aus der Wanne und erstickt mich, doch der Körper geht seinen animalischen Weg. Ich habe mich selten weiblich gefühlt: Ich fühlte mich als Neutrum. Ein Engel der Worte. Ich sah mich als Hamlet, Trotzki, Donne. Ich hielt mich für Pläne, Leistungen, Vorlieben: Ich bin nur ein Etui für Eingeweide. Das heißt es, weiblich zu sein, gefangen zu sein. Dieser Beutel aus geschäftigen Zellen hat seinen ganz eigenen Rhythmus von Entstehen und Vergehen, seine Viren und Krebse, seine Achtundzwanzig-Tage-Mahnungen an Geburt und Tod. Mein Körper kann genommen und gegen meinen Willen benutzt werden, als wäre er ein vermietbarer Saal. Heiße Bäder mit Epsomer Bittersalz, heiße Bäder mit Poleiminze; ich bin halbgar gekocht und immer noch schwanger.

Ich habe geliebt und mich verfangen, und dieser Satz hat Zähne. Gleich meiner Mutter ein winziges dunkelhaariges Mädchen hätscheln und von meinen Enttäuschungen nähren und für meine Sehnsüchte schlagen und aus meiner Einsamkeit festhalten. Mich für ein kleines Mädchen opfern, dem ich beibringen werde, sich selber zu opfern, eine Kette weiblichen Leidens. Ich lasse mich in die kochendheiße Badewanne, stöhne, stütze mich hoch, lasse mich wieder fallen. Ich schmore im Kannibalenkessel. Nur ich werde wissen, wie ich manchmal von dem kleinen Wechselbalg träume, das meine Brüste mit Liebe besabbert, und wie krank dieser machtbebende Traum ist. Es würde mich lieben, das arme Balg; es müßte.

»Wir sind genauso gut wie seine Leute.« Mutter schrubbt wütend den Topf.

»Wir mögen gut sein oder nicht, das hier ist eine Frage der Gesellschaftsschicht.« Ich fege den Boden.

»Wir gehören ebenso zum Mittelstand wie die. Unser Haus gehört uns. Unser Auto gehört uns, erst zwei Jahre alt und abgezahlt. Was ist los mit ihm?«

Ich weiß nicht, wie ich Ordnung hineinbringen soll in das, was ich empfinde, ein solches Wirrwarr aus Mitleid und Liebe und Zorn. »Sicher, wir alle sind mittelständisch. Aber einige sind mittelständischer als andere.« Ich habe gerade Orwell gelesen.

Sie schaut mich in nackter Wut an, steht da in ihrem abgetragenen geblümten Hauskleid, das mit Spülwasser durchnäßt ist, in alten grauen Tennisschuhen und Orlonsöckchen, die vom Waschen vergilbt sind, und wartet darauf, daß ich ihr sage, warum Mike und Familie meinen, wir seien ein paar Sprossen weiter unten auf der sozialen Leiter. Bin ich aufs College gegangen, um das zu lernen? »Ich werde ihn auf gar keinen Fall heiraten, also spielt doch keine Rolle, was sie denken!«

Von der dunklen Veranda beobachten meine Eltern die Straße und streiten sich über Milton Berle, den sie sich jede Woche anschauen und über den sie sich jede Woche zanken. Meine Mutter sagt, er arbeite hart; mein Vater sagt, die Fernsehbosse seien Idioten, ihm Tausende dafür zu zahlen, daß er Frauenkleider anziehe und Gesichter schneide. Ich glaube, Vater hat Milton Berle im Verdacht, der verkleidete Onkel Murray zu sein, und wartet darauf, daß Berle ihn um einen Zwanziger anpumpt. In Alt und Bariton erheben sich die gedämpften Oberstimmen meiner Eltern über die Autos, die an der Ecke verlangsamen und dann die Straße entlangquietschen, dringen in die stickige Küche, wo Mike in seine Tasse starrt. Er gähnt und reckt sich. »Du verstehst das nicht, Jill. Sie macht mir keine Szenen. Meine Familie ist kultiviert. Es sind nur die Sticheleien. Mein Vetter Sheldon sagt, hübsche Mädchen flirten, unscheinbare Mädchen ersetzen das durch Sex.«

»Findest du mich plötzlich unscheinbar?«

»Meine Tante hat ihm gesagt, das wärst du. Mutter findet, du siehst orientalisch aus. Daß bei den Untermietern im Haus dein richtiger Vater –«

»Ich will das nicht hören!« Ich halte mir die Hände über die Ohren.

Er zieht sie weg. »Soll ich das Gift etwa drin behalten? Bei Onkel gestern abend haben sie mir die ganze Zeit eine affektierte Swarthmore-Ziege vor die Nase gehalten.«

»Ich hasse sie!«

»Darfst du nicht. Uns gibt es nur als komplettes Service. Übrigens, ich habe mir überlegt, wie wir es ihnen zeigen können. Wie ich Mutter dazu bringen kann, daß sie aufhört, sich über den Schlumps lustig zu machen und deine guten Seiten sieht, wie ich es tue.«

Die hagere Vogelfrau, kalt und fleischlos. »Deine Mutter und ich lieben und hassen in diametralen Gegensätzen. Ich kann nicht ich sein und ihr gefallen. Warum soll ich kriechen?«

Seine Augenbrauen klettern die Stirn empor. »Ein seltsamer Ton für jemand, der darum bettelt, in diese Familie aufgenommen zu werden.«

»Jetzt bettele ich nicht.«

»Das ist wahr. Wo kommt der harte Kurs her?«

»Von mir. Ich bin nicht mehr an einer Heirat interessiert.«

»Du hast dich also gegen mich gestellt. Willst mal zeigen, wie eigensinnig du sein kannst.« Diese seidige Stimme. »Ich möchte, daß der Schlumps lieb ist, aber sie versucht statt dessen, ein Stein zu sein. Damit du einen Buckel machen und mir die Stirn bieten kannst. Weißt du, was ich aushalten kann?« Er nimmt die Zigarette aus dem Mund und drückt sie in den Teller seiner linken Hand. Er dreht sie vor und zurück, den Blick auf mir. Die Funken sprühen an seine Hand und regnen in seinen Schoß.

»Hör auf. Mike, laß das!« Ich zerre an seinem Handgelenk. Er preßt die brennende Zigarette in seine Handfläche, bis ich mich vor Schluchzen schüttele. »Hör auf, oh Gott, bitte, Mike!«

Zuletzt löscht er sie im Aschenbecher. »Soll ich's noch mal machen?«

»Nein, Mike, bitte!«

»Meinst du, das hat mir so weh getan wie das, was du gesagt hast?«

»Es tut mir leid.«

»Warum weinst du, wenn ich dir egal bin?«

»Du bist mir nicht egal!«

Schritte. Ich wische mir die Augen, aber Vater sieht es. »Noch Kaffee da?«

»Glaub schon.« Ich hole die Kanne vom Herd und gieße ein.

Er schaut Mike an und schaut und schaut. »Falls Sie sie heiraten, werden Sie noch genug Zeit haben, sie zum Weinen zu bringen. Warum gehen Sie jetzt nicht nach Hause?«

Das Haus ist still bis auf Paps' Schnarchen. Ich sitze nackt auf der Hollywoodschaukel auf dem Dachboden und rauche eine letzte Zigarette. Vielleicht weiß Mutter doch nicht, wie. Es funktioniert nicht. Meine Augen scheuern, als wären die Höhlen zu eng. Dieser Trick mit der Zigarette. Muß er immer meinen Widerstand brechen, um seinen Willen durchzusetzen? Ich weine mich um meinen Verstand.

Zurückzuckend führe ich die Zigarette an meinen Handteller. *Eins*, ich werde langsam zählen. *Zwei*, so heiß, daß es sich nicht heiß anfühlt, sondern spitz, *drei*, wie eine Nadel. Nein, breiter. *Vier*, ein Bohrer zündet einen Nerv an. *Fünf*, sollte mich nicht darauf konzentrieren, ein erleuchteter Punkt. *Sechs*. Woran dann denken? Alles schlimmer. *Sieben*. Zu schnell. Zurück. *Sechs*. Vielleicht kann ich, wenn ich das tue, allein abtreiben. *Sieben*. Dann wird er nie wieder mit diesem billigen Trick meinen Willen brechen können, *acht*, obwohl ich ihm nicht sagen werde, daß ich es auch gemacht habe. Das würde nur den Einsatz erhöhen. Aber wenn er es nochmal versucht, *neun*, werde ich mich daran erinnern, daß es gar nicht so schlimm ist. Ich könnte es sogar länger. *Zehn*. Ich drücke den Stummel aus.

Ich rolle ins Bett, hänge die Hand hinaus, deren Teller immer noch davon überzeugt ist, daß die Zigarette sich in ihn frißt. Ich werde mich nicht von ihm kaputtmachen lassen.

Mutter sitzt auf dem Sofa, die Schenkel müde von sich gestreckt. »Du bemühst dich nicht genug.«

Alle Möbel sind Rücken an Rücken geschoben. Der rostbraune Sessel blockiert den Weg ins Eßzimmer, ich lasse ihn so stehen und sinke in feuchter Ermattung hinein. »Wie kann ich mich mehr bemühen?«

»Wenn du das Baby willst, sag es. Aber mach keine Faxen.«

»Verdammt noch mal, Mutter, ich habe zwölf Pfund davon abgenommen, daß ich die Abführmittel und die abscheulichen Kräuter geschluckt und mich übergeben habe und von der Veranda gesprungen bin.«

Sie prustet verächtlich. »Du kannst ein Baby nicht weghungern.«

»Ich bin gehopst und gesprungen und habe gehoben und gewuchtet und gepiekt und mich verrenkt und verbrüht.«

Sie schaut auf ihre pummeligen, vom Waschen geröteten Hände. »Ich weiß nicht ...«

»Mutter, vielleicht wirkt es nicht. Laß uns zu einem Arzt gehen. Bitte.«

»Und im Gefängnis landen? Niemals. Wenn du es selbst tust, können sie dir nichts beweisen. Sie können dich nicht vor Gericht stellen.«

»Ich bin völlig auf dem Hund. Ich kann nicht stehen, ohne daß mir schwindlig wird. Ich bin fast ohnmächtig geworden, als ich gestern bei der Arbeit die Treppe raufgestiegen bin. Aber nichts passiert!«

»Red nicht so laut.« Sie wippt mit dem Fuß. Ihre Schenkel zittern nervös unter dem Waschkleid. »Es gibt noch eine andere Methode. Aber die ist schlecht für das Herz.«

»Alles.«

Sie wendet den Kopf ab. »Wir besorgen dir Chinin, und das nimmst du und dann am nächsten Tag ein Senfbad. Wenn das nichts hilft, mußt du selber deine Gebärmutter öffnen. Es bleibt keine Zeit mehr.«

Zu Hause werde ich ständig beobachtet, aber bei der Arbeit bleibt mir – da ich das Mittagessen aufgegeben habe – Zeit, mir in der Bank 25-Cent-Stücke zu besorgen und in die Telefonzelle an der Ecke zu gehen. Ich rufe in New York an.

»Ist Lennie da?« frage ich die Frau, die sich meldet. »Ich bin eine Studienfreundin.«

»Welche Freundin?«

»Ich heiße Jill.«

»Ich dachte, du bist vielleicht diese Donna. Lennie hat auf ihren Anruf gewartet. Einen Moment.«

Ich hatte gehofft, daß er zu Hause ist, denn er arbeitet sechs Abende in der Woche von vier bis zwölf als Kellner.

»Jill!« brüllt er. »Was gibt's? Ist was mit Donna?«

»Nein, ich habe sie nicht gesehen. Hör zu, Lennie, wie heißt der Arzt, der Abtreibungen macht, und hast du seine Telefonnummer?«

»Was ist los, bist du in Schwierigkeiten?«

Er ist eher Mikes Freund als meiner. »Nein, eine Freundin von mir aus der Nachbarschaft. Ich habe ihr gesagt, daß ich jemand weiß.«

»Augenblick. Ich habe es irgendwo aufgeschrieben.« Er verschwindet aus der Leitung, das Fräulein vom Amt flötet: »Bitte geben Sie Bescheid, wenn Sie fertig sind.« Was bedeutet, daß ich drei Minuten überschritten habe. Lennie, beeil dich!

Schließlich kommt er zurück. »Ja, also das ist Dr. Lytton Manning in Dexter. Du rufst an und sagst, du mußt ein Gewächs entfernen lassen. Das ist der Satz.«

»Er hat also einen gewissen Sinn für Humor, der Mann.«

»Ja, also du bringst einhundert Dollar in bar in einem Umschlag, und den gibst du der Sprechstundenhilfe. Dann gibt sie dir einen Termin. Du bezahlst die restlichen zweihundert, wenn du reingehst. Du gibst sie auf die gleiche Art der Sprechstundenhilfe.«

»*Drei*hundert Dollar?«

»So ist es. Wie geht's dir sonst? Wie geht's Mike? Ich habe ihm geschrieben, aber der Kerl hat mir nie geantwortet.«

»Es geht ihm gut«, sage ich lahm. »Hör mal, ich habe gerade Mittagspause.«

»Dann amüsier dich schön. Wir sehen uns in Ann Arbor.«

Vielleicht. Ich gehe sehr langsam zurück zur Arbeit. Dreihundert: das habe ich mit sechs Wochen Arbeit verdient. Das würde meine Herbstzahlung für das verfluchte Heim aufzehren, in dem wir wohnen müssen. Dazu müßte ich es schaffen, zweimal nach Dexter in Michigan zu fahren. Hoffnungslos.

In meinen nächsten beiden Mittagspausen suche ich Ärzte auf. Jeder Gynäkologe untersucht mich schmerzhaft und verkündet mir, daß ich schwanger bin. Ich probiere meinen Spruch aus, inklusive der Ankündigung, daß ich mich umbringen werde. Sie erklären mir, daß sie die Polizei rufen können; sie erklären mir, daß ich das Baby bekommen muß; sie verlangen mir der eine zehn, der andere fünfzehn Dollar ab; sie halten mir einen Vortrag über Moral. Beide Male komme ich zu spät zur Arbeit zurück.

Hat es irgendeinen Sinn, ich zu sein? Ich habe den Boiler angestellt und stehe in der Küche. Mutter jätet den Garten, kniet zwischen den Tomatenpflanzen, die in ihrer Struppigkeit an der Südseite von Paps' Garage aufgereiht stehen. Wozu warten und dieses Kind austragen oder morgen in einem Blutbad sterben? Trotz all meinem Stolz sollte ich versteigert werden und bin unverkauft zurückgegeben worden. Meine Liebe verfault wie altes Fleisch. Wenn Mike mich schließlich doch nicht lieben kann, wer dann je? Warum bestehe ich darauf, meine Höllenqualen zu mustern? Sie hat mir Chinin besorgt; den Senf haben wir. Letzte Heilmittel.

Von dem Halter über dem Herd nehme ich das schärfste Messer und knöpfe mir die Bluse auf. Schwarzgerandeter Griff, lange, blitzende Klinge. Kann mir nicht die Brüste zerschneiden. Muß darunter, zwischen die Rippen. Da klopft mein Herz gegen meine Fingerspitzen, gegen die Metallspitze. Traust dich ja doch nicht. Wenn du es nicht tust, dann nur, weil du Angst hast. Mutter hat mich oft einen Feigling genannt. In der Gang habe ich alles riskiert, um diesem Etikett zu entkommen.

Ich stütze die Arme auf die Resopalplatte. Irgendwas vergessen? Einen Zettel. Meine Teuren, ich hatte alles satt. Tschüs, in Liebe, Jill. Gebt Donna mein Sparbuch. Wie lästig, Mutter wird die Leiche finden. Spurlos verdampfen. Melodrama. Letzte Worte, von literarischer Bedeutung. Ich muß doch etwas aus diesen Anstrengungen gelernt haben. Jetzt jätet Mutter die Bohnen. Die Ulmenblätter glühen. Ein Spatz läßt sich auf den Erbsenranken am Zaun nieder. Auf dem

Fensterbrett vor mir reifen drei Tomaten und ein Pfirsich. Sonnenlicht bleicht den Flaum über der rot angehauchten Haut, gerundete Frucht, mit tiefem Grübchen wie Fleisch. Mir läuft das Wasser im Mund zusammen.

Ein plötzlicher Stoß und das Messer dringt ein. Bevor ich meine Reaktion kontrollieren kann, ziehe ich die Klinge heraus, lasse das dunkle Blut hinunterfließen. Es tut weh! Ich schaue zu, wie das Blut herausquillt. Denk nach, verdammt. Leben bedeutet nichts, nur Menschen. Ich wollte so sehr. Wenn mein Mund bloß aufhören würde. Schwach rieche ich den Pfirsich. Muß schlucken. Ich sollte die Augen schließen und das Messer bis zum Heft hineintreiben, aber ich kann mich nicht dazu zwingen. All die Pfirsiche, die ich nie essen werde. Ich habe noch nie eine Frucht gekostet, die nicht auf ihre Art gut geschmeckt hat, Birnen, Bartlett- und Anjou- und Graubirnen, Honigmelonen in blassem Pistaziengrün; kein Wunder, daß das Paradies ein Obstgarten ist. Bemehlte lila Pflaumen, Trauben, die vor Saft platzen. Ich habe diesen Sommer noch keine Himbeeren gegessen. Mit Sahne.

Trotz allem, Sonne und Pfirsiche, junge Bohnen im Garten, ich wische das Messer ab und stecke es zurück. Wenn ich morgen sterbe, sterbe ich. Das Blut aus meiner Brustwunde macht Flecke auf meine Jeans. Ich tupfe sie mit einem Papiertuch auf, das ich dann als Kompresse an mich drücke. Es saugt sich voll. Sobald die Blutung aufhört, werde ich den Pfirsich essen. Jetzt werde ich meinen Körper ernstlich in Angriff nehmen.

Donnerstag abend. Ich bin halbtot, und Übelkeit ist ein ständiger Zustand, mein Herz schlägt unregelmäßig, und doch bin ich immer noch schwanger. Oben auf dem heißen und luftlosen Dachboden bereite ich mich darauf vor, Mutters letzte Anweisungen zu befolgen. Durch die Bodendielen dringen das Hufgetrappel und die Schüsse von einem Western. »Schrei nicht«, warnt mich Mutter. »Halt deinen Mund.« Ich hocke in den Ruinen meines alten Refugiums und öffne mit Gewalt meine Gebärmutter.

Selbst vor ein paar Jahren noch hätte ich Ihnen mehr erzählt, aber wenn ich es jetzt tue, würden verzweifelte junge Mädchen, verzweifelte Frauen in mittleren Jahren, die Opfer von Vergewaltigungen, Inzest, Mißbrauch – wesentlich zahlreicher als wir glauben möchten –, all die Frauen, die einfach nicht daran glauben, daß eine Schwangerschaft durchgestanden werden muß wie eine Grippe oder eine Lungenentzündung, sie würden in Versuchung geführt, das zu tun, was ich tat, einfach weil ich es überlebt habe, wenn auch knapp. Es muß bessere Methoden geben. Ich kann kein Rezept für ein Tun liefern, das Sie mit großer Wahrscheinlichkeit umbringen wird.

Am Freitag gehe ich nicht zur Arbeit, weil mich endlich starke Schmerzen aufwecken und meine Finger auf dem Kissen naß und rot sind. Jetzt zuckt in meinem Bauch eine Riesenhand. Wehen. Schmerzlich wird mir klar, was ich nicht verstand: daß ich in die Geburtswehen komme. Meine Ohren dröhnen, das Zimmer hängt fleckig, während ich es mit offenem Mund anstarre. Fünf Minuten, fünf Stunden? Ich schwelle an und platze, bis ich nicht mehr auf dem Rücken liegen kann oder auf der rechten Seite oder auf der linken Seite, sondern mich winde wie ein gestrandeter Fisch, der nach Luft schnappt. Die heruntergezogenen Jalousien und die blauweißen Vorhänge heben und senken sich, heben und senken sich träge. Die Luft liegt wie ein warmes feuchtes Handtuch auf meinem schwitzenden Gesicht. Ich knete meinen Leib und will den Schmerz hinausdrücken. Gelegentlich kommt Mutter herein, spricht.

»Was?« Meine Ohren summen.

»Wie ist es?«

»Schlimm.«

Sie wickelt meine Beine aus den verwühlten Bettüchern und verstaut das Bettzeug weit fort am Fußende. Sie steht über mich gebeugt und beißt sich die Lippen, dann eilt sie fort.

Die Schmerzen vertiefen sich. Der Schmerz ist größer als ich; ich ertrinke darin. Die Wehen verschärfen und entspannen sich in regelmäßigen, immer rascher werdenden Wellen, aber unter den Wellenkämmen geht ein geballter Klumpen von Schmerz weiter, der sich ständig vertieft. Als ich aufschreie, kommt sofort Mutter, schaut mich wütend an, hebt die Hand, als wolle sie mich ohrfeigen. Ich weiß, ich muß still sein, also bin ich es. Ich vergrabe die Hände, werfe mich im Bett herum, winde mich.

Noch über zwanzig Jahre später macht Schmerz mich stumm. Seit diesem Tag habe ich nie meine Stimme wiedererlangt, sobald Schmerz mich hart anfaßt. Wenn ich mir die Hüfte verbrenne, wenn ich mir tief in die Hand schneide, wenn ich mir die Schreibmaschine auf den Fuß fallen lasse, dann verkrampfen sich meine Stimmbänder, wie sie es nie in Wut oder Gefahr tun. Ich weine, aber ich kann nicht sprechen, bis der Schmerz abebbt.

In meinem Mund ein bitterer, schartiger Geschmack. Schwarzer Pilzbelag auf der Zunge, der Geschmack des Sterbens. Alles Blut strömt aus mir heraus, ich fühle es fließen. Ohne Ende rädert mich der Schmerz, sprudelt das Blut. »Mutter!« Warum kommt sie nicht? Ist sie weggerannt? »Mutter?«

Sie trabt herein. »Schsch! Mach keinen Krach.«

»Ich habe gerufen. Kein Krach. Hilf mir auf.« Ich werde zerquetscht. Der Preßdruck schließt sich um mich. Muß mich bewegen. Auf sie gestützt schleppe ich mich ins Badezimmer. »Geh weg. Warte draußen.«

Sie zieht sich zögernd zurück. Angst steigt von ihr auf wie Schweißgeruch.

»Tür zu!« Erbrochenes schießt mir heiß und sauer in die Kehle. Bergauf zurück ins Bett, aufgestützt. Blut läuft mir die Beine hinunter, rote Fußstapfen auf dem Läufer. Ich sinke ins Bett. Der Schmerz singt in meinen Ohren wie ein Chor riesiger und hungriger Stechmücken. Meine Hände kneten meinen Leib, als könnten sie das Gefühl hinauskneifen. Ich dröhne wie eine zerbrochene Glocke, dong, dong, mit jedem Schlag zieht sie meine Eingeweide hinaus, alle, hinaus und hinunter und hinunter ...

Ich mache die Augen auf, als müßte ich ein Päckchen aufreißen. Klammere dich ans Licht. Wenn ich untergehe, schaffe ich es nicht zurück. Ich berühre den frischen Schorf zwischen meinen Brüsten und lache stumm. Jetzt, wo ich wirklich im trüben Fluß des Todes koche, da schwimme ich, da zappele ich, um am Leben zu bleiben. Die Theatervorstellung mit dem Messer hat nicht mehr damit zu tun, als unsere Spiele mit Spielzeugpistolen auf Trümmergrundstücken mit Krieg zu tun hatten. Die blauweißen Vorhänge winken mir zum Abschied mit gelangweiltem Schwenken zu. Wieviel Blut herauskocht, hell, schön auf den Laken, eine riesige Rose, die aus mir erblüht. Mutter guckt auf mich herunter, ihre Hände zupfen an ihrer Schürze, ihre Lippen bewegen sich. »Du bist so blaß, Häschen, deine Lippen sind weiß. Was sollen wir bloß machen ... Oh Gott, lieber Gott, laß sie nicht sterben. Sie ist bestraft genug. Erhöre mich!«

Bestraft. Ich möchte lachen. Wir sind immer in verschiedenen Geschichten.

»Pressen, Jill!« Sie umklammert meinen Arm. »Preß es raus. Runterdrücken. Du mußt es rauspressen!«

Weit fort höre ich mich stöhnen. Ihre Hand bedeckt mir Mund und Nase. Ich höre auf, das Geräusch zu machen, und sie läßt mich atmen. Sie tigert auf und ab, beißt sich den Daumen, zerrt sich am Haar. Durch das Kreischen der Schmerzen höre ich nichts, aber ihre Lippen murmeln unaufhörlich. Schweiß schießt durch meine Poren. Blut verbrüht meine Schenkel. Ich werfe mich umher. Mein Bauch wogt in Krämpfen. Das Bett bockt, schlägt unter mir aus. Muß gehen.

Etwas zwingt mich. Ich wälze mich über die Bettkante und stürze. »Bad. Muß.«

Sie zerrt mich hoch und schreit mich an: »Steh auf! Ich kann dich nicht tragen!« Der Spiegel schaukelt mich totenbleich, ein graues Gesicht. Meine Sehkraft erlischt zu Flecken. Der Raum schwingt ins Schwarze. »Jill, laß dich nicht fallen. Ich kann dich nicht halten!«

Ich lasse den Kopf hängen, bis das Licht zurücksickert. Muß sitzen, muß. Stolpernd rutsche ich auf glitschigem Gewebe aus, dunkel und geronnen. Der lange Höllenflur schaukelt, schließt sich wie eine Presse. Muß.

Der kalte Badezimmerfußboden, ich hocke mich hin. Ein Nagel wird Schlag um Schlag in mich hineingetrieben. Rauspressen. Muß.

Langsam gleitet der Raum zurück. Die Wehen ebben an, steigen gezackt, ebben ab. Nach und nach beruhigt sich mein Körper wie ein Teich nach einem Stein. Ich ziehe mich hoch.

»Hast du's hinter dir, Jill?«

»Ja.« Zurück ins Bett. »Blut fließt raus.«

»Heb die Beine.«

»Kann nicht.«

Sie stopft einen Lumpenwall unter mich.

»Ich friere.«

»Es ist heiß hier drin.« Sie fächelt sich.

Die Luft durch das Fenster vereist mich. »Ich friere.«

Sie schließt das Fenster »So besser?«

Meine Zähne klappern. »Ich friere.«

»Ich möchte die Decke nicht versauen. Alles ist durchgeweicht.« Sie zögert, dann seufzt sie und zieht die Decke hoch.

Die Vorhänge baumeln schlaff und gerade. Geschafft, alles geschafft. Bernsteinfarbenes Licht breitet sich über meine Augen, lauwarm und glatt und dickflüssig. Ich sinke und lasse mich nieder, entfalte mich. Meine Ohren dröhnen immer noch, aber der Schmerz hat mich aus seinen Krallen fallengelassen. Ich liege, wie ich gefallen bin, nicht ganz sicher, ob ich lebe, aber jedenfalls froh. Schön, das rote Licht durch die schweren Lider. Laß mich zum Grund hinabschwimmen, ganz hinunter ...

Als ich aufwache, sitzt Mutter an der Nähmaschine, stopft Socken und beobachtet mich. »Wie fühlst du dich?«

Ich berühre mich vorsichtig. »Ich blute immer noch, aber es läuft nicht mehr.«

»Wie fühlst du dich sonst?«

»Ein Schatten. Das Atmen fällt schwer.«

»Ich bringe dir Mittagessen.«
»Ich will nichts.«
»Du mußt etwas zu dir nehmen. Vielleicht Milch?« Sie glättet das Bettzeug.
»Ich kann nicht.«
»Willst du ihn sehen?«
»Ja, aber sag ihm nicht, daß ich es getan habe. Sage, ich hatte eine Fehlgeburt.«
»Bist du sicher, daß du ihn sehen willst?«
»Ja.« Als sie aufsteht, füge ich hinzu: »Ich bin dreckig. Das Bett, ich. Ich klebe am Laken.«

Ich kann mich nicht aufrichten, aber mit einem Schwamm säubern wir mich. Ich kann mich auf die Seite rollen, wenn sie schiebt. Dann ruhen. Die sauberen Laken fühlen sich kühl an wie Blütenblätter von Pfingstrosen. Ich döse im Halbschlaf und wache auf. Wasser läuft in die Badewanne. Mutter schrubbt wütend den Fußboden, aber ich schwebe losgelöst, ein abgerissener Ballon, der auf sanften, hohen Luftströmen getragen wird. Gelegentlich breitet sich ein schwacher Schmerz in kleinen Wellen aus und beruhigt sich wieder. Euphorie.

Mike steht linkisch, eine Hand am Türpfosten. Dann durchquert er das Zimmer, als gehe er über Eis, und beugt sich über mich. Seine Lippen bewegen sich.

»Du mußt lauter sprechen.«
»Was ist los, Jill? Was ist dir passiert?«
»Es ist vorbei.«
»Sie hat gesagt, du hattest eine Fehlgeburt.«
Ich nicke.
»Das ist unmöglich. Du kannst nicht schwanger gewesen sein.«
»Doch, war ich.«
»Warst du beim Arzt?«
»Die haben gesagt, ich bin schwanger.«
»Ich meine heute.«
»Nein. Will jetzt auch keinen. Nicht mehr.«
»Ich sorge für sie«, sagt Mutter von der Tür.
»Sie sind nicht ausgebildet. Ich rufe einen Arzt.«
Ich muß mich anstrengen, um sie zu hören. »Das darf er nicht, Mutter.«
»Wollen Sie noch mehr Schande über sie bringen?« Mutter schlingt die Arme um sich. »Nein! Das lasse ich nicht zu.«

Das Bett sackt unter seinem Gewicht. »Schlumps.« Er streicht mir das Haar aus dem Gesicht. »Wenn sie eine Dose Suppe aufmacht, läßt du dich von mir füttern?«

Im Halbschlaf merke ich, daß er wiederkommt, denn sein Arm umfängt mich. Jedesmal, wenn ich den Mund aufmache, füllt ihn Suppe. Ein dicker kremiger Geschmack schwach nach Huhn entsteht. Die Suppe bildet einen heißen See in meinem Zwerchfell, der mich verankert, so daß ich zu schweben aufhöre und wieder im Bett liege.

Durch die Wand kommt rhythmisches Planschen aus der Badewanne, wo Mutter versucht, die Laken auszuwaschen, den Läufer, die Handtücher, die Lumpen, damit die Blutflecken sich nicht erst festsetzen, bevor sie alles in die mangelartige Maschine unten steckt. Ein Sonnenstreif vom Rand der Jalousie beleuchtet sein verwuscheltes Haar. Er sieht so jung aus, wieso ist mir das früher nie aufgefallen? Wie konnte er anders als schwach sein, der arme Junge, der versucht, sein Vater zu werden. Er sehnt sich nach Autorität, Regeln, Patriarchen, die ihm sagen, wie er alles bewältigen soll. Nur ich kann ihm nicht mehr trauen.

»Hallo, Schlumps. Geht's dir besser?«

»Hm-hm. Hol mir eine Bürste.«

»Lieg still wie ein braves Kätzchen, und ich mach es dir.« Er bürstet vorsichtig mein Haar und steckt es zu einem unbeholfenen Knoten zusammen. »So. Gut so? Du hast mir vielleicht einen Schreck eingejagt, als ich hereinkam. Aber es geht dir besser, nicht?«

Ich nicke.

»Wieso sind deine Arme so dünn geworden? Du mußt mehr essen.«

»Jetzt ist es vorbei.« Und ich habe gewonnen. Ich habe mein Leben zurückgewonnen. Meinen Körper, mein Selbst. Ich habe es geschafft.

Sanft gleitet seine Hand unter den Ausschnitt meines Schlafanzugs, über meine Schultern und Brüste. »Paß besser auf dich auf. Laß dich von der Frau nicht an die Wand drücken.«

»Sie hat mir so viel geholfen, wie sie sich erlauben konnte.«

Gewichtlos bewegt seine Hand sich über meine Brüste. Als ich ihn anschaue, dicht über mich gebeugt, die braunen Augen ernst und strahlend, die starken Bögen seiner Wangen, durchbohrt mich ein langsamer Blitzstrahl des Verlangens. Es tut weh. Wenn ich nicht so schwach wäre, würde ich ihn in die Arme nehmen. Schwer zu glauben, daß er mein war, die langen Knochen seiner Arme, das muskatnußbraune Körperhaar und das mahagonibraune Haupthaar. Ich bin froh, ihn noch einmal so gesehen zu haben, überströmt von der Liebe, die ich ihm so bereitwillig gab.

Um vier, eine halbe Stunde später, schickt Mutter ihn nach Hause, und ich schlafe. Aber um fünf beugt sie sich über mich. »Jill, zieh dich an. Es wird Zeit für Vater.«

»Ich kann mich nicht rühren. Laß mich schlafen.«

»Steh auf!« Sie schüttelt meinen Arm. »Du kannst nicht da liegen, wenn er kommt. Er wird wissen wollen, was los ist.«

»Sag ihm, ich bin krank.«

»Krank von was?«

»Grippe. Eine Darminfektion.«

»Unsinn. Er wird Verdacht schöpfen und uns beide umbringen. Steh auf.«

»Ich kann nicht!« Ich reiße mich los. »Laß mich in Ruhe.«

Als Vater nach Hause kommt, sitze ich angezogen im Wohnzimmersessel, der Rock zu groß und die Bluse zu weit; ich habe ein Kissen im Rücken und eine Illustrierte offen auf meinem Schoß und blute immer noch.

Brooklyn, 1963. Der Arzt hat die Abtreibung verpfuscht, und sie hat starke Blutungen. Ich bin Mitglied einer Gruppe von Frauen, die anderen Frauen Abtreibungen besorgt. Irgendwann werde ich den Namen erklären, den wir für unser Kollektiv benutzen. Diese Frau hier, dick, sanft, Ende dreißig und Mutter von fünf Kindern, blutet wie ein geschlachtetes Schwein – so wie ich damals. Ich habe ihre Vagina in Eis gepackt. Ich halte sie an mich gedrückt, eine Frau doppelt so groß wie ich und doppelt so schwer, und wiege sie wie ein Baby. Sie fühlt sich so kalt an wie meine Hände, wie das Eis, das ich ihr in Frotteetücher eingewickelt zwischen die Schenkel gestopft habe. Lebe, lebe, flüstere ich ihr zu, Liebe, Süße, Engel, Schatz, lebe. Nur das, lebe. Die ganze Nacht durch sind wir zusammen, bis das Morgengrauen sie noch am Leben findet und die Blutung unter Kontrolle. Am Vormittag bringen wir sie zurück zu ihrem arbeitslosen Mann und den lärmenden Kindern.

Chicago, 1969. Ich treffe mich mit einer gesetzeswidrigen Abtreibungsgruppe, Frauen, die sichere und billige Abtreibungen bei anderen Frauen vornehmen. Die beste Ärztin, die wir hatten, in Pennsylvania, ist aufgeflogen und muß mit Gefängnis rechnen. Wir sind in Schwierigkeiten, aber Schwierigkeiten sind der ganze Grund für unsere Existenz. In meiner Kartei sind Namen und Preise und Kontaktadressen von Abtreibungsärzten in achtzehn Staaten. Ich habe sogar Informationen über Mexiko und Guatemala. Man kann nie wissen, wann eine Frau sie bitter nötig braucht.

New York, 1970. Wir marschieren, Zehntausende von uns, durch die Straßen von New York und rufen nach legalen Abtreibungen für alle von uns. Die Hälfte des Marsches bringe ich unter älteren Frauen zu. Ich bin sicher, jede von uns hatte eine illegale Abtreibung oder allein abgetrieben. Wir sind Verbrecherinnen. Dann marschiere ich einen Teil des Weges mit den Schülerinnen. Sie erfinden Sprüche und schreien viel. Wir sind zahlreich und zornig und schön, wie wir da gehen. Auf dem Platz werden zu viele Reden gehalten, und wir frieren alle, und meine Nase läuft, aber niemand kann uns mehr aufhalten. Wir werden frei sein. Frauen werden nicht mit Blut für Liebe bezahlen. Kinder werden nicht ungewählt, ungewollt und ungeliebt geboren werden.

Am folgenden Samstag beruft Mutter eine Versammlung ein. Während mein Vater auf seine gefalteten Hände starrt, verliest sie einen Eid über ein Jahr Enthaltsamkeit, den sie mich in dreifacher Ausfertigung abtippen läßt wie die Rechnungen bei Short Brothers, die ich wieder an fünf Tagen in der Woche ausschreibe.

Kopfschüttelnd liest Mike es sich durch. »Was meinst du? Wirst du das Ding unterschreiben, Jill?«

Was für einen biblischen Klang der Eid hat. »Wenn ich diesen Eid nicht halte, so soll meine rechte Hand verdorren und meine Kraft verderben, so sollen mir niemals lebende Kinder geboren werden und mein Gehirn zerfallen ...« Leicht zu erkennen, daß Mutter das geschrieben hat. Ich begegne seinem Blick. Ich sage, ihr alle drei spielt Hauptrollen in verschiedenen Stücken. Eine große Gleichgültigkeit zermahlt meine Gedanken zu Staub. Liebe ist ein Wort wie die Worte auf diesem Papier, und ich habe gelernt, kein einziges Wort bindet über den Mittag seines Ausspruchs hinweg. Ich weiß auch, daß unter meiner ausgebluteten Gleichgültigkeit ein Wille pocht, mein eigenes Leben zu führen, stark genug, um mich über sie hinweg und von ihnen fort zu tragen. Ich werde euch allen entkommen. Ich werde entscheiden, was ich tue.

»Klar. Warum nicht?«

Unter dem kränklichen Licht der Leuchtstofflampe an der Küchendecke unterzeichnen wir in aller Förmlichkeit und schweigend den Eid. Ich schreibe groß meinen Namen, möchte kichern. Dreimal. Ich bekomme eine Kopie. Mike bekommt eine Kopie, sie behalten das Original. Ein Exemplar für sie beide, denn sie sind eine juristische, verheiratete Einheit. Hinterher serviert Mutter eisgekühlte Limonade.

19 Das karge Jahr

Ich komme in dem weißen Zimmer mit den Tomatensuppenvorhängen so kraftvoll und anmutig an wie eine überfahrene Katze. An Donnas Entsetzen kann ich mein gräßliches Aussehen ablesen. Ich wiege angezogen vierundachtzig Pfund. Meine Haut ist bläulich grau. Ich leide an Blutarmut, Darmentzündung, Hautausschlägen, Zahnschmerzen und Schlaflosigkeit. In der ersten Woche besorge ich mir zwei Jobs. Finanzielle Unabhängigkeit ist meine Gottheit; ich will sie um jeden Preis erreichen, außer auf Kosten meines Studiums. Dies ist das Jahr, in dem sich alles, was ich anfasse, in Einsen verwandelt, denn ich bin nur glücklich, wenn ich völlig von meinen Gefühlen entfernt bin. Vier Abende in der Woche bediene ich die Telefonzentrale des Heims und verstöpsele Paare miteinander. Den ganzen Samstag nehme ich an einem Experiment des Psychologischen Instituts über außersinnliche Wahrnehmung teil; ich bin für sie faszinierend, weil ich regelmäßig eine negative Wechselwirkung an den Tag lege. Wenn ein anderer Proband im Nebenzimmer sitzt und versucht, mir Bilder auf speziellen Karten (Kreise, Dreiecke, Quadrate) zu schicken, habe ich alle falsch, während fast alle anderen wenigstens ein Viertel durch Zufall richtig haben. Ich sperre mich gegen die Bilder. Ich mache mir nicht die Mühe, ihnen von Mutter zu erzählen. Ich lasse mich studieren und stecke dafür einen Dollar fünfundzwanzig pro Stunde ein.

Ich gehe mit Männern aus, die mich auffordern, und viele tun es. Zum ersten Mal in meinem Leben bin ich von Natur aus kalt. Ich habe das Interesse an Sex nicht wiedergewonnen, der mir als Mittel dazu vorkommt, Willen und Energie in Passivität und Fleisch zu verwandeln. Ausgehen verschleißt die Nerven, schlägt aber die Zeit tot, nicht ganz so gut wie Trinken, was ich mit Theo an den übrigen Abenden tue, nach der Telefonzentrale. Bei Theo finde ich eine ungeheure Toleranz, die zugleich warm und kalt ist: kalt, weil nichts in dieser Wüste wächst, und warm, weil sie es gut mit mir meint. Zwanghaft erzähle ich ihr in einem gewissen Stadium von Betrunkenheit wieder und wieder meinen Sommer. Bilde ich mir ein, so könnte ich ihn abtragen? Bei einem höheren Grad von Alkohol im Hirn entfliehe ich in reine Energie und schließlich in Betäubung.

An meinem Schreibtisch beende ich ein Referat über *Was ihr wollt*, mit ihren wandelbaren Geschlechterrollen meine Lieblingskomödie von Shakespeare. November, aber der Tag schimmert wie bemaltes Zellophan unter glasblankem blauem Himmel. Nach einer Woche eisigem Regen ist es fast warm, und ich habe die Fenster offen. Jetzt schaue ich Donna und Lennie zu, wie sie rasch den Hof überqueren, roter Bart und Lederjacke, glatte blonde Haarkappe und blauer Wollmantel. Während sie sich gestikulierend umtanzen, stapft Lennie in eine Pfütze. Ich lache und lehne mich hinaus, um ihnen im Windschatten des Hauses zuzurufen. Da dringen ihre scharfen Stimmen hoch, und ich halte meinen Mund.

»Ich bin nicht deine Mutter! Wenn du dreckige Hemden tragen willst, dann verstinke die Welt. Ich lasse mich deswegen nicht zur Meckerhexe machen!« Donnas Stimme schneidet hoch und dünn. »Verlange ich von dir, daß du meine Wäsche machst?«

»Du hast den Wäschezettel verloren, und jetzt gibst du mir die Schuld. Wenn du mich noch mal vor meinen Mitbewohnern anschreist ...« Lennies Stimme verliert sich schmollend. »Das ist kastrierend.«

»Es war nicht *mein* Wäschezettel. Es war *deiner*. Und wir sind nie allein!«

»Kann ich es mir leisten auszuziehen? Und wenn ich's tue, ziehst du mit mir zusammen?«

Ich bin über meine Arbeit gebeugt, als Donna hereinstürmt. Sie wirft ihren Mantel auf den Boden und sich selbst auf mein Bett. »Ich habe mich gerade wieder mit Lennie gekracht. Immer versucht er, mir Schuldgefühle zu machen! Wenn er sich erkältet, gibt er mir das Gefühl, ich hätte ihm das angetan.«

»Sieh dich vor. Ein bißchen Geduld miteinander ...«

»Wir streiten uns immer wieder über dich und Mike. Als ob Mike eine Partei hätte. Männer sind so blind. Mike erzählt ihm, wie du ihn bei seiner Familie in Schwierigkeiten gebracht hast, indem du ihn zwingen wolltest, dich zu heiraten, und ihn dann fallengelassen hast. So erzählt er es in der ganzen Stadt.«

»Julie hält mich auf dem laufenden«, sage ich trocken und schaue aus dem Fenster. »Lennie wartet immer noch im Hof.«

»Tatsächlich?« Sie steht auf, um neben mir hinauszuschauen. »Der Idiot!« Aber sie grinst und schlüpft in die Ärmel ihres Mantels. »Stur wie ein Panzer!«

Der lange graue Winter läßt sich nieder wie ein Wolf, der einen Kadaver frißt. Julie redet über Pessare. Sie schläft immer noch nicht mit Van, aber sie sind schon zu Knutschen mit Gefummel vorgedrungen. Sie glaubt an Vorausschau, besonders seit – wie sie sagt – mein Fall demonstriert hat, was passiert, wenn man sich darauf verläßt, daß der Mann aufpaßt. Van dringt nicht weiter vor, während die Monate länger werden wie Eiszapfen und vom eigenen Gewicht herunterfallen, aber Donna und ich reden oft über Pessare. Schließlich lasse ich mir einen Termin geben, obwohl ich keinen unmittelbaren Bedarf habe.

Es sind Weihnachtsferien, und ich lasse mir einen Termin zwischen meinen Schichten bei der Telefongesellschaft geben am Nachmittag des 24. Dezember. Ich gebe meinen richtigen Namen an und sage, daß ich bald heiraten werde.

»Wo ist Ihr Verlobungsring?« fragt der Frauenarzt. Er ist fünfzig und betrachtet mich mißbilligend.

»Wir wollten kein Geld darauf verschwenden. Wir sind beide Studenten.«

Er schenkt mir ein schmallippiges Lächeln. »Wenn Sie verheiratet sind, kommen Sie wieder mit Ring und Heiratsurkunde, und ich passe es Ihnen ein. Unverheirateten Frauen passen wir es nicht an.«

Er knöpft mir fünfzehn Dollar ab, und ich gehe mit Bauchschmerzen nach Hause. So dumm werde ich nicht noch mal sein. Ich berate mich mit Donna. In der zweiten Hälfte der Weihnachtsferien, als sie ihre Schwester und ihren Schwager besucht, gehen wir zu Woolworth. Wir suchen uns goldfarbene Ringe aus. Wir suchen uns Verlobungsringe mit Glassteinen aus. Wir vereinbaren aufeinanderfolgende Termine am dreißigsten Dezember. Ich bin »Mrs. Mary Moore« aus dem Gedicht von Yeats, und mein Mann ist Henry. Donna ist Mrs. Leonard Rose: Lennies Braut für einen Tag. Wir gehen mit unseren Rezepten und lösen sie zusammen ein. Ich bete mein Pessar an, säuberlich mit seiner durchsichtigen Kuppel in der Plastikdose. Ich halte es in Ehren in meiner Schmuckschatulle, wie ich in ein paar Jahren meinen ersten Reisepaß in Ehren halten werde, als etwas Magisches, das den Weg nach draußen öffnet.

Meine Mutter hat mich dazu bestochen, mir das Haar abschneiden zu lassen, indem sie Geld ausgab für einen wirklich guten Friseur auf dem Washington Boulevard, der annähernd schicksten Adresse der Innenstadt. Die Einkaufszentren beginnen gerade, die City von Detroit auszuhöhlen, und Washington Boulevard ist immer noch ein Gebiet, in das Mutter sich nur mit nervösem Gemurmel wagt, in letzter Minute versucht sie noch, mich zu einem der Kaufhäuser zu überreden, Hudson, Crowley. Warum willige ich ein? Um die letzten Überreste der Frau zu zerstören, die Mike hatte? Vielleicht. Niemand trägt das Haar mehr lang, außer Alberta Mann und ein paar Folksängerinnen. Diese Anpassung werde ich probieren, wenn ich auch die meisten anderen verweigere.

Der Coiffeur ist von meinem Haar beeindruckt, obwohl er es bereitwillig abschnippelt. Er fragt mich, ob ich es haben will. Ich sage ja und vergesse es dann, und er rennt mir damit in einer Papiertüte nach bis zur nächsten Querstraße. Mutter und ich verkaufen es an einen Perückenmacher. Der sagt, wenn es nicht schwarz wäre, wäre es mehr wert.

Julie steckt die Nagelfeile zurück in ihr Lederetui und legt die Arme um ihre hochgezogenen Knie in den Maßhosen. »Gestern abend hat sich Mike im *Union* zu Van und mir gesetzt. Er hatte Gin getrunken und sah gräßlich aus.«

»Würde er besser aussehen, wenn er importierten Scotch getrunken hätte? Warum sagst du das so? Ich kann ihn nicht am Trinken hindern.«

»Willst du das denn?«

»Was hat das mit mir zu tun? Ich habe seit Wochen nicht mit ihm geredet.«

»Er sagt, es hat ausschließlich mit dir zu tun.«

Ich will mich anlehnen und schiebe einen weißen Plüschhund mit Glöckchen an Nase und Schwanz weg. Das Zimmer ist lähmend ordentlich, eine Mondrian- und eine Klee-Reproduktion in Wechselrahmen an der Wand, ein blaues Tuch auf der Kommode und Kosmetika von einer Kante bis zur anderen, auf dem Fensterbrett und auf dem Bücherregal in regelmäßigen Abständen Krüge und Kerzenhalter aus Geschenkartikelläden. »Glaubst du das etwa? Daß ich Voodoo an ihm praktiziere, der Scheiß, den er Lennie erzählt hat?«

»Ausschweifungen sind eben Teil der Rimbaud-Pose«, sagt sie und fügt auf meinen verständnislosen Blick hinzu: »Du hättest voriges Jahr Rimbaud lesen sollen, dann verstündest du, was er da treibt. Ich weiß, du liest Französisch nicht gut, aber du hättest dir eine vernünftige Übersetzung besorgen können.« Fast, als weihe sie mich in ein Geheimnis ein. »Er ist hochintelligent, weißt du. Ich habe einen IQ von einhundertsechzig, und selbst ich kann ihm manchmal nicht folgen.«

»Weil er meistens unverständliches Zeug redet.«

»Du kannst dir nicht vorstellen, wie meine Highschool war. Sie wollten uns angepaßt, eine fröhliche Gemeinschaft, der Geist so kurzgeschoren wie der Rasen. Sie führten sich auf, als hätte ich meine hohe Punktzahl nur, um sie zu ärgern. Viel zu hoch – für ein Mädchen.«

»Meine Mutter mißtraut dem Intellekt auch. Sie hat den Verdacht, Grips ist von Natur aus subversiv und gefährlich und bringt einen um. Aber du bist von zu Hause fort, Julie. Wirklich fort.«

»Ach ja? Ich werde zurückkehren. Mit einem Mann, der Pendler ist, und mit drei Komma fünf verhaltensgestörten Kindern mit Zahnklammern, die zu Therapeuten und zur Reitschule gehen.«

»Wenn du das nicht willst, kauf dich nicht wieder da ein. Geh zum Zirkus. Geh ins Weibliche Armeekorps. Geh in die Kommunistische Partei. Geh ins Kloster.« Sie gibt mir das Gefühl, wieder zu versinken. Ich stehe auf, gehe ans Fenster und zurück. »Mach eine Besichtigungstour durch die Antarktis. Arbeite auf einer Ziegenfarm. Geh auf die Straße.« Ich höre mich brüllen und werfe mich aufs Bett, um sanft zu fragen: »Wie geht's überhaupt dem alten Van? Hast du ihn schon entjungfert?«

Rasch zieht sie den Plüschhund meiner niederstrebenden Kehrseite aus dem Weg. »Keine Spur. Ich hoffe immer noch, sein Blut taut mit dem Frühling, wenn überhaupt! Also wenn ich Mike sehe, dann denke ich manchmal, daß Van gar nicht lebt... Aber wenigstens kann man sich auf Van verlassen. Er würde nie über mich reden. Ich bin zu bürgerlich, um zu ertragen, daß jemand so über mich prahlt, wie Mike es mit dir getan hat.«

»Wovon redest du?«

Ihre gezupften Augenbrauen heben sich. »Van hat mir erzählt, immer wenn Mike im letzten Jahr aus dem Arboretum zurückkam, dann ging er ins Zimmer, wo seine Freunde Bridge spielten, und machte ein Zeichen –«

Mein Körper wird heiß. »Was für ein Zeichen?«

»Für soundsovielmal hielt er entsprechend viele Finger hoch.«

Eine heiße Kohle brennt in meiner Brust. Ich könnte ihn umbringen. Diese Männer haben mich ausgelacht, während ich an seinem Arm tanzte wie Julia. »Er hat mich behandelt wie eine Nutte.«

Als ich zurück auf mein Zimmer gehe, zurück zu Donna, fällt mir ein, natürlich wird Julie das Mike weitererzählen. »Jill sagt, du hast sie behandelt wie eine Nutte.« Warum setze ich mich ihrem kalten, neugierigen Blick aus? Dennoch gehe ich immer wieder hin, begierig, alles zu hören, was sie von der Kehrseite meiner großen Liebe weiß.

Meine erste Bürgerrechtsaktion ist recht zahm. Achtzehn von uns versammeln sich in windgepeitschten Graupelschauern, um ein Restaurant zu blockieren. Donna, Lennie und ich marschieren Arm in Arm. Donaldson ist auch beteiligt, was Donna auf die Idee bringt, meine alte Schwärmerei für ihn wieder anzufachen, aber ich liebe sie und niemand sonst. Meine Liebe zu Donna ist ein kleiner Pelzmuff, den mir meine Bobe geschenkt hat, als ich fünf war – zerfressen, aber immer noch Zeuge einer anderen Zeit und eines anderen Landes, worin meine Hände suchten und nur einander fanden, sich aber dennoch wärmten.

1955 sind wir so eine Art vorsichtige Extremisten, gerade ist – nach einem Raubzug des Senatsausschusses für unamerikanische Umtriebe in Michigan – ein Zoologieprofessor geflogen, weil er sich offen zum Marxismus bekannt haben soll. Ich gehe regelmäßig zu einer Studiengruppe, wo wir uns prüfend in die Augen schauen. Selbst über Bürgerrechte und gesellschaftliche Veränderungen zu reden scheint gefährlich. Das FBI kann die Tür aufbrechen; einer von uns kann ein Agent sein. Ein Student in der Arbeiterjugendliga (vier eingeschriebene Mitglieder) mußte feststellen, daß seine Freundin so weit vom FBI eingeschüchtert worden war, Listen sämtlicher Leute zu liefern, die seine häufigen Partys besuchten. Alle von uns wissen Geschichten zu erzählen von Lehrern, die ihre Stellungen verloren, weil sie irgendwann einmal Aufrufe über verhungernde Kinder in Äthiopien oder zerbombte Dörfer in Spanien unterschrieben und sich so als voreilige Antifaschisten entlarvt hatten. FBI-Agenten statten den Archiven der Schülerzeitungen Besuche ab und lesen alte Leitartikel für den Fall, daß jemand, gegen den sie gerade ermitteln, mal etwas Kritisches über The American Way of Life geschrieben hat. In dieser verdickten Atmosphäre scheinen Ideen unglaublich mächtig. Ein Exemplar von Gunnar Myrdals *An American Dilemma* oder J.P. Thompsons *Geschichte der englischen Arbeiterklasse* weiterzureichen scheint eine tapfere politische Tat.

Wir sind das FPA: das Forum politischer Alternativen. Selbst dieses nichtssagende Etikett hat für die meisten Ohren einen kratzigen, subversiven Klang, und ich schaffe es nicht, Donna oder Lennie mithineinzuziehen. Lennie traut mir nicht – ich bin das böse Weib, das seinen Dichter verwundet hat. Donna behauptet, die Diskussionen seien langweilig, obwohl sie gelegentlich mitkommt. »Lauter Männer und nur zwei Frauen!« Die andere Frau ist Alberta Mann, Donaldsons Freundin. Donaldson ist unser Befürworter bei der Fakultät, damit wir als Studentenvereinigung anerkannt werden und unsere kleinen Proteste in Szene setzen, gelegentlich einen Film

(Panzerkreuzer Potemkin, Früchte des Zorns, Rom – offene Stadt) zeigen, einen progressiven Folksänger einladen können, sofern wir den Antrag durchbekommen. Wir brauchen die Befürwortung zweier Dekane und eines Vizepräsidenten, um Pete Seeger zu holen. Wir halten auch Podiumsdiskussionen ab über H-Bomben-Tests, die Abschaffung der Sperrstunden in den Studentinnenheimen, den Überfall der US-Landetruppen auf Guatemala. Bei diesen schüchternen Versammlungen lebe ich für ein paar Augenblicke in einer Welt, die größer ist als die des Studentenheims und des Hörsaals.

Mein Geburtstag. Ich habe keine Zeit mehr für die Stunden und Stunden der langsamen Arbeit in der Zahnmedizinischen Klinik, deshalb gehe ich zu einem auswärtigen Zahnarzt. Das Geburtstagsgeschenk meiner Eltern ist die bezahlte Zahnarztrechnung für März. Meine einzigen echten Geschenke sind von Theo: zwei Bachpartiten für Solocello, gespielt von Pablo Casals, und von Donna: ein Glockenrock aus Baumwolle, schwarz mit Dunkelbraun. Meine Eltern rufen nicht an. Der Tag vergeht ziemlich trist mit einer Zwischenprüfung über Shakespeare. Donna kommt um vier nach Hause und entführt mich in die dünnen Schneereste.

»Es müßte Frühling sein, dem Kalender nach ist Frühling. Wir machen es zu Frühling«, verkündet sie. Kaffee mit einem Schuß Weinbrand in der Thermosflasche, eine aus ihrem Bett gemauste Decke, ein kleiner Camembert und ein halbes Brathähnchen: wir dinieren im Schnee vom Island Park in einer Biegung des Huron River. »Herzlichen Glückwunsch zum Geburtstag, Schatz«, sagt sie zu mir. »Von jetzt an muß es einfach besser werden. Klar? Klar.«

Im Schnee, der in großen, gemächlichen Scheiben herunterflattert, finden wir zwei für den Winter aufgebundene, aber nicht abgenommene Schaukeln und entknoten die Ketten. Seite an Seite schaukeln wir weit zurück, weit hinauf und hinaus.

»Donna, Donna, das ist herrlich. Das ist Fliegen. Ich möchte fliegen.« Wieder. Die Schaukel schwingt hoch, in hohem Bogen. Ich erinnere es aus meiner Kindheit. Ich habe es immer geliebt. Es ist sinnlich, das Erregendste, was ich seit Monaten getan habe. Das Blut hämmert in mir. Die Mischung aus Koffein und Alkohol macht mich tatendurstig betrunken, so daß ich mich fühle, als könnte ich die Schaukel loslassen und hinaussegeln über den Fluß, dessen Eis gebrochen, aber noch nicht geschmolzen ist.

Wir liegen hinterher auf der Decke und trinken den Weinbrand-Kaffee aus, essen das Huhn auf. »Was auch mit mir passiert ist, ich habe überlebt, oder etwa nicht? Also bin ich nicht wirklich schwach, ich bin kein Feigling, ich bin nicht wertlos.«

»Du hast überlebt, Stu. Anfangs war ich mir nicht so sicher, aber jetzt bin ich überzeugt. Du bist wieder völlig da. Wer hat denn behauptet, du seist schwach? Schon als Kind warst du ein zähes Luder.«

»Ach komm, Donna, dir kann man bloß leicht was vormachen.« Ich weiß, daß sie sich diese Feier nicht leisten kann, daß sie erkauft ist mit dem Verzicht auf etwas anderes, und ich bin doppelt dankbar. Sie hat mir meinen Geburtstag geschenkt.

In den Frühjahrsferien fährt Donna mit Lennie nach New York. Als ich aus Detroit zurückkomme, wartet ihr Gepäck im Zimmer, aber keine Donna. Gequieke, Gekicher und Gebalge in der Halle. Das Leben im Wohnheim entbehrt der Würde, denke ich. Es muß eine Alternative geben. Ich beschließe, mich umzuschauen. Kurz vor der Sperrstunde kommt Donna hereingelaufen. »Du bist endlich zurück!« Sie läßt ihre Tasche fallen und umarmt mich, ihr spitzes Kinn an meiner Wange.

»Wie war New York?«

»Ach.« Sie hängt ihren Mantel auf, bürstet ihn sorgfältig ab. »Da müssen wir leben, Stu. Das ist die echteste Großstadt.« Ihre Stimme klingt gezwungen. Ihre Haut unter den Augen ist blau vor Müdigkeit.

»Fehlt dir was? Waren seine Eltern gemein zu dir?«

Sie zuckt zusammen. »Sie waren so entzückend, daß es mir peinlich war. Komm, wir trinken unten eine Limo. Ich sterbe vor Durst.«

Im Flur wuchtet Dulcie, die Haussportwartin, einen Koffer vor die Tür für den Hausdiener. Sie schenkt uns ein halb feindseliges, halb gönnerhaftes Grinsen. »Aha, die James-Schwestern. Auf was für Rabatz seid ihr jetzt wieder aus?«

»Paß mal auf, Kumpel, wir suchen keinen Rabatz, der Rabatz sucht uns. Und wenn er uns findet, rennt selbst der Rabatz weg.«

Donna stößt gereizt nach dem Fahrstuhlknopf. »Warum antwortest du denen? Sie hält uns übrigens für Schwestern.«

Das berührt mich angenehm. Der Spiegel gegenüber dem Fahrstuhl rahmt uns ein. »Wie Negativ und Abzug – ich dunkel und du hell.«

»Von außen.« Sie haut mit der Faust auf den Knopf nach unten. »Ich bin ohne Lennie durch die Läden auf der Fifth Avenue gezogen. *Lord und Taylor. Bonwitt.*« Wir fahren hinunter. »Geld nimmt dem Leben die harten Kanten. Schönheit in den nebensächlichsten Gegenständen. Kleine Freuden ölen den Weg zu den großen.«

»Das werden wir kaum herausfinden.« Ich möchte nicht, daß Donna durch teure Geschäfte schweift in einem Tagtraum, den ich nicht teilen kann. »Sobald du anfängst, solche Dinge zu begehren, bist du abhängig.«

»Anfängst?« Sie lacht, ein ausgedörrtes Husten. Wir durchqueren die dunklen Eßsäle zu dem kleinen Raum, in dem die Maschinen glimmen. Während sie die Flasche öffnet und an den Mund setzt, treten Falten der Abgespanntheit hervor.

»Donna, was ist in New York passiert?«

»Nichts.« Sie geht rasch zurück. »Nichts, was mir passiert, hat irgendwelche Bedeutung, weil ich ein Stück Scheiße bin!«

»Hast du dich mit Lennie gestritten?«

Ihr Mund kräuselt sich, als wolle sie lachen, doch dann bricht sie in Schluchzen aus, drückt sich die Handteller in die Augen. Ich nehme die Limonade und führe sie in den dunklen Eßsaal, vorbei an den Tischen zu dem Sims, der unter den hohen Fenstern verläuft. »Schsch, Donna, bitte.« Ich streichle sie, tröste sie. »Nicht weinen ... Was ist denn, sag es mir? Was ist passiert?« Ich murmele weiter beschwörend auf sie ein, bis sie erschöpft die Wange an die Fensterscheibe lehnt und den Atem aus ihren geöffneten Lippen über das Glas dampfen läßt.

»Warum konnte er sich von mir nicht auf meine Art lieben lassen? Warum muß er versuchen, mich zu seiner Mutter zu machen? Andauernd flehen mich seine Augen an. Ich bin nicht wie seine Mutter, ich bin kein sich aufopfernder Schoß!«

»Warum sollst du auch? Aber ihr werdet euch wieder versöhnen.«

»Ich habe dafür gesorgt, daß das nicht passieren kann. Stu, andauernd verlangt er mir die Reaktionen ab, die er haben will. Ich mußte darum kämpfen, bewußt keine Mittelwestlerin zu sein. Und in Museen!« Ihre Stimme klettert in enger Spirale. »Manchmal denke ich, er hat keinen Geschmack und nur an dem Gefallen, was eine Verteidigung seiner eigenen Arbeiten ist. Aber ich kann es nicht mehr sagen – er hat es mir kaputtgemacht. Ich kann Bilder nicht mehr ausstehen. Etwas in mir macht dicht.«

»Worüber habt ihr euch gestritten? Seine Arbeit?«

»Heute abend habe ich ihm gesagt, daß ich ihn gründlich satt habe.« Ihre Stimme bricht. Ihre Hände krallen an ihren Armen. »Ich habe ihm das mit Matt erzählt. Ach, jetzt sag, daß ich gelogen habe. Na und? Manchmal hetzt du mich schlimmer als er.«

Ich habe es wohl gewußt, denn ich fühle nichts. »Er hat schlimm reagiert?«

»Er hat gesagt, aber *warum*? Ich habe gesagt, weil ich es wollte. Weil ich es müde war, darauf zu warten, daß er ein Bett findet. Weil Matt gut gebaut ist.« Sie lacht wie zerbrechendes Glas. »Weil seiner dreißig Zentimeter lang war. Ich war weniger geil als neugierig.«

»War er gut?«

»Zu schnell. Aber es war ein Erlebnis, als wenn eine Büffelherde auf einen losgeht. Ich glaube, ich mag große Schwänze nicht, aber wie sollte ich das vorher wissen?« Sie reibt sich grob die Augen. »Ich *weiß* nicht, warum ich es getan habe. Ich weiß es nicht! Ich erfinde Gründe. Ich tue Dinge, als fiele ich einen Berg runter, und dann erfinde ich Gründe. Lennie hat gesagt, meine Vergangenheit hätte ihm nichts ausgemacht, weil ich einsam war und weil jeder Liebe braucht. Und es hat ihm auch nichts ausgemacht – warum hat mir das nicht genügt? Ich muß ein absolutes Miststück sein.«

Tatsächlich stimmt es nicht, daß ihm das nichts ausgemacht hat, aber das ist nicht der richtige Zeitpunkt, um diesen bitteren Klatsch weiterzuerzählen. Draußen ist ein feiner Regen nur um jeden Laternenpfahl herum zu sehen. Ich trommle mit den Fingern auf die Fensterstange neben uns auf dem Sims. Falls es jemals wärmer wird, benutzt man sie, um die obere Fensterreihe über den großen Panoramafenstern aus Spiegelglas zu öffnen. »Weil sofortiges Verzeihen unrealistisch ist. Weil wir arrogant genug sind, um zu fühlen, daß wir das, was wir getan haben, verdauen und verstehen müssen, um zu wachsen –«

»Du machst es sauber.« Sie schüttelt den Kopf, ihr Haar peitscht. »Ich habe ihm weh getan. Wir? Warum sagst du nicht, daß ich krank bin.« Sie vergräbt die Hand heftig in ihrer Kopfhaut. »Ich ekle mich an.«

»Langsam, Donna. Wenn du aufhörst zu lieben, was kannst du anders tun als aussteigen? Das hast du mir über Mike gesagt.«

Sie starrt mich wütend an. »Lennie sagt, es ist deine Schuld.«

»Meine? Aber wieso?«

»Er sagt, du bist besitzergreifend und anklammernd, da du keinen Mann hast.«

»Ach ja? Woher will er wissen, woran ich mich klammere?« Ich krümme die Schultern.

»Und Mike hat ihm das alte Zeugs über die Mädchen erzählt.«

Dich eingeschlossen, was beide nicht wissen. Wir schweigen ein paar Augenblicke, während sie mit ihrem Fuß strafend nach der Wand tritt, dong, dong, und mich nervös macht. »Und ich werde immer so weitermachen, alles versauen, bis ich zu fett und zu verbraucht bin, als daß irgendein Mann noch auf die Idee kommt, mich zu wollen.« Die Tränen fangen wieder an. »Alles, was schön ist, muß ich verderben. Ich mache alles zu Schmutz! Es liegt an mir, mit mir stimmt was nicht!«

»Donna, zu einem Streit gehören zwei. Quäl dich doch nicht so.« Ich habe das Gefühl, sie steigert sich in eine Raserei der Selbstbestrafung hinein.

Sie gleitet vom Sims. »Du liegst mit jemand im Bett, und plötzlich fragst du dich, was du da eigentlich treibst. Diese schreckliche Leere. Dann drehe ich durch, dann werde ich schmutzig und gemein.«

»Ich kenne diese Leere.« Ich versuche, ihre Schulter zu berühren.

Sie schüttelt sich los. »Du kennst diese Raserei nicht. Du weißt nicht, wie krank ich bin. Ich möchte alles kaputtmachen –«

»Komm, beruhige dich, Donna. Komm schon ...« Ich klinge übertrieben ausdruckslos. Ich versuche, Blickkontakt herzustellen. Ich versuche, ihre Hand zu nehmen.

»Ich würde am liebsten dieses Fenster zertrümmern. Dieses große teure Fenster in diesem gottverdammten, blöden Wohnsilo!«

Ich versuche, ihren Arm zu packen und sie wegzuziehen. »Komm, wir gehen nach oben. Meine Mutter hat einen Kuchen gebacken.«

Sie stößt mich fort. »Bist du dir so sicher, daß ich's nicht tue?« Sie ergreift die Fensterstange.

»Komm schon, Donna.« Ich wende mich zur Tür. »Hör auf. Komm, wir gehen nach oben und reden da weiter.«

Sie hebt die Stange. Ich stürze zurück, um sie aufzuhalten, aber sie schwingt die Stange an dem Ende mit dem Haken, der Metallgriff saust durch die Luft. Ich ducke mich gerade noch rechtzeitig, werfe mich flach auf den Boden. Mit einem scharfen Knall wie ein Pistolenschuß trifft der Griff das Glas, öffnet einen Spalt, der von der Einschlagstelle bis nach oben eilt. Dann läßt sie die Stange fallen, starrt auf den geschweiften Stern, wo der Griff einschlug, den langen Riß. Sie sieht benommen aus.

Ich stehe vorsichtig auf, klopfe mir die Splitter ab. »Oi, Gewalt. Weswegen?«

»Aber ... du hast nicht geglaubt, daß ich es tue.« Leichte Verwunderung in der Stimme.

Ich höre jemand im Flur und husche zwischen den Tischen durch, um die Tür zuzuziehen. Dann gehe ich zu der Stange, hebe sie aus den Glasscherben und wische sie an meinen Jeans ab. Keine Fingerabdrücke.

»Mußt du Detektiv spielen?« Sie läuft zur Tür, möchte entkommen.

»Besser, wir nehmen die Treppe nach oben. Vergiß deine Limo nicht.« Wir horchen, bis der Flur sicher ist, dann gehen wir hinauf in unser Zimmer.

»Ich bin fertig«, sagt sie entschlossen. »Gleich nach dem Duschen gehe ich ins Bett.«

»Ich lese noch unten, aber zuerst dusche ich.« Ich nehme meinen Bademantel und ein Handtuch. »Was habe ich mit meiner Seife gemacht?«

»Du wolltest dir welche in Detroit besorgen.«

»Habe ich vergessen. Kann ich heute abend deine benutzen?«

»Du läßt sie immer im Nassen liegen, dann wird sie ganz schleimig. Ich mag meine Seife fest.«

»Ich passe auf.« Ihr Geschimpfe überzeugt mich, daß sie für heute genug vom Zertrümmern hat und daß unser Leben wieder seinen Gang geht.

»Na gut, aber vergiß nicht, morgen Seife zu kaufen. Du kannst nicht von mir erwarten, daß ich an alles für dich denke. Dein rotes Kleid ist immer noch nicht in der Reinigung.«

Wir haben Bademäntel und Handtücher über der Schulter, ich folge ihr den Gang entlang und trage die Plastikseifenschale wie einen Kelch vor mir her.

Wir waren am Sognefjord, eine Stadt von Flåm entfernt, nach einer Zugfahrt in einer Schmalspur-Spielzeugeisenbahn aus dem wirbelnden Schnee des Passes in und durch die Berge in Korkenziehertunneln, vorbei an Hunderten von Wasserfällen bis zum Meer hinunter, ein schmaler Strand, wo überhaupt kein Land war zwischen Gebirge und tiefem Wasser. Das kleine Ferienhotel beherbergte nur einige Ehepaare; wir waren die einzigen Amerikaner. Es waren die letzten milden Tage des Jahres, bevor die arktische Kälte alles überdeckte. Ein kleines Stückchen ins Innere und ein kleines Stückchen den Berg hinauf war der Winter schon eingekehrt. Hier aber standen alle Fenster offen zum Fjord und auf der landwärts gelegenen Seite der Pension zu dem Apfelgarten, dessen Blätter die Farbe wechselten, matter als die der Äpfel, die da hingen und den Boden bedeckten.

Das Paar in dem Zimmer direkt unter uns, dessen Balkon unmittelbar unter unserem Fenster lag, kam aus Frankreich. Josh, der kein Französisch spricht (sein Norwegisch beschränkte sich nach zwei Wochen auf Wo ist die Toilette, bitte und danke), verstand nicht, warum ich anfing, ihm wütende Blicke zuzuwerfen. Ja, wir hatten uns sogar gestritten, geweint, uns versöhnt und geliebt und waren draußen, ließen die Füße von einem Felsen baumeln und schauten zu, wie ein Schiff von der kleinen Mole in Flåm ablegte, während der Sprühnebel von einem Wasserfall über uns hinwegtrieb, da erfaßte ich es. Der Ton ihrer Streitereien setzte mir zu, dieses Paar unter uns.

Sie waren Intellektuelle, irgendeine Links-Schattierung. Er widmete sich völlig einem allumfassenden, unaufhörlichen Beweis seiner Überlegenheit über sie, für den jedes Tagesereignis, jeder Gegenstand, jeder Zeitungsartikel herhalten mußte. Er war damit beschäftigt, sie zu demütigen, und sie war damit beschäftigt, seinem Unmut zu entgehen. Sie las ihn den ganzen Tag lang wie eine Wetterkarte und bewegte sich entsprechend, zog sich vom Abgrund zurück in unterwürfiges Lächeln und Schweigen.

Dieser Tourist war eine viel bessere Folter, als Mike es gewesen war, merkte ich. Er brauchte gar nicht die Stimme zu erheben, um sie mit seinem Unmut auszupeitschen. Hätte man beide gefragt, sie hätten geantwortet, daß sie sich liebten. Er zog den Sieg über sie jedem anderen Feldzug vor, den er hätte führen können, mit Staat oder Partei. Josh und ich saßen lange auf und redeten und studierten Fahrpläne und tranken den Cognac aus unserem Koffer. Josh wies darauf hin, daß ich nicht verheiratet (nicht mehr verheiratet) bin mit dem Mann unter uns, dann wanderte er nach Flåm, um Karten zu kaufen für den Dampfer um 6 Uhr früh. Am Morgen waren wir beide knurrig, schleppten griesgrämig unseren Koffer und unsere Umhängetasche den ganzen Weg bis nach Flåm und zum Fähranleger.

Sobald wir draußen auf dem Wasser waren, im Perlmutternebel der Morgendämmerung, küßte ich seine Hände. Wieder einmal war ich Mike entkommen, wieder einmal war ich dieser Ehe entkommen. Wir waren zusammen unterwegs, im Herbst unser viertes Jahr, und ich konnte lieben, ohne es damit zu verwechseln, daß mir ein Zahn ohne Novocain ausgebohrt wurde. Josh schalt mich, weil ich Vergangenheit und Gegenwart durcheinandergebracht hatte, während wir fröstelnd an Deck unsere Äpfel und unseren Käse aßen. Wir mußten sowieso bald nach Oslo zurück, wo mein norwegischer Verleger uns erwartete.

In dieser Nacht im Hotel Terminus in Bergen wachte ich in der Dunkelheit auf und hörte die kalte Stimme des Mannes ihr erbarmungslos ihre Fehler nachweisen, aber es war nur der Regen, der kalte, gleichmäßige Regen von Bergen. Ich wollte Josh wecken und ihm sagen, daß ich die Vergangenheit nicht mit der Gegenwart durcheinanderbringe, sondern daß die Vergangenheit der Kompost ist, der die Gegenwart nährt und den Wurm, der sich in ihr ringelt und sich in ihre süße Unversehrtheit frißt. Die Vergangenheit bringt mich nur durcheinander, wenn ich glaube, sie sei vorbei, und sie abtue. Ich liebe diesen Mann so sehr, daß es mich erschreckt hatte und alte Ängste wieder erweckte, die durch mich hindurchspazierten mit Gesichtern und Kleidern, von denen ich vergessen hatte, daß ich sie je besaß. Ich bin eine Frau, zu der Sex leicht und lustvoll kommt und Liebe schwer; Freundschaft ist häufig und wichtig, intellektuelle und politische Leidenschaft mein tägliches Brot, aber sexuelle Leidenschaft verbunden mit Liebe selten. Jetzt war ich mit meinem Freund, der mein Geliebter ist, und schlief wieder ein.

20 In dem Jill wie auch Donna einen Höhenwechsel probieren

Bis zum Frühling habe ich mir überlegt, daß Donna und ich in eins der Gemeinschaftshäuser ziehen sollten, die im Besitz von Studenten sind und von ihnen verwaltet werden, ein Verband, der jene von uns anzieht, die billige Unterkunft brauchen, ausländische Studentinnen, die Anschluß suchen, und jene, die von der progressiven Atmosphäre angezogen werden. Das Haus, das für uns Platz hat, braucht eine Menge Arbeit über den Sommer, aber im September – dem Beginn unseres dritten Studienjahrs – können wir einziehen.

Unsere Hausmutter ist Alberta Mann, mit sechsundzwanzig gilt sie als reif genug für ein Stipendium, damit sie hier wohnt und vermeintlich für Disziplin sorgt. Alberta kommt aus New York, wo ihr Vater ein Rechtsanwalt ist, den der Senatsausschuß für unamerikanische Umtriebe behelligt hat, obwohl das seine Praxis nicht zerstört zu haben scheint, überwiegend Arbeits- oder Bürgerrechtsfälle. Wenn er an einem Fall arbeitet, der ihn reizt, ruft er sie immer noch an, um ihr zu berichten, aber vorsichtig, stets darauf gefaßt – wie Alberta auch –, daß das Telefon abgehört wird. Mit neunzehn verliebte sich Alberta in einen schwarzen Jurastudenten, den sie auf einer Konferenz des Nationalen Studentenbundes kennengelernt hatte. Die Ehe wurde annulliert, trotzdem nahm sie das Studium erst ein Jahr später wieder auf. Damals empfand sie ihren Vater als Heuchler, weil er gegen ihre Ehe vorging, aber so denkt sie nicht mehr, denn ihre Ehe war eine Katastrophe. Im folgenden Jahr lernte sie Donaldson kennen. Jetzt ist Alberta im letzten Semester ihres Jurastudiums, tut sich schwer, ist aber unermüdlich. Seit ihre lange Affäre mit Donaldson offenbar ein zerklüftetes Ende gefunden hat, interessiert sie sich für keinen anderen Mann. Ihre gemeinsame politische Arbeit wirft die beiden zu oft zusammen, als daß Alberta Gelegenheit fände, sich zu erholen.

Meine einzige Niederlage: Ich konnte Theo nicht überreden, mit uns einzuziehen. Ich verstehe immer noch nicht, warum. Es macht mir nichts aus, sie am anderen Ende des Campus zu besuchen, aber es ist unvermeidlich, daß wir uns immer seltener spätabends sehen, und das waren unsere vertrauten Stunden. Von Julie habe ich nicht erwartet, daß sie in dieses schlampige Quartier zieht, aber Theo hatte ich es zugetraut. Doch sie schützt Faulheit vor. Jetzt trinke ich mit Alberta, die gern Bourbon mag. Der Bourbon, den ich kaufe, heißt bei mir Alter Überzieher, die billigste Sorte, die schmeckt, als sei sie gestern abend aus karamelisiertem Stroh gebraut worden. Alberta kauft Wild Turkey und teilt ihn mit mir. Ihr Ehemann für drei Monate hat ihr beigebracht, Bourbon zu trinken, sagt sie; ihre Familie trinkt Scotch und Martinis. Alberta hat das Einzelzimmer neben dem weißen Doppelzimmer auf der Ecke, das Donna und ich teilen. Albertas Zimmer ist luxuriös, schwere Stoffe, interessante Gewebe, Rupfenvorhänge, Samtbettdecke, kordbezogener dänischer Sessel, Farbtöne von Senf und Gold und dunklem, waldigem Braun. Donna trinkt selten. Nach zwei Schlucken ist sie übermütig und angekichert oder melancholisch; sie mißbilligt mein Trinken und sagt mir, ich stinke, wenn ich zu Bett komme.

Jetzt steht Donna vor dem großen Spiegel, den sie bei einem Trödler gefunden hat, legt die Hände auf die Hüften und dreht sich, um den Sitz des engen Rockes über ihrem kleinen, frechen Po zu begutachten. »Siehst du, es paßt mir endlich.« *Es* ist ein schwarzes Futteralkleid, das sie bei einem Ramschverkauf erstanden hat und das eng genug ist, um einer Gardinenstange zu passen.

»Ja, nachdem du zwei Wochen gehungert hast.«

Sie stützt die Hände auf die Hüftknochen. »Amerikaner essen zu viel.« Ganz gleich, wie wunderbar ihre leuchtende Haut schimmert, normalerweise begegnet Donna dem Spiegel, als sei er das Auge des Feindes. Aber heute gestattet sie sich ein verkniffenes Lächeln des Wohlgefallens. Sogar bei ihrer Magerkeit ist das Kleid so eng, daß sie einen Hüfthalter braucht, und es behindert sie dermaßen, daß sie winzige Schrittchen machen muß wie eine aufgezogene Porzellanpuppe. Die Wirkung jedoch ist das, was ich mondän nenne, und darauf hat sie es abgesehen.

»Was für eine Party ist das?«

»Sal hat Freunde aus dem Institut eingeladen und ein paar höhere Semester, damit sie Edmund Rosco kennenlernen, solange er in der Stadt ist.« Ihre Stimme kann »Sal« immer noch nicht ganz natürlich sagen. Das Wort sticht aus dem Satz hervor wie ein explodierendes Blitzlicht, ihre Stimme kiekst dabei ein wenig in beherrschter Ängstlichkeit.

Ich frage nicht, ob ich mitkommen soll; so dumm bin ich nicht. Salvatore Spinellosa ist ihr privates Abenteuer, ein Auslandskorrespondent, der sonst für die *Washington Post* arbeitet und ein Semester als prominenter Gastdozent hier ist. Er gibt ein Seminar und hält ein paar Vorträge, während er an einem Buch über den Nahen Osten arbeitet. Er ist über vierzig, sein Haar ist so schwarz wie meins, aber silbrig über den Ohren. Eins achtzig groß, trägt er seinen Schmerbauch gut. Er hat nach und nach Donnas Kommode mit französischem Parfüm zugepflastert, mit dem ich mich betupfe, wenn ich es wage. Ich weiß, eines Tages wird sie einen Safe kaufen und es vor mir wegschließen, aber ich kann nicht wiederstehen. Ich rieche meinen Körper so gern, wenn der Moschusduft des Parfüms aufsteigt.

Donna trägt einen Büstenhalter, der nach dem Prinzip der mittelalterlichen eisernen Jungfrau konstruiert ist und sie hoch und hinaus in das Dekolleté drückt. Jetzt grinst sie mich im Spiegel an und hängt sich ihr kleines goldenes Kreuz um den Hals.

»Heiliger Bimbam«, murmele ich. »Ich wußte gar nicht, daß du das noch hast.«

»Das ist echtes Gold«, sagt sie verteidigend, doch sie beäugt sich selbst mit verruchter Genugtuung. »Das gibt ihm einen zusätzlichen Schauder.«

»Der braucht wahrscheinlich alle Hilfe, die er kriegen kann.« Ich glaube nicht, daß Donna in Big Sal verliebt ist, obwohl sie steif und fest darauf besteht, und ich bin wütend auf ihn, weil er ihr Anlaß gibt, mich zu belügen.

»Er ist ein Mann mit vielen Talenten«, sagt Donna. »Manche oberhalb der Taille und manche unterhalb.«

»Ach. Du meinst, er kann gut verdauen.« Ich mag nicht, wie sie ihren Körper in den Käfig dieses Kleides sperrt. Ich mag nicht, wie sie auf zehn Zentimeter hohen Pfennigabsätzen durchs Zimmer stöckelt und mit angehaltenem Atem vorsichtig abtaucht, um den Briefumschlag aus Samt aufzuheben, das Abendtäschchen, das er ihr geschenkt hat.

»Vielleicht hast du vergessen, was Männer sonst noch können.« Sie stöckelt hinaus, während ich mir immer noch den Kopf nach einer Antwort zerbreche.

Weil sein Vater an Magenkrebs stirbt, ist Howie von Columbia nach Michigan gewechselt. Er hat sich einen alten grauen Plymouth gekauft, den er irgendwie am Laufen hält; die Wochenenden verbringt er in Detroit, um seinen Vater im Krankenhaus zu besuchen und für seine Mutter und Großmutter zu tun, was er kann. Oft trinke ich Kaffee im *Union* mit ihm, Dick Weisbuch und Bolognese, die gemeinsam mit mir an einem Seminar über kreatives Schreiben und einem Kurs über die metaphysischen Dichter teilnehmen und gemeinsam mit Howie und mir Mitglieder im FPA sind.

Hat Howie sich geändert? Ich studiere ihn, wie er dasitzt, die Ellbogen vor sich auf den Tisch gelümmelt. Gebaut wie eine Festung, sagt Donna liebevoll, aber schrecklich jung. Er ist über die vergangenen zwei Jahre gereift, Kiefer, Hals und breite Schultern herausgeschnitzt aus dem früheren Fett. Manchmal bewegt er sich mit Selbstvertrauen; manchmal schlurft er wie ein Bär in Gefangenschaft. Er ist rechthaberisch und schüchtern zugleich, verbirgt seine ständige Sorge um seinen Vater, als sei ihm sein eigener Kummer peinlich. Nachdem er das ganze Wochenende damit zugebracht hat, am Krankenbett seines Vaters zu sitzen, seine Mutter und seine Großmutter zu trösten, die Dachrinnen am Haus zu reinigen und die Doppelfenster für den Winter einzusetzen, schleppt er sich montags erschöpft zurück in die Universität. Die beiden Hälften seines Lebens verbinden sich nicht miteinander.

Er hänselt gern Bolognese, der alleine in einer Pension in der Packard wohnt, um acht ins Bett geht und um vier aufsteht, um kalte, elektrische Fabeln zu schreiben. Schlank, mit olivbraunem Teint und ordentlich, betrachtet Bolognese die Welt mit eisigem Mißtrauen.

»Hör zu, du kalter Hund«, sagt Howie freundlich, »du verbarrikadierst dich in deiner Nische wie Emily Dickinson. Ich sehe große Altjüngferlichkeit voraus.«

»Gute Arbeit kommt von innen«, tönt Bolognese gedehnt. »Unter großer Anstrengung.«

»Klar. Wie ein Verhungernder, der versucht zu kacken.«

Bolognese sitzt, die Finger um den Tischrand gekrümmt. In ihren Gefechten legt er noch am ehesten eine gewisse Wärme an den Tag. »Verstehe. Der große Doktor wird seine Praxis um fünf zumachen, seinen sterbenden Patienten eine Kußhand zuwerfen und durch die Nachtclubs zocken. Dienst ist Dienst und Schnaps ist Schnaps, oder wie bleibt man sein Leben lang armseliges Mittelmaß.«

»Wenn mir meine fünfzig Enkelkinder ein Geburtstagsständchen bringen, wirst du dich totgearbeitet haben, und man wird einen hübschen Marmorstein über dir aufstellen, damit die Tauben draufkacken.«

»Ihr beide könnt meine Forschung für mich betreiben.« Bolognese schließt Howie und mich in einen sarkastischen Blick ein. »Ihr seid ja beide so gut darin, zu kriegen, was ihr wollt. Und Dick kann für mich essen.«

»Jetzt habt ihr beide recht.« Dick ist ein Vermittler, der glaubt, wenn wir alle verheiratet wären und gute, selbstbereitete Mahlzeiten äßen, wären wir so mollig und gemütlich wie er. Dick hat ein Baby, Geldsorgen und die sicherste Zukunft; er wird seinen Doktor machen und »nebenbei« schreiben, während er unterrichtet. Ich halte seinen Optimismus für größer als meinen. Ich sitze gerne mit ihnen zusammen und beteilige mich an ihren Konkurrenzkämpfen, bin besonders geschmeichelt, weil ich nicht unter der Schirmherrschaft eines von ihnen hier bin, niemandes Freundin, sondern durch erwiesene Kompetenz. Gelegentlich kommt Donna vorbei, wie sie es auch zu FPA-Versammlungen tut, aber die Jungen flirten mit ihr und konkurrieren ungeschickt, während der angriffslustige Ton sie abschreckt. Sie nennt Bolognese den Lehrling des Leichenbestatters, und ich lache. Aber ich achte ihn. Es ist ihm Ernst mit dem Schreiben. Wie ich hat er kein Netz unter sich, keine Familie mit Geld. Er arbeitet hart, liest alles, was ich ihm zeige, und sagt geradeheraus, was ihm gefällt und was nicht.

Peter gegenüber am Tisch: ein gutgebauter englischer Schuljunge. Kurzgeschnittenes blondes Haar, schwarzes Brillengestell in krassem Gegensatz zu der jungen Maske eines hellhäutigen, zarten Gesichts. Schwer zu glauben, daß er sechs Jahre älter ist als ich und ein Doktorand in Elementarteilchenphysik, wo er mit Glaser arbeitet, dem Erfinder der Blasenkammer. Er schiebt den Mosel über die karierte Tischdecke. »Der Sauerbraten muß heute abend gut gewesen sein. Ich mag Mädchen mit herzhaftem Appetit.« Wir sind in einer dunklen Nische vom Old German.

»Du hast eins gefunden.« Ich arbeite immer noch in der Telefonzentrale des Studentenheims, was mich zwingt, die Mahlzeiten in meiner WG zu versäumen. Wir haben vier Abendessen geteilt, einen Film oder ein Theaterstück, dann die Rückfahrt zu meinem Haus, wo Peter in zweiter Reihe parkte, für einen artigen Kuß herüberrutschte und wegfuhr.

»Nicht verwunderlich. Wie schwangere Frauen essen wir beide für zwei. Uns selbst und unsere Neurosen«, verkündet er.

»Damit sie wachsen?«

Das Gesicht ernst bis auf das tiefer werdende Grübchen neben dem Mund. »Man braucht weniger Energie, um geradeaus zu gehen, als wenn man sich in Kreisen voranbewegt.« Er malt mit dem Finger Schneckenwindungen auf das Tischtuch.

»Und noch weniger, um still zu sitzen. Wie meinst du das?«

»Das ist ein Lehrsatz der Geometrie, den man entweder instinktiv begreift oder überhaupt nicht.«

»Du bist schrecklich apodiktisch, Peter.«

»Aber 'schrecklich' im Recht.« Er schenkt die Weingläser wieder voll.

Aus dem Gefühl, eine Abfuhr bekommen zu haben, schwatze ich drauflos: »Es ist merkwürdig, in der Öffentlichkeit Wein zu trinken. Wessen Ausweis habe ich?«

Kurzes Lächeln. Punkt für ihn. »Keine Ahnung, wer das Mädchen ist.«

»Noch etwas, was ich instinktiv begreifen müßte?«

»Ich habe einen Freund beim Fundbüro. Beziehungen sind nützlich.«

»Besonders, wenn du auf der richtigen Seite stehst.«

Er sagt scharf: »Das Messer gehört auf den kleinen Teller. Nicht auf den Tisch.«

»Du hättest eine Verbindungsstudentin ausführen sollen.«

»Es besteht kein Grund, warum du nicht wie eine essen kannst. Zu deinem Vorteil. Du bist doch schließlich ein sozialer Aufsteiger?«

»Nicht die Spur.«

»Du hast mir erzählt, du wärst die erste in deiner Familie, die aufs College geht. Arbeiterviertel. Gehst du nach dem College dahin zurück?«

»Kann ich nicht.« Ich werde mich hüten, ihm meinen letzten Sommer in Detroit zu erklären. »Ich bin da jetzt Außenseiterin. Was ich anstrebe, ist die Gemeinschaft von zueinander passenden Außenseitern.«

Er gießt noch Wein ein. »Kultur ist hübsch, aber teuer.«

»Nicht in der Herstellung. Die kostet nur Papier und Zeit.«

»Du willst keine Kleider, die ein bißchen Geschmack zeigen? Zur Abwechslung.« Diese Sticheleien kann er sich nicht verkneifen. »Eine Stereoanlage, die die Musik nicht zu Brei kocht? Wein auf dem Eßtisch?«

»Ich locke den Inquisitor in dir hervor. Warum?«

Ein Zucken der Reaktion huscht über die hohe, jungenhafte Stirn, den schmalen, beweglichen Mund mit einem Grübchen wie einer Gedankennarbe auf jeder Seite. »Du kennst dich selber nicht.«

Ich, die ich mich seit jeher selbst beobachte? »Da irrst du dich.«

Zwei-Finger-Signal zum Kellner. »Du bist zu sehr damit beschäftigt, auf alles zu reagieren, um mal loszulassen. Ich würde sagen, du hattest bisher wenig um dich, was eine Reaktion wert ist.«

Während er zahlt, trinke ich hastig meinen Wein aus, aber als wir zu seinem 51er Ford hinausgehen, scheint er unser Gespräch schon vergessen zu haben. Warum ärgert er mich nicht mehr mit seinen Ausfällen und Finten? Wahrscheinlich, weil er meine Neugier weckt.

Was steckt dahinter? Ich erlebe einen Intellekt, der kalt, aber einfühlsam ist.

Schließlich, als wir an einer roten Ampel warten, fragt er: »Wie viele Schwestern?«

»Keine.«

»Eifersüchtige Mutter?«

»Auf mich? Wohl kaum. Nur besitzergreifend. Wo fahren wir hin?«

»Ich frage, weil offensichtlich dieser absurde Ehrgeiz und dieses Intellektualisieren Kompensationsmechanismen sind, die du dir angewöhnt hast, da sie dich als Frau verunsichert hat.«

»Ist irgendein Lebewesen sicher? Du mußt Freudianer sein.«

»Natürlich«, sagt er. »In der Wissenschaft lernt man, die eleganteste Erklärung vorzuziehen. Das einfachste Ursache-und-Wirkung-Schema.«

»Ich finde, es ist ein religiöses System, in dem alles etwas anderes bedeutet, wie in der christlichen Interpretation der Thora. Was immer irgendein armes Schwein tut, nimmt Christus vorweg. Bei Freud gehst du auf eine lange, heldenhafte Forschungsreise in deine Psyche, nur um normal zu werden – was ganz offenkundig nicht die Norm ist – oder gesund, was ganz offenkundig ein recht unwahrscheinlicher Zustand ist.«

Aber er hört nicht mehr zu. »Blöder Hund«, knurrt er, als ein roter MG uns schneidet. »Dem würde ich's gern zeigen. Ein Jaguar oder ein Porsche, sowas lohnt sich zu fahren. Aber tut er das für mich?«

»Der da? Kennst du ihn?«

»Mein alter Herr hat mir noch nicht *einmal* das geschenkt, was ich wollte. Diese breitärschige Blechbüchse. Verbrennt Öl wie ein Heizofen.« Er fährt, als müsse er das Auto durch Barrikaden zwingen. Ich lerne, daß ER, mit Druck durch die Zähne gesprochen, sich auf seinen Vater bezieht. Schließlich parkt Peter in einer Straße, die von viktorianischen Häusern mit Studentenpensionen gesäumt ist, ihre Giebel berühren sich fast.

»Hier hast du aber nicht gewohnt, als ich zu einer deiner Partys kam.«

Im dämmerigen Flur riecht es nach Braunkohle und Überschuhen. »Wer konnte ahnen, was sich unter dem Haardschungel verbarg?« Er schiebt eine Holztäfelung so weit in die Wand, daß wir in das gehen können, was wohl einmal der Salon war, dann zieht er sie wieder zu. In der dichten Finsternis kann ich nichts erkennen, also bleibe ich stehen und warte auf Licht. Statt dessen kommt er und legt von hinten die Arme um mich. Seine Lippen bewegen sich auf meinem Hals, er murmelt: »Was für eine Zeitverschwendung, an dir herumzukritteln. Wenn ich dich so in den Armen halte, bist du vollkommen.«

Kitsch. Soll ich ewig in dieser Höhle stehen, während er an meinem Hals knabbert? Er dreht mich zu sich, läßt unsere Mäntel auf den Boden gleiten. Weingeschmack auf unseren Zungen. Ich bin halb schwindlig von den Hitzewellen im Zimmer. Wir umschlingen uns. Der Atem stockt mir in der Kehle, meine Hände möchten auf seinem Rücken umherwandern. Mag ich ihn? Die dunkle und weinige Wärme rührt mich an, die seltsamen Bewegungen seines Mundes, nicht leidenschaftlich, nein, aber sinnlich, gründlich. Vielleicht das, worüber Donna grübelte. Schließlich ist er es, der zurücktritt und eine Lampe einschaltet, die dickes, gedämpftes Licht durch den Raum schickt, dann wirft er unsere Mäntel auf einen Arbeitsstuhl. Dem Raum fehlt eine Ecke durch einen Kamin mit einem Lautsprecher auf dem Feuerrost und dem Sims voller Schallplatten. Ich schaue sie durch.

Er läßt sich in einen Stahlrohrsessel aus Chrom und Leder fallen, der einzigen Sitzgelegenheit und so fehl am Platz unter den anderen fünfzig Jahre alten Möbeln, daß er ihn von zu Hause mitgebracht haben muß. »Was möchtest du hören? Du hast die Wahl. Aber faß nicht den Plattenspieler an.«

Noch ein Bücherregal voll. Ich habe noch nie so viele Schallplatten außerhalb eines Geschäfts gesehen. »Diesen Scarlatti habe ich noch nie gehört. Und Ives – wer ist das?«

»Entspann dich. Du mußt dich immer noch bilden, selbst wenn du eigentlich nur deinen Spaß haben solltest.«

»Meine Neugier zu befriedigen macht mehr Spaß, als du denkst.«

»Es gibt immer noch viel mehr. Du kannst Geschichte nicht in einem Happen schlucken.«

Aber in mehreren? Um mich zu setzen, muß ich das Bett wählen oder beide Mäntel von dem Arbeitsstuhl nehmen. Ich mache einen Rundgang. Ein Tennisschläger in einem Spanner, ein Buch über Schacheröffnungen mit jemandes Schuldschein über fünfzig Dollar als Lesezeichen drin. Obwohl er die Musik so laut gedreht hat, daß sie das Zimmer bis zum Platzen füllt, schneidet seine Stimme ohne Anstrengung hindurch, klar mit einem rauhen Unterton, einer verborgenen Kehligkeit, als versuche ein Teil von ihm, sie zurückzuhalten. »Deine Art, dich umzuschauen, gibt mir das Gefühl, ich hätte die Gegenstände in meinem Zimmer sorgfältiger auswählen sollen.«

»Entschuldige. In einem neuen Haus bin ich eine Katze.«

»Du fühlst dich nicht sicher, bis du alle Fluchtwege erkundet hast?«

Mit bemühtem Lächeln hocke ich mich auf die Bettkante. »Katzen sind immer auf der falschen Seite jeder Tür. Sie haben gern alle Türen offenstehen.«

»Wohingegen ich sie gern geschlossen habe?« Leichtfüßig geht er auf Strümpfen zum Kaminsims und holt eine Flasche Weinbrand und zwei Gläser hinter den Platten hervor. Er hält die Gläser ans Licht, pustet hinein mit raschem, betretenem Lächeln.

Ich streife die Schuhe ab und setze mich zurück. Jetzt, wo ich mich an die Lautstärke der Musik gewöhnt habe, gefällt sie mir, ein warmes, flüssiges Pulsieren in Wellen durch den Raum, das aber wundersamerweise alles an seinem Platz läßt. Die Eigenart des Zimmers berührt mich angenehm, tief, mit engen Wänden, hoher Decke und zugezogenen Vorhängen. Die Behausung eines ordentlichen, Bequemlichkeit liebenden, aber nicht übermäßig reinlichen Mannes. Die Atmosphäre ist die einer organischen Innenwelt, das Innere eines Ohres, ein genußsüchtig ausgestatteter Magen.

Er läßt sich neben mir nieder und schenkt Weinbrand ein. Er wird mich wieder küssen; seltsam, das kommen zu fühlen und dennoch zu sitzen, als erriete ich es nicht. Die Platte ist zu Ende, und in dem Augenblick, bevor die nächste fällt, erstarren wir. Wie unwirklich, darauf zu warten, daß er sich auf mich zubewegt, unfähig, das miteinander in Verbindung zu bringen, was auf ihn oder auf mich zukommt.

»Du hast ein sinnliches Profil.« Seine Hände fahren an meinem Gesicht entlang. »Weich.«

Mikes Wort. »Warum meinst du, ich kenne mich nicht?«

Ein Lächeln vertieft die Grübchen an seinem Mund. Er nimmt die Brille ab und legt sie an mir vorbei auf den Nachttisch. Dann, immer noch vorgebeugt, nimmt er mich in die Arme und sagt mit seiner kühlen, glatten Wange an meiner: »Weil du nicht weißt, wer du bist oder warum du tust, was du tust, oder was du wirklich willst.« Seine Zunge leckt zärtlich an meinem Ohr.

Ich setze mich züchtig auf und versuche, das Gespräch fortzusetzen. »Und du weißt es?«

»Es gibt mehr als eine Art, miteinander zu reden.« Seine Lider sind halb geschlossen, geäderte Blätter eines blauweißen Baumes. Seine Hand ist plötzlich hart auf meinem Rücken, um mich hinunterzudrücken. Eine kalte Haifischflosse von Ängsten durchschneidet die Oberfläche.

Ich reiße mich los. »Tut mir leid, aber das ist zu platt. Ich bin ja blöd, aber nicht so blöd.«

Er setzt sich auf, streicht sich die blonde Bürste. »Was soll ich denn tun, die Holzfällermethode? Heda, Jill, komm, wir gehen ins Bett.«

Ich hole meine Luckies aus der Handtasche. »Ich glaube, ich gehe jetzt besser.«

»Ich bringe dich noch nicht nach Hause.«

»Ich kann durchaus zu Fuß gehen.« Ich greife nach meinem Mantel.

Er ist als erster da, rasch auf den Füßen. »Was würdest du tun, wenn du, sagen wir, nur noch zwei Monate zu leben hättest?«

»Tun?« Ich bleibe aufgeladene zehn Zentimeter vor ihm stehen. »Ich würde wieder ernsthaft schreiben.« Mike hat mir eingeredet, daß ich nicht schreiben kann. Ich habe nur langsam wieder damit angefangen, indem ich den Kurs mit Bolognese und Weisbuch belegt habe.

Mit ungeduldiger Geste. »Würdest du bleiben? So neugierig sein?«

»Was ist der Preis?«

Er kommt einen Schritt auf mich zu, und ich halte den Atem an, aber er dreht mich am Ellbogen zu seinem Schreibtisch. »Wovor hast du Angst? Du flirtest ja meistens nicht mal.«

»Ich spiele keine Spiele.«

»Zu senil?« Er läßt meinen Ellbogen los, aber der Griff seiner Finger kribbelt. »Ich wette, du kannst lernen. Ich tue nichts anderes.« Er grübelt über seinem Schreibtisch. Dann nimmt er ein hölzernes Intarsienschachbrett und ein indisches Kistchen mit Schachfiguren und trägt sie zum Bett, zupft die schokoladenbraune Tagesdecke glatt. Unsicher zottele ich hinterher.

»Hier ist ein Spiel, mit dem du heute abend noch anfangen kannst. Zuerst die Schritte der Figuren.« In kurzen, ungeduldigen Sätzen unterrichtet er mich. Er berührt mich nicht wieder bis zu dem flüchtigen Kuß bei laufendem Motor vor meinem Haus.

21 Über verschiedene Arten von Trennungen

»Er hat gesagt, er wäre getrennt. Das hat er mir jedenfalls erzählt. Von seiner Frau getrennt – das heißt doch was, oder?« Donna sitzt rittlings auf ihrem Schreibtischstuhl, ihr Gesicht ist vor Schmerz verhutzelt.

»Getrennt durch tausend Kilometer. Kommen sie wirklich her?« Ich lese Korrektur, ein Referat über den Einfluß das Platonismus auf Sir Philip Sidney.

»Deshalb will er mich in den Ferien nicht sehen. Und das, nachdem ich mir all die Entschuldigungen für meine Eltern und Estelle ausgedacht hatte. Jetzt muß ich nach Hause fahren. Was hat es für einen Sinn, in Ann Arbor rumzuhängen? Und ständig Angst haben müssen, daß ich auf der Straße Sal mit Frau und Kindern begegne.«

An der Tür hängt ein Kleid, das er ihr gekauft hat, stahlblau mit einer Fischschwanzschleppe hinten. Ich wußte nie, daß Männer Kleider kaufen können. Mein Vater drückt meiner Mutter zwanzig Dollar in die Hand und sagt ihr, sie soll sich ein Geschenk kaufen. Einmal hat er ihr zum Geburtstag einen neuen Mülleimer gekauft; er fand das komisch. Mike hat mir immer Bücher geschenkt. Jetzt soll sie sich in Hüfthalter und Schnürleib und Eiserne-Jungfrau-BH zwängen und auf Sals Party wackeln für ihren letzten Auftritt als Paar, bis seine Frau und zwei Töchter wieder nach Arlington, Virginia, entschwunden sind. Er kommt nie zum Haus, um sie abzuholen. Er gibt ihr Taxigeld für Hin- und Rückfahrt. Sie ist schon zu spät dran, und als er anrief, ließ sie mich sagen, sie sei unter der Dusche und könne nicht ans Telefon kommen. Sie ist sorgfältig geschminkt und eingeschlossen in ihren Panzer aus Bein, Elastik und Gummi, aber das Kleid hat sie noch nicht angezogen.

»Komm, bleib mit mir zu Hause«, bitte ich. »Wir trödeln nie mehr zusammen rum und reden miteinander.«

»Bist du nicht mit Peter verabredet?«

»Er ist nach Grosse Pointe gefahren. Sein älterer Bruder hat gerade ein Kind bekommen, und ich glaube, sie vergolden es oder was sie sonst mit dem ersten männlichen Sproß jeder Generation machen – eine Zweiliterflasche voll altem Geld für ihn einkellern?«

»Du bist nicht so sehr an ihm interessiert? Oder?«

»Er ist nicht offen mit mir.«

»Ich dachte, vielleicht gefällt dir, daß er Physiker ist. Aber er ist nicht dein Typ, fand ich.«

»Mein Typ wird noch nicht serienmäßig hergestellt.«

Sie steht auf und nimmt das Kleid vom Bügel. »Es ist hinreißend. Wäre ein Jammer, es nicht wenigstens dieses eine Mal zu tragen.«

»Donna, geh nicht. Bleib heute abend bei mir. Laß uns reden. Ich habe wieder eine Menge geschrieben, und ich würde es dir wahnsinnig gerne zeigen.«

Mit kurzem Schaudern taucht sie in das Kleid und arbeitet sich mühsam hinein. »Es wäre zu deprimierend, an einem Samstagabend zu Hause zu sitzen.«

Nach Mitternacht kehrt sie aufgekratzt zurück. »Ich bin so froh, daß ich hingegangen bin, Stu. Ich hab mich großartig amüsiert. Er hat mir gesagt, er wird alles mit seiner Frau klären – er sagt, er ist eigentlich getrennt, aber die Kinder wollen ihn Weihnachten sehen. Er ist einfach noch nicht so weit, mich mit ihnen zusammenzubringen, bis alle Einzelheiten der Scheidung geklärt sind.«

»Donna, wenn Wanda von oben reinkommen und das von einem verheirateten Mann sagen würde, mit dem sie sich trifft, was würdest du denken?«

»Du kannst Sal nicht leiden. Du warst von Anfang an auf ihn eifersüchtig.«

»Zugegeben. Aber Eifersucht hat ein scharfes Auge für Fehler. Für die, die zählen.«

Sie lächelt schief in den Spiegel, berührt den frisch bearbeiteten Baumwollflaum ihrer Haare. »Du bist einfach baff, daß ich ihn gekriegt habe. Eine Berühmtheit. Jemand, der jede Frau auf diesem Campus haben könnte.«

Angestrengte Höflichkeit im Hause meiner Eltern. Meine Mutter holt eine Flasche Magen David aus dem Wäscheschrank. »Während der Feiertage mag ich immer ein bißchen Wein.« Sie strahlt, ihr Gesicht ist eine Karikatur des Glücks, das sie so gerne empfinden möchte. »Dein Vater schätzt das nicht. Sowas Kleinstädtisches.«

Wein ist für mich Valpolicella oder ein kalifornischer Rotwein, nicht dieser Hustensirup, aber meine neu erworbene Versnobtheit ist widerlich. Habe ich Angst, das bißchen Status, das ich mir erarbeitet habe, zu verlieren, wenn ich auf ein falsches Stichwort reagiere? »Ich trinke gern ein Glas Wein.«

Sie steht am Herd mit lose verschränkten Armen. »Weihnachten ist schön, selbst wenn wir es um Mitternacht abhalten müssen nach deiner Arbeit.« Ihr Blick, auf die heruntergelassenen Jalousien fixiert, trübt sich. »Wie ich die Christen immer um ihr Weihnachten beneidet habe. Ich war es so müde, immer hungrig vom Tisch aufzustehen, damit die Kleinen und Papa essen konnten. Nichts je sauber oder hübsch oder neu oder in Ordnung. Ich will nur ganz normal leben.« Sie stöhnt, läßt die Hände sinken. »Asoi wi a mentsch. Sie lassen einen nicht leben.«

»Aber hast du jetzt, was du willst?« Ich bin mager aufgewachsen von der Milch ihrer Unzufriedenheit, und doch kenne ich deren Quelle nicht.

»Wir müssen wieder zu deinem Vater gehen. Er fühlt sich immer einsam, wenn er uns in der Küche zusammen reden hört.«

»Ist wahr?« Ich frage mich, ob das nicht eins ihrer Märchen ist. Ich würde die Liebe meines Vaters gern nur einmal durch ein anderes Medium sehen als Mutters Auslegung.

Peter kommt von Grosse Pointe Shores gefahren, um mich zu sehen. Er ist höflich, aber sichtlich auf der Hut vor meinen berühmten freierfressenden Eltern. Mit meinem Vater unterhält er sich erfolgreich über Football. Mit dem Aufkommen der Profi-Ligen findet mein Vater Football annehmbar, wie er es nie tat, solange das noch hauptsächlich ein College-Sport war. Peter sagt, ich soll an meinem freien Abend mit ihm auf eine Party im Country Club seiner Eltern gehen. Die Vorstellung amüsiert ihn. Mutter rümpft die Nase hinter ihm her mit mißtrauischer Anerkennung.

»Na ja, er ist besser als dieser Mike Loesser.« Sie schielt beim Abwaschen zu mir rüber und wartet auf eine Reaktion. »Macht es dir nichts aus, daß du keine hohen Absätze tragen kannst? Er ist so klein. Aber natürlich wär's mir vollkommen egal, was andere sagen ... das heißt, wenn mir wirklich was an ihm läge.«

»Recht hast du.«

»Er hält sich für eine gute Partie.«

Ich zucke die Achseln. »Kann schon sein.« Verschlossenes Gesicht. Meine Haut ist Leder.

Peter nimmt mich am Nachmittag mit, um einigen seiner Freunde beim Bobfahren zuzuschauen. Auf dem Rückweg ist er niedergeschlagen. »Hatte einen Wettkampf in der Kunst der Nadelstiche mit meinem alten Herrn. Ach, wär ich doch von einem Bündel Stroh geboren! Er wollte mir verbieten, dich in den Country Club mitzubringen.«

»Aber sie kennen mich doch gar nicht.«

»Sie haben Fragen gestellt. Er doziert ständig über Unvereinbarkeiten der Herkunft.« Er nimmt den schmalen Kopf in die Hände. »Paßt in seinen Hauptangriff. Was ich auch tue, ist falsch, und ich tue es bestimmt nur, um ihn zu ärgern.«

»Will er, daß du in sein Geschäft einsteigst, statt Physiker zu werden?«

»Er würde mir nicht mal zutrauen, einen Abort zu entwerfen.«

»Das verstehe ich nicht.«

»Forest Crecy, Architekt. Supererfolgreich. Das mußt du doch gewußt haben.« Er blitzt Verdacht.

Am nächsten Tag ruft er mich an, gerade als ich zu meiner Spätschicht bei der Telefongesellschaft will. »Dir liegt ja nicht so viel daran hinzugehen, also laß es uns vergessen. Es wird todlangweilig. Ich habe uns Karten für die Tournee der *West Side Story* besorgt. Für die Matinee, wegen deines lächerlichen Jobs.«

Als er mich abholen kommt, fährt er einen leuchtend weißen Sprite. »Nicht das, was ich wollte, aber ein ganzes Stück besser als dieser Müllaster, was? Sie haben keinen billigeren Sportwagen aufgetrieben, aber wenigstens ist es ein richtiges Auto. Er sagt, vielleicht, vielleicht, wenn ich diesen nicht zu Tode quäle, schenkt er mir zu meiner Promotion einen Porsche. Der Hund. Nächstes Jahr habe ich einen Job und kaufe mir selber einen silbernen Porsche.«

Ein flottes weißes Bestechungsgeschenk. Ich halte mein Haar fest, und wir sausen davon wie eine ausgelassene Hornisse. Ein Spiel mit mir als seinem Bauernopfer. Er prahlt, daß seine Eltern sich kategorisch weigern, seine Beziehung mit mir zu dulden. Ich möchte kichern. Welche Beziehung? Seine kleinen, wohlgeformten Hände packen das Lenkrad, er spielt Rennfahrer. Ich wette, er zieht sogar Gesichter im Spiegel, wenn er sich rasiert.

Ich habe Schmerzen vor Mattigkeit, liege auf dem Dachboden auf der Hollywoodschaukel, deren schmuddeliges Plastik sich meinem Körper angepaßt hat. Meine Eltern schlafen. Manchmal mag ich das Gefühl, alleine aufzubleiben, aber heute abend gibt es mir das Empfinden, abgeschiedener zu sein, als mir lieb ist. Ich schnippe das kleine Radio an auf den kanadischen Sender. Mozart, ja, Klarinettenkonzert Köchelverzeichnis 622. Wie schön ist meine Genauigkeit, wobei ich übergehe, Lennie hat Donna diese Platte geschenkt, daher mein Erkennen. Ich, Jill, Tochter von Flicka, Braut von Frankenstein, entreite dem Morast aus Bubblegum und Comicheften und Roy Rogers-Samstagmatineen. Welch ein Triumph des Willens über die Umwelt. Es war Mr. Stein, mein Englischlehrer in der Highschool mit dem Interesse für meine Gedichte und dem sadistischen Vergnügen an meiner Schwärmerei, der mir beibrachte, Mo-zart zu sagen statt Mou-saht, eine Angewohnheit, die mir, meine Freunde, fast zur zweiten Natur geworden ist. Ich arbeite sogar jetzt noch daran, mein kurzes o zu vervollkommnen in etwas, das bei dem Wort »horrible« für meine mittelwestlichen Ohren klingt wie das »herrible«, dem die New Yorker auf dem Campus und mein Schreibtischlexikon den Vorzug geben. Was will ich eigentlich? Mein ganzer Körper tut mir weh, und das kann nicht nur die Telefongesellschaft sein, so unbequem, wie die von Kakerlaken wimmelnde Vermittlungszentrale auch ist.

Oh Wind aus West, wann wirst du wehn,
Auf daß der kleine Regen fällt?
Herr, hätt mein Liebchen ich im Arm
Und wär in meinem Bett!

Ein reines, süßes Versinken schmerzte bei diesen Worten. Ich saß in der Literaturarbeitsgemeinschaft, während sie das Gedicht zerpflückten – was wir Gedichten antun –, und grübelte und grübelte über dem Satz »der kleine Regen«. Schließlich mußte ich die Hand heben und sagen, daß sich das aufgrund des Gedichtthemas auf einen Orgasmus beziehen könnte. Ein so heißes und feuchtes Schweigen habe ich nie wieder gehört, eine volle Minute später wird es erst gebrochen, als unser Lehrer mit Button-down-Hemd und unvermeidlichem schwarzen Regenschirm die geschürzten Lippen öffnet: »Das ist eine sehr interessante Interpretation ... *Miss* Stuart ... obschon vielleicht ein wenig pornographisch für unsere Zwecke.«

Vier Zeilen wie vier kraftvolle, gerade Schläge auf den Kopf eines Nagels ins Hirn. Wo hast du deine Träume gelesen? Eine frühe Begeisterung für die romantischen Dichter, die ihre Verse auch nicht ausleben konnten. Schmerz ist nur aus der Entfernung ästhetisch. Als Julie mir *Axels Schloß* lieh und ich dort las, was Mike an dem Abend gesagt hatte, als wir uns zum ersten Mal liebten, fühlte ich mich betrogen. Vielleicht ist die Lösung, einfach Sex zu haben, ohne Schlösser darüber zu bauen – Freunde, die manchmal kopulieren. Weiß ich es?

Eine traurige, gedämpfte Hupe von der Straße. Ein fremdes Auto in diesem Viertel? Ein Geräusch, das in meinen Nerven nachzittert.

Der Lumpensammler auf seinem Weg durch die Gasse, den Schlapphut überm Tabaksgesicht, die Zügel schlaff im Schoß, das graue Pferd im Zuckeltrab. Die großen, grünen Räder seines Karrens quietschten, während er etwas, das wie ein hölzernes Ei aussah, an den Mund hob und ein forderndes Flehen blies. Die anderen Kinder riefen ihn den Itzig, aber als Mutter dieses Wort von mir hörte, redete sie mir ins Gewissen. Danach stand ich voll selbstbeobachtender Scham bei den Stockrosen und sah ihn vorbeiruckeln, jeder lahme Hufschlag des Pferdes, jeder Satz der großen Räder über einen zerbrochenen Pflasterstein oder eine Flasche durchschüttelte ihn wie einen Baum, doch ließ ihn ebenso fest verwurzelt auf seinem Sitz.

Die Rückseiten der Garagen, die Rattentunnel, die Iglumülltonnen für die Mietshäuser, die Tigerlilien, die aus Asphaltspalten sprossen: Die Gasse hinter den Häusern war der Boulevard meiner Kindheit. Sie führte diagonal zu dem Vierfamilienhaus, wo Joey wohnte. Spillerig, dunkel, wendig wie ein Eichhörnchen, hatte er schon mit sieben die düsteren Augen und die straffe, bittere Grimasse des ewigen Verlierers. Als ich fünf war, bat er mich, ihn zu heiraten; Mutter sagte, das ginge nicht, weil er katholisch wäre ... Ich sehe mich noch in der Gasse trödeln an dem Tag, als seine Familie wegzog, bis er schließlich herauskam, mich über den Zaun hinweg ansah und wieder hineinrannte. Ich brach in Tränen aus und floh in unseren Keller, wo ich mich mit Kohlenstaub beschmierte. Ich war immer verliebt, in unablässiger Folge seit der Morgendämmerung meiner Erinnerung. Ob das meine Krankheit oder meine Gesundheit ist, vermag ich nicht zu ahnen.

Als ich am 3. Januar nach Ann Arbor zurückkomme, ist Theo schon von der Universität relegiert worden.

»Sie haben sie mit Dulcie erwischt«, erzählt mir Donna, halb schockiert, halb amüsiert. »Ausgerechnet Dulcie – dieses asexuelle, pflichtbesessene Ding!«

»Jetzt verstehe ich, warum Theo nicht mit uns in das Gemeinschaftshaus ziehen wollte. Aber was ist denn mit ihr passiert? Wo ist Theo jetzt?«

»Sie haben sie so schnell relegiert, daß sie schon weg war, bevor irgendwer was davon wußte. Ich meine, vor nichts haben sie solche Angst, als zwei Mädchen miteinander zu erwischen. Da die Mädchen gezwungen sind, in den Heimen zu wohnen, haben die Dekane weiche Knie, daß die wachsamen Pappis ihre Töchter rausholen. Deshalb hatte Theo kaum Zeit, sich anzuziehen, da war sie schon auf dem Weg zurück nach New York.«

Ich versuche herauszufinden, wo sie ist, aber niemand möchte vor fremden Ohren zugeben, sie gekannt zu haben. Ich werde höflich abgewimmelt, manchmal wird sogar der Hörer aufgeknallt. Dulcie ist nach Pontiac heimgeschickt worden, aber ich erfahre nicht einmal ihre Telefonnummer. Ich verbringe die ruhigen Zeiten in der Telefonzentrale des Heims damit, jede zu piesacken, die mir einfällt. Meine einzige Hilfe ist Julie. Seltsamerweise macht Julie sich keine Sorgen über Mitschuld allein durch die Bekanntschaft. Sie geht davon aus, daß sie über jeden Verdacht erhaben ist. Am Freitag besucht sie mich mit Neuigkeiten.

»Theos Eltern haben ihr telegraphisch Geld geschickt für einen Flug nach Hause. Dann haben sie sie in eine der schicken Neurosenkliniken in Connecticut eingewiesen.«

»Ins Irrenhaus?«

»Aber nur Irre vom Allerfeinsten. Hauptsächlich Frauen auf Alkoholentzug, sowas. Eine Art Diätklinik mit Gittern.«

»Krieg den Namen raus, ja?«

»Ich probier's. Gestern hab ich Mike getroffen – wir sind beide im Seminar über Ronsard. Da darf man nicht mal auf Englisch niesen. Na jedenfalls ...«

In letzter Zeit scheine ich innerlich zu bluten. Donna ist bei Sal. Ihre Romanze hat sich nach Weihnachten aufgeheizt, und ich habe Vorlesungsverzeichnisse der American University und der George Washington auf ihrem Schreibtisch gesehen, obwohl sie mir nichts davon erzählt hat, daß sie ihm ostwärts folgen will.

Aber Julie beobachtet mich sorgfältig. »Du warst oft mit Theo zusammen, in ihrem Zimmer. Ich kann mir vorstellen, daß sie dir fehlt?«

Aha, wir sind beim Thema. »Wenn du meinst, ob ich wußte, daß sie Frauen liebt, nein. Wir haben nie über Sex geredet.«

»Worüber habt ihr dann geredet?«

»Tod und Musik und Zoff und Musik und Suff und Musik.«

»Sie hat immer Platten gehört. Ein weiblicher Diskjockey mit Geschmack für Händel und Bartók.«

»Sie hat mir viel über Musik beigebracht. Julie, sie fehlt mir.«

»Sie oder ihre Schallplattensammlung?«

»Beides, nehme ich an.« Ich wähle den leichten Ausweg, den Julie mir anbietet, und frage mich, warum es sich so beschissen anfühlt, zu lügen. Ich lüge auch, wenn ich sage, daß ich keine Ahnung davon hatte, daß Theo sich zu Frauen hingezogen fühlte. Jede Frau, die je eine andere geliebt hat, bewahrt sich eine besondere Empfindsamkeit für diese Offenheit.

»Das ist so ... *dégoûtant* ...« Julie sinnt. »Was können die treiben? Sich aneinander reiben wie Stöckchen?«

»Vielleicht solltest du ausprobieren, was Männer und Frauen machen, bevor du verurteilst, was Frauen und Frauen machen«, sage ich, gefährlich, wie mir bewußt wird. Julie hat Van nie verführt, auch einen Verlobungsring hat sie ihm nicht abgeluchst. Van studiert jetzt an der Yale University vergleichende Literaturwissenschaft und schreibt Briefe an Mike, wie aufregend alles ist. Van hat ein Stipendium bekommen, aber Mikes Noten waren nicht überdurchschnittlich genug. Seine Familie müßte Geld ausspucken, damit er Van folgen kann.

»Vielleicht sollte ich«, sagt sie und wird tatsächlich rot.

Ende des Semesters, Ende der Seminare, Abschlußprüfungen und neues Trauma. Big Sal verabschiedet sich von seinen Studenten und reist ab, ohne Donna etwas zu sagen. Statt dessen bekommt sie durch Boten ein Dutzend gelbe Rosen mit einer Karte: »Meine süße Rose, es war wundervoll, und ich werde dich immer lieben. S.« Ein Paket von seiner Sekretärin wird abgeliefert, darin liegen fein säuberlich alle Sachen, die sie in seiner Wohnung gelassen hatte, Bademantel, Pessar, Parfüm, Haarbürste, Nylonstrümpfe. Eine Woche später kommt ein zweites und letztes Paket von *Garfinkel* in Washington mit einem Negligé. Auf dem Kärtchen steht: »In zärtlichster Erinnerung für mein liebes Mädchen. S.«

Ich habe noch nie ein Negligé gesehen. Es ist blaßblau und seidig mit viel Spitze. Donna schleppt es in den Hinterhof. Dort gießen wir Benzin drüber und verbrennen es feierlich.

22 Im Hafen ist jeder Sturm recht

»Wenn Paul nicht da ist, kriege ich einen Anfall.« Donna zupft an ihrem Pullover. Sie zieht sich wieder wie eine College-Studentin an, die beiden todschicken Futterale, schwarz und blau, hängen in Plastik in der hintersten Ecke unseres Kleiderschranks. »Alle Politologiestudenten gehen wegen der Gratis-Kekse hin. Ach, warum stiert der immer bloß und verabredet sich nie mit mir?« Paul ist in einem ihrer Seminare.

Der wöchentliche Tee des Instituts für Politische Wissenschaft. Donna studiert jetzt im Hauptfach Politologie, eine Hinterlassenschaft von Big Sal. »Vielleicht ist er schüchtern, Süße. Immer mit der Ruhe. Du hast das, was dir passiert ist, noch nicht überwunden.«

Mit einem Seufzer nimmt sie meine Hand zwischen ihre kalten Handflächen und drückt sie heftig zu. »Ich fühle mich alt, Stu, alt. Wie lange noch, bis ich mein Leben in den Griff kriege?«

»Das Leben ist eine glitschige Angelegenheit, Donna mia. Wir sind Neulinge.«

Sie dreht sich wieder zum Spiegel und starrt sich haßerfüllt an. »Kann nicht mal sagen, was ich will. Eine Woche bin ich Politologin. Nächste Woche bin ich eine prominente Kritikerin. Dann denke ich, ich sollte Naturwissenschaften studieren. Aber was ich auch anfange, es fühlt sich nie real an, denn immer bin ich es bloß. Manchmal möchte ich einfach einen guten Fick. Manchmal möchte ich mich umbringen – mich und ein Dutzend andere.«

»Gut. Machen wir eine Liste.«

»Sicher, daß du nicht draufstündest?« Ihre Lippen ziehen sich zurück. »Du kennst mich nicht! An dem Tag, wo du mich richtig siehst, wirst auch du mich hassen. Sal hatte mich durchschaut.«

»Quatsch. Deine verdammte Sünden-und-Beichten-Erziehung läßt dich meinen, du wärst in der Hölle, wo nur Fehler sind und Ungeduld und Menschen, die miteinander zusammenstoßen.« Ich stehe auf und lege vorsichtig den Arm um sie, um zu trösten, ohne zu verschrecken. »Wir lernen gerade unser Beziehungseinmaleins.«

Sie weicht meinem Arm aus. »Wir haben alle so die Hosen voll. Irgendwann kommen wir dahinter, was man aushalten kann und ab wann es weh tut.«

»Donna. Langsam. Du läufst vor mir weg. Du läufst von Mann zu Mann. Warum können wir nicht zusammen spazierengehen? Gedichte lesen? Sitzen und miteinander reden?«

»Wenn du mit jemand redest, dann mindestens bis Mitternacht und mit einem Glas Bourbon in der Faust ... Stu, bring mich hin. Ich find mich so bescheuert, diesem Trottel hinterherzurennen.«

Der Schnee weht die Straße hinunter, blendet uns, verklebt uns die Wimpern. Sie geht mit einer blaubehandschuhten Hand schützend an der Wange. »Was macht Peter? Schläfst du immer noch nicht mit ihm?«

»Er hat's noch nicht wieder versucht.« Obwohl ich immer mein Pessar dabeihabe, wenn ich mich mit ihm treffe, ist das nur, um jede Panne auszuschließen. Ich habe kein besonderes Verlangen nach Peter. Merkwürdig, wie entsetzt er war, als ich ihm erzählte, daß Donna sich mit einem indischen Studenten traf. »Was ist denn aus diesem Sol geworden?« fragte er. Peter hat sich Sals Namen nie richtig gemerkt.

»Vielleicht kriegt er ihn nicht hoch!« Ihr hohes Lachen wird vom Wind abgehackt. Im Foyer, dem Goldfischglas, wirft sie mir einen flehenden Blick zu. »Sehe ich gut aus?«

Ich sitze vor der Glasfläche auf einer Bank, um mir den Sturm anzuschauen. Fast Zeit für mein Seminar über kreatives Schreiben. Hypnotisch rauscht der Schnee herunter, Studenten hasten rutschend über die mit schwarzen Fußstapfen gesprenkelten Platten. Donna ist schwer zu ertragen. Sie jagt heftigen Anziehungen nach, läßt sie mit Abscheu fallen, stellt sich unmögliche Aufgaben und verhöhnt ihre Fehlschläge. Warum kann ich nicht helfen?

Donaldson steht grienend vor mir, ehe ich meinen Blick auf ihn einstelle. »Solche Konzentration. Schreiben Sie in der Öffentlichkeit wie Sartre?«

»Nein, ich schlafe in der Öffentlichkeit mit offenen Augen wie eine Katze.« Der großmäulige Folksänger Rob Prewitt ist bei ihm und zwinkert mir zu. An Robs kariertem Ärmel hängt jemand, sie kommt mir irgendwie bekannt vor und begrüßt mich mit Namen. Glattes bronzefarbenes Haar, ausladende Hüften und mollige Arme, entblößt unter einer Art Cape. Angezogen wie eine Zigeunerin mit Bauernbluse, Rüschenrock, groben Strümpfen und Goldreifen, sticht sie hervor aus dem Gedränge der Studenten.

»Hallo ... Stephanie.« Der Name fällt mir wieder ein. Peters Party damals. Wir tauschen kurz Banalitäten übers FPA, dann schaue ich ihnen nach. Lennie kommt herein und wischt sich den Schnee aus Bart und Haaren. Unsere Blicke weichen sich aus, schleichen dann schlechten Gewissens zurück. Er stapft auf mich zu, trocknet seine Brille an seinem Jeanshemd. »Wie geht's so?«

»Bestens, Lennie. Was macht deine Arbeit?«

»Okay. Ich mache jetzt Aktzeichnen bei Russo – guter Mann.«

»Gut.«

»Mike geht's etwas besser«, sagt er aggressiv, als gebe er mir einen höchst aktuellen Bericht über ein Unfallopfer. »Er hat ein eigenes Zimmer in der Division Street. Er trinkt, aber er hat seine Unvollendeten fertiggestellt.« Er schiebt die Hände tief in seine Lederjacke, wiegt sich auf seinen Stiefelabsätzen. »Und wie geht's Peter Crecy?«

Ich stehe auf, um ihm in die Augen zu schauen, stütze ein Knie auf die Bank. »Bestens. Wenn ich heute abend mit ihm essen gehe, werde ich ihm sagen, daß du gefragt hast.«

Nein, das säuerliche Grinsen ist keines der Verlegenheit oder der Anklage, sondern der Ausdruck eines alten Mannes, eine wissende Grimasse des Humors, der im Schmerz wurzelt. Er dreht sich auf dem Absatz um und schleicht davon, winkt mir mit dem Handrücken zu. Ich schaue ihm nach, abgeurteilt. Ist er Donna immer noch treu? Unsere gemeinsame Liebesarche, die er auf kakaobraunem Meer gemalt hat, ist untergegangen, und keinem von uns geht es seitdem sonderlich gut. Ich will dennoch nicht zu diesem engen Ort zurück.

Eigentlich sollten wir heute nachmittag eine FPA-Veranstaltung planen, aber Bolognese kam vom Dekan zurück mit der strikten Ablehnung unseres Redners, einem Rechtsanwalt, der mit dem Makel behaftet ist, vor den Senatsausschuß für unamerikanische Umtriebe zitiert worden zu sein. Donaldson verwuschelt sein kastanienbraunes Haar. »Dann müssen wir eben die Veranstaltung selber bestreiten. Wir dürfen uns von ihnen nicht den Mund verbieten lassen.«

Howie verbreitet sich über die Notwendigkeit, die Streitpunkte zu dramatisieren, da springt Alberta von ihrem Sitz auf. Sie ist so aufgeregt, daß sie ihren dunkelgelben Schal entknotet und wie eine Fahne schwenkt. »Wir machen uns selber zum Senatsausschuß für unamerikanische Umtriebe. Wir bilden den Ausschuß und wir inspizieren den Campus und wir halten Anhörungen ab!«

»Ein Theaterstück«, sage ich. »Wir schreiben ein Possenspiel und führen es auf.«

Wir beschließen, als Grundlage für unsere Satire die verrückte Teegesellschaft aus *Alice im Wunderland* zu nehmen, in die wir noch die rote Königin stecken. Bolognese und ich werden mit Donaldsons

Hilfe das Textbuch schreiben, und alle werden Vorschläge machen und darin mitspielen. Ich bin einfach davon, daß ich hier sitze, außer Atem. Meine Handgelenke und meine Kehle wummern, wie sie es tun, wenn ich bergauf renne oder wenn ich schreibe und eine Idee mich im Sauseschritt voranträgt, so daß ich mich selber völlig vergesse. Plötzlich ist es halb sieben. Ich habe vergessen, Howie zu bitten, auf seine Uhr schauen zu dürfen, und jetzt komme ich eine Dreiviertelstunde zu spät zu der Verabredung mit Peter.

Ich trabe ins *Union*, aber er ist nicht da. Was jetzt? Ich renne zu seinem Haus. Es schneit nicht mehr, und der Himmel ist klar bis zum glitzernden Polarstern. Der Wind haucht Eis auf meine Wangen.

Häuser mit Studentenpensionen lauern in der Division Street unter dem Nachthimmel. Februareis. Als ich an einem der hohen Häuser vorbeihaste, wird mein Blick von einer Bewegung in einem Eckzimmer eingefangen. Ein dünner Arm streckt sich durch das wenige Zentimeter hochgeschobene Fenster, um die Asche von einer Zigarette zu schnippen. Das Gesicht schwimmt im Profil ins Licht, wird lachend zurückgeworfen. Mike. Ein erhaschter Blick auf jemand anders im Zimmer, ein Aufblitzen von hellem Rosa. Sein Arm zieht das Rouleau herunter und läßt mein überrascht spähendes Gesicht emporgebogen zurück. Hat er mich unter der Straßenlaterne gesehen?

Ich klappere körnig vom Steinsalz Peters Stufen hoch. Durch die Vorhänge scheint Licht aus seinem Zimmer. Ich schlüpfe in den taschengroßen Flur und hämmere an seine Tür. »Peter!«

Nichts. Ich habe das Gefühl, er ist da, doch er antwortet nicht. Warum habe ich gedacht, daß er hierher zurückkommt? Ich versetze der Tür einen letzten Rums, dann hinterlasse ich einen Zettel. Ich schaue noch mal im *Union* vorbei und gehe nach Hause.

Ich warte immer noch in meinem Zimmer, daß er sich meldet, da kommt Donna herein, ihren blauen Wollmantel über die Schulter geworfen. Sie sieht mich scharf an, sagt aber kein Wort.

»Was habe ich angestellt! Die FPA-Versammlung dauerte länger, und ich habe Peter im *Union* verpaßt. Wie bringe ich immer wieder sowas Blödes fertig? Aber wir hatten einen großartigen Einfall –«

»Warum machst du so ein Theater?« Sie dreht mir den Rücken zu, bürstet sich mit heftigen Strichen das Haar. Sie trägt es extrem kurz, eine Kappe um ihren Kopf.

»Aber er ist bestimmt wütend, er denkt immer, ich mache alles absichtlich.«

»Wenn du vergessen hast, daß du mit ihm verabredet warst, ist es dir offenbar nicht so wichtig.«

»Ich war so abgelenkt durch die Versammlung. Wir werden ein Stück über den Senatsausschuß für unamerikanische Umtriebe aufführen. Bolognese und Donaldson und ich werden es schreiben, wie findest du das? Komm, Donna, was ist denn los mit dir?«

»Ich bin müde, weiter nichts.«

»Du bist in letzter Zeit ziemlich oft müde.«

»Was soll denn das heißen?« Sie fährt wütend herum.

»Heißen? Du bist gereizt. Hast du mit Paul gegessen? Gehst du mit ihm aus?«

Sie fährt sich mit der Hand über die Stirn. »Ach, der. Der ist verheiratet.«

»Woher weißt du das?«

»Er ist tatsächlich zum Tee gekommen. Und hat über die hohen Kosten von Babys geschnattert.«

»Donna, das tut mir leid. Wo warst du denn dann?«

»Der Teufel soll Männer holen, die keine Ringe tragen.« Sie hebt den Kopf und sieht mich auf Antwort warten, zuckt gereizt zusammen. »Fort! Fort, oh Mutter mein, von wem dazu bestallt?«

»Entschuldige. Aber was kann ich mit Peter machen?« Ich gehe umher. »Vielleicht hätte ich bei ihm warten sollen. Jetzt gibt's kein Abendbrot mehr. Ich habe Hunger.«

Ihre Hände stürzen sich auf ihr Haar. »Mir doch egal! Hauptsache, du hörst endlich davon auf!«

Als Märtyrerin schreite ich in verletztem Schweigen zum Schrank, hole eine Dose Ölsardinen, mache sie an meinem Schreibtisch auf.

»Dieser Gestank! Das Zimmer stinkt nach Fisch.«

Nein, ich drehe mich nicht um. Warum ist sie so böse auf mich?

Sie schiebt das Fenster hoch für die kalte Luft. »Mit dir zusammenleben ist, als wenn man sich an eine Wippe klammert.«

Ich esse die Sardinen auf und werfe die Dose in den Papierkorb.

»Willst du das hier drin stinken lassen?«

»Nicht mal ich esse Blech. Laß mich endlich in Ruhe, Donna.«

»Möchte ich sehr gern.« Sie lehnt sich angespannt an die Tür. »Ich möchte mit jemand anders zusammenwohnen.«

»Was?«

»Ich möchte aus diesem Zimmer ausziehen. Mit dir zusammenleben, das halte ich nicht aus. Du machst mich verrückt!«

Einen Augenblick lang spüre ich nichts. Dann beginnt der Schmerz zu dröhnen. »Du willst ausziehen? Mit jemand anders zusammenwohnen?«

Sie nickt. »Ich muß. Versteh doch, Stu, ich muß einfach.«

»Aber klar.« Ich nehme Handtuch und Zahnbürste und gehe über den Flur ins Bad. Kann's nicht glauben. Ich stehe am fleckigen Waschbecken vor dem Spiegel, schäumender weißer Mund in einem von der Zahnbürste fixierten Grinsen. Ich dachte, sie braucht mich. Dachte, sie wollte die Art, wie wir uns aneinander reiben und einander nähren. Blöde Gans. Die Leute kriegen dich über. Vampir. Redselige blöde Gans. Du verlangst zu viel, du setzt andere zu sehr unter Druck, du überschüttest sie mit deinem Innenleben. Nicht mal meine Eltern können mich ausstehen. Niemand kann mich ausstehen.

Sie steht mit straffem, nervösem Lächeln am Fenster. Ihre lackierten Nägel klappern auf dem Rahmen. »Wir kommen uns ständig in die Quere. Du willst immer reden, wenn ich lernen müßte. Du brauchst nicht so viel zu arbeiten wie ich.«

»Verdammt noch mal, Donna, wenn du nicht ständig das Fach wechseln würdest, kämst du mit einem normalen Pensum hin. Du bist verflucht intelligent. Warum hast du mir nie gesagt, was dich stört?«

»Was hätte das für einen Sinn? Du kannst nicht anders. Dann dein Zeug überall. Deinetwegen habe ich ein schlechtes Gewissen, weil ich ordentlich bin –«

Zweitrangige Gründe, die wie Gnitzen stechen. »Halt den Mund!«

»Brüll mich nicht an, Stuart. Ich versuche, vernünftig zu sein!«

Ich bin außer mir vor Wut, ich möchte ihr das Gesicht einschlagen. Mein Zorn erschreckt mich. Meine Stimme dringt aus mir im alten, nasalen Gossentonfall. »Halt den Mund, du elende Nutte, halt deine dreckige Fresse!«

»Schrei hier nicht rum! Du forderst zu viel. Du piekst und bohrst an mir rum. Du versuchst, mein Leben zu bestimmen. Du versuchst, mich zu allem mitzuschleppen, was du machst –«

Ich greife hinter mich, packe irgendwas. Werfe es mit Wucht über den Kopf. Eine Puderdose knallt an die Wand und stäubt auf sie herunter. Ein Schrei erstickt in ihrer Kehle, ihr Arm schnellt hoch, um ihr Gesicht zu schützen. Dann niest sie und dreht sich blind in einem Wirbel von niedersinkendem Puder. Ich nehme meine Jacke und renne hinaus.

Renne und renne, blind, bis ich endlich ein paar Straßen weiter stehenbleibe und mich frage: Wohin? In der State Street schlüpfe ich in einen Drugstore, um Howie anzurufen. Keine Antwort. Ich gehe die State entlang zurück zum *Union* und umkreise die Tische. Mike sitzt da mit seiner geprägten Ledermappe aufgeschlagen vor sich. Grant Stone lümmelt in einem Stuhl, kippelt, fährt sich gähnend mit der Hand durchs üppige Haar. Julie sitzt geziert Mike zur Rechten und arbeitet an einer französischen Übersetzung. Der Ärmel ihres rosa Pullovers ruht an Mikes Arm in seinem alten, sich aufräufelnden Pullover. Ach du meine Güte. Na ja.

Kalt, es ist kalt draußen. Es zieht durch die dünnen Nähte meiner Jacke. Wohin? Wohin sonst? An der Ecke von Peters Straße knirscht ein Auto in gefrorenem Matsch. Als ich seine Stufen hochsteige, ächzt der Motor immer noch, drehen die Räder immer noch durch. Aus seiner geschlossenen Tür flutet Musik in den Flur. Ich klopfe. Bettfedern knarren und dann seine Stimme. »Wer ist da?«

»Jill. Laß mich rein.«

Er schiebt die Tür zur Seite. Sein Gesicht ist undurchdringlich und mürrisch. Er sieht sieben Jahre alt aus und verschmollt. »Was willst du?«

»Tut mir leid, daß ich dich verpaßt habe ...« Die Hitze bläht meine Lunge auf. Wattierte Zimmerhöhle. Auf der Schokoladendecke der Abdruck seines Körpers, ein aufgeschlitzter Briefumschlag, Seiten eines Briefes.

»Ich habe schon gegessen«, sagt er barsch, nimmt aber meinen Mantel. »Was machst du hier?«

»Reine Verzweiflung.« Mein Kopf kippt auf seinem Stengel nach vorn.

Er dreht mein Gesicht zu sich. »Was ist dir passiert?«

»Donna hat mir gerade gesagt, daß sie ausziehen will.« Ich entziehe mich und lehne mich an den Kaminsims über dem Rost, wo der Lautsprecher mir Strawinsky ins Gesicht bläst. »Es tut weh.«

»Hat sie gesagt, warum? Was hat sie denn genau gesagt?«

Ich schüttele den Kopf. Das Ende von etwas, das ich geliebt habe. »Sie hat blöde Gründe angeführt, ich wäre schlampig und redete zu viel.«

»Tust du wahrscheinlich.«

»Und?« Ich radle zwischen den Möbeln durch und fuchtele mit den Armen. »Ich bin ich. Ich liebe sie. Das müßte sie wichtiger nehmen!«

»Vielleicht liebt sie dich nicht. Vielleicht ist deine Liebe ihr eine Last.« In seinem Gesicht und in der straffen Krümmung seiner Schultern unter einem T-Shirt liegt gespitzte Wachsamkeit, er sitzt im Jogasitz und hält sich die Sohlen seiner schmalen Füße. Während ich umherlaufe, heften sich seine Augen, so blau wie Donnas, spöttisch auf mich.

»Was habe ich ihr getan? Nur an ihr gehangen. Sie hat mich satt.«

»Du bist aber naiv. Muß viel Arbeit kosten, so zu bleiben.«

»Wenn du nicht zuhören willst, schmeiß mich raus. Meine Regelblutung kommt heute nacht.«

Er reibt sich die Füße mit sinnlichem Kneten. »Es wäre so leicht, dich zu trösten.«

»Darauf würde ich nicht wetten.«

»Ich schon, Jill. Ich schon.«

»Sie will studieren? Quatsch. Sie verplempert mehr Zeit als ich.«

Er lehnt sich zurück, das Kinn auf der Brust. »Schau unter die Oberfläche. Natürlich hat sie nicht den wahren Grund genannt.«

Ich bleibe stehen. »Seit ich mich mit dir treffe, hat sie was dagegen. Wie blind ich doch bin. Du bist von ihr angezogen und sie von dir. Was tue ich dazwischen?«

»Du sagst, ich bin von ihr angezogen?«

»Das ist völlig klar aus der Art, wie du über sie redest, nach ihr fragst.«

»Ich könnte sie nicht ... würde sie nicht aus dem Bett werfen. Aber sie ist verdrehter, als ich packen kann.«

»Wir sind uns sehr ähnlich.«

»Kaum.« Er macht eine Faust und betrachtet sie. »Hab's ins Auge gefaßt, als ich sie mit Lennie rumrennen sah. Es war klar, daß sie nicht bei dem armen Würstchen bleiben würde. Reine Rebellion.«

»Warum nicht jetzt?«

»Sag ich dir doch, sie ist zu verdreht. Zu stürmisch.« Er nimmt meinen Arm. »Du bist eher meine Größe.«

»Ein schlechter Grund. Wenn du lieber sie hättest, hol sie dir.«

»Ich will nicht.« Seine Arme umschließen mich. »Du versuchst, mich abzuweisen, aber denk dran, heute abend bist du zu mir gekommen. Ich habe darauf gewartet.«

»Nur aus Schmerz, wie du weißt.« Meine Tränen nässen seine Schulter ein. Leere verbreitet sich in meiner Brust, bis ich das Gefühl habe zu schweben. Ich beobachte dabei sogar, daß er mein Weinen zu genießen scheint, als setze es etwas in ihm frei. Seine Hände bewegen sich über meinen Rücken und meine Arme, wiegen und streicheln und trösten, neugierige Hände und gierig nach mir, Hände, die meine Brüste erkunden, meine Schenkel. So sei es. Seine Zunge fängt meine letzten Tränen auf. Ich lege mich zurück und schaue ihn an. In einem Augenblick des Schweigens wechselt die Platte. »Was ist das?«

Er hört zu, seine Wange ruht auf meiner Brust. »Prokofjew. Zweites Violinkonzert.« Er lächelt. »Manchmal ist es wie ein Knopfdruck, so voraussagbar sind deine Reaktionen.«

»Warum bemühst du dich dann?«

»Ich will dich.«

Die Worte hallen durch und durch, pochen an die Wirbelsäule. »Warum?«

Lächelnd beugt er sich zu meinem Mund. Ein langer Kuß trägt mich rückwärts auf eine langsame Dünung. Ich möchte getragen werden. Ich liege schlaff, während er mich auszieht, setze mich sogar mit schwacher Hebelkraft verstockt gegen ihn zur Wehr. Aber als die Kleider schließlich fort sind, raubt der erste Aufprall mir den Atem im eisig-heißen Schock von Fleisch auf Fleisch. Meine Haut ist aufgeladen mit statischer Elektrizität. Im Lampenschimmer scheint sein Körper aus warmem, blassen Metall gehämmert, hart, glatt und haarlos. Ich begehre ihn. Ich versuche meine Reaktionen zu beherrschen und sage mir selbst, siehst du, das ist Lust. Als ich eine Pause mache, um mein Pessar einzusetzen, bin ich fast dankbar für die Unterbrechung. Mir fällt plötzlich ein, daß Mike und ich nie nackt zusammen waren. Während Peter an meiner Brust knabbert, flackert ein Bild über meine geschlossenen Lider vom rosa Aufblitzen in Mikes Zimmer und seinem dünnen Arm, der das Rouleau herunterzieht. Julie hat endlich, was sie wollte, wenn ich auch bezweifle, daß sie Mike ganz und gar will.

Ich bin so damit beschäftigt, meine Reaktionen zu erkunden und mich dagegen zu wehren (welcher Raubvogel soll mich denn schlagen und davontragen?), und merke erst spät, daß er sich mit mürrischem Gesicht zurückgezogen hat. Er kriecht in sich zusammen, als würde er neben mir ungeboren und wieder zum Fötus. Ich lege tröstend die Arme um ihn, er vergräbt das Gesicht in meine Brüste. Er hat keine Erektion. Er kann sich nicht zu einer Erektion aufpumpen.

»Wenn du nicht willst, Peter ... Du weißt, es muß nicht sein.«

»Verdammt noch mal, verdammt noch mal«, murmelt er. »Du verstehst das nicht. Das hat nichts zu bedeuten. Ich kann es nicht erklären. Es ist absurd. Es ist nur der Körper. Der blöde Körper. Es ist rein mechanisch.«

Ich liege ermattet in einer Blase der Ruhe, mein Arm wird müde davon, ihn über mir festzuhalten. Langsam entspannen sich seine Muskeln, und er rollt schließlich auf den Rücken. »Was ich wirklich will, kann ich, scheint's, nicht haben.«

Zur Antwort berühre ich seinen Mund. Lange, blonde, fast unsichtbare Wimpern, blaßlila geäderte Lider. Etwas in mir hat angebissen. Er will meinem Blick nicht begegnen, dreht sich um und rückt den Wecker zu sich. »Besser, du ziehst dich an. Zeit, dich nach Hause zu fahren.«

Nicht, um ihn so zu verlassen. »Möchtest du, daß ich bleibe?«

»Willst du denn überhaupt, danach? Werden sie dich nicht erwischen?«

»Ich habe mich nicht mal ausgetragen.« Die Wahrheit ist, Alberta ist mehr meine Freundin als meine Hausmutter und hat mir schon vor einiger Zeit einen eigenen Schlüssel zugesteckt. Da sie meine Klassenherkunft und meine Art, mir das Studium zu erarbeiten, respektiert, und da wir politisch zusammenarbeiten, hält sie mich wahrscheinlich für reifer als die übrigen Bewohnerinnen. Natürlich halte ich sie deswegen für eine gute Menschenkennerin. Außerdem bezweifle ich nicht, daß Donna mich sowieso decken würde.

Er rollt weg, um mit den Händen unter dem Kopf zu liegen. Nur ein Spalt scharfes Blau blitzt wie eine Messerschneide unter den Lidern hervor. »Ich wollte gerade einen Brief schreiben, als du kamst.«

Ich bin es gewohnt, mit Donna nackt zu sein, nun scheint sich das auch ihm gegenüber natürlich anzufühlen. »Die Seiten auf dem Bett.«

»Das ist Sues letzter Brief. Ich bin jahrelang mit ihr gegangen. Sie hat letztes Jahr in Wellesley Examen gemacht. Jetzt hat sie einen bescheuerten Job als Einkäuferin für ein Geschäft, an dem ihre Tante beteiligt ist.«

»Liebst du sie?«

Die Platte geht zu Ende und läßt Gletscherschweigen herein. Tief in der Kehle stöhnt er einmal auf, ob vor Schmerz oder Verärgerung, vermag ich nicht zu sagen. »Wir sind an einem Punkt, da heißt es entweder offizielle Verlobung oder Adieu. Ich kann sie nicht länger hinhalten. Das wollte ich vorhin entscheiden.«

»Und hast du?«

Hand auf meiner Schulter. »Kommt es denn überhaupt darauf an, welche Frau ich heirate, solange sie gesund und funktionsfähig ist und gut aussieht? Ein Heim, Kinder. Warum nicht?«

»Wie ist Sue?«

»Hellbraune Haare, nußbraune Augen. Hübsch, schon als Baby. Gute Seglerin, gute Schwimmerin. Hat mal eine Jagdtrophäe gewonnen. Ansehnliche Beine. Keinen Sinn für Humor, aber sicheres Auftreten. Ich habe sie entjungfert, na und?«

»Sie dich auch?«

»Wohl kaum. Das war mit meiner Kusine, mit fünfzehn ... Aber Sue ist absolut in ihrer Familie und in Grosse Pointe verwurzelt. Ich habe Träume von New York. Ich arbeite daran, einen Job bei den Brookhaven National Labs zu ergattern.« Er kniet, eine Hand auf meinem Bauch. »Fühlst du dich benutzt, weil ich dir nichts gesagt habe? Du kannst immer noch gehen.«

»Was macht das für einen Unterschied? Du liebst mich nicht.«

»Willst du mich verliebt machen?«

»Vielleicht.«

»Wenn nicht, lohnt es sich nicht. Beiläufiger Sex deprimiert mich. Davon hatte ich genug in dem Jahr, als ich mit den zwei Versagern vom Musikinstitut zusammenwohnte und *la vie bohème* spielte. Schmiß Partys für sämtliche Kunstjünger des Campus, damit sie kamen, mir meinen Schnaps aussoffen und mich von oben herab behandelten... Ich hätte dich schon am ersten Abend, als ich dich hierher mitnahm, haben können. Aber ich wollte warten, bis du zu mir kamst.«

Bis ich verzweifelt genug war? Neugierig genug? Ich weiß, ich bin bei ihm, um Donna aus dem Weg zu gehen. »Bist du müde? Ich ja.«

Seine glatten Schultern krümmen sich, als er nach dem Lichtschalter langt. »Wir reden morgen früh über alles.«

Ich bin dankbar für die Wärme seines geschmeidigen Körpers neben mir und dankbar für seine Gleichgültigkeit. Jemand mit größerer Anteilnahme hätte nicht zugelassen, daß ich mir die Augen zuhalte, und ich ertrage nicht, den Schmerz und die Wut zu sehen, die mich durchlodern und Scham und Verwüstung hinterlassen.

»Gute Nacht, Peter.«

»Nacht.«

23 Hühnerauflauf und das pastellfarbene Ei

Das Tropfen von Eiszapfen. Der Heizkörper gluckert. Was ich auch gerufen habe, mit wem ich mich auch gestritten habe in dem Raum aus Schlaf, ich habe es verloren. Nur ein Satz bleibt, der Spiegel ist zerbrochen. Alle meine Traumbilder haben mich verlassen. Er stöhnte, knirschte mit den Zähnen. Einmal traf mich sein ausgestreckter Arm. Jetzt, in leichtem Schlaf, hat sein Gesicht eine sinnliche Unschuld, die Totenmaske eines gefallenen Engels. Ich schrecke hoch, als der Radiowecker Vivaldi vom Universitätssender anstellt. Als ich mich ihm zuwende, beobachtet er mich unter den Wimpern hervor.

»Hallo.« Eine Hand streicht über mich. »Wie heißt du nochmal, Jill?«

Spiele. »Ich heiße Penelope und bin die Königin der Flöhe.«

Sein schläfriges Gesicht verweilt auf mir. »Guter Körper. Du siehst besser aus ohne deine Sachen.«

»Ich bin nicht darauf gefaßt, so früh am Morgen umworben zu werden.«

Lachen bleibt in seiner Kehle stecken. »Ich bin nicht der erste, der dir das sagt.«

Doch, ist er. Ich schwinge mich aus dem Bett und lange nach meinen verstreuten Sachen.

»Was machst du da?«

»Ich habe um neun eine Vorlesung.«

»Hiergeblieben. Versuch ja nicht, mir jetzt davonzulaufen.« Er gleitet hinter mir aus dem Bett, bewegt sich leichtfüßig. Ich muß über seine Drohung lächeln, wie er mich umkreist, mit angespanntem Gesicht, sein Penis jetzt völlig erigiert. Bevor er mich packt, bleibt mir ein Moment, ihn zu betrachten und mir zu überlegen, was ich tun werde. Zweifellos ist er stärker, aber ich würde, wenn ich wirklich hier raus wollte, mit der Lampe oder dem Radio auf ihn eindreschen, nicht mit meinen kleinen Fäusten. Ich habe gestern abend etwas in Gang gesetzt, und seine gestrige Brauchbarkeit wird nicht davon ausgelöscht, daß sich meine Stimmung aus Masochismus und Passivität heute morgen zu härterer Entschlossenheit verfestigt hat. Ich denke, ich schulde ihm etwas. Ich lasse mich von ihm grob aufs Bett niederziehen. Mit finster entschlossenem Gesicht agiert er eine Szene brutaler Herrschaft aus. Ich bin etwas Weiches, das er erobert. Mit einer Hand hält er meine Handgelenke über meinen Kopf und sticht auf mich ein, stößt schließlich hinein. Ich glaube nicht, daß er viel Ahnung davon hat, wie man eine Frau erregt. Es tut weh, als er eindringt, aber nicht sehr und nicht lange. Leichter, kleiner Körper, der auf mich einhämmert. Ich bin von der Balgerei erhitzt, als hätte er mich zärtlich umarmt. Ich bewege mich mit ihm, und er läßt meine Handgelenke los. Sein Gesicht entspannt sich.

Sorgfältig setzt er ein und hält inne und gleitet hoch. Er ist sehr beherrscht, um den Satz von Donna zu benutzen, und doch entfesselt, absolut zielstrebig, völlig entrückt. Kein Geräusch als das quietschende Bett und der immer noch dahintrippelnde Vivaldi. Ich kann nicht loslassen, bleibe mir seines andersartigen, harten Körpers bewußt, der sich athletisch und bestimmt an mich anpaßt, hineindrängt, hochgleitet. Der Phallus als Werkzeug, Sex als Technik. Ich bin wund vor mangelnder Praxis, meine Schenkel schmerzen. Ich bin schläfrig, hungrig, grantig. Er macht weiter. Hitze steigt von uns auf. Ein Ansager spricht. Ein Haydn-Quartett beginnt. Dann breitet sich ein entspanntes Wohlbehagen aus und verharrt, eine langsame, rein muskuläre Befreiung. Schließlich kommt er, stöhnt durch zusammengebissene Zähne. Ich bin froh, daß ich immer noch mein Pessar von gestern abend drinhabe.

»Du wolltest nämlich gar nicht gehen«, sagt er.

»Sieht so aus.«

»Ich habe dir nicht weh getan?« Er lächelt in zögerndem Behagen.

Ich schüttele den Kopf. Er fühlt sich gut und gibt mir laufend kleine, besitzerstolze Knüffe und Klapse, während wir uns anziehen. Auf unserem Weg zum Campus ist der Schnee unter unseren Schritten weich und mullig, die Luft schwammig. Die Sonne sickert hin und wieder durch zerrissenes Gewölk. »Frühstück im *Union*?« sagt er. »Eine Art öffentlicher Bekanntgabe, aber was soll's? Warum bist du so still? Angeblich ist doch der Mann nach dem Koitus traurig. Und die Frau selbstzufrieden.«

Lennie schaut in einer Nische von der *Times* auf und von Professor Bishops Komp. eins. Als wir an dem Tisch vorbeikommen, an dem er alleine sitzt und Backpflaumenkompott ißt, schenkt er mir ein klammes Hallo. Nach meiner Elf-Uhr-Vorlesung werde ich nach Hause gehen, meine Nachmittagskurse schwänzen und schlafen. Peters glatte Maske auf der anderen Seite des Tisches ist eine Leere, die ich nicht mit Wunschvorstellungen oder falschen Hoffnungen füllen mag. Er ißt mit Methode, schneidet seine Spiegeleier in ordentliche Parallelogramme und spießt sie mit der Gabel auf. Tschüs, Kleine, war nett, wird er sagen und überrascht sein, wenn ich nicht verletzt bin. Ich bin seltsam zufrieden, hier zu sitzen, gelassen in meinem Körper. Ich hasse mich nicht; ich hasse nicht mal Donna. Ich fühle mich zu Hause in meinem Fleisch, und ich möchte überleben. Ich bin einen Schritt weiter weg von Mike und jenem Sommer.

Er spießt das letzte dotterbeschmierte Parallelogramm auf, ißt sein getoastetes Kuchenbrötchen auf. »Ich habe mich entschieden, mit Sue zu brechen.«

»Sue?« Weit fort schrumpft eine Pappfrau.

Seine Hand umklammert die Tasse. Seine Stirn fältelt sich. »Ich bin nur noch kurze Zeit hier. Ich mache bald meinen zweiten Anlauf aufs Mündliche. Dann ab nach wo immer ich einen Job bekomme. Die Söhne erfolgreicher Männer sind immer so armselige Würstchen. Ich werde nie mehr sein als ein mittelmäßiger Physiker. Manchmal wünsche ich mir, ich hätte mir was Leichteres ausgesucht, aber ich hatte schon früh eine Begabung für Mathematik, und das kam mir vor wie etwas, womit ich *ihn* bezwingen konnte. Die Blitze des Atoms in meiner winzigen Faust.«

»Bewunderst du wirklich seine Bauten?« Er hat mir Bilder davon gezeigt und einige in ihrer Beton-Realität, als wir das letzte Mal in Detroit waren. Monolithische, hierarchische Bürogebäude, geschmückt mit gegossenem Flechtwerk wie gefrorener Wut. Pompöse, übellaunige Denkmäler für den Reichtum des Kapitals. Sie sind assyrisch, denke ich, aber ohne die massive phallische Wucht der geflügelten Stiere.

Er winkt die Frage fort. »Wir können uns die Zeit nehmen und sehen, was passiert. Keine Versprechungen. Ich bin, was ich bin! Einander anprobieren und mal sehen, wie es sich macht.«

Bei seiner Vorsichtigkeit verblüfft mich dieser Antrag. »Du willst eine Beziehung mit mir?« Beziehung: der Jargon unserer Welt. Die Beziehung zwischen zwei Parallelen.

»Warum nicht? Es eine Weile ausprobieren.« Sein Blick ruht mürrisch auf mir. Tatsächlich wartet er gespannt.

Ich greife durch Wälle von Gaze nach seiner Hand und löse sie von der Tasse. Tief in meinem Kopf öffnet sich etwas. »Warum nicht? Bald ist Frühling.«

»Aber keine Versprechungen.«

Wie habe ich ihn berührt? »Peter, wenn du so lange mit Sue gegangen bist, wieso hast du sie dann nicht zu Weihnachten auf den Ball im Country Club mitgenommen?«

»Habe ich dann schließlich. Aber ich wollte eigentlich nicht.«

»Was hast du ihr gesagt?«

»Über dich? Die Wahrheit. Daß du so eine merkwürdige, kleine, schwarzhaarige, jüdische Intellektuelle bist, die mich vielleicht interessiert.« Mit einer Papierserviette tupft er sich die Lippen. »Ich habe dir doch gesagt, daß ich nie in sie verliebt war.«

Die Logik erkenne ich klar: Er liebt mich auch nicht, also wieso soll das dann anders sein? Er jagt falschen Erwartungen nach, die widerlegt sind, bevor er sie ausprobiert hat. Aber vielleicht nicht: Ich bin nicht von seiner Welt. Vielleicht biete ich ihm doch einen Ausweg und eine Chance zu Gefühl? Meine Ruhe hat schließlich ihren Grund darin, daß ich vor noch nicht einer Stunde mit ihm geschlafen habe, und ich empfinde Loyalität für seinen reinlichen, harten Körper, wenn für nichts sonst. Ich muß mich selbst wieder zusammenflicken, ich muß überleben. Und ich bin immer noch neugierig. Ich küsse ihn und wandere zu meinem Kurs über die metaphysischen Dichter, wo Dick mir sagt, daß ich wunderschön aussehe, wunderschön, wiederholt er.

Was protestieren wir in unserer Ecke, Dick und Bolognese und ich? Teils eint uns unsere Arroganz, denn der Fachbereich Anglistik ist ein hierarchisches Institut und als Schriftsteller reden wir mit einer bissigen Autorität, die bei den Dozenten und den übrigen Studenten auf keinerlei Anerkennung trifft. Literatur ist der Stoff, aus dem für die meisten im Seminar Zensuren gefeilt werden. Jedesmal, wenn Referate oder Testbögen zurückgegeben werden, senkt sich verbiestertes Schweigen. Auf dem Weg nach draußen werden wir unweigerlich von wohlerzogeneren Studenten, die ihre getippten Texte oder Prüfungshefte umklammern, mit dem hoffnungsvollen Spruch aufgehalten »Was hast du für eine Zensur bekommen?« und dem fast hörbaren Stoßgebet, Oh Herr der Gerechtigkeit, laß sie schlechter sein als meine! Man lehrt uns die eng definierte Tradition, man lehrt uns Struktur, man lehrt uns Ebenen der Mehrdeutigkeit. Man lehrt uns, daß Kunstwerke sich ausschließlich auf andere Kunstwerke beziehen und im platonischen Raum existieren. Gefühl vor der Kunst ist schmutzig. Man lehrt uns, Gedichte zu erklären und Romane zu analysieren und Christusfiguren zu erkennen und Schöpfungsmythen und Fischerkönige und die Metaphorik der Messe. Manchmal schaue ich auf und erwarte, bunte Kirchenfenster in unserem Klassenzimmer zu sehen. Irgendwo über unseren Köpfen schwebt wie eine Vision vom Gral die korrekte Interpretation und der korrekte Stil, um sie in Worte zu kleiden. Wir erfassen die Ironie in der Luft, bevor wir ihren Anlaß begreifen.

Mit unserer Haut nehmen wir wahr, Dick und Bolognese und ich, wenn wir uns abfinden, wenn wir uns fügen, dann werden wir nie gutes Neues erschaffen aus unserem ungenutzten Ungestüm; also stellen wir uns in unserer Ecke dem Kampf. Dick wehrt sich, weil er dazu neigt, seinen eigenen Reaktionen zu trauen und nicht über einen gewissen Punkt hinaus verbogen werden kann, der den Zentren seiner Gefräßigkeit und seines starken jüdischen Familiensinns nahe liegt; Bolognese und ich, weil wir uns im Dienste einer Muse empfinden, die teils Kunst ist und teils Politik und teils Revolte und teils Selbstfindung; wir fürchten, in die säuberlichen Verläufe und verzwickten kleinen, ihren Besitz verteidigenden Manöver der akademischen Welt gelockt zu werden. Unsere beste Waffe ist die falsche Frage. Unsere zweitbeste Waffe sind schlechte Manieren. Wir machen ökonomische und biographische Interpretationen. Wir vergleichen Autoren mit anderen, die wir in Übersetzungen gelesen haben: Ketzerei. Wir stellen lange Fragen, und gelegentlich versuchen wir, Reden zu halten. Wir schmollen und tauschen Briefchen aus.

Acht Jahre später, paranoide Halluzinationen in einem toten Sommer in Detroit, nachdem er eine Lektorenstellung verloren hat. Bologneses Eltern, halbe Analphabeten, unterschreiben die Erlaubnis, so daß Elektroschocks die Originalität aus diesem schönen Eidechsenhirn brennen dürfen. Jetzt bemüht er sich um eine Daueranstellung in einem Internat in Zentral-Michigan, wo er unterrichtet und wo all seine Findigkeit in kunstvolle Finten fließt, damit niemand errät, daß und wie lange er in einer Anstalt war. Dick hat sich mit seiner Familie in San Diego niedergelassen, wo es ihm als technischem Autor für die Elektronikindustrie recht gut geht. Er hat vier kluge, tatkräftige Kinder, deren Fotos er mir zu jedem Rosch Haschana in einer Grußkarte schickt. Die dritte Tochter, Fay, wie sie sich nach ihrem Spitznamen Fejgele nennt, schreibt bessere Gedichte, als ihr Pappi es je getan hat, aber sie gefallen ihm nicht, denn es sind lesbische Liebesgedichte.

Wir wollen eine andere Universität. Bolognese sagt, wir wollen ein permanentes Symposion, ständig trunken sein von Ideen. Ich nehme mit ihnen und Howie als Gasthörerin an Donaldsons Kurs teil, denn dieses Jahr haben er und Grimes getauscht und er macht die zweite Hälfte der amerikanischen Geschichte. In diesem Kurs hetzen wir vor Donaldson her wie Jagdhunde. Wir lieben ihn nicht, weil er ein guter Lehrer ist, denn das ist er nicht. Er begibt sich ganz für sich allein auf Nebenausflüge. Er spielt auf Dinge an, die er nie erklärt hat und nie erklärt. Er hängt Tabellen an die Tafel und stürmt voran, bevor wir sie abschreiben können. Er verwickelt sich in Fragen seiner

Zuhörer und vergißt darüber, seine Vorlesung zu Ende zu bringen. Aber er spricht zu uns. Er ist plausibel. Während wir seine Worte aufschreiben, schalten wir nicht unseren Kopf ab oder schließen unser Leben aus. Seine Sicht von wahnsinnigen, nur ihren eigenen Gesetzen verpflichteten Konzernen, die die Reichtümer derer mit weniger raffinierten Waffen verschlingen, ist keine Welt, in der wir leben können: Aber auch die, die wir vorfinden, ist keine, in der wir mit gutem Gewissen leben können.

Sein Lehrsaal ist keine Galerie, wo wir aufgefordert sind, immer nur vor jeweils einem Bild zu stehen, gesagt bekommen, was wir sehen sollen, nach unseren Stichwort-Antworten abgefragt werden und gesagt bekommen, wann wir weitergehen sollen. Howie sagt, Donaldson meine, der kürzeste Weg von einem Punkt zu einem anderen sei, die Treppe runterzufallen, aber er kommt, er hört zu, er kaut die Vorlesung hinterher mit mir durch. Bolognese sagt, Donaldsons Vorlesungen seien der Zusammenstoß zwischen Marx und den Marx Brothers, aber er schläft nie, wie er es in unseren anderen Kursen tut, den Kopf so geneigt, daß das Licht sich in seiner Brille spiegelt, die mageren Hände in Gebetstellung als Kopfstütze an die Nase gedrückt. Ich bin wieder ein bißchen in den feurigen Donaldson verliebt. Wenn ich in seiner Nähe bin, ist mir immer entweder heiß oder kalt, ich schwitze oder ich friere. Manchmal, wenn wir vom FPA in langwierigen Verfahrensfeilschereien versinken, bis mich langweilt, was ich als Bedürfnis der Männer ansehe, miteinander über alle nebensächlichen Punkte Turniere auszutragen, Ego scheppert gegen Ego wie Spielzeugsäbel, sitze ich da und versuche, ihn auszuziehen, aber es gelingt mir nie. Er ist zu hochgeschossen und zu hager. Ich finde nur Knochen. Als seine Eltern letztes Mal zu Besuch kamen, rasierte er sich den Bart ab, um seinen Frieden mit ihnen zu machen, und plötzlich sieht er jünger aus. Es belustigt mich, daß ein Professor es immer noch seinen Eltern recht machen möchte. Dieses herrliche Gesicht wie ein Schiffsbug, kantig und fragend über einem mit Leder bezogenen Skelett. Doch wenn er meinen Arm berührt, brenne ich eine halbe Stunde lang.

Dick, Bolognese und ich sitzen wieder Schulter an Schulter in dem Seminar für kreatives Schreiben, wo Diskussionen mit dem Schwung jener Duelle der verwegenen Kinohelden unserer Kindheit ausgefochten werden, Errol Flynns kostümierte, degenblitzende Jagden von Abgrund zu Dachfirst, von Türmchen zu Sims mit schwindelerregender Grandezza. Hier löst sich die sichere Hierarchie der Literaturseminare auf wie nasses Pappmaché. Ist Nachahmung eine Tugend? Wenn Wordsworth so über Osterglocken geschrieben hat, warum ich dann nicht auch? Wer hat die Regeln aufgestellt? Warum können Schweine nicht fliegen?

Hier zieht der aufgeweckte Pfadfinder, der die dornigen Winkel von Donnes Bildsprache mit emporgehaltener Forschungsfackel durchstreift, Lustgewinn daraus, Zeilen wie diese zu blöken:

Die Wahrheit ist ein heilig Tempelfeuer,
Geleitet uns aus düsterem Gemäuer,
Der Menschheit zuverlässig Steuer
Durch bittre Not und Fährnis ungeheuer ...

Oh trübe Brackwasser und Kaninchengründe der Heimat, am liebsten erschlüge ich die Großväter, ginge mit der Axt auf sie los, um den Weg freizumachen, und hier sitzen Bolognese und ich und verteidigen zitternd vor Eifer *J. Alfred Prufrocks Liebesgesang* als legitime Dichtkunst.

Das Seminar ist außerdem geteilt in Jungfrauen und uns. Wir sitzen in schweißhändiger Anonymität (einer Anonymität, die immer löcheriger wird, bis wir schließlich auf die Beleidigungen hin uns in Selbstbehauptung nackt erheben und mit Kraftausdrücken um uns werfen), während unsere sexuellen Zwangsvorstellungen und Mißgeschicke sich über den puritanischen Granit ergießen. Ich verlasse das Seminar klamm vor Zank, heiß vor Ärger, wund vor Ehrgeiz, aufgezogen bis zu einem Spannungsgrad, der nur noch Befriedigung finden könnte im sofortigen Ausstoß eines sechsbändigen Bildungsromans. Uuuh! Ach ja. In Geschenkkassette.

Deswegen schwänze ich meine Vorlesungen nicht, um zu schlafen, wie ich mir vorgestellt hatte. Als ich mich endlich erschöpft in unser Zimmer schleppe, sitzt Donna an ihrem Schreibtisch und frottiert ihre Haare trocken. »Niemand hat gemerkt, daß du gestern nacht nicht nach Hause gekommen bist«, sagt sie mit gequetschter Stimme.

»Dufte.«

»Du warst bei ... Peter? Oder?«

»Klar.« Ich lächle. Sie lächelt. Ich habe den Gedanken, sie zu erwürgen, ihr Hals in meinen Händen, ihre Knochen so leicht wie die eines Fisches.

Sie steht seltsam steif gegen die Schranktür gelehnt. »Stu ... es gibt etwas, was du vielleicht nicht weißt ... glaube ich.«

»Es gibt vieles, was ich nicht weiß, Donna.« Ich benutze meine Gassengörenstimme und -art, um sie abzuwehren.

»Etwas, was ich gemacht habe.«

Noch eine Beichte. Diese Beichten habe ich langsam satt. Sie kann sie behalten, einpökeln, einwecken, und zum Frühstück essen.

»Schätze, so wird's auch bleiben. Ich koche heute abend, also laß mich an den spanischen Reis.« Ich gehe an ihr vorbei und hinaus.

Ich sitze in dem einzigen bequemen Sessel und schaue zu, ruhe meine wehen Muskeln aus, während Howie auspackt. Sein Zimmer ist in einer Ecke im zweiten Stock, zum Teil in einen Turm eingepaßt. Ich bin entspannt, unbefangen in seiner Gegenwart, meine Arme und mein Rücken sind angenehm müde von seinem Umzug. »Was war gestern mit dir los? Du warst nicht in Donaldsons Vorlesung.«

»Der alte Mann ist noch mal operiert worden.« Er bückt sich zu seinem Koffer, um einen Armvoll Socken einzusammeln. »Wenn ich schon Kliniker wäre, würden sie mir klipp und klar sagen, was los ist. Jetzt muß ich um sie rumschwarwenzeln, während sie Süßholz raspeln. Mutter muß es ihnen aus der Nase ziehen, weil sie Krankenschwester ist. Dabei wäre es viel besser, wenn sie es mir sagen würden und ich überlegen könnte, wie ich es ihr beibringe. Sie geht langsam kaputt.«

»Sie ist wesentlich jünger als dein Vater.«

»Sie hat ihre Familie verloren. Alle machen Schwiegermutterwitze, aber meine Mutter wurde Familienmitglied, sie nennt meine Bobische 'Mutter' und meint es auch. Sie wurde in Deutschland geboren und ist früh rausgekommen ... deshalb bedeuten ihr mein Vater und seine Mutter alles ...«

Ich höre zu und beobachte ihn. Gute, starke Wölbung des Rückens, breite Schultern. Helles dickes Haar auf den Armen, wo die Ärmel aufgerollt sind. Dämmerlicht fließt durch den Halbkreis der Turmfenster herein, flüssig, faßbar, fliederfarben. Frühlingstauwetter. Vögel kreischen draußen, aufgeregt über das längere Zwielicht, die wachsende Wärme. Es ist Schlammzeit. »Wie geht es denn deinem Vater wirklich? Die sechste Operation. Ich kann mir gar nicht vorstellen, sowas zu überleben.«

»Wer kann das schon?« Er zuckt die Achseln. »Er stirbt, und es dauert sehr lange. Darauf läuft es hinaus. Viele Schmerzen, für nichts.«

»Es setzt dir zu.«

»Herrgott noch mal, wie soll es denn nicht?«

»Es tut dir gut, das zuzugeben. Meistens willst du das nicht.«

»Ach, dir gegenüber. Im *Union* frag mich nicht danach. Ich muß die Dinge in ihren Kisten lassen ... ich habe Hunger. Kannst du mal in der Tüte nachsehen, die Bobische mir mitgegeben hat? Vielleicht ist da was drin, was du auf der Kochplatte heiß machen kannst.«

Mit einem Seufzer gleite ich aus dem Sessel und gehe nachschauen. »Weiße Bohnen. Ich kann Chili machen. Mein Bruder Francis hat es mir beigebracht. Ich hole etwas Hackfleisch, eine Zwiebel und ein paar Gewürze an der Ecke und bin gleich zurück. Gib mir etwas Geld.«

Beim Kochen erinnert mich der Geruch vom Chilipulver wieder an Francis. Letztes Mal in Detroit war ein Päckchen für mich aus Mexiko angekommen. Darin war ein Holzkistchen, in das Kakteen eingeritzt waren. Als ich den Schiebedeckel aufmachte, schoß eine Spielzeugklapperschlange heraus und biß mich in die Hand. Er schickt mir immer solche Sachen, wenn ihm einfällt, daß ich existiere. Für Francis bleibe ich ewig zwölf Jahre alt. Der letzte Brief, den ich ihm geschrieben habe, kam zurück. Leo heiratet wieder, eine, wie Mutter sie nennt, Hillbilly-Sängerin, die in einem Wohnwagen haust. Mutter sagt, sie hat einen großen Busen, aber vorstehende Zähne. Leo stellt seine Frauen immer Mutter vor; Francis bringt seine Freundinnen nie mit nach Hause. Leos Frauen mag Mutter nie, bevor er sie verlassen hat, danach zählt sie ihre guten Seiten auf, bemitleidet sie stundenlang am Telefon und überwacht fanatisch alle ihre Enkelkinder, erklärt ihren Müttern, wie sie sie aufziehen sollen und kauft ihnen Geschenke, die sie sich nicht leisten kann.

»Ich bin gestern Peter Crecy im *Union* begegnet.« Howie dreht sich beim Sprechen nicht um, läßt mit Geklapper seine Rasiersachen auf die Kommode fallen. »Hat mich zu einem Schachspiel herausgefordert. Natürlich hat er mich wieder geschlagen. Dann ist er aufs Brett gestiegen und hat gekräht.«

»Warum spielst du mit ihm? Du weißt doch, daß er dich schlagen kann.«

»Ich war nicht der Meinung, daß meine Männlichkeit auf dem Spiel steht.«

»Was wurmt dich, Alter?«

Er kommt und steht am Sofa, die Arme über der Brust gekreuzt. »Was meinst du?«

»Wie du über ihn redest. Immer mit vollem Namen. Immer in einem Ton, als ob du ihn mit der Kneifzange hältst.«

»Er hat von dir praktisch als seiner Geliebten geredet.«

Ich lache. »Ach je! Er war sogar zu schäbig, um mir was zum Geburtstag zu schenken.« Dann merke ich, daß ich ihn schockiert habe, daß er Peter nicht geglaubt hat. Mein großes Mundwerk. Warum soll das was ausmachen? »Du glaubst wohl immer noch an schlechte Mädchen und gute Mädchen.«

»Dieser Stiesel. Dieser zappelige kleine Stiesel.« Seine Hände zucken. »Ich glaub's nicht!«

»Das ist kein Glaubensartikel. Ich habe nicht die Angewohnheit, meine Liebhaber mit meinen Freunden abzusprechen.«

»Vielleicht solltest du's«, knurrt er. »Dieser süffisante Vorstadt-Fiesling.« Er sinkt schwer in den staubigen Mohairsessel. »Vielleicht hast du recht, irgendeiner ist besser als keiner.«

»Das habe ich nie gesagt!« Ich bräune das Fleisch und die Zwiebeln fertig und tue sie zu dem Chili. Ich räuspere mich. »Howie, kann ich dich was fragen?«

»Ich habe dafür bezahlt. Und letztes Jahr hatte ich in New York eine Freundin, bevor alles zusammenkrachte und sie anfingen, meinen alten Herrn zu zerschnippeln.« Er ist wieder der hartgesottene Bursche.

»Dafür bezahlt?« Marcie fällt mir ein. Ich stelle sie mir aufgetakelt in ihrer Nuttenkluft vor, wie sie Howie abschleppt. Ich weiß, wie Nutten über Freier reden. Alle Freier sind zum Kotzen.

Er nickt. »Das erste Mal. Ich trieb mich in der Gegend von der Woodward herum. Sie sagte, zehn Dollar, und ich habe meine Taschen umgedreht. Sie gab sich zufrieden mit sieben einundzwanzig und dem Glückssilberdollar, den mir Milt aus Reno mitgebracht hat.«

»Das erste Mal?«

»Und das zweite und dritte und so weiter. Bis letztes Jahr hätte ich nie gedacht, ich könnte mal eine Freundin haben.«

»Fehlt sie dir? Deine Freundin in New York?«

»Klar.« Er zuckt die Achseln. »Nein, eigentlich nicht. Wir hatten Schwierigkeiten, miteinander zu reden. Wenn wir etwas fanden, worüber wir reden konnten, wie einen Film oder was aus dem Studium – ich habe sie in Chemie kennengelernt –, droschen wir es zu Tode, denn danach kam immer entsetzliches Schweigen, während ich versuchte, mir was einfallen zu lassen, Fußball, das Wetter, irgendwas, worüber ich mit ihr reden konnte.«

Das erinnert mich daran, wie ich dreizehn war und versuchte, mit Jungens zu reden. Ich weiß, ich habe Donna durch Howie ersetzt, da sie sich von mir zurückgezogen hat. Ich kann mit Howie nicht auf der gleichen Wellenlänge von Vertraulichkeit und Ehrlichkeit reden wie mit Donna, denn schließlich ist er keine Frau. Auf der anderen Seite teilen wir ein politisches Leben. Wenn Sie mich fragen würden, mit wem ich am engsten befreundet bin, würde ich Ihnen zum ersten Mal, seit ich von zu Hause fort bin, nicht antworten, Donna. Ich würde sagen, Howie. Er ist mein bester Freund. Ich würde nie sagen, Peter. Peter ist jetzt mein Liebhaber, aber er ist nicht mein Freund.

»Du bist wirklichkeitsfremd.« Peter schüttet sich einen Zuckerstrom in seinen Kaffee. »Du meinst, du kannst deine Neurosen in den Schrank stopfen und herumtanzen. Du meinst, du brauchst nie an dir zu arbeiten und deine Probleme zu bewältigen.«

»Ich glaube nicht, in einem Zimmer sitzen und mit jemand vom Gesundheitsdienst reden heißt, meine Probleme bewältigen. Was bringt dir eigentlich die Therapie?« Er geht zweimal in der Woche zu jemand in Detroit.

»Selbsterkenntnis. Die Dinge meistern. Außerdem ist die Therapie nur eine Behelfsmaßnahme. Sobald ich einen guten Job erwische, steige ich ins wahre Leben ein.«

»Hm?« Ich esse meinen Hühnerauflauf und suche vergebens nach Hühnerfleisch unter Kartoffeln, Mohrrüben, Erbsen und Soße. Hühnerauflauf ist ein Erinnerungsessen. Dabei muß ich an meine Reisen mit meinen Eltern als kleines Kind denken, denn es war ein Gericht, das ich nie zu Hause bekam und oft in Speiselokalen bestellte oder den Kleinstadtrestaurants namens Marthas Hausmannskost. *In den Bürgerrechts- und frühen Schriftstellertagen, als ich arm war, aß ich tiefgekühlten Hühnerauflauf und tiefgekühlten Putenauflauf und tiefgekühlten Rindfleischauflauf im Dutzend. Diese Jahre sind gekennzeichnet von Auflaufbehältern und dem stärkereichen Inhalt meines Magens. Ein Riesenhaufen Spaghetti mit einem kleinen Klacks Soße. Erdnußbutter. Einmal aß ich zehn Tage lang Stint, weil es eine große Tüte davon tiefgekühlt in einem Supermarkt in Chicago im Angebot gab. Aber das ist eine andere Geschichte.*

»Ich suche einen guten Analytiker.« Er betrachtet mich durch seine blonden Wimpern. Er ist so gespannt auf die Analyse wie ich auf meinen ersten Sex: Sie wird bewegend sein, furchteinflößend und sein Wesen ändern. »Ich will einen guten. Ich bin darauf gefaßt, mich über einen längeren Zeitraum dahinterzuklemmen. Das wird meine eigentliche Erziehung.«

»Worin?«

»Allem, was wir je kennen: dem Selbst. Ich bin dafür bereit.« Dann erzählt er mir ein paar Augenblicke später: »Du nimmst dich selbst zu ernst. All die Kompensationsmechanismen, weil du dich als Frau nicht verwirklichst. Du weigerst dich, innerhalb deiner Grenzen zu arbeiten.«

»Ich kenne meine physischen Grenzen. Wenn ich weniger als vier Stunden Schlaf habe, kann ich mich schlecht konzentrieren. Ich weiß, mein Körper kann mich verraten, indem er schwanger wird –«

»Was? Ich dachte, du benutzt ein Pessar. Was soll das?«

»Theoretisch, Peter. Ich spreche theoretisch.« Ich benutze das Pessar mit einer Leidenschaft gleich der, wenn nicht sogar stärker als der, mit der ich Sex genieße.

»Denn wenn du dich in den Zustand bringst, dann fang ja nicht an, die Hochzeitsglocken zu hören. Ich kenne einen guten Abtreibungsarzt in Detroit.«

»Ja? Wie heißt er?« Ich nehme mein Spanisch-Heft raus und will mir den Namen aufschreiben.

»Wozu? Was ist los?«

»Gar nichts, Peter, entspann dich. Es ist nur, weil immer mal irgend jemand diese Information braucht.« Ich weiß nicht genau, warum ich mir diese Informationen immer aufschreibe, aber ich habe angefangen, eine Liste anzulegen, hinten in meinem Spanisch-Heft, Hinweise und die Höhe der Honorare. Es muß jemand geben, der Bescheid weiß, denke ich, und ich bin bereit, diese Frau zu sein.

»Wo du hingehen solltest, das ist mein Mann beim Gesundheitsdienst, Landauer. Das würde Wunder wirken.«

»Ich soll meine Geheimnisse dem Feind zu Füßen legen? Ich soll sagen, noch habt ihr mich nicht, aber hier sind meine wertvollen Innereien, wenn ihr beim nächstenmal was Besseres draus machen wollt? Außerdem kann ich es mir nicht leisten, selbst bei ihrer gleitenden Preisskala.«

Er nennt mich paranoid. Als die Mahlzeit vorbei ist, bezahlt er für sein Essen und will verschwinden. »Peter, du hast mich vergessen.«

»Du kannst für dein Essen selber zahlen. Warum soll ich dauernd zahlen? Wir sind noch nicht verheiratet.«

»Wenn ich gewußt hätte, daß ich selber zahlen muß, hätte ich nicht so viel gegessen.«

»Siehst du, du nimmst, was du kriegen kannst.« Das sagt er nur halb im Spaß. Ein Teil von ihm glaubt, daß alle nur im Sinn haben, ihn auszunehmen. Ich bin fast wütend genug, um ihn stehenzulassen. Aber was passiert, wenn ich es tue? Er wird ein anderes Mädchen aufgabeln und sie ins Bett schwindeln. Er wird bumsen, ich gehe leer aus, und er wird die Befriedigung haben, zu demonstrieren, daß er mich nicht braucht. Deswegen folge ich ihm. Das Problem ist, ich will immer gefüttert werden. Immer wenn er mich ausführt, esse ich so viel, wie ich mich nur traue, und halte mich schadlos für meine versäumten Mahlzeiten. Hunger ist ein Wind, der fast unablässig durch mich hindurchbläst. In dem Maße, in dem ich wieder zu Leben erwache, bin ich hungrig auf Essen, hungrig auf Arbeit, hungrig auf Lernen, hungrig auf Liebe, hungrig auf Sex, hungrig auf Freundschaft. Ich erfahre mich selbst als lärmende Gier, Verlangen, dessen Lautstärke zu weit aufgedreht ist.

Was mich hält, ist eine Vorstellung von Peter als einem Gefangenen in dem zart geformten Käfig seines Schädels. Was mich fesselt, ist das ausgefeilte Spiel, das er um mich errichtet, Fallen und Lockmittel und Attacken und Finten und Rückzüge. Was mich zu ihm zurückbringt, ist der Sex, athletisch, körperlich kompliziert, aber auf der Gefühlsebene so einfach wie ein sportliches Trainingsprogramm. Er ist voller Experimente. Wir mühen uns ständig in sonderbaren Jogapositionen ab. Er beißt härter, als mir lieb ist, er benutzt die Fäuste und Ellbogen. Er hinterläßt mich angenehm benutzt und mit einem Interesse an meiner körperlichen Gesundheit. Mein Kopf registriert sadistische Elemente, masochistische Elemente, aber ich fühle mich nichtsdestotrotz vollkommen sicher.

Wenn er mich berühren würde, bevor er hineinkommt, wenn er mich lecken würde, käme ich besser, aber er sagt, das zu wollen zeigt, daß ich sexuell unreif bin und in der klitoralen Entwicklungsphase feststecke. Wenn ich eine richtige Frau wäre, sagt er, würde ich keine Stimulierung brauchen. Er hat gelernt, daß gewisse Dinge, die man im Bett macht, gesund sind, und gewisse andere Dinge verboten, weil nach seinem Freudschen Kodex ungesund. Ich weiß nicht, wer diese Punktwertungen vorgenommen hat, aber sie haben nichts mit dem zu tun, wobei ich mich gut fühle. Auch ist ihm beunruhigend (für mich) bewußt, daß ich Sex öfter will als er. Obwohl ich mir Mühe gebe, meinem sexuellen Verlangen zarten Ausdruck zu geben, erspürt er rasch eine Quelle der Macht und findet zuweilen mehr Genuß daran, mein Verlangen hintanzustellen, als dem eigenen stattzugeben. Auch das ist interessant, so anders als Mike, daß ich meine kaum ausgebildeten Verallgemeinerungen über die männliche Sexualität wieder aufgebe. Ich erfahre auch mehr über meine eigene. Ihn mehr zu wollen, als er mich will, gibt mir das Bewußtsein, eine Tuende, eine Handelnde zu sein, wenn auch manchmal eine abgewiesene. Während ich heute abend daliege und ihn streichle und mich frage, werden wir nun oder werden wir nicht, muß ich an Alberta denken, die von Sex immer als etwas redet, was Männer mit einem tun. Politisch ist sie leidenschaftlich aktiv, sexuell leidenschaftlich passiv, schließe ich aus unseren spätabendlichen Gesprächen über einer Flasche Wild Turkey.

Heute abend tun wir es. Er ist halb gewalttätig, hämmert auf mich ein, als wäre ich eine Tür, die ihn in die Entrückung einlassen könnte, ein Tunnel, durch den er mit dem Schwanz voraus nach Woandershin gelangen könnte. Als ich mich hinterher entspanne, sein glatthäutiger, reinlicher Körper an mir, sein vor Behagen träger Eierschalenkopf an meiner Brust, bin ich gerührt von ihm und seinem nach innen gerichteten Schmerz.

»Ich tauge zu nichts«, murrt er. »Ich werde nie was taugen. Für nichts. Für niemanden. In mir ist etwas zutiefst Verbogenes, durch und durch. Ich bin ein Wicht. Das hat *er* immer gesagt. Ich bin kleiner als er. Wie kann man kleiner als sein Vater sein? Jede Generation wird größer. *Er* ist einszweiundsiebzig. Gene, mein Bruder, ist einsachtundsiebzig. Ich bin ein Rückschritt. Ich gehe in Menschenmengen verloren. Niemand schaut mich je an und denkt, der muß genial sein. Ich habe nie Liebe auf den ersten Blick bekommen. Vielleicht verdiene ich sie nicht. Weder auf den ersten Blick noch sonst. Ich habe nie wahre Liebe bekommen. Ich bin nie geliebt worden und werde nie geliebt werden ... weil mit mir etwas zutiefst nicht stimmt.«

»Peter«, ich halte ihn wie ein quengeliges Kind, »du mußt dich einfach öffnen. Das ist alles. Streck die Hände aus! Natürlich kannst du geliebt werden. Liebe ich dich etwa nicht?«

Er prustet höhnisch, setzt sich auf und fixiert mich mit verengten Augen. »Du was?«

Ich hatte nicht sehr auf das geachtet, was ich sagte; jetzt hänge ich fest. Na und? Lieben ist leicht; es wächst auf weiblichen Bäumen. Liebe sprießt üppig und reichlich und alltäglich wie Gras. Man kann jeden lieben, wenn man will. »Ich habe gesagt, ich liebe dich. Ich will, daß du dich mehr magst.«

»Ich *wußte*, daß du mich lieben kannst. Ich hatte es im Gespür.« Er reibt sich fast wütend die Nase. »Ich hab's doch gewußt! Ha! Und warum kannst du dann nicht Schach spielen lernen?«

»Ich kann mich für ein Spiel nicht so anstrengen. Meine Gedanken wandern ab zu Gedichten, an denen ich arbeite, oder zu Referaten, die ich schreibe«, sage ich entschuldigend. »Du hast viele, mit denen du Schach spielen kannst.«

»Aber wir müssen mehr gemeinsam haben. Ich muß dich entwickeln.«

Wie die Brachen – in meiner Kindheit von Fasanen und Kaninchen bevölkert – zu trostlosen Wohnsiedlungen entwickelt wurden, denke ich, aber dann freue ich mich, als ich bedenke, daß dies wohl seine Art von Zuneigung ist. Er ist dabei, sich zu öffnen, aufzubrechen, mein schönes pastellfarbenes Ei.

Ein paar Morgende später frühstücke ich mit Howie im *Union* und empfinde eine wachsende Unzufriedenheit wie einen Juckreiz zwischen den Schulterblättern: unerträglich, drei- oder viermal in der Woche schräg gegenüber von Mike im *Union* zu sitzen und nie ein Wort zu wechseln. Wir trödeln über unserer zweiten Tasse Kaffee, als Mike mit Julie und Grant Stone im Gefolge einen Tisch einnimmt.

Mit liebloser Herzlichkeit fragt mich Howie, der nie zuviel trinkt: »Verkatert?«

»In gewissem Sinn. Ich habe an Mike gedacht.« Ein Knoten aus alten Gefühlen und eine fortgesetzte Neugier, die teilweise Anteilnahme ist. Ich fühle mich, als wäre ich in seiner Gegenwart unecht geworden; sein Blick macht mich zu einem Darsteller. »Ich habe seit Monaten nicht mit ihm geredet.«

»Daß du *über* ihn geredet hast, ist nicht so lange her.«

Ich schaue in Howies breites, ernsthaftes Gesicht, auf dem die Falten, die seine Stirn kerben werden, von seiner Sorgenmiene schon schwach eingeritzt sind. Ich weiß, wie oft ich an Mike denke und wie vergleichsweise selten ich von ihm spreche.

»Weißt du, was du tust?« Er bleibt dabei, als pieke er mit einem Stock durch Gitterstäbe nach mir, denke ich. »Du benutzt diese scheußliche Erfahrung, um dich vor allem wirklich Bedeutungsvollen mit einem Mann zu schützen.«

»Mir ist nicht aufgefallen, daß ein Prinzip entstanden ist.« Aber ich schiele hinüber. Vielleicht hat Howie recht, und ich verwandele jeden Mann, jede mögliche Paarung, in einen Gegensatz zum Mythos meiner ersten und vollkommenen Liebe, die in ihrer Verpackung aus Gewalt und Trauerspiel vor innerem Verfall sicher ist. Ich muß aus Mike eine Person machen, die ich einordnen kann. »Das ist absurd. Ich sage ihm jetzt guten Tag.«

»Er wird vielleicht nicht antworten. Trink deinen Kaffee aus, und wir gehen zu Bolognese, wenn er uns reinläßt. Er hat eine neue Geschichte.«

»Ich möchte wissen, wie es Mike geht.« Ein wenig Widerstand verleiht mir Antrieb. Mike beobachtet meinen Gang zu ihm mit einer hinterhältigen Miene, die teuflisch schwer zu halten sein muß. Ich überquere eine Bühnenschräge und fühle viel zu viele Augen auf mir. Ungeschickt wie ein geburtsgeschädigtes Hundejunges, forsch und schüchtern zugleich, stolpere ich durch ihre Blicke. Ich versuche so zu tun, als wüßte ich nichts von dem Ruf, der mir vorauseilt. Ich weiß nicht einmal, ob ich nun ein Clown sein soll oder ein Monster, eine Femme fatale oder ein Blaustrumpf.

»Euer Liebden Stuart, wie geht es deinem Friedhofsfreund?«

»Howie, meinst du? Gut. Hallo, Julie. Hallo, Grant.«

Julie schürzt die Lippen und schaut mich prüfend an. Sie schafft es nicht ganz, sich ein Lächeln abzuringen.

»Wenn's ihm gut geht, hast du ihm offenbar noch nicht völlig das Hirn ausgeschlürft oder die Knochen abgenagt.« Mike hebt die linke Augenbraue mit jener alten Geste. Fast zwei Jahre lang hat mich seine Anwesenheit verrückt gemacht. Es ist irritierend, daß der Geliebte weiterhin so ausschaut und handelt, wie es der Geliebte tat, und doch nicht mehr geliebt wird. Es ist, als beharrten sie auf den alten Tricks, um dich für deine Leichtgläubigkeit zu hänseln oder dafür auszupeitschen, daß du in deinem Lieben versagt hast. Seine Erscheinung hat sich verfestigt. Er sitzt wie ein chinesischer Weiser, die Knochen seines Kopfes und seines Körpers werden von dem Gewicht, um das er zugenommen hat, nicht ausgepolstert, sondern bestätigt. Eine ironische Falte formt sich bereits um seinen Mund, er sieht etliche Jahre älter aus als der Mann, den ich liebte. Seine Sachen sind neu, ein schwarzer Shetland-Pullover, der seine Blässe betont, graue Flanellhosen, die sogar passen. Der Hemdkragen, der zwischen vorgerecktem Kinn und neuem Pullover hervorlugt, ist nicht ausgefranst. Sein Haar ist etwas länger, lockt sich über Stirn und Kragen, dies dunkle, dunkle Braun, nur eine Nuance heller als mein Schwarz.

Ich schaue Julie ins Gesicht, die ihre Hand ganz bewußt über seine auf dem rohen Holztisch legt. Grant Stone zwinkert mir zu und legt seine über Mikes andere Hand, aber Julie beobachtet mich und merkt es nicht. Mike nimmt beide Gefühlsbezeugungen mit Gleichmut hin. Langsam und gedehnt, wobei sein Blick in meinen hackt, sagt er: »Ich höre, daß dein Held seinen Kopf riskiert. Oder zumindest seinen Lehrstuhl.«

Ich brauche ein paar Minuten, bis ich verstehe, was er meint: Donaldson kann in Schwierigkeiten kommen, wenn wir unsere Posse über den Senatsausschuß für unamerikanische Umtriebe aufführen. Ich frage gar nicht erst, woher er weiß, daß ich Gasthörerin bei Donaldson bin, denn seine Bekannten spionieren mir ständig nach und berichten ihm. »Na, was machst du denn diesen Sommer, Julie? frage ich offenherzig und nehme Blickkontakt auf. »Du machst doch jetzt deinen B.A., nicht?«

»Wir wissen es noch nicht genau. Mike ist in Yale zugelassen worden, aber er hat kein Stipendium bekommen. Wir denken daran, hier oder an der Northwestern weiterzustudieren. Ich bin auch bei beiden zugelassen.«

Was für ein verheiratet klingendes *Wir*. Kein Ring an der besitzergreifenden Hand. Mike schaut ins Ferne oder ins Innere. Grant Stone sagt auf Mae West-Art: »Komm doch mal hoch und besuch *mich*. Ich bin ein sehr großmütiger Bursche und neugierig wie der Teufel. Die ganze Welt ist mein Spielball.« Er schaut zu Mike. »Mach dir nichts aus seiner finsteren Visage. Er behandelt jeden als seinen Leibeigenen.«

»*Wir* – und es ist das majestätische WIR –« verkündet Mike und blickt wütend auf seine Familie links und rechts, »wir entschwinden eventuell nach Madagaskar und essen gebratene Affen. Wir ziehen uns eventuell in ein Lamakloster zurück. Wir heuern eventuell als Leuchtturmwärter an. Wir entschwinden eventuell nach Marokko und bumsen Araberjungen. Wir entschwinden eventuell in die Antarktis und bumsen uns selbst. Bist du gelangweilt, Jill? Ich finde, du siehst gelangweilt aus.«

»Das ist nur mein Morgengesicht.« Howie zieht sich schon seinen Regenmantel aus gelbem Ölzeug an, und ich muß ihn einholen. »He, warte auf mich.«

»Mein Frühstück ist nicht nur gegessen, sondern schon verdaut. Ich war es leid, auf Halde zu liegen.«

Habe ich ihn zu weit gedrängt? »Bitte sei nicht so schlecht gelaunt. Du hast nicht das Ego dafür wie der Meister da drüben.«

Zu meiner Erleichterung kommt er zu mir zurück. »Wau.«

»Er sagt, Donaldson wird wegen unseres Stückes gefeuert werden.«

»Wau!« Laut. Mehrere Köpfe drehen sich um. »Wau wau!«

»Haben die Proben für das Stück dich plemplem gemacht?«

»Ich mache Treuer-Hund-Geräusche. Du bist so leicht in Verlegenheit zu bringen. Ich glaube nicht, daß Donaldson gefeuert wird. McCarthy ist gestürzt. Das Blatt wendet sich. Vor zwei Jahren vielleicht. Wir kommen zu spät, um tapfer zu sein, Kleine.« Wir wandern los zu Bolognese. »Sie haben erreicht, was sie wollten – sie haben die Linke zerschlagen. Nichts bleibt außer ein paar Studiengruppen und ein paar Folksängern. Donaldson ist zu populär, um ohne weiteres abgeschoben zu werden.« Howie liebt es, zynisch zu klingen. Ich bin mir da nicht so sicher.

24 Le déjeuner sur l'herbe

Anfangs ist Donna mit ihrem neuen Freund Charlie zufrieden. Er ist vierundzwanzig. (»Ein Mann sollte ein bißchen älter sein, Stu, weil Jungens in unserem Alter einfach nicht genug wissen, um für uns interessant zu sein. Aber ich gebe zu, Sal war *zu* viel älter. Er konnte mich nicht ernst nehmen.«) Charlie sieht nett aus. In seiner Stimme ist etwas rauher Honig, den ich immer erkenne, wenn ich ans Telefon gehe und er sie sprechen möchte. Er liebt sie abgöttisch. Als Doktorand, der für einen Soziologen arbeitet, hat er kein Geld. Im April hat er Narzissen aus dem Garten seines Professors gestohlen. Im Mai pflückt er Fliedersträuße aus der Hecke vor dem Astronomiegebäude, ihr üppiger sexueller Wohlgeruch färbt die Luft in unserem Zimmer eine Woche lang, bis sie erschlaffen.

Heute abend malt Donna sich das Gesicht an, Pinsel, Puderdosen und Salben sind im Halbkreis aufgestellt. Sie tut ihre Arbeit langsam und mit vielen ironischen Grimassen. Das Puppengesicht, das sie erzeugen wird, ist von Männern viel bewundert, aber in Wahrheit ziehe ich ihr blankgeschrubbtes Gesicht mit seiner Albinoblässe und den scharfen Knochen vor. »Du triffst dich mit Charlie?« frage ich.

»Mit wem sonst?« Sie zuckt die Achseln in ihrem karierten Bademantel. »Möchtest du tauschen?«

Ich griene. »Fürchte nein.«

»Du magst ihn jetzt, oder? Du hast angebissen.«

»Gutes Wort – angebissen. Er ist wie ein rostfreier Stahlangelhaken in meinen Eingeweiden ... Hast du Wanda überredet, die Zimmer zu tauschen?« Ich versuche, gleichgültig zu klingen. Jeden Tag rechne ich damit, daß Donna umzieht.

»Ich habe mir überlegt, daß ich ihre Zimmergenossin Billy Sue nicht aushalte.«

»Tut es dir leid, daß du in dieses Haus gezogen bist?«

»Es ist billiger als das Heim und wesentlich lockerer. Aber wer will schon mit einem Haufen Weiber zusammenleben?«

»Herrgott, Donna, ich möchte ganz bestimmt nicht mit vierzehn Männern zusammenleben. Sie würden alle die Klobrille oben lassen und erwarten, daß du ihre Socken vom Fußboden aufhebst.«

»Männer – nicht Jungs – Männer haben was zu bieten – ja, und zwar die Welt. Wenn du irgendwas lernen willst, mußt du es von einem Mann lernen«, sagt sie belehrend und bürstet Mascara auf ihre Wimpern.

Es ist sicher wahr, die einzige Frau, die uns an der Universität unterrichtet hat, gab es in Romanistik. »Aber du meinst nicht, daß wir einander eine Menge gegeben haben? Und was lernst du von Charlie?«

»Sadismus.« Sie prustet verächtlich, dann dreht sie sich zu mir um und schwingt sich mit einem kleinen, scharfen Kichern rittlings auf ihren Stuhl.

»Er ist sadistisch?«

»Nein, Dummerchen. Er ist ein Weichling. Ich schwöre, ich habe wieder das Schlimmste von Lennie erwischt – den Schuldkomplex. Nur daß Charlie nicht so viel Talent hat, mich dazu zu bringen, daß ich mich vor lauter Schuld winde ... Ist das die einzige Wahl, Stu? Die Wahl, sich entweder von einem Mann benutzen zu lassen wie eine Tube Zahnpasta oder ihn zu benutzen?« Sie sieht verwegen aus, ein Auge mit rostbrauner Wimperntusche, das andere unsichtbar blond bewimpert.

»Ich denke, ich will wissen, ob lieben tödlich sein muß. Kannst du jemand nur ein bißchen lieben und prima überleben, aber wenn ihr euch beide wirklich liebt, dann versucht er, dich in den Boden zu stampfen?«

Sie seufzt. »*La belle dame sans merci* ist prima, wenn du der bleiche Ritter bist, der sich auf ihrem verdammten Hügel tummelt. Aber es ist sterbenslangweilig, *la belle dame* zu sein. Du sitzt den ganzen Tag mit süffisantem Lächeln da und arbeitest deine gehässigen kleinen Spitzen ein. Es ist eine Kunstform, aber eine sehr begrenzte, wie Figuren aus Papier ausschneiden oder Muscheln auf Lampenschirme kleben.«

»Der Ritter ist noch langweiliger. Leiden wird als Trainingsprogramm für die Seele überschätzt. Ich war nach Mike ein Jahr lang kein Mensch.«

Sie nickt und lächelt schief. »Aber ist Peter nicht sadistisch, so ein bißchen? Ich spüre diese ... Würze an ihm.«

»Er versucht es.« Würde ich ihn so lieben, wie ich Mike geliebt habe, wäre ich in größten Schwierigkeiten; er würde mich in kleine Stücke zerreißen. Aber ich liebe ihn nur so viel, wie sich gehört:

mehr, als er für mich übrig hat, aber mit klarem Sinn dafür, wie er in das turbulente Chaos meines Lebens paßt. Nacheinander sticht er den Finger in jede meiner armseligen Ängste und Kindheitsverwirrungen und eitergefüllten Eingebildetheiten. Er möchte mich niederringen und mich besitzen. Er möchte beweisen, daß er recht hat und ich nicht. Ich könnte ihn warnen, daß das Bett ein schlechter Platz ist, um sich mit mir auseinanderzusetzen. Ich gehe von ihm weg in den Krieg der Haltungen in meinen Seminaren, in harte Streitgespräche mit Bolognese und Dick und Howie, in die schmuddelige Zeitvergeudung meiner diversen Jobs, in mein endloses Hin- und Herrechnen und Borgen und Zurückzahlen und Mahlzeitenschnorren. Wenn ich an ihn denke, ist es in kurzen, sexuellen Bildern wie einer Muskelzuckung.

Die vielblättrige Blüte unseres Gemeinschaftshauses fesselt mich. Wenn ich eine halbe Stunde Zeit habe, sitze ich in der Küche, breite die Netze meiner Neugier aus und rede eifrig mit jeder, die hereinkommt: die thailändische Physikstudentin, die wir Sally nennen, mit ihrem Intellekt, der vor scharfen Kanten blitzt wie ein Industriediamant, mit ihrem kleinen Lachen, das sie schüchtern hinter vorgehaltener Hand verbirgt; die fette Wanda, Hausclown und Schlichterin; Billy Sue, die vor ihrem Stiefvater, der sie vergewaltigte, davonlief, nur um mit einem Lastwagenfahrer unglücklich zu werden. Jetzt arbeitet sie sich durch die Abendschule. Ich fühle mich zu ihr hingezogen, weil sie mich an Callie erinnert, aber sie verbindet Sonntagsfrömmigkeit mit Antisemitismus, den sie zu verleugnen gelernt hat, aber dennoch nicht verbergen kann. Lynn ist eine herzliche Folksängerin mit lauter Stimme, in ihr erhasche ich anrührende Blicke auf den ungebändigten Raufbold von elf oder zwölf Jahren, das Alter, in dem ein starkes Mädchen einem Jungen immer noch gewachsen ist. Sie verliebt sich unglücklich und unerwidert in charismatische Männer – darunter Donaldson und Rob Prewitt.

Ich höre sie oft mehrere Abende in der Woche im Wohnzimmer spielen und singen: Alberta, Lynn und manchmal Rob Prewitt, wenn er mit oder ohne seine Freundin Stephanie vorbeischaut, die daran denkt, nächsten Herbst einzuziehen. *Wenn ich die Beatles-Songs höre, ordne ich ihnen Ereignisse der sechziger Jahre zu. Rockmusik beschwört einen Sommer, eine Party, einen Freund, eine Fahrt quer durchs Land, eine politische Ära. Folksongs sind an die Fünfziger geheftet. Alberta, die seit fünfzehn Jahren kein Banjo angefaßt hat, und deren jüngster Sohn Schlagzeuger in einer Punkband namens Toxic Shock ist, wäre erstaunt, wenn sie wüßte, wie oft ich ihre Stimme höre, die den Blues oder alte Balladen singt:*

Henkersmann, Henkersmann,
Laß dein Seil einstweilen,
Seh ja dort den Vater kommen,
Reitet viele Meilen.
Oh Vater, zahlst du meine Schuld,
Wie ich's gesehn im Traum?
Du willst doch nicht, daß sie mich hängen,
Hängen am Galgenbaum.

Nein, ich zahl nicht deine Schuld,
Was kümmert mich dein Traum?
Ja, ich will, daß sie dich hängen,
Hängen am Galgenbaum.

Die Mutter kommt, und auch sie ist fürs Hängen, dann die Brüder und so weiter. Schließlich kommt ER – die wahre Liebe, und er hat das Geld, um sie loszukaufen, damit sie nicht hängen muß. Ich sang dieses Lied überzeugt mit, bis zum letzten Vers, da verstummte ich nach und nach. Ich hatte fest geglaubt, Wahre Liebe würde mich vor meiner Familie retten, aber das hatte nicht so recht hingehauen. In meiner Welt wurde eine Freundin, wenn sie es nicht schaffte, irgendwo das Geld zusammenzukratzen, gehängt, und alle klatschten Beifall. Der einzig mildernde Faktor in den unerbittlichen Zwängen der Paarungsrituale waren die schwachen Verschwörungen von Frauen, die einander zumindest kurz bemitleideten.

Das Haus ist so lärmerfüllt, wenn ich nicht bis spät in die Nacht säße, ich hätte Schwierigkeiten, Arbeiten oder Gedichte zu schreiben, aber es versorgt mich mit automatischer Intimität. In jedem Moment von Verzweiflung oder Einsamkeit kann ich eine finden, deren Gespräch, deren Gegenwart und deren besonderer Eigenklang mich aus mir herauszieht und jene zentrale Pein lindert, die ich etikettieren kann, manchmal mißachten, aber nie ganz heilen.

»Das hat Everett Carmichael gehört«, erklärt Peter. Auf meinen verständnislosen Blick tut er das, was bei ihm dem Hände-überm-Kopf-Zusammenschlagen entspricht: Seine zarten Lider zittern. »Meine edle Wilde. Ich kann mich nicht entscheiden, ob es ärgerlich oder erfrischend ist, mit jemandem zu reden, der die gesellschaftliche Karte nicht lesen kann.«

»Wer war denn nun Everett Carmichael?« Vielleicht der Elch, dessen Kopf uns beäugt. Ich dachte, nur in Witzzeichnungen hätten die Leute Tierköpfe an den Wänden. Mein Onkel Floyd, der in den von Bergwerken ausgehöhlten Bergen um Cold Springs jagte, hatte bis Mitte Dezember immer eine Tiefkühltruhe voll Wild, aber nie einen Kopf oder ein Geweih.

»Er besaß eines der Patente auf den Staubsauger. Aber das sagt nicht, wer er war. Seine Leidenschaft war die Symphonie. Einer der Gründe, warum wir halbwegs zivilisiert aufwuchsen.«

»Wir gingen immer von der Grundschule aus«, erinnere ich mich plötzlich. »Zum Freimaurertempel. Sie spielten Saint-Saëns' *Karneval der Tiere* und redeten über die Holzbläser und das Schlagzeug. Ich fand es herrlich. Es war toll, im Dunkeln zu sitzen ...« Peter hört nicht mehr zu. »Wieso kannst du sein Haus benutzen?«

»Es *war* sein Jagdhaus. Jetzt gehört es meinem Onkel, aber er benutzt es kaum. Es ist ein bißchen ... schwülstig.«

Mit der hohen Decke und der umlaufenden Galerie im Oberstock erinnert es mich wirklich an eine kleine Holzkirche. Dort oben sind winzige Schlafkammern, aber sie sind zu zugig. Wir schlafen unten, neben dem Holzofen und der Aussicht auf den weiten, windgeriffelten See. Der Blick durch die offensichtlich moderne Glaswand an der Seeseite des Wohnzimmers gaukelt uns vor, dies sei noch Wildnis; aber als wir mit dem kleinen Segelboot, das er ein Catboat nennt, ausfahren, sehen wir weitere Hütten zwischen den Kiefern versteckt. Trotzdem ist der See selbst am Wochenende vom Heldengedenktag kaum das, was ich überlaufen nennen würde, obwohl gestern nachmittag einige Wasserskiläufer mit zwei Motorbooten draußen waren.

Ich bin nicht sicher, ob wir hier sein dürfen oder nicht, denn Peter schafft eine Aura, die mir das Fragen verbietet. Wir hielten bei einem Grundstücksmakler in einer nahegelegenen Stadt. Er ließ mich im Auto, ging hinein und holte den Schlüssel. Die Leute dort, sagte Peter, kümmern sich um die Instandhaltung des alten Hauses. Peter hatte vorher angerufen, und das Wasser war angestellt, der Kühlschrank lief. Es war wie ein Wunder, um sechs Uhr abends mit unseren Supermarkteinkäufen am Ende eines langen, holperigen und launenhaft gewundenen Weges durch den Wald anzukommen und das Licht angeknipst vorzufinden in einem Haus, das unter seinem Lebkuchendach vor sich hin summt. Ich hatte eine Hexe oder drei Bären erwartet. Statt dessen schauen uns tote Köpfe an, Wapiti- und Rothirsche mit traurigen Glasaugen und ein einsamer Bär mit niederträchtigen Zähnen im ledernen Maul, dessen kleine Schweinsäuglein seine Mörder immer noch mit Beutegier betrachten.

Jetzt liegen wir im Bett und versuchen einander anzustacheln, wer zuerst in die Kälte aufsteht, die durch die Holzwände sickert und vom Steinfußboden hochsteigt. Schließlich einige ich mich mit ihm, daß ich das Frühstück bereiten werde, wenn er das Feuer anmacht, das in der Nacht ausgegangen ist. Im Schuppen an der Nordwand reichen säuberlich aufgestapelte, sehr kurze Holzscheite bis zur Decke. Jemand hat sie gesägt. Ich möchte wetten, es war nicht sein Onkel.

Peter kniet vor dem grünen Emailleofen mit dem Relief einer nackten Frau, ein Mann in Zigeunergewandung bringt ihr ein Ständchen und schlägt dazu die Gitarre. Der Ofen ist hübsch, aber das Bild ärgert mich. Warum ist sie nackt? Warum ist er nicht nackt? Sie wird bald mit Mückenstichen übersät sein. Wenn es kühl genug ist, daß er sich in seinen üppigen Gewändern wohlfühlt, dann muß sie Gänsehaut haben und morgen einen Schnupfen. Was singt er ihr vor? Eskimo-Opfergesänge, um alte Damen auf Eisschollen zu scheuchen? Peter und ich haben noch nie zusammengehaust. Er hat die nervige Angewohnheit, Teile meines Körpers zu kneifen oder zu krallen, wann es ihm beliebt, ich fühle mich dabei plump und überreif, wie Obst in einer Schale mitten auf dem Eßtisch.

Ich zittere vor Kälte über Eiern, die in der gußeisernen Bratpfanne brutzeln, dem dicken kanadischen Schinken, den er mag und der mir neu ist. Er geht davon aus, daß ich kochen kann. Meine Kocherei hat bis dato daraus bestanden, Ölsardinendosen zu öffnen oder Rühreier zu machen, wenn meine Eltern nicht da waren oder ich durch meine Arbeit die Essenszeiten meines Vaters versäumte, ferner aus den anspruchslosen Zubereitungen in unserer Gemeinschaftsküche nach den Anweisungen und einfachen Rezepten unserer Hausverwalterin. Peter stellt genaue Ansprüche, und ich liefere ungenaue Ergebnisse. Er weiß exakt, was er auf seinem wachtelbraunen Porzellanteller haben möchte – Schinken kroß, aber nicht angebrannt; Eier verdickt zur Kremigkeit einer guten Sauce hollandaise; Toast karamelbraun; Kaffee schwarz und süß – aber ich weiß weder genau, was er meint, da ich an feine Speisenunterschiede nicht gewöhnt bin, noch, wie ich das, was er wünscht, in der massigen Bratpfanne herstellen soll.

Dann, gegen die Morgenkühle in Pullover eingewickelt, gehen wir mit Toastbröckchen zur Anlegestelle, um Elritzen zwischen den Wedeln der Wasserpflanzen hervorzulocken. Kleine Wellen lecken am Ufer, und weißer Schaum netzt unsere Schuhe, ich werfe den Fischen Krümel zu.

Während der Tag sich erwärmt, legen wir eine Kleiderschicht nach der anderen ab und holen das Catboat heraus. Ich haste, ihm zu gehorchen, verwirrt, aber für alles zu haben. Es ist seltsam, mitten auf einem Wasserfeld zu sein mit so viel Wasser unter uns, ich fühle mich vollkommen fehl am Platz und in Hochstimmung. Wir gleiten und wenden und neigen uns zur Seite und führen Manöver aus, die er ersinnt, während ich mich als Teil einer Möwe fühle. Dann endlich ist er zufrieden, sanft vor der Brise zu treiben. Ich lasse die Hand über den Rand hängen, um das Ziehen des Wassers zu spüren. Rauchgrünes Schilf spießt von einer überfluteten Sandbank. In Ufernähe kann ich den geriffelten Boden sehen. Der Himmel schwebt milchig über uns. Wie habe ich ihn berührt? Flache blaue Augen, schmale Nase mit zusammengekniffenen Nasenlöchern, beweglicher Mund, vorzügliche Hände, gepflegt und funktional wie die Formgebung einer Hängebrücke. Jeder Körper, den ich liebe, hat seine eigene Ästhetik, entdecke ich, seinen eigenen Maßstab und seine Metaphern, seine Bildersprache der Frucht und der Blüte und der Mineralien und der Jahreszeiten.

Unter den plötzlich vollen Blättern von Ende Mai gehen wir um den See durch Grün, das frisch gestrichen aussieht, die Farben noch nicht trocken. Er schleppt ein Fernglas, seinen Belichtungsmesser, Objektive, eine Kamera. Er arrangiert mich an einen Baumstamm gelehnt, im Gras liegend, an einem braunen Bächlein kniend. Die Luft ist klar. Daß wir hin und wieder Stimmen über das Wasser hören oder die zwei Motorboote mit ihren dahinter huschenden Wasserskiläufern sehen, verschärft nur unsere Abgeschiedenheit. Vom regelmäßigen Essen und langen Schlafen fühle ich mich frisch wie der See. Wir rösten Marshmallows im Ofen, und wieder einmal befiehlt er mir, mit ihm Schach zu spielen.

»Wir sind eine Sexmaschine«, sagt er mit seinem abgewürgten Lachen. Und: »Von rückwärts sieht dein Körper wie der eines Jungen aus.« Er dringt in meine Vagina von hinten ein. Das erregt ihn. »Hinten Junge und vorne Mädchen – du bist ein Hermaphrodit.«

Später ruht mein Kopf auf seinem Unterleib, und er streicht mir übers Haar, aber als ich mich vorbeuge, um ihn auf seinen halb erigierten Schwanz zu küssen, drückt seine Hand in meinem Nacken hart zu, um mich abzuhalten. »Das ist zu privat.« Das Wort steckt wie ein Splitter in meiner Brust.

Nachmittag. Regen peitscht den windgekräuselten See. Er hat seine fotografischen Gerätschaften auf dem Tisch ausgebreitet. Während er seine Objektive reinigt, pfeift er ein Telemann-Lied für Flöte. Ich würde eigentlich lieber die Flöte hören. Ich gehe nach oben, um wegzukommen, lasse mich in einem mönchischen Schlafzimmerwürfel nieder, der aufs Wasser hinausgeht. Ich sage zu mir: Heute werde ich arbeiten. Etwas, das nicht er ist, um mich vor der Verzweiflung zu retten.

Ist er Leere, die ich füllen will?
Ist er Mangel, den ich runden will?

Dein Rücken glatt und versiegelt gegen meine
bittenden Finger   suchenden Finger   hungernden Finger
versiegelt.   eisglatt   eingeigelt

Ein Kiesel nimmt Wärme von der Zunge.

Ein Kiesel saugt Wärme von der Zunge. Zu aktiv.

Ein Kiesel wärmt sich auf der Zunge,
kann mich nicht sättigen. Ich bringe ihn
zurück zum Strand, dort liegt er kalt.

Ich schaudere. Nun, das ist eine Sicht unserer Beziehung. Aber Peter ist kein Stein – zu aktiv, manipulierend, antreibend, anstoßend, Minidramen inszenierend. Durch Geld bestimmt er unsere Umgebung. Nein, mein Gedicht ist eine reine Selbsterhöhung. Ich bin warm, und er ist kalt. Ich bin offen, und er ist zu. Ach, das Paar auf dem Ofen. Ich bin nackt, verletzlich, hingestreckt. Er ist bekleidet, geschützt, aufrecht.

Wir tanzen miteinander, nackte Frau
und Mann in voller Rüstung klirrend.
Wenn er mich fest an seinen Busen
drückt, wird meiner aufgespießt
von einem Abwehrdorn. Wenn
du mich liebst, dann küß mich,
sagt er und schlägt mir alle Zähne ein.
Wenn du mich liebst, dann rette
mich aus diesem Kerker, sagt
er, dabei paßt er seiner Lanze
eine neue Spitze an und besteigt
sein Pferd und stürmt voran. Du
liebtest mich nicht wirklich,
murrt er an meiner Leiche;
nur darum bin ich immer noch hier
eingesperrt. Ach, die Liebe
einer Frau ist schwach. Bestimmt
ist es mein Blut, das da wie Mücken
abends singt, doch er
geht klirrend weg.

Mir ist danach, es »Konservendosenmann« zu nennen, aber Schnodderigkeit ist mir zu billig. Ich kann es sowieso nicht im Seminar vorzeigen. Es ist nicht in Strophen oder regelmäßigem Versmaß, es hat keine gehörigen literarischen Anspielungen und überhaupt keine Mehrdeutigkeit.

Meine tintenverschmierte Hand. Wind hetzt den Regen über den See, Welle auf brechende Welle. Peter als Abstraktion und Peter, der an seinen Apparaten bastelt. Arbeit ist ein Raum, wo jeder Gegenstand einen bedeutsamen Platz hat, ein Raum, wo ich haben kann, was ich will, oder wenigstens benennen kann, was ich habe und was ich will. Ohne Arbeit bin ich zu klein. Mein Schreiben rechtfertigt mich: Was tue ich hier? Schreibe zwei Gedichte. Alles ist nicht vergebens. Ich bin der Alchimist, verwandle bleiernes Versagen in goldene Arbeit. Selbst als ich in einem Augenblick des Rückpralls das von ihm schreibe, glaube ich, daß in ihm ein Mann gefangen sitzt, der darum kämpft, an die Luft zu gelangen. Wenn ich nicht in jedem Augenblick den Durchbruch dieses Mannes erwarten würde, wäre ich nicht hier an diesem nördlichen See.

Wie können diese Leute, sein Onkel, ein so hübsches Haus sich selbst überlassen? Anders als die Sommerhäuschen, die meine Eltern aus Zeitungsannoncen für die Vierzehntageferien meines Vaters mieteten, ist dieses Haus nicht mit zerbeulten, zusammengewürfelten Stücken eingerichtet. Sogar das Geschirr ist gutes Porzellan. Wie können sie gute Dinge einfach hier in den Wäldern lassen? Wie kommt es, daß ihnen nichts daran liegt, hier zu sein?

»Sie benutzen das hier nicht mehr oft«, erklärt Peter, als wir uns auf das Ledersofa am Ofen kuscheln. »Es war ganz schön, aber es ist ein bißchen überlaufen.« Er deutet zum See, wo die Sonne hinter dem fernen Waldrand versinkt.

Überlaufen. Ich denke daran, welch Fest es für uns war, wenn es uns gelang, eine Sommerlaube in einer Reihensiedlung zu ergattern, drei kleine Räume und eine Zusatzpritsche auf der Veranda. Ein Ruderboot war eine große Sache. Jetzt hat sein Onkel ein Haus auf St. Thomas. Das ist eine der Jungferninseln, erklärt Peter. Da fahren sie im Winter hin. Im Sommer bevorzugen sie Maine. Ich könnte hierbleiben, male ich mir aus. Einfach hierbleiben, mit dem Haus um mich, allein in all dem freien Raum, und ich würde schreiben und schreiben. Hätte ich Angst allein im Wald? Ich habe keine Ahnung; bisher durfte ich es nicht herausfinden. Stell dir vor, einen Ort zu haben, wo du für dich hingehen und allein sein kannst in angenehmer, gemütlicher Umgebung. Mein Blick fällt auch auf die Tatsache, daß Peter mich hierher gebracht hat, weil niemandem in der Familie etwas an diesem Haus liegt; sie halten daran fest als einer Kapitalanlage, wenn die Gegend einmal erschlossen wird. Doch was für ihn ländlich ist, ist für mich einer meiner ersten Blicke auf das, was ich Luxus nenne. Mein Leben lang hatte ich keinen Platz. Eingekeilt, zusammengepfercht, ständig einander riechen und hören. Die Stille dieses Ortes dringt durch meine Ohren in mich ein und gibt mir ungeheuren geistigen Raum, den ich mit Worten füllen kann. Was für ein Vorrecht, dies Betreten einer grünen Welt voll anderer Geschöpfe, denen Menschen Namen gegeben haben, die ich nicht kenne, doch weder die Benennungen noch die Gefiederten, Behaarten, Gestachelten selbst, die die Benennungen im Geist aufrufen sollen, machen mir deutlich, was ich nur als verwischtes Huschen wahrnehme.

Sonne tönt den Morgen zu einem bemalten Ei. Geriffelter, strohfarbener Sand. Jadegrüne Schleier der Wasserpflanzen. Silber in den verwitterten Bohlen vom Bootssteg, auf dem ich sitze. Am Rand meines Gesichtsfeldes blinzelt er durch die Kamera. »Schau nach links und nach oben. Ein bißchen mehr.« Ich starre auf ein Bootshaus, ein niedriges, uninteressantes Gebäude. Ich bemühe mich, interessiert auszusehen. Er sagt: »Ich sehe Dinge, die du nicht siehst. Dinge, die andere nicht sehen können. Ich werde beweisen, daß es sie gibt.« Er berührt mich durch das Objektiv.

Jetzt läßt er mich mit aufgerollten Jeans im Wasser waten, Wasser so kalt, daß meine Knochen wimmern. Er arrangiert mich vor dem Bootssteg, die Hände auf dem Rücken. »Früher interessierten mich Strukturen«, murmelt er. »Wie eine Fliege ein Buch oder einen Apfel sieht. Aber jetzt fotografiere ich Träume.« Er benutzt das Wort häufig. Heute morgen beim Frühstück hielt er sich seinen heißen Becher an die Wange und sagte zu mir: »Ich muß meine Träume klarkriegen.«

Ich stehe bis zu den Knien im eisigen Wasser, nehme eine Pose der Hörigkeit ein, komme mir vor wie ein Idiot – Parodie eines Mannequins, den Pullover über meinen Brüsten straff gezogen, den Rücken voller Gänsehaut – und sage: »Was hast du gemeint mit deine Träume klarkriegen?« Gespräch macht mich vom Gegenstand wieder zur Tuenden.

»Es wird Zeit. Entweder das, oder ich sterbe innerlich, wie meine Schwester, wie mein Bruder. Willst du mir helfen?«

Zuerst glaube ich, er meint seine Alpträume. Im Schlaf knirscht er mit den Zähnen, knurrt Flüche, wälzt sich wild hin und her.

Seine Hände bewegen sich beschwichtigend über seine Stirn. Die Kamera hängt wie eine überdimensionale Halskette. »Ich rede schief und erwarte, daß du gerade hörst. Aber was ich sage, hat Sinn, wenn du hinhören würdest!« Er macht abrupt kehrt und marschiert davon, läßt mich mit klappernden Zähnen hinauswaten. »Weißt du, was der alte Herr gesagt hat, als ich ihm beigebracht habe, daß ich nicht zum traditionellen Sippenpicknick komme? Wenn du wieder eine deiner Spritztouren machst, erwarte nicht, daß ich dich aus dem Kittchen hole. Als ob ich ein Playboy wäre! So redet er mit mir. Ich habe mal ein Auto ruiniert, als ich siebzehn war, und er zählt immer noch die Pfennige.«

»Du mußt von zu Hause weggehen. Das hast du nie wirklich getan. Selbst in Michigan bist du in Schlagweite. Nimm nicht den Job in Detroit, wenn du den in Brookhaven nicht bekommst. Geh nach Kalifornien.«

»Du hast recht – du siehst das! Ja, mein Bruder hält sich für einen großen Mann, weil er eine schlechte Kopie meines Vaters abliefert. Meine Schwester wohnt zwei Kilometer weit weg. Wir sind eine alteingesessene Michigan-Familie, sagen sie. Lange vor den Fords hier – den Salz-Fords, die sind älter als die Henry Fords. Ja, sage ich, wir waren lange hier, ein Haufen trunksüchtiger französischer Trapper, wir haben den Indianern ihre Felle abgeschwindelt und schlechten Rum getrunken und Squaws geschwängert. Das geht ihnen auf den Wecker ... Möchtest du auf Long Island leben?«

»Wie ist es da? Ich war noch nicht mal in New York City.«

»Wir sollten zusammen hingehen. Das werden wir machen!«

»Ja?« Ich wage es kaum zu glauben, wünsche mir aber, daß er es meint.

»Narbengesicht lügt nie, Puppe. Mein Wort ist so gut wie eine Staatsanleihe. Ein steuerfreier Pfandbrief.« Er ist mit mir zufrieden. Nach und nach hat er sich gelöst. Wir tun es oft, für uns; er redet viel. Manchmal umarmt er mich sogar, wenn wir nicht im Bett sind. »Wir fahren diesen Sommer. Wenn ich den Job kriege, kannst du mich an langen Wochenenden besuchen.«

Der Knoten ist hart und grün ... *ist* zu schwach

Ich schreibe oben.

Der Knoten senkt sich selbst dort ein,
hart und grün. Wenn deine Geduld
reißt und du hineinschneidest,
entblößt du eine Verschlungenheit,
die rasch zerfällt. Doch wenn du wartest,
öffnet die Sonne ihn langsam,
ein Blütenblatt ums andere inmitten
deiner Dornen, meine gelbe Rose.

Beim Abendbrot verschließt er sich wieder ein wenig. Während ich den Tisch abräume, nimmt er den schmalen Kopf in die Hände. »Ich bekomme Kopfschmerzen.« Er sackt vornüber. Ich stehe hinter ihm und massiere seine Schläfen, wie ich es gelernt habe. »Mehr ... mehr ... da.«

Schließlich murmelt er: »Besser. Ich bin ein kranker Mann. Wirst du mich mit weichen Händen begraben? He, Puppe, soll ich dir eine Geschichte erzählen?«

»Ich höre.« Wir sitzen auf Kissen vor dem Holzofen. Mit trübem Glitzern beobachten uns die Augen der Enthaupteten.

»Als ich letztes Mal zu Hause war, habe ich im Fernsehen einen billigen Film gesehen. Pepe le Moko ist das große Tier in der Kasbah, wo er alles hat, was er braucht, fast alles. Die Polypen können nicht an ihn ran. Drinnen ist er sicher. Aber er verknallt sich in eine Mieze von draußen. Die Polypen schicken sie weg. Um sie wiederzukriegen, muß er aus seinen Mauern raus. Die Polypen kriegen ihn. Ende von Pepe.«

»Wer sind die Polypen? Dein Vater?«

»Nein, die gleichen wie Pepe und das Mädchen.« Er reibt sich langsam die Stirn. »Sagen, die Vorräte in der Kasbah gehen zu Ende und die Mauern werden höher. Die ganze Zeit.«

»Angenommen, sie wäre nicht getürmt.«

»Sie muß. Sie kann innerhalb der Mauern nicht überleben.«

»Mit ihr braucht er seine Mauern nicht. Sie wird ihm nicht weh tun. Sie ist niemandes Polizist.«

Er lacht.

»Alles, was sie will, ist, unbehindert ein und aus gehen! Alles, was sie will, ist, daß er herauskommt, wenn er will. Alles, was sie will, ist, ihn lieben!«

»Wir werden sehen.« Er lächelt über mein Ungestüm. »Wir werden sehen. Wir nehmen alles, wie es kommt.« Sein klarer Blick hebt sich zu meinem Gesicht. »Schau doch mal nach, ob Scotch in der Bar ist. Meine Kopfschmerzen sind weg. Oder ob sie Cognac dagelassen haben. Das wäre ein zu großer Glücksfall.«

Sonntag abend komme ich zurück, sehr zufrieden mit Peter und mit mir. Siehst du, ich habe meinen Frosch geöffnet, und ein Prinz tritt heraus. Die Bilder, die meine Vorstellung überfluten, wenn ich an Peter denke, sind rührend und sanft: sein Gesicht, der Maske beraubt, zeigt Gefühle, halb ängstlich, halb zärtlich.

Unsere Tür ist verschlossen, und als ich sie öffnen will, finde ich sie von innen verriegelt. Donna bumst doch wohl nicht direkt im Haus?

Aber dann tut sich die Tür auf und umrahmt Donna in ihrem alten, karierten Bademantel, das vom Duschen noch feuchte Haar klebt ihr am zerbrechlichen Schädel. Ihr geschrubbtes Gesicht knittert vor Aufregung. Sie kommt ganz nah an mich heran, überschreitet dabei die Grenze des Körperkontakts, die es gibt, seit sie mir gesagt hat, daß sie von mir frei sein will. »Mach schnell zu«, flüstert sie.

»Versteckst du dich?«

»Wenn du sie nicht hierhaben willst, suche ich jemanden, der sie nimmt.«

Ich schaue mich um. »Wer?«

»Schsch.« Sie schleicht barfuß zu ihrem Schrank.

Ich schaue ihr über die Schulter. Auf Donnas Decke liegt eine junge Katze und putzt sich das glanzlose schwarze Fell, sie ist sichtlich trächtig und bis auf die Knochen abgemagert. Die Katze hebt den dreieckigen Kopf von ihrer rauhen Flanke. Ihre Ohren legen sich flach. Ihre gelben Augen belauern mich. »Hallo. Wo hast du sie her?«

»Die Gasse hinter dem Drugstore. Ich lief durch die Gegend, um eine Depression loszuwerden. War nicht leicht, sich mit ihr anzufreunden.« Sie zeigt mir ihren zerkratzten Arm.

»Hast du mit Charlie Schluß gemacht?«

»Ja. Ich kann's nicht. Ich muß eine Zeitlang alleine sein. Ich muß mein Gefühl für mich selbst zurückerlangen... Arme Kleine.« Sie kniet, um behutsam das knochige Köpfchen zu streicheln. »Man sieht, daß sie mal ein Zuhause hatte, bis sie rausgeschmissen wurde – was sie sich für Mühe gibt, sauber zu sein.«

Die Katze schmiegt sich an ihre Hand, läßt mich dabei aber keine Sekunde aus den Augen. Ich hocke mich hin und blinzele, wende den Blick ab wie eine Katze. »Willkommen, neue Zimmergenossin. Meinst du, wir kommen damit durch?«

»Es wird eine Hausversammlung deswegen geben«, sagt Donna finster. »Du könntest Stimmen sammeln, darin bist du gut. Ich hasse die Menschen! Sie besorgen sich eine Katze und wollen die Sterilisierung nicht bezahlen, also wird sie trächtig, und dann bestrafen sie sie, indem sie sie rausschmeißen, damit sie verhungert. Weibliche Sexualität ärgert die Leute. Wir sollen Babys produzieren, aber nur nach Bedarf und sonst nicht, und Orgasmen nach Bedarf, und beides nur mit unseren rechtmäßig angetrauten Ehemännern.«

Ich strecke die Hand vor, um berochen zu werden. Ich rieche interessant, wie der See und die Wälder und das Ferienhaus. Und Sex. »Armes Ding. Welchen Namen sollen wir ihr geben?«

»Sei nicht sentimental.« Donna knotet sich wieder fest den Bademantel zu. »Katzen haben keine Namen. Oder falls doch, sprechen wir ihre Sprache ebensowenig, wie du und ich Sallys richtigen thailändischen Namen aussprechen können. Hat sie nicht niedliche Konturen?«

»Und so viele. Schau mal die Rückenwirbel. Zähl mal die Rippen.«

»Also behalten wir sie?«

»Bis du ausziehst«, sage ich, selber vorsichtig wie eine Katze.

Sie steht vor mir, betont die Peinlichkeit, indem sie ihr Gewicht auf einen Fuß verlagert und den anderen hinter sich anwinkelt und mit der Hand greift. »Ich weiß, ich war schrecklich. Ich hasse mich, wie ich war. Ich möchte damit aufhören. Verlaß mich nicht, gerade wenn ich mich bessere.«

Unsere Blicke stoßen sich ab wie gleichgepolte Magneten. »Ziehe ich vielleicht aus?«

»Es ist bloß, daß meine Einser mir nie so groß vorkamen wie deine. Von Sal abgesehen – und dann stellte sich heraus, daß er mich nur benutzte – sind meine Männer nie so interessant wie deine Männer. Sobald etwas mir gehört, fange ich an, die Achtung davor zu verlieren. Ich fing an, die Achtung vor dir zu verlieren, weil du mich liebtest. Aber ich will damit aufhören!«

Ich lehne mich auf meine aufgestützten Hände. »Ich will, daß wir uns wieder nahe sind.«

»Ich auch, Stu.« Ihre Hände umklammern sich hinter ihrem Rücken. »Ich will, daß wir zusammenbleiben.«

Ich drücke mein Handgelenk. Der Puls, ein langsamer Hoffnungsquell. »Ich werde meine Sachen ordentlicher halten. Und ich werde weniger trinken. Man lernt aus Büchern und Filmen, so soll man's machen, wenn man Schriftsteller ist. Ich glaube, ich bin aus dem Schlimmsten raus. Ehrlich.«

»Nimmst du mich wieder auf, Stu?«

»Wer sagt, daß du weg warst?«

Aber das war sie. Sie war weg. Wir nennen die Katze Eurydike. Ich jedenfalls – und darauf können Sie Ihre nächste Miete verwetten – werde nichts verderben, indem ich mich nach der Hölle umschaue, in der wir gerade waren.

25 Abbruch des Spiels aufgrund von Schmerzen

Howie springt auf den Tisch, angetan mit einem seriösen, dezent karierten Anzug, der ausgestopft ist, um ihm einen Schmerbauch zu geben. Er schmettert seinen großen Song mit überraschend anständigem Bariton:

»Ich bin der Richter,
Hab alle Gewalt.
Küß mir den Hintern,
Sonst stell ich dich kalt!

Du kannst mir gar nichts,
Ich steh unter Schutz.
Du machst dich nur dreckig
Und landest im Schmutz!«

Donaldson und Rob Prewitt spielen die übrigen Mitglieder im Ausschuß für ungeheure amerikanische Umtriebe. Bolognese spielt einen Spitzel, Dick und Alberta die Zeugen. Ich spiele das Schlafmaus-Mitglied vom Ausschuß. Ich schlafe immer ein und rutsche vom Stuhl und bringe die Papiere durcheinander. Immer mal wieder wache ich demonstrativ auf und schreie: »Nehmt den Zeugen in Haft. Nehmt jeden in Haft. Hängt alle auf.« Es ist einstimmig beschlossen worden, daß ich unter keinen Umständen singe. Donna spielt die Ausschußsekretärin, eine für Stephanie erfundene Rolle, die nur erfordert, daß Donna in engem Rock herumschwarwenzelt und wann immer möglich ihre Beine zeigt. Stephanie und Rob haben sich getrennt. Rob hat mit Donna geflirtet, aber sie ist nicht interessiert. Alberta hat eine Art, Donaldson zu beobachten, wenn er nicht zu ihr hinschaut. Alberta wird ihrerseits beobachtet: von Howie. Er singt:

»Es tanzen Gelehrte
Nach meinem Tamtam,
Selbst Hollywood-Löwen
Sind fromm wie ein Lamm.
Määää! Määää! Määää! Määäää! Mumpitz!«

Wir haben ein volles Haus für unsere entschieden dilettantische Aufführung. Grundsätzlich würde der Wagemut, den Senatsausschuß für unamerikanische Umtriebe anzugreifen, selbst dann Lacher hervorrufen, wenn wir nicht komisch wären. Wir brechen ein Tabu. Es ist heiß hier drin unter den Scheinwerfern in meinem Schlafmaus-Kopf aus Pappmaché. Nun macht sich Donaldson, in seinen normalen Sachen knochig wie der Tod, aber unwahrscheinlich hübsch, an Alberta ran und singt:

»Hast du nicht im Jahre zweiundvierzig
Einen Aufruf unterschrieben, frag ich dich?«

Wie kann er sie nicht lieben? Sie trägt eine Art rote Pfadfinderuniform mit kurzen Hosen, sieht strahlend und gesund genug aus, um auf einer Barrikade zu kämpfen und ihn, wenn notwendig, in Sicherheit zu tragen. Sie singt:

»Lieber Senator, das ist lange her,
Da war ich neun Jahre und keinen Tag mehr.«

Donaldson: dünn wie Bolognese, der neben ihm auf der Bühne steht und ihm wie Jago ins Ohr zischelt, aber Bolognese geht die magische Ausstrahlung ab. Donaldson ist groß in nachlässigem Tweed. Seine typische Aufmachung ist ein Sportjackett aus gutem Harristweed über einem Flanellhemd und Baumwollhosen. Frauen möchten ihn schmuck machen. Bolognese ist alterslos; Donaldson ist mit vierunddreißig (Alberta hat mir sein Alter verraten) jungenhaft. Seit er sich den Bart abrasiert hat, scheint er uns näher. Ich nehme an, deswegen ließ er ihn sich stehen. Er singt:

»Es gibt kleine Mädchen,
Die machen noch Knicks,
Dabei sind sie Linke,
Wir kennen die Tricks.

Es gibt jetzt schon Babys,
Die schmeißen mit Kot,
Die Popöchen sind rosa,
Die Frätzchen – rot!«

Alberta dreht Pirouetten. Sie hat enorme Bühnenausstrahlung. Das überrascht mich, aber schließlich ist sie Folksängerin, und ihr fehlt nur das Banjo.

»Auch ich war ein Antifa-Baby
Und rot wie eine Koralle.
Ihr denkt, ich verpetz meine Eltern,
Doch Blut ist dicker als Galle!«

Sie erzeugen Elektrizität, dieses War-einmal-Paar. Wie konnte er ihr irgendeine andere vorziehen? Alberta ist einfach gut. Sie ist intelligent und politisch und voller Anteilnahme. Wenn ich je eine Frau brachliegen sah, dann Alberta. Sie sorgt sich sogar um mich, aber sie ist nun mal Pappis Tochter und sie liebt nur Pappis. Wenn ich krank bin, macht sie mir Tee mit viel Zitrone und einem Schuß Bourbon, damit ich mein Fieber ausschwitze. Sie gibt mir Vitamintabletten und manchmal ein Halstuch oder eine Kette, die sie nicht mehr will. Ich liebe es, von Alberta umhegt zu werden, und bestimmt tat er es auch. Ich denke, sie wird eine hervorragende Rechtsanwältin abgeben.

Donaldson scheint ganz Kopf. Sein hochgeschossener, hagerer Körper zieht keine Aufmerksamkeit auf sich, sondern ist nur ein Ständer für sein Löwenhaupt, dessen große Augen ins Unendliche blicken. Er hängt da wie eine überdimensionale rechte Satzklammer, doch auch er strahlt Energie aus, keine körperliche wie Alberta, sondern geistige. In Scharen erliegen wir seinem gescheiten Feuer, aber kann man mit einem Intellekt ins Bett gehen? Alberta ist keine zutiefst sexuelle Frau. Lieben ist ihr alles, selten und unbedingt, und Sex kommt im Gefolge wie ein hinterhergeschleppter Güterwaggon.

Der Vorhang schließt sich, und als das Publikum zu klatschen beginnt, gehe ich hinaus und winke zu kurzem Schweigen. »Liebe Freunde«, rufe ich, »wenn ihr glaubt, das war eine Posse, dann habt ihr vollkommen recht. Laßt sie uns vom Antlitz unseres Landes weglachen.« Ich verbeuge mich, der Vorhang teilt sich und die Mitwirkenden treten vor. Uns ist ein Riesenerfolg gelungen.

Applaus, man kann davon trunken werden, und dann ist er schlagartig vorbei, während ich auf der Hinterbühne stehe und darauf warte, in der kleinen Garderobe an die Reihe zu kommen, damit ich aus meinem Schlafmauspelz krabbeln kann (aus einer Aufführung von *Peter und der Wolf* übrig) und dem Pappmachékopf, den Alberta gemacht hat und den ich mir an die Wand hängen möchte. Howie ist außer Rand und Band. Er springt zu Alberta und umarmt sie ungeschickt. Ich wette, das hat er den ganzen Abend über geplant. »Du warst toll!«

»Wir waren alle nicht übel«, sagt sie sanft und macht sich los. »Ein Hoch auf die Autoren!«

»Wir hatten ein volles Haus«, stellt unser Schatzmeister glücklich fest. »Wir haben unsere Auslagen zurück, und wir werden zum ersten Mal überhaupt am Jahresende einen kleinen Überschuß in der Kasse haben.«

Auf der Feier bleibt Donna in meiner Nähe und gabelt keinen auf. Peter ist in New York zu einem Einstellungsgespräch. Nicht, daß ich ihn nicht vermisse, aber plötzlich habe ich an diesem Wochenende viel mehr Zeit. Beziehungen fressen die Stunden auf. Donna hat es Spaß gemacht, im Stück mitzumachen, sogar als Einspringerin. Sie hat sich schon intensiv auf die Abschlußprüfungen vorbereitet. Charlie ruft sie jeden Tag an. Ich höre die Gespräche mit, wenn ich es nicht vermeiden kann. Manchmal holt sie das Telefon an seiner langen Schnur in unser Zimmer.

Alle Gespräche sind Variationen seiner Frage: »Aber warum willst du dich nicht mehr mit mir treffen?« Sie sagt: »Aber ich liebe dich nicht.« Er sagt: »Aber du hast mich vorher auch nicht geliebt und trotzdem mit mir geschlafen.« Sie: »Das war ein Problem.« Er: »Du wirst mich schon noch lieben. Weil ich dich liebe.« Sie: »Charlie, du kennst mich doch gar nicht. Ich habe mich dir gegenüber nie natürlich verhalten. Ich weiß nicht, ob ich dazu fähig bin, überhaupt jemanden zu lieben. Geh und such dir eine Bessere als mich. Das wird nicht schwer sein.«

An diesem entscheidenden Ende des Studienjahres fühle ich mich glücklich. Donna, Peter, Howie, mein Schreiben, meine Seminare, meine Jobs, meine politische Aktivität: diese goldenen Bälle schweben alle im Junilicht wie vollkommene Wolken. Ich bin ein Jongleur, dem schließlich sein bester Trick gelungen ist. Ich bin glücklich in meiner Liebe zu Donna, die ich schwesterlich nenne, und in meiner Liebe zu Howie, die ich brüderlich nenne, und in meiner Liebe zu Peter, die ich sexuell und nahrhaft nenne. Ich bin sogar glücklich in meiner wachsenden Zuneigung zu Minouska, die Eurydike genannt wurde, ein Name, den sie ablehnt. Sie reagiert auf Minouska, einer der Kosenamen meiner Großmutter für mich. Sie steht neben meinem Schreibtischstuhl und miaut klagend, ich muß mir sechsmal auf die Hüfte klopfen und ihren Namen wiederholen, bevor sie hochsegelt, mit schleppendem Bauch landet, sich drei-, viermal dreht und schließlich direkt auf meiner Möse schnurrend zusammenrollt.

Offensichtlich habe ich Peter geholfen. Er ist menschlicher, offener. Er wird die Stellung in New York annehmen, wo ich vielleicht in einem Jahr nach meinem B.A. hingehe. In der Zwischenzeit können wir uns in den Ferien sehen. Wir haben jetzt eine Art Anstand miteinander, nicht die alles verzehrende Beziehung, die Mike war, sondern ein Modell dafür, wie es bei reifen Erwachsenen sein sollte, sage ich mir.

Wenn ich glücklich bin und wenn ich unglücklich bin, ziehe ich Menschen an. Wenn ich normal beteiligt bin und arbeite und Probleme löse oder nicht bewältige, bin ich weniger zugänglich oder scheine es zu sein. Wenn ich wie eine Auster den Gezeiten des Leids geöffnet bin oder mich selbst der reichen Flut der Freude öffne, kommen die Menschen zu mir. Heute abend, wann immer ich mich von Donna abwende, die in meiner Nähe bleibt, ist Donaldson da. Er schaut mich so oft an, wie Alberta ihn anschaut und Howie sie.

Zum ersten Mal, seit Donna und ich uns versöhnt haben, fange ich an, heftig zu trinken. Ich fühle mich, als ob der Wille und das Leid der Menschen im Raum auf mich eindringen, auf mich einfallen wie umstürzende Möbelstücke, etwas so Greifbares, daß die Luft sich verdickt von Ängsten und Wünschen. Ich hasse dieses Gefühl, für die Bedürfnisse anderer hautlos und ohne Schale zu sein.

Warum sollen die Mißgeschicke der Liebe und der Sexualität mir wie eine ungeheure metaphysische Krankheit vorkommen, als ob ich tiefe Risse in den Dingen sähe und unter diesem alltäglichen, schlecht eingerichteten Zimmer von Dick und Carole Weisbuch die Schrecken des Weltraums bei einer Temperatur des absoluten Nullpunkts der Langeweile?

»Himmel, dieses Kleid muß aus Eisen sein. Das hattest du schon, als ich dich kennengelernt habe«, sagt Julie. Sie hat plötzlich vor mir Gestalt angenommen, in einem Hemdblusenkleid aus blasser, grüner Seide.

Mein Blick gleitet an ihr vorbei, um den Raum zu sichten. Schließlich muß ich fragen: »Wie geht's dir? ... Ist Mike auch da?«

»Mike ist übers Wochenende in Yale, wo seine Familie ihn im Herbst hinschicken wird. Um ihn von mir wegzukriegen.« Sie klingt fast stolz, fügt aber mit unmittelbarer, ungeschminkter Gerechtigkeit hinzu: »Natürlich bestand für ihn kein Zwang.«

»Vielleicht hatte er aber das Gefühl«, biete ich an. Die Erleichterung verblüfft mich. Ihm nie mehr über den Weg laufen zu müssen. »Er fühlt sich ihnen sehr verpflichtet.«

»Mir hat er sich nicht sehr verpflichtet gefühlt ... Er hat sich beschwert, ich wäre im Bett zu gehemmt. Du warst doch noch Jungfrau, nicht? Ich weiß nicht, wo der Unterschied sein soll.«

»Ich habe keine Ahnung.« Ich unterdrücke den Drang zu kichern. Kann es sein, daß wir dieses Gespräch tatsächlich führen? Aber Julie ist über Sex immer völlig offen gewesen, als sei alles, was ihr zustößt, ein Witz, den sie teilen muß.

»Ich glaube nicht, daß er wirklich in mich verliebt war. Ich weiß nicht, warum. *Dich* hat er wohl geliebt. Mir scheint, er hätte mich lieben können, wenn er gewollt hätte. Schließlich konnte ich mit ihm über seine Arbeit reden, und ich kann alle Sprachen lesen, die er auch kann. Ich hätte ihm bei seiner Arbeit geholfen; das hätte ich zu gern getan.«

»Vielleicht kommt es ja noch zustande. Wenn er erstmal mit dem Studium fertig ist.«

»Mike? Ich bin sicher, der hat schon eine andere.« Sie zeigt. »Ich habe einen neuen Freund. Carl Forbes. Er ist aus Chagrin Falls, und mein Vater hat ihm schon eine Stelle besorgt in der Buchhaltung von der General Motors-Niederlassung in Newtown.«

Ich folge ihrem Finger. Der Bursche ist groß, rotbackig und ganz hübsch und kommt mir irgendwie bekannt vor. Ich frage mich, ob er in einem meiner Seminare war. Buchhaltung? Vielleicht eine Vorlesung. »Das ist ja wunderbar«, sage ich. »Ist es was Ernstes?«

»Jill! Bist du betrunken? Da schau, mein Finger.«

Immer dieses Gezeige. Oh. Ein Brocken von einem Diamant an einem Weißgoldring. »Aber du hast dich doch gerade erst von Mike getrennt?« Bin ich in eine Zeitmaschine geraten?

»Der ist mehr meine Gangart, denke ich. Er ist *sehr* erfahren mit Frauen, aber nicht zu intelligent. In mancher Hinsicht ist das eine einnehmende Mischung. Er weiß, daß er sich schwer tut ... Jill, alle machen Witze über Frauen, die in Panik geraten, weil das Studium zu Ende geht, aber ich habe festgestellt, einige Männer kriegen das auch. Die können auch Bammel vor dem Studienende haben. Ich hab's ganz gut getroffen.« Sie beobachtet, daß er bei Donna ein bißchen zu munter wird, und macht sich zu ihm auf den Weg.

Obwohl mein Arm, wenn Donaldson mir beiläufig die Hand drauflegt – und Berührung ist für ihn nie beiläufig –, wie ein Glühwürmchen mit kalter, sehnsüchtiger Flamme brennt, kann ich ihm nicht in die nußbraunen Augen unter den hellbraunen Locken schauen. Ich gebe vor, nichts zu verstehen. Ich gebe vor, nichts zu merken. Ich kann Alberta nicht weh tun. Obwohl ich so von ihm fasziniert bin, daß ich ihm am liebsten wie ein kleines Hündchen nach Hause folgen würde, ignoriere ich alle Signale. Stumpfsinn bedeckt mich wie einen Vogel, dem sein Besitzer ein Tuch über den Käfig geworfen hat. Nichts darf passieren, murmele ich in meinem Kopf und lache zu laut und trinke zu viel. Nichts wird passieren!

Nichts passiert. Außer, als ich bei Julie stehe und ihr neuer Freund, Carl, ihr die Hand auf den Hintern legt und gurrt: »Kleines, Frauen sind für die Liebe gemacht.« Da erkenne ich ihn. Mein erstes College-Rendezvous.

Peter kehrt von seinem Gespräch in Brookhaven angesäuert und niedergeschlagen zurück. Er ist nicht abgelehnt worden, aber eingestellt worden ist er auch nicht. Im wesentlichen ist ihm gesagt worden: vielleicht, demnächst. Das Stellenangebot in Detroit ist in der Industrie. Langweilig, sagt er. Detroit Edison plant einen tollen neuen Schnellen Brüter bei Monroe, der nach Enrico Fermi benannt werden soll, einem von Peters Helden, aber er will trotzdem weder in der Industrie noch in Detroit arbeiten. Er sieht sich selbst als geschlagen. In seiner neuen Stellung wird er bei mehr Geld anfangen, als mein Vater je zu sehen bekommen hat, aber ich weiß, wie klein dieses Gehalt Peter vorkommt, der keine Erfahrung darin hat, mit selbstverdienten Mitteln auskommen zu müssen, und dem fast alles, was er als Physiker verdienen kann, winzig scheinen muß. Da der Psychoanalytiker seiner Wahl auf Long Island ist, muß er auch seine Analyse verschieben. Ich bin bereit, ihn zu trösten, aber verwirrt. Ich hatte mich auf Abschied eingestimmt. Ich wollte ertragen, daß mir sein schlanker, harter Körper entrissen wird und nur der kalte Trost von Briefen und gelegentlichen Anrufen bleibt.

Nun wird mir Aufschub gewährt. Ich empfinde eine muffige Mischung aus Wonne und Groll, während die Sommeruni anläuft. Die Wahrheit ist, ich habe meinen Sommer arrangiert, um mich über seinen Verlust hinwegzutrösten, und bin eine Reihe von Verpflichtungen und Vereinbarungen eingegangen, die mehr Zeit erfordern, als ich wahrscheinlich haben werde, wenn Peter in Detroit ist. Auf der anderen Seite sind wir in letzter Zeit wesentlich besser miteinander ausgekommen. Meine Engelsmuschel hat sich mir geöffnet, also warum aufhören, wenn ich gerade Fortschritte mache? Er ist im Juni aus seinem dunklen, gemütlichen Zimmer ausgezogen und wohnt jetzt bei seinen Eltern, solange er auf Wohnungssuche ist.

Am Wochenende nach dem 4. Juli nimmt er mich zum ersten Mal mit nach Hause. Ich habe mich für die Begegnung mit seinen Eltern aufgedonnert, Magenschmerzen im Sprite den ganzen Weg über, aber es stellt sich heraus, daß er eine eigene Wohnung hat in der weitläufigen, vielstöckigen Familienenklave. Wir steigen eine Treppe empor zu einer Tür im ersten Stock mit eigener kleiner Terrasse. Peter hat ein großes Wohnzimmer mit Blick über den St. Clair-See – dem kleinsten der Großen Seenkette, aber immer noch groß genug. Kanada auf der anderen Seite kann man nicht sehen.

Als wir über die Grenze von Detroit nach Grosse Pointe Woods kamen, änderte sich die Welt. Meine Stadt ist eine schwarze Stadt. Dies ist eine weiße Welt, sogar in noch größerem Maße als Ann Arbor, das immerhin um die Detroit Street ein altes Schwarzenviertel hat, das sich zum Fluß hinunterzieht, und außerdem ein Häuflein asiatischer und schwarzer Studenten. Aber hier sind die einzigen Schwarzen, die ich sehe, Dienstmädchen, die von der Arbeit kommen und ihre müden Füße zur Bushaltestelle schleppen. Die Grosse Pointe-Vororte sind schmuck, aber trotz der großen Bäume nicht grüner als die Stadt. In Detroit sprießen auf jedem leerstehenden Grundstück in den Slums üppige Dschungel. Hier jedoch ist die Natur striktem Reglement unterworfen; Armeen von Gärtnern stutzen die Hecken und beschneiden die Bäume und rupfen die hartnäckigen Unkräuter für weite Rasenflächen, die unter Sprengern glitzern. Die Häuser scheinen miteinander in Vornehmheit, Bombast und Größe zu wetteifern. Selbst auf kleinen Grundstücken sprießen gewaltige Häuser.

Im eigentlichen Grosse Pointe, das nur aus wenigen Gevierten besteht, wandern die Straßen zum Wasser hinunter, wo sich die größten Häuser von allen vor ihrer Aussicht brüsten. Aber in Grosse Pointe Shores sind die Häuser durch eine stark befahrene Straße vom See getrennt, der nahezu unzugänglich und von Schildern umgeben ist. Sie verbieten das Parken, das Anhalten, das Baden, das Angeln, und am liebsten auch noch das Gucken. Die Schilder erklären all dies Tun für gefährlich, indes der sanft abfallende Sandstrand in der Sonne glänzt wie sauberes Küchenlinoleum, auf dem niemand geht. Um das gemeine Volk von Detroit daran zu hindern, sich hierher zu ergießen und die Strände zu benutzen, sind die Bewohner bereit, auf die eigene Nutzung zu verzichten.

»Was tust du denn, wenn du unbedingt mal schwimmen willst? Gehst du in den Pool?« Ich habe einen beim Haus gesehen, nierenförmig und riesig.

»In den Jachtclub. Da gehen alle hin.« Er zeigt nach links. Er erklärt, daß es im Umkreis einer Meile diverse Clubs gibt, Countryclubs, Ruderclubs, Jachtclubs. »Der Detroit, der Crescent, der Grosse Pointe – du kannst keine zweihundert Meter gehen, ohne auf einen Zaun zu stoßen.«

Ich wandere im Wohnzimmer umher, es ist wesentlich ordentlicher als sein altes Zimmer. Er hat die *Detroit News* gelesen, den *Playboy* und eine Physikzeitschrift. Mehrere große Hochglanz-Fotobände liegen auf dem Couchtisch mit der gläsernen Platte, durch die ein Berberteppich zu sehen ist. Fünf Fotos von mir hängen in Aluminiumrahmen an der Wand über der blassen Noppencouch zwischen vielleicht zwanzig anderen Fotos von Frauen und Landschaften.

Als er mich die Wand betrachten sieht, weist er mir einen Platz auf der Couch zu. Er breitet Fotos – zwanzig mal dreißig auf Mattpapier – auf dem Couchtisch aus.

»Siehst du?« fragt er nachdrücklich. »Ich hab's eingefangen. Die Dinge, die ich wahrnehme und von denen du nicht mal weißt, daß sie in dir stecken. Jetzt kannst du sehen, was ich mit Träume fotografieren gemeint habe.«

Vielleicht. Die Fotos sind professionell gemacht, und die junge Frau auf ihnen könnte ein Mannequin oder ein Filmsternchen sein. Sie ist ganz weiche Einladung, ihr Fleisch verstrahlt einen sanft schimmernden Glanz wie gewässerte Seide. Jede Kurve lädt ein mit der passiven Üppigkeit eines reifen Pfirsichs. Für einen Augenblick verliebe ich mich in mein eigenes Ich da auf dem Tisch, während er Martinis mixt und mich im Spiegel über der kleinen Bar beobachtet. Mein Gott, denke ich, das bin ich? Ich verbringe nicht viel Zeit damit, in den Spiegel zu starren, und nichts in meinem Leben hat mich darauf vorbereitet, mich selbst schön zu finden oder von jemand anders schön gefunden zu werden. Meint er das, wenn er sagt, daß ich mich nicht kenne? In einer reinen, klaren Anwandlung von Narzißmus könnte ich mir wünschen, mit dem Körper auf dem Papier zu schlafen. Aber das bin nicht ich in irgendeinem nützlichen Sinn. Ich sehe mich morgens im Badezimmerspiegel mit halb offenen Augen, die Lippen höhnisch verspannt von nur teilweise aufgelöster Erschöpfung. Ich begegne mir, wie ich mich am Po kratze und in der Nase bohre. Ich bin der kalte, harte Intellekt, der mein Stipendium schrittweise aufbessert, bis ich im Herbst für weit mehr als meine Studiengebühren aufkommen kann, so daß ich zum ersten Mal nicht mehr den Rest von meinen Eltern erbitten mußte und ab September nicht mehr nebenbei werde jobben müssen. Die Schlafmaus ist ebenso ich und keineswegs mehr als diese Gesichter ganz aus sinnlicher Weichheit. Er hat mir das Rückgrat herausgenommen, damit ich nicht um mich schlage und schnappe. Wenn ich wirklich diese passive Pflaume von Frau wäre, hätte Freddie mich im Alter von vierzehn auf dem Küchenfußboden genommen, während sich darüber das Bügeleisen durch die Oberhemden meines Vaters brannte. Heute wäre ich, wo Callie ist, wieder schwanger, sehnte mich danach, aus einer Dreizimmerwohnung ohne Fahrstuhl auszuziehen, arbeitete bestenfalls als Tippse in einem nahegelegenen Büro.

Ich weiß nicht, mit welchen Worten ich sie preisen soll. »Sie sind schön«, sage ich. »Viel mehr ich als das, was von mir rumläuft.«

»Du bist solch ein Chaos, Jill. Halb blindes Vertrauen und halb Selbsthaß.«

Aber ich ziehe mich selber diesen perfekten Bildern vor. »Kann ich Abzüge haben?«

»Die sind für dich. Damit du immer daran denkst, wie ich dich sehe.

Damit du die Frau im Kopf hast, die du sein könntest, mit mir, für mich. Ich habe schon Abzüge davon, gerahmt. Die besten hänge ich diese Woche auf.«

Wir schlucken unsere Martinis, er schaut von mir zu den Fotos, sucht nach Bestätigung für das, was er aufnahm und entwickelte.

Nachdem er ein paar Gläser intus hat, packt er mich beim Ellbogen. »Also los. Zeit, dich Mutter vorzustellen.«

»Ich dachte, wir sind raufgegangen, um ihr aus dem Weg zu gehen.«

»Ich halte mir gern alle Möglichkeiten offen.«

Seine Mutter liegt auf einer weiß angestrichenen, schmiedeeisernen Chaiselongue mit aquamarinblauen Polstern. Sie ist ungefähr genauso groß wie Peter und ebenso dünn. Sie hat weniger Bauch als ich. Knochen und Bräune in beigem Bikini mit Sonnenbrille in abgetöntem Rotblau. Ihr Haar ist um einen Hauch gelber als das von Donna. Mich überrascht, daß es wahrscheinlich länger ist als meins früher, sie trägt es zu einem kunstvollen französischen Knoten aufgewunden. Ihren Ausdruck kann ich hinter der Sonnenbrille nicht erkennen. Ihre Lippen teilen sich zu einem kleinen, diskreten Lächeln, und sie streckt die Hand aus, aber nicht zum Händeschütteln, nur zu mattem Winken.

»Yvonne erwähnte, daß Peter jemanden mitgebracht hat.« Dann nickt sie zum Pool. »Wollten Sie schwimmen gehen?«

»Ich habe meinen Badeanzug nicht dabei. Zu schade.«

»Im Umkleideraum könnte etwas sein, das Ihnen paßt.« Sie betrachtet mich. »Vielleicht doch nicht.«

Peter zappelt, und sie kehrt ihm ihren unsichtbaren Blick zu. »Petey, du siehst ungesund aus. Wir haben schon Juli, und du siehst aus, als wärst du gerade aus einer Höhle gekrochen.«

»Sehr wenige Physiker verbringen den ganzen Sommer am Strand.«

»Ach Unsinn. Du hast noch nicht mal eine Stellung. Es gibt nichts, was dich daran hindert, die Clubanlagen mit deinen Freunden zu genießen. Deinen Freunden hier«, verbessert sie sich, offenkundig besorgt, er könnte beschließen, mich mitzunehmen. »In Maine bringen wir dich wieder in Form.«

»Was soll das mit Maine?« frage ich ihn, als das Mädchen ihr ein Telefon herausbringt und wir uns ans andere Ende des Pools zurückziehen.

»Sie wollen, daß ich mit ihnen fahre.«

»Und fährst du?«

»Vielleicht. Ich weiß noch nicht, Jill. Hängt davon ab, was nächste Woche in den Argonne Labs passiert. Vielleicht stellen sie mich sofort ein, und ich ziehe nach Chicago. Wenn nicht, werden wir einen Weg für dich finden, mal nach Maine zu kommen.«

Ich mache mir gar nicht die Mühe, etwas dazu zu sagen. Ich habe Sommerkurse und arbeite nebenbei und hätte gar nicht das Geld für eine Spritztour. Bevor wir zum Abendessen ausgehen, oben, während Peter sein Sportjackett überzieht, sagt er: »Na, ich hab's doch geschafft? Dich Mutter vorgestellt?« Ostentativ gibt er mir die Fotos, als beschuldige er mich, sie vergessen zu haben.

Während wir auf unser erstklassiges Ribeye-Steak warten, breitet er wieder die Fotos aus und schaut nachdenklich von ihnen zu mir. Ich habe gelernt, mein Steak blutig zu essen; sonst mokiert er sich über mich. Es war ein erworbener Geschmack, aber es hat bei mir Anklang gefunden; wenn ich je alleine Steak äße, ich würde es jetzt blutig essen. Ich habe mich nicht dazu bringen können, Martinis zu mögen, aber das bildet heute abend kein Hindernis, da wir Bier trinken – er legal und ich auf den alten, gefälschten Ausweis, den er besorgt hat, als wir anfingen, miteinander auszugehen. Er befingert die Fotos so zwanghaft, daß ich halb erwarte, er wird sie zurücknehmen, aber als wir aufstehen, schiebt er sie mir wieder zu.

Wie sich herausstellt, sehe ich diesen Sommer nicht viel von Peter. Nachdem Argonne ihn nicht genommen hat, bleibt ihm Zeit bis zum 10. August, da beginnt offiziell seine Stellung bei Detroit Edison. Bis dahin macht er mit seiner Familie Ferien in Maine.

Sommer in Ann Arbor: Die Luft ist schwer wie nasse Wolle. Atmen ist eine Anstrengung, zu der man sich zwingen muß. Die Luftfeuchtigkeit ist hundertprozentig. Wir leben wie im Hinterzimmer einer Wäscherei. Wie oft sagen Donna und ich in der zaghaften Morgenkühle, wir werden nach dem Unterricht wandern gehen, wir werden baden fahren, wir werden uns ein Picknick einpacken. Wie oft, wenn der Nachmittag auf uns liegt wie ein weites, heißes Meer der Trägheit, auf dessen Grund wir mühsam krauchen, beschließen wir schließlich, einfach zu Hause zu bleiben und auf der Veranda zu sitzen. Wir sehen viele Filme im Sommer 1956, denn das Kino ist klimatisiert. Minouskas Lieblingsplatz ist die Badewanne, wenn nicht gerade in Gebrauch; sie streckt sich in voller Länge aus wie ein schwarzer Flitzebogen und sucht die Kühle, die das Porzellan bieten kann. In einer nassen Nacht kommt sie nieder, drückt und preßt, schnurrt und stößt tiefe Schreie aus und zwingt mit langen Pausen ein schwarzes Kätzchen heraus, ein grau getigertes und ein totes schwarzweißes. Im Herbst werden wir für sie ein Zuhause finden müssen.

Anfang August merke ich, daß Donna sich im Zeitraum einer Woche von mir zurückgezogen hat, aber ich neige dazu, das ihrer üblichen Besessenheit angesichts der kommenden Prüfungen zuzuschreiben, der langen Arbeit, die sie in Politologie über Hobbes schreibt (der Hinterlassenschaft von Big Sal), dem Fragebogen, den sie für Soziologie (ihr Nebenfach) entwickelt hat, und der Therapie, die sie gerade begonnen hat. Ich verbringe mehr Zeit mit Alberta, die bald nach New York zieht.

Als Peter aus Maine zurückkommt, trägt er uns an einem Wochenende als Mr. und Mrs. Fender bei einem Motel ein. »Aber warum?« frage ich ihn.

Er brummt. »Narbengesicht hinterläßt keine Spuren, Puppe. Er hinterläßt kein Beweismaterial für das FBI.« Er hat sogar einen kleinen Lederkoffer mitgebracht, obwohl der nur sein Rasierzeug enthält, Unterwäsche zum Wechseln und ein sauberes Hemd.

Das Motel ist mein erstes. Für eine Nacht Mrs. Fender zu sein fühlt sich ein bißchen aufregend an und ein bißchen schmierig. Aber für wen wird diese Vorsicht ausgeübt? Nachdem ich mich am Sonntag von ihm verabschiedet habe, stelle ich fest: Ich bin enttäuscht. Unsere Kommunikation leidet an Verschleißerscheinungen, ich muß doppelt so hart arbeiten, um die Hälfte der Resonanz von ihm zu bekommen.

Am nächsten Wochenende gehen wir Samstag am Silver Lake baden und essen dann in der Innenstadt im Old German, unserem Lieblingsrestaurant in Ann Arbor. »Ich bin in meine neue Bude eingezogen«, teilt er mir mit. »Schluß mit dem elterlichen Karzer.«

»Fahren wir heute abend da hin?«

»Warum nicht?«

Wir fahren mit seinem Sprite in die City, dabei schaut er mich scharf an. »Du läßt dir das Haar wachsen«, beschuldigt er mich.

Ich nicke. »Ich habe das Gewicht vermißt. Alle paar Wochen mußte ich es schneiden lassen. Aber vorne bleibt es kurz. Es wird dir gefallen, sobald es ein bißchen ausgewachsen ist.«

»Hast du schon mit der Therapie angefangen?«

»Also weißt du, Peter. Wann habe ich denn Zeit? Oder Geld?« Oder den Wunsch, wenn die Wahrheit gesagt würde. Wenn ich daran denke, daß ich meiner Mutter erzählt habe, ich sei immer ehrlich zu meinen Männern, seufze ich. Ein wenig verstehe ich, daß sie mich naiv genannt hat.

»Warum gehst du nicht zu dem Therapeuten von Donna?«

»Wir können nicht beide zum gleichen gehen. Woher weißt du, daß Donna Therapie macht?«

»Ach. Als ich auf dich gewartet habe. Letzte Woche. Sie hat es mir erzählt.«

»Sie mag ihn«, sage ich, um nett zu sein.

»Wie meinst du das? Übertragung?«

»Nein. Sie fühlt sich einfach aufgehoben bei ihm.«

Peters Wohnung ist im neunten Stock eines neueren Hochhauses am Fluß, obwohl seine Wohnung nicht zu der Seite geht. Sie hat nur zwei Zimmer und einen Balkon groß genug für einen Liegestuhl und eine Pflanze, die schon gestorben ist. Er bietet Aussicht auf ein ähnliches Hochhaus nebenan mit Schichten ähnlicher Balkons. Peter hat die Klimaanlage angelassen, so daß das Wohnzimmer mit der Kochnische hinter der Durchreiche wunderbar kühl und einladend ist. Er schenkt sich und mir einen schon gemixten Martini aus einem Krug im Kühlschrank ein. Ich nehme einen Mundvoll und lasse ihn auf der Durchreiche. Er trägt seinen ins Schlafzimmer und zieht zwischen einzelnen Schlucken Jackett, Hemd und Hose aus.

»Meine Regel hat gestern abend angefangen«, gebe ich verlegen bekannt. Er liebt es nicht, während der ersten zwei Tage meiner Regel mit mir zu schlafen. Er behauptet, da sei ein Geruch und nicht genug Reibung.

»Du willst es also nicht mit mir machen.« Er starrt mit seinen flachen blauen Augen, liegt im Slip auf dem Bett, die Hände unter dem Kopf, die Ellbogen abgewinkelt.

»Das ist nicht wahr. Ich will es mindestens so sehr wie du. Und das weißt du!« Ich hocke mich, immer noch angezogen, auf die Bettkante.

»Das ist das, was du sagst, aber nicht, was dein Unterbewußtsein meint.«

»Ach komm, Peter. Die Regel kommt eben. Das ist meine Zeit im Monat, genau bei Vollmond.«

»Du hast mich dieses Wochenende kommen lassen, obwohl du das wußtest, und mich dann den ganzen Tag hingehalten.«

»Aber ich *wollte* dich sehen. Du kannst während der Woche nicht kommen. Wir können ja trotzdem miteinander schlafen. Es muß ja nicht immer perfekt sein, oder?« Ich gehe zum Panoramafenster und schaue zwischen den Vorhängen hinaus. Der Himmel ist blaßviolett mit hohen dünnen Wölkchen. Drinnen schnurrt die Klimaanlage und kühlt mich zum ersten Mal in dieser Woche.

Er scheint einzuwilligen, denn als ich zum Bett gehe, nimmt er mich beim Handgelenk und zieht mich so, daß die Bettfedern unter meinem Fall zusammenzucken. Ich grinse über seine Schulter wegen der Heftigkeit seiner Attacke. Er will es, heute abend wird er mich nicht ins Leere locken, indem er einen Vorstoß vortäuscht und sich dann zurückzieht, es sich anders überlegt.

Während ich mich ausziehe, fragt er: »Mit wem hast du dich getroffen?«

»Getroffen? Du meinst Freunde?«

»Du glaubst doch nicht eine Minute, daß ich das meine.«

»Ich habe keine Männer außer Freunden getroffen, wenn du mich das fragst.«

»Du bist mir treu?« Er grient. »Was meinst du, was dir das bringt?«

In einem Aufblitzen der Verärgerung antworte ich mit gefährlicher Ehrlichkeit: »Nicht viel, aber ich hatte zu tun. Mir blieb nicht viel Zeit übrig.«

»Ich habe ein paarmal mit Sue gebumst.« Er setzt sich auf und beobachtet mich. »Der Sex ist genau wie immer. Ein bißchen langweilig.«

Peter küßt oder schmust mir immer zu wenig. Heute abend vermisse ich das mehr als sonst, entweder weil wir so lange getrennt waren, daß mir seine Gewohnheiten nicht mehr selbstverständlich sind, oder weil er mir wirklich gefehlt hat. Ich fühle mich unberührt. Größer als mein Verlangen nach dem Sex selbst ist mein Verlangen danach, umarmt und liebkost zu werden. Peter jedoch ist nicht in zärtlicher Laune. Seine Augen bleiben offen, er beobachtet mich. Wieder kommt mir in den Sinn, daß ich ihn enttäusche. Vielleicht hat er im vergangenen Monat Tagträume um mich gesponnen mit Hilfe jener Fotos, die dem, was er will, viel näher sind als ich. Damals im Juni kamen wir so gut miteinander aus. Er hatte begonnen, sich mir gegenüber zu erwärmen, zu lösen. Seine Familie tut ihm nicht gut, und daß er die Stellung, die er wollte, nicht bekommen konnte, hat sein Selbstvertrauen erschüttert. Ich versuche, durch ein Gespräch Kontakt zu erzwingen, seine Fortbewegung auf den Koitus hin zu verlangsamen. »Es war schön, zusammen zu schwimmen. Du bist sicher im Wasser – kraftvoll.«

Er lacht. »Du bestimmt nicht. Du bist schwerfällig. Wie hast du schwimmen gelernt? Hast du einfach ein Paddelboot nachgemacht?«

Ich ziehe mich verbrüht zurück. Ich hatte keine Ahnung, wie ich im Wasser aussehe, da ich Schwimmen nie für eine ästhetische Leistung hielt, wie Tanzen; auf alle Fälle hatte ich, die ich mitten in Detroit aufgewachsen bin, wenig Übung.

»Und der Badeanzug. Der war wohl mal rot, wie? Sieht aus wie eine Scheune, die gestrichen werden muß. Hast du dir den von deiner Mutter ausgeliehen?« Er amüsiert sich. Witzig zu sein hebt seine Laune, während er an meiner Schulter knabbert.

»Wenn dir der nicht gefällt, kauf mir einen anderen.« Ich versuche, die Bitterkeit daran zu hindern, meine Stimme zu versalzen. »Ich bin offen für Verbesserungen in der Abteilung für Badeanzüge – sagen wir der von Jacobson?«

»Mein kleiner Goldgräber«, raunt er. »Den müßte ich aussuchen, nicht? Du hast ja keinen Geschmack. Du würdest einen Scheuerlappen mit einem Badeanzug verwechseln.«

Sie sagen, du hast keinen Geschmack, wenn sie meinen, du hast kein Geld und keine mit Geld gekauften Statussymbole. Ich werde reglos. Seine Hände krallen metallisch an mir, die Beschickungsinstrumente einer Maschine.

»Ich glaube, du trägst diese grotesken Sachen, um mich zu überlisten, daß ich dich ausstatte«, sagt er stichelnd. Er will mich aufbringen, damit ich seinen Vorwurf heftig abstreite, wie ich es sonst tue. »Dieses bescheuerte Milchmädchenkleid mit den Pünktchen. Sowas trägt doch niemand.«

»Mein Kleid? Ich dachte, das würde dir gefallen.« Mein Badeanzug ist alt, aber mein Kleid habe ich erst letzte Woche im Fast-wie-neu-Laden gefunden, weiter Rock und Oberteil mit tiefem, runden Ausschnitt in blau-weißem türkischen Muster. Es ist für mich der Inbegriff eines Sommerkleides, bequem und sinnlich. Nicht zu wissen, was er daran falsch findet, gibt mir ein Gefühl der Verlorenheit.

»Ich weiß, was mir gefällt – ein bißchen heißer Sex. Wenn nicht auf die eine Art, dann auf die andere«, sagt er mit lauter, fröhlicher Stimme und dreht mich auf den Bauch. Ich denke, er will von hinten in meine Vagina eindringen, doch statt dessen fällt er über meinen Hintern her und stößt heftig zu. Während ich unter ihm festgenagelt bin, zwängt er seinen Schwanz in mein Poloch.

»Autsch!« Ich versuche, ihn abzuschütteln.

»Komm schon. Auf die andere Art bumsen hat keinen Sinn. Lieg einfach still. Ich mach die Arbeit.«

»Es tut weh!«

»Nur, wenn du dich verspannst. Wenn's auf die andere Art nicht weh tut, dann wird's auf die Art auch nicht weh tun. Sei nicht prüde. Das habe ich mit Sue schon ein dutzendmal gemacht.«

Es tut weh; es tut verdammt weh. Ich fühle mich trocken und zerrissen. Jeder Stoß reibt mich wund. Außerdem fühle ich mich mißachtet, als würde meine Möse voll Verachtung links liegengelassen. Ich fühle mich außerordentlich benutzt, dazuliegen mit einem Hämmern in mir, das sich teils vertraut anfühlt und teils sonderbar. Ich werde nicht mehr sexuell erregt. Ich habe Wut und Langeweile und Schmerzen. Es war nicht meine Wahl. Er hat mir keine Wahl gelassen.

Nach einer Weile, die wie eine halbe Stunde anmutet, kommt er und überflutet mich. Ich erinnere mich, wie ich einmal in der Kindheit einen Einlauf über mich ergehen lassen mußte: dieses Gefühl, im

Dickdarm voll zu sein, wo sich Völle falsch anfühlt. Er geht fort unter die Dusche, während ich daliege und mir ungeheuer leid tue. Als er aus dem Badezimmer kommt, gehe ich an ihm vorbei, um mir ein Bad einzulassen, und er drückt mich rasch, als sei nichts Ungewöhnliches geschehen. Ich bleibe in der Wanne, bis das Wasser lauwarm geworden ist. Ich will das Badezimmer nicht verlassen. Ich will nicht mit ihm reden müssen.

Als ich mich schließlich vorbeidrücke, um meine Sachen aufzuheben und anzuziehen, liegt er in seinem grobgewebten Baumwollbademantel da und schaut sich ein Spiel der *Tigers* gegen die *Cleveland Indians* an.

»Mir gefiel das nicht«, sage ich.

»Mir schon.« Er grinst. »Ach komm schon, dir gefiel das bestens. Du meinst nur, das darf dir nicht gefallen.«

»Nein, mir gefiel das nicht. Es tat weh. Du hast mich nicht vorher gefragt.«

»Du hast das noch nie gemacht?«

»Nein.«

»Ach, dann habe ich dich entjungfert.« Er lacht kurz, guter Laune. Er richtet sich ein wenig auf, seine Augen sind dabei auf dem Krug. Die Bilder aus dem Fernseher werden zweimal von seiner Brille gespiegelt. Ich möchte mich mit ihm streiten, aber ich fühle mich in meinem Körper und in meiner Achtung zerrissen, und es ist schwer, sich befriedigend mit jemand zu streiten, der in den Fernseher guckt. Ich marschiere hinüber und stelle mich dazwischen.

»Ich bin verletzt. Siehst du das nicht?«

»Ich sehe nicht durch dich durch, das ist mal sicher.« Er setzt sich mißmutig auf die Bettkante.

Plötzlich ist mir nicht mehr nach Streiten zumute; ich fühle mich zu wund. Ich drehe mich um und gehe aus dem Schlafzimmer, hoffe, daß er mir nachkommt und es weniger erniedrigend macht. Sich entschuldigt. Sich versöhnt. Statt dessen ruft er mir nach: »Du hast deinen Drink auf der Durchreiche gelassen. Wenn du ihn holst, bring mir Nachschub mit.«

Ich habe keine Eile, ihm zu Diensten zu sein. Ich wandere durchs beige und terrakottafarbene Wohnzimmer mit seinen dänischen Möbeln, dem Couchtisch aus seiner Wohnung daheim. Allen Fotos in ihren Aluminiumrahmen, darunter mein besseres Ich. Ich fühle mich hier nicht wohl. Ich möchte nach Hause.

Ich hole Orangensaft aus dem Kühlschrank und schütte den Martini hinein, um ihn für mich genießbar zu machen. Dann gieße ich ihm Martini aus dem Krug in ein sauberes Glas von den offenen

Regalen über der Durchreiche. Als ich mit meinem Drink an der Durchreiche sitze, nehme ich achtlos Briefseiten in die Hand, die dort offen rumliegen. Dann schaue ich. Dann lese ich, denn die Handschrift ist mir bestens bekannt.

> Liebster Peter,
> schon jetzt fehlst du mir schrecklich.

Ich halte inne und lese das Datum. 12. August. Letzte Woche.

> Liebster Peter,
> schon jetzt fehlst du mir schrecklich. Schrecklich. Ich weiß, du bist wütend wegen meiner Entscheidung. Aber es ist nicht so sehr eine Entscheidung, mein Liebling, als noch ein bißchen die Festung halten, bis du zu deiner Entscheidung gelangst. Ich kann nicht so weiter.
> Du mußt mit ihr reden. Ich kann sie nicht tagaus tagein betrügen. Die letzten drei Wochen waren mehr, als ich ertragen kann. Es muß deine Entscheidung sein, und du mußt sie nun treffen, aber du mußt auch ehrlich zu ihr sein und ihr von uns sagen.

Ich fühle mich betrogen. Ich fühle mich wie ein Trottel, mißachtet und weggeworfen. Ich lese langsam, meine Augen bewegen sich durch Sirup. Ich brauche ewig, um Donnas Brief zu lesen an den Mann, den sie offensichtlich liebt.

> Mein Therapeut bestärkt mich in meinen Gefühlen. Er sagt, es ist sehr gesund, daß ich noch nicht mit dir ins Bett gehen wollte. Er sagt, es wäre sehr zerstörerisch für mich, das zu tun, ohne daß du dich in deinen Gefühlen irgend festlegst. Erinnere dich daran, wie schlecht das für uns war, als wir uns heftig hineinstürzten, damals.

Damals. Wann? Plötzlich weiß ich es. Nicht genau wie oder was, aber ich weiß, als Donna im Winter bei mir ausziehen wollte, war das der geheime Subtext. Peter, Peter und Peter. Das Zimmer kreist langsam auf einer Drehscheibe. Die Seiten fallen aus meiner Hand auf den Boden wie übergroße Schneeflocken, aber sie schmelzen nicht. Ich gehe durch die Schiebetür auf den Balkon und stehe dort, die feuchte Luft ist dick wie Federn trotz der Brise vom Fluß. Ich gehöre hier nicht her. Überhaupt nicht.

Ich gehe nicht zurück und lese den Rest des Briefes. Statt dessen lege ich ihn sorgfältig dahin zurück, wo ich ihn gefunden habe. Ich habe genug gelesen. Ich schleppe mich zurück ins Schlafzimmer. »Peter.« Er schaut mich nicht an.

»Wo ist mein Drink?«

»Ich glaube, uns ist das Benzin ausgegangen. Mir hat heute abend nicht gefallen, und ich habe kein gutes Gefühl dir gegenüber.«

Jetzt wendet er sich mit leichtem Grinsen mir zu. Er steht auf, um dem Baseballspiel den Ton abzudrehen. »Wieso sagst du das plötzlich?«

Jetzt weiß ich, was ich unterschwellig vermutet habe: Er hat den Brief für mich dagelassen. »Das ist nicht plötzlich.« Ich werde ihm nicht die Information anvertrauen, daß ich Donnas Brief gelesen habe, denn er könnte sie gegen sie benutzen. »Den ganzen Abend lang haben wir versucht, uns gegenseitig zu jemand anders zu machen. Ich möchte, daß du offen bist und dich gibst. Du möchtest, daß ich weich und formbar bin.«

»Es ist klar, nicht wahr?« fragt er eifrig. »Daß ich Jill nicht liebe. Nur das, was Jill sein könnte. Und du könntest es!«

»Würdest du mich bitte nach Hause bringen?«

»Nach dem Spiel«, sagt er. »Es ist das Spitzenspiel der siebten Runde.«

Albertas Familie verbringt den Sommer nicht weit von mir. Sie hat spät, aber klug geheiratet. Manny und Alberta hören immer noch zu, wenn der andere redet, und halten immer noch quer durchs Zimmer nach dem anderen Ausschau. Mannys Spezialität ist Arbeitsrecht, und über die letzten zwanzig Jahre kam und ging er mit den wechselnden Regierungen – hinein mit den Demokraten und hinaus mit den Republikanern. Albertas Basis bleibt New York mit ihrer Anwaltskanzlei und den Kindern, so daß sie einige Jahre zusammengelebt haben und einige Jahre meistens getrennt, aber sie haben aneinander festgehalten.

Alberta ist schön gealtert. Sie ist eine stattliche Frau, drall, aber nicht fett. Sie und Manny joggen, segeln in ihrem kleinen Boot und spielen Softball mit den Kindern. Ihr Haar ist lang und eisengrau, ihre Haut olivfarben und immer noch glatt. Sie redet lauter als früher, weil sie Hörprobleme hat, sie rühren von einer Antikriegsdemonstration in New York her, als die Einsatzpolizei plötzlich unseren Aufmarsch angriff und sie bewußtlos knüppelte. Ich rede immer in ihr linkes Ohr, wenn ich es einrichten kann.

Im Sommer ist ihr Haus auf Gull Pond voll von ihren drei Kindern, das älteste neunzehn, das jüngste vierzehn, Freunden, denen von ihr und denen von Manny, ihren Eltern und Mannys Mutter. Wenn ich mit meinem Tagespensum fertig bin, treffen wir uns in Newcomb Hollow und schleppen unsere Liegestühle, bis die Übervölkerung nachläßt. Dann sitzen wir und reden, schauen aufs Meer, während um uns ihr Familienchaos ausbricht und sich wieder legt. Wir teilen Spaziergänge und improvisierte Picknicks, immer mit mehr Kindern, als wir zu Beginn zählten. Der Sommer ist unsere weniger politische Zeit. Den Rest des Jahres über reden wir einmal die Woche miteinander, trotz der teuren Tarife für Ferngespräche, mal über Probleme, mal zu unserem Vergnügen.

So überraschte es mich auch nicht: An einem Tag im März, das verflixte Wetter war umgeschlagen und über Josh und mich, kaum daß wir gepflügt hatten, mit einem scheußlichen Schneesturm hergefallen, da klingelte später am Abend, als mir lieb ist, das Telefon, und sie war es, die mich anschrie: »Schwesterchen, es wird Zeit, daß wir wieder nach Washington marschieren. Wir müssen schneller als die Inflation sein. Diese Schweine haben vor, uns umzubringen.« Sie las mir den Text einer eingebrachten Verfassungsänderung vor, Abtreibungen unter Strafe zu stellen, und dann den Entwurf einer Protestanzeige.

»Ich werde Theo anrufen«, bot ich an. »Aber erst morgen früh. Ihr New Yorker Nachtschwärmer habt keine Achtung vor den Lebensgewohnheiten der Landmäuse.«

»Geigen bitte – Flöten? Blech. Dir gefällt der Aufruf nicht, ich merke schon.«

»Er wirft mich nicht um.«

»Ach. Und was hast du dagegen?«

»Zu viel tote Rhetorik. Ich werde morgen früh daran arbeiten.«

»Hab mir schon gedacht, daß du dich aufgerufen fühlst, ihn umzuschreiben. Kannst du es nicht heute abend machen?«

»Bei Sonnenuntergang setzt Gehirnfäule ein, Alberta. Nach dem Abendbrot verwandle ich mich in Schlumps, den Kürbis ... Vor vielen Jahren hatte ich einen Geliebten, der mich so genannt hat. Du hast ihn nie kennengelernt.«

»Wie alt warst du da, fünf? Gestern habe ich deinen Ex-Ehemann gesehen.«

Meine Zunge zog sich zusammen von der sauren Suppe der Enttäuschung. »Ach, mit dem Erben des Vermögens seiner Frau?« Ich versuche, einen leichten Ton anzuschlagen, und scheitere, nicht aus Verlust oder Kummer, sondern aus reiner Enttäuschung über zu Staub zermahlenes Vertrauen und Hoffen.

»Nein, mit zwei großen Zabar-Tüten. Ich habe mich rasch ins Bagel Wheel verdrückt, um ihm aus dem Weg zu gehen – er schaut

immer so zerknirscht drein, wenn er mich sieht... Jill, mach dir nichts draus. Er war schon seit Jahren ein Nieselpriem. Josh liebt dich viel mehr, als er es je getan hat. Das merkt man.«

»Aber für wie lange?« stöhnte ich und schämte mich. »Ich dachte, ich hätte es hinter mir, mich wegen Männern verrückt zu machen. Jahrelang waren meine Leidenschaften Literatur und Politik – und Tomaten. Unterschätze nie Tomaten als geeignetes Objekt der Leidenschaft... Um wieviel Uhr kann ich dich morgen früh anrufen?«

Nachdem ich aufgelegt hatte, konnte ich nicht klarkriegen, ob ich deprimiert war, weil ich daran denken mußte, wie nach vierzehn Jahren des vertrauten Umgangs in offener Kameradschaft mein Leben aufgerissen worden war; oder ob ich deprimiert war, weil ich daran denken mußte, wie die Kräfte der Rechten vorhatten, Frauen in Stücke zu reißen. Zwei Schritte vorwärts und ein Schritt zurück und manchmal zwei Schritte zurück und dann einer zur Seite in einem vorgetäuschten Ausweichmanöver und dann ein Sprung vorwärts. Ich weiß, wir müssen uns die weite Sicht zu eigen machen. Trotzdem kenne ich keine Feministin, die verheiratet begann und verheiratet aufhörte, wenigstens nicht mit dem gleichen Mann. Also wer hat gesagt, es würde leicht sein? Ich bestimmt nicht.

Wie meine alte Katze habe ich im Kampf ein paar Zähne gelassen. Wie meine junge Katze bin ich ganz versessen darauf, zu spielen und mir den Bauch streicheln zu lassen. Ich habe mich neu und gefährlich in die Liebe begeben, und ich begebe mich in die Schlacht, da die Kräfte der Reaktion den Himmel verdunkeln und der Wärmeverlust der Welt sich zu beschleunigen scheint. Trotz allem kommt ein kalter, später Frühling. Schließlich weiß ich um Kreisläufe und ihr Ineinandergreifen. Ich weiß, was aus den verschiedenen sicheren und riskanten Entscheidungen wurde, die meine Freunde ihrerzeit trafen.

Mir gingen die Worte nicht aus dem Kopf, und ich arbeitete an dem Aufruf bis um halb drei. Aber ich wache sowieso immer um sieben auf, deshalb rief ich Theo an, als ich vor Josh hinunterging, um die Kupferleitungen des Brunnens auszuspülen und Kaffeewasser aufzusetzen. Sie steht auch immer früh auf.

Theo ist silbern – silbern und teakbraun. Sie sieht um Jahre älter aus, als sie ist, aber sie sieht immer noch gut aus. Sie ist dünn und drahtig mit der Brüchigkeit einer Ex-Alkoholikerin, die weiß, das ist eine Entscheidung, die sie jeden Tag wieder treffen muß. Sie weiß viel über Ernährung, aber sie hat auch einen Eß-Fimmel mit einem Ranzen voller Zutaten, die man probieren soll. Theo ist Therapeutin für Alkohol- und Suchtprobleme, denn worüber weiß sie mehr, außer Musik? Im Nebenberuf baut und repariert sie Flöten. Ihr ländliches

Wohnzimmer ist halb Konzertflügel und halb Holzofen. Als sie bei einer Antiatomwaffendemo letzten Winter eingebuchtet wurde, entdeckte ihre derzeitige Liebhaberin – eine Musikwissenschaftlerin am Bennington – die Knechtschaft, Theos Pferd zu füttern, Theos Hühner, Theos Ziege, Theos fünf Katzen, Theos zwei Terrier, Theos Zimmervögelvölkchen und Theos freundlichen Skunk. Sie neigt dazu, sich mit ihren Liebhaberinnen in der Stadt zu treffen. Obwohl ihr Haus wie ein Stall riecht, besuche ich sie gerne, denn auch ich genieße die Gesellschaft von Tieren, und wenn sie zur Arbeit fort ist, hämmere ich auf ihrem Flügel herum und spiele laut ihre Platten. Das Pferd jedoch schüchtert mich ein.

Es war Alberta, die Theo schließlich rausholte. Zu der Zeit war Theo ein Wrack, verwirrt, depressiv, tablettensüchtig. In jenem ersten Jahr fragten wir uns, ob wir einen naiven Fehler gemacht hatten. Die Frauenbewegung gab Theo ein Rückgrat. Ich weiß immer noch, wie abstoßend die jüngeren Frauen Theo fanden. Mit ihren Sorgen als Mütter kleiner Kinder oder ihrem ungeschlachten politischen Grips und ihrer Wut auf die männlichen Aktivisten, die ihnen die Gleichheit verweigert hatten, die sie für andere erkämpften, sahen sie Theo als eine spinnerte, versoffene ältere Tante, die vor sich hin schlingerte. Aber sie haben gelernt. Und Theo auch.

»Schluß mit den Presseverlautbarungen«, verkündete Theo an dem Morgen. »Wir brauchen was für eine Wanderausstellung. Halb Kunst, halb Zirkus.«

Ausgefallene Vorschläge beflügeln mich immer. »Ein riesiger, wandgroßer Quilt aus den Blumengesichtern toter Frauen.«

»Weißt du, wir können im Siebdruckverfahren Fotos direkt auf Stoff drucken. Ich meine es ernst. Und kleine Nachrufe. Und viel über Kinder, was mit Kindern wurde, die nicht gewollt waren. Viel über Kindesmißhandlung und über sexuellen Mißbrauch von Kindern. Meine Liebe, in einer Woche sammle ich genug Information über die Zerstörung von Kindern, um einen ganzen Saal zu füllen.«

Wenn man auf dem Land lebt, fängt alles Politische am Telefon an. Wo endet es? Es endet nicht, Dummerchen. Du endest. Es nicht.

26 Was genommen und was weggenommen wird

Die Rückfahrt ist endlos. Ich schaue aus dem Fenster, während Peter beherzt plaudert, offenbar in Hochstimmung. Als wir endlich bei meinem Haus ankommen, erwarte ich halb, daß er vor mir hineinspringt, um Donna zu suchen, aber er sagt nichts außer: »Wir bleiben in Kontakt.«

»Sicher«, sage ich grimmig und gehe die Stufen zur Veranda hinauf. Das alte Haus steht mit aufgerissenen Türen und Fenstern und verbreitet Licht in die feuchte Nacht. Ich gehe von Zimmer zu Zimmer und rufe Namen, finde das Licht angelassen über Schreibtischen mit aufgeschlagenen Büchern, über Kommoden mit unaufgeräumten Kosmetika, als seien die Bewohner weggezaubert worden. Minouska kommt miauend mit hoch erhobenem Schwanz, um mich zu begrüßen: Ich allein bin übrig, um dir zu berichten. Sie bringt mich zu ihren Kindern, und siehe da, ihre Augen sind offen.

Eine Tür knallt. Ich gehe vorsichtig nachschauen, wer es ist: Alberta, die für ihre New Yorker Prüfungen für die Zulassung zur Anwaltschaft lernt. Nur zu bald wird sie ausziehen. »Niemand zu Hause«, sage ich.

»Ich. Du. Sind wir niemand? Ich habe mir nur rasch an der Ecke Tampons geholt. Seit ich nicht mehr mit Donny zusammen bin, vergesse ich immer, wann meine Regel ist.«

Ich kann mich nicht dazu bringen, ihr meinen Abend zu erzählen. Ich sage nur: »Ich habe gerade mit meinem Freund, dem Klotzkopf, Schluß gemacht.«

»Du kannst sowieso nicht jemanden heiraten, der deine politischen Ansichten nicht teilt, also warum deine Zeit verschwenden? Ach, Howie hat aus Detroit angerufen. Er hat eine Nachricht hinterlassen, daß du ihn anrufen sollst, ganz egal, wann du zurückkommst. Er hat gesagt, ganz egal, wann du zurückkommst, dreimal. Und jetzt bist du schon so früh da.«

Ich erkenne die Nummer nicht – nicht das Haus seiner Familie, nicht das Krankenhaus. Ich wähle, und es meldet sich: »Bestattungsinstitut Feldman, was kann ich für Sie tun?«

»Ist Howie Dahlberg da?« frage ich im Stehen. Sitzen tut weh. Als Howie an den Apparat kommt, frage ich: »Dein Vater?«

»Er ist heute nachmittag gestorben. Die Beerdigung ist morgen um zwei. Wirst du kommen?«

»Sicher«, sage ich sofort und bedaure es dann. Eigentlich möchte ich nicht. »Willst du mich unbedingt dahaben?«

»Hätte ich sonst gefragt?«

Ich schwanke einen Moment, dann gibt meine Loyalität den Ausschlag. Er ist meine Kraftquelle, mein Freund. »Wo ist es? Muß ich Schwarz tragen?«

Nachdem ich aufgelegt habe, merke ich, daß ich keinen Trost gespendet habe, weder in konventionellen Formeln noch in barmherzigen, originellen Gedichten. Keinen. Er wollte keinen. Er ist sachlich, betäubt zu Geschäftigkeit. Mir ist nicht im geringsten danach, morgen den Bus nach Detroit zu nehmen wie ein Ball in einem Mannschaftsspiel, das mir nicht gehorcht. Aber was soll's? Er wird von mir bekommen, was er braucht. Er hat ein Recht darauf.

Ich gehe langsam mit wackeligen Knien in mein Zimmer zurück, hocke mich hin und schaue Minouska zu, die ihr schwarzes und ihr graues, wie mit Wasserzeichen getigertes Kätzchen säugt. Wir werden ein Zuhause für die beiden finden müssen, eine Belagerung, die alles Geschick, alle Schmeichelei und alle Gerissenheit erfordern wird, die wir aufbieten können. Dann möchte ich, daß Minouska sterilisiert wird. Donna zögert, identifiziert sich. Donna.

Ich höre unten die Fliegengittertür gehen, und irgendwie weiß ich, daß es diesmal Donna ist. Ich richte mich auf. Auf dem Weg durchs Zimmer zu meinem Bett (wir haben hier Doppelbetten) sehe ich mich selbst in ihrem langen Spiegel. Was ist denn an dem Kleid auszusetzen? Ich weiß es immer noch nicht. Ich finde es immer noch sexy. Ich habe eine ordinäre Vorliebe für tiefe Ausschnitte, vielleicht, weil meine Brüste das erste an mir waren, was je bewundert wurde, und ich selber dazu neige, bei ihnen Trost zu suchen, wie jetzt, wo ich den Kopf neige und meine Hände sich um jede schließen. Warum sollte ich, die ich darauf warte, Donna zur Rede zu stellen, Schuldgefühle haben?

Donna stürzt zur Tür herein und erschrickt, als sie mich sieht. »Bist du nicht viel zu früh da?«

»Das ist wahr.«

Sie reißt sich ihr Hemdblusenkleid über den Kopf, läßt es fallen, schleudert ihre Sandalen fort. »Ich bin auf dem Tiefpunkt angekommen.«

Eine einzelne Woge ungläubigen Zweifels, eine kältere steigende Flut vorausahnenden Wissens. »Was denn nun wieder?« Ich kämpfe gegen den Drang, mir die Ohren zuzuhalten.

Mit hastigen Bewegungen zieht sie sich aus. »Ich habe einen Jungen aus der Stadt aufgegabelt und mit ihm gevögelt.« Ihre Lippen ziehen sich über ihre kleinen, vollkommenen Zähne zurück. »Hoffentlich kriege ich Syphilis.« Sie rennt über den Flur ins Badezimmer.

Ihr Hemdblusenkleid aus Luftmatratzendrillich fällt langsam in sich zusammen. Ich nehme ihr Handtuch und ihren Bademantel und folge ihr. Ohne ihre Haare abzudecken, stürzt sie sich unter die Dusche, dann zieht sie den Vorhang zu.

Ich stehe davor, mit verschränkten Armen. Ich frage, sie antwortet. Wozu soll das gut sein? Ich will gar nicht zuhören. »Ein Junge aus der Stadt?«

Ihr Auge erscheint im Spalt der gelben Plastikvorhänge. »Ich fühlte mich so einsam. Niemand, mit dem ich reden konnte.« Sie taucht zurück.

Weil ich mit Peter zusammen war? Bin ich deshalb schuld? War ich zu begriffsstutzig, zu sehr mit mir selbst beschäftigt, um zu merken, was passierte? Wenn ich bei ihr bliebe, würde das helfen? »Wie ist es passiert?«

Sie späht hinaus. »Ich hatte heute vormittag einen Termin bei Professor MacLean, um über mein Projekt für Soziologie zu reden. Ich hatte einen Fragebogen entworfen über die Haltungen von Frauen zueinander – worüber wir so alles reden –, für eine Umfrage in den Studentenheimen. Er fand das einen Witz.«

»Donna, wen bestrafst du? Ihn? Dich? Mich?« Meine Stimme schraubt sich hoch. Ich ziehe den Vorhang auf, um sie anzuschauen.

Sie hält ihr Gesicht in den vollen Duschstrahl. »Ich sah ihn vor einem Kino Plakate anschauen. Er schien so ... groß, geschlagen. Fertig.«

Gelächter rasselt in meinem Kopf. »Hoffentlich hast du nie Mitleid mit einem Pferd.«

»Ich wollte jemand, der noch einsamer war als ich. Jemand, der mir leid tat. Jemand, wo ich mich überlegen fühlen konnte.« Das Wasser ist abgedreht, und ihre Hände tasten nach dem Handtuch, das ich ihr hinhalte. »Ich habe nicht gewußt, daß ich mit ihm schlafen wollte, bis ich es tat. Scheußlich!«

Bis zum Hals in ihren karierten Bademantel gewickelt, drängt sie sich an mir vorbei und steigt ins Bett, läßt nur die Augen herausschauen. Mit fällt ein, ihr zu sagen, daß die Kätzchen die Augen aufgemacht haben, aber das kommt selbst mir unwichtig vor. Ich fühle mich wie ein Weinglas, das in vierzig Scherben aus dünnem, gebogenen Glas zerbrochen ist.

»Ich bin morgen mit ihm verabredet«, sagt sie.

»Du triffst ihn doch nicht noch mal?«

»Er weiß, wo ich wohne. Er hat mich nach Hause gebracht.«

»Ich werde sagen, daß du nicht da bist.«

»Nein.« Ihre Hände zerren an der Decke. »Er hat gesagt, er hat einen Freund. Komm mit, Stu.«

»Howies Vater ist gestorben. Ich fahre nach Detroit zur Beerdigung.«

»Warum?«

Ich möchte sagen, weil er mich gebeten hat, aber sie bittet mich auch. Doch ich sage: »Donna, du brauchst dich nicht mehr zu bestrafen. Peter und ich haben heute abend Schluß gemacht.«

Sie setzt sich abrupt auf. Ihr Gesicht unter der Kappe nasser Haare ist wund geschrubbt, sie sieht verängstigt aus. »Hat er ... ich meine, wer hat Schluß gemacht?«

»Er hat deinen Brief in der Küche liegenlassen, damit ich ihn finde. Auf der Durchreiche.«

»Ach.« Sie scheint Angst zu haben, etwas zu fragen. Sie leugnet nicht, dagewesen zu sein.

»Ich habe die erste Seite gelesen. Aber ich habe es ihm nicht gesagt. Er hat vielleicht den Verdacht, aber er weiß es nicht. Dann haben wir in gegenseitigem Einvernehmen Schluß gemacht. Also wenn du ihn willst, du kannst ihn haben.«

»Bist du wütend auf mich?«

»Warum hast du mir nicht gesagt, daß du dich mit ihm triffst?«

»Ich mußte ihm versprechen, es dir nicht zu sagen. Er hat gesagt, er braucht Zeit, um zu einem Entschluß zu kommen. Er sagt, du reagierst immer so übertrieben auf alles.«

»Er konnte dir das Versprechen abnehmen, aber er konnte dich nicht zwingen, es zu halten. Er ist mir scheißegal, Donna! Warum warst du nicht ehrlich zu mir?«

»Du liebst ihn nicht. Sonst hätte ich es nie getan.«

»Ach, Donna. Ich hing ganz schön an ihm. Aber darauf kann er verzichten. Ich hatte heute abend meine Regel, und er hat was gegen Blut, deshalb hat er mich in den Hintern gevögelt.«

»In den Hintern.« Ihre Augen verengen sich vor Interesse. »Das habe ich noch nie gemacht ...«

»Nur zu! Ich glaube, ich werde tagelang nicht ohne Schmerzen scheißen. Mein verdammtes Arschloch blutet, deshalb liege ich so da.«

»Du hast *deswegen* mit ihm Schluß gemacht?«

»Ich habe mit ihm Schluß gemacht, weil er mich zu jemand anders machen möchte. Ich habe mit ihm Schluß gemacht, weil er im Kern kalt ist. Weil er quer durch die Mitte eine harte, sadistische Ader hat. Er ist ein Spiel, bei dem man nicht gewinnen kann, Donna. Er hat mit mir Schluß gemacht, weil sich das Spiel mit mir abgenutzt hat und er es mit dir spielen möchte.«

»Ach, Stu, du und Peter, ihr paßt nicht zusammen. Ich konnte nie verstehen, warum sich das dahinschleppte. Er und ich, wir sind uns viel ähnlicher.«

»Im letzten Frühjahr, was ist da genau passiert?«

»Ach, hat er dir davon erzählt?«

»Er hat mir nichts erzählt. Ich habe ihn nichts gefragt. Du erzählst es mir.«

»Nachdem sich rausstellte, daß der Doktorand, in den ich mich verschossen hatte, verheiratet war, ging ich ins *Union*, und da saß Peter, der auf dich wartete. Ich habe mich zu ihm gesetzt, wir fingen an zu reden. Du bist nicht gekommen. Ich weiß nicht, wie es passiert ist, aber wir sind zusammen weggegangen und direkt auf seine Bude und ins Bett gefallen.«

»Da habe ich noch nicht mit ihm geschlafen. Warum hast du dich dann nicht mit ihm eingelassen?«

»Wir haben uns fünf Minuten später gestritten. Die Heftigkeit hat ihn erschreckt. Er hat einen Witz über Lennie gemacht, was Lennie für ein Verlierer wäre und daß ich noch keinerlei Erfahrung mit einem Mann gemacht hätte, den ich nicht rumkommandieren kann. Ich habe die Beherrschung verloren, und wir sind zusammengerasselt.« Sie scheint froh, reden zu können. Sie gleitet aus dem Bett, wickelt ihren feuchten Bademantel um sich und steht über mich gebeugt. »Stu, versteh doch. Das ist für mich nicht wie jeder andere Mann.«

»Du weißt nicht, wie es sein wird.«

»Aber du auch nicht, Stu. Er und ich, wir fliegen aufeinander, hart und heftig. Ich komme an etwas in ihm ran wie niemand sonst – das hat er mir gesagt.«

Er hält jeder Frau einen kleinen Köder hin. Nur dir kann ich diese Geschichte meiner geheimen Kümmernisse erzählen, und nur du kannst mich retten.

Ich sehe so skeptisch drein, daß sie weitersprudelt. »Das ist für mich nicht wie irgendein anderer. Das hat die ganze Heftigkeit, mit der mich die Lust auf jemand packt, den ich nicht anfassen sollte. Dann die ganze Zärtlichkeit, die ich für Lennie empfunden habe.

Peter will nicht wahrhaben, daß ich Lennie ehrlich geliebt habe, aber das habe ich. Er hat mich nur sexuell nie so angemacht wie diese miesen Pimmelprotze.«

»Das ist eine ganze Menge, allein aufgrund von einem schnellen Fick und einem Ausbruch.«

»Aber ich weiß, daß ich ihm treu sein kann. Das ist echt. Oh Gott, wenn ich bloß gewußt hätte, was du mir heute abend sagen würdest! Jetzt habe ich es versaut. Wenn er davon wüßte, er würde mich *so* abservieren.« Sie schnippt mit den Fingern.

»Nimm den Bus nach Detroit mit mir. Besuch deine Schwester. Besuch ihn. Komm zur Beerdigung. Das bewahrt dich vor Schwierigkeiten. Wenn du nicht hier bist, wird der Bursche merken, daß dir nichts daran liegt, ihn wiederzusehen.«

»Nein. Ich kann es nicht ertragen, meinem Therapeuten gegenüberzutreten und ihm zu erzählen, welchen Mist ich wieder angestellt habe. Ich hab's schon getan, Stu. Was nutzt das, davonzulaufen?«

»Vermeide eine Wiederholung.«

»Ich werd's nicht wieder tun. Bestimmt nicht! Du wirst sehen. Das muß ich beweisen. Das muß ich mir selber beweisen.«

»Du kannst ihn nicht entvögeln, Donna.«

»Doch, ich kann. Ich kann mich von ihm zurückholen. Diesmal stelle ich mich der scheußlichen Sache, die ich gemacht habe, und nehme sie in die Hand. Dann werde ich sicher sein. Dann weiß ich, daß ich mich beherrschen kann, und es wird nie wieder passieren.«

»Donna, du kannst diesen Burschen nicht dazu bringen, daß er in deinem Zauberkunststück mitspielt.«

»Ich werde mich kalt verhalten und sagen, ich bin unglücklich und schockiert. Ich werde ein Riesentheater darum machen, wie schrecklich ich mich fühle. Ich werde ihm sagen, ich kann wegen dem, was wir gemacht haben, morgen nicht zur Messe gehen – er ist auch katholisch erzogen. Ich weiß, wie ich an ihn rankomme.«

»Ich will nicht, daß du gehst! Das ist Wahnsinn.«

»Das ist kein Wahnsinn. Und ich bin nicht wahnsinnig. Ich will nicht wahnsinnig und krank sein. Ich will nicht unbeherrscht und triebhaft sein. Ich habe eine Chance, mein Leben in Ordnung zu bringen, zu beweisen, daß ich keine eklige Nymphomanin bin, und zu kriegen, was ich will. Komm mit, Stu! Bitte.«

»Nein! Das ist idiotisch. Ich habe Howie versprochen, daß ich zur Beerdigung komme. Ich werde mit ihm zusammen zurückfahren und gegen acht wieder hier sein.«

Sie liegt in ihrem Bett, mit dem Gesicht zur Wand. Minouska springt hinauf und klettert über sie hinweg. Sie schmiegt ihre Wange ins schwarze Fell der Katze. Ich würde Donna am liebsten aus ihrer Erstarrung schütteln. »Donna, hör mal zu«, beginne ich. Sie öffnet weder die Augen, noch reagiert sie sonst auf mich. Ihr Atem geht tief und regelmäßig, aber als ich mich über sie beuge, flattern ihre Lider. Ich beschließe, mich für meinen Hintern in ein warmes Bad zu setzen, trotz der Wärme der Nacht. Ich wende mich ab und nehme den *Ulysses* von Joyce zum Lesen mit zur Wanne. Als ich schließlich ins Bett gehe, schläft sie wirklich und schnarcht leise, ein friedliches, geborgenes Geräusch.

Manche Menschen sehen im Leid kleiner aus: Howies Großmutter. Sie scheint sechzig Pfund zu wiegen und am Grab so viel Substanz zu haben wie ein zusammengerollter schwarzer Regenschirm. Manche Menschen lösen sich von ihrer Mitte und breiten sich aus: Howies Mutter wirkt, als hätte sie dreißig Pfund zugenommen und als wären ihre Arme lang und schlaksig geworden, seien halb ausgekugelt. Ihr Kleid hängt schwarz. Sie stützt sich auf Milton, Howies älteren Bruder, der in Korea gekämpft hat, nicht Arzt werden wollte und für eine Sanitärfirma arbeitet. Milt sieht zerstreut aus auf dem Friedhof, als sorge er sich um etwas Entferntes, seine Rechnungen, seine Kinder, seine Frau. Er hält Mrs. Dahlberg mit einem Arm um ihre Schulter und tröstet sie mechanisch, aber seine Augen sind weit fort.

Howie steht neben mir und hat kaum etwas gesagt. Ich habe ihn begrüßt, als ich in die Synagoge kam, gerade rechtzeitig für den Gottesdienst. Ich setzte mich in die hinteren Reihen. Der Raum war nur zu einem Drittel voll. Den Gesprächen hinterher entnahm ich, daß viele der Trauergäste im Bestattungswesen waren und nicht umhin konnten, den Job kritisch zu beurteilen.

Dieser vertraute Friedhof ist jetzt eine Grabstätte, wo die Toten verstaut werden, kein Spazierweg mehr, wo ich hingehe, um mit Howie zu diskutieren und debattieren, um zu beichten und zu hinterfragen. Der Himmel drückt uns nieder wie ein Dampfbügeleisen. Ich schwitze in meinem schwarzen Hemdblusenkleid. Wenn ich meine Kopfhaut anfasse, verbrenne ich mir die Hand. Um die dreißig von uns sind am Grab versammelt.

Ich nehme Howies Hand, es ist, als fasse man einen Stein im Schatten an. Er läßt mir seine Hand, aber er ist so starr, daß ich Angst habe, wenn er sich vorbeugt, bleibt er in die neue Form gefaltet wie eine Figur aus Pappkarton. Der Schweiß steht ihm auf der breiten Stirn, aber seine Hand ist kalter Marmor. Ein Distelfalter zickzackt durch eine Allee zwischen den Mausoleen auf uns zu, wo wir auf einer Fläche kleiner, dicht aneinander gedrängter Gräber stehen. Direkt vor mir lese ich:

REBECCA MOSHER

GELIEBTE FRAU VON AARON MOSHER
LIEBENDE MUTTER VON SANFORD, SHEILA UND ROBERT

1898-1942

Darunter eine hebräische Inschrift, die ich nicht lesen kann. Ein kurzes Leben.

Howie ist an der Reihe, vorzutreten und eine Handvoll Staub hineinzuwerfen. Ich mag die Buchstäblichkeit der Geste. Mehrere Kränze, ziemlich prächtig, Geschäftsfreunde. Howie ragt wieder neben mir. Leute verabschieden sich. Wir gehen zwischen den Magen Davids und den Steinblumen an Steinurnen und den modernen Hochglanzsteinen aus stromlinienförmigem, schwarzem Granit, als wollten sie in die Ewigkeit davonbrausen. Er sagt: »Jetzt müssen wir aus dem Haus ausziehen. Ich muß ihr suchen helfen. Milt hat nicht genug Platz für sie und Großmutter.«

»Warum so rasch?«

»Weil das Haus zur Verwalterstelle gehört. Der Neue war großzügig und ließ uns bleiben, solange Papa im Krankenhaus war ... Jetzt endlich wird meine Familie nicht mehr auf dem Friedhof hausen.« Er lächelt bitter. »Ein bißchen spät, um meinen Ruf in der Highschool zu verbessern.«

Er möchte, daß ich auf dem Rückweg fahre, und ist erstaunt, daß ich es nicht kann. »Ich bringe es dir bei«, verspricht er. »Hätte ich schon früher tun sollen.«

Wir sind uns nah und doch stumm. Er hat das Radio auf einen schwarzen Sender eingestellt, und der Rhythm & Blues trommelt durch meinen Körper. Für lange Augenblicke vergesse ich, ernst zu sein, und räkele mich im heißen Auto, genieße die Musik, genieße, durch den matten Sommer gefahren zu werden, mit offenen Fenstern und wehendem Haar. Wir halten, um in einem griechischen Lokal in Ypsilanti zu essen, der Industriestadt gleich bei Ann Arbor, in der Kaiser-Frazer gerade dicht gemacht hat. Keiner von uns kann schon in die College-Atmosphäre zurücktauchen. Um Viertel vor sechs ist das Restaurant halb leer. Wir möchten beide dringend Wein, aber es gelingt Howie nicht, welchen zu bestellen. Er wird erst einundzwanzig sein, wenn er mit dem College fertig ist.

»Ach, kommen Sie«, sage ich aufgebracht zu dem alten Kellner. »Wir haben gerade seinen Vater begraben. Wir kommen direkt von der Beerdigung.«

»Gesetz bleibt Gesetz«, erklärt der Alte düster, aber er läßt mich auf meinen gefälschten Ausweis Retsina bestellen. Wir sitzen in einer Nische und trinken den Wein aus demselben plumpen Glas.

»Wo hast du den her?« Er nimmt den Ausweis. »Sieht nicht aus wie du.«

»Peter hat ihn mir gegeben. Da ich gestern mit ihm Schluß gemacht habe, kannst du dir das obligate Kotzen und Toben schenken ... Du bist immer noch betäubt, nicht?«

Er nickt. »Ich bin durch alles hindurchgegangen. Ich kann mir noch nicht gestatten, es zu fühlen. Ich würde zusammenkrachen – wie Mutter. Es kann doch nicht jeder zusammenkrachen. Ich habe die beste Rolle übernommen, das Praktische, die Vorkehrungen.« Er trinkt das Glas allein aus. »Warum schmeckt das wie was, womit man eigentlich Türen abbeizt?«

»Wirst du dir jemals gestatten, es zu fühlen?«

»Sicher. Nur nicht gerade jetzt.«

Ich verstehe nicht, wohin Gefühle gehen, wenn man sie nicht zuläßt. Verwelken sie oder vermodern sie oder sammeln sie im Untergrund Kraft? Meine eigene Nervosität macht mich an diesem Abend weniger warm und tröstend, als ich sein möchte. Ich möchte auf barmherzige Weise ablenken, aber die ganze Zeit über mache ich mir Sorgen um Donna und ärgere mich, daß ich mir Sorgen mache.

Wahrscheinlich ist sie nicht mit dem Stadtjungen ausgegangen. Wahrscheinlich hat Peter angerufen, und sie ist bei ihm. In diesem Augenblick liegen sie zusammen im Bett und feiern meine Entfernung von diesem belasteten Ort zwischen ihnen. Ich kann nicht sagen, daß meine Anwesenheit Howie heute gut getan hat, aber seine Mutter war dankbar dafür, und ich schulde ihm viel. Mich hat er gebeten, ihm durch die Trauerfeier und die Beerdigung Gesellschaft zu leisten, nicht Dick, nicht Bolognese. Ich bin ein bißchen stolz.

Vielleicht hätte er lieber Alberta bitten sollen, für die er zu recht, aber völlig vergeblich schwärmt. Alberta ist in ihren Vorstellungen über Liebe und Ehe so konventionell, wie sie in ihrer Wirtschaftspolitik radikal ist, und würde nie einen Mann in Betracht ziehen, der sieben Jahre jünger ist als sie. Eine Sekte ist eine Religion, der nur wenige Menschen angehören, und ein Schwarm ist eine Liebe, die nur von einem empfunden wird, denke ich und bagatellisiere damit die Etiketten für das, was wir zufällig nicht teilen. Meine Augen schweifen immer wieder zu der großen Pepsi-Cola-Uhr über der

Küchentür. Ich frage mich wirklich, wo Donna ist. Bei Peter, natürlich. Er wollte sie bestimmt heute sehen. Weg mit der alten und her mit der neuen. Es wird nur alles so unangenehm wie ein voller Nachttopf in der Mitte unseres Schlafzimmers.

Mir wird plötzlich klar, in dem Sommer hat Julie Carl geheiratet. Aber wann? Ich weiß es nicht mehr. Es war heiß, und Julie hatte ständig Angst, daß es regnen würde. Alles, was ich habe, ist ein Schnappschuß von uns dreien. Julie lächelt und hat die Arme um uns beide gelegt. Ihr Kleid ist aus weißem Tüll und steht bedrohlich ab. Ich weiß noch, sie trug drei oder vier Krinolinen darunter, die steifen Petticoats, die damals Mode waren und gestärkt wurden, indem man Zuckerwasser darauf trocknen ließ. Da bin ich, zu ihrer Linken, in dem bewußten Kleid. Wenn ich es jetzt anschaue, verstehe ich immer noch nicht, was Peter dagegen hatte, aber viele Jahre und ein paar Ehemänner haben mich gelehrt: Wenn jemand hinaus will, dann ist sogar Kaviar zu salzig. Rechts steht Donna und schirmt ihre Augen vor der Sonne. Etwas Seltsames passiert mit den alten Schnappschüssen, und Donna verblaßt. Man kann ihr Gesicht überhaupt nicht mehr erkennen, weil sie und die Landschaft hinter ihr vom Papier entfliehen in gestaltlose Helligkeit. Auf dem nächsten Foto daneben hält Julie ungeschickt Carl junior in eine Decke gewickelt, sie steht vor einem nagelneuen Reihenhaus.

Bestimmt ist Donna in unserem Zimmer. Drüben nimmt jemand ein Bad. Wanda schwatzt am Telefon. Oben im zweiten Stock spielt laut Ravels *Bolero*. Sie ist nicht in unserem Zimmer.

Als Wanda aufhängt, stürze ich mich auf sie. »Tu mir einen Gefallen. Ich flehe dich an.«

»Sicher doch.« Sie grinst, sitzt breitbeinig in farbbekleckstenJeans auf der Treppe. »Verrat mir dein Gift. Wen möchtest du beseitigt haben?«

»Eigentlich so einige, aber ich begnüge mich mit einem Telefonanruf. Wenn du die Nummer anrufst, die ich dir in Detroit gebe, frag nur, ob Donna da ist. Wenn er fragt, wer du bist, sag einfach, du bist eine Freundin aus ihrem Haus. Wenn du sie ans Telefon kriegst, frag einfach, wo ich bin, du versuchst, mich zu finden. Ich will nur versuchen, sie ausfindig zu machen.«

»Warum kannst du sie dann nicht selber anrufen?«

»Wegen der männlichen Person, die wahrscheinlich ans Telefon geht. Tu's für mich, Wanda.«

»Wird gemacht, Schätzchen. Aber denk dran, das ehelose Leben ist das einfache Leben.« Sie wählt Peters Nummer. Donna ist nicht da, aber Peter ja. So viel zu diesem Schachzug.

Ich gehe in unser Zimmer zurück. Meine Kopfhaut ist Blei. Meine Handrücken jucken. Jedesmal, wenn ich auf die Uhr schaue, ist es zehn nach neun. Ich muß mein Verlangen bekämpfen, Howie anzurufen, er möchte zurückkommen und mir Gesellschaft leisten. Ich habe Minouska nervös gemacht, bis sie im Zimmer herumtigert wie meine verkörperte schwarze Besorgnis. Ich schnalze und rufe, aber sie will nicht kommen. Legt nur die Ohren an und starrt, peitscht mit ihrem dürren Schwanz. Immer wieder zählt sie ihre beiden Kätzchen. Ich wünsche mir Donna nicht mehr zurück, sondern nur, daß ich nicht richtig vermute, wo sie ist.

Jetzt bin ich bis ins Mark verängstigt. Was tut sie sich an, und muß ich zuschauen, teilnehmen? Ranken kriechen in meinem Nacken, ziehen sich um meine Augen zu. Der Glasaschenbecher ist vollgehäuft mit Kippen. Der, den ich vor langer Zeit im Süßwarenladen gestohlen habe, damit er zu ihrer geklauten Teekanne paßte. Eine Spirale, die noch nicht zur Ruhe gekommen ist. Ich rauche Kette, bis mein Mund stinkt.

Die Tür öffnet sich langsam. Steif, mit geballten Fäusten steht Donna da, ihr Kopf hängt nach vorn, als wäre er lose. Der Stift fällt mir aus der Hand. Sie kommt ins Zimmer, hält sich dann an meinem Arbeitsstuhl fest, übergibt sich. Sie dreht sich um, schüttelt den Kopf, geht ein paar Schritte und setzt sich auf ihre Kante des Bettes. An ihrem Kinn klebt etwas Dunkles und Verkrustetes. Blut? Als sie sich zur Seite krümmt und wieder zu brechen anfängt, schiebe ich den Papierkorb vor sie. Lange, nachdem ihr Magen leer ist, würgt sie, ihre Muskeln zucken.

Ich wische ihr Gesicht ab, ziehe ihr das zerknautschte Kleid aus, der Saum ist abgerissen, das Oberteil mit öligem Dreck verschmiert. Dann reinige ich den Boden, den Stuhl, den Korb. Geruch von Erbrochenem dick im Zimmer. Ich mache die Schiebefenster hoch auf. »Was ist passiert?« Diese rituelle Frage. Ich stelle sie in Träumen. Ihre Zähne klappern. Geschwollene Flecke, die sich grün und blau verfärben werden, bedecken ihren Arm, der schlaff auf dem Laken liegt. Ihre Höschen fehlen, und auf ihrem BH sind Flecke, die Blut sein müssen, obwohl es nicht von ihren Brüsten zu kommen scheint. Ich weise den Alptraum zurück, in dem ich ihren Leichnam aufbahre, das Leichentuch glattziehe. Ich bin erschöpft. Ihr Gesicht ist übel geschwollen.

»Was ist passiert?« wiederhole ich. »Bist du verletzt?«

»Ja. Nein. Ich weiß nicht.«

»Blutest du irgendwo?«

»Ich weiß nicht.« Sie krümmt sich im Bett. »Mein Rücken tut so weh.« Sanft drehe ich sie um. Noch mehr Prellungen. Eine Schnittwunde auf ihrer rechten Pobacke. Ich hole ein Desinfektionsmittel und reinige sie.

Als ich sie wieder zu mir umdrehe, blicken ihre Augen zum ersten Mal. »Er hatte heute abend ein Auto.« Die Stimme dünn und blaß, verwundert. »Ich habe gesagt, ich muß mit ihm reden.«

»Ich dachte, du triffst dich heute abend mit Peter.«

»Er hat nicht angerufen. Ich konnte nicht zu Peter, ich bin ja schuldbeladen ... Ich habe das ganze Programm abgezogen, wie sehr ich mich schämte und daß ich sowas noch nie gemacht hätte. Ich versuchte ihm zu schmeicheln und sagte, es wäre mit mir durchgegangen.« Sie schweigt. »Ich habe einen schrecklichen Geschmack im Mund.«

»Willst du ein Glas Wasser? Tee? Soll ich dir Tee kochen?«

»Ich kann's nicht drinbehalten ... Er sagte, wir fahren eine Pizza essen und reden.« Dann hat er am Fluß gehalten. Ich bekam Angst. Ich bin ausgestiegen. Er kam mir nach. Er wollte und ich nicht.«

»Warum bist du nicht weggegangen?«

»Wir waren außerhalb der Stadt am Fluß. Er hat mich am Arm gepackt und wollte mich nicht loslassen. Ich habe ihm immer wieder gesagt, er soll mich nach Hause fahren. Er hat immer wieder gesagt, ich hab's schon einmal mit ihm gemacht, also was macht es für einen Unterschied?« Sie ist still, beugt sich vor, um Blut in den Korb zu spucken. »Er machte weiter.«

»Hat er dir einen Zahn abgebrochen?«

»Ich kann's noch nicht sagen. Ich habe mich gewehrt wie nur was, Stu! Ich hätte nie gedacht, daß Männer einen tatsächlich vergewaltigen können, wenn man sich wehrt.« Sie windet sich unter der Decke. »Er hörte nicht auf. Ich habe ihn mir so lange vom Leib gehalten, bis ich die Arme vor Schmerz nicht mehr hochkriegte. Gott, tut mir der Rücken weh. Ich glaube, ich habe mir was verzerrt.«

»Komm, ich rufe einen Arzt. Oder bringe dich zum Gesundheitsdienst.«

»Nein! Ich schäme mich zu sehr. Ich will nicht, daß es darüber Unterlagen gibt.«

»Warum solltest du dich schämen? Du hast ihn nicht vergewaltigt.«

»Ich konnte nicht schreien. Ich kann's nicht erklären. Ich hatte Angst. Ich hatte Angst, er bringt mich um, wenn ich schreie. Er hat mich immer wieder ins Gesicht geschlagen, wenn ich versuchte, ihn zu beißen. Ich hatte Nasenbluten.«

Das Blut auf ihrem BH. »Donna, Donna ...« Ich nehme ihren Kopf in meinen Schoß. Sie beginnt zu weinen, als hätte die Berührung sie erlöst. Tränen durchnässen meinen Rock, schmiegen ihn an meine Hüfte wie einen warmen Breiumschlag. Ich drücke ihren zerbrechlichen Kopf an mich. »Donna, jetzt ist alles gut. Du bist in Sicherheit. Und du hast nicht nachgegeben.« Ich höre kaum auf das, was ich murmele. Tränen fließen über meine Hüfte wie Blut aus einer Frauenwunde. Zuletzt ist sie reglos, und ihr Atem entspannt sich. Sie schläft wohl, denke ich und hebe ihre Sachen auf, aber sie regt sich wieder.

»Hinterher bin ich aufgestanden, sobald ich mich rühren konnte, und in Richtung Stadt gegangen. Er hat immer wieder gesagt, ich soll ins Auto einsteigen. Ich wollte nicht. Aber dann hatte ich Angst, mit zerrissenen und verdreckten Sachen und blutendem Mund im Dunkeln rumzulaufen. Schließlich bin ich ins Auto gestiegen. Dann, als wir in die Stadt kamen, bin ich bei einer Ampel rausgesprungen. Er hat das Auto abgestellt und ist mir nachgelaufen.«

»Hat er dich gekriegt?«

»Nein. Ich hatte einen ziemlichen Vorsprung, bis er geparkt hatte. Aber ich konnte ihn rufen hören. Stu, geh mal ans Fenster und schau nach, ob er noch da ist, draußen vorm Haus.«

Das Laternenlicht fällt auf ein Paar, das sich unter den tiefen Zweigen eines Zuckerahorns umarmt. »Da ist keiner.«

Ruhelos bewegt sie sich, streicht sich mit der Hand über die Augen. »Es ist entsetzlich, sich hilflos zu fühlen. Daß jemand dich einfach nehmen und so benutzen kann.«

»Es tat weh?«

»Wie zerrissen werden. Wie es den jungen Mädchen weh tun muß, die noch Jungfrau sind.« Sie drückt das Kissen an sich. »Aber ich habe nicht nachgegeben!«

»Hast du nicht.« Ich streichle ihr das Haar. »Nicht reden. Lieg still.«

»Versprich mir, daß du es niemandem erzählst. Nie. Niemals!«

»Donna, ich werde es nicht erzählen, aber warum? Vergewaltigt werden ist schrecklich und schmerzhaft, aber du hast doch nichts Schlimmes getan.«

»Alle machen darüber Witze. Alle denken, eigentlich willst du das ja. Ich wollte es nicht. Ich haßte ihn. Ich hatte Angst vor ihm. Ich hatte Todesangst, als ich da lag. Ich hatte Todesangst, er würde noch was Schlimmeres tun und mich aufschlitzen oder umbringen. Ich war sicher, er würde mich umbringen und da liegen lassen.«

Ich streichle ihren Kopf, ihr dünnes, seidiges Haar. »Schsch«, sage ich. »Ich werde es niemandem erzählen. Niemals.« Die Nacht ist eng und heiß mit einem Deckel wie ein Schmortopf, der uns hält. Mit dumpfer, beruhigender Stimme versuche ich, sie einzuschläfern, streichle sie. »Morgen ist Montag, und die Woche beginnt. Ich muß eine Arbeit abgeben über John Donnes 'Extasie'. Mein Dozent Fells brauchte am Freitag eine ganze Stunde, um zu dem Schluß zu kommen, Donne habe nie ein echtes, mystisches Erlebnis erreicht – so wie er es bestimmt jeden Morgen vor seinem Frühstück aus trockenem Toast schafft – und kann als verhinderter Katholik abgetan werden.« Donna grunzt, ihr Körper entkrampft sich leicht. Meine Zunge klappert in meinem Mund wie ein getrocknetes Stück Leder. »Fells Methode ist: Wir arbeiten uns durch das Werk von jemandem wie Donne, holzen dabei ab, finden Mängel an all den sogenannten großen Werken, bis ein oder zwei absolut vollkommene Meisterwerke stehen bleiben, dann gehen wir mit unseren Kettensägen weiter zum nächsten Berg.«

Die Toilettenspülung rauscht wieder und wieder, unsere Mitbewohnerinnen poltern die Treppe hoch. Minouska kommt, um Donna schnüffelnd zu erkunden. Geht zu ihren Kätzchen zurück. Donnas feines Haar verwirrt sich unter meiner Hand. Schließlich schläft sie. Vielleicht braucht sie Peter. Vielleicht schafft er es besser als ich, sie am Leben und wohlauf zu halten. Ich habe ihr gegenüber versagt. Ich sitze da, während das verliebte Muhen der Veranda-Abschiede schwillt und schwindet, eiskalte graue Verzweiflung schnürt mich stumm und still.

27 Alte Bündnisse wackeln und neue Bündnisse entstehen

Montag geht Donna nicht zu ihren Vorlesungen. Erschöpft liegt sie im Bett. Ich sage den Mitbewohnerinnen, daß sie eine Sommergrippe hat. Niemand ist sonderlich neugierig. Es ist Ende August, und manche der Frauen wie Donna und ich werden im Herbst hier sein, manche wie Alberta sind gerade fertig und kurz davor, Ann Arbor zu verlassen, und manche nehmen nur an Sommerkursen teil. Das Haus fühlt sich lose und ausgerenkt an, so daß niemand so genau wie im Winter auf das Wohlergehen der anderen achtet. Ihre Prellungen und ihre Tränen sind unsichtbar.

Montag abend nach dem Essen, während Donna ein Nickerchen macht, ruft eine Lehrerin, die über den Sommer hier ist, im Treppenhaus hoch: »Donna Stuart, Donna Stuart, du hast einen Besucher.«

Peter? Grimmig marschiere ich hinunter, zwinge mich, verbissen die Stufen anzulächeln. Der Bursche, der in der Diele steht, kommt mir nicht bekannt vor. Dann doch. Ich weiß genau, wer das ist, ungefähr einsfünfundsiebzig und grobknochig, das Haar in einem blonden Entenschwanz. Für einen Augenblick erinnert er mich an Matt, aber Matt weich in der Taille und hängeschultrig. Verlegen in der Diele. »Mach, daß du hier rauskommst«, sage ich. »Du hast ihr genug angetan!« Ich bleibe drei Stufen von unten stehen, um Höhe über ihn zu haben.

»Wer bist du? Wo ist Donna?«

»Krank im Bett von dem, was du ihr angetan hast, was denkst du denn, du Schwein? Ich bin ihre Kusine. Wenn du dich hier je noch mal blicken läßt –«

»Was weißt du denn schon davon? Sie ist zweimal mit mir ausgegangen.«

Ein Kleiderständer steht in der Ecke der Diele. Während ich den Bengel wütend anstarre, bewege ich mich plötzlich vorwärts an ihm vorbei und packe den Kleiderständer, mit Regenmänteln, Schirmen und allem, und schwinge ihn. Er trifft ihn mit einem Streifschlag auf die Schulter und schickt ihn taumelnd an die Wand. Ich schwinge den hölzernen Kleiderständer wieder rund, und er ist zur Tür raus und die Stufen runter. Ich folge ihm an die Gittertür, weich in den Knien, meine Wut so rasch fort, wie sie kam, aus dem Nichts ins Nichts. »Und komm ja nicht wieder!« brülle ich und will böse klingen.

Der Bursche am Steuer des silbernen Kabrios vor dem Haus lacht, während mein Opfer auf der anderen Seite einsteigt. Dann startet der dunkelhaarige Fahrer mit dem obligaten Reifenquietschen durch. Ich hebe die im Flur verstreuten Regenmäntel und Schirme auf. Die Lehrerin steht in der Tür des Wohnzimmers und schaut mich erschreckt an. »Sei's gewesen«, sage ich zu dem Kleiderständer, als ich ihn zurück in seine Ecke stelle.

Ich fühle mich besser, als ich nach oben gehe, weniger hilflos. Donna sitzt im Bett. »Wo warst du?« fragt sie.

»Hab nur mit Howie geredet.«

»Du bist gern eine von den Jungs.« Sie schüttelt traurig den Kopf. »Findest du nicht, daß sie dich letztlich geschlechtslos machen?«

»Kein anderer Mensch kann mir mein Geschlecht geben oder es mir nehmen«, sage ich umgänglich und hocke mich auf ihre Bettkante. »Möchtest du jetzt Tee?«

Als ich höre, daß Francis übers Labor Day-Wochenende zu Hause ist, treffe ich sofort Vorbereitungen, um mit Howie rüberzufahren. Er macht den Umzug für seine Mutter und Großmutter in eine kleine Gartenwohnung draußen auf der Seven Mile Road, ungefähr zwei Kilometer von Mikes Mutter entfernt.

Als ich in das winzige, quadratische Wohnzimmer spaziere, lümmelt Francis auf dem Sofa, hat die Füße über die Lehne gehängt und liest eine Turfzeitung. Er schaut hoch und wirft mir einen flüchtigen Blick zu. Er rollt auf den Ellbogen, sein träges Grinsen entfaltet sich, dann erkennt er mich. »Verdammt noch mal, du bist das«, sagt er anklagend. »Jill!«

Ich umarme ihn, doch er bleibt mir gegenüber steif. Mager, mager. Weil ich mich so freue, ihn zu sehen mit seiner rauhen Anmut, seiner Art, sich zu bewegen und zu sitzen, nicht einmal die Asche von seiner Zigarette ohne Stil zu schnippen, dauert es eine Weile, bis mir auffällt, wie schlecht er aussieht. »Wo sind Mama und Paps?« Ich lasse mich seitwärts aufs Sofa fallen, um so viel wie möglich von ihm aufzunehmen.

»Einkaufen ... Du bist also an einem gemischten College und gehst in Vorlesungen und zu Hipp-hipp-Footballspielen und sowas alles?«

»Ach was, Francis. Ich verkaufe meine Footballkarten –«

»Ja? Ich kann sie zu einem guten Preis für dich verkaufen, wenn ich da bin.«

»Das wäre schön. Francis, was ist dir passiert? Wo warst du?« Ich zähle an den Fingern ab. Ich habe ihn nicht gesehen, seit ich fünfzehn war. »Als ich dir an die Adresse in Texas geschrieben habe, kam der Brief einfach zurück.«

»Ich war geschäftlich unten in Méjico ...« sagt er. Dann schaut er mich an, seine dunklen Augen – es sind die meiner Mutter und meine – zwinkern mir höhnisch zu. »Tatsächlich bin ich eingebuchtet worden.«

»Du warst im Gefängnis?«

»In Durango.«

»Ist das in Mexiko oder in Texas?«

»Das ist in der Hölle. Aber erzähl ihr das nicht. Das muß unter uns bleiben.«

»Ich würde es ihr nicht im Traum erzählen.« Aber ich wette, du wirst es Mutter selbst erzählen. »Wie lange bist du schon draußen?«

»Ungefähr sechs Monate. Wenn ich früher hochgekommen wäre, hätte sie das Gefängnis an mir gerochen. Als ich da auf dem Bauch rausgekrochen kam, sah ich aus wie eine verhungerte Ratte.«

»Du siehst gut aus jetzt«, sage ich, halb Wahrheit, halb Lüge. Er ist ein gutaussehender Mann auf einem leicht gebauten, kleinen Gestell. Sein lockiges schwarzes Haar weicht schon ein bißchen zurück, und er ist so dünn, daß ich mir das Gesicht an seinem Kinn schneiden könnte. Er sieht Jahre älter aus, als er dürfte, älter als Leo, Falten um die Augen, Falten kerben den Mund. Sobald Mutter ihm wieder etwas Gewicht draufgeschafft hat, wird er eher wie er selbst aussehen. Ich erzähle ihm von unserem Stück über den Senatsausschuß für unamerikanische Umtriebe und was wir im FPA machen, denn Francis ist der einzige in der Familie, mit dem ich gerne über Politik rede. Er ist links, ein Anarchist.

Jetzt ist er skeptisch. »Ein Häufchen Collegebürschchen, was soll das? Die bewirken nichts. Dagegen, wenn ihr das bei Ford aufführt, das bringt was.«

»Du mußt alle erreichen«, argumentiere ich. »Ich bin nun mal am College. Da gehen jetzt viele hin, Francis, nicht nur die Reichen. Donaldson, unser Förderer bei der Fakultät, weist darauf hin, daß die meisten College-Absolventen Gehaltsempfänger sein werden. Sie werden sauberere Arbeit machen als ihre Eltern, aber nicht mehr Macht oder Einfluß haben.«

»Ist das der, mit dem du was hattest?«

»Professor Donaldson? Natürlich nicht. Was hat sie dir überhaupt erzählt?«

»Daß dich einer angestoßen hat und dann nicht die Ringe wechseln wollte. Warum bist du nicht nach Hause zurückgekommen?«

»Wozu, Francis? Ich habe das Baby nicht gekriegt. Warum ziehst du nicht nach Hause zurück? Es ist uns hier beiden ein bißchen langweilig, stimmt's?«

»Das ist nicht das gleiche«, sagt er dickköpfig, und langsam frage ich mich, ob Mutter ihm aufgegeben hat, mich zur Rückkehr nach Detroit zu überreden. »Ich bin nicht drauf und dran, mich anstoßen zu lassen.«

»Nein, Francis, du siehst eher aus, als wärst du umgestoßen worden. Außerdem bin ich nicht drauf und dran, wieder schwanger zu werden.«

»Ach ja? Du willst mir erzählen, du hast deine Lektion gelernt und läufst solo rum und faßt Jungs nicht mehr an?«

»Nein. Ich will dir erzählen, daß ich mir ein Pessar besorgt habe. Jetzt hör auf, Francis. Ich hab dich nicht nach deinem Sexualleben gefragt, im Gefängnis oder draußen.«

»Herrgott«, sagt er. »Ich geh eine Weile weg, und alles verwandelt sich in Scheiße. Du glaubst, du weißt, was du tust. Ich habe verdammt viele Frauen gekannt, und ich weiß, was mit Mädels passiert, die glauben, sie können durch die Gegend trampen wie Männer.«

»Ach komm, Francis, du hast viele Nutten gekannt. Ich übrigens auch. Wir haben beide gute Freundinnen auf der Straße –«

»Deine alte Freundin Marcie ...« Er fährt sich mit dem Finger über die Kehle.

»Wie meinst du das? Hat sie jemand zusammengeschlagen?«

»Tot. Vor zwei Wochen. Du bist wohl hier nicht mehr auf dem laufenden.«

»Wer hat sie umgebracht?« Während ich es sage, komme ich mir lächerlich vor. Aber welche Krankheit bringt eine Zwanzigjährige um? Autounfall?

»Sie hat sich umgebracht. Überdosis. Zu reiner Schnee hat sie vor die Wand geknallt.« Wir betrachten beide die Wand vor uns. »Da siehst du, wo das hinführt.«

»Ich verkaufe nicht meinen Körper. Das Studium ist interessant – ich hab nicht so viel Langeweile, daß ich Drogen brauche. Ich bin von Mutter und Paps finanziell unabhängig.«

»Mama sagt, sie schicken dir fünfundzwanzig im Monat.«

»Klar kann ich das brauchen. Aber du bildest dir doch nicht ein, das reicht für irgendwas Wesentliches. Francis, du bist erst ein paar Tage hier, und schon meinst du, du weißt mehr über mein Leben als ich. Genau wie Leo.«

»Quatsch. Sie macht sich wahnsinnige Sorgen um dich.«

»Die soll sich mal um dich Sorgen machen.« Ich zeige auf seine Gitarre in der Ecke. »Mexikanische Lieder gelernt?«

»Ich weiß nicht, wer schlimmer verstimmt ist, die oder ich.« Er spannt seine Finger auf den Knien.

»Wofür bist du eingebuchtet worden?«

»Geht dich nichts an, kleine Schwester. Sowas fragt man nicht.« Er lacht kurz auf. »Nichts Besonderes.« Er betastet die scharfe Kante seines Kinns. »Bin in eine Schlägerei geraten.«

Das kann gut sein, und trotzdem glaube ich ihm nicht. Für eine Schlägerei wird man nicht so lange ins Gefängnis gesteckt. Wir sind alle ziemlich aufbrausend und schlagen um uns, aber niemals mit dem Kontrollverlust, den es braucht, um schwer zu verletzen oder zu töten, es sei denn in Notwehr. Er bietet mir ein Bier an, und ich trinke höflich. Ich will, daß Francis mich bewundert, wie ich gewachsen bin, wie ich mich geändert habe, und mich endlich als ebenbürtig behandelt. Aber ich glaube nicht, daß er es tun wird. Ich möchte ihm Anerkennung abringen. Ich habe mich ein ganzes Stück bergauf gezogen von dem gequälten, selbstzweiflerischen, ängstlichen Würmchen, das er zuletzt gesehen hat. Er muß mich anerkennen; er muß.

Es bleibt schwierig zwischen uns, gut in einzelnen Momenten. Die beste Zeit ist der Labor Day, als Francis und ich das Gewerkschaftspicknick früh verlassen für ein Picknick seiner italienischen Anarchisten-Freunde. Das Essen ist besser, es gibt Wein statt Bier. Francis tanzt sogar mit mir. Wie immer ist er ein eleganter Tänzer, aber jetzt kann ich mit ihm Schritt halten. Ganz die wohlerzogene, perfekte Schwester, flirte ich mit den alten Männern und nicht mit den jungen und führe mich überhaupt nur als Splitter meiner selbst auf.

Als ich mit meinem Koffer die Stufen zu unserem Gemeinschaftshaus hinaufsteige und zu Howies Auto zurückgehe, um einen Karton mit Essen von zu Hause zu holen, bin ich neugierig. Eine neue Diplomandin als Hausmutter. Die halbe Hausgemeinschaft werden Fremde sein. Als ich den Koffer hochschleppe, steht ein orangehaariges Mädchen in Shorts auf einem Stuhl in meinem Zimmer und macht etwas an der Deckenbeleuchtung. »Hi«, sage ich, »kann ich helfen? Was machst du mit unserer Lampe?«

»Ich mache nur einen neuen Schirm dran. Nein, danke, ich schaff das schon. Wirst du auch im Haus wohnen?«

»Äh. Hat Donna die Zimmer getauscht?«

»Nein, das ist ihr Zimmer. He, Donna!«

Die eilt aus dem Badezimmer und rubbelt sich mit einem Handtuch die nassen Haare. »Stu? Wie war Detroit?«

»Was ist hier los?«

»Das ist Rosellen, Stu. Rosellen wird mit mir zusammenwohnen. Unsere Stundenpläne sind so im Widerspruch – du bist so spät auf und so oft weg. Aber im zweiten Stock ist ein großes Einzelzimmer. Ich habe deine Sachen raufgebracht und dich da einquartiert. Du kannst es ganz für dich haben.«

Ich starre sie an. »Ganz für mich.«

»Du weißt doch, wie ich mich mit Ordnung habe.« Schließlich schaut sie mir ins Gesicht. »Du weißt, daß es nicht funktioniert. Wir beide wieder in einem kleinen Zimmer. Wir brauchen Platz, dringend.«

Rosellen schaut von einer zur anderen und streicht sich ihre Ponyfransen glatt. »Ihr habt das Zimmer zusammen gehabt? Ich meine, ich kann ja in ein anderes –«

»Nein, nein«, sage ich. »In Ordnung.« Ich nehme meinen Koffer.

Donna folgt mir in den Flur und fragt leise: »Du bist nicht böse?«

»Böse?« Ich schüttle den Kopf. Das einzige Gefühl, das ich ausmachen kann, ist schuldbewußte Erleichterung und ein wenig Belustigung, daß sie mich in ein Zimmer für mich allein einquartiert hat: wenn nicht sie als Gefährtin, dann niemand. Ich steige langsam empor, nach innen gekehrt, und warte auf den Ruck meines Herzens, aber nur jene verunreinigte Erleichterung breitet sich aus wie blühendes Unkraut. Unser großes Experiment in ehrlicher Nähe meldet Konkurs an. Unsere Schwesterlichkeit erwies sich als imaginär. Sie ist nicht mehr meine Bürde. Wenn es einen Verlust zu verzeichnen gibt, so macht er sich noch nicht bemerkbar.

Ich gehe durch den Flur im zweiten Stock. Hinter der ersten Tür tippt Wanda. Sie winkt. Dann kommt ein kleines Zimmer unter dem Dachgiebel, das Donna wohl gemeint hat, aber drinnen macht sich eine junge Frau eine Heimdauerwelle. Im dritten Zimmer macht ein schwergewichtiges Mädchen Gymnastik mit dumpfen Hüpfern, von denen die Flaschen auf der Kommode wackeln, während Lynn eine Gitarre stimmt. Die letzte Tür ist zu. Ich klopfe an. Gehe in einen Ausbruch griechischer Tanzmusik. Meine Bücher stapeln sich auf dem Fußboden. Die Schranktür steht weit offen, und ich sehe meine Sachen hängen. Die griechische Platte spielt auf meinem kleinen Plattenspieler. Im Schaukelstuhl sitzt Stephanie Barboulis, die Füße hochgezogen, ihre rundlichen Schultern bewegen sich im Takt der Musik.

»Willkommen!« Sie lächelt unter dicken, bronzebraunen Wimpern. »Ich sah deine Kusine deine Sachen ins Nebenzimmer bringen, also habe ich dich requiriert. Ich habe Joyce, mit der ich gerade einen Tag vorher zusammengezogen bin, überredet, daß sie eigentlich alleine wohnen will. Ich kam wirklich nicht mit ihr klar, sie ist prüde. Sie küßt vor dem Einschlafen einen Plüschpudel mit Glöckchen dran.«

»Woher weißt du, daß ich das nicht mache? Aber mir sind baskische Schäferhunde lieber. Ich wette, du hättest mich Donna direkt abkaufen können, und zwar billig.«

»Weil du Dichterin bist. Ich hab dich immer im *Union* mit dem großen Mike Loesser gesehen und mit dem wüst aussehenden Maler, Lennie. Ich habe ihm mal Modell gestanden, weißt du. Ich glaube, er war in mich verknallt.«

»Dich habe ich immer mit Rob Prewitt gesehen.«

»Es ist ein Fehler, mit Künstlern auszugehen, sie sind in sich selbst verliebt, und alle laufen ihnen nach.« Ihr glattes, glänzendes Haar fällt schulterlang und gibt ein breites Gesicht frei mit dicken, geraden Brauen und großen braunen Augen mit hellgrünen Flecken darin, wie winzigen Fischen. Sie trägt eine feinfädig bestickte Bauernbluse mit einem Zugbandausschnitt. Wenn sie lacht, rutscht sie ihr von einer Schulter.

Aus meinem Koffer ziehe ich eine Flasche weißen Blitz, die ich von Freddie gekauft habe. Freddie arbeitet für einen Burschen, der in seiner Werkstatt eine Schwarzbrennerei hat. Francis und ich sind zusammen hingegangen, um billigen Schnaps zu kaufen. Schließlich ist Francis' einzige Art, meinen Erwachsenen-Status anerzukennen, mit mir auf der Veranda zu trinken, Korn spät abends aus einer braunen Tüte unter der Hollywoodschaukel, als ob das Mutter, die drinnen fernsieht, etwas vormachen könnte.

Mit vorgerecktem Kinn verkünde ich die Stubenordnung. »Ich mache nie mein Bett. Ich bleibe lange auf. Mein Schreibtisch ist chaotisch, aber ich hacke dir die Finger ab, wenn du ihn anrührst.« Die Aufhebung alter Versprechen an Donna.

»Ja, klar.« Sie wirft die Arme hoch, hopst aus dem Schaukelstuhl und hüpft barfuß auf mich zu. »Keine Sorge! Warum trinken wir nicht einen? Um die neue Verschwörung von Stuart und Barboulis zu feiern.«

Der Tyrann in mir blüht auf. »Schieber, Schnorrer und verkrachte Existenzen.« Ich gieße einen Fingerbreit Fusel in zwei Wassergläser.

»Jassou.« Stephanie nimmt einen tüchtigen Schluck und keucht. »Ich glaube, das mag ich nicht besonders. Nicht viel Geschmack.«

Der Geschmack von geschmolzenem Stahl. Es schmeckt wie der erste Mann meiner Mutter, denke ich, behalte das aber für mich und nicke gönnerhaft. »Nimm kleine Schlückchen.« Die grüngefleckten Augen bewundern. Ich schaue mich um. Sie war gerade beim Auspacken aus einem altertümlichen schwarzen Überseekoffer. »Weißt du, wir werden keine Luft kriegen, bis du das Monstrum rausschaffst. Wir holen besser Wanda zu Hilfe.«

»Ich bin mit einem Mann verabredet, den ich beim Bücherkaufen kennengelernt habe.« Sie schüttet sich Eau de Cologne auf die Hand und reibt es ins Haar. »Ich bevorzuge ältere Männer, du nicht auch? Er ist Diplomand in Soziologie. Der soll ihn runterschaffen.«

»Sofortige Knechtschaft? Ich wette, wir leben einen Monat lang damit.«

Sie lächelt breit, zieht ihren Petticoat hoch und stopft ihn in die Taille ihres Rockes, damit er nicht vorguckt, wo das Gummiband ausgeleiert ist. »Wette lieber nicht. Ich möchte einer Dichterin kein Geld abknöpfen. Wir haben alle unsere kleinen Talente.«

Bis zum Abendbrot ist der Koffer verschwunden.

Wir weißeln die schrägen Wände und machen Vorhänge aus rotem Rupfen, deren Unterkanten wir zipfelig schneiden. Unser Kuddelmuddel mischt sich gut. Wir legen unser Essen zusammen, unsere Kleider, unsere Überlebensstrategien. Gemeinsam stehlen wir uns zum Tee ins Institut für Astrologie zu Gratis-Krapfen, ins Institut für Soziologie zu Mokkakuchen, und wenn eine von uns zum Essen ausgeht, bringt sie Extra-Brötchen in ihrer Handtasche mit. Stephanie lebt von einem dürftigen Monatswechsel und ihren sommerlichen Bankzinsen, ich von meinem neuen Stipendium und einem monatlichen Hungerlohn dafür, daß ich zwei Abende und samstags in der Bibliothek arbeite.

Ja, wir kommen gut miteinander aus. Aber ich höre immer Donnas Lachen im Flur bellen und frage mich mit Rauhheit in der Brust, auf was sie reagiert. Immer, wenn ich an ihrer Tür vorbeigehe, sehe ich sie verbissen über ihre Arbeit gebeugt und werde stutzig, was da ostentativer Eifer und was Trotz von ihr ist. Minouska, geschmeidig und glänzend, ist zu ihren Füßen oder auf ihrem Schoß zusammengerollt und besucht mich weit öfter als Donna. Wenn ich Donna in der Küche Hühnermägen kleinhacken sehe, sage ich mir, daß ich von der braven Pfadfinderin Rosellen und einer Katze ersetzt worden bin. Jeden Freitag nach ihrer letzten Vorlesung packt Donna einen kleinen Koffer, und ich höre das Hornissensurren des Sprite kommen. Peter wartet, und sie läuft zu ihm hinaus. Sonntag abend bringt er sie wieder zurück. Mit überraschendem Taktgefühl kommt er selten ins Haus. Wenn ich nicht sähe, wie sie von ihm jeden Freitag weg- und jeden Sonntag zurückgebracht wird, ich wüßte nicht, daß sie zusammen sind.

Der Kern der Falschheit im Streben nach Liebe: Eine Frau gibt sich einem Mann, als wäre damit das Problem einer eigenen Identität vom Tisch, mit einem höchst persönlichen Gott zu Belohnung, Verzeihung oder Verdammnis. Ganz egal, wer mich in den Armen hält: Meine Augen sind braun, meine Zähne schlecht, meine Gedichte ungeschrieben; ich muß daraus folgern: Alleine bin ich ehrlicher. Ich stütze die Ellbogen auf den Müllhaufen und Schuttabladeplatz meines Schreibtisches. Ich werde meine Arbeit finden. Ich habe geredet und geredet, meine Welt mit geliehenen Worten beschmiert und nichts wahrhaft Neues gemacht. Soll die Liebe mich treffen wie ein Blitz, wenn sie mich will. Ich habe genug anderes zu lernen.

Als ich zu Beginn der Sperrstunde heimkomme, sagt Stephanie auf der Veranda gerade Roger Ardis gute Nacht, einer mageren Büroklammer von Mann mit einem schütteren Bart, der mich an Flechten erinnert. Was er sagt, läßt häufig ihr Lachen aufperlen, aber sie trennt sich von ihm und folgt mir hinein. Mein Pullover, ihr Rock, meine gestreiften Kniestümpfe, ihre Glasperlen, wenn Eigentumsrecht bleibt. Wir trappeln hinauf. Ich beginne mit dem Entwurf eines Referats über *A Portrait of the Artist as a Young Man*. Mir zugewandt schlägt sie ein Buch auf, aber ihre Augen heften sich ans Fenster. Ein Bleistift, locker zwischen ihren Stummelfingern mit den dunkelorangen Nägeln gehalten, tickt, tickt.

Als wir uns ausziehen, sagt sie: »Normalerweise vertraue ich mich Frauen nicht an, sie sind so katzig und scheinheilig. Ich meine, man kann die Wahrheit nicht zum Fenster rausschreien, aber man muß sie sich selber sagen, nicht? Wie viele Affären hast du gehabt?«

»Mit Männern? Nur eine, die was bedeutete – Mike, und eine, die sich bloß darum bemühte.«

»Ist da dein jetziger Freund mitgerechnet?«

»Kein derartiges Exemplar.« Ich mache das Licht aus und krieche in die untere Koje.

»Der, mit dem ich dich andauernd sehe? Breitschultrig, mit krausem Haar und Brille. Der war in dem Stück – das, wo ich drin sein sollte, aber wo mir Donna meine Rolle geklaut hat, nachdem Rob sich von mir getrennt hatte.«

»Das ist Howie. Ich kenne ihn seit der Highschool. Hör zu, ich laß mich mit niemandem ein. Es bricht mir das Kreuz.«

»Ich dachte, du hattest viel mehr!« Die Bettfedern stöhnen, als sie sich herumwälzt, um durchs Dunkel hinunterzuschauen. »Ich hörte, du hast mit *jedem* im FPA geschlafen. Ich muß zugeben, bei Bolognese habe ich mich gewundert. Aber wenn du die Sammlung vervollständigen wolltest?«

»Unwahr.« Ich bin ein bißchen beunruhigt. »Vollständige Sammlung von gar nichts. Habe nicht einen von denen angefaßt.«

»Der ist sogar ganz faszinierend. Ich frage mich, ob seine Haut kalt ist. Ich muß bei ihm immer an Graf Dracula denken.«

»Er ist sehr intelligent«, sage ich loyal. »Und politisch.«

»Dann ist das für mich verbotenes Gelände! Davon hatte ich genug mit Rob. Er hat mich immer seine Ferien genannt. Behandelte mich wie eine Kind-Geliebte – dabei ist er erst vierundzwanzig. Er meinte es nie ernst mit mir. Es war vollkommen klar, daß er nicht mal daran dachte, mich zu heiraten.«

»Wolltest du ihn heiraten? Wenn du seine politischen Ansichten nicht teilst –«

»Natürlich nicht. Einen Folksänger? Ich wollte, daß er es will. Kannst du dir ausmalen, was mein Papa sagen würde? Er schaut sich nach einem geeigneten Ehemann für mich um. Grieche, ungefähr fünfundvierzig und Geschäftsmann. Diesen Kampf werde ich ausfechten, wenn's so weit ist. Solange ich am College bin, läßt er mich in Ruhe. Aber findest du Donaldson nicht süß?«

»Ich bete ihn an. Aber für mich ist er auf irgendeiner Ebene dauerhaft mit Alberta Mann zusammen.«

»Das ist wahr, sie hätten fast geheiratet. Aber dann wollte er nicht. Ich wette, der läßt sich schwer festnageln. Sag keinem, daß ich nicht mehr Jungfrau bin, ja?«

»In diesem Haus? Außerdem wird dich keine für eine halten.«

»Den Verdacht zu haben ist eine Sache. Erzähle nie einer Frau irgendwas, das ein Mann, für den du dich interessierst, nicht wissen soll.« Sie seufzt. »Du glaubst also nicht, daß es viele gibt? Rosellen wischt die Klobrille ab, bevor sie kackt, denn sie glaubt fest, sonst kriegt man Geschlechtskrankheiten. Donna ist doch bestimmt keine ...« Stephanies Stimme schwebt durch meine Schläfrigkeit zu mir herunter und zählt mich mit Jungfernhäutchen in den Schlaf.

Donna betupft sich mit Körperpuder und betrachtet selbstvergessen den blassen Schimmer ihrer Schenkel. »Immer wenn ich dir begegne, bist du in letzter Zeit mit Howie zusammen.«

»Warum nicht? Er ist mein bester Freund.« Ich klettere in die volle Badewanne.

»Tut mir leid, daß du nicht in dem Einzelzimmer gelandet bist.« Sie rasiert sich im Waschbecken das Bein, streicht behutsam mit der Klinge über das Fleisch. »Ehrlich, das hätte ich wirklich gedacht. Ich hab deine Sachen da reingeräumt, und dann weiß ich nicht, was passiert ist.«

»Ich mag Stephanie. Sie ist lebendig.«

»Ist es *das*? Sieh mal zu, ob du sie dazu kriegst, den Billigschmuck einzuschränken und das – röchel – Billigparfüm.«

»Das ist ihr Stil. Bei ihr macht er sich prima.« Und wie kannst du Pfadfinderin Rosellen aushalten, große Augen und Ponyfrisur und allzeit bereit zu guter Tat? Das ganze Leben ein Feldzug des guten Willens. Plötzlich fange ich an zu lachen und möchte Donna verständlich machen, wie lächerlich wir sind, beide nackt wie Würmer, und Worte werden in sorgfältig eingewickelten Päckchen hin- und hergereicht.

Vielleicht versteht sie es ja. »Ich kenne diesen Roger Ardis. Er hatte eine Frau. Anscheinend hat er sie verbummelt... Verdammt!« Blut sprudelt aus ihrer Wade. Sie tupft wild mit Toilettenpapier an dem Schnitt herum, in Panik.

»Laß es gerinnen«, sage ich. »Dann hört es von selber auf.«

»Es hört nicht auf.« Sie legt das Rasiermesser hin, wischt den Dampf vom Spiegel und beäugt sich mit feindseliger Bewertung. »Ich will endlich heiraten! Morgen ist nicht bald genug. Ich will es hinter mir haben. Ich hab's satt. Julie ist schon schwanger, und ich renne immer noch im Kreis rum.«

Stephanie steckt den Kopf herein. »Seid gegrüßt. Geh aus der Badewanne und laß mich rein, sonst komme ich zu spät.«

»Es gibt kein heißes Wasser mehr. Das hier ist kaum lauwarm.«

In ihrem mandarinengelben Bademantel läßt sie sich auf den Toilettensitz plumpsen. »Na dann bleibe ich eben dreckig. Zurück zur Erde.«

Donna ignoriert Stephanie entschieden und fährt fort: »Ich hab's satt, diese sinnlose Umschau nach einer annehmbaren Beziehung. Ein Anfang nach dem anderen und jedesmal verlieren. Ich fühle mich zu alt dafür. Ich will das aus dem Weg haben. Ich will weiter! Diese Geschichten von Verabredungen und Affären und Trennungen verzehren mein Leben, wo ich frei sein sollte, einen Beruf aufzunehmen. Das ist an zwei Fronten zugleich in die Offensive gehen.« Sie tupft an dem immer noch blutenden Schnitt.

»Quatsch.« Ich ziehe den Stöpsel und steige hinaus. »Du kannst niemals jemand *haben* nach dem Motto: Du steckst ihn in eine Schachtel und widmest dich wichtigeren Dingen. Außerdem redest du von Marktwirtschaftssex: Du investierst in jemand und verlierst. Und was hast du dabei verloren, und was kannst du gewinnen? Liebe ist im Tun. Du kannst Liebe nicht haben, du kannst sie nur tun.«

Ein kurzes Lächeln wie eine Grimasse. »Tolle Rhetorik, Stu. Aber zur Abwechslung will ich mal was haben. Sonst hatten mich immer andere.«

»Wenn du denkst, Peters Probleme zu deinen hinzuzufügen wird deine Probleme vereinfachen, dann weißt du noch nicht, wie das Leben in einer chinesischen Kartonfabrik ist.«

»Wenn man jemanden wirklich liebt, ist es einfacher, verheiratet zu sein.« Sie wickelt sich ein Handtuch um und geht hinaus, läßt die Tür angelehnt, ihr Bein blutet immer noch.

Stephanie macht sie zu. »Bleichgesicht hat wohl Abschlußpanik.«

»Das ist eine Laune. Kauf jetzt, zahl später.« Was will Donna von mir, eine Stunde Vertraulichkeit pro Woche, um in Form zu bleiben?

»Ich werde nie verstehen, wieso ihr euch so nahe steht. Familienbande finde ich was Überflüssiges. Ich habe eine kleinere Schwester und eine verheiratete Schwester, und die sind mir nicht ähnlicher als zwei Fremde.« Fröhlich platscht sie in weiten Pantoffeln vor mir nach oben. »Außerdem verwelken Blondinen früh, weißt du.«

Am Treppenabsatz schaue ich zurück. Die Tür zu ihrem Zimmer ist offen, Donna liegt in das Handtuch gewickelt auf dem Bett. Sie hat ihre Wange an die Katze geschmiegt und streichelt sie, während Minouska vorsichtig ihr Flachshaar putzt, leckt, innehält und niest, das feine Haar zu glätten versucht. Der Ausdruck auf Donnas Gesicht erschreckt mich, während Minouska vor Genuß zittert. Sie hat Fettlebe. Fünf Tage in der Woche ist sie Donnas einzige Vertraute. An den Wochenenden kommt sie zu mir hoch, klagend, fragend, sucht das Zimmer immer wieder nach Donna ab, bevor sie sich auf meinem Schoß oder meinem Bett niederläßt.

»Es muß einen Trennpunkt geben. Es muß.« Howie ißt die Pizza so schnell wie ich, aber voll Ingrimm.

»Es wäre leichter, wenn du weiter von zu Hause weg wärst.«

»Ich gehe bestimmt hier nicht auf die Medizinische Fakultät, was auch geschieht.«

»Was hält sie in Detroit?«

»Die Stellung meiner Mutter und der Freundeskreis meiner Großmutter. Sie muß an die vierzig alte Damen haben, die sich gegenseitig besuchen. Meine Mutter ist isolierter. Sie hat nur auf der Arbeit Freunde ... Ach, Jill, ich habe ihnen ein Jahr gegeben. Ich kann sie nicht mehr tragen. Ich kann nicht mehr.«

»Warum hast du so ein schlechtes Gewissen?«

»Hättest du keins?« Er nimmt sich noch ein Stück.

»Ich mußte Raum zwischen mich und meine Eltern bringen. Zwischen mir und meinem Vater gibt es sowieso eine Distanz – wir waren uns nie nahe. Einem Mädchen-Kind brachte er nicht viel Interesse entgegen. Meine Mutter, das ist mehr wie nach einer Scheidung. Die

Pubertät trennte uns.« Den Frauenkörper einer Rivalin zu entwickeln, das war meine Sünde. Das Blut kam zwischen uns, als hätte ich zu menstruieren begonnen, um sie in den Schatten zu stellen. Keine Umarmungen mehr, keine Küsse und kein Kuscheln. Plötzlich hieß es nur noch: »Nimm beim Sitzen die Knie zusammen, oder willst du Männern alles zeigen, was du hast?« Und: »Wo bist du nach der Schule gewesen? Bis zur Ecke und zurück, das dauert keine zwei Stunden.« Ich war nicht mehr das Sträußchen in ihrem Garten, sondern etwas, das überwacht werden mußte, sowohl selbst böse als auch fähig, das Böse bei Männern zu entfachen.

»Ich liebe meine Leute. Ich möchte weiter eine gute Beziehung zu ihnen haben. Ich möchte nicht leben wie du.« Er harkt sich mit der Hand durch die krausen Locken. »Ich brauche ein Gefühl der Verbundenheit. Aber ich fühle mich ausgezehrt. Seit einem Jahr habe ich nichts gehabt außer meinen Vorlesungen und ihnen.«

»Warum kannst du ihnen das nicht einfach sagen?«

»Jill, ich versuche es ja. Ich meine, Milt sollte den Ball eine Weile übernehmen. Er sagt, er hat seine eigene Familie. Ich sage, auf die Weise werde ich nie eine Familie kriegen. Ich komme nicht mal dazu, mit irgendeiner Frau zu schlafen.«

Ich lache. »Na, wenn du aufhörst, jedes Wochenende nach Detroit zu fahren, sollte das hier nicht allzu schwer sein.«

Er wechselt das Thema. »Dick sagt, Donaldson hat für nächsten Donnerstag eine FPA-Versammlung einberufen. Ohne Alberta wird es nicht mehr derselbe traute Verein sein. Hast du was von ihr gehört?«

»Sie hat ihre Anwaltsprüfung bestanden.« Die Pizza ist alle. Wir stochern beide nach Krümeln. »Ich war auch ein bißchen in sie verknallt, Howie, aber es war für beide von uns gleich hoffnungslos, offen gesagt.«

Manche Männer senken, wenn sie wütend sind, den Kopf, als wollten sie zum Angriff stürmen. Andere werfen den Kopf zurück und starren einen verächtlich an. Ein paar, wie Howie, werden zu Stein. »Ich glaube nicht«, sagt er langsam, »daß deine Mißgeschicke mit ein paar Idioten dich zu einem Experten über Männer und Frauen machen. Diese irrige Annahme bringt dich in mehr Schwierigkeiten, als wenn du einfach vor dir selbst zugeben würdest, daß ein paar Unfälle noch niemanden zu einem tüchtigen Fahrlehrer machen.«

»Verzeih mir, daß ich überlebt habe. Natürlich ist alles wunderbar leicht für die glücklich Geborenen. Oder sind das nur die männlich Geborenen? Ich werde dir überhaupt keine Ratschläge mehr geben. Fall doch deine eigene Treppe runter.« Wie Donna. Ich werde von allen als völlige Versagerin in der Liebe angesehen.

28

Von der Stadt der brüderlichen Liebe

Äußerlich ist das Leben mit Stephanie hektisch. Sie stürzt mit fliegenden Röcken herein und wirft ihre Sachen in die ungefähre Richtung ihres Bettes. »In fünf Minuten muß ich fertig sein«, ruft sie und nimmt, was gerade zur Hand ist, ihrs oder meins, die Armbänder klimpern und der Petticoat zippelt. Sie summt, während sie ihren BH zwei Zentimeter höher schnallt und sich eine Handvoll Parfüm ins bronzebraune Haar reibt, dann klappert sie die Treppe hinunter und ruft Anweisungen zurück, was den diversen Männern gesagt werden soll, wenn sie anrufen. Eine Zeitlang hat Roger Ardis in den Botschaften und in Person vorgeherrscht.

Heute abend, am Donnerstag, hat sie es sich, eingewickelt in einen quietschrosa mexikanischen Schal, im Schaukelstuhl gemütlich gemacht. Sie liebt knallige exotische Dinge, indische Armreifen, marokkanische Blusen, guatemaltekische Stickereien. Anders als Donna unternimmt sie nicht den Versuch, wie Prinzessin Gracia oder Marilyn Monroe auszusehen, sondern ist aus diesem Spiel völlig ausgestiegen. *Als in den späten sechziger Jahren Stephanies Vorlieben zur Massenmode wurden, wußte sie natürlich alles über solche Sachen und machte ihren Laden auf.* »Roger sagt, er wird sich scheiden lassen, sowie Dorothy einwilligt. Außerdem ist er amüsant.« Mit genüßlichem Lächeln verklammert sie die Hände hinter dem Kopf. »Er gibt Samstag eine Party. Selbstverständlich bist du eingeladen.«

»Danke, aber ich hasse Partys und ich habe zu arbeiten.«

Sie streckt sich, schlendert ans Fenster. Sie betrachtet ihre eigene Spiegelung in der dunklen Scheibe und spielt mit der Schnur der halb hochgezogenen Jalousie. »Ich habe ein bißchen Angst. Ich schlafe mit ihm, wie du ohne Zweifel erraten hast. Halt mir keine Standpauken über verheiratete Männer.«

»Habe ich nicht vor.«

»Ich wollte gar nicht.« Sie macht eine Schlinge, um ihren Daumen zu erhängen. »Die Schliche, mit denen er mich ins Bett gaunern wollte, haben mir solchen Spaß gemacht, daß ich vergessen habe, mich zu verteidigen. Er ist ein schlaues Tierchen.« Sie zieht die Schnur um ihren Daumen fest, bis er rot wird und anschwillt.

Der Ausdruck ihrer Sinnlichkeit unterscheidet sich deutlich von Donnas weißglühender Anziehung und asketischer Abstoßung. »Trotzdem, die Situation klingt wackelig. Paß auf.«

Sie lächelt mir über ihre rundliche Schulter zu. »Auf was? Meinen Ruf?« Sie reißt ihren Daumen los. »Du kommst doch, ja?«

»Stephanie, ich möchte nicht.«

»Stu, du mußt. Für mich.«

»Bitte nenn mich nicht so.«

»*Sie* tut es aber.« Sie wirft sich in den Schaukelstuhl. »Das wird mein erster öffentlicher Auftritt unter den prüfenden Blicken all der alten Freunde, die seine Frau Dorothy kennen. Ich habe Angst.«

»Wenn ich nicht auf einer Party bin, um jemanden aufzugabeln, was tue ich dann da? Ich werde nur betrunken und blöd.«

»Flirte mit jemandem aus deinen Seminaren. Bring jemand mit.« Sie seufzt entnervt. »Kannst du denn keinen finden? Ich brauche deinen Rückhalt, Jill. Ich kann's nicht glauben, daß du bis Samstag abend keinen Mann auftreibst!«

Wenig Auswahl für heute abend außer meinem roten Kleid, Veteran aus den Feldzügen mehrerer Jahre. Ich nähe gerade den Saum wieder an, da höre ich Schritte die Treppe heraufkommen. Hat Stephanie was vergessen?

»Ich sah deine Zimmergenossin gehen und dachte, ich könnte raufkommen.« Donnas Stimme kickst.

Ich lege das Kleid aufs obere Bett, meine Nerven rascheln, als führe ein kalter Wind durch sie. »Samstag abend, und du bist hier?«

»Ja ...« Sie bemerkt das ausgelegte Kleid. »Du bist verabredet?«

»Ich gehe zu einer Party bei Roger Ardis, aber erst in einer Stunde.«

»Stu, haßt du mich?«

»Dich hassen?« Ich suche nach einer Antwort. »Nein.«

»Aber du bist verletzt.«

»Du verletzt dich selbst.«

»Ich brauche ihn, Stu!«

Draußen gleitet feiner Regen nieder; ich kann ihn im Schweigen zwischen uns hören. »Du hast ihn doch. Oder nicht?«

»Er will mich nächstes Wochenende seinen Eltern vorstellen. Dieses Wochenende ist er in ihrem Haus und bereitet sie vor.«

»Und sie sind damit einverstanden?«

Sie nickt. »Offizielle Einladung.« Aus der Tasche ihres Bademantels zieht sie einen viel befingerten, aber immer noch recht steifen Bogen

Briefpapier, beige mit dunkelbraunem Aufdruck oben. Es ist tatsächlich eine Einladung von Peters Mutter, sie zu besuchen. Ein einziger Absatz.

Warum ist Donna weniger unpassend als ich? »Sollte ich dir Glück wünschen? Daß sie alle vor nächstem Freitag an Typhus sterben?«

»Ich habe eine Scheißangst... Wurde dir auch immer schlecht, wenn wir nach Cold Springs auf Besuch fuhren?«

Das hohe, hagere Haus. »Es war zum Ersticken. Ich bekam keine Luft. Außer, wenn du auch da warst.«

»Sie schüchterten mich ein. All diese Zimmer. Elefantengroße Möbel. Die riesige Eichentreppe, jede Strebe ein Baum. Die Kilometer gestärkte Spitzengardinen.«

»Und ein einziges zusammengeschnurrtes Lammkotelett zum Mittagessen.«

»Ich spürte immer, wie die Tanten und Großvater mich nicht gut genug fanden.«

»Aber wenigstens bist du blond, Kleine. Die richtigen Gene.«

»Einmal, als ich klein war, saß ich auf einem der abgeschabten Polsterstühle im Eßzimmer, baumelte mit den Beinen und wartete darauf, daß Mutter mich holte. Ich bohrte mir verträumt in der Nase und holte einen Popel raus. Ich hatte kein Taschentuch, also habe ich ihn unter den Stuhl geklebt – und Tante Mary erschien in der Tür.« Donna legt die Arme um sich. »'Sowas macht man nicht', hat sie gesagt, '*du schmutzige kleine Range*'.«

»Sie haben mir nie besonders weh getan, weil mir nichts an ihnen lag. Mir lag mehr an der Familie meiner Mutter, meiner großartigen Tante Riva mit ihren Ehemännern und ihren Hüten. Meiner Tante Sarah mit ihrer immerwährenden kalifornischen Sonnenbräune.«

»Ach, die Familie meiner Mutter.« Ihre Lippen ziehen sich von den Zähnen zurück. »Waschbrettarm. Eine meiner Tanten hatte nicht mal ein Klo in der Wohnung in Flint – es war auf der Treppe. Flachshaarige Schwachköpfe, die am Daumen nuckeln. Alle ein oder zwei Generationen geben sie sich riesige Mühe und produzieren eine Nonne, die Engel sieht.«

»Es ist wahr, die Stuarts sind angesehene Leute. Da mußten wir kommen, um das zu versauen.«

»Stu, meine Regel ist überfällig.«

»Wie lange?«

»Hätte Dienstag kommen müssen.«

»Das ist nicht so wild. Du warst schon mal noch später dran.«

Sie sieht ungeschickt aus in Stephanies Schaukelstuhl, zu klein dafür, zu dünn. Ihre Hände greifen die Lehnen, als könnte sie plötzlich hochfliegen und hinaus. »Ich weiß, ich weiß. Aber ich habe trotzdem Angst.«

»Warum?«

»Weil Peter erst seit kurzem mit mir schläft und ich immer das Pessar benutzt habe. Anfangs hat er es hinausgeschoben, ich glaube, um mich zu bestrafen, weil ich ihn diesen Sommer habe warten lassen. Er wird nie glauben, daß ich von ihm schwanger bin. Und du weißt ja, wenn ich angebufft bin, dann nicht von Peter.«

»Von dem Kerl?«

»Als er mich vergewaltigte, hat er nichts benutzt.«

»Au.« Wir schauen uns an. »Mach einen Test.«

»Etwas früh dafür ... Ich lasse mir einen Termin geben. Gehst du mit mir hin?«

Ich möchte ihr sagen, sie soll Peter bitten, sie soll Rosellen bitten, aber dann denke ich: Ach was, wir sind verbunden. »Klar.«

»Dann haßt du mich nicht?«

»Donna, warum er? Warum Peter?«

»Er ist all das, was ich sein möchte und nicht ganz schaffe. Er ist intelligent, er ist gelassen, er ist in der Welt zu Hause. Sie gehört ihm. Er weiß wie durch Instinkt, was er anziehen soll und was er sagen soll und wo er hingehen soll und wie er sein soll. Er hat einen Beruf, der wichtig ist und den jedermann achtet, aber der ihn nicht auffrißt. Er lebt ... mit Stil.«

Mir will nichts einfallen, was ich darauf sagen könnte, aber ich frage mich, ob sie mit dem gleichen Mann zusammen ist, den ich zu kennen glaubte.

Mit flacher Stimme fragt sie: »Glaubst du, daß er mich heiratet?«

»Seine Eltern stellen die Regeln auf. Erwarte keine faire Behandlung. Ich bezweifle, daß er je mit ihnen brechen wird.«

»Wegen des Geldes.« Sie nickt, doch ich habe das Gefühl, daß die Worte nicht zu ihr durchdringen. »Stu, meinst du, ich könnte auf Rogers Party gehen? Ich würde heute abend gern unter Menschen sein.«

»Klar. Warum nicht? Aber ich gehe nicht los, bevor Howie mich abholt.«

»Ich glaube, ich geh gleich rüber. Ich weiß, wo er wohnt, beim Glockenturm. Ich bin zu nervös, um still zu sitzen.«

Nachdem sie gegangen ist, ziehe ich mich mechanisch an. Für ein paar Minuten berührten wir uns mit den Nasen und berochen uns, wie es Katzen tun, überzeugt, daß wir beide etwas erfuhren.

Howie lehnt sich auf den Treppenpfosten. An seinem Strahlen könnte ich mir die Hände wärmen wie an einem Becken mit glühenden Kohlen. »Sehr hübsch. Ist das Kleid neu?«

Er hat es nie gesehen. Ein Stich, als hätte ich ihn um etwas betrogen. Ich nehme seinen Arm. Der Regen ist fein und durchdringend mit kaltem Ammoniakgestank. Blätter schwimmen in Pfützen, Fische mit dem Bauch nach oben. Während ich mich an Howies festen Arm klammere und mich laut um Donna sorge, taut mein Blut und strömt, erwärmt mich wieder zu Hoffnung.

»Klar, wenn sie auf diesen Blödsinn reingefallen ist, hört sie auf nichts, was du sagst«, sagt Howie. »Willst du auch wirklich auf die Party?«

»Ich hab's Stephanie versprochen.« Wie Donna möchte ich von einer Menschenmenge absorbiert werden. Ich möchte ein lockeres, leichtes alkoholisches Hoch. Ich möchte plaudern und flirten und verdunsten.

Ich grabe die Adresse aus und frage mich, ob ich mich vertan habe. Wir gehen durch ein Gemisch von Stadt- und Universitätsgebäuden beim Glockenturm. Dann landen wir vor einem Innenhof. Eine gelbliche Birne in einem schmiedeeisernen Käfig wirft ihr Licht auf die gegenüberliegende Stuckwand, wo Efeu zwischen den Fenstern klettert: Mikes 'verdammt französische Szene' von jenem ersten Abend. Ich bleibe abrupt stehen.

Howie wendet sich zu mir. »Hast du dir's anders überlegt?«

Ich benehme mich dumm und abergläubisch. Aufreizendes Stimmengewirr sickert aus einem der Fenster einer Wohnung im ersten Stock, das offen ist für die Oktoberluft. Was soll denn auf Partys passieren, was erwarte ich? Eine Begegnung? Eine Verwandlung? Wie eine Fliege vom Fliegenleim werde ich angezogen vom Gedränge der Körper. »Wir können ja nach einer halben Stunde gehen, wenn wir uns langweilen«, biete ich an.

Stephanie stürmt auf uns zu, rüttelt vor Aufregung an meinem Arm. »Schau dir an, was für eine Horde wir haben. Das ist offenbar die Party des Monats. Wenn ihr nicht den Schnaps seht, den ihr wollt, müßt ihr schreien, dann klaue ich welchen. Roger hat sogar einen ganzen Putenbraten besorgt. Mir hat's Riesenspaß gemacht, die Gastgeberin zu spielen.«

Roger beäugt mich lüstern und zupft an seinem farblosen Flechtenbart, seine Augen glitzern wie Glasscherben. »Jill Stuart, wie, Stephanie redet stundenlang über dich. Du hast sie völlig eingewickelt.«

Unbequem nah an der Wahrheit. Die Wohnung ist kultiviert für einen Studenten, denn gewöhnlich hausen sie in Ställen wie überbevölkerte und unterernährte Kaninchen. Er hat nur die Blässe. Die Einrichtung ist Jahrhundertwende mit einzelnen Art-nouveau-Stücken – Glasvasen, ein Lampenständer, ein paar Beardsley-Drucke. Jemand hat einen prägenden Geschmack in diesem Zimmer walten lassen, graue Wände und Akzente in Kastanienbraun und Dunkelblau, ein Geschmack, der auf Geld hindeutet, auf Muße, auf Selbstsicherheit.

Rosellen hat sich ins Schlepptau von Donna gehängt, die von Charlie, ihrem Freund vom letzten Frühjahr, wieder vereinnahmt worden ist. Sie sitzen alle auf einem Plüschsofa mit Donna in der Mitte. Charlie liefert eine Parodie vom Leiter des Instituts für Soziologie, worüber die beiden Frauen sich ausschütten. Howie geht in die kleine Küche, um unseren Wein aufzumachen.

»Hi, Jill. Wie geht's dir?« Mit einem Schauder der Überraschung schaue ich in Lennies hageres, rabbinisches Gesicht. Er scheint alterslos in einem dunklen Anzug, sein Bart ist länger und förmlicher.

Er weicht vor meinem Willkommensschrei zurück, seine Augen blicken mißtrauisch. »Das ist meine Freundin.«

Kein Name. Sie hängt an seiner Seite, dunkel und scheu wie der flüchtende Schatten eines Rehs. Ein stummer Grußtausch. Dann macht sie ihn auf sich aufmerksam, indem sie sich vor Schüchternheit windet, und sie gehen fort. Ich schaue, ob Donna ihn bemerkt hat, aber sie kreischt mit ihrer stählernen Heiterkeit. Charlie ist heute abend das Böse, das sie braucht. Er wacht mit vaterstolzen Blicken über sie; aber sie hat keine Augen für ihn, sondern schaut sich um. Alle drei trinken Wodka mit O-Saft aus einem Krug, den Charlie gemixt hat. Rosellen, die Alkohol nicht gewöhnt ist, hat einen angriffslustigen, ruhelosen Blick, als spüre sie in sich etwas Gefährliches langsam weh tun. Ich selber trinke alles, was mir angeboten wird. Ein Glas Rotwein von Bolognese, mit dem ich über *Das Sein und das Nichts* rede, durch das wir uns beide kämpfen, eine Liebesmühe. Zur Belustigung und Verachtung von Dick und Howie sind Bolognese und ich dazu übergegangen, uns Existentialisten zu nennen.

Dann bekomme ich von Dick ein Glas weißen Kamelurin. Dann einen Scotch von Grant Stone, der die einzige echte Taschenflasche bei sich trägt, die ich je gesehen habe, mit Silber eingelegt. Er drängt sich an mich. »Der Spore-Verlag sucht immer nach ... aufgeschlossenen jungen Talenten.«

»Wo du deine Sporen reinpflanzen kannst?« frage ich, schon zu betrunken, um höflich zu sein. Ich glaube nicht, daß er mich drucken würde, wie auch immer. Wenn ich es auch nur eine Sekunde lang für möglich hielte, würde mir der Mut fehlen, ihn vor den Kopf zu stoßen.

Ich werde erst seit zu kurzer Zeit hübsch gefunden, um nicht Gefallen an den lüsternen Blicken der Männer zu haben. Wie Stephanie kann ich es genießen, angeschaut zu werden, denn es ist neu und reizt mich zum Kichern, als käme ich ungestraft mit etwas davon, obwohl ich doch weiß, unter der fleischernen Hülle stecke nur ich. Aber manchmal kann ich nicht umgehen mit der nackten Feindseligkeit, die unter der Lüsternheit hervorlugt, diesem Hauch von Verachtung. Ich trinke ein Glas lila Leidenschaft (ein Punsch aus Grapefruitsaft, Magen David-Wein und Laboralkohol, einer lokalen Spezialität, die mit jedem Schluck Genmutationen bewirkt), dargereicht von einem mir irgendwie bekannt vorkommenden Mann, der daraufhin prompt versucht, mich in die rechte Brust zu zwicken, und den Tritt gegen sein Schienbein gar nicht mag. Howie bahnt sich seinen eigenen Weg durch die Party und redet jetzt heftig auf Bolognese ein, der dauerhaft über den schwindenden Putenbraten gebeugt ist. Ich flehe Howie mit den Augen an zu kommen, denn ich fühle mich ein wenig zu verletzlich.

»Wolltest du gerettet werden?« fragt er und pflügt sich zu mir durch.

»Eigentlich ja.«

»Was Besonderes?«

»Nichts Besonderes, aber alles besonders.«

Direkt vor uns springt Roger aus seinem Ohrensessel. Die Neuankömmlinge sind die hochgewachsene, aschblonde Dorothy Ardis und ein örtlicher Zahnarzt, Dr. Ashburnham, der ihren Ellbogen mit Wäscheklammerfingern hält. Sie biegt sich von ihrem Zahnarzt weg, lächelt Roger unverbindlich zu und schaut sich mit großen Walnußaugen um. Sie mustert das Zimmer, hält sich ihren Pelzkragen an die Kehle, schlendert durch die plötzlich unsichtbaren Gäste vom dunkelblauen Plüschsofa zu den Beardsleys. »Ach, du hast ja die Möbel deiner Tante vom Speicher geholt. Und so ordentlich. Seit wann bist du ordentlich?«

»Ich habe saubergemacht«, knurrt Stephanie mir zu. »Hat er sie eingeladen? Ich bringe ihn um.«

»Ich überlebe.« Roger geht an Dorothys freie Seite, sein Kinn streift ihren Kragen. »Ich habe Spaghetti kochen gelernt. Aber verrate mir mal, wie kriege ich den Kühlschrank dazu, sich nicht in einen Iglu zu verwandeln?«

Mit langsamem Lächeln schaut Howie ihren gemessenen Kranichschritten nach, einem langhalsigen und langbeinigen Wasservogel. »Sie ist schön. Wer ist das?«

Ich antworte: »Seine Demnächst-nicht-mehr-Ehefrau Dorothy.«

»Das kann er mir nicht antun. Entweder er stellt mich ihr vor, oder ich breche ihm öffentlich den Hals. Seine Fetzen wird man mit dem Gartenschlauch von der Decke spülen müssen.« Stephanie setzt ein glitzerndes Lächeln auf und marschiert ihnen nach in die kleine Küche.

Ich habe mein Glas verloren, also trinken Howie und ich abwechselnd aus der Flasche. Er fragt: »Versucht Roger, seine Frau eifersüchtig zu machen? Oder ist er einfach nur freundlich in einer freundschaftlichen Scheidung?«

»Dein Tip ist keinen Pfifferling wert, ebenso wie meiner. Ich glaube, er ist ein Schwein.«

Dorothy hat ihren Mantel ihrem Begleiter überreicht und späht in die Küchenschränke, während Roger ihr zuguckt wie einem Pornofilm. Das Zimmer zieht sich zusammen, die Menschen strecken sich zur Decke in Posen von Rummelplatz-Zerrspiegel-Verzweiflung. Donna ist an die Wand genagelt, ein spinnenartiger Mann, ganz Arme und Beine, umgibt sie, sein übergroßer Schmerbauch reibt gegen ihre Brüste. Sie sieht aus, als fiele sie gleich in Ohnmacht, ein zersprungenes Opferlächeln verzerrt ihr Gesicht. Charlie schaut mit trostloser Trübsal an Rosellen vorbei zu, die weinend halb über ihm liegt.

»Ich sollte nicht trinken. Ich sollte nicht auf Partys gehen. Es zieht mir die Haut ab«, erzähle ich Howie. Der Mitternachtsmoment ist gekommen, wenn meine Schädeldecke abgehoben wird und die Mißverständnisse und Fehlpaarungen im Zimmer direkt den nassen grauen Windungen meines Hirns aufgedruckt werden. »Es ist hoffnungslos.«

Er nimmt mir die Flasche weg. »Hör auf.«

Stephanie folgt tapfer dem verheirateten Paar und bildet mit dem Zahnarzt die Nachhut. Charlie hat Donna bei der Hand genommen, aber sie macht sich von ihm los. »Ich fange gerade an, mich zu amüsieren!« quengelt sie. Ihr Gesicht ist scharf vor erzwungener Fröhlichkeit. Ihre Augen streifen blind über mich hinweg. Sie wird nie hören.

»Ich weiß nicht, warum ich mich so nackt fühle, wenn ich Menschen anschaue.« Ich taumele vorwärts, rempele Howies Arm. Das Zimmer – ein Schacht falscher Geräusche.

»Willst du gehen?«

»Ja ... aber ... mir ist schlecht.« Ich hasse das Zimmer, die Menschen, die sich mit offenen Wunden anrempeln. Ich schubse ihn ziellos, bis er mich auf den Flur führt und die Wohnungstür hinter uns zumacht. Die plötzliche Kälte, die Funzeligkeit der Birne, die im Treppenhaus hängt wie eine sterbende Sonne im Schattenreich, das Getöse, das zu Gemurmel in sich zusammenfällt, alles verstärkt nur mein

Schwindelgefühl. Er sieht so vertraut aus, wie er sich über mich beugt – »Ist dir schlecht, Jill? Brauchst du frische Luft?« –, daß ich in Tränen ausbreche. Während er die Arme um mich legt, verkrieche ich mich an seine Brust und weine immer heftiger in seinen Pullover.

Seine Brust ist warm durch die Wolle. Warm und breit. Wenn ich mich einen Zentimeter vorbewege, wird es zu einer einfachen Umarmung. Er hält den Atem an. Die Tränen trocknen auf meinem Gesicht, ich stehe da, und Verlangen ritzt an mir, als wäre ich in einen Riesenkaktus gelaufen. »Schon gut, schon gut«, murmelt er. Hitzespitzen lodern auf, wo wir uns berühren. Wenn ich mein Gesicht emporwende, könnte ich ihn auf den Mund küssen. Würde am liebsten. Aber so? Aufgeweicht, blöd, als klammerte ich mich an eine Wärmflasche. Verzweifelt, wie Donna sich an Charlie klammert. Ich stehe, schwebe in Verlangen, halte den Atem an, bis mir Finger und Brüste weh tun. Ich zucke an seiner Brust zusammen und weiche zurück.

»Entschuldige, Howie. Ich bin ein rührseliger Suffkopp.«

Er geht einen Schritt auf mich zu, bleibt stehen. »Ich hole unsere Mäntel. Dir fehlt wirklich nichts?«

Ich schüttele den Kopf, gehe ihm aber nicht aus dem Weg. Ich stehe an der Tür. Mit jedem Muskel wünsche ich mir, er würde mich an sich ziehen. Vielleicht ist er meine vernünftige Entscheidung, aber ich kann diese Entscheidung nicht für beide von uns treffen. Die Tür geht auf, und ich falle fast hintenüber. Stephanie drängt an mir vorbei und knallt sie zu.

»Jill! Bin ich froh, daß du da bist. Ich dachte, du wärst schon weg.«

»Wir wollen gerade gehen.«

»Diese dreckige, fiese Ratte!«

»Was hat er gemacht?«

Sie ringt die Hände vor Zorn. »Er will, daß ich so tue, als ob ich nach Hause gehe, und dann nachher wieder zurückkomme. Und saubermache, nehme ich an! Er spielt ein doppeltes Spiel. Ich bin mit ihm fertig!«

»Holt eure Mäntel.« Howie lenkt uns beide am Ellbogen. »Ich bringe euch nach Hause.«

Während wir uns anziehen, schlendert Roger hinzu. »Schon auf dem Heimweg? Es fängt doch erst an.«

»Ich muß früh raus. Ich gehe mit Jill und Howie.«

Während er sich zu ihr beugt, um ihr ins Ohr zu flüstern, lächelt sie durch dichte Wimpern. »Klar, Schatz. Bis später.« Als wir hinuntergehen, wirbelt sie ihren Schal und lacht theatralisch. »Wie lange wird er aufbleiben und warten? Nicht lange genug. Ich hoffe, Dorothy läßt sich von ihm scheiden und heiratet ihren Zahnarzt. Sie kommt mir vor wie ein Loch, das sich gut mit Gold füllen ließe.«

Durch die stillen Straßen lachen wir um die Wette. Alkohol köchelt in meinem Kopf. An der Haustür haben Howie und ich zum Abschiednehmen einen Moment für uns, der anschließen könnte an das, was fast oder nicht im Treppenhaus geschah.

Ich liege in meinem Bett, und Fragen kreisen und wippen und jagen sich wie Karussellpferde. Wenn er sich von mir angezogen fühlt, würde er dann nicht den ersten Schritt tun? Aber ich konnte es nicht. Ich habe es nicht gewagt. Was, wenn ich ihm zeige, daß ich ihn will, und er mich nur freundschaftlich mag ... ich fühle mich hohl. Er könnte aufhören, mein Freund zu sein. Ich brauche ihn als Freund.

Stephanie klettert ins obere Bett. »Ich kann verstehen, warum du diesen Howie magst. Er hat wirklich Sinn für Humor.«

Wird er mich auslachen? Ich klammere mich ans Kissen, als das Bett plötzlich nach hinten saust. Ich trinke zu viel, ich rede zu viel! Disziplin. Das Bett braust rückwärts durch die Nacht wie ein aufgeputschter Schnellzug. Hin und wieder schluchzt Stephanie im Dunkeln. Ich muß immer wieder an ihn denken. Bin ich verrückt, bin ich krank, bin ich verdorben, ihn plötzlich zu wollen, nach all den Jahren? Ich glaube, ich habe ihn nie zuvor berührt, außer auf der Beerdigung seines Vaters, als ich seine Hand hielt. Bitte, Bett, lieg still. Ach, hätte er doch die Arme ausgebreitet, da im Treppenhaus.

29 Aufschieben muß Veranlagung sein

Es ist Montag nacht oder vielmehr 1 Uhr 40 Dienstag früh anderthalb Wochen später, und der billige Wecker, den ich in die Küche mitgenommen habe, tickt wie Kopfschmerzen. Meine dicken Lider schwellen an. Ich bin durchweicht von Pulverkaffee, der nach verbranntem Kork schmeckt. Schlaf beschwert mein Gehirn, während ich versuche, meine Vernachlässigung des achtzehnten Jahrhunderts zu sühnen. Morgen früh tut sich klaffend eine Prüfung auf. Was habe ich gemacht? Ein Versdrama geschrieben – ein richtig schön wiedergekäutes Stück Bitternis, eingebettet in den Blaubart-Mythos, über zwei Liebende und wie sie einander fremd wurden, füreinander starben. Von der vorgeschriebenen Leseliste des Seminars nicht eine Prise Pepys, sondern das ganze Tagebuch konsumiert, Berge von Rochester, Defoe, Pope ... und nun muß ich die ganze Nacht auf den trübsinnigen Pfaden jener faden Honoratioren wandeln, die den Prüfungsstoff stellen werden. In der Mitte von Thomsons *Winter* ist es wirklich Winter. Shenstone, Warton, Pomfret ... ich kaue Holzwolle. Mein Kinn rutscht vor, kommt auf *Die Aufgabe* zu ruhen.

»Wenn du in der Stellung schläfst, kriegst du Rückenschmerzen.« Donna trägt eine Schreibmaschine mit Büchern und Papier oben drauf herein.

»Aufschieben muß Veranlagung sein.«

»Ich habe dieses Wochenende überhaupt nichts geschafft.«

»Du hast sie kennengelernt? Wie ist es gegangen?«

Sie zuckt die Achseln. Gesicht reingeschrubbt. Die Haut um ihre Augen ist blau und papierdünn vor Übermüdung. »Kann ich noch nicht sagen. Sie haben mich nicht vergiftet. Ich bin nicht das, was sie wollen, aber vielleicht akzeptieren werden.« Sie gähnt.

Ich gähne. Wir sitzen uns am Küchentisch gegenüber und arbeiten schweigend. Als sie nach vierzig Minuten aufsteht, um Teewasser aufzusetzen, fragt sie und gähnt wieder: »Stephanie gibt Roger Ardis auf?«

»Mit Pauken und Trompeten.«

Sie nickt. »Sie geht also jetzt mit deinem Freund Howie?«

»Howie?« Ich bin hellwach. »Wieso fragst du das?«

»Ich hab sie gestern mit ihm im *Union* gesehen. Sie war ... äh, in sehr munterer Verfassung. Soll heißen, sie ist nicht völlig über den Tisch auf seinen Schoß gekrochen, aber fast.«

Kann ich ihn beiläufig fragen: Was hältst du von Stephanie? Aber was, wenn er sich noch keine Gedanken gemacht hat? Donna wartet geduldig, und ich bin dankbar für dies Ur-Einfühlungsvermögen, das sie mit dieser Beobachtung – für den Fall, daß etwas dran ist – zu mir bringt, und so kann ich schlicht »Danke« sagen und muß nicht so tun, als wäre die Neuigkeit ohne Belang. Stephanie hat nichts davon erzählt, daß sie sich mit ihm getroffen hat. Ich habe in dieser Woche Prüfungen, ein Referat und einen Ruf nach Hause, den ich nur mit schlechtem Gewissen übergehen kann. Mutter hat unter entsetzlichen Zahnschmerzen gelitten, von den gleichen morschen Dingern, die sie mir vererbt hat. Francis hat für sie einen Termin in einer Ambulanz in der Stadt für Samstag vormittag gemacht, aber sie möchte, daß ich herüberkomme und sie begleite. Ich muß Freitag abend den Bus nach Detroit nehmen. Was will ich von Howie? Was wage ich, von ihm zu wollen? Was kann ich haben? Am liebsten würde ich ihn dazu hypnotisieren, mir zu antworten, bevor ich mich rühre.

»Was hast du mit Howie gemacht? Darauf gewartet, daß er sich auswächst und eingefahren wird? Gefährlich, sowas.«

»Ich bin mir nicht sicher, was ich will.« Die Treue zu den Friedhofsnachmittagen, dem intellektuellen Degenfechten, der Liebe, die ganz Worte war. »Du kannst nicht einfach Sex zu dem, was du mit einem Freund hast, hinzutun und schauen, ob es losfliegt.«

»Früher hättest du gesagt, warum nicht?«

»Du meinst, der Geschmack von Blut hat mich zum Feigling gemacht? Aber Donna, zu dir habe ich nie *warum nicht* gesagt.«

»Warum nicht?« Sie grinst und sieht Jahre jünger aus. »Manchmal hatte ich das Gefühl, du warst kurz davor, das zu fragen oder was auch immer.«

»Der gleiche Grund wie bei Howie«, sage ich unwahrheitsgemäß, denn Howie hat mich nie gedrängt, mich mit anderen sexuell einzulassen. Howie mag denken, daß ich aus der Art schlage oder aus der Reihe tanze, aber er wird mich nie für krank halten. Theo, so weit ich weiß, ist immer noch hinter Gittern dafür, daß sie diese Frage gestellt hat. Donna flirtet heute abend ein bißchen mit mir. »Hat deine Regel angefangen?«

»Noch nicht«, sagt sie, ohne von meiner Übergangslosigkeit überrascht zu sein. Das Thema geht ihr keine Sekunde aus dem Sinn. »Ich soll morgen das Testergebnis kriegen.«

»Hast du es Peter gesagt?«

Sie lacht, etwas verfängt sich in ihrer Kehle – eine rostige Fahrradkette. Wir sitzen uns wieder gegenüber und arbeiten eine halbe Stunde lang schweigend. Dann breche ich meine Konzentration, um den großen Kühlschrank nach Resten zu durchwühlen, die man legalerweise naschen darf. Eine Schale verwelkter Salat. Ein Zucchiniauflauf, den keine ausstehen konnte. Sie lehnt sich auf ihrem Stuhl zurück und schaut mir mit freundlichem Blick zu.

»Wie fandest du ihr Haus?« frage ich. »Ich bin nur bis an die Tür gekommen, wie ein Botenjunge.«

»Wunderschön, Stu!« Ihre Augen weiten sich. »Auf vier Ebenen, mit einem Innenhof, wo sie eine Eiche haben stehenlassen. Kamine aus Feldsteinen. Spanische Fliesen in der Küche. Jedes Schlafzimmer hat sein eigenes großes Klo. Abstrakte expressionistische Bilder so groß wie Plakattafeln in einem Wohnzimmer, das als Foyer eines Studentenheims herhalten könnte. Phantastische Aussicht auf den See. Ein Hausmädchen und dazu noch eine Teilzeit-Hausangestellte. Eine Dunkelkammer, besser ausgestattet als die Küche meiner Mutter. Ein Billardtisch. Worüber ich nicht hinwegkomme, das sind die Kleinigkeiten – für die Gäste hingestellte Intarsienkästchen mit englischen Orient-Zigaretten. Mein Zimmer hatte frühe amerikanische Antiquitäten. Ein Pärchen winzige französische Pudel, die seiner Mutter gehören, namens Droit und Gauche …« Sie verstummt abrupt. Ich spüre, wie sie ihre Worte redigiert. Nie wieder wird sie von Peters Familie schwärmen. »Sie wohnen ganz behaglich.«

Peter hätte eigentlich genug Geld, wenn schon nicht für einen Baum im Schlafzimmer und zwei Zimmermädchen, so doch mindestens für eine Armee früher amerikanischer Orient-Pudel, die aus handgefertigten Wasserpfeifen rauchen und die expressionistische Asche in den Lake St. Clair streuen. Obwohl sie sieht, daß Peter sie in eine Aschenputtel-Welt bringt, bin ich sicher, sie sieht ihn als das Juwel jener Welt, ihren eigenen Glasprinzen. »Würdest du dich bei denen behaglich fühlen, Donna?«

»Aber wir werden nicht bei denen sein. Wir werden in New York wohnen. Das ist mein geheimes Ziel. Ich muß ihn von denen wegkriegen, und das weiß ich – ich bin nicht so blind, wie du meinst –, aber was passiert, wenn ich schwanger bin? Ich kann es nicht ertragen, daran zu denken, und ich kann an nichts anderes denken.«

»Wieviel Geld hast du?« Diese Litanei, diese Litanei. Die gehe ich alle vier Monate mit irgendeiner Frau durch, und ich bin sie auch schon mit Donna durchgegangen. Wieviel Geld, was sollen wir machen, wen kennst du, und werden sie es rechtzeitig machen?

Wenigstens bin ich diesmal vorbereitet. »Donna, ich habe eine Liste von Abtreibungsärzten. Du hast doch nicht vor, es zu bekommen, oder?«

»Machst du Witze? Ich würde ein Baby erwürgen, das aussieht wie ... dieser Schrat. Jetzt hasse ich es, in die Stadt zu fahren. Ich habe immer Angst, ich könnte ihm begegnen. Einmal bin ich ihm tatsächlich begegnet, Stu. Er war es.«

»Wo?«

»Auf der Ashley ist eine Bar namens *Ovid*. Ich hab ihn rauskommen sehen, als Peter auf der anderen Straßenseite gerade sein Auto auftanken ließ.« Sie schaudert sichtbar, mit Gänsehaut auf den Unterarmen. »Ich habe hundert Dollar. Das habe ich mir nach und nach zurückgelegt. Ich wollte mir davon was zum Anziehen kaufen, etwas Gutes.«

»Ich habe dreiundzwanzig. Das wär's. Aber ich könnte mir was borgen.«

»Wieviel brauchen wir?«

»Wenn der Arzt in Dexter es macht, dreihundertfünfzig. Ich habe die Preise diesen Herbst noch nicht überprüft.« Trostlos schauen wir uns an. »Keine Sorge, wir kriegen es zusammen«, sage ich beherzt. Sie ist wieder meine Freundin. In einer unterirdischen Höhle erwacht wieder die Hoffnung, sie zurückzugewinnen. Ich werde sie retten, ich persönlich, nicht Peter. Ich werde nach Detroit fahren und gut zu meiner Mutter sein, daß sie mich liebt. Ich werde zurückkommen und Howie auf wunderbare Weise verführen, ohne daß er es merkt: Er wird denken, es sei seine Idee. Ich werde irgendwo das Geld auftreiben und Donna retten. Alle werden mich lieben, denn ich bin gut und unersetzlich.

Neben mir im Bus kocht Mutter in ihrem alten Bisammantel, ihre Haare stehen wie wütende schwarze Flammen um ihren roten Hut zu Berge. Ich habe sie gezwungen hinzugehen. Wie berauschend, daß ich mich jetzt behaupten und auf etwas bestehen kann, als habe sich Abwesenheit in Autorität verwandelt! Sie hatte Einwände, sie flehte, sie machte Ausflüchte. Sie sagte, sie hätte Kopfschmerzen, Magenschmerzen. Ihre Füße täten weh. Nächste Woche wäre besser. Ach, das scharfe, salzige Vergnügen, sie zu etwas zu zwingen, das ihr meiner Meinung nach guttut. Ich bemuttere meine Mutter mit all der schroffen Tüchtigkeit, die sie so oft auf mich verwandt hat. Zu deinem eigenen Besten, flöte ich. »Warum gehe ich andauernd zum Zahnarzt. Ich habe mein erstes Semester praktisch in der Zahnklinik verbracht. Weil *du* mit mir nie zum Zahnarzt gegangen bist, hatte ich die schlimmsten Zähne, die sie je gesehen hatten.« Ich mache ihr ein schlechtes Gewissen. Und tue dann für sie das, was sie nie für mich tat. Ach, das Vergnügen, erwachsen zu werden. Ich habe immer gewußt, es würde mir gefallen, erwachsen zu sein.

Dr. McMeel praktiziert in der Innenstadt in einem alten Haus, wo wir fast eine Stunde lang sitzen, bevor sie hineingerufen wird. Ich habe das Gefühl, dieser Zahnarzt wurde nach dem Preis ausgesucht, aber er mag der einzige sein, den Francis bei seinen Erkundigungen – wo, in der Eckkneipe? – ermitteln konnte. Ich sollte ihm das nicht vorwerfen. Zumindest hat er den Termin gemacht. Mein Vater hat nichts gemacht, außer Druck auf sie auszuüben und ihre Ängste verächtlich abzutun, wie ich es auch getan habe. Dieser Bursche macht einen Riesenumsatz mit einer Kundschaft, die zumeist arm ist und zumeist schwarz.

Abgegriffene Exemplare von *Life* und der *Saturday Evening Post* und zwei alte Hefte von *National Geographic*, aus denen jemand Bilder gerissen hat. Ich habe meine Hausaufgaben. Ich mache sie eine Stunde lang und dann noch eine. Was ist los? Wir sind seit Viertel vor zehn hier, und jetzt ist es eins und ich habe Hunger. Ich beginne mich zu fragen, ob es noch einen anderen Ausgang gibt. Vielleicht ist sie in ihrer Verwirrung zu einer anderen Tür hinausgegangen. Ich komme mir vor wie ein Idiot, als ich die Sprechstundenhilfe frage, und die bestärkt mich nur noch in diesem Gefühl. Ich kehre an meinen Platz zurück. Wahrscheinlich läßt sich Mutter von Dr. McMeel seine ganze Lebensgeschichte erzählen.

Als sie herauskommt, torkelt sie. Sie geht wie aus schierer Willenskraft, einen Schritt vor, Pause, dann der nächste Schritt. Ihr Mund ist mit geronnenem Blut verschmiert, sie hält sich einen Packen Verbandsmull vor. »Und hier ist Ihr Rezept, Mrs. Stuart. Sie bekommen es unten eingelöst.«

Sie will die Sprechstundenhilfe nicht anschauen. Ich nehme das Rezept.

»Das macht dann fünfundsiebzig fürs Zahnziehen, Mrs. Stuart, und zwanzig Anzahlung.«

Ich zähle das Geld aus ihrem Portemonnaie, einen Haufen verknüllter Banknoten, Fünf- und Zehn- und Eindollarscheine zusammengefaltet in einer vollgestopften Geldbörse. Die letzten sechs Dollar zahle ich in Münzen.

»Ihre Zähne sind nächsten Mittwoch fertig.«

Im Flur stützt sie sich auf mich, mit abgewandtem Gesicht. Ich frage: »Was hat er mit dir gemacht?«

»Laff miff in Nuhe!« Ihre Stimme ist komisch, ein heiseres Lispeln mit einer Spur Verschämtheit.

»Hat er dir Novocain gegeben?« Ich versuche sie anzuschauen, aber sie hält ihr Gesicht von mir abgewandt. Ich muß sie fast tragen. Als wir die Straße erreichen, wird mir klar, daß ich nie und nimmer schaffen werde, sie bis zum Bus zu schleppen. »Mutter, kannst du hier stehen? Halt dich am Laternenpfahl fest. Bitte. Ich hole ein Taxi.«

»Ha.« Sie dreht den Kopf von mir weg. »Bnau iff niff. Schane umsch Gell.«

Ich muß sie ins Taxi zwingen. »Mutter! Was hat er mit dir gemacht?«

Ihre Wangen fallen ein, werden plötzlich schlaff. Sie sieht älter aus als heute morgen. Ich kann ihre Schmerzen nicht ertragen. »Anne geschogen.« Sie wendet sich von mir ab, hält sich den blutigen Mull an den Mund.

»Er hat was?« Aber ich kann es mir ausrechnen. »Er hat dir ein paar Zähne gezogen?« Mir wurden welche gezogen, als ich sechzehn war, aber seit ich am College bin, scheinen sie Zähne nicht mehr auszuziehen. Sie machen alle möglichen komplizierten und zeitraubenden Behandlungen, aber sie ziehen selten.

»Anne! Anne!« Sie entblößt vor mir ihr blutiges Zahnfleisch. Ihr Mund ist voll dunklem Blut, das überall herausquillt. Ihre Augen brennen vor Zorn.

»Aber warum?«

Am Abend esse ich allein mit meinem Vater. Sie bleibt im Bett. Gelegentlich quietschen die Bettfedern, und ihre Stimme bricht in gebrochenes Gemurmel aus, eine formlose Klage, die an- und wieder abschwillt hinter der geschlossenen Tür. Den ganzen Tag lang hat sie nichts zu sich genommen als dünnen Tee. Ich kann es nicht ertragen, sie alt zu sehen. Ich will nicht, daß sie dieses sonderbare, zerfurchte Gesicht aufsetzt. Plötzlich scheint sie aus Eierschalen und Reispapier gemacht zu sein. Überall scharfe Kanten, gegen die sie geweht werden kann. Ich selbst die schärfste Kante.

Mein Vater und ich versuchen, Konversation zu machen. Wir reden über die *Tigers*. Vor sechs Jahren habe ich zum letzten Mal die Spiele einer Mannschaft verfolgt, aber ich gebe mir Mühe. Er läßt sich mit jammernder Verärgerung über die Russen aus, als genösse ich irgendwie das Vertrauen von Chruschtschow. Da uns gemeinsame Themen fehlen, angeln wir nach neutralen und geraten immer wieder in eine Sackgasse wie die Straßen einer Vorstadtsiedlung bei Cold Springs, die geplant, aber nie gebaut wurde, nachdem die

Bergwerke schlossen. Wir gehen in jede Sackgasse und finden nichts und kehren hastig um. Schließlich reden wir ernsthaft über das Wetter. Es war ein nasser Herbst, ja, und ein kühler, und nicht viel Sonne. Ja. Dann findet er ein Thema: die Vorteile von Polyester. Mutter hat ihm ein paar Polyesterhemden und Orlonsocken gekauft, und er beschreibt ihre Überlegenheit. Beim Zuhören merke ich, wie Donna mich zu unangemessenem Snobismus erzogen hat. Ich mag vielleicht nur fünf Hemden haben, und drei davon aus dem Fast-wie-neu-Laden, aber sie sind alle aus Baumwolle oder Seide.

Am Sonntag steht Mutter auf. Sie ist nicht fähig, lange im Bett zu liegen, ganz egal, wie sie sich fühlt. Sie bereitet normale Mahlzeiten für meinen Vater und mich (Francis ist bei einem Freund in Ecorse, einem Arbeitervorort, eingezogen; er hat Arbeit bei Great Lakes Steel), doch sie ißt nur klare Brühe. Ich gehe zum Eckladen an der Joy Road, um ihr ein paar Gläser mit Babynahrung zu besorgen. Bei Tisch arbeitet hektische Verbitterung in ihr, zieht die Winkel ihres schmalen Mundes herunter, macht ihre Nase spitz. *Ich werde ihre Reden nicht so wiedergeben, wie sie sich anhörten. Wir konnten recht gut erraten, was sie sagte.*

»Mein Geschenk zum Hochzeitstag« nennt sie die Brücke, die für sie angefertigt wird. Es macht ihr immer noch etwas aus, daß mein Vater ihren Hochzeitstag nicht beachtet. »Das hat mir dein Vater zu Halloween geschenkt. Jetzt bin ich eine alte Hexe.« Sie läßt den Kopf hängen, ihr kurzer Hals ist gebeugt. »Ich kann dieses Gelabber nicht essen!«

Paps legt die Gabel hin. »Und wenn ich dir das Rindfleisch kleinschneide, Pearl?« Seine Stimme ist scheu und zart. Wir meiden den Blick des anderen, Verschwörer, die sie ihrer Zähne beraubt haben.

»Ich glaube, dieser Zahnarzt war ein Quacksalber.« Sie stochert in der Babynahrung herum, eine Träne rinnt die Kerbe neben ihrer Nase entlang. Ohne meinen Teufelsappetit würde ich den Tisch fliehen. »Ich habe die Zähne gesehen, die er ausgezogen hat, meine Zähne! An einigen war noch eine Menge dran.«

»Aber du hattest ständig Schmerzen.« Er redet flehend auf sie ein. »Du hast nächtelang wachgelegen vor Schmerzen.«

»Ich habe ihn machen lassen, weil ich gründlich satt hatte, wie ihr beide mir in den Ohren gelegen habt. Er sagte, es wäre billiger, sie zu ziehen als sie zu füllen, und bräuchte nur zwei Sitzungen. Sonst müßte ich monatelang da hinfahren.«

Ich möchte meinen Kopf auf den Tisch legen und weinen. Was hat es für einen Sinn, jetzt mit ihr darüber zu rechten, wie es mein Vater tut? Die Zähne sind gezogen. Sogar jetzt frage ich mich, warum. Waren sie so schlecht? War der Dentist einer, der keinen Grund sah, sich mit einer Frau ohne Geld soviel Mühe zu geben, so wie der

Zahnarzt, der mir drei zog, als ich sechzehn war? Hat sie es wirklich getan, um Geld zu sparen? Schon möglich. Es tut ihr schmerzlich weh, Geld für sich selber auszugeben. Natürlich, denke ich, es ist nicht ihr Geld. Sie arbeitet nicht für Geld, sie arbeitet umsonst, und das ändert alles.

Als ich mit meinem Koffer und dem Essenskorb aus dem Bus steige, ist es halb elf. Ich gehe nicht erst zu meinem Haus, sondern gleich zu Howie. Ich laufe zwischen den nebelvermummten Häusern entlang, und die Häuserblöcke kommen mir immer länger vor. Ich laufe und laufe und laufe. Dieses Wochenende hat mir eine Haut abgezogen, überläßt mich wund meiner Hoffnung. Brüdre mich nicht Bruder. Ich gehe ohne Pläne oder vorbereitete Ansprachen. Im Bus habe ich mir keine Tagträume gestattet. Ich weiß nur, daß ich ihn will, aber daß ich ihm dieses Verlangen nicht aufzwingen möchte, daß ich auf keinen Fall auch nur den geringsten Zaun aus Verschlossenheit oder Verlegenheit zwischen uns errichten möchte nur um meiner plötzlichen Wollust willen. Ich habe keine Ahnung, wie ich dieses Wunder an Taktgefühl und Umschweifen vollbringen soll, aber ich vertraue aufs blinde Glück. Ach ja! Soll ich hineinspazieren, meinen Mantel ausziehen, dann den Rest meiner Kleider, und mich nackend hinstellen? »He, Howie, woran mußt du dabei denken?«

Ich bleibe im Nebel stehen. Kein Licht scheint aus seinem Eckzimmer. Er muß weggegangen sein. Verdammt. Gut, ich könnte eine Weile im Treppenflur warten. Vielleicht macht er ein Nickerchen. Ich gehe die Treppe hinauf und poche an seine Tür. »Howie? Howie, bist du da?« Ich trete von einem Fuß auf den andern im halbdunklen Flur.

Geräusche. Eine Lichtlinie zeichnet die Umrisse der Tür. Er ist zu Hause! »Jill? Bist du's?«

»Dieselbige. Laß mich rein.«

»Einen Moment.« Er fügt etwas hinzu, was ich nicht verstehe. Elektrisch aufgeladen vor absurder Erregung gehe ich hin und her im Flur, beschwöre ihn stumm, sich zu beeilen, zu beeilen. Als die Tür aufgeht, tanzt Stephanie barfuß durchs Zimmer und stopft sich die Bluse in den Rock. Mit atemlosem Lachen kämmt sie sich die Haare mit den Fingern zurück. »Hast du meinen Zettel bekommen? Gut. Howie kam vorbei, um zu sehen, ob du schon zurück bist, da sind wir essen gegangen.« Sie lacht wieder, nicht nervös, sondern ausgelassen. »Wie war Detroit?«

Ich möchte meine Enttäuschung hinausbrüllen, aber ich muß honigsüß sprechen, um meine Eifersucht nicht rückhaltlos auszukotzen. »Nein, deinen Zettel habe ich nicht bekommen.« Ich spiele besser mit ungezinkten Karten, denn sie werden mein Gepäck doch gleich sehen. »Ich bin auf dem Weg vom Bus vorbeigekommen – mir bricht der Arm. Übrigens, wir haben beide gerade noch Zeit, nicht zu spät zu kommen.« Meine Brust ist eng und trocken. Ich lecke mir die Lippen, schaue im Zimmer umher.

»Zu spät?« Sie wirbelt herum, mit übersprudelnder Ausgelassenheit in ihren Bewegungen. »Ist wohl noch Zeit.«

Für mich ist es zu spät. Sie sagt: »Komm, bring uns nach Hause und hilf Jill ihren Krempel tragen.« Sie läuft, um in ihre Stiefel zu steigen, und verwuschelt im Vorbeigehen sein Haar. Er weicht aus, und unsere Blicke treffen sich, scheuen voreinander. Das war's dann wohl. Ich zeige ihm seine Brille auf dem Nachttisch, und er setzt sie auf.

Neben mir auf unserem Heimweg fängt sie Sätze an und läßt sie unbeendet, bricht zwischen uns aus und wirbelt herum, um uns anzuschauen. Howie gähnt auf ihrer anderen Seite.

Als wir allein sind, wirft sie sich in den Schaukelstuhl und legt sich den mexikanischen Schal um die Schulter gegen die Kühle unseres Zimmers. »Er ist ein sonderbarer, vielschichtiger Mann. Mehr als Rob oder Roger, obwohl er so jung ist. Ich habe mich immer zu älteren Männern hingezogen gefühlt. Das ist für mich ein neuer Durchbruch.«

»Er ist sogar jünger als du«, sage ich mit dünner Bosheit.

»Aber er ist stark, auch wenn er nicht diese gebieterische Art hat.« Sie neigt den Kopf und wartet, daß ich ihr beipflichte. »Stu, sag ihm nichts von Roger. Ich habe gesagt, ich hätte nie richtig mit ihm geschlafen.«

Nach dem, was er gehört hat? »Aber wieso?«

Sie spielt mit den Schalfransen. »Es ist noch nicht lange genug her. Ich bin sicher, es ist ihm lieber so.« Sie seufzt, reibt den Schal an der Wange. »Ich hoffe, du hältst mich nicht für ... unbeleckt. Aber ich habe übertrieben, als ich erzählt habe, ich würde mit Rob schlafen. Ich wollte nicht, daß du erfährst, wie unerfahren ich war ...«

Mein Kopf schnippt wie eine Münze. Für Howie Rob, aber nicht Roger; für mich Roger, aber nicht Rob; und für sie? Ich weiß nicht, ob ich ihr das überhaupt abnehmen soll. Rob war bestimmt mit Lynn im Bett und mit verschiedenen anderen Frauen, die ich kenne, und Stephanie ist über ein Jahr lang mit ihm gegangen.

»Ich war noch Jungfrau bei Roger. War das nicht ein blöder Anfang?« Sie zieht sich den Schal über das Gesicht. »Mein Vater, weißt du, daß ich Angst vor ihm habe? Er würde mich umbringen, wenn er wüßte. Wie hat der mich verkorkst. Immer Loblieder auf mich gesungen, ach, Papas kleiner Liebling, die Hübscheste, die Papa gehorchen muß, sonst wird ihr der Arm gebrochen.«

Ihre Stimme drängend, zischend. In den Bann ziehend. »Stephanie, du bist schließlich von zu Hause weggegangen ...«

»Unsinn. Da, wo ich herkomme, geht man nicht so einfach weg. Unterbrich mich nicht! Und erzähl das niemandem. Seit ich ein kleines Kind war, bin ich immer nachts aufgewacht und sah ihn am Fußende meines Bettes stehen und mich anstarren. Ich muß mich immer noch auf seinen Schoß setzen, wenn er mir meinen Monatsunterhalt gibt. In der Highschool hat er mir immer wieder gesagt, wie schweinisch Jungens sind. Sie wollen dir unters Kleid. Er ist völlig verrückt. Ich staune, daß ich's nicht bin.« Sie senkt den Schal, verdreht ihn. »Von ihm freizukommen! Ich hab das nie jemand erzählt und werd's auch nie wieder. Bei Roger, immer wenn Schritte im Treppenhaus waren, bin ich im Bett hochgeschreckt vor lauter Angst, daß er es ist. Ein Mann muß für mich stark sein. Stark genug, um Papa die Treppe hinunterzuwerfen, so wie er mich hinuntergeworfen hat, als ich dumm genug war, mich in der Highschool mit jemandem zu verabreden.« Sie hält abrupt inne und holt tief Luft, die in sprudelndem Lachen entweicht, und ich atme wieder. Ihre Geschichte hat mich in eine Unterwerfung der Phantasie gehämmert. Sie läßt den Schal fallen, setzt sich auf. »Ja, schau mich an. Du siehst, wie sehr ich Howie brauche!«

Ich sitze wie geblendet. Dann fällt mir eine Tatsache ein, die an mir knabbert: Sie hat zwei Schwestern. Stephanie, ich bin überzeugt, daß alles wahr ist, aber auch übertrieben, der Wirkung zuliebe. »Hast du ihm das erzählt?«

»Nein, und das werde ich auch nie. Meinst du, ich will ihn verscheuchen? Er wird mich retten, ohne es zu wissen. Ich bin fest entschlossen, es diesmal richtig anzustellen.«

Armer Howie oder nicht? »Aha, und wie?«

»Denn das wird ein langer Fischzug. Er hat das Medizinstudium vor sich. Ich werde ihm kein Klotz am Bein sein – ich hasse Frauen, die klammern und Männer erwürgen. Meine Mutter ist so. Ich werde vernünftig sein.«

»Es ist doch gerade erst passiert. Kann ja sein, daß du einen Mann brauchst, aber ist es Howie?«

Mich wollte er heute abend sehen, *mich*, möchte ich schreien, aber zum Jammern ist es zu spät. Ich habe das nur meinem Aufschieben und meiner Haarspalterei zuzuschreiben. Beim nächsten Mann, der mich interessiert, springe ich erst und denke dann drüber nach.

Sie schleudert ihre Stiefel weg und verstaut die Füße auf dem Schaukelstuhl. Die Röte, die ihr Gesicht in seinem Zimmer überflutete, erhitzt es wieder. »Er wird mir ganz schön zu schaffen machen. Er ist stur und überhaupt noch nicht eingefahren. Noch keine Frau hat ihm die scharfen Ecken abgeschmirgelt. Anstrengend und unabhängig wie ein Stachelschwein. Ich werde ihn an der ganz langen Leine führen.« Sie umklammert ihre Knie. Ihre Ruhelosigkeit martert mich, all diese Energie, die von ihm zur Glut entfacht wurde.

»Du mußt mir alles erzählen, was du von ihm weißt – alles!«

»Niemand ist bei zwei Menschen derselbe. Wir waren immer Freunde, und das ist etwas anderes.«

»Und ihr werdet weiter Freunde sein. Du wirst sehen – ich werde dir überhaupt nicht in die Quere kommen. Wenn ihr nicht Freunde gewesen wärt, wie hätte ich ihn dann kennengelernt? Sogar wenn ihr beide mal zusammen seid und euch betrinkt oder was und im Bett landet, würde ich es verstehen. Ich erwarte nicht von ihm, daß er mir hundertprozentig treu ist.«

»Sei nicht absurd.« Ich stehe auf und fange an auszupacken. »So eine Beziehung ist das nicht.«

»Ich weiß«, sagt sie besänftigend. »Ich versuche ja nur zu erklären, was ich empfinde. Ich meine, zwei Menschen können sich nicht geloben, füreinander auf immer absolut alles zu sein. Ich möchte ihm nicht das Gefühl geben, ich halte ihn von irgendwas ab, was er braucht oder meint, es eine Weile lang zu brauchen.«

»Einverstanden. Aber es ist gut möglich, daß du eifersüchtiger bist, als du meinst. Man kann rational und vernünftig reden, bis der Himmel einfällt, und trotzdem blind sein vor Eifersucht«, sage ich mit echtem Gefühl.

»Du hast bestimmt recht ... Er fasziniert mich. Ich wußte, daß bald was Gutes passiert. Es war höchste Zeit, es mußte einfach. Ich möchte so sehr ausbrechen! Hoffentlich bin ich klug genug, an ihm festzuhalten.«

Gegen meinen Willen und mein Verlangen hoffe ich es auch fast.

Ich weiß, daß ich irgendwann dieser Tage gezwungen sein werde, mir eine Geheimnummer geben zu lassen, aber ich verschiebe es immer wieder, denn das kommt mir vor, als gäbe ich auf, ein real existierender Mensch zu sein. Außerdem möchte ich, daß Sponsoren mich für Lesungen erreichen können, denn das macht einen großen Teil meines Einkommens aus. Unglücklicherweise rufen mich zu allen Tages- und Nachtzeiten Fremde an und sind vollkommen überrascht, daß ich, wenn sie mir ihre Gefühle erzählen oder persönliche Fragen stellen wollen, weil sie meinen, mich zu kennen, wie ich nicht meine, sie zu kennen, gerade in der Badewanne liege oder schlafe oder unwirsch bin oder beim Essen mit dem Mund voller Kartoffeln.

Am schlimmsten ist, wenn jemand auf der Türschwelle steht. An diesem Vormittag, um halb zwölf, um genau zu sein, wo ich normalerweise schon ein paar Stunden an meiner Schreibmaschine gesessen habe, waren Josh und ich beide splitternackt und schrien uns an, wer nun gesagt hätte, wer dringend abnehmen müßte. Wenn ich mitten im Streit unterbrochen werde, wäre es mir lieber, bei einer Diskussion über Politik oder Philosophie belauscht zu werden und nicht dabei, ob nun Josh oder ich zuerst angedeutet habe, daß der andere fünf oder sechs Pfund Übergewicht am Bauch herumschleppe.

Wir sind jähzornig und wir brüllen viel, anders als mein letzter Ehemann, der überzeugt war, wenn man seine feindseligen Gefühle laut zum Ausdruck bringt (statt sie leise über die nächsten zehn Jahre hin auszuagieren), dann würden die Bäume im Umkreis einer halben Meile verdorren und die Singvögel tot umfallen. Josh und ich haben Kräche, wo wir beide schwören, wir werden mitten in der Nacht wegfahren oder uns umbringen; wir haben alberne Kräche wie diesen, der im Bett sofort vergessen wäre, wo wir auch in dem Moment hingehört hätten.

»Ich werde nie wieder etwas essen«, donnerte mein Brüllaffe. »Ich werde mich zu Tode hungern!«

»Hallo? Hi?« Die Stimme kam durch die Gittertür.

Wir schauten. Josh sagte mit etwas zerknautschter Umgänglichkeit – wir haben beide mehr Schamgefühl in bezug auf unser Privatleben als auf unsere Körperteile: »Hallo. Äh, wen suchen Sie?« In der Hoffnung, es seien unsere Sommernachbarn.

»Jill natürlich.«

Das hieß gar nichts. Alle nennen mich Jill.

»Ja«, sagte ich. »Hören Sie, mir ist lieber, die Leute rufen an, bevor sie auftauchen.« Trotzdem ließ ich sie herein, nackt wie ich war, denn ich weiß nie, ob sie nicht in echter Not sind. Manchmal brauchen Frauen, die vorbeikommen, wirklich etwas, das ich geben oder sagen oder zur Verfügung stellen kann, konkrete Hilfe. Ich habe die normale Fähigkeit zur Selbstzufriedenheit, nachdem ich behilflich war. Aber meistens pocht das Gewissen.

»Ich bin heute per Anhalter aus New York hergekommen. Ich dachte, Mutter hätte inzwischen den Zettel gefunden und dich angerufen ...« Sie kam mir in mein Schlafzimmer nach, also fauchte ich sie an: »Nehmen Sie bitte im Wohnzimmer Platz. Ich komme in fünf Minuten.«

Josh ließ sich aufs Bett fallen, nachdem er sorgfältig die Tür zugemacht hatte. »Ach, hier bin ich, dein Groupie aus Indianapolis, ich mache zufällig in der Nähe Ferien, und ich habe ein Viertausend-Seiten-Manuskript mitgebracht, das ich jetzt laut vorlesen werde.

Hier sind wir, ein ganzer Hexensabbat, und wir opfern gleich eine blaue Ziege mit einem alten Druidenritual in deinem Vorgarten. Hier bin ich, eine Einser-Studentin, die eine Seminararbeit über dich schreibt, und ich möchte dich bitten, für meine Forschung einen sechsundvierzigseitigen Fragebogen über deine religiösen und philosophischen Überzeugungen auszufüllen.«

»Schsch. Da ich dich nicht zum Mittagessen anbieten werde, warum ziehst du dir deine Hosen nicht wieder an?«

Der Mistkerl verdrückte sich, indem er anbot, die Post aus der Stadt zu holen. Ich marschierte hinaus, aber unsere Besucherin war in die Küche entschwunden. Sie saß auf dem Tisch, baumelte mit einem Fuß und pickte mit dem Zeigefinger gedankenverloren Frühstückskrümel auf. »Erkennst du mich nicht, Tante Jill?«

Ich betrachtete sie. Frankie war, soweit ich wußte, ohne Vaterschaft gestorben, aber Leo hatte sechs Kinder aus seinen verschiedenen Ehen. Sie ähnelte nicht meinen Nichten von Leo, alle schwarzhaarig, mit den Familienaugen und hübsch. Ihr Haar war sandfarben und kraus, eng am Kopf. Sie war großknochig, ein bißchen ungelenk, das Gesicht noch nicht geformt. Sie trug abgeschnittene Jeans und ein unter den Brüsten verknotetes Hemd, das ihre Taille freiließ. Ich schauderte bei dem Gedanken, daß sie in dem Aufzug per Anhalter aus New York gekommen war. »Karlie?« wagte ich aufs Geratewohl.

»Du hast mich nicht erkannt, weil ich mich sehr verändert habe.«

»Als ich dich das letzte Mal sah, warst du noch ein Kind.« In drei Monaten mußte sie achtzehn werden. Ich gab ihr etwas zu essen, während sie sich zu der Mitteilung durcharbeitete, warum sie plötzlich hier aufgetaucht war.

»Ich habe ihn nie gekannt.« Sie zog einen Flunsch und hockte sich auf die Kante meines Küchentisches, der Hintern wenige Zentimeter von der Butterdose entfernt.

Hätte ich sie weggerückt, ich wäre sofort in eine Schublade gesteckt worden. Karlie verströmte Unzufriedenheit und Schubladendenken. Ich schaute sie an in der Hoffnung, ihren Vater in ihrem Gesicht zu lesen, und fand ihn hauptsächlich in ihrem Körper. »Aber deine Mutter kannte ihn. Dafür bist du der Beweis.«

»Aber ... Ich möchte wissen, wie er wirklich war. Ben war zwei, und selbst er hat keine echten Erinnerungen. Aber ich war noch nicht mal geboren!« Sie klang beleidigt.

»Weiß Stephanie, daß du zu mir gefahren bist?« Als Stephanie am Montag abend am Telefon mit mir über ihren Mann und ihre Boutique und ihre unmögliche Tochter (die, die jetzt vor mir saß,

nicht die neun Jahre alte Tamara) plauderte, sagte sie nichts von einem bevorstehenden Besuch. Stephanie und ich reden immer davon, uns mal zu treffen, aber wir kommen am Telefon besser miteinander aus. Wenn wir uns persönlich gegenüberstehen, gehen wir uns auf die Nerven.

»Was geht die das an? Ich reise selbständig. Ich muß nicht um Erlaubnis fragen ... Außerdem hab ich einen Zettel geschrieben.«

Ihre Augen waren die von Stephanie, aber heller. Ihr Haar war auf jeden Fall seins. Mir fiel auf, daß sie unter dem zusammengeknüpften gelben Hemd einen Magen David an einer Kette trug. Ich wußte, sie war nicht jüdisch erzogen. »Was willst du wissen, was es wert ist, deine Haut zu riskieren, um per Anhalter hierherzufahren?«

»Ich bin nicht allein gekommen«, sagte sie widerwillig. »Mein Freund ist am Strand ... Wie war er? Erzähl mir bloß nicht, er war tapfer und politisch und ein Held und den ganzen Mist. Ich bin mit ihm aufgewachsen wie mit einer blöden Ikone, vor der man Kerzen anzündet, wie Agios Georgios der Drachentöter an Omas Wand. Ich kann's nicht mehr ab! Er dachte nicht an mich, als er sich umbringen ließ, und ich hab ihn auf ewig am Hals!«

»Warum ich? Willst du noch etwas Käse? Noch einen Bejgel?« Freunde hatten sie mir aus New York mitgebracht, und ich hatte sie eingefroren. Hätte ich gewußt, daß Karlie kam, ich hätte ihr eine Einkaufsliste gegeben.

»Die Blitzschlag-Elegien – sind die für ihn?«

»Hat Stephanie dir das gesagt? Nein. Für jemand anders.«

»Na ja, weil da steht, der Typ starb zu jung.«

»Sie waren für eine Frau, die noch jünger starb. Eine Freundin.«

»Ach ... Aber du warst doch sein großes Ding? Hab ich jedenfalls so aufgeschnappt.«

»Wir waren Freunde, Karlie. Freunde, seit wir sechzehn waren. Als ich in deinem Alter war, war er mein bester Freund.«

30 Donna nennt es im Modder suhlen, Jill nennt es Heimatklänge

Ich weiß noch, wie es war, als Ann Arbor mir großartig vorkam, ein Buch von tausend Seiten, das alles enthielt, was ich nicht wußte und so gern wissen wollte. Jetzt ist es nur eine kleine Stadt, deren am wenigsten von der Universität geprägte Viertel ich bevorzuge, die der Schwarzen und der Arbeiter, die mich an Detroit erinnern. Ich schreibe mir mit Alberta und plane, im Juni nach New York zu ziehen. Die grünen, ländlichen Hügel von Ann Arbor langweilen mich.

Ich schlendere die Ashley entlang und zerbreche mir den Kopf über Geld, genauer gesagt über vierhundert Dollar, da sehe ich unmittelbar vor mir auf dem Bürgersteig vor einer Bar, die als Treffpunkt der Städter gilt, Donnas Vergewaltiger. Als ich mich abwende, um ihm und seinen Freunden aus dem Weg zu gehen, macht mich das wütend. Warum soll seine Gegenwart mich am hellichten Tag vom Bürgersteig zwingen? Ich gehe auf die drei Männer zu. Einen Augenblick später beginne ich, mein Draufgängertum zu bedauern. Einer der Burschen, das schwarze Haar zu einer Elvis-Tolle aufgeputzt, schaut mich an. Er trägt einen Stil, der eine absolute Klassenuniform ist: Levi's, schwarze Lederjacke mit Metallbeschlägen, Motorradkappe. Niemand an der Uni zieht sich so an. Er fixiert mich und sagt zu dem Vergewaltiger: »He, Buddy, schau, daß du Land gewinnst. Hier kommt das Weib, das dich vermöbelt hat.«

»Ach Quatsch, Kemp, die hat gar nichts gemacht. Ich wollte sie nicht schlagen, das ist alles.«

Bis mir klar wird, daß sie mich nicht vorbeilassen werden, ist es zu spät für etwas anderes als mich behaupten. Schließlich sind wir alle demselben Straßenleben entwachsen. Ich kann mich jetzt ebenso wenig drücken wie sie. Ich habe zwei Sekunden, mir eine Verteidigung zu überlegen, und die muß aus dem Gebrodel meiner Gefühle kommen, das der Wut näher ist als der Angst. »Ja, Buddy«, sage ich, halte aber Augenkontakt mit dem Anführer. Der fuhr an dem Tag das Auto. »Du machst mir ganz schön Kopfschmerzen. Du hast meine

Kusine geschwängert. Sie sollte ihren Freund heiraten, und sie ist in Riesenschwierigkeiten wegen was du mit ihr gemacht hast.«

»Na und wenn schon. Dann heiratet sie eben mit dickem Bauch. Sie und alle andern.«

»Sie kann nicht heiraten. Sie hat dir gesagt, sie schläft mit keinem. Auch nicht mit ihrem Freund. Sie kann's also nicht als seins ausgeben.«

»Schau mich nicht so an. Ich erhebe auch keinen Anspruch drauf.«

Alle drei lachen. Ich schaue weiter Kemp an. »Ich besorge ihr eine Operation, von dem Arzt in Dexter. Aber ihre Leute haben kein Geld. Wir sind beide auf Stipendium hier. Also wenn du wissen willst, warum ich auf dich wütend bin, ich hab'n guten Grund, weil ich nicht weiß, wo ich das Geld auftreiben soll.«

»Haut ab«, sagt Kemp zu seinen beiden Freunden. »Wir treffen uns im *Ovid*«, er spricht es Owied aus. »Bis später.«

Sie gehorchen ihm. Ich gehe nicht weg. Ich bin neugierig, was er sagen wird. Er sagt gar nichts, sondern nimmt meinen Ellbogen mit festem, aber keineswegs grobem Griff und steuert mich über die Straße zu dem silbernen Kabrio, das ich wiedererkenne. Er öffnet die Tür auf meiner Seite. »Da läuft nichts«, sage ich. »Kein Grund, zwei mit zwei zu vergelten. Ich hab genug Probleme.«

»Hab noch nie in meinem Leben eine Frau zu was gezwungen. Wenn du mich fragst, einer, der das nötig hat, der kann seinen Schwanz nicht von einem Baseballschläger unterscheiden. Mit mir bist du sicher, wenn du's sein willst.« Er schlendert um das Auto, um auf seiner Seite einzusteigen.

Ich stehe da und überrasche mich selbst mit einem breiten Grinsen. Was ist das? Ein bißchen Francis, ein bißchen Itaker. Er bewegt sich mit der Anmut eines Mannes, dessen Körper sein einziges Kapital ist. Was immer er in mir in den letzten fünf Minuten gesehen haben mag, ich habe es auch in ihm gesehen. Ich steige ein, finde mich dumm und leichtsinnig. Als er den Zündschlüssel dreht, fängt das Autoradio an, harten, hämmernden Rock zu spielen. Das Schiff von einem Auto schwenkt auf die Straße und schlingert davon. Die Musik ist laut; wir reden nicht.

In zehn Minuten sind wir auf einer Landstraße. Ich muß den Verstand verloren haben. Unauffällig greife ich in meine Handtasche und nehme meine Schlüssel (den Haustürschlüssel, den mir Alberta gegeben hat, die Schlüssel zum Haus meiner Eltern, den Schlüssel zu dem Raum, in dem FPA sich trifft) zwischen die Finger. Eine leere Bierflasche liegt auf dem Boden. Ich setze meinen Fuß darauf, um sie in Griffnähe zu rollen.

Er hält an einer Stelle, wo es nicht mehr weitergeht, auf einer Klippe mit Aussicht auf eine breite Flußbiegung. Die Sonne geht unter, und es wäre ein schöner Anblick, wenn ich nicht solche Angst hätte. Er brütet darüber. »Was wirst du machen wegen dem Geld?«

»Ich weiß nicht«, sage ich. »Ich habe versucht, mir was zu pumpen.«

»Du kannst anschaffen gehen.«

»Da scheiß ich drauf. Von dem harten Leben habe ich zu Hause mehr als genug gesehen. Das mach ich nicht, nicht mal für sie.«

»Damit könnst du viel Geld verdienen. Und schnell.«

»Ich will mich nicht auf die Art benutzen. Lieber würde ich Geld stehlen als dafür auf den Strich gehen.«

Er lacht. »Du würdest es lieber stehlen. Glaubst du, das ist einfach?«

»Nein. Aber erträglich. Warum?«

»Reine Neugier.« Er grinst mich an. Seine Augen haben die Farbe von denen meiner Mutter (ein Stich des schlechten Gewissens, ihre verlorenen Zähne), von meinen. Seine Haut ist dunkler. Er hat kräftige Zähne, aber ein Schneidezahn ist verfärbt, wahrscheinlich von einer Schlägerei. Seine Hand ruht leicht auf dem Steuer. »Ich mag diesen Platz.«

»Hier war ich noch nie.«

»Wetten, daß du eine Menge hier noch nie gesehen hast?«

»Wetten, daß du recht hast?«

»Ich schätze das, daß du zu mir gekommen bist. Das schätze ich. Du hast Mumm.« Er gibt dem Lenkrad einen Hieb mit der Handkante.

Er denkt, ich wäre die Straße absichtlich langgegangen. »Mumm oder Naivität? Was meinst du?«

»Immer noch ein bißchen Schiß?«

»Warum nicht?«

»Du ziehst doch nicht die Nummer von deiner Kusine ab. Daß du Jungfrau bist.«

»Was hat das damit zu tun? Du glaubst, weil ich mit einem Mann gebumst habe, muß ich mit jedem Mann bumsen, der meint, er will? Wie würde es dir gefallen, wenn du jederzeit mit jeder Frau bumsen müßtest, die meint, du solltest?«

»Du hattest nur einen Mann?«

»Zwei.«

»Willst du drei draus machen?« Er streckt den Arm über die Rückenlehne aus.

»Ich hab Geld im Kopf, nicht Sex.«

»Wie du sagst, du willst nicht für Geld anschaffen. Aber wenn ich dir sagen würde, ich helf dir, an Geld zu kommen, würdest du mit mir bumsen.«

Er ist nicht dumm. Ich ziehe meine Beine an und wende mich zu ihm um. Ich kann nicht anders, ich muß lächeln. »Was machst du? Wer bist du? Bist du hier geboren? Ist Kemp dein Vor- oder dein Zuname?«

»Die Sonne ist weg. Ich fahr gern raus aufs Land. Als ich noch klein war, gab's viel mehr davon. Nicht so viele schicke Professorenhäuser. Mehr Kaninchen und Fasanen. Sogar Hirsche. Hast du mal Hirschfleisch gegessen?«

»Wir kriegten es bei meinem Onkel Floyd. Er hat in Pennsylvania im Bergwerk gearbeitet, und wenn er frei hatte, war er gern im Wald.«

»Ich arbeite in einer Fabrik für optische Geräte. Die Arbeit quetscht einem die Eier ab. Davon kriegt man Kopfschmerzen, als würde dein Schädel gleich aufplatzen wie 'ne reife Tomate. Buddy arbeitet auch da, und Ray. Das einzig Gute ist, wir stehen's zusammen durch.«

»Buddy hat ihr wirklich weh getan. Das war kein Witz. Sie war voller Blutergüsse, und sie hatte solche Rückenschmerzen, daß sie zwei Tage nicht aufstehen konnte.« Kemp zuckt die Achseln. »Buddy ist ein Trampeltier. Wenn du ihm was gibst, läßt er's nicht mehr los.«

»Du hast mir deinen Namen noch nicht gesagt. Was meinst du, was ich mache, wenn ich ihn weiß?«

»Ich will dich nicht hier bumsen. Im Auto. Ich will dich mitnehmen in mein Haus. Wenn du reden willst, verstehst du, müssen wir ins Bett gehen. Weil wir sonst nicht genug gemeinsame Grundlage haben. Klar?«

»Klar wie Kloßbrühe. Aber das haut nicht hin.«

»Aber sicher. Du mußt nur ja sagen.«

»Sonst bringst du mich zurück in die Stadt?«

»Bis hin wo du wohnst. Glaubst du, ich laß dich hier stehen? Ich hab mal ein Mädchen gefunden, das die Straße lang lief. Nachts um halb zwölf mit zerrissener Bluse. Ein Laffe aus der Basketballmannschaft hatte das mit ihr gemacht. Ihr die Bluse zerrissen, weil sie nicht mit ihm vögeln wollte. Da hat er sie einfach mitten im Kreis Lodi aus dem Auto geschmissen.«

»Willst du mir erzählen, du hast sie gerettet?«

»Klar. Warum nicht? Außerdem war sie nicht mein Typ. Zu dürr. Flach wie'n Brett. Und sie hat gezittert. Ich mag Weiber nicht, die immer gleich Angst haben.«

Ich will nicht in mein Gemeinschaftshaus zurück, wo Stephanie von Howie schwärmt und Donna sich wegen Peter sorgt. Außerdem kommt er mir seltsam heimelig vor. Wenn ich mich mit fünfzehn auf

Kemp eingelassen hätte, wäre das tödlich gewesen; aber mit zwanzig meine ich, ich kann ihn haben, wenn ich will, und mühelos überleben. »Wer wohnt in deinem Haus?« Ich will nicht von einer ganzen Gang durchgevögelt werden.

»Bloß ich. Ich bin allein. Du wirst überrascht sein. Ich wohne gut.« Er stellt den Motor an und die Scheinwerfer. Plötzlich ist Nacht.

»Können wir erst was essen? Ich habe Hunger. Wie meistens.«

»Wie wär's mit Spaghetti und Fleischbällchen? Bei mir. Ich wette, ich koche besser als du.«

»Wette gewonnen.« Ich lehne mich zurück. Wie verrückt das auch ist, was ich tue, ich tue es.

Kemp hat ein kleines Haus an einer Schotterstraße, zu der man gelangt, wenn man die West Liberty rausfährt, bis man Farmen liegen sieht, die noch welche sind. Er hat ein Schlafzimmer und eine Wohnküche, die von einem Holzofen geheizt wird. Draußen ist säuberlich gehacktes Holz gestapelt. Es ist gemütlich und mindestens so sauber, wie ich mein Zimmer im Gemeinschaftshaus halte.

Diese Zeit verschwimmt. Mit Kemp bilden sich nur ein paar Szenen scharf ab. Das erste Mal war peinlicher als die folgenden, aber unsere Gespräche kommen immer nur in einzelnen Fontänen zustande.

Kemp ist keine Wiederholung der Straßenbengels meiner Kindheit, denn Stadt und Land mischen und reiben sich in ihm. Er pflanzt in seinem Garten Tomaten an, Salat und Avocados. Der süße und der scharfe Pfeffer sind um die Ecke voneinander. Er sagt, der scharfe Pfeffer ist männlich und der süße Pfeffer weiblich, und wenn man sie ins gleiche Beet steckt, holen sich die Männer die Frauen und machen sie auch scharf. Zwischen meinem ersten und meinem zweiten Besuch haben wir Frost. Er zieht die Tomatenpflanzen ganz heraus und hängt sie von den Dachsparren. Den scharfen Pfeffer trocknet er. Der süße füllt den Kühlschrank. Er sengt ihn an der Flamme im Holzofen und schmort ihn dann in Olivenöl.

Er ist der erste wirklich gute Koch, dem ich begegne. Ich denke nach dem gelegentlichen Topf köstlichem Rosmarinhuhn oder Manicotti, der auftaucht, nachdem er zu Hause gewesen ist, daß ihm seine Mutter das beigebracht hat. Er ist ein uneheliches Kind; Kemp war der Zuname seines Vaters, einem verheirateten Lkw-Fahrer. Sein Vater gab seiner Mutter Geld, als Kemp klein war, aber dann ging er zur Armee, und sie hörten nie wieder von ihm. Seine Mutter wartete den ganzen Krieg über; dann, als Kemp elf war, heiratete sie 1946 einen Mann, der in der gleichen Fabrik arbeitete. Da war sie dreißig und gebar in rascher Folge drei weitere Kinder, verlor welche und bekam mit achtunddreißig ihr letztes. Kemp hat zwei Halbbrüder und zwei Halbschwestern. Wir sind beide der Meinung, daß Verbindungen durch die Mutter stark sind.

Weil er ein Junge war und schon begann, sich mit anderen Jungs herumzutreiben und von zu Hause loszumachen, als seine Geschwister in fast jährlicher Ernte erschienen, hatte er nicht das Gefühl, sie am Hals zu haben. Er liebt es, mit Geschenken beladen aufzutauchen und Kemp den Großen zu spielen. Er stolziert wie ein dunkler Gockel und wird von allen angebetet außer von Jerry, dem Mann seiner Mutter, der ihm gegenüber verlegen ist. Kemp macht das nichts aus. »Julietta«, sagt er, sein Name für mich, da er Jill zu angelsächsisch und zu protestantisch findet, »ich schulde ihm eine Menge. Er hat mich aus der Falle befreit.« Weil er das Gefühl hat, besser zu leben als sie, pocht ihm ein wenig das Gewissen: daher die ständigen Geschenke. »Wenn er dieses arme, müde alte Pferd nicht geheiratet hätte, würde ich immer noch meine halbe Lohntüte rüberreichen, immer noch eine Hypothek aus dem Jahre eins abbezahlen für ein Haus, das mindestens so alt ist.« Eines der Geschenke, das er diese Woche seinen Geschwistern mitnimmt, sind zwei kleine Katzen – Minouskas Junge.

Er ist der Platzhirsch, er ist der King bei seinen Kumpanen, deshalb kann er sich leisten, zu kochen. Er kocht, und ich wasche das Geschirr ab. Er ist genauso heikel wie meine Mutter, daß ich es sauber kriege, aber besser als sie darin, mir das Kochen beizubringen. Sie wollte meine Hilfe, ohne ihre Fertigkeiten mit mir zu teilen. Meistens kocht er italienisch, aber wenn wir im Restaurant essen und ihm etwas schmeckt, versucht er es nachzukochen. Weil er nicht aus Kochbüchern gelernt hat, fehlen ihm die Fachausdrücke, die ich mir später aneignen werde. Wenn er mir eine Hilfstätigkeit zuweist, sagt er zum Beispiel: »Du mußt es weich braten«, und bringt mir bei, wie man Zwiebeln sautiert, statt sie zu braunen Plastikscherben zu braten. Er nennt es weich braten, weil es die Nahrung weich läßt.

Weil er gern gut ißt, weil er gern Geschenke zu seinen vier Halbbrüdern und -schwestern trägt, denen zu viele Dinge fehlen, als daß die Liste – ganz gleich, wie unbändig seine Großzügigkeit – je ernsthaft zusammenschmelzen könnte, weil seine Mutter einen schlimmen chronischen Husten hat, weil niemand besser zu genießen weiß, was es zu genießen gibt, ergänzt er sein Einkommen in der optischen Fabrik durch Diebstähle.

Er hat einen guten Kopf, der die Grundschule mit ihrer Nichtachtung der Welt der Bücher und der Kultur durchlaufen hat, ohne sich irgend abschleifen zu lassen. Er hat seit der Schule kein Buch gelesen außer einem Versuch mit dem *Wendekreis des Krebses* in einer zerfledderten und importierten Taschenbuchausgabe, weil ihm gesagt wurde, das sei unanständig. Betsy, eine der Nutten, die im *Ovid* rumlungern, hat es ihm gegeben. Ihre Klientel besteht aus Universitätsprofessoren. Auf alle Fälle liest sie mehr zeitgenössische Romane als jeder, der mich in Anglistik unterrichtet hat.

Seine Intelligenz findet ihr Betätigungsfeld nicht nur im Kochen, sondern auch im Stehlen. Für einen Amateurdieb ist er umsichtig und erfolgreich. Seine Gefühlsregungen finden ihr Ventil bei Frauen. Ich bin eine von dreien oder vieren, mit denen er sich trifft. »Ein bißchen dies, ein bißchen das, so macht's mehr Spaß«, sagt er zu mir und wartet, ob ich eifersüchtig tue. Ich bin es nicht; ich tue auch nicht so. Ein bißchen Kemp ist gerade richtig, ein- oder zweimal die Woche.

Es macht mich traurig, daß meine Abenteuer von Männern begleitet sein müssen. Wenn ich allein ins *Ovid* hineinspazieren würde, könnte ich nicht bleiben. Ich würde belästigt werden, bis ich ginge. Ich könnte nie bei Gesprächen dabeisitzen. Wenn ich alleine käme, würden die Nutten nie mit mir schwatzen. Wenn ich mich in die armselige Ann Arbor-Unterwelt vorwagte, durch die er sich mit solcher Grandezza bewegt, würden mir unerfreuliche und brutale Dinge zustoßen. Im Gefolge von Kemp Tomaso Fuselli gehe ich durch Wände. Manchmal bin ich sichtbar; manchmal bin ich unsichtbar. In beiden Betriebsarten höre ich zu und beobachte und bekomme zu essen.

Über Donnas Erziehung zu Snobismus im Kleinen und der Universitätserziehung zu Snobismus im Großen habe ich etwas von mir vergessen, was ich in Erinnerung behalten möchte. Außerdem weiß in der Welt der Universität ein Mann, der sich von mir angezogen fühlt, immer noch, daß eine von Peck & Peck eingekleidete blonde Protestantin angelsächsischer Herkunft wünschens- und begehrenswerter wäre. Hier dagegen bedeuten meine orientalischen Augen und mein glitzerndes schwarzes Haar weniger als mein Körper. Auf starke, ganz neue Art fühle ich mich als Tochter meiner Mutter, sogar, wenn ich mich beim Einschlafen um sie sorge. Kemps Freunde definieren mich als eine, die was auf dem Kasten hat, aber das macht mich nicht asexuell wie in der Highschool. Nein, es gereicht Kemp zur Ehre. Er gibt mit mir an wie mit einem neuen Auto.

Was treibt mich in Kemps Hütte? Sex, sagen Sie? Unsinn. Er ist viel zu sehr mit seinem eigenen Vergnügen beschäftigt, um im Bett toll zu sein. Wenn er es lange genug hinauszögern kann, bis er kommt, ist er ein herrlicher und sinnlicher Liebhaber, aber wenn ihm nach Kommen ist, dann kommt er. Diese Ungewißheit macht es mir schwer, da ich nie weiß, ob er, wenn ich mich in Erregung steigere, nicht plötzlich den Stöpsel zieht. Dann vermag ich kaum das Verlangen zu beherrschen, ihm den Kopf abzubeißen. Ich gewinne die Überzeugung, das ist der Grund, warum sich die weibliche Gottesanbeterin mitten im Begattungsakt umdreht und das Männchen attackiert. Wahrscheinlich ist er gerade zu früh gekommen. Für eine Frau, die im Geschlechtsverkehr zu Orgasmus gelangt, ist jeder Samenerguß vor ihrem Höhepunkt zu früh. Kemp bringt mich nicht auf irgendeine andere Art zum Kommen, und an diesem Punkt meiner und unserer gemeinsamen Geschichte weiß ich nicht, ob ich ihn darum bitten kann.

Aber ich bin gern mit Kemp im Bett, weil seine Persönlichkeit sich nicht verändert. Er wird nicht vollkommen verbissen oder infantil oder unberechenbar. Er bringt mich im Bett zum Lachen. Mein höchster Genuß mit ihm ist bei Tisch. Am besten gefällt mir: obwohl wir viel reden, ist hier der Intellekt nicht das Wesentliche. Ich lebe unter Menschen, die meinen, etwas analysieren sei eine Handlung, die meinen, wenn sie seziert haben, warum sie etwas getan haben, dann macht das statthaft, es wieder zu tun, die meinen, eine Benennung verleihe Besitz, die meinen, wenn sie einen Habicht identifiziert haben, dann wissen sie etwas vom Habichttum – der Brautschau hoch in der Luft, dem freien Fall mit angelegten Krallen, dem Sturz auf die lebende Beute und dem Geschmack des heiß sprudelnden frischen Blutes, dem Gespür an jeder ausgestreckten Feder vom warmen und kalten Wechseln der Winde und der Skulptur aus unsichtbaren Massen bewegter Luft. Alles geschieht in Worten, und ich versuche mir vor Augen zu halten, wie weit sie gehen und wo sie versagen. Hungrig auf Nahrung für mein Gehirn versuche ich mir vor Augen zu halten, wieviel Arten, etwas zu wissen, gleichberechtigt nebeneinander existieren. Kemp tut mir gut, aber ich kann Donna oder Stephanie nicht überzeugen.

»Im Modder suhlen«, nennt es Donna. »Du hast dich einer dekadenten Romantik überlassen. Du hast zu viele James Dean-Filme gesehen.«

»Dieser hier schmollt nicht. Er genießt das Leben wie ein Baby.«

»Das ist ein Riesenschritt rückwärts! Wozu all deine Anstrengungen, auf dem College zu bleiben? Du wirst in Fetzen gerissen werden.«

»Dabei finde ich, du spielst das gefährlichere Spiel.«

Sie läßt das Gesicht in die Hände sinken. »Wo kriegen wir das Geld her? Wo?«

»Ich treibe es auf. Vertrau mir.«

»Wo? Beim letzten Mal konnten wir unsere Freunde fragen. Aber wenn Peter davon Wind bekommt, ist es aus.«

Ein vager Wunsch, ihm einen anonymen Brief zu schreiben, geht mir durch den Kopf, aber ich rechne damit, daß ihre Verlobung aus sich heraus zusammenbricht. Ich erzähle Donna nicht, daß Kemp letzten Samstag angeboten hat, mir das Geld zu geben. Ich kann es nicht nehmen. Was er am ersten Abend im Auto gesagt hat, bleibt mir im Gedächtnis, und ich will das Geld nicht nehmen, weil ich mit ihm schlafe. Ich werde es irgendwie verdienen. Wenn ich auch vor mir selbst so tun würde, als borgte ich mir das Geld, ich könnte es Kemp nie zurückzahlen und wäre an ihn gebunden. Während ich so dahintuckere, werden die Vorteile finanzieller Unabhängigkeit immer klarer. Ich werde nichts von Kemp nehmen außer seiner Gesellschaft und seiner Kochkunst.

Ich habe Donna nicht erzählt, daß Kemp mit Buddy zusammensteckt, aber ich weiß, daß sie eine Verbindung spürt, einen Verrat. Aber ich werde das Geld besorgen, um ihr die Abtreibung zu kaufen, und das wird mein Abenteuer rechtfertigen.

Donna rechtet: »Aber das kann doch nirgendwohin *führen* mit Kemp.«

»Und wohin hat das mit Mike geführt? Doch ja, ihn nach Yale. Und mit Peter? Doch ja, in deine Vagina.«

»Eine Nacht mal, Stu, das kann ich verstehen. Wir haben alle unsere brutalen Anwandlungen. Ein Schlammbad hin und wieder. Aber sich weiter mit ihm zu treffen, als wäre er ... eine echte Möglichkeit!«

»Ich bin nicht auf der Jagd nach einem Ehemann, und ich finde ihn nicht dreckig. Er behandelt mich besser als Peter. Ich fühle mich besser, und zwar vorher, dabei und hinterher.«

Sie schüttelt den Kopf und glaubt mir nicht. Sie fühlt sich schuldig, als hätte sie mich, indem sie mir Peter wegschnappte, zu dem verurteilt, was sie als tiefste Erniedrigung sieht. »Warum willst du dahin zurückgehen, wo wir hergekommen sind?«

»Ich kann nicht zurückgehen. Aber ich kann eine Zeit da brauchen, Donna.«

Das Thema reibt sie wund. Wenn sie mich jetzt anschaut, dann tut sie es mit der Besorgtheit, mit der ich sie früher bestrahlte. Es ist mir nicht unangenehm. Ihre Fürsorge kommt in dem Versuch zum Vorschein, mir Kemp auszureden, mich zu gängeln, mich psychologisch aufzuschlüsseln. Jeden Tag ersinnt sie neue Gründe. Ich stelle mir vor, wie sie in langweiligen Vorlesungen sitzt und sich Notizen macht, wie sie mich von meiner Narretei abbringen kann. Jede Woche erzählt sie mir von einem großartigen neuen Therapeuten.

Stephanie hat beschlossen, Kemp als eine meiner dichterischen Verirrungen zu behandeln. »Verlaine und Rimbaud haben sich gerne mit Gangstern rumgetrieben«, erzählt sie mir. »Das ist eine Phase. Irgendwann wird's dir langweilig. Das ist wie bei mir, als ich mit dem Hockeyspieler ging. Hockey und nichts als Hockey kann man nur begrenzte Zeit aushalten ... Nicht, daß dein Rowdy nicht hübsch ist wie der Teufel – schaut aus wie alte Fotos von meinem Papa, bis auf die Nase. Wundert mich nicht, daß du ihm erlegen bist. Aber du kannst nicht einfach so weitermachen.«

Ich habe eine Klassensünde begangen, ein Verbrechen gegen den sozialen Aufstieg, den meine Freunde erwarten, und der von ihnen erwartet wird. Das Schockpotential meines Liebeslebens in meinem letzten Collegejahr hat sich noch nicht erschöpft.

Ich kann mich nicht erinnern, wessen Idee es war, daß sich die treibenden Kräfte von FPA in Donaldsons Wohnung zu einem Essen treffen, zu dem alle etwas beisteuern: wahrscheinlich die von Dick Weisbuch, der mit Frau und Baby lebt und mit einem anständigen Thunfisch-Nudeltopf kommt, den seine nicht berufstätige Frau zubereitet hat. Aber wenn man fünf Männer und zwei Frauen, alles Studenten, bittet, etwas zu einem Gemeinschaftsessen mitzubringen, dann endet man mit einem Thunfisch-Nudeltopf, zwei Laiben Brot und vier Flaschen billigem Rotwein.

Dies ist meine Sternstunde. Vor kurzem habe ich Kemp beim Fettuccinemachen zugeschaut, einer Köstlichkeit aus solchen Minimalia wie Nudeln, Eiern, Sahne, ein bißchen Käse. Das kann ich schaffen, wenn ich's versuche, und ich schaffe es. Das trägt mir die Dankbarkeit von sechs hungrigen Menschen ein und die fast ungeteilte Aufmerksamkeit von Donaldson. Als die Versammlung sich auflöst, sagt er leise: »Bleib doch und hilf mir aufräumen, ja? Ich fahr dich dann nach Hause.«

Das ist eine Einladung, die ich kaum ausschlagen kann. Das Ärgerliche daran ist, ich kann mir nicht klarwerden, ob ich von Lehrer zu Schülerin gefragt werde, von Genosse zu Genossin, oder – wenn ich so unverfroren bin, meinen kaum gekeimten Verdacht anzuschauen – vielleicht aus romantischem Interesse? Das Aufräumen ist in einer halben Stunde erledigt, denn wir haben von Papptellern gegessen. Ich fühle mich ein wenig manipuliert, als er die Leichenöffnung einer langweiligen Versammlung vornimmt. Ich erlebe ihn als Herr dessen, was oder was nicht geschehen wird, so daß mir allein schon mein Verdacht illoyal und primitiv vorkommt.

»Möchtest du Kaffee?« fragt er.

Aus einem plötzlichen, aggressiven Impuls heraus, geboren aus der

Frustration über die Peinlichkeit, frage ich: »Wie heißt du mit Vornamen? Ich weiß, daß Alberta Donny zu dir sagte.«

»Das war nur ein Spitzname. Eigentlich heiße ich Gerrit.« Er sitzt am Küchentisch mit einer leeren Tasse vor sich als Entschuldigung für seine Untätigkeit. Von allen Männern, die ich kenne, ist er der, dem seine Umgebung am gleichgültigsten ist. Die Wohnung ist in heller Kistenmoderne möbliert gemietet. Er hat ein paar Käthe Kollwitz-Drucke hinzugefügt, ein Plakat von einer George Grosz-Ausstellung und mehrere tausend Bücher und Zeitschriften. Er wohnt immer noch in dem Haus mit Anklängen an den Tudorstil, in dem ich ihn als Studienanfängerin ausspioniert habe.

Ich sitze ihm gegenüber an einem Tisch mit Resopalplatte, der an einen kleinen Tresen erinnert. »Du magst den Namen nicht sehr?«

»Gerrit? Als ich jünger war, nicht. Ich fand ihn affektiert. Aber es hat ihn so lange keiner mehr benutzt, es ist, als hätte ich ihn verloren. Du kannst mich so oder Jerry nennen – so nennen mich meine Schwestern.«

»Ich werde Gerrit sagen.« Ich habe nicht vor, ihn in Versammlungen anders als mit Donaldson anzureden, ganz egal, was passiert. Wie in aller Welt will er sich über einen Resopaltisch an mich heranmachen? Wenn ich etwas vorhätte, ich hätte uns auf den Beinen gehalten oder uns auf sein durchaus bequemes Sofa gesetzt. Oder ist er der Typ, der sagt: Komm, machen wir's, alles verbal?

Nichts passiert. Außer in Gerrits Kopf. Als er mich zu meinem Wohnhaus zurückfährt, gibt er mir einen Abschiedskuß. Zwei Tage später nimmt er mich mit in eine Verfilmung von Raymond Radiguets *Den Teufel im Leib.*

Also habe ich nun zwei 'Lieben'. Ich trage mich der Form halber nach Detroit aus, wann immer ich eine Nacht mit Kemp verbringe. Unsere neue Hausmutter ist keine besondere Freundin von mir, aber da sie mich schon im Besitz meines eigenen Hausschlüssels und gewöhnt an Unabhängigkeit vorfand, nahm sie es stillschweigend hin, und ich habe sie hinlänglich eingeschüchtert. Ich vermeide es, meine Gewohnheiten zum Streitfall zu machen, indem ich die Mindestformen wahre. Ich trage mich ein und aus, selbst wenn meine Angaben nicht mit meinen Aktivitäten übereinstimmen.

Wir wandern durch die herbstlichen Wälder, Kemp sammelt späte Pilze für eine Spaghettisoße – Tomaten, Tomatenmark und Ketchup, eine Prise Zimt, etwas Rotwein, eine mit dem Kochlöffel zerquetschte Knoblauchzehe, ganz zum Schluß Basilikum –, und wir fahren in seinem Lastkahn von Auto zum Tanzen in Dorfdiscos.

Seine Augen sind schön in ihrer Dunkelheit. Die Iris wird durchscheinend, wenn er glücklich ist, und undurchlässig in seinen zornigeren Stimmungen. Würde er glauben, daß es mich mit meinen eigenen Sehnsüchten wirklich gibt, er wäre ein guter Liebhaber. Er ist ein echter Solipsist, finde ich, aber sein Charme rettet ihn, er wurzelt in einem ungezwungenen Verhältnis zu sich selber und dem, was ihm gefällt. Die Welt reibt ihn wund genug, um ihn vor Selbstzufriedenheit zu bewahren. Sein Körper zieht meine Hände an, die geschmeidige Kraft seines seidigen Rückens. Wenn ich allein schlafe, habe ich in manchen Nächten erotische Träume von ihm, und doch entspricht nichts in unserem Liebesspiel dem, was ich an Möglichkeiten erahne. Keiner von uns spricht von Liebe, eine Verschwiegenheit, die ich äußerst angenehm finde. Liebe nimmt keinen großen Raum in meinen Gedanken ein. Ich weiß, welchen Mann ich lieben könnte, und mein Weg führt davon weg, mich bei Howie und Stephanie einzumischen. Ich sage mir, ich habe Kemp für meinen Körper und Gerrit für meinen Kopf.

Gerrit hat nicht mit mir geschlafen. Er leiht mir Bücher, so wie Mike früher. Er erwartet von mir, daß ich koche, was ich manchmal tue und dann an ihm ausprobiere, was ich von Kemp lerne. Ich esse lieber mit Kemp. Ich bin bereit, gelegentlich zu kochen, aber ein langer Tag in der Uni und ein langer Abend in der Küche sind nicht meine Wonne. Wir sehen jeden anspruchsvollen Film, der in die Stadt kommt. Ich bin immer ins Kino gegangen. Jetzt rede ich über 'Filmkunst', als wäre alles ein einziger langer Film aus dem Ausland. Er hat Zeitschriften abonniert, die Filme analysieren. Sein Französisch und sein Deutsch sind hervorragend, obwohl ich ihn, wenn er Französisch spricht, bitten muß, es zu wiederholen, weil ich nicht ausmachen kann, welche Sprache er da wie britisch verquältes Amerikanisch ausspricht. Er liest sogar etwas Russisch. Ich erlerne einen Wortschatz für Filme und einen erweiterten politischen Wortschatz. Sein Löwenhaupt rührt mich, wie es immer tat, und ich wandele schwankend am Abgrund, mich ernsthaft in ihn zu verlieben. Seine Kälte hält mich zurück. Ich kann im privaten Mann nicht das Feuer finden, das mich an seiner öffentlichen Person bewegt. Meine Hände strecken sich aus und kommen leer zurück.

Er hat ein schlechtes Gewissen wegen Alberta, eine Wunde, in die ich hineinzutappen scheine, die ich eigentlich aber absichtlich berühre. Es ist mir wichtig, das zu verstehen. Ich verurteile ihn immer noch dafür, sie nicht gehalten zu haben. Er äußert seine Wut, indem er noch größer wird und kälter. Die Temperatur fällt in zwei Minuten um vierzig Grad, und in seinen Augen bilden sich Eiskristalle.

Stephanie und Howie verbringen jeden Abend miteinander außer dem Dienstagabend, wenn sich das FPA trifft. Wenn sie zu ihm gegangen ist, geistert ihr Nachbild durchs Zimmer. Sie wandert umher, schüttelt ihr glänzendes Haar zurück und redet zwanghaft von ihm. Ich stelle mir die beiden im Bett vor. Eifersucht verbrüht mich. Seitdem ich in Detroit war, geistere ich außerdem selber und erscheine mir als Erbin und Nachfolgerin meiner Mutter, deren Energie und Vitalität sich in der Schufterei des Überlebens abgewetzt haben. Kurz vor dem Einschlafen habe ich eine Vision von mir als einem Berg aus Millionen von Frauen, alle beklagen, erflehen, fordern die Erfüllung, die ihnen versagt blieb. All ihr vereiteltes Wollen und Wünschen fließt durch mich.

»Willst du immer noch Geld verdienen?« Kemp bürstet sich das Haar vor dem Badezimmerspiegel. Er braucht zehn Minuten, um es zu seiner Zufriedenheit zu arrangieren. Er bürstet auch gern meins, das bereitet ihm sinnliches Vergnügen.

»Das weißt du.« Ich bringe das Thema mit ermüdender Regelmäßigkeit zur Sprache, denn meine Panik wird von Donnas gespeist. Es heißt bald oder nie. Wenn ich nicht auf andere Art an Geld komme, werde ich beide Männer unter Druck setzen müssen.

»Wenn du die Traute dazu hast.« Er beäugt sich so kritisch im Spiegel wie Donna.

»Wetten?« Ich klinge zuversichtlicher, als ich bin. Geld, Geld, Geld. Die Hügel von Ann Arbor kommen mir in letzter Zeit vor wie zusammengepreßte Geldscheine. Der Alkohol, der an einem Wochenende in einem Verbindungshaus fließt, würde Donna freikaufen.

»Ich denke drüber nach«, sagt er ausweichend. »Ob du gute Nerven hast. Denn sobald du was davon weißt, hängst du mit drin.«

Im Geiste rufe ich Bilder auf von Banküberfällen, Technicolor-Schießereien mit Randolph Scott und John Wayne; dann Gangsterfilme in Schwarzweiß. Ratta-tat-tat, und James Cagney stirbt im Rinnstein. Edward G. Robinson wird von Maschinengewehrfeuer in eine Mauer gesiebt. Ich sehe Strumpfmasken, schnelle schwarze Limousinen unter Gummigequietsche davonrasen.

»Ein Lager für zahnmedizinisches Zubehör.«

»Zahnmedizinisches Zubehör?« Ich bin fast empört.

»Mausi, die setzen Gold in Zähne ein, klar? Aber hauptsächlich sind wir hinter Bohrern her, Bohrerteilen, Ausrüstung. Meine Verbindung will eine ganze Ladung davon, aber ziemlich spezielle Sachen.«

»Wir stehlen Zahnarztbohrer? Du nimmst mich auf den Arm.«

»Das ist ein heißes Geschäft. Von der besten Sorte. Wo du einen Käufer hast und einen Lieferanten. Ich hab mir ein Lager angeguckt, wo die Bestellungen rausgehen, und es ist ein Kinderspiel. In einem Bürokomplex. Der Wachmann macht nachts alle zwei Stunden seine Runde. Wir hätten gut anderthalb Stunden.«

»Haben sie keine Alarmanlage?«

»Das ist meine Sache. Ich hab mir einen Schlüssel machen lassen, aber den muß ich ausprobieren – sichergehen, ob er funktioniert und keinen Alarm auslöst. Heute abend müssen wir eine Stichprobe machen.«

»Wozu brauchst du mich? Hast du mir deshalb fahren beigebracht?«

»Julietta, so gut fährst du nun auch wieder nicht.« Er lacht. »Ich hab eine Liste, was mein Mann braucht, und Samstag abend, wenn wir's machen, mußt du finden, was draufsteht, damit die Jungs es rausschaffen können.«

»Eine Liste? Von Sachen wie Bohrern?«

»Alle Sorten komisches teures Zeugs. Er – der Mann – kann es in Detroit verkaufen. Kostet Zahnärzte ein Vermögen, sich eine Praxis einzurichten. Wir tun ihnen einen Gefallen.«

»Aber ich weiß nichts über Zahnärzte.«

»Ich gebe dir eine Liste. Die Kisten sind beschriftet.«

»Und ich kriege was von deinem Anteil?«

»Ein Fünftel.«

Er bekommt den doppelten Anteil. »Weil ich der Kontaktmann bin und die Kopfarbeit mache. Ohne mich läuft gar nichts.«

Ich soll mich heute abend um elf mit ihm treffen. Völlig benommen sitze ich die Freitags-Seminare aus. »Miss Stuart, mir ist klar, daß Ihre Gedanken wesentlich anregender sind als unser kümmerliches Seminar, aber wenn Sie sich dazu bequemen könnten, das Licht Ihres Intellekts auf Auden scheinen zu lassen, wir besprechen eines seiner Gedichte, und ich habe Sie zweimal um eine Interpretation der Schlußzeilen ersucht.«

Etwas ärgert meine Englisch-Professoren an mir, selbst wenn ich mich unpolitisch gebe und versuche, es ihnen recht zu machen. Ich habe das falsche Geschlecht, die falsche Klasse, die falsche ethnische Mischung, die falsche Größe, die falsche Lautstärke. Selbst wenn sie mir Einsen geben, neigen sie zu barschem Sarkasmus. Vielleicht argwöhnen sie jahrelang im voraus, was ich tun werde – schreiben, was sie nie bewundern werden, aber jahrelang werden sie Studenten, die es tun, ertragen müssen. Zeit ist eine Täuschung: Während ich in seinem Seminar sitze, bestraft mich mein Professor dafür, wie ärgerlich er in zwanzig Jahren mein Werk finden wird.

Heute abend soll ich zu einer FPA-Party gehen. Um halb elf werde ich Kopfschmerzen bekommen. Daß ich nicht mit Gerrit schlafe, hat gewisse Vorteile. Er wird mich von Dicks Wohnung nach Hause bringen und prompt weiterfahren.

Beim Abendbrot verläßt Donna fluchtartig den Tisch. Ich folge ihr. Sie muß sich übergeben. Hinterher liegt sie weinend auf ihrem Bett. Minouska knetet ihre Schulter und versucht, sie zu trösten. Ich halte ihre schlaffe, kühle Hand. »Wenn ich das Wochenende über brechen muß, bringt er mich zum Arzt. Dann bin ich erledigt! Dann ist alles aus. Ich möchte sterben!«

»Ich besorge das Geld. Ganz bestimmt! Du geh und mach einen Termin für nächste Woche. Du hast die Anzahlung. Gib ihm deine hundert in bar. Mittwoch oder Donnerstag.«

»Wie besorgst du das Geld?«

»Wenn ich es habe, werde ich es erklären.« Etwas erfinden.

Sie setzt sich wütend auf. »Ich will kein Geld von diesem Rowdy. Daß du dir ja nicht welches von ihm leihst.«

»Ich habe nicht vor, es von ihm zu leihen. Mach dir keine Sorgen.«

»Das ist diese verfluchte selbstzerstörerische Ader in mir. Wenn ich endlich eine Chance habe, glücklich zu sein, das zu bekommen, was ich will und brauche ...« Sie schlägt sich an den Kopf. »Ich kann's nicht glauben, daß ich sowas gemacht habe. Mit diesem Dödel! Wenn du doch bloß früher mit Peter Schluß gemacht hättest! Wenn ich doch bloß nicht hingegangen wäre! Wenn ich mir doch bloß statt dessen das Bein gebrochen hätte!«

»Macht dich Peter wirklich glücklich?«

»Kann irgendein Mensch einen anderen Menschen glücklich machen?«

»Kann eine rhetorische Frage eine persönliche Frage beantworten?«

»Natürlich macht er mich glücklich. Er ist das, was ich in meinen Träumen immer sein wollte. Nur dies Ding nagt an mir. Ich fühle mich ihm gegenüber die ganze Zeit schuldig, als ob ich ihn über's Ohr haue. Ich habe Alpträume, Stu, wo ich mich höre, wie ich es ihm erzähle. In den Alpträumen fängt meine Zunge an, sich zu bewegen, und dann höre ich mich, wie ich es ihm erzähle, und dann ist alles aus. Er geht einfach weg und verläßt mich, und es ist aus. Ich bin ganz allein.«

»Im Moment bist du nicht alleine.«

»In meinen Alpträumen bin ich völlig allein ... Im Bett habe ich ständig Angst, daß ihm was auffällt. Jedesmal, wenn er meinen Bauch berührt, gerate ich in Panik.« Sie macht den Reißverschluß ihres Kordrocks auf und zieht ihre Höschen herunter. »Siehst du schon was?«

»Du bist so flach wie ein Kartoffelpuffer. Da ist nichts zu sehen. Du bist sogar noch dünner.«

»Ich kann nichts essen. Selbst wenn ich keinen Brechreiz habe, kann ich's nicht ertragen, mir Dinge in den Mund zu stecken und zu kauen. Ich fühle mich feist.«

»Donna, du bist dünn. Du wiegst weniger als neunzig Pfund. Ich finde, du siehst besser aus, wenn du zehn Pfund mehr drauf hast.«

Sie zuckt die Achseln. »Ich kann Fett nicht ausstehen.«

Ich muß daran denken, wie Mutter sagte, daß man ein Baby nicht weghungern kann. »Mach den Termin. Vertrau mir. Ich werde das Geld haben.«

»Klar. Du kaufst eine kleine Presse und stellst sie im Keller auf und druckst meine dreihundert.«

»Wenn ich muß.«

»Ich vertraue dir. Aber du hast noch weniger Geld als ich.«

»Nicht um die Zeit nächste Woche. Ich verspreche es!« Ich werde nie irgendeiner Frau erzählen, wie sie es selbst machen kann; ich werde nie zulassen, das irgendeine Frau in meiner Umgebung mit einem ungewollten, ungeliebten Kind bestraft wird. Das ist ein Versprechen, das ich mir zum eigenen Überleben gebe. Ich werde das Geld besorgen.

»Ich muß mich säubern. Er kann jeden Moment hier sein.« Sie schleppt sich über den Flur zum Badezimmer. »Geh iß dein Abendbrot.«

Könnte ich doch aus Solidarität sagen, daß ich auch keinen Hunger habe, aber ich habe immer Hunger. Ich laufe hinunter, um zu erwischen, was ich kann, solange es noch etwas zu erwischen gibt.

31 Die Heiterkeit im Zentrum der Furcht

Howie kommt in Dicks Wohnung mit dem Arm um Stephanies Schulter in lockerem Besitz, ihre Gesichter sind errötet, als hätten sie gerade gelacht oder geliebt.

»Sie haben was?« frage ich und höre nur mit halbem Ohr hin. Gerrit ist aufgebracht über etwas, was er in den Abendnachrichten sah. Wir haben keinen Fernseher im Gemeinschaftshaus, und ich habe seit mehreren Tagen keine Zeitung gesehen. Die Leute in meinen Seminaren haben davon geredet, wer in Englisch mit Auszeichnung abschneiden wird.

»Die Sowjets sind einmarschiert. Panzer auf den Straßen von Budapest. Es sieht aus wie eine Wochenschau aus dem Zweiten Weltkrieg, außer daß es statt der Nazis die Sowjets sind, die ein anderes kommunistisches Land überfallen.«

Wie lebhaft ist mir die Umarmung auf dem Flur nach jener unglückseligen Party im Sinn. Eifersucht hockt mir auf der Leber und heult. Mein Mund schmeckt nach Galle. Gerrit nimmt an, daß ich über die Russen aufgebracht bin. Wie peinlich, so banal zu sein, unfähig, mich an der stürmischen politischen Diskussion zu beteiligen. Ich entschlüpfe Gerrit, um mir noch etwas zu trinken zu holen, aber sie sind in der Küche. Am Herd, wo Carole Weisbuch Tacos macht, stehen Howie und Stephanie so dicht aneinander gedrängt, daß Stephanies weiter steifer Rock eingedrückt wird und bei jeder Bewegung raschelt. Sie nimmt Päckchen mit Gewürzen und hält sie ihm zum Riechen hin. Ihre Arme sind von den Schultern an bloß. »Und das ist Oregano. Den benutzen wir mit Tomaten und Lamm – ach warte, bis du eine richtige griechische Lammkeule bekommst!« Sie preßt die flache Hand auf sein Zwerchfell: »Dich kriege ich schon fett!«, während er sich lachend zu ihr beugt und der Rock heftig raschelt. »Das sind Nelken, die man in Schinken steckt.«

»Nelken, die *du* in die Schinken steckst.« Er schnuppert an dem Päckchen. »Die riechen wie du.«

Prüfend neigt sie den Kopf. »Ein bißchen wie mein Körperpuder.«

Bolognese lehnt am Kühlschrank und beobachtet mich mit düsterem Blick, und beschämt merke ich, daß er mich klar und deutlich liest. Ich kann meine Augen nicht von ihnen wenden. Ihr Unsinn verbrennt mich. Ich habe noch nie dieses Schimmern an Howie gesehen. Mit mir ist er ernsthaft oder spöttisch oder streitlustig. Ich kann dieses Gesicht nicht entflammen. Ich kann ihn nicht so unbekümmert zum Lachen bringen. Obwohl ich rede und verstehe, bis mir das Hirn raucht, kann ich ihm nicht diese Löwenmähne aus Freude umtun.

»Und das ist Rosmarin, und das ist Basilikum – und er schuf sie als Mann und Weib –, und das ist Safran.«

»Das steck dir in die Handtasche.« Sein Arm umfaßt sie. Seine Hand gleitet zu ihrem Hintern hinab. »Safran macht den Kuchen geil.«

Ich wirbele zurück ins Wohnzimmer und hefte mich fest an Gerrits Seite, wie ich es sonst nie tue. Schließlich dringen die Nachrichten durch meinen Nebel. Etwas Entsetzliches ist geschehen, schlechte Nachrichten für die Linke, schlechte Nachrichten für die Welt zukünftiger Möglichkeiten.

Es ist einfach, die Party früh zu verlassen. Gerrit ist zu betroffen, um mich zu vermissen. Ich gehe allein los und komme kurz nach zehn zu Hause an. Wenn ich den Mut hätte, würde ich mich betrinken, aber Kemp hat ein Recht auf meine volle und nüchterne Aufmerksamkeit. Ich bin ihm dankbar, während ich warte, dankbar, weil er mir etwas Zwingendes und Beängstigendes zu tun gegeben hat, das meine Aufmerksamkeit von meiner Besessenheit ablenkt, dankbar, weil ich es für Donna schaffen werde. Dankbar, weil ich heute abend meine wunde Einsamkeit mit ihm lindern werde.

Während ich die Uhr im Auge behalte, fühle ich mich verloren. Woher wissen Menschen, wer sie sind? Sie sind die Arbeit, die sie tun. Ich bin immer noch Studentin. Ich nenne mich Schriftstellerin, aber niemand sonst nennt mich so. Wenn ich wüßte, wieviele Jahre die breite Öffentlichkeit brauchen wird, um meinen Beruf gutzuheißen, würde ich mich auf der Stelle umbringen.

Meine Mutter ist Mrs. Stuart: die Mutter von Söhnen und nebenbei auch von mir, aber vor allem und immer die Frau meines Vaters. Daher rühren ihr Essen und ihre wenigen Kleider und ihr hart erworbener Knorpel der Sicherheit. Donna möchte Mrs. Crecy sein. Donna zu sein hat ihr Angst gemacht. Ich bin Donnas Freundin. Das war Teil meiner Identität, daß wir zu zweit waren im Bemühen um unseren eigenen Weg, Verschwörerinnen und gegenseitige Ratgeberinnen. Wir bildeten eine kleine Frauenregierung, nicht im Exil, aber im Untergrund. Wir machten unsere eigenen Regeln; jetzt fehlen sie mir.

Einst war ich Mikes Geliebte, und das beschrieb meine Welt. Als ich Peters Geliebte war, beschrieb das nur den Inhalt bestimmter Abende und was ich an Sex hatte. Was ich mit den Männern tue, mit denen ich mich jetzt treffe, ist sogar noch peripherer. Ich weiß nicht, ob das gut oder schlecht ist. Meine Gesellschaft sagt mir, es ist falsch, meine Beziehungen sind unstet und ich bin eine schlechte Frau, die ein frühes und ziemlich scheußliches Ende finden wird.

Für Stephanie ist die eigentliche Arbeit, die sie tut, Howie. Ihre Seminare sind zweitrangig. Sie bringt es auf immer mehr unvollständige Kurse. Ihre Freundschaften paßt sie in die schmalen, zufälligen Spalten des Tages. Sie vertritt keine politische Richtung. Ich weiß nicht, ob sie irgendwelche Meinungen hat, die sie seinetwegen nicht ändern würde, abgesehen von denen, die sie darüber entwickelt hat, wie man Männer anlockt, bekommt, behält und handhabt. Ihre Liebe zu Howie und ihre Abhängigkeit von Howie geben ihr ein gewichtiges und ausschließliches Ziel. Bei jedem Ereignis und jeder auftretenden Möglichkeit fragt sie sich: Ist das gut für die Beziehung?

Ich empfinde mich selber als klein, zerbrechlich, einsam und sehr verängstigt. Ich versuche, nicht an das zu denken, was wir vorhaben, und verbiete mir plastische Bilder von Kriegslist oder Gewalt. Die Zeiger nähern sich einander gegen elf. Ich ziehe meine schwarzen Hosen und meinen schwarzen Pullover an, stecke mir die Haare hoch unter Francis' alter Mütze, wie ich es für meine Highschool-Raubzüge tat. Ich schlüpfe in meine abgetragene Wildlederjacke, dieser Trödel-Hälfte eines Reitanzugs, und verlasse das Haus durch die Küchentür so, daß sie hinter mir einschnappt. Leise komme ich auf meinen Turnschuhen ums Haus, und da wartet das Silberkabrio auf mich.

»Was hast du mit deinen Haaren gemacht?« fragt er.

»Hochgesteckt.«

»Wieso?«

»Ich weiß nicht. Wollte sie wohl aus dem Weg haben.«

»Keine schlechte Idee. Solange du die Jacke anbehältst, gehst du glatt als kleiner Junge durch. Hier ist die Liste.« Er übergibt mir ein maschinebeschriebenes Blatt, während der Silberkahn davonstampft.

»Ich soll aus diesem Zeug klug werden?«

»Du bist doch gut im Studieren. Lern sie einfach. Morgen findest du das Zeug. Müßte beschriftet sein. Du wirst eine Taschenlampe haben. Du ortest das Zeug, und Buddy und Ray schleppen es raus.«

Er parkt zwei Querstraßen vom Lagerhaus, in einem Industriegebiet am Fluß. Am Freitagabend ist es still in diesem Bezirk. Die Luft ist kalt und feucht wie ein Stein an meinem Gesicht. Ein Zug fährt vorüber. Wir gehen um den Block. Dann hocken wir uns hinter einen großen Müllcontainer, während Ratten über meine Gedanken kriechen, und warten, daß der Nachtwächter seine Runden in unser Gebäude macht, damit wir seine Gewohnheiten ein letztes Mal überprüfen können. Ein Auto saust vorbei. Eine meiner Aufgaben in der Kindheit war es, den Müll zu dem verzinkten Blecheimer an der Hintergasse zu bringen. Küchenabfälle wanderten in den zugedeckten Behälter, der übrige Müll in ein offenes Ölfaß. Wenn ich die Abfälle nach dem Abendessen hinausbrachte, sprang gelegentlich eine Ratte heraus und huschte davon. Wann immer wir gerade keine Katze hatten, waren Mäuse im Haus. Das erschreckte mich nie, aber die Ratten rannten über meine Alpträume. Sie bewegten sich wie die leibhaftige Bedrohung, dicht am Boden, schnell, verstohlen, muskulös und angriffsbereit.

Ich höre Schritte. Ich bin überzeugt, wir sind zu sehen, glimmen radioaktiv durch die Wand des igluförmigen Containers. Als ich mein Gewicht verlagere, knistert die zusammengefaltete Liste in meiner Tasche wie eine Schnur explodierender Kanonenschläge. Wieso meine ich, Kemp weiß, was er tut? Weil ich Männern glaube, mit denen ich vögele. Ein hervorragender Grund für die Beteiligung an einem Einbruch. Nie wieder, verspreche ich mir selber. Nie wieder werde ich ohne genug Geld für eine Abtreibung für mich oder eine Freundin sein. Niemals. Ich schwöre es, ich verspreche es, ich möchte es in meinen Arm einschneiden. Niemals!

Die Tür hat sich hinter dem Wachmann geschlossen. Wir spähen um die Seite unseres Behälters. Lichter gehen an und aus. Zehn Minuten später kommt er zurück und geht nach rechts zum nächsten Gebäude. Ich kühle langsam aus und muß pinkeln. Das Blut bewegt sich nicht mehr in meinen Adern. Ich kann nicht mal Kemp sehen. Er zündet eine Zigarette an und reicht sie mir. Zwanzig Minuten. Der Wachmann kommt heraus, geht wieder nach rechts und biegt um die Ecke, im Laufen kratzt er sich am Hintern.

Nach weiteren fünf Minuten steht Kemp auf, läßt mich hinter dem Behälter und probiert den angefertigten Schlüssel aus. Die Frage ist, ob der die Alarmanlage auslösen wird. Wir gehen davon aus, daß sie eine haben. Ich kann Kemp nicht im Eingang sehen. Wenn ich rennen müßte, ich könnte es nicht, denn meine Knie sind steifgefroren. Dann kommt er zu mir herübergeschlendert. »Los, komm. Wir gehen zur Ecke. Wir können auch von da aus sehen, ob irgendwas passiert.«

»Paßt der Schlüssel?«

»Er paßt. Jetzt werden wir sehen, ob er ein Signal ausgelöst hat.«

»Ich höre nichts.«

»Nein, aber das heißt noch nicht, daß es außer so einer Scheißklingel keinen anderen Alarm gibt.«

Wir marschieren die Straße entlang, so breit wie die Champs-Élysées, so breit wie ein Fußballfeld. Er will mich nicht rennen lassen, hält mich am Arm fest. »Immer mit der Ruhe, Julietta, nur die Ruhe.« Kemp glaubt nicht an rennen, wenn man nicht verfolgt wird. Ein Auto kreuzt die Straße, und mein Herz strampelt in meiner Brust. Jedes Auto, das vorbeifährt, ist die Polizei. Wir gehen weiter. Auf halbem Wege vor der nächsten Querstraße hocken wir uns hinter einen Laster. Fünf Minuten, zehn Minuten. Meine Blase tut weh. Ich bin nicht für sowas gemacht.

Schließlich ist Kemp der Meinung, daß nichts passiert ist, und wir sind frei, wieder hinter den verdammten Iglu zu stolpern und darauf zu warten, daß der Wachmann in einer Stunde und vierzig Minuten – wie wir meinen – wiederkommt. Ich habe den Weg zu sofortiger Arthritis entdeckt. Ich pinkle hinter einen Laster und trabe dann ungelenk, um ihn einzuholen. Meine Knie arbeiten nicht mehr einwandfrei.

Als wir endlich sein Häuschen erreichen, ist Kemp schlecht gelaunt. Wir gehen ins Bett ohne Sex. Seinem Körpergeruch nach vermute ich, daß er heute abend schon mit einer Frau zusammen war, aber es ist mir gleichgültig. Ich rolle mich wie eine Maus mit einer harten Nuß zusammen um einen festen und unvergänglich scheinenden Kern aus Furcht.

Werde ich morgen abend genug Mut aufbringen? Werde ich mich blamieren und die Nerven verlieren? Ich weiß, Buddy und Ray sind dagegen, daß ich dabei bin, und finden es von Kemp bescheuert, mich mitzunehmen, was stimmen kann. Meine Furcht, von einem Mann finanziell abhängig zu sein, und mein ständiger Geldbedarf vereinigen sich, um mich in Schwierigkeiten zu zwingen. Ich habe so entsetzliche Angst, daß ich mich selbst nicht zu fassen bekomme, keinen Kern von Selbst finde in dieser Düsternis aus Furcht. Es ist, als hätte ich mich in kalten, wirbelnden Nebel aufgelöst. Jedesmal, wenn ich auf den Schlaf zutreibe, wache ich plötzlich mit einem Ruck auf, als würde ich fallen. Wo bin ich? Ich fühle mich verloren und unsichtbar. Nirgendwo kann ich Bilder finden, die mir Hilfe und Trost spenden, um zu entscheiden, welche Art Mensch ich sein soll, was eine Frau im Vollbesitz ihrer Fähigkeiten und ihrer Lebendigkeit ist.

Nach einem schweigenden Wurst- und Eier-Frühstück setzt er mich an meinem Haus ab. Ich tippe ein Referat, leiste meine Zeit ab beim Badezimmersaubermachen, gehe in die Bibliothek, um im Zeitschriftenraum zu arbeiten. Ich vollführe Kieferbewegungen, die normalerweise zum Sprechen gehören, während der Tag in raschen Sprüngen fortschreitet und dann wieder in langen Strecken, wo die Zeit gänzlich stillsteht.

Während ich mich auf das Bollwerk des Tresens im Zeitschriftenraum stütze, die Verzugsgebühren des Nachmittags zähle und gähnend darauf warte, von meiner Nachfolgerin abgelöst zu werden, kommt Howie herein. Ich hasse den Stich dieser unerwarteten Begegnungen. Gerade noch Zeit, während er den Raum durchquert, ein Gesicht zurechtzulegen, das überrascht ist (nicht zu sehr) und erfreut (in Maßen). Er begrüßt mich freudig: »Wo hast du denn gesteckt?«

»Hier den ganzen Nachmittag gearbeitet, wie üblich.«

»Hab oben gelesen. Ich warte, bis du fertig bist, und dann trinken wir einen Kaffee im *Union*. Ist eine Weile her.«

Unsere Stimmen murmeln Verschwörung gegen das Umwenden rutschiger Seiten, das Husten und Scharren, das Trommeln des Regens auf die hohen Fenster. »Nicht heute nachmittag. Ich muß lernen.«

»Kannst du nicht eine halbe Stunde erübrigen? Du gehst mir aus dem Weg.«

»Wieso? Schulde ich dir Geld?« Bei allem Gelächel, ich werde mit ihm gehen müssen. Halb juble ich, denn ich dürste nach seiner Gesellschaft. »Du warst selbst ziemlich beschäftigt.« Meine Stimme, bitter? Da kommt meine Ablösung. Es hat seit mittags geregnet, und wir bleiben auf den Stufen zur Bibliothek stehen, bevor wir uns in den Wolkenbruch stürzen. Der Campus ist übersät mit leuchtend gelben Regenmänteln. Während wir uns nickend verständigen, uns hinauszuwagen, nimmt er meinen Arm, dann wird er sich mit plötzlicher Verlegenheit der automatisch vertrauten Geste bewußt, die Stephanie gehört.

Blindlings rennen wir durch den Platzregen ins *Union*. Am Tisch schaue ich ihn verstohlen an. Anders als Kemp bewegt er sich mit einer Anmut, die bewußt ist, aber bewußt, wie Minouska es ist, wenn sie sich durch die Fensterscheibe an einen Vogel anpirscht. Anders als Gerrit, der oft überhaupt nicht darauf achtet, was sein Körper tut, und gegen einen Stuhl läuft, während er in ein Gespräch verwickelt ist, oder seine Brille da hinlegt, wo der Tisch nicht ist, und dann ganz verblüfft schaut, wenn sie unten in einer kleinen Scherbenexplosion zersplittert, scheinen Howies Bewegungen aus einer Unzahl von Möglichkeiten durch winzige, aber bewußte Entscheidungen gewählt. Eine feinsinnige Bulldogge. In Dicks Küche mit Stephanie war er nicht feinsinnig. Wir sitzen mit unserem Kaffee, seine kräftigen Hände mit den stumpfen, spatenförmigen Fingern kauern zu beiden Seiten seiner Tasse. Tief in mir seufzt zerrissen mein hoffnungsloses Sehnen. Doch, ich tue mir selbst sehr leid. Ich sehe mich heute abend schon verhaftet, erschossen. Ich würde die Schuld daran gern irgendwie Stephanie und ihm anlasten, aber das funktioniert nicht.

Er taxiert mich über den Brillenrand, kippt den Stuhl zurück und stützt sich mit einem muskulösen Arm am Tisch ab. »Du bist mir aus dem Weg gegangen, und ich weiß, warum.«

Meine Rippen ziehen sich angstvoll zusammen, eine asthmatische Ziehharmonika. »Ach?«

»Weil du uns beide so gut kennst, hast du Angst, in der Mitte zu klemmen. Ein Doppelagent zu sein. Dich einzumischen.«

Ich empfinde ebensoviel Enttäuschung wie Erleichterung. Endlich ist es auf dem Tisch! »Eher Feigheit als Bedenken, glaub mir.«

»Aber wir möchten weiter mit dir reden. Wir sind nicht so empfindlich, daß du auf Zehenspitzen um uns herumschleichen mußt.«

Das *wir* schmerzt mir in den Ohren. »Ist das ein Bericht vom gemeinsamen Ausschuß?«

»Stephanie hat das Gefühl, du verschließt dich. Ich sehe dich aus den FPA-Versammlungen verschwinden, bevor ich mit dir sprechen kann. Du trinkst nie mehr mit Bolognese und Dick und mir Kaffee.«

Sie werfen mir ein Netz über. »Wir wollen das nicht überanalysieren. Ich hatte viel zu tun.«

»Nicht zu viel für den Herrn Professor.«

»Ach, Howie, das ist keine große Romanze.«

»Du erscheinst mit ihm auf jeder Party. Und du verläßt sie mit ihm. Nach Versammlungen gehst du mit ihm los. Du bleibst danach in seiner Wohnung.«

Wir schauen uns wütend an. Ich sage: »Herrje, ich hab vergessen, daß ich das Gelöbnis totaler Männerabstinenz unterschrieben habe. Wann hat das Zentralkomitee das rumgeschickt? Das muß mir entfallen sein! Natürlich lebst du derzeit selber in einem Kloster.«

»Ich verstehe einfach nicht, auf was du dich da einläßt. Du verlangst nicht genug von Männern!«

»Ich verlange zu viel!« Ich schiebe meinen Stuhl zurück. »Ich kriege nichts von dem, was ich will!«

»Ach, setz dich hin, Jill, nun setz dich.« Sichtbar drosselt er seinen Ärger. »Man denkt immer, man kann das Leben seiner Freunde besser in die Hand nehmen als sie selber.«

Ich schäme mich, daß ich meine Verbitterung hinausschießen ließ, und setze mich. »Möchtest du mein Leben in die Hand nehmen? Diese Regierung ist zum Rücktritt bereit.« Ich möchte mich nicht mit ihm streiten. Versuche ich ihn zu zwingen, auf die Wahrheit zu kommen? Ihn davon wegzutreiben? Sie wollen mich als Gegenstück ihrer Nähe, ich soll ein gesundes, gelassenes Interesse an den Tag legen. »Also ist es dir Ernst mit meiner Zimmergenossin?«

»Alles, was ich tue, ist gleichermaßen von Belang.« Er wippt zurück. »Man macht sich gern etwas vor, daß nur gewisse Teile des Lebens zählen.«

»Man macht sich gern etwas vor, daß irgendein abstrakter Nonsens, wenn er nur lange genug gesagt wird, eine persönliche Frage beantwortet.«

Er wartet, daß ich von meinem Kaffee aufschaue, seine Augen haben ein hartes Emaillegrau. »Laß sie aus mir machen, was sie kann.«

Übereifrig fange ich seinen Blick auf. Was habe ich früher, wenn wir redeten, mit meinen Augen gemacht? »Wie meinst du das?«

»Sie wird von mir bekommen, was sie von mir will. Sie wird es bestimmen. Du weißt, was ich bin. Sie muß erst herausfinden, ob es das ist, was sie will.«

Und du, was willst du? Ich kenne mein Verlangen, als Freundin, deren geheimer Wunsch das Fehlschlagen ist, indes der dunkle Rheumatismus der Eifersucht meine Gelenke befällt.

Als ich das *Union* verlasse, hat der Regen nachgelassen. Die Stadt riecht nach Erde und Regenwürmern, nach Gullys. Die Holzhäuser kommen mir extrem pastellfarben vor, nie die Eisengraus oder der Ruß der Großstadt, sondern hellgrau, weiß, blaßgelb, die verwaschenen Grüns von Rasen. Ich habe den Rasen satt und die Seminarräume. Ich sehe einen Weg vor mir aus vielen Fliesen in schimmerndem Perlmuttgrau unter einem nieselnden Himmel, der mich in meinen eigenen Seminarraum führt, wo ich das Werk anderer Dichter Studenten nahebringe, die fast interessiert genug sind, um es wichtig zu nehmen. Was ich heute abend tue, ist ein Losreißen von dieser Sicherheit, Seminare, die zu Seminaren führen, die zu Seminaren führen.

Aber als ich nach Hause komme, finde ich eine Nachricht, Kemp anzurufen, der kurz angebunden ist. »Spiel fällt aus wegen Regen. Bis morgen, Julietta. Gleiche Zeit, gleiche Stelle.«

Was für eine Enttäuschung. Ich kann die Stunden nicht aushalten, die ich hinter mich bringen muß. Und angenommen, es regnet morgen auch? Wer hat schon mal von einem Einbruch gehört, der wegen Regen ausfiel? In Ann Arbor kann es regnen, bis es Anfang November zu schneien beginnt. Ich habe es Donna *versprochen*.

Am Sonntag nachmittag, als ich mit dem Sack sauberer Wäsche über der Schulter zurückkomme, werfe ich automatisch einen Blick ins Wohnzimmer und bleibe jäh stehen: Peter und Donna. Sie sitzen auf dem Sofa, beide blond und hellhäutig und zierlich und angespannt und drahtig. Ich kann nicht glauben, daß ich je zwischen sie gepaßt habe, beide pressen die Ellbogen fest an die schlanken Seiten und reden mit leisen, aufgeladenen Stimmen. Ich bekomme einen elektrischen Schlag, als sie zu mir hochschauen, beide zusammen.

Donna wird lebhaft. »Ach, du machst deine Wäsche – wie ungeheuer tugendsam! Alles, was ich besitze, hat Flecke. Seit Wochen feiere ich eine Orgie des Kaffeeverschüttens!«

Mit gesenktem Kopf bringt Peter ein krankes, glasiges Grinsen zustande. »Wie geht's dir?« fragt er mit lähmender Ernsthaftigkeit. Wie fremd er aussieht in einem ordentlich gesprenkelten grauen Sportmantel aus Harristweed und passend kontrastierenden Flanellhosen mit messerscharfen Bügelfalten, doch mit dem Gesicht einer schönen, blassen, in die Enge getriebenen Ratte. Er leuchtet vor eisiger Spannung. Mein Fleisch leugnet ihn. Mit einem Knicks schultere ich wieder die Wäsche und fliehe.

Ich sortiere gerade wahllos meine Socken und Höschen, da schlüpft Donna herein und flüstert atemlos: »Hast du's?«

»Aber sicher.« Ich lüge und schaue an ihr vorbei aus dem Fenster. Es nieselt nur. Heute abend muß es gehen, es muß.

»Ich kann nicht mehr schlafen. Ich habe die ganze Woche nicht geschlafen.«

Es ist wahr, die Haut um ihre Augen sieht aus wie zerknittertes Kohlepapier. Ihre Hände, die sich hart um meinen Arm schließen, sind kalt. Ihr Gesicht ist über das Bitten hinaus bis zum Fordern. Sie ertrinkt in ihrer Angst, wie ich in meiner geschmort habe. Ich zwinge meine Stimme zu Beherztheit. »Schlaf lang und tief. Es geht in Ordnung.«

»Kann ich das Geld sehen?«

»Ich hab's nicht hier. Aber es klappt. Wenn wir gehen, werde ich's haben. Mittwoch, ja?«

»Mittwoch um neun Uhr früh.« Ihre Hände wringen meinen Arm aus. »Wenn wir das Geld nicht haben, macht er's nicht.«

»Kein Problem, Donna, kein Problem. Wir haben es. Du hast mein Wort.« Und kannst es die Toilette runterspülen.

Mein Wort. Ich trage mich nach Detroit aus, und Kemp holt mich ab zu einem späten Abendbrot. Wir essen bei seinem Lieblingsitaliener in Ypsilanti. Auf halber Strecke der Mahlzeit erwacht er zu Leben. Wir teilen uns eine Flasche vom Valpolicella des Hauses.

»Komm schon«, sagt er grinsend. »Wovor hast du solche Angst? Wir ziehen heute abend unser Ding durch und kriegen unser Geld bar auf die Kralle. Inzwischen beschließen die Betonköpfe in Washington, daß es Zeit ist, mal die Muskeln spielen zu lassen und den russischen Torfköpfen zu zeigen, was eine Harke ist. Also wachen wir um zwei Uhr früh auf, und alles ist strahlend hell, und bevor wir's kapieren, sind wir nichts als heiße Asche.«

»Aber ich habe Angst. Ich habe sowas noch nie gemacht.« Und ich werde es nie wieder tun. Mein Appetit jedoch beginnt zu erwachen und seine glänzenden Windungen zu entrollen, um mit rasch huschender Zunge die Gerüche und Geschmäcker auszukosten. Vielleicht sind wir bis zum Wochenende alle tot, vergeudet wie die Zähne meiner Mutter.

»Angst haben ist Zeitverschwendung. Was bringt es dir? Macht dich blöd. Macht dich unvorsichtig.«

»Hast du keine Angst?«

Er schüttelt den Kopf. »Damit hab ich in Korea aufgehört. Ich bin zu Kriegsende rübergegangen, und nach dem ersten Monat hab ich mir gesagt, was soll's? Wenn ich in Stücke gerissen werde, werd ich gar nicht merken, was mich erwischt hat. Keiner hat mich gefragt, bitte, Mr. Fuselli, ist Ihnen heute nach Sterben zumute? Wenn deine Zeit kommt, nimmst du sie. Genau in diesem Moment fährt ein mieser kleiner Immobilienmakler besoffen auf der Bundesstraße Nummer dreiundzwanzig. Wir tanzen hier raus, und er nietet uns um. Oder ich habe eben gerade eine Krebsbazille gegessen. Der Vater von meiner Mutter, der ist eines Tages einfach umgekippt. Nie im Leben auch nur einen Tag krank gewesen, genau wie ich. Dann hat er eines Tages einen Sack Zement aufgehoben und bums, ist er gestorben. Sein Herz ist geplatzt. Was hätte ihm die Angst genutzt?«

In Kemps Hütte ziehe ich mich um, kurz bevor Ray und Buddy kommen. In meiner Tasche ist die zusammengekniffte Liste, aber meine Fähigkeit, die mich Prüfungen in Botanik mit Eins bestehen läßt, indem ich das Lehrbuch in der Nacht davor auswendig lerne, steht mir jetzt zur Seite.

Wir klettern in Rays Studebaker und fahren in die Stadt, wo Buddy und Ray in einen Brotlieferwagen umsteigen, den ihr Freund Ace fährt. Kemp will nicht mit seinem Auto fahren, weil er es zur Erkundung benutzt hat. Wir warten eine Ecke weiter, bis Buddy zurücktrabt und uns Zeichen gibt, daß der Wachmann gerade um die andere Ecke gebogen ist. Ace setzt uns vor dem Gebäude mit dem Dentalbedarf ab und fährt weiter, um seinen Laster um die Ecke zu parken und dann den Studebaker zu holen. Ich fühle mich wie eine Blaskapelle.

Wie kann irgend jemand uns übersehen, zu viert drücken wir uns auf der Treppe herum, während Kemp die Tür aufschließt und in den neonbeleuchteten Flur gleitet, um die Lage zu erkunden.

Er ist rasch zurück, macht die Tür auf und winkt uns hinein. Wir folgen ihm durch den Gang zu einem Empfangsraum. Die Tür am anderen Ende steht offen, dahinter ist es dunkel. Wir bleiben ihm dicht auf den Fersen und stolpern übereinander, einen Korridor entlang vorbei an Bürotüren zu einer weiteren Tür, die auch aufsteht. Jetzt sind wir im Lagerhaus. Ich ersticke in der schwarzen Luft, die so dick ist wie Leim. Ich merke, wie ich keuche. Sie werden das als Feigheit deuten. Was es ist. Ich bringe meine Atmung unter Kontrolle.

»So, Julietta, los ran. Find unser Zeug!«

Ich fummle an der Taschenlampe herum, die er mir gegeben hat. In meinem Kopf tut sich gähnende Leere auf. Stahlregale reichen bis zur Decke. Der Raum ist in enge Gänge aufgeteilt mit einem Quergang in der Mitte. Ich lasse die Taschenlampe fallen, taste danach, und dann macht Kemp das Licht an.

»He, Kemp«, sagt Ray und zuckt zusammen.

»Sie haben keine Fenster.« Er schließt die Tür zur Freiheit. »So arbeiten wir viel schneller.«

»Hier sind die Instrumente«, quieke ich. Ich bin eine Maus, die von Kiste zu Kiste die Gänge entlangtrippelt. Im Dunkeln habe ich mich wohler gefühlt, aber Kemp hat recht. Worauf ich zeige, das häuft Ray an der Tür auf. Kemp ist zurückgegangen, um Schmiere zu stehen und alles zu beaufsichtigen. Buddy zerrt jede Kiste durch das Labyrinth der Korridore zur Außentür. Wenn wir fertig sind, werden wir den Laster holen.

Kemp saust ständig vor und zurück, um ein Auge auf das Unternehmen zu haben. »Wenn ich pfeife, versteckt ihr euch und seid still. Knipst das Licht aus. Wenn ich zweimal pfeife, nichts wie weg.«

Was ich schon immer wollte: von einem Nachtwächter für den Diebstahl zahnärztlicher Instrumente erschossen werden. Vielleicht ist es Mutters Zahnarzt, der heiße Ware kauft, damit er seine menschenfreundliche Praxis erweitern kann. Anfangs mache ich mir Sorgen, die falschen Artikel zu erwischen. Wenn ich Mist baue, wird Kemp das bestimmt nicht leicht nehmen. Schließlich sind wir Geschäftspartner.

Aber ein Rhythmus entsteht, und wenn ich auf die von Wanda geliehene Uhr schaue, verstreicht die Zeit. Ich habe Befürchtungen, ob wir das Zeug schnell genug rauskriegen, vor der nächsten Runde des Wachmannes. Plötzlich kommt mir ein Gefühl für unsere ballettartigen Bewegungen, für die Schönheit in der Abstimmung und der

Geschwindigkeit. Niemand redet, außer einem gelegentlichen Ächzen oder einem Ausruf, wenn etwas schwer ist. Ich trage ein paar der leichteren Kisten selber zum Flur. Ich merke, daß ich keine Furcht mehr ausschwitze; ich habe nicht mal mehr Angst. Wir bewegen uns zu schnell. Furcht ist um mich wie ein Nebel außerhalb der Mauern, aber ich bin innerhalb des Tuns, und ich habe keine Zeit, den kalten weißen Wall aus Furcht zu bemerken. Was wir tun, erregt ganz eigene Heiterkeit, dieser nächtliche Tanz tief im Innern eines Ortes, an dem wir nicht sein dürften.

Wir wirbeln durch unsere Aufgaben. Ich finde die Gegenstände und Kartons und Kisten, die dann durch den Flur zur Außentür getragen werden. Beim Auffinden der Artikel versuche ich, mir die Zeit zu nehmen, sie von meiner Liste zu streichen.

Plötzlich ist Kemp an meiner Seite. »Beeil dich. Uns bleiben hier noch fünf Minuten. Mehr nicht.«

»Aber wir haben noch nicht alles.«

»Was wir haben, haben wir.«

Ray und ich hasten schneller. Jetzt ist es dicht an der Klamotte, mein Gefühl, wie wir in dem kaum geheizten Raum beim Schleppen der Kisten schwitzen, wie ich durch die finsteren hohen Gänge voranrase und nach versiegelten Kartons greife mit Instrumenten, Legierungen, Bohrern und Pumpen. Einen Zahnarztstuhl hinauszuasten schaffen Ray und Buddy nur zusammen. Ich schwitze wieder vor Eile.

»So. Das war's. Raus!«

Wir folgen ihm. Ray hilft Buddy, das letzte Zeug zur Außentür zu schaffen, während Kemp mich zu Ace und dem Lieferwagen schickt. Kemp läßt seinen Griff um uns keine Sekunde erlahmen; wir sind seine Hände, seine Beine, seine Muskeln. Ace schießt mit dem Laster um die Ecke. Ich klettere in den Studebaker und sitze still, den Schlüssel in der Zündung, aber den Motor abgestellt. Nach Kemps Unterricht müßte ich dieses Auto fahren können, meine ich. Zum ersten Mal seit mindestens einer Stunde bin ich wieder nervös, verriegle die Türen und lege mich hin, um mich unsichtbar zu machen. In zehn Minuten müssen sie den Laster mit allen Kisten beladen haben. Das gibt uns noch weitere zehn Minuten Spielraum, bevor der Wachmann an der Ecke fällig ist, um sich durch die drei Gebäude auf dieser Seite der Straße zu arbeiten. Ich stelle den Motor an, biege langsam um die Ecke.

Sie sind immer noch beim Beladen. Ich halte daneben. »Es ist Zeit!«

»Mist«, sagt Kemp. »Ich weiß. Schneller!«

Jetzt schwitzen meine Hände so reichlich, daß meine Handschuhe naß sind und am Lenkrad abrutschen. Die Männer bewegen sich in

Zeitlupe, große Gestalten unter Wasser, die gegen die Schwerkraft anstemmen, um bleierne Kisten durch die trübe Atmosphäre zu wuchten, drei Männer (Ace sitzt immer noch am Steuer des Brotlieferwagens) erstarrt in Momentaufnahmen. Ich stiere auf die Ecke, um die jeden Augenblick der Wachmann biegen wird. Der Laster ist in die Richtung geparkt, aus der wir gekommen sind. Umständlich wende ich den Studebaker in die gleiche Richtung, dann sitze ich da, hefte die Augen auf den Rückspiegel und beobachte den Lichtkegel, in den der Wachmann treten wird.

Kemp hat das Warnzeichen gegeben. Sie schließen die Türen des Lieferwagens, Kemp kommt zur Fahrerseite unseres Autos. Bei laufendem Motor krabble ich beiseite, und er gleitet hinein, knallt die Tür zu und steigt gleichzeitig aufs Gaspedal, mit quietschenden Reifen schießen wir die Straße entlang, der Lieferwagen schaukelt uns hinterher.

Wir fahren direkt nach Livonia, einem nahen Vorort von Detroit, wo wir in einer Garage hinter einer Reihe von Wohnungen mit Gärten parken. Während ich im Studebaker sitze, laden Ace, Buddy und Ray wesentlich gemächlicher ab, als sie aufluden. Sie sind müde und schwerfällig. Kemp geht ins Haus mit einem dünnen, grauhaarigen Mann, der uns dazu anhält, sehr leise zu sein, denn dies sei eine anständige Gegend. Kemp kehrt zurück, um meine Liste zu holen, und verschwindet wieder.

Als er endlich zurückkommt, bringt er ein Sechserpack Bier mit, und das Abladen geht weiter. Als der Lieferwagen schließlich leer ist, fährt Ace damit fort, nachdem Kemp ihm Geldscheine in die Hand gezählt hat. Dann setzt sich Buddy hinters Steuer neben Ray, Kemp und ich drücken uns auf den Rücksitz.

Dort macht er fünf Geldhäufchen. Ace hat seine hundertfünfzig schon bekommen. Kemp bekommt zwei Anteile; der Rest von uns einen, in Zwanzigern, die unter Kemps Fingern knistern. Als das Auto an einer Ampel halten muß, reicht er Buddy seinen Anteil. Ray streckt die Hand über die Lehne für sein Geld. Zuletzt gibt Kemp mir meins. Ich würde es gerne zählen. Ich weiß nicht, ob das höflich ist. Es fühlt sich dick an, aber ich weiß nicht, wie dick ein Bündel aus den dreihundert wäre, die ich für Donna brauche. Ich stopfe es in die Tasche meiner Wildlederjacke und versuche verstohlen, die Geldscheine mit den Fingerspitzen zu zählen, aber ich komme immer wieder durcheinander.

Als Kemp und ich schließlich bei seinem Haus rausgelassen werden, schließe ich mich im Badezimmer ein und zähle rasch die Scheine. Einhundert, zweihundert, dreihundert, vierhundertachtzig. Jäh fließen mir Tränen aus den Augen. Ich wasche mir das Gesicht und kämme meine Haare herunter.

»Nicht schlecht für einen so einfachen Job.« Kemp kramt im Kühlschrank. »Siehst du, ich hab dir doch gesagt, es ist ein Kinderspiel. Hast du Hunger?«

Ich nicke.

»Ich hab noch etwas Minestrone. Gut und dick. Derweil sie heiß wird, laß uns bumsen.«

Es ist eins von unseren guten Malen. Wir sind beide gierig und leicht erregbar, müde genug, um uns die Zeit zu nehmen, die ich brauche, aufgewühlt genug, so daß meine Zeit kürzer ist als sonst. Bis wir fertig sind, kocht die Suppe. Er steigt ohne Unterwäsche in seine Hosen und eilt in die Küche, damit sie nicht überkocht. Ich gähne vor Wohlbehagen und Erleichterung und Erlösung und sammle unsere verstreuten Sachen vom Boden auf. Als ich seine Jacke anhebe, wundert mich das Gewicht, und ich fasse vorsichtig die Tasche an. Eine Pistole. Sorgsam lege ich die Jacke auf den Boden zurück und setze mich auf die Bettkante.

Er hat mich belogen. Er hat mir gesagt, er trägt nie eine Pistole bei sich. Ich schwitze wieder, während ich da sitze und mir jäh die Zähne klappern. Ich ziehe seinen Frotteebademantel an und wickle ihn eng um mich, während ich überlege, ob ich ihn zur Rede stellen soll. Es ist vorbei. Es ist nichts Schlimmes passiert, bis jetzt jedenfalls. Ich nehme nicht an, daß wir geschnappt werden. Dennoch fühle ich mich betrogen. Ich würde um kein Geld jemanden erschießen, der seiner Arbeit nachgeht. Warum hat Kemp sie mitgenommen? Aus Sicherheitsgefühl? Um sich wie ein Profi vorzukommen, ein Gangsterboß? Aus Aberglaube? Oder um sie notfalls zu benutzen? Ich fühle mich mit ihm unsicherer denn je, seit ich das erste Mal in sein Kabrio stieg.

Am Morgen meldet sich Kemp telefonisch in der optischen Fabrik krank, ich schwänze meine Vorlesungen, und wir schlafen bis elf. Nach dem Frühstück laufe ich in die Stadt. Die Sonne strahlt, das Unwetter neulich hat viele Blätter von den Bäumen gerissen, und das klare Sonnenlicht sticht ungehindert auf meinen bloßen schwarzen Kopf und wärmt mich wie eine mütterliche Hand. Ich schreite schwungvoll aus und sinne darüber nach, wie sehr ich den Einbruch genossen habe und welche Angst mir seine Pistole einjagt. Ich klopfe meine Reaktionen gründlich ab und bin mir bewußt, daß ich wirklich Angst habe und dennoch echt fasziniert bin; von mir selbst, vom nächtlichen Abenteuer und immer noch von Kemp.

Am Stadtrand komme ich an einer unkrautüberwucherten Brache vorbei, kahle braune Stengel und noch lebendes Gras, überall zerbrochene Ziegel, Schlackensteine, Blechdosen, Brause- und Bierflaschen, verrottender Müll. Ein Mann, der ein Professor sein muß, schreitet energisch querfeldein und nimmt eine Abkürzung zu der Straße, die zur Universität führt. Er trabt dahin und schwingt einen fest zusammengerollten schwarzen Regenschirm wie einen Spazierstock. Unterm Arm hält er eine lederne Aktenmappe. Zwischen den zerbrochenen Ziegeln und den verstreuten Kondomen und den Schlammpfützen schreitet er gleichmäßig aus zu seinem Ein-Uhr-Seminar. Vielleicht geht er im Kopf seine Vorlesung durch, denn er sieht mich nicht einmal. Er erreicht den Bürgersteig auf der anderen Seite des Schuttdschungels und marschiert die saubere Wohnstraße entlang, ohne sein Tempo zu ändern. Ich lächle, während ich hinter ihm Tritt fasse. Zu welcher Klasse gehöre ich? Zu seiner oder zu der von Kemp? Wem schulde ich Loyalität? Ich bin ein Geschöpf dieser herrenlosen Freifläche, ähnlich denen, die die Spielplätze meiner Kindheit waren, aber auch diese wird ohne Zweifel bald bebaut sein in dieser blühenden, ständig wachsenden Stadt. In meiner Tasche trage ich Donnas Befreiung.

32 Im Palast des Schneekönigs

Die Abtreibung wird in einem Haus durchgeführt, das sich drinnen als saubere und funktionale Klinik herausstellt. Der Haken ist, daß es wegen der Ungesetzlichkeit keine Narkose gibt. Es ist eine roh vorgenommene Operation, Donna wird zerschnitten und spürt jeden Stoß. Der ungewöhnlich freundliche Arzt erlaubt mir, im Zimmer zu bleiben. Donna hält meine Hand. Als er schließlich mit der Ausschabung fertig ist, blutet meine Hand.

Der Arzt ist auch ungewöhnlich darin, daß er die Patientin in seinen Räumlichkeiten warten und sich erholen läßt, um sicherzugehen, daß Komplikationen unwahrscheinlich sind. Donna wird in einem kleinen Zimmer einen Stock höher zu Bett gebracht, sie hat Schmerzen, aber sie ist glücklich. Ich sitze an der Seite des Bettes und gebe ihr meine unverletzte Hand. Donna blutet stark, liegt aber in Frieden. Während ich sie beobachte, empfinde ich Siegesgefühl. Obwohl sie starke Schmerzen leidet, obwohl wir eingeschlossen sind wie Gefangene, ohne ein Telefon benutzen zu können, ist das das Beste, was unsere Zeit zu bieten hat.

Bobe hatte zwölf Kinder und mindestens fünf Abtreibungen; Mutter drei Kinder, mindestens zwei Abtreibungen und eine Fehlgeburt, die sie fast umbrachte – Ärzte können bei Fehlgeburten nicht helfen, bevor der Fötus draußen ist, aus Angst, zum Mittäter bei einer Abtreibung zu werden. Meine Bobe, meine Mutter und ihre Schwestern entschieden sich immer ungesetzlich und gefährlich, welche der endlosen Möglichkeiten der Fruchtbarkeit sie gebären würden, welche aus der Vielzahl möglicher Kinder sie nähren, kleiden und lieben wollten. So haben es Frauen immer gemacht, in allen Gesellschaften überall, mit oder ohne männliches Wissen und männlichen Beistand, mit oder ohne die Hilfe der Schulmedizin und des Gesetzes. Dies war der Wirkungskreis der Hebammen und Hexen.

Bobe wurde in Hunger und Gefahr hineingeboren und segelte im Zwischendeck hinein in Armut und Gefahr. Das Überleben wurde zum Selbstzweck. Doch was für eine Geschichtenerzählerin war sie, trug in sich wie Kerne in einer Wassermelone Geschichten von der verschwundenen Vergangenheit, von niedergebrannter Kultur, von den Ermordeten und Verschollenen, die dichte und unerträglich traurige Überlieferung des Schtetl.

Mutter wurde in viele Probleme hineingeboren. Nachdem ich dieses erste und einzige Mal schwanger war, lehrte sie mich, meinen Leib abzutasten und zu sagen, in welcher Phase mein Zyklus ist, wie nahe am Eisprung, wie nahe an meiner Regel; sie lehrte mich auch, daß eine menstruierende Frau gärenden Wein in Essig verwandelt und daß Katzen alles verstehen, was man über sie sagt. Eine dieser Maximen ist ein Aberglaube.

Manchmal sehe ich sie als ein Blutopfer der Schranken um das Leben einer Frau der Arbeiterklasse, nicht nur ihrer Zähne beraubt, sondern auch aller Gelegenheit, den Hunger, die Vitalität, die reiche Phantasie und Leidenschaft in ihr auszuleben. Ich bin eine Faser im Gewebe der Frauen, Donna und Theo und Stephanie und Alberta und viele andere, die mir ebenso lieb oder noch lieber sind. Sie passen nicht ins besondere Muster dieser Geschichte, ihre Lebensläufe aber sind mit dem meinen vernäht. Würde ich ein anderes Muster in diesem verrückten Quilt aufzeigen, es wären ihre Geschichten, die ich Ihnen erzählen würde, als eine andere Geschichte meines Lebens.

»Ich blute ... ziemlich stark«, sagt Donna zaghaft.

Das Blut läuft so schnell heraus, daß ich die Schwester hole. Die Schwester gibt ihr eine Spritze und legt ihre Beine hoch. Schließlich schwächt sich der Strom ab. Ich bin ihnen zutiefst dankbar, daß sie uns nicht hinausschicken, wo sie auf der Straße bluten würde. Ich weiß, was passiert, wenn man mit einer Gebärmutterblutung in die Notaufnahme eines Krankenhauses geht. Es ist, als ginge man mit einer Schußwunde hinein; die kriminellen Aspekte kommen als erstes und die medizinische Behandlung als zweites, wenn überhaupt. Ich weiß, wie rar dieser Arzt ist mit seiner Nachsorge.

Er entläßt uns nicht vor Ablauf des Tages. Das Gemeinschaftshaus stellt eine schwierigere Situation dar. Normalerweise hätten wir die Ohren steif gehalten wie Wanda, die eine Abtreibung vornehmen ließ und es verkündete, aber wenn Peter unwissend bleiben soll, darf niemand es erfahren. Donna hat Magengrippe. Rosellen und ich wechseln uns in ihrer Pflege ab. Am Freitag steht sie wieder auf, ihr Gesicht hat eine tote, kalkige Färbung, aber ihre Augen sind belebter, als ich sie seit Wochen gesehen habe.

Freitag nachmittag kommt sie nach oben in mein Zimmer und umarmt mich, die ich am Schreibtisch sitze. Ich bin geradezu erschreckt. Sie hat sich endlich gestattet, mich zu berühren. Als sie ins

Zimmer kommt, küßt sie mich, und sie küßt mich, als sie geht. Es sind trockene, schlaffe Küsse, aber Küsse der Zuneigung. Sie berührt nie jemanden außer Peter, und ich bezweifle, daß sie umschlungen gehen. Lennie war wahrscheinlich der einzige körperlich warme Mensch, mit dem sie je zusammen war – außer mir, die kaum zählt, da mir bis jetzt verboten war, es auszudrücken. Ich erwidere ihre Zärtlichkeit nur schüchtern, nehme diese plötzlichen Darbringungen an wie Blumen aus dem Schnee, der zu fallen begonnen hat, große feuchte weiße Kreise wie Hartriegelblüten, die herabschweben und sich überall niederlassen mit einem Ausdruck zarter Überraschung.

Ich möchte geliebt werden, ich schlürfe es in mich hinein, aber es fühlt sich zerbrechlich an, geboren aus dem Abbruch der Angst. Als ich mir am Samstag vor dem Abendessen das Haar wasche, besteht sie darauf, es hochzustecken. Da sie kunstvolle Dinge mit ihren Lockenwickeln zustande bringt, dulde ich das Aufrollen und Auftürmen und die Sitzung unter ihrem Haartrockner.

»Du hast dramatische Gesichtszüge«, sagt sie mir. »Ich bin eine Leinwand, auf die ich ein Gesicht male. Aber du müßtest deine Dunkelheit betonen.«

»Unbedingt«, sagt Stephanie aus dem Schaukelstuhl, von wo sie mit einer Mischung aus Neugier und eifersüchtiger Unruhe zuschaut. Sie hat mir erzählt, Donna will mich als Zimmergenossin zurückhaben. Ich versichere ihr, daß ich nicht die Absicht habe auszuziehen. Ich habe das Drama des Zusammenlebens und nicht Zusammenlebens satt und bin fast überzeugt, daß wir uns eher näher gekommen sind ohne dieses ständige Gezänk über meins und deins und wer was benutzt und wie hinterlassen hat.

»Jill schlägt bei Männern den völlig falschen Kurs ein«, sagt Stephanie und tut sich orangefarbenen Nagellack auf die Zehennägel. »Statt abzuwarten, was ein Mann will, sagst du ihm, wer du bist.«

»Wenn jemand mich nicht kennen will und trotzdem lieben kann, soll er abhauen.« Ich bin verärgert. Wo ihr Bademantel rutscht, sehe ich einen Knutschfleck auf ihrer Schulter. Die Beleidigung liegt ebensosehr in ihrer plumpen Anweisung wie in ihrem Anspruch auf überlegene Feuerkraft.

»Man muß ehrlich sein«, sagt loyal Donna, die gerade einen Monat lang Peter belogen hat. »Wir glauben beide an das Primat der Kommunikation. Die körperliche Liebe ist eine Form des Dialogs.«

»Ach? Auf Französisch?« höhnt Stephanie. »Du weißt wirklich, wie du Jill rumkriegen kannst. Du bestätigst sie einfach in ihren albernen Moralvorstellungen.«

»Ich glaube an klares Handeln.« Donna handhabt mein Haar ziemlich grob aus lauter Anstrengung, die Beherrschung zu wahren. »Unsere Taten verkörpern unsere Werte.«

»Taten? Wie mich kratzen? Die Zähne putzen?« Stephanie donnert die Verschlußkappe schief auf das Nagellackfläschchen.

»Warum hast du so schlechte Laune?« Zum Teil streiten sie sich erfreulicherweise um meine platonische Gunst, aber ich glaube, Stephanie wurmt etwas. »Was hast du?«

»Howie geht an die Medizinische Fakultät Columbia.«

»Klar. Er mag New York. Columbia ist eine gute Uni. Und das bringt ein bißchen Distanz zwischen ihn und seine Familie. Er braucht es, weiter weg zu sein.«

»Aber ich habe zu viel unvollständige Kurse für den Abschluß. Ich muß sie im Herbst zu Ende machen.«

»Liegt dir was an deinem Abschluß?«

»Mein Vater würde mich umbringen. Howie sagt, ich muß ihn machen. Er will nicht heiraten, bevor ich fertig bin«, jammert sie und betrachtet wütend ihre orangefarbenen Nägel. »Meine Füße! Die sehen komisch aus und so gelb.«

»Wovor hast du Angst?«

»Ich weiß, wovor sie Angst hat.« Donna fügt ihrer Konstruktion eine weitere Schicht hinzu und nagelt sie mit einem Kamm aus imitiertem Schildpatt fest. »Wenn dein Mann in einer anderen Stadt wohnt, kommt er mit anderen Frauen zusammen – bei der Arbeit, jedesmal, wenn er einen Freund besucht. Wenn du nicht an Ort und Stelle bist, ist er Freiwild.«

Über meinem aufgetürmten Haar lächeln sie sich zu, teilen einen Moment der Kameradschaft, während ich unter dem Gefühl leide, einer anderen Spezies anzugehören.

Was Donna aus meinem Haar gewirkt hat, macht mich auf alle Fälle älter. Ich wage kaum, zu nicken oder zu niesen, aus Angst, es kommt alles heruntergepurzelt. Heute abend debattiert das FPA über die Redefreiheit auf dem Campus. Die Universität siebt die Dozenten aus. Uns wird immer wieder auf die Finger geschlagen, weil wir Lektoren von draußen verlangen. Aber unter dieser Debatte wogt eine andere. Ungarn, Ungarn, der Verrat der Linken, Revolution, Konterrevolution, Anarchie, bürgerliche Freiheiten, Nationalismus, Imperialismus, die sind schlimmer als wir, die sind genauso schlimm wie wir, die sind alles, was wir haben, die sind belanglos. Die Reden über verantwortungsbewußtes Regieren in loco parentis klingen falsch. Die Diskutanten widersprechen einander gehässig. Es ist, als zerfielen wir aus einer unsichtbaren Mitte, die weggefault ist.

Heute abend ist nach dem Forum keine Party. Irgendwie hat sich diese Woche niemand darum gekümmert. Ich lande mangels anderer Alternativen in Gerrits Wohnung. Die Zeit ist reif, dieser Anziehung Leben einzuhauchen oder sie zu verabschieden. Bolognese, Gerrit und ich sitzen in Gerrits aufgeräumter Küche. *Die deutsche Ideologie* liegt auf deutsch auf dem Geschirrständer mit einem Messer als Lesezeichen. Bolognese lehnt sich weit zurück auf seinem Stuhl. Gerrit sitzt leicht vorgebeugt, seine Ellbogen ruhen auf dem Tisch, wir trinken den von mir bereiteten Kaffee.

»Die Wahrheit ist, die besseren Studenten sind immer mit ihrer Ausbildung unzufrieden«, sagt Gerrit. »Sie beschweren sich, daß sie zu schwer ist, dabei ist sie nie schwer genug.«

»Blödsinn«, sagt Bolognese. »Wir wollen sie nicht schwerer, wir wollen sie wahrer. Wir wollen Dialog, aber wir sind nur statistische Daten auf einer Kurve.«

»Du meinst, ihr sehnt euch nicht nach Antworten?« Gerrit setzt sich fast gerade auf, daher weiß ich, ihm ist etwas eingefallen, was er mit Genuß verkünden wird. »Was wir alle von unserer Ausbildung wollen, ist, Sokrates in die Pupille gucken. Wir wollen alle von Sokrates gevögelt werden.«

»Du bestimmt nicht«, sage ich. »Dieser häßliche, verrufene alte Kauz. Ein kleinbürgerlicher Versager, der nur rumpoussierte und dann heimging zu seiner schlampigen Frau. Du denkst an Plato. Der poetische junge Mann aus guter Familie mit interessanten Standpunkten.«

Gerrit schaut mich an, seine Augen glimmen vor Interesse. Er mag mich, wenn ich seine Musterschülerin bin. Warum geht Bolognese nicht nach Hause? Darf ich nun Gerrit verführen oder nicht? Ich möchte, daß Gerrit mich vor Kemp rettet und meinem Hang zu primitivem Abenteuer. Gerrit, mach Bücher so aufregend wie meine Expeditionen in die Unterwelt. Du bist ein moralischer Mann: Mach mich auch moralisch.

Ich schwanke. Ich möchte Gerrits hübsches Löwenhaupt in meine Hände nehmen und ihn mit einem Kuß zu meinen Möglichkeiten erwecken, und zwar nicht mit so einem keuschen, trockenlippigen Küßchen, wie er es mir in seinem Auto aufdrückt, wenn er mich in mein Haus abliefert wie einen Pfennig ins Sparschwein. Einen Augenblick später möchte ich alles einfacher haben. Ich möchte auf so unzweideutige Art für ihn Student / Freund / Kamerad sein, wie Howie und Bolognese es füreinander sind, ohne daß Sexschwingungen die

Luft verwirbeln. Er hat damit angefangen, mich zu verfolgen, aber nur bis zu einem Punkt, wo ich flatternd dahänge wie eine Zeitung, die sich an einem Zaun verfangen hat.

Schließlich geht Bolognese, aber erst, nachdem Gerrit ein paarmal angedeutet hat, wie spät es ist. Wird er mich sofort heimfahren? Er tut es nicht. Statt dessen sitzen wir auf dem Sofa. Sein Kopf liegt in meinem Schoß, und ich streichle sein Haar wie das Fell einer Katze, während seine Füße in handgestrickten Socken mit Rautenmuster über der anderen Lehne hängen. Seine Mutter strickt sie. Sie strickt ihm auch Pullover, Schals und einen Afghan-Teppich, der statt einer Tagesdecke auf seinem Bett liegt. Er ist der Augapfel seiner Mutter, der älteste und aufgeweckteste Sohn in einer fünfköpfigen Familie. Sein Vater ist Syndikus eines großen Konzerns. Ich habe den Verdacht, daß seine Familie fast so viel Geld hat wie Peters, aber er nimmt das weniger wichtig. Er kommt nie auf den Gedanken, daß er nicht aus sich selbst bedeutend und erfolgreich ist. Er legt den Kopf in meinen Schoß und saugt weibliche Zuwendung und Anbetung mit einer Selbstverständlichkeit auf, als sei es eine von der Stadt zur Verfügung gestellte Dienstleistung wie Wasser, denke ich, aber ich bin trotzdem entzückt.

A. Man kann nicht so ohne weiteres einen Mann verführen, der einen nicht einmal anfaßt. Wenn ich mich plötzlich auf seinen Schoß setzte, würde er annehmen, ich hätte ihn mit einem Stuhl verwechselt.

B. Er betrinkt sich nicht. Er trinkt Wein nur bis zu dem Punkt einer noch größeren Geläufigkeit seiner Zunge.

C. Ich könnte ihn fragen: He, Gerrit, hast du Lust? Lust worauf? Du mußt dich präzise ausdrücken. Nirgendwo kann ich in den in meinem Kopf inszenierten Minidramen, den Revue-Einaktern, sagen: He, Gerrit, hast du Lust zu bumsen? Ich bin zu ehrerbietig. Irgend etwas in so plumpe Worte zu kleiden würde das empfindliche Einverständnis zwischen uns ändern. Gerrit, liebst du mich? Natürlich liebt er mich nicht; ich leide nur an einer vier Jahre alten Schwärmerei.

D. He, Gerrit, ich liebe Howie, also laß uns ins Bett gehen, damit ich mich nicht bei ihm und Stephanie einmische. Wenig reizvoll.

Was ich im Augenblick will, ist, daß er mich beachtet; intellektuell beachtet. Vielleicht will ich die Antworten, nach denen, wie er behauptet, Studenten sich sehnen. Sag mir, wie ich mein Leben in Ordnung bringe. Zeig mir, wie man gerecht ist, ohne unpolitisch zu sein. »Manchmal weiß ich nicht, wohin ich gehöre«, sage ich und denke an Kemps Hütte, die für mich so viel gemütlicher ist als diese Wohnung. »Ob ich irgendwohin gehöre.«

»Anomie«, murmelt er. »Die Mitte hält nicht. Unsichtbare Belastungen. Unaufgelöste Widersprüche. Eine Brücke steht, bis sie eines Tages in den Fluß stürzt, wie die Brücke über den Puget Sound, plötzlich, meinen wir, aber die Belastungen waren in die Konstruktion eingebaut.«

»Andere in meinem Alter wissen, was sie wollen. Sie wollen XY, und sie wollen XY heiraten und drei Kinder haben und in Bloomfield Hills wohnen. Sie wollen soundso viel tausend im Jahr verdienen und zwei bestimmte Autos haben und ein bestimmtes Modellboot und ein Sommerhaus an einem von zwei Seen.«

»Sie schieben nur die Erkenntnis auf, daß man sich nicht definieren kann durch die Dinge, die man besitzt und mit denen man sich umgibt.«

»Aber ich muß irgendwo hingehören. Ich bekomme es mit der Angst. Ich passe nirgendwo hinein. Wo kann ich mich als Mitglied anschließen?«

»Aber der Preis der Mitgliedschaft, des Dazugehörens. Der Preis!« Stirnrunzelnd schaut er zu mir auf. »Du hast Alberta nahe gestanden?«

»Tu's immer noch.« Erstaunlich. Er hat ihren Namen aus freien Stücken erwähnt.

»Sie hat mit dir über ihr Leben geredet?«

»Über dich, meinst du, oder ihr Leben sonst?«

»Und ihre Familie?«

»Hauptsächlich ihren Vater. Aber doch, über ihre Familie.«

Schweigen. Dann: »Ich wollte sicher sein ... ich bin nie Mitglied geworden. Vielleicht bin ich zu bürgerlich. Zu sehr der intellektuellen Freiheit zugetan, die ich über alles schätze und die Ralph – Albertas Vater, hast du ihn je kennengelernt? – einen Bonbon nennt, mit dem die kleinbürgerlichen Intellektuellen bestochen werden. Die Macht, würde er sagen, radikale akademische Abhandlungen zu veröffentlichen, die niemand liest, und so viel Fachchinesisch zu schreiben, wie ich will, solange es niemand verstehen kann, der in einer Fabrik arbeitet.«

Wo ist er nie Mitglied geworden? Dann weiß ich, was ich halbwegs geahnt habe. Albertas Vater und Mutter sind in der Kommunistischen Partei. »Bist du jetzt nicht froh, daß du kein Mitglied geworden bist?«

»Nach Ungarn? Trotzdem ist mir der Verlust meiner Illusionen nicht erspart geblieben. Erspart geblieben ist mir vielleicht ein Gefühl der Mittäterschaft, aber vielleicht auch nicht. Ich frage mich, ob ich mich bloß weigere, etwas zu riskieren – was meinst du?«

»Ohne dich gäbe es kein FPA und damit keine progressive Kraft auf diesem Campus, die sich nicht im stillen Kämmerchen versteckt oder winzig ist oder sektiererisch.« Ich bin von der Frage zutiefst geschmeichelt. Ach, gib mir dein kompliziertes und wunderschön gebautes Privilegierten-Gewissen, damit ich ehrfürchtig damit umgehen kann. Ich tu dir auch nicht weh.

»Aber ist das genug?«

Das scheint eine rhetorische Frage, und ich warte sie aus.

Nach einer Weile sagt er leise: »Heute abend ist mir, als hätte ich sie im Stich gelassen. Als ob ich sie trösten müßte. Ich weiß, wie scheußlich sie findet, was passiert ist, und wie sie trotzdem völlig hinter ihrem Vater steht.«

»Du kannst sie ja anrufen.«

Er prustet. »Ich bin sicher, ihr Telefon wird abgehört.«

»Du kannst ja sagen, daß du an sie denkst. Das kannst du auch sagen, wenn das FBI zuhört. Wirklich. Wenn sie sie überwachen, wissen sie, daß du mit ihr zusammen warst.«

»Sie haben uns manchmal beschattet. Sie hatte ihr erstes unheimliches Erlebnis mit denen, als sie zwölf war ... Soll ich sie wirklich anrufen?«

»Vielleicht ist sie gar nicht zu Hause«, biete ich an. »Warum nicht probieren?«

Nach weiteren zehn Minuten Hin und Her geht er in sein Schlafzimmer und macht die Tür zu. Ich höre das Gemurmel seiner Stimme. Eine halbe Stunde vergeht, ich lese sein neuestes *Dissent*. Es steht ein großer Artikel von C. Wright Mills drin. Als Gerrit schließlich wieder zum Vorschein kommt, habe ich mein Verlangen verloren, ihn zu verführen. Jede starke Erinnerung an Albertas Gefühl für ihn nimmt mir die Lust. Er schaut aus, als wäre er in eine Art Gefühlsempfindung geprügelt worden, und wir machen da weiter, wo wir aufgehört haben, versuchen, darüber zu reden, was er und ich über die Kommunistische Partei von Amerika und ihren heimlichen, arg bedrängten Glanz empfinden. Ich übernachte bei ihm, aber auf dem Sofa.

Samstag nachmittag im Januar. Gestern rieselte Schnee herunter, und heute ist der Himmel eine Kellerdecke. Kellerlicht. Der nasse Schnee hat alles überhäuft, zensiert allen Abfall und alle Einzelheiten, die alten Reifen und Flaschen um Kemps Hütte. Es sieht hübsch aus, und doch schröpft es jede Lust, sich hinauszuwagen. Wir trinken Kakao und essen Zitronenkekse, die Kemps Mama gebacken hat. Ich lerne für meine Abschlußprüfungen, Kemp arbeitet an einer alten Jagdflinte, die er auf dem Küchentisch auseinandergenommen hat. Er treibt alte Gewehre auf und bringt sie wieder in Ordnung, aus Spaß und für Geld.

Wir hören ein Auto kommen. Mit gemächlich schüttelndem Gähnen und Strecken geht Kemp ans Fenster. Ich hoffe, es ist nicht Buddy. Kemp gleitet an mir vorbei in sein Zimmer und öffnet eine Schublade. Da schaue ich hinaus, alarmiert von der Anspannung in seinen Schritten, vom Schweigen. Es ist ein roter Thunderbird, den ich schon in der Stadt habe stehen sehen. Er ist so rot, daß er mir immer aufgefallen ist, gut gepflegt und gewienert außer einem verbeulten Kotflügel, der mich immer wundern ließ, warum sein Besitzer ihn nicht reparierte. Der Mann, der aussteigt und das Haus wachsam beäugt, ist schwarz.

»Wer ist das?« frage ich mit teils echter, teils gespielter Unschuld.

»Niemand.« Kemp setzt sich an den Tisch und arbeitet an seiner Flinte, als hätte er nichts gehört. »Nimm dein Buch in mein Zimmer. Du kannst da drin lernen.«

Langsam gehe ich zur Schlafzimmertür. Ich kann sehen, wie der Schwarze seine sorgfältige Ortsbesichtigung beendet und auf die Tür zugeht. »Was ist los? Wer ist er?«

»Mach die Tür zu. Nichts, womit ich nicht fertig werde, aber ich will dich nicht im Weg haben.«

Ich mache die Tür zu und bleibe direkt dahinter stehen. Wieder ein Hehler? Wieder ein kleiner Job? Es geht mich nichts an, aber als Schriftstellerin, muß ich da nicht alles kennen? Es wird laut und ungeduldig an die Tür gehämmert.

»Brich sie nicht auf. Sie ist offen«, sagt Kemp in seinem kalten, bösen Leg-dich-ja-nicht-mit-mir-an-Tonfall. »Du drehst einfach den Griff und ziehst.«

Die Tür geht auf und zu, und niemand sagt etwas. Ich presse mein Ohr noch fester an die Tür. Schließlich sagt der Schwarze: »Was hast du mit deiner Frau gemacht? Die am Fenster war und mich kurz abtaxiert hat?«

»Hab ich heimgeschickt.«

»Ins Schlafzimmer geschickt, meinst du. Du rufst sie, und zwar gleich. Ich will keinen im Haus, den ich nicht im Auge habe. Lege keinen Wert darauf, daß mir ein weißes Flittchen in den Rücken schießt.«

»Sie ist Studentin. Sie macht ihre Schularbeiten und kümmert sich um ihren eigenen Dreck.«

Die Schlafzimmertür wird mit solcher Wucht eingetreten, daß sie mich im Zurückspringen am Arm erwischt. »Komm raus da, wo ich dich sehen kann«, schnauzt er.

Ich stehle mich an der Wand entlang und setze mich an den Tisch Kemp gegenüber. Ich halte immer noch meinen Schopenhauer in der Hand. Der Blick des Mannes fällt auf das Buch, und er grinst. Er ist ein paar Zentimeter kleiner als Kemp, vielleicht fünf, sechs Jahre älter und so kräftig gebaut wie Howie. Das Haar trägt er lang und völlig entkräuselt, außerdem hat er einen hellgrauen Anzug an, der so gut und konservativ geschneidert ist wie jeder von Peter. »Missy College, ungelogen. Chinesin?«

»Nein, Jüdin.« Verstohlen reibe ich mir den geprellten Arm.

Diese Aussage macht sie immer ratlos. Kemp ergreift den Moment, um seine verlorene Überlegenheit zurückzugewinnen. »Also, Mercer, was gibt's? Ich kann mich nicht erinnern, daß ich Einladungen verschickt hätte, mal zum Quatschen vorbeizukommen. Aber jetzt bist du hier, jetzt setz dich hin. Willst du ein Bier?«

»Das soll Missy holen. Ich dreh Kroppzeug nicht den Rücken zu.«

»Dieser Zuhälter nennt mich Kroppzeug. Daß ich nicht lache.« Kemp nickt mir zu, das Bier zu holen.

»Ach ja? Meine Mädels kommen zu mir, weil sie meine Nettigkeit mögen und weil sie meinen Schutz wollen und weil sie ihn kriegen. Und Schutz brauchen sie, wo sich Kroppzeug wie du und deine kleinen Ratten rumtreibt.«

Ich schlängle mich zum Kühlschrank und nehme zwei Bier heraus. Mit dem Gesicht zu Mercer mache ich die Flaschen auf und stelle vor jeden eine.

»Ich trinke aus einem Glas«, sagt Mercer. »Nicht wie Kroppzeug.«

»Klar«, sagt Kemp. »Wir können es wegschmeißen, sobald du weg bist. Und dieser gesegnete Moment sollte möglichst bald kommen.« Er trinkt mit der linken Hand. Die rechte bleibt unter dem Tisch.

»Wäre mir ein Vergnügen, wenn ich möglichst bald mit Rindas Geld gehen kann. Deine kleinen Ratten haben ihr gestern nacht zweihundert abgenommen. Außerdem will ich fünfzig für ihre Arztrechnung. Dazu gebe ich dir noch eine Warnung. Wenn du eins meiner Mädels noch einmal schlecht anfaßt, dann schneide ich dich in so kleine Stücke, daß eine Katze sie vom Teller frißt.«

»Kemp war gestern ab sieben die ganze Nacht mit mir zusammen«, sage ich wahrheitsgemäß und mit großer Erleichterung. »Ehrlich. Es muß mindestens vierzig andere geben, die uns zusammen gesehen haben, inklusive meiner ganzen Wohngemeinschaft.«

»Aber seine zwei Ratten waren nicht bei dir, College, Buddy Wayburn und Ray Koszieski. Die waren auf der Liberty beschäftigt, haben mein Mädel ausgenommen und zusammengeschlagen bis aufs Blut.«

»Buddy und Ray haben eine Prostituierte zusammengeschlagen und ihr ihr Geld abgenommen?«

»Halt's Maul«, sagt Kemp zu mir. »Eine schwarze Nutte, die so häßlich ist, daß sie bezahlen müßte, damit sie sie vögeln.«

»Klar, so häßlich und so schwarz, daß sie jede Nacht bis eins pünktlich wie die Uhr zweihundert Dollar macht. Deine Freundin findet das nicht so toll, daß sie zu mehreren auf sie losgehen, zwei dicke fette Brecher dreschen auf ein armes mageres Ding ein und verprügeln sie und nehmen ihr schwer verdientes Geld.«

»Du bleib in deinem Teil der Stadt drüben auf der Detroit Street. Aber du warst auf unserem Terrain. Wenn sie auf unseren Straßen anschaffen will, löhnt sie bei uns. Sie schuldete uns was, und wir haben's uns geholt.«

Ich zittere vor Wut. »Und Buddy schlägt gerne Frauen zusammen. Er läßt Frauen gerne grün und blau und blutig liegen. Das ist besser als das Geld, das sie ihr abgenommen haben.« Ich stehe auf, und beide schauen mich überrascht an. »Bitte, Kemp, gib ihm ihr Geld. Es ist schwer, Prostituierte zu sein, echt schwer. Und wenn sie sie verletzt haben, gib ihm Geld für einen Arzt. Ich weiß noch, wie Donna aussah, nachdem Buddy sie vergewaltigt hatte.«

»Halt's Maul!« Kemp donnert die Faust auf den Tisch. Er steht auf. »Geh ins Schlafzimmer und sei still. Das hier ist Geschäft. Ich habe nichts zu schaffen mit deiner Nutte von Kusine. Das hier ist eine Niggernutte, und wenn sie in eine weiße Straße kommen will, wird sie zahlen.«

Ich greife nach meiner Handtasche und werfe meine Geldbörse auf den Tisch. Ich nehme mein Geld heraus. Achtundzwanzig Dollar. »Nimm das für sie. Sie ist eine Frau, und meinst du etwa, ich bin so scheißweiß? Ich will nichts damit zu tun haben. Gar nichts.« Ich nehme meinen Mantel vom Haken an der Tür und renne hinaus. Im Laufen ziehe ich mir den Mantel an, steige in meine Stiefel und stolpere durch die Reifenspuren zur Straße.

Niemand kommt mir nach. Von mir aus können sie sich umbringen. Schon während ich gehe, denke ich daran, wie er mir fehlen wird.

Kemp bleibt eine Woche lang weg und kommt dann vorbei, aber es fällt mir leicht, ihm aus dem Weg zu gehen. Ich habe ein ganzes Haus voller Frauen, um ans Telefon zu gehen und an die Tür und zu sagen, daß ich in Detroit bin. Er ist zu stolz, um hartnäckig zu sein, und nach einer Woche Belagerung tritt er aus meinem Leben.

Ich kann Ihnen nicht sagen, was aus Kemp wurde. Als ich Mitte der sechziger Jahre für Antikriegsaktivitäten regelmäßig nach Ann Arbor fuhr, hatte niemand etwas von ihm gehört, und er stand auch nicht im Telefonbuch. Ja, ich habe nachgesehen, ich gebe es zu. Das war das Jahr, in dem Francis starb, angeblich an einem Herzanfall, während er sich in Los Angeles 'der Verhaftung widersetzte'. Sein Körper war mit Prellungen übersät, und am Hals waren Male. Weder meine Mutter noch ich hatten das Geld, um den Fall zu verfolgen, und die Bewegungsleute, mit denen ich in L.A. redete, wollten nicht einsehen, daß es politisch sein könnte und sie daher etwas anginge, dieser angejahrte Penner, der in einem Mexikanerviertel wohnte und was mit einem Auto zu tun hatte, von dem die Polizei behauptete, es wäre gestohlen, und er, es wäre gekauft. Zwei verschiedene Frauen stellten sich uns als seine Witwe vor. Beide waren attraktiv, braunhäutig und gramgebeugt, und jede erzählte eine andere Geschichte, warum die Polizei hinter meinem Bruder her gewesen sei. Mutter war gleichermaßen trostreich zu jeder und gleichermaßen überzeugt, daß er sie nicht geheiratet hatte. Wahrscheinlich nicht. Francis war Anarchist bis zum Schlußstrich.

Neugier ebenso wie Lust und Nostalgie veranlaßten mich '66, Kemp zu suchen. Ich trauerte immer noch um Francis. Bis auf den heutigen Tag denke ich an Kemp öfter als an jeden anderen Mann aus meinen Collegejahren (Howie ausgenommen) – meistens, wenn ich eines der Gerichte zubereite, die er mir beigebracht hat.

33 Was weiß ist und fällt, was schwarz ist und bleibt

Am Freitag, meine letzte Prüfung ist vorbei und trockener, grobkörniger Schnee trifft den Bürgersteig wie ungekochte Reiskörner, spaziere ich nach Hause in die Klänge von Mozart und Miles Davis und das Geklapper von Geschirr aus der Küche. Rosellen springt die Stufen hinunter, packt mich und wirbelt mich in der Diele umher. »Donna heiratet! Donna heiratet!«

Ich halte sie mit der Kraft beider Hände still. »Wann?«

»Übermorgen. Sie haben beide ihren Bluttest gemacht. Sie haben ihre amtliche Heiratserlaubnis. Donna hat gerade ihre Mutter angerufen, und sie flennt – ihre Mutter, meine ich. Ist das nicht wunderbar? Ich war noch nie so aufgeregt.«

Ich nehme die Treppe zwei Stufen auf einmal. Wanda, unsere Hauspräsidentin, stürmt heraus, als ich hineingehe. Donnas Augen leuchten elektrisch-blau vor Wut, während sie Bücher wie Kraut und Rüben von den Regalen holt und in eine Kiste wirft. Ein alter, abgetragener Unterrock hängt an ihr, ihre Arme sind dreckverschmiert, doch sie knistert vor Energie. »Katze! Raus!« Sie zerrt Minouska aus einer halb gepackten Kiste.

»Du heiratest?«

»Ja. Kannst du den Druck abnehmen, ohne ihn zu zerreißen?«

Ich streife die Schuhe ab, um aufs Bett zu klettern, und sehe mit einem Stich des Bedauerns, daß es der Gauguin ist, die Frau mit Melone und Blume, der immer in unseren Zimmern gehangen hat. »Warum die große Eile? Du verläßt doch das College nicht mitten in deinem letzten Studienjahr?«

»Ich lasse alles weg, was ich nicht für den Abschluß brauche, und ich kann bestimmt die letzten ein oder zwei Kurse an der Wayne beenden. Ich habe von der Sommer-Uni haufenweise Extrascheine ...« Sie lacht und versucht, Bücher quer zu anderen hineinzuquetschen. »Das ist ein Vorteil der vermiedenen Heimfahrt in den Ferien, den ich nie geahnt habe.«

»Worüber hast du dich mit Wanda gestritten?«

»Sie will, daß ich für das nächste Semester noch die Miete zahle. Aber wieso? Ich ziehe jetzt aus. Das ist nicht fair. Sie kann jemand anders kriegen.«

»So spät, da bin ich nicht sicher.«

Ein kurzes Aufflammen der Hoffnung wärmt mich. Vielleicht kann sie, wenn das Haus sie nicht aus dem Vertrag entläßt, Peter noch nicht heiraten. In einem Semester kann alles passieren. Er kann an einem Olivenkern ersticken oder in einen Reaktorkern fallen. Big Sal kann zurückkommen und sie davontragen. Er ist mir lieber als Peter, beschließe ich, denn er hat längst nicht so viel ihrer Zeit in Anspruch genommen. »Natürlich stehe ich dir bei.« Der Haken ist, das werde ich tatsächlich. »Weiß es Peters Familie?«

»Wir schicken ihnen direkt danach ein Telegramm. Der Plan ist, es zu machen und sie dann reagieren zu lassen.«

Rosellen drängt herein mit zwei Pappkartons. »Die habe ich im Keller gefunden, aber das war alles.«

»Ich brauche mindestens noch fünf. Kannst du die Supermärkte abklappern?«

Rosellen tut so, als wischte sie sich den Schweiß von der Stirn. Doch dann greift sie sich ihren zweireihigen Kaschmirmantel. »Bin so schnell wie ich kann zurück!«

Donna ruft ihr nach: »Und eine schöne starke Kiste für Minouska, nicht vergessen!« Donna streichelt kurz Minouskas schwarzen Kopf, die Katze schleicht durch das Labyrinth der Kisten, schnuppert und setzt ihre kleinen Pfoten auf jede, um hineinzuspähen. Gelegentlich gibt sie ein quengeliges »Mruh?« von sich.

»Die Autofahrt macht ihr bestimmt panische Angst.« Donna wischt sich die staubigen Hände an dem bereits staubigen Unterrock ab. »Nach der Hochzeit kommen wir noch mal vorbei, laden alles ins Auto, und dann muß sie es nur ungefähr eine Stunde lang aushalten.«

»Wo ist Peter?«

»Löst einen Scheck ein.« Sie läßt einen Armvoll Bücher fallen und steht da, überwältigt und plötzlich beruhigt. »Was wird er sagen, wenn ich ihm erzähle, daß Wanda von mir die Miete für das nächste Semester verlangt?«

»Du siehst erschöpft aus. Hör auf und trink mit mir einen Kaffee. Bitte.«

Sie wirft mir einen müde fragenden Blick zu, dann lächelt sie. Am Eßzimmertisch sitzt sie mir in ihrem karierten Bademantel gegenüber, und beherrschte Erregung köchelt in ihr. »Mein Trenchcoat ist in der Reinigung – darf ich nicht vergessen. Und den Postnachsendeantrag. Und wieviel Bettwäsche brauchen wir für den Anfang?«

»Ich denke mindestens dreimal zum Beziehen.« Ich schüttele mich. »Donna, Donna, warum plagst du dich mit Bettbezügen? Denkst du, Peter hat keine Bettwäsche auf seinem Bett?«

»Aber nicht *unsere* Bettwäsche. Wer weiß, mit wem er sonst noch in der Bettwäsche geschlafen hat?«

Wir kennen beide wenigstens eine Person.

»Ich werde die Bücher verpacken müssen, und Rosellen wird sie mir nachschicken müssen; die passen nie in den Sprite. Ich habe dir ja gesagt, ich will heiraten. Und Donna Stuart Crecy sein ...« Sie spricht es französisch aus.

»Warum so rasch?«

»Rasch ist schmerzlos. Wie Zahnziehen.« Das kleine schiefe Lächeln. »Weniger Zeit für den Feind, uns davon abzubringen. In zwei Monaten kann alles mit ihm passieren. Ihn wochentags in Detroit allein zu lassen ist viel zu gefährlich, wo all seine alten Freundinnen aus der besseren Gesellschaft lauern wie hungrige Piranhas.«

»Ihr habt kaum Zeit gehabt, es zusammen zu probieren. Warum nicht warten, bis du dir deiner sicherer bist. Oder seiner.«

»Wann hätten wir die Gelegenheit, wenn er in Detroit umhersaust und ich hier festsitze?« Sie wischt sich Spinnweben von der Stirn. Ihre Stimme hat das süßliche Timbre der Entscheidung. »Er braucht mich, um ihn von seiner Sohn-fressenden Familie wegzuholen. Heiraten muß immer wie von der Brücke springen sein. Wir haben unsere Heiratserlaubnis zum Springen.« Sie steht auf. »Ich muß packen. Er erschlägt mich, wenn er zurückkommt und ich sitze hier rum.«

Ich gehe ihr nach. »Ich helfe dir.«

»Das ist wirklich nett. Könntest du meine Söckchen und Nylons einpacken? Und sehen, ob du ein Paar ohne Laufmasche findest?«

»Ich versuch's.« Die ganze Zeit über habe ich das Gefühl, sie lauscht auf Peters Stimme in der Diele. Ich möchte Luftsprünge machen, um ihre Aufmerksamkeit zu erzwingen. »Donna ... ich habe Angst um dich.«

Mit zusammengekniffenen Augen umarmt sie mich kurz. Die Fähigkeit, Zuneigung auszudrücken, ist seit der Abtreibung geblieben. »Stu, ich werde viel besser aufgehoben sein, viel sicherer. Du wirst sehen, wie ruhig und glücklich ich sein werde. Mein Therapeut sagt, ich verhalte mich jetzt viel gesünder als Frau. Ein Mann, der zu mir gehört, ein Ort, an den ich gehöre – wir werden richtig wer sein. Ich habe es satt, Studentin zu sein. Studenten sind nichts! Es wird Zeit zu leben, statt endlos das Leben anderer Leute zu studieren.«

»Aber dein Leben muß als Mittelpunkt eine gute Arbeit haben, die du tun möchtest.«

»Ach, all das Rumgerenne und verzweifelt versuchen, jemand anders zu sein. Dich nachahmen, Lennie nachahmen, Sal nachahmen. Jetzt werde ich Peters Frau sein und glücklich sein und ihn glücklich machen. Ich bin erwachsen geworden. Ich habe meine Bestimmung als Frau angenommen.«

»Den Haushalt führen in der Zweizimmerwohnung?«

»Da werden wir nicht lange bleiben.« Sie betrachtet ärgerlich ihren Unterrock, nimmt die fadenscheinige Kunstseide zwischen die Finger. »So wahr mir Gott helfe, diese häßliche alte Unterwäsche nehme ich nicht mit. Lieber heirate ich in keiner. Ich werfe das Ding weg.« Sie packt den Unterrock mit geballter Hand, reißt ihn in der Mitte durch, steigt mit zufriedenem Kichern heraus und wirft ihn in den Müll.

»Du hast den hier.« Ich halte einen schwarzen Satinunterrock hoch. »Den hat Sal gekauft. Der ist immer noch hübsch.«

»Den ziehe ich an. Schwarz für die Braut. Eigentlich ist Schwarz für die trauernden und murrenden Eltern, wie? Die heulende Mutter des Bräutigams. Der erzürnte Vater, der drohend die Unterlagen über das Treuhandvermögen schwingt. Ich reise in meinem grauen Wollkostüm.«

Ich agiere als ihre Zofe, bürste das Kostüm aus, meine Hände skizzieren Einwände auf dem Flanell. Was kann ich sagen? Donna, er ist ein kleiner Scheißkerl, bitte heirate ihn nicht. Dein Liebling ist eine Falle. Nichts, was du gibst, wird je genug sein. Seine Unzufriedenheit wird dich zerstören.

»Ich schreibe dir, Stu. Sind die Nylons da in Ordnung? Gib sie her. Jetzt eine saubere Bluse. Und schau nach, daß alle Knöpfe dran sind. Meinst du, er ahnt, daß seine Frau wie ein Waisenkind ankommt?«

»Möchtest du Reizwäsche als Hochzeitsgeschenk?«

»Das wäre toll, Stu. Und bitte, rede für mich mit Wanda. Stimm sie um. Du kannst es.« Als ich mich umdrehe, fügt sie einen leisen Satz hinzu, hebt ein Gesicht zu mir empor, das plötzlich ausdrucksleer ist. »Und Stu, bemüh dich nicht, zur Hochzeit zu kommen – ja?«

Donna ist in Hochzeit eingehüllt. Auf einer Sonder-Hausversammlung stimmen die Frauen in einer Aufwallung sentimentaler Erregung dafür, daß wir die Kosten für ihr Zimmer unter uns aufteilen, falls wir keine Nachmieterin finden. Ich kann Donna nicht allein treffen, Peter kann es ebensowenig, denn sie trabt mit einer Kielwoge von Helferinnen, in einem Sturm von Besorgungen und Erledigungen, von Kisten und Packpapier. Donnas Schwester Estelle kommt aus

Detroit, um mit zerstreuter Sorgenmiene treppauf, treppab zu laufen, unter einem Arm einen elektrischen Mixer, zwischen den Zähnen einen Bleistift.

Sie entschwinden nach Flint. Minouska und die Kisten erwarten ihre Rückkehr. Sie sollen bei Donnas Eltern bleiben. Meine Eltern gehen auch zur Hochzeit. Offensichtlich gerät das Ganze etwas außer Kontrolle.

Meine Mutter ruft an. »Also Jill, du mußt hingehen. Du benimmst dich wie eine Sitzengelassene. Du mußt stolz dastehen und den Kopf hochhalten, damit niemand sagen kann, sie hat dich ausgestochen.«

»Mutter, Donna hat mich gebeten, nicht hinzugehen.«

»Da hört sich doch alles auf.« Sie schnalzt mit der Zunge. »Sie weiß, daß du sie überstrahlen würdest, wie die Sonne den Mond überstrahlt!«

»Mutter!« Ich halte kichernd die Muschel zu. »Ich? Seit wann?«

»Bist du nicht meine Tochter? Du gehst auf jeden Fall. Wir besorgen dir ein Kleid. Komm mit dem Bus her, und wir suchen ein Herabgesetztes.«

»Mama, ich kann nicht. Ich habe es ihr versprochen. Geh du für mich.«

»Was soll ich ihnen sagen, damit es nicht aussieht, als ob du schmollst?«

»Daß ich in der Bibliothek arbeite.«

Mutter ruft wieder nach der Trauung an, bevor Donna zurück ist. »Also von *seiner* Seite war als einzige seine Schwester da. Eine armselige, vergrämte Bohnenstange von einem Mädel, sah aus, als ob sie die ganze Zeit ein Stinktier witterte, und *sowas* von nervös. Häschen, sie ist jedesmal zusammengeschreckt, wenn jemand was zu ihr gesagt hat, wie eine Maus, die von der Katze gefangen wird. Stell dir vor, seine Eltern sind nicht gekommen.«

»Mutter, ich glaube, Peter hat es ihnen nicht gesagt.«

»Ich habe mich schon gewundert.« Sie schweigt kurz, wälzt das in ihrem Kopf umher. »Also er hat es ihnen nicht gesagt? Nur seiner Schwester, weil die sowieso kein Rückgrat hat. Na was wird passieren, wenn sie's rauskriegen? Werden sie die Ehe für nichtig erklären lassen?«

»Peter ist sechsundzwanzig, und Donna ist einundzwanzig. Wie sollen sie?«

»Und hatte die ganze Zeit mit ihm ein Verhältnis, als er dein sogenannter Freund war.«

»Möchtest du, daß ich ihn heirate? Würdest du mir sowas wünschen?«

»Ha! Bei deinen losen Sitten mit Männern wird dich keiner je heiraten. Warum sollten sie auch, wenn sie von dir alles, was sie wollen, umsonst kriegen können?«

Donna kehrt aus Flint in einem rostbraunen Strickkostüm zurück, ihre Haut glüht, als sei drinnen eine Kerze angezündet worden, und sie hat einen geflochtenen Goldreif am richtigen Finger. Peter trägt einen ähnlichen Reif und sitzt verloren am Fuße der Treppe, immer noch Mittelpunkt des wieder einsetzenden Wirbelsturms.

»Peter!« Donna rennt hinunter. »Hilf bitte!« Sie zieht ihn hinauf. Die Kisten mit Büchern und Schallplatten, die Rosellen und ich nachschicken werden, sind an einer Wand gestapelt. Zum Mitnehmen hat Donna zwei alte schwarze Pappkoffer auf einen Haufen gestellt, einen Plastikkleiderschrank mit ihren Mänteln und ihrem guten Cocktailkleid (von Big Sal), dazu einen neuen blauen Samsonite, der ihre Geschenke der letzten paar Tage enthält. »Peter, Schatz, hier ist die beste Kiste, die ich für Minouska auftreiben konnte. Was soll ich mit ihrem Klo machen? Wäre es besser, wenn ich sie in die Kiste stecke oder wenn ich sie im Auto einfach auf dem Schoß halte?«

Ich stehe mit dem Trinknapf in der Hand und erwarte eine Entscheidung. Peter lehnt in der Tür. Langsam heben sich seine Augenbrauen. Noch langsamer schlendert er mit übertriebenem Erstaunen herein, stupst die zwei verbeulten schwarzen Koffer. »Meinst du, daß die zusammenhalten, bis wir die Treppe runter sind? Ich sehe uns schon auf der Autobahn fahren mit einer Schleppe verstaubter Dessous wie Flüchtlinge vor der großen Dürre.«

Donna lacht nervös. »Soll ich Minouska in die Kiste stecken oder nicht?«

»In meinem Auto? Hör zu, Donna, wir fahren nicht mit diesem Viech. Wo sollen wir es hintun, wenn wir da sind?«

»In vielen Wohnungen sind Katzen erlaubt. Ich kann sie doch nicht einfach wegwerfen. Sie gehört mir!«

»Du hast sie in der Gosse gefunden, bring sie in die Gosse zurück. Wir haben eine winzige Wohnung, und ich teile sie nicht mit etwas, das in die Ecken kackt.«

»Sie ist lieb, Peter. Du wirst sie mögen, sobald du sie kennst. Sie ist sehr sauber.«

»Katzen sorgen für sich selber. Wirst du wohl aufhören, sie zu vermenschlichen? Und schau dir all diesen Mist an!« Er mustert die Kisten, schreitet hin und her. »Du hast mehr Plunder als ein Lumpensammler. Ich sehe uns schon mit diesem Kram ankommen und alles am Portier vorbeischleppen. Hallo, Mutter, ich möchte dir meine Frau vorstellen – nicht die mit der Räude, Mutter –«

Ich erwarte, daß sie einen Wutausbruch bekommt, aber sie zieht sich in sich zurück, Finger glätten den rostbraunen Rock über ihren Hüften. »Sie kennt mich schon.«

»Nicht als meine Frau.« Er wendet sich an Rosellen, ganz Vernünftigkeit und offenherziger, gewinnender Charme. »Jetzt sag mir, muß ich den Schurken spielen, nur weil ich in meinen Flitterwochen keine verflohte Katze will?«

Rosellen errötet und stottert und sagt, sie wüßte nicht.

»Aber ich kann doch Minouska nicht einfach verlassen. Ich kann sie doch nicht wegwerfen wie einen alten Tennisschuh.«

»Ich nehme sie«, sage ich. »Sie gehörte uns beiden.«

»Würdest du?« Sie schaut Minouska an, die ganz flach auf dem Bett liegt, die Ohren eng an den Kopf gelegt und die Augen wachsame Schlitze. Minouska weiß, daß von ihr geredet wird, und sie hat Angst. Ich hab's ja gewußt, das war zu schön, um zu dauern, denkt sie.

»Klar«, sage ich.

»Nur für eine Zeit. Bis Peter und ich zur Ruhe gekommen sind. Ich glaube nicht, daß ihr das viel ausmacht.«

»Dann überlaß sie mir.«

Peter stößt entnervt die Luft aus. »Ihr beide mit eurem Babyersatz macht mir Bauchschmerzen. Also los, gib dein schwarzes Baby her und laß uns sehen, daß wir Land gewinnen.«

In blinder Hast sammeln Donna und Peter das Gepäck ein, rufen Abschiedsgrüße und gehen polternd hinaus. Dann stehe ich auf der Veranda, im Gedränge meiner Mitbewohnerinnen, und sie ist fort. Langsam zerstreuen sich die Frauen, aber Strudel der Aufregung stören das Haus, verhindern jede Arbeit, indem sie sie banal erscheinen lassen. Minouska springt hoch auf Donnas kahle Bettstelle und riecht daran, dreht sich und scharrt und dreht sich wieder, läßt sich zu einer ordentlichen Spirale fallen, um auf Donna und das Abendbrot zu warten.

Oben in unserem Zimmer zupft sich Stephanie finster mit einer Pinzette die Augenbrauen. »Sie hat's geschafft. Wie hat sie ihn dazu gekriegt? An einer Hochzeit ist was Berauschendes, wie an einer Parade. Ganz egal, wessen Parade es ist, man möchte am liebsten mitmarschieren.«

»Wohin? In den Abgrund?«

»All die Affären, die einen auslaugen.« Stephanie seufzt tief, betrachtet sich im Spiegel. »All die Mühe und spurlos verschwunden.

Was wird aus mir, wenn Howie nicht rüberkommt? Wen werde ich schon kennenlernen, sobald ich aus dem College raus bin?«

Ich lege mich mit dem Gesicht nach unten auf mein Bett. Ich vermag ihn zu sehen, den Wunsch nach dem Gütesiegel der Heirat, der kommt, wenn man zwischen Spiegel und Bett steht in einem Wust von Kosmetika und geflickter Unterwäsche und all den Wunder wirkenden Cremes und Lippenstiften, die keine Wunder vollbracht haben, wenn man mit leisem Frösteln sieht, daß die glimmenden Abende, die behaglichen Morgende, die Gespräche wie Schachspiele, die Worte, die einen füllten wie ein blinkendes Glas mit Sekt, die Worte, die die Luft in Brand setzten, sie alle haben einen hungrig hinterlassen wie ein Mädchen, das an ihrem dreizehnten Geburtstag Kerzen anzündet, sie alle haben nichts hinterlassen als Chaos, das in der Beichte strukturiert werden muß. Laß mich nur nie vergessen, was ich auch noch weiß, daß selbst eine Urgroßmutter nur ihre Haut hat und ihren Hunger.

Ich hasse diese Heirat! Ich wollte, daß sie mit Peter Schluß macht. Ich wollte alles, nur nicht, daß sie fort ist und meine Seite blutet, als hätte sich etwas, das ich für selbstverständlich, für meine eigene Haut gehalten habe, als ihrs herausgestellt und wäre mir abgerissen worden. Er konnte diesem Hieb nicht widerstehen. Männer glauben nie an die Freundschaften von Frauen. Aber wir sind nicht vorbei. Zuerst müssen ihre Bücher geschickt werden. Sie schreibt und bedankt sich. Ich antworte. Sie wird einsam sein in Detroit. Ich lege ein Gedicht bei oder zwei. Sie hat meine Arbeit lange nicht mehr gesehen – ich werde sie überraschen. Neuigkeiten und Klatsch. Minouska. Besuche und Gegenbesuche. Sie ist nicht tot, nur verheiratet. Wir haben viel Zeit. Wir werden weitermachen.

34 In deinem Anfang ist dein Ende

Mitte März erleben wir eine Woche vollkommenen Frühling, und dann kommt der Schnee mit nassem Ungestüm, als wolle er selbst die Erinnerung auslöschen. Es ist um die Mittagszeit an einem frühen Aprilsonntag, und ich lese meine Notizen über *Dubliners* für meine Abschlußarbeit in meinem Spezialfach, als jemand an meine Tür klopft. »Näher mit der Gegenwart«, brülle ich.

Die Tür geht auf, und Donna kommt herein, Schnee schmilzt auf den Schultern ihres maßgeschneiderten schwarzen Mantels, ihrer kleinen Pelzkappe. Ich kreische vor Überraschung, wiederhole ihren Namen dreimal.

Sie fröstelt, ihre hohen Stiefel hinterlassen eine nasse Spur. Sie lacht scheu und klopft sich den Schnee ab. »Ich war zu Hause zu Mutters Geburtstag. Ich beschloß vorbeizukommen. Um halb drei muß ich spätestens wieder weg.« Minouska folgt ihr schnuppernd, schnuppernd, stößt verwirrt fragende Schreie aus. Es waren zweieinhalb Monate.

»Wunderbar ... Ist Peter bei dir?«

»Er konnte nicht weg.« Sie geht im Zimmer umher und betrachtet alles ausdruckslos, bleibt bei der Schreibmaschine stehen. »Habe ich dich unterbrochen?«

»Ich versuche dahinterzukommen, wie Joyce seine Wirkungen mit Sprache erzielt.«

Als sie sich auf den Schreibtischstuhl setzt, springt Minouska auf ihren Schoß und schnuppert zu ihrem Gesicht hoch. Das nasse Spinnen-Seidenhaar klebt an Donnas Wange, während sie sich vorbeugt, um eine Seite zu lesen. »Sieht sehr technisch aus.«

»Ich wollte sehen, ob ich über Prosa so präzise schreiben kann wie über Poesie, oder irgendwas in der Richtung ...« Ich verstumme.

Sie hört nicht zu. Ihre Hand verweilt auf Minouskas schmalem Kopf.

»Wirst du sie mitnehmen?« frage ich.

Sie lacht. »Keine Sorge! Sie gehört dir, jetzt und für alle Zeit. Obwohl ich sie nie hätte zurücklassen dürfen – nein, hätte ich nicht.« Sie drückt Minouska plötzlich an sich. Erschreckt entschlüpft ihr die Katze, springt aufs Fensterbrett, wo sie argwöhnisch mit angelegten Ohren balanciert.

Ich sage schwach: »Du bist zu plötzlich weggezogen.« Minouska hat den ersten Monat nach Donnas Abreise damit zugebracht, maunzend und mit hoch erhobenem Schwanz auf den Fluren des Hauses herumzuspazieren. Meine Mitbewohnerinnen wollten mich schon zwingen, sie abzuschaffen; aber ich hielt eine flammende Rede über die Trauer um verlorene Liebe als einem Grundzug aller Säugetiere. Dann hatte ich ein ernsthaftes Gespräch mit Minouska übers Überleben. Sie begann wieder zu fressen. Ich stahl Leckerbissen für sie, um ihre Zuneigung zu gewinnen, aber wir haben uns auf Katzenfutter und Nieren geeinigt. Während ich arbeite, liegt sie mit gekreuzten schwarzen Pfoten auf meinem Schreibtisch und zwinkert sinnlich. Sie hat die Manieren einer vornehmen Lebedame, aber ich finde unter ihrem Fell die Überbleibsel alter Bißwunden. Wir gefallen einander.

Donna steht auf und streift Katzenhaare von dem eleganten Mantel, den sie nicht ausgezogen hat. »Es ist kühl im Haus, nicht? Hast du schon zu Mittag gegessen?«

Ich schüttele den Kopf. »Ich kann dir eine Suppe machen. Oder Rühreier.«

»Laß uns essen gehen. Ich möchte eigentlich hier keinem sonst begegnen. Ich habe ein schlechtes Gewissen, aber wir haben so wenig Zeit.« Sie dreht sich in einem langsamen Kreis, als suche sie etwas, das sie nicht findet.

Als wir gehen, deutet sie mit dem Kopf auf die in der Diele aufgehäuften Bündel. »Was ist los? Heiratet noch jemand und zieht aus?«

»Wir sammeln Kleider und Nahrung für Mississippi.«

»Für Mississippi?« Sie lacht. »Wie die Kinderkriegshilfe?«

»So ungefähr. Sie hungern die schwarzen Farmpächter da unten aus, die sich an der Kampagne zur Eintragung in die Wahllisten beteiligt haben.«

»Es ist schön, daß was Politisches passiert«, sagt sie vage. »Ich sollte mich eintragen, jetzt, wo ich endlich in den Augen des Staates eine amtlich zugelassene Erwachsene bin.«

Der Schnee umringt uns dick und naß, legt sich auf unsere Wimpern, heftet sich an Haare und Augenbrauen, an den Pelz ihrer Kappe. Sie hat den kleinen weißen Sprite in der Nähe geparkt, und mit einem Gefühl aschfahler Vertrautheit steige ich ein. »Peter hat dir sein Auto geliehen! Es ist doch wahre Liebe.«

»Es ist vielmehr, daß Peters Vater ihm doch schließlich einen Porsche geschenkt hat dafür, daß er seinen Doktor gemacht hat. Wie versprochen. Das ist jetzt mein Auto. Ich finde es toll, ein Auto zu haben. Ich habe Fahrstunden bei einem komischen Cowboy genommen. Was ich auch trieb, er wurde nie laut. Er kaute nur Kaugummi und sah gelangweilt drein. Jetzt bin ich wirklich erwachsen, Stu, mit eigenem Auto und eigenem Ehemann und eigenem Leben!« Sie fährt mit sorglosem Schmiß, kommt an der Ecke ins Schleudern, gleicht wieder aus und verlangsamt etwas. »Was ist mit deinem Liebesleben?«

»Ich liebe nicht, ich lebe nicht«, deklamiere ich. »Ich bin so reglos wie ein Stein.«

Wir essen im 'Metzger'. Sie bestellt eine große Mahlzeit für uns, drängt mich zu wählen, als sei das Essen selbst ein Grund für unser Zusammensein. Während wir dunkles Bier trinken und auf unser Essen warten, stelle ich ihr Fragen: »Wie ist es an der Wayne? Gefällt es dir?«

»Im Juni kriege ich meinen Abschluß. Ich kann dir gar nicht sagen, wie ich es hasse, zweimal in der Woche zur Uni zu gehen. Es ist stinklangweilig. In meinem Kopf bin ich längst fertig und habe mit all dem abgeschlossen. Was ich lernen will, können sie mir hier nicht beibringen.«

»Und mit Peter? Wie geht das?«

»Seine Eltern wollen uns ein Haus kaufen. Wenn sie es tun, geht er nie aus Detroit weg. Bei Argonne war eine Stelle frei, aber er kam zu dem Schluß, daß er Chicago haßt.« Sie schenkt mir den Span eines Lächelns. »Es ist ein Kampf.«

»Dann haben seine Eltern dich akzeptiert?«

»Wir wollen sagen, sie haben mich als seine erste Frau akzeptiert. Aber sie legen die Daumenschrauben an wegen Nachwuchs.«

»Und Peter?«

»Oh, der betet Kinder an.«

»Nie im Leben. Seit wann?«

»Seit wir geheiratet haben.« Das Essen kommt. Sie schaut ihren Sauerbraten ohne ein Zeichen des Wiedererkennens an, stochert daran, schiebt ihn beiseite. »Aber das heißt, daß er es ernst meint. Daß er sich festgelegt hat. Natürlich kriegen wir irgendwann welche.«

»Du wolltest nie Kinder.«

»Stu, du weißt, wie unreif und selbstzerstörerisch ich früher war ... Julies Kind wurde letzten Dienstag geboren. Vier Pfund und dreihundertachtzig Gramm. Ein Junge. Carl junior.«

»Ich müßte sie besuchen. Es ist nur unmöglich, da hinzukommen.«

»Sie ist euphorisch. Ob das eine Droge ist? Völlig aus dem Häuschen.«

»Was machst du außer der Uni, Donna?«

»Wir verkehren viel gesellschaftlich mit den anderen Physikern und ihren Frauen. Für mich ist das der Bœuf Stroganoff-Krieg. Wer kann jeden Samstag etwas noch Kunstvolleres machen. Die Sonntage verbringen wir mit seiner Familie. Heute fehlt mir das. Schade! Stu, sie machen mir bewußt, wie viel ich noch lernen muß, um seine Frau zu sein. All die gesellschaftlichen Dinge, die ich nicht weiß. Die versteckten Andeutungen der Ausdrücke und Adressen und Universitäten.«

»Aber das hat er nicht geheiratet. Er hatte jahrelang Freundinnen aus dieser Welt und fühlte sich davon erstickt.«

»Jeder Mann will beides, stimmt's? Und ich lerne Umgangsfranzösisch an der Berlitz School. Wir fahren Ende des Sommers nach Frankreich. Kannst du dir das vorstellen, Stu? Wir fahren! Das ist unsere verspätete Hochzeitsreise.«

Das Gespräch stockt. Ein Gefühl, daß etwas nicht stimmt, daß eine stille Qual wie eine hochkarätige Uhr hinter ihrer Stirn tickt. Ich frage automatisch nach meiner Tante, ihrer Mutter.

»Sie liebt mich, das tut sie wirklich!« Donna spricht heftig. »Es war wie in einem wärmenden Backofen. Ich habe ihr einen hübschen Schal besorgt – ich habe ihr noch nie zuvor ein richtiges Geschenk machen können.« Sie spricht von ihrem Neffen, Estelles Sohn. »Es ist schrecklich zu sehen, wie er mit seinem Arsenal von Revolvern und Todesstrahlen spielt, seinen Düsenjägern. Er hat alles außer einer Spielzeug-H-Bombe und einem kleinen Fallout-Schutzbunker.«

»Klar, Puppen für die Mädchen und Revolver für die Jungen. Spielzeug zur Anpassung.«

»Aber sie bereiten uns nicht wirklich vor.« Sie hört auf, in ihrem Essen zu stochern, und lächelt mir verschmitzt zu. »Ich habe die kleine Gloria beobachtet an ihrem Brett mit den Löchern in verschiedenen Formen und den Klötzchen, die genau passen.«

»Spielzeug zur Frustration? Das würde uns auf die Welt vorbereiten. Ein Steckbrett mit lauter runden Löchern und nichts als eckigen Männchen zum Reindonnern.«

Ihr Lachen bellt heraus. »Und statt süßer Schmusepuppen Puppen, die andauernd scheißen wie richtige Babys. Puppen, die ununterbrochen schreien wie am Spieß, ein entsetzliches Horrorgequieke. Laufpuppen, die humpeln.«

»Murmeln, die auf einer Seite ein ganz klein bißchen abgeplattet sind. Revolver, die Fehlzündungen haben oder in die Luft fliegen –«

»Und ein Puppenhaus mit einem fast versiegelten Keller voller Kakerlakeneier. Nur ein kleines Loch, wo sie rauskriechen können, sobald sie ausschlüpfen, damit man putzt und putzt und putzt und sie nie loswird!«

Wir können immer noch zusammen improvisieren, aber auf eine Art, die mir den Appetit verdirbt. Sie besteht darauf, zu bezahlen, und murmelt im Hinausgehen ohne jedes Gefühl, Geheimnisse auszuplaudern: »Ich sage Peter einfach, daß ich unterwegs was essen mußte. Er wird nicht mal erfahren, daß ich hier war oder dich besucht habe.«

Nur ich bin es, der das peinlich ist.

Nachdem Verzweiflung den Takt besiegt hat und Lust die Schüchternheit, sage ich laut und unverblümt: »Warum nicht?«

Gerrits Hände verschnüren sich über seiner Tasse, als wollten sie seinen Kaffee vor mir schützen. »Ich kann die Situation dir gegenüber nicht ausnutzen.«

»Aber ich kann die Situation dir gegenüber ausnutzen? Was ist die Situation ausnutzen? Sehen, was schön sein könnte? Ich bin keine Jungfrau und vor zwei Monaten einundzwanzig geworden.«

»Du würdest mich nicht achten, wenn ich das geschehen ließe.«

Ich kichere. »Wenigstens sagst du nicht, *du* würdest *mich* nicht achten.«

»Ich weiß nicht, ob ich's tun würde. Es scheint ... unnötig.«

Hat er überhaupt keinen Geschlechtstrieb? Wenn ich vor ihm weine, denkt er, mit meinen Augen stimmt etwas nicht. Er kann Gefühlsäußerungen nur als Verirrung oder Krankheit sehen. Wie ist seine Mutter, das möchte ich mal wissen? Sie strickt und strickt und strickt. Sie lächelt, während sie strickt. Strahlt ihren strahlenden Jungen an. »Muß alles aus Notwendigkeit getan werden? Du mußt essen, um zu leben, aber du mußt nicht Steak essen. Du kannst von Sojabratlingen und Hundekuchen leben.« Ich befürchte, damit habe ich ihn auf eine Idee gebracht.

»Ich habe keine Affären mit Studentinnen. Ich halte nichts von den Kerlen, die das tun. Da wird die Stellung ausgenutzt.«

»Du bist nicht mein Professor. Schon seit vier Jahren nicht mehr. Da bist nicht mal in meinem Fachbereich. Du kannst nicht mal einen Empfehlungsbrief in meine Akte tun. Amerikanische Geschichte, würden die sagen, was soll das?« Ich bedränge ihn weit hinaus über jeden Gedanken an die Folgen, weil interessant ist, was geschieht. Ich glaube, noch niemand hat ihn je auf diese Art bedrängt, oder vielleicht hat Alberta es getan. »War nicht Alberta deine Studentin am City College von New York, bevor du diesen Job bekommen hast? Sie ist dir hierher gefolgt.«

»Ja, und sieh dir an, was passiert ist!«

»Was ist passiert? Du hast sie fast geheiratet? Das war knapp.«

»Ich habe mir fast meine ganze Karriere verpfuscht!« sagt er und springt auf, geht zum anderen Ende der winzigen Küche.

Ach. Natürlich. Eine Kommunistin als Freundin ist schlimm genug, aber eine heiraten! Linksliberal sein ohne Parteizugehörigkeit, das ist der Freifahrtschein zum Überleben. Nonkonformismus, aber keine Staatsgefährdung, Podiumsdiskussionen, aber keine Straßenkämpfe, wie weit kannst du gerade noch gehen, ohne deinen Job zu verlieren. Trotz Mikes Voraussage vor zwei Jahren ist Donaldson ungebremst. Es besteht kein Grund zu Hochnäsigkeit, selbst hier nicht in seiner Küche, wo ich sitze und Kaffee trinke, den ich in seiner Kanne gekocht habe: Er ist der Beste in dem ganzen Verein. Wenigstens regt er seine Studenten zum Nachdenken an. Was ihm da gerade herausgerutscht ist, macht ihn wütend auf mich, und es wird Zeit, nach Hause zu gehen in den rosenroten Maiabend.

Howie schleppt Stephanies schwarzen Überseekoffer aus dem Keller hoch, und aus einem Wirbelwind von Röcken und Kleidern und Pullovern entstehen zwei Haufen, die ihrs und meins wiederherstellen. »Warum fährst du für den Sommer nach Hause nach Port Huron?« frage ich.

Sie spricht aus den Tiefen des Kleiderschranks und wirft Schuhe hinter sich hinaus wie Erdklumpen aus einem Loch, das sie buddelt. »Du hörst dich genau an wie Howie! Echt!«

»Er hat recht. Du könntest mit den Sommerkursen deinen Abschluß machen.«

»Quatsch. Die meisten meiner Kurse sind unvollständig, weil ich keine Referate geschrieben habe, und an denen kann ich genausogut zu Hause arbeiten, und viel billiger. Stu, du verstehst das nicht. Du und Howie, ihr habt keine echte Familie.«

»Meine Eltern sind ziemlich echt. Howie hat seiner Familie ein ganzes Jahr geopfert.«

»Denen scheint egal zu sein, was du tust, wohin du gehst. Du willst nach New York, und du hast nicht mal Verwandte da.«

»Es stimmt nicht, daß es ihnen egal ist. Sie versuchen, mich unter ihrer Fuchtel zu halten. Deswegen bin ich von zu Hause weggegangen.«

»Wenn ich im Sommer nicht nach Hause komme, würden alle in der Nachbarschaft fragen, wo ich bin. Mein Vater erwartet von mir, daß ich im Laden arbeite. Sie zahlen meine Ausbildung, und sie erwarten von mir, daß ich nach Hause komme, wenn sie mich zu Hause brauchen. Mit den Sommerkursen wären sie nie einverstanden.« Sie wirft mir meinen schwarzen Rollkragenpullover zu. »Ich habe den ganzen Sommer, um meinen Vater und meine Mutter getrennt zu bearbeiten, sie zu überreden, daß ich nach New York kann und da arbeiten. Ich habe sogar eine Tante da, in Astoria ...« Sie spricht es aus, als wäre es Griechisch – Ahs-tor-rie-ja.

»Irgendwann wirst du auspacken müssen über Howie – es deinen Eltern sagen.«

»Hmmm. Das gibt Ärger.« Während sie packt, sieht das Zimmer trostlos und kahl aus.

»Ich sehe schon, wie du ihnen nach deinem vierten Kind endlich erzählst, daß es doch keine Jungfernzeugung war.«

»Mein Vater ist nicht naiv. Nur besitzergreifend.«

»Hast du Angst, weil Howie Jude ist?«

»Er sieht nicht sehr jüdisch aus. Aber er ist offensichtlich nicht griechisch ... Ist das deine oder meine?« Sie hält eine bedruckte Liberty-Bluse hoch.

»Habe ich noch nie im Leben gesehen.«

»Ich schwöre, das ist nicht meine ... Stu, was soll der ganze Ärger, wenn wir noch gar nicht heiraten wollen? Wenn wir schließlich mal heiraten werden, dann fechte ich das auch aus. Stell dir vor, ich nehme all die Kräche und Tränen auf mich und dann heiraten wir gar nicht? Sie hätten kein Vertrauen mehr zu mir, und ich stünde im Nichts.«

Ich packe, teile meine Sachen in das, was vorübergehend in Detroit gelagert wird, und in das, was ich nach New York mitnehme, was in Ann Arbor warten wird, während ich mich von meinen Eltern verabschiede. Ich werde anfangs bei Alberta wohnen, in der Horatio Street im Village. Heute wird mein Vater mich und meine Kartons holen. Wanda wird Minouska füttern. Dann komme ich zurück, hole den Rest meiner Sachen und fahre mit dem Zug nach New York. Alberta wird mich nächsten Freitag vom Bahnhof abholen. Zu meiner naiven Überraschung habe ich erfahren, meinen Eltern ist es völlig schnurz, daß ich mein Examen mit Auszeichnung bestanden habe, und sie würden nur aus Pflichtgefühl zur Abschlußfeier gehen, im gleichen Geiste, als wohnten sie einer Beerdigung bei. Niemand von uns wird zur Abschlußfeier gehen.

Ich war nicht fähig, an Donna zu schreiben. Ich kann den Gedanken nicht ertragen, daß Peter meine Briefe in die Hand bekommt. Ich denke täglich an sie, als klingle in mir ein Telefon, an das niemand geht. Seltsamerweise kommunizieren wir durch Mutter. Estelle ruft meine Mutter häufig an, für Mutters Geschmack zu häufig, und beklagt sich, wie unfreundlich und erhaben Peters Familie tut. Donna ruft meine Mutter an und beklagt sich ganz allgemein, gibt ihr Nachrichten für mich. Ich gebe meiner Mutter Nachrichten für Donna. Mutter ist die Schaltzentrale. »Ich rufe an, wenn *er* nicht da ist«, erklärt sie. »Das ist für Donna leichter.«

Ich frage hoffnungsvoll: »Du kennst seinen Zeitplan?«

»Ich konzentriere mich einfach, bevor ich wähle.« Sie lächelt heiter. »Dann weiß ich es.«

Mutter hat ein Rendezvous für morgen mittag im Haus arrangiert. Ich würde Donna lieber in der Stadt treffen oder im Art Institute, aber da ich, scheint's, nicht anrufen kann, ohne daß Peter es merkt (muß ich daraus schließen, daß er ihr verboten hat, sich mit mir zu treffen?), muß ich Mutters Arrangement hinnehmen.

Mutter ist jetzt auf Donnas Seite. Ich kann nicht glauben, wie angetan Mutter von meiner früheren Zimmergenossin ist, meiner Kusine, meiner Mitverschwörerin. Heißt das, sie akzeptiert mich mehr? Ich gebe nie auf. In einer Hoffnungskammer tief im Innern meines Schädels öffnet Mutter weit die Arme wie ein Doppelbett und begrüßt mich mit Siegesjubel und Hurra, krönt mich mit Rosen. Mutter bricht in eine Opernarie aus unter dem Titel: Was für eine großartige Tochter habe ich! Und ich singe laut wie ein dreihundertköpfiger Chor: Oh Mutter, du bist die einzige! Meine einzigartige Mutter! All meine Bilder der Gottheit beruhen auf frühen Wahrnehmungen von dir, der Quelle der Milch und der Mutterschaft, der Quelle von Freud und Leid, der Quelle zärtlicher Liebkosungen, wahlloser Schläge und schrecklicher Verlassenheit! Werde nie älter und vergöttere mich wieder. Das Weltall ist ebenso durchtrieben und ebenso willkürlich wie du und fast ebenso schön.

Detroit im Sommer macht mich hungrig nach jeder Art Liebe wie nach einer Droge, um den Schmerz zu lindern, der nicht völlig Erinnerung ist, Fels und Schatten zugleich. Die Gerüche von Asphalt, der unter dem Ansturm der schmutzigen Sonne schmilzt, von verbranntem Gummi, von kochenden Autos, von bratenden Gehirnen, von schmorendem Zorn, von siedender Gewalt mischen sich mit dem Duft von Iris und gemähtem Gras aus Nachbars Garten, von den roten Rosen, die den Zaun unter ihrer parfümierten Lockenfülle begraben, dem Aroma von Petersilie und Salbei, die gleich vor der Hintertür wachsen in dem, was einmal mein Sandkasten war. Ich gehe umher, betrachte die Läden an der Ecke mit ihren Stanzblechplafonds, die Schlackensteine, die Gaswerke und das Vier-Nutten- Haus im nächsten Block. Das Viertel wird allmählich schwarz. Meine Eltern reden vom Wegziehen. Die Djordejevicks haben ihr Haus an einen farbigen Busfahrer verkauft und haben zehntausend gekriegt, sagt meine Mutter, zehntausend, dabei ist das Dach undicht. Ich gehe fünfzehn Querstraßen weit und sehe nur zwei Kinder, die ich kannte. Kinder. Das eine davon ist vierzig Pfund schwerer als beim letzten Mal und um zwei Babys leichter, eins hängt an ihrem Rock und das andere im Kinderwagen.

Ich renne die Außentreppe zu Callie hoch, hämmere an ihre Tür, aber der Mann, der aufmacht, ist schwarz und mißtrauisch. Das Zimmer, in das ich an ihm vorbei schaue, ist renoviert worden und hat Holzverkleidung bekommen. Etwas in mir wiederholt wie ein Trauergast: Dieser Ort, den ich gehaßt habe, ist jetzt für mich, weil ich ihn verlasse, kostbarer und lebensnotwendiger Kraftstoff.

Ich liege oben auf der alten Hollywoodschaukel und schaue auf die Kartons, die ich schon gepackt habe, und auf den Krimskrams, den ich noch verstauen muß, da erkenne ich draußen einen Automotor und laufe quer über den Dachboden, um hinauszuspähen. Der weiße Sprite. Donna steigt heraus, silbriges Haar, Sonnenbrille. Ich stürze die Treppe hinunter, doch Mutter schlägt mich zur Tür um Längen.

»Ein bißchen zugenommen, hm?« Mutter kneift Donnas Oberarm. »Macht nichts. Steht dir besser. Vorher warst du zu knochig. Hat deine Schwiegermutter dich ausstaffiert?«

»Die Ehe macht dick. All diese Einladungen.« Donna kichert im Diskant, und Mutter fällt mit ein.

»Das ist nur allzu wahr!«

Donna ist braungebrannt: Ich kann mich nicht erinnern, sie je braun gesehen zu haben. Die Hosen sind aus Leinen und passen gut; das Polohemd hat schmale Streifen, Türkis auf Schwarz. Sie sagt, es ist aus Frankreich. Ihr Haar ist nicht gelockt, aber in Stufen geschnitten, die es voller machen. Kein Zweifel, sie sieht gut aus. Mutter stupst uns in Sessel und eilt geschäftig in die Küche für Limonade. Ich habe keine Limonade mehr getrunken, seit ich von zu Hause fort bin; das ist der Geschmack von Sommer im Haus meiner Mutter.

»Du bist also jetzt mit dem College fertig, genauso wie ich«, sage ich, doch schon, als ich es sage, spüre ich, daß wenig genauso ist.

»Endlich! Aber wie kommt es, daß du nicht weiterstudierst?«

»Ich gehe nach New York.«

Donna seufzt. »Es war schwer, die Seminare bis zum Schluß auszuhalten. Ich kam mir Jahre älter vor als alle anderen. Ich schaute mir immer wieder die Mädchen in meinem Seminar an und dachte, na wenigstens das habe ich hinter mir. Die Fleischbank.«

»Meinst du nicht, es war Zeit- und Geldverschwendung?« sagt Mutter. »Schließlich bist du verheiratet, und was hat es dir genutzt?«

»Ich hätte Peter nie kennengelernt, wenn ich nicht nach Michigan gegangen wäre«, sagt Donna fest. »Und ich war vorher wirklich dumm und naiv.«

»Nimm deine Sonnenbrille im Haus ab«, drängt Mutter. »Du ruinierst dir die Augen, wenn du sie aufbehältst.«

»Ach, die ist eingeschliffen.« Donna hält sie schräg, um es uns zu zeigen. »Peter will, daß ich mir Kontaktlinsen machen lasse, aber die Vorstellung, was in die Augen zu stecken, ist mir schrecklich. Ich kriege nicht mal Tropfen rein.«

»Aber wenn er dich nicht mit Brille mag«, sagt Mutter bedeutungsvoll. »Sowas kann einen Mann abschrecken.«

Donna zieht ein Gesicht. »Ich muß sie probieren. Ich verschiebe es immer wieder.«

»Was macht es?« fragt Mutter und starrt auf Donnas Magengegend. »Bist du ...?«

»Nein, um Gottes willen!« platzt Donna heraus. »Ich passe auf!«

»Gut, hab es bloß nicht zu eilig. Denk dran, sobald du Kinder hast, bist du nie mehr allein, jahrelang. Nicht morgens, nicht mittags, nicht nachts. Du verstehst mich?«

Donna nickt. »Das wäre jetzt eine Katastrophe.«

»Wie kommst du mit seinen Leuten aus?« fragt Mutter.

Ich fühle mich ausgespart. Ich werde stumm dasitzen und schmollen, und dann werden sie merken, wie sie mich verletzt haben, sich gegen mich zu verbünden, die beiden, zwei verheiratete Frauen tun sich zusammen über Ehemänner.

»Ich versuche, den Mund zu halten. Ich gebe mir Mühe. Aber ich kann doch nicht durch ganze Abendgesellschaften sitzen, ohne irgendwas zu sagen. Und dann mache ich es. Eine Idee kommt aus mir raus. Eine Meinung. Etwas, das beweist, ich bin eine Person und lese jeden Tag die Zeitungen und denke.« Jetzt schaut Donna mich an.

Ich kann einer Antwort nicht widerstehen. »Du gerätst in politische Auseinandersetzungen?«

»Du würdest staunen. Da können wir hineingeraten aus einer Bemerkung darüber, wie heiß es ist.«

»Das Wetter«, sage ich, »sind die Russen dran schuld?«

»Als der Sommer einsetzte, machten sie höhnische Bemerkungen darüber, daß Zitat die Farbigen Zitat Ende die Hydranten aufdrehen, und wie das zeige, wie wenig staatsbürgerliches Verantwortungsbewußtsein sie besäßen, also hätte es keinen Sinn, Geld in ein Rattenloch zu kippen. Ich sagte, Rattenloch wäre eine treffende Beschreibung für einige der Slums von Detroit, und ob sie in der Hitze nicht gern ihre Swimmingpools benutzten?«

»Die Reichen sind im Kern alle Faschisten«, sagt Mutter lakonisch mit den Händen auf den Knien. »Für die sind wir nur Legehennen.«

Sie erschreckt mich, wenn aus ihr eine reine, politische Meinung aus ihrer fernen Vergangenheit kommt. »Wo steht Peter in all dem?«

»Ach, genau in der Mitte.« Donna lacht. »Ich nehme mir immer vor, da drüben keinen Streit anzufangen ... Aber weißt du, in gewisser Weise gefällt es ihm. Es gefällt ihm, wenn sie ihre Unzufriedenheit an mir auslassen. Ich bin ein Blitzableiter. Er kann vermitteln. Dann fühlt er sich reif und überlegen.«

»Aber er ist schrecklich abhängig von dem, was sie denken«, sagt Mutter.

»Ich muß ihn da rausholen. Ihm ist endlich die Stellung in Brookhaven angeboten worden, aber bei geringerer Bezahlung. Er hat gesagt, wenn ich einverstanden bin, nicht nach Frankreich zu fahren, nimmt er sie. Also habe ich gesagt, ich gebe die Reise auf, um nach New York zu ziehen, aber er zaudert immer noch. Jetzt habe ich die Masche ausprobiert, sein Vater wäre sein ganzes Leben lang in Detroit geblieben, weil er Angst vor New York hatte. Ich glaube, das wirkt.« Donna seufzt. »Aber verheiratet sein ist toll, Stu, absolut toll.«

»Ach komm, Donna, verheiratet sein ist nur die Gesamtsumme einzelner Ereignisse. Es ist kein Ding an sich.«

»Das verstehst du nicht«, fährt Mutter mich an, und Donna nickt. Dann pfeift der Teekessel aus der Küche. Mutter springt auf und kommt wieder mit der alten gestreiften Teekanne auf einem Tablett mit kleinen Tassen.

»Keinen Tee für mich, vielen Dank«, murmelt Donna. »Ich koche schon halb.«

Mutter hält ihr eine Tasse hin. »Soll ich dir nicht aus deinen Blättern lesen? Habe ich nicht mehr gemacht, seit du im Krabbelalter warst.«

Donnas Gesicht zieht sich zusammen. Sie blickt sich um, als flehe sie inständig, zu mir, zur Wand. »Ach, laß nur! Bitte.«

»Nein«, sage ich. »Sie braucht das nicht.«

»Bitte. Ich glaube, ich will meine Zukunft nicht wissen.« Donna rettet sich in ein schwaches Kichern.

Mutter betrachtet sie mit messendem Blick. »Vielleicht ein andermal.« Ihre Stimme ist scharf vor Enttäuschung. »Wenn Unwissenheit selig macht ...«

»Donna, kannst du mich im Auto mitnehmen? Ich würde so gern noch mal Belle Isle sehen.«

Sie ist sofort einverstanden. Ich weiß, Mutter ist eingeschnappt, daß wir gehen, aber darum kümmere ich mich später. Donna fährt mit Eleganz. Ja, sie geht mit dem Auto wesentlich geschickter um, als Peter es je tat. Wurmt ihn das, oder merkt er es gar nicht? Denn sie ist aufgeweckter, intelligenter und verzweifelter. Ich sage: »Als ich heranwuchs und immer den Tireman oder den Joy Road-Bus in die Stadt nahm, da saß ich am schmutzigen Busfenster und versuchte dahinterzukommen, warum die Dinge, die meinen Augen die größte Befriedigung, die meiste Beschäftigung gaben, verrußte, gemarterte Mietshäuser und heruntergekommene Mietskasernen von zerbröckelnder Pracht waren, das Posieren toter viktorianischer Egos inmitten vom brennenden Gestank dahinvegetierender Menschen. Wie kann man aus Detroit kommen und nicht denken, daß Schönheit Grus enthalten und kratzen muß, während man sie betrachtet? Ohne eine Ästhetik, die der Kraft der Unvereinbarkeit einen Ehrenplatz einräumt?« Ich versuche sie von neuem zu beeindrucken, und wie.

»Peter hat schon diese Grosse Pointe-Mentalität, das muß man sagen. Versuch ihn mal dazu zu kriegen, irgendwas in Detroit zu machen. Wenn er wüßte, daß ich nach Belle Isle fahre, er hielte mir eine Stunde lang eine Vortrag darüber, wie gefährlich das ist.« Eine rote Ampel hält uns an in einer Welt, die mir vorkommt, als wäre sie aus schmelzendem Plastik. »Mich zu heiraten war sein großer Akt der Auflehnung.«

»Warum meinst du, einen Mann heiraten ist besser als mit ihm zusammenleben?«

»Er ist nicht festgelegt.« Die Ampel wird grün, und sie fährt im Schlepptau eines Corvette. »Er muß nicht mit seinen Problemen fertig werden. Glaubst du, Peter würde nach New York gehen, wenn wir nicht verheiratet wären?«

»Er hat schon vor einem Jahr daran gedacht.«

»Ich rede davon, es zu tun. Ich bin seine Frau. Das heißt, ich komme vor Pappi und Mammi und all den Nulpen, mit denen er sich in dem verdammten Country Club rumgetrieben hat ... Oh, ich nehme Tennisunterricht. Mit dem Französisch habe ich aufgehört, da wir nicht fahren.«

»Bist du schrecklich enttäuscht? Für eine Reise nach Frankreich würde ich durchaus ein oder zwei Morde in Kauf nehmen.«

»Ich muß an die größeren Zusammenhänge denken, ihn vom giftigen Einfluß seiner Eltern wegkriegen. Verheiratet sein bedeutet, deine Entscheidungen ernst nehmen, Stu, nicht einfach Reißaus nehmen, wie wir es früher taten.«

Die Sonne klirrt metallisch auf Straßen nieder, die nach Teer riechen, während sie das Auto durch den Verkehr peitscht. Hinter der Sonnenbrille sind ihre Augen zusammengekniffen gegen das grelle Licht. Ich erlebe einen Augenblick reinen Verlustes, muß an Kemp denken. Es war unmöglich aufgrund seiner Gewalttätigkeit, seines Rassismus; es war unmöglich, und doch vermisse ich ihn. Mit dem Körper ohne den Verstand vermisse ich. Es ist die Fahrt im Auto, die ihn in mir wachgerufen hat.

»Das Schreckliche an Affären ist«, sagt sie, »daß du alles hineinlegst, alles von dir, in jede einzelne, und daß du verlierst.«

»Muß nicht so sein. Ich will mehr Freundschaft und weniger Gekralle und Gemetzel.«

»Aber wenn du liebst, meine ich. Hinterher bist du verbrannt. Also machst du es wieder. Von dir bleibt ein bißchen weniger übrig. Dann viel weniger. Die Ehe ist anders.«

»Ja, und die Scheidung ist schlimmer als eine Affäre beenden, wie ich höre. Ich sehe keine konsequente Abwärtsentwicklung, und ich glaube nicht, daß von mir weniger bleibt. Ich öffne mich verschieden bei verschiedenen Menschen. Verschiedene Ichs kommen zum Vorschein.«

Belle Isle reicht sehr flach hinaus in die Mitte des breiten Detroit River, mit Zwischenspielen kleiner Brücken, Lagunen, weiter Spielfelder, kleiner Wäldchen, für mich ist das Kasino-Architektur. Heute sind viele Menschen da, aber es ist noch Platz für mehr. Die Jacht- und Rennboot-Clubs sind auf der Seite, die Detroit zugewandt ist, aber auf der Seite nach Windsor, Kanada, sitzen die Leute in mitgebrachten Campingstühlen, sonnen sich, hören Radio, trinken Bier, angeln. Hier ist es immer kühler. Wir parken flußabwärts, im Schatten einer großen Trauerweide. Sie schirmt ihre Augen ab. »Ich bin immer das gleiche Ich. Nämlich ich. Das stumme, verängstigte Kind, das sich in die Hosen macht. Das habe ich in der Therapie gelernt, Stu. Du brauchst einen guten Therapeuten.«

Ich weigere mich, den Köder unseres vierzigsten Streitgespräches über Therapie zu schlucken. »Manchmal liebe ich Detroit.« Ich zeige in Richtung Innenstadt. »Wie es dampft und pocht an so einem Junitag, ein riesiges verwundetes Herz.«

Sie starrt in den Fluß, dessen Wasser von uns wegströmen, flußabwärts. »Weißt du noch, wie wir in unserem ersten Studienjahr darüber redeten, wann wir mit Männern schlafen sollten und was Promiskuität ist, und wie ernsthaft und ängstlich bemüht wir waren?«

»Wir versuchten, uns eine neue Moral zu machen, die für uns funktionierte.«

»Und mir fiel auf, wie ich anfangs dachte, nach drei Affären ist man promiskuitiv. Dann hatte ich drei gehabt, also dachte ich, promiskuitiv ist, wenn man mit einem Mann schläft, den man nicht liebt. Dann hatte ich eine Affäre mit Charlie. Dann dachte ich, wenn man mit zwei Männern gleichzeitig intime Beziehungen hat oder mit dem Mann einer anderen Frau – also brach ich jede Regel, die ich aufgestellt hatte. Es ist, als gäbe es eigentlich keine Regeln, und man kann ganz leicht darin ertrinken.«

»Aber es gibt keine Regeln. Du stellst deine eigenen auf oder übernimmst einfach, was jemand anders für seine Zwecke aufgestellt hat.« Ich fühle mich weggeworfen wie ein alter Pullover. Ich steige aus dem Auto und gehe zum Wasser. Sie folgt mir. Ich sage: »Ich habe ein Gefühl, als wärst du mehr verheiratet, als du Donna bist. Die Ehe wickelt dich ein wie Zellophan.«

»Aber das ist das, was ich tue. Das Wichtigste in meinem Leben. Alles andere muß zweitrangig sein. Alle treffen sich seltener mit ihren Freundinnen, nachdem sie geheiratet haben. Werde endlich erwachsen!«

»Verdammt noch mal, Donna, kämpf dagegen an! Du brauchst mich in deiner Ecke.«

»Er ist in meiner Ecke. Du hast Angst, dich ernsthaft zu verlieben, nach Mike. Du wirst schon sehen.« Sie lächelt, mit abgewandtem Blick. »Du bist eifersüchtig.«

»Ja, ich weiß. In Donnas Augen sind Carl und ich Kroppzeug, das wirft wie die Kaninchen.« Julie klopft sich auf den Bauch. Sie ist wieder schwanger. »So ist es viel praktischer. Ein Aufwasch. Ich meine, ich kann jetzt sowieso nichts anderes tun, da kann ich genausogut Kinder machen, während ich Kinder aufziehe, findest du nicht?«

»Bist du glücklich mit Carl?« Ob er immer noch sagt, Frauen sind für die Liebe gemacht?

»Natürlich! Ich habe, was ich wollte – einen Mann, ein Haus, meine eigene Familie.« Aber für den Rest der zwei Stunden beklagt sie sich. Er ist nicht ehrgeizig genug, er hört nicht auf den Rat ihres Vaters, er verbringt zu viel Zeit vor dem Fernseher und gibt zu viel Geld fürs Golfspielen aus. Er macht nie die Badewanne sauber, wenn er fertig ist. Er hebt seine Socken nicht auf. Er will sich nicht die Zähne putzen, bevor sie miteinander schlafen.

Aber ihre Kinder vergöttert Julie ohne Einschränkung. Carl junior ist niedlich und pummelig, er zerrt ein riesiges, einst weißes Kaninchen umher. Das Baby hat für mich ein noch ungeformtes Gesicht, aber für Julie ist es schön. Julie als Mutter ist Julie ohne Sarkasmus, befreit von dem Zwang, die erste mit abfälligen Bemerkungen zu sein. Ich spüre, daß sie schon jetzt Verachtung für Carl empfindet, auf der Basis der Überzeugung, jemand, den sie haben kann, kann nichts wert sein. »Der größte Vorteil der Ehe, soweit ich sehen kann«, sagt sie, als ich ihr von meinem Gespräch mit Donna berichte, »ist, erstens, du kannst endlich Babys kriegen und sie sind Moppelchen und müssen dich lieben. Und zweitens, wenn du dich mit einem Mann triffst und erst mal anfängst, mit ihm zu schlafen, dann mußt du immer. Aber sobald sie verheiratet sind, hören sie auf, solchen Wind zu machen. Fünf Minuten einmal die Woche, und du bist entlassen und brauchst dir den Rest der Zeit keine Gedanken darüber zu machen.«

Wie das viktorianische Haus in Cold Springs hat Julies Halbgeschoßhaus zwei Wohnzimmer, einen in Weiß und Blau gehaltenen Salon für Besucher (mich nicht eingeschlossen) und ein Familienzimmer, in dem sie sich tatsächlich aufhalten. Über Donna wettert Julie: »Sie kann nicht ewig herumspielen. Sie muß entweder einen Erben produzieren oder wieder auf die Uni gehen oder arbeiten gehen. Eine andere Wahl hat sie nicht. Sie wäre blöde, wenn sie sich nicht für Babys entscheidet.« Dann versucht sie mir dazu zu kondolieren, daß ich Donaldson nicht festgenagelt habe. »Der wäre ein toller Fang gewesen. Dann hättest du in Ann Arbor bleiben können.«

Fast schaudert mich.

Die Nacht ist heiß und durstig. Die Ulmen beugen sich unter der Last der staubigen, schlaffen Blätter. Um die Straßenlaternen bilden fliegende Käfer und Motten einen gesprenkelten Hof. Detroit zuckt und brodelt um diese stille Straße. Es prasselt und brutzelt, knallt Autos zusammen wie plattgedrückte Blechdosen, jagt Rettungswagen durch die Nacht, schießt Taschenrevolver und Kanonenschläge ab, läßt seinen Motor aufheulen, bricht aus in Rhythm & Blues oder Country-Musik aus rivalisierenden Autoradios, läßt die Autos in einer Filmjagd die Straßen entlangquietschen und dann kreischend an den Ampeln halten, wo die Autoradios noch lauter schmettern. Überall bumsen Menschen und streiten sich und lassen den Ärger raus über den rauhen und rußigen Arbeitstag. Die ganze Stadt ist auf Droge. Auf Muntermachern und Stoff. Sie singt schräg und knirscht mit den Zähnen, cool und hot zugleich und hungrig auf etwas Schmerzstillendes.

»New York«, brummelt mein Vater voll tiefem Mißtrauen beim Schaukeln auf der Veranda. »Bin einmal dagewesen. Sie haben nicht ein Hotel, nein, fünf Kilometer nur Hotels. Sie haben nicht einen Pfandleiher, nein, fünf Kilometer nur Pfandleiher. Straßenbahnen hoch in der Luft machen solchen Krach, daß man sein eigenes Wort nicht versteht. Und überall Dreck. Keine Bäume. Kein Licht.«

Jeden Tag markiert Mutter die Zeitungen, macht Kreise mit rotem Buntstift um Stellenangebote für Sekretärinnen und Empfangsdamen. »Wir schauen uns Häuser an«, sagt sie. »Wir besorgen uns ein größeres Haus. Eines mit viel Platz für die Jungs, wenn sie nach Hause kommen, und du kannst ein Zimmer ganz für dich haben. Du könntest viel Geld zusammensparen mit einer guten Sekretärinnenstelle, wenn du zu Hause wohnst. Kannst dir Kleider kaufen und zum Friseur gehen und Donna sehen, so oft du willst.«

Sie arbeitet schwer, meine Mutter in ihrem kleinen Haus. Der Ruß schwebt Tag und Nacht herab. Laken auf der Wäscheleine werden gelb im sauren Regen von den Fabriken. Alle zwei Tage müssen die Fensterbretter abgewaschen werden. Mein Vater schleppt öligen Dreck von der Arbeit herein, und seine Sachen müssen auf dem Waschbrett vorgeschrubbt werden, bevor sie in die Waschmaschine wandern mit der Wringevorrichtung, in der sie sich mindestens einmal im Jahr den Finger klemmt.

Sie sitzt weitsichtig und blinzelt auf die alte Nähmaschine, wo sie einen Mantel kürzt, den sie zu groß in einem Ausverkauf erstanden hat. Sie ist ständig am Ändern, versucht, etwas Hübsches oder wenigstens Brauchbares aus etwas zu machen, das jemand mit mehr Geld ausrangiert oder billig verkauft hat. Dinge gehen kaputt, und sie bessert sie aus, repariert den alten Stuhl, leimt den zerbrochenen Teller, stopft die löcherige Socke. Den ganzen Tag schrubbt und putzt und murrt sie. Die Rechnungen kommen herein, und sie murrt. Sie möchte es hübsch haben, das Haus, ihr Leben. Sie bügelt sogar die Bettwäsche und die Handtücher. Sie möchte eine Baleboßte sein, und sie zeigt ihrer Mutter immer noch, daß sie es besser kann. Sie war wütend auf ihre Mutter; sie blieb wütend. Nicht genug da in einer zwölfköpfigen Familie für jede einzelne der Töchter.

Er arbeitet schwer, mein Vater, lange jeden Tag. Seine Hände sind Reliefkarten von Brand- und Rißwunden. Sein Rücken ist gebeugt vom Schauen in die Motoren. Er hat ständig trockenen Husten vom Rauchen und Einatmen der Abgase. Seine hellgrauen Augen sind zusammengekniffen wie gegen grelles Licht; sie wirken, als hätten sie gerne in Fernen geschaut, die ihnen selten geboten wurden. Mit vierzehn arbeitete er an Abenden und Wochenenden und seitdem ununterbrochen.

Mit meinen Büchern und meinen Schriften und meinen immer sonderbareren Interessen und Leidenschaften und Ambitionen, meinen Freunden, denen sie mißtrauen, komme ich in dieses Haus wie ein heißer Wind, werfe Staub in ihre Augen und verderbe ihr Essen. Ich möchte sie glücklich machen. Ich verfolge sie durchs ganze Haus, um meine Ideen zu teilen, um zu gefallen, und ich erschrecke. Ich bin nichts, womit sie etwas anzufangen wissen. Er erzählt mir von den Töchtern ihrer Freunde, den Mädchen aus der Nachbarschaft. Audrey hat Zwillinge bekommen, beides Jungs. Joyce ist mit einem Rohrleger verlobt. Nachbarschaftsneuigkeiten. Freddie ist im Gefängnis in Jackson, nicht wegen der Schwarzbrennerei, sondern für einen Raubüberfall, den er Mutters Meinung nach nicht begangen hat. Sharkie ist in der Armee in Deutschland. Callie arbeitet in Awrey's Bäckerei, zusammen mit Le Roy von nebenan, der es meiner Mutter erzählt hat.

»Wo ist Francis?« frage ich.

»Der hat auf einem Erzfrachter angeheuert«, sagt Paps. »Ist Gewerkschaftsmitglied geworden. Macht die Großen Seen bis rauf nach Duluth.«

»Wenigstens hat er feste Arbeit«, sagt Mutter. »Das nimmt mir eine Last von der Seele, Häschen, zu wissen, wo er ist, damit ich nicht die ganze Nacht wach liege und mich um ihn bange und gräme, wie damals, als er du weißt schon wo unten in Mexiko war.«

Ich möchte sagen: *Hört doch mal, ich liebe euch*, aber ich merke, daß ich gerade das am allerwenigsten direkt sagen kann. Das wird in diesem Haus nicht gesagt. Die dünnen Wände würden Risse kriegen vor Scham, wenn ich es ausspräche. Wir haben Kanäle untereinander für Kränkungen, Kanäle für Verhandlungen und Andeutungen, für Stoßen und Ziehen, sogar für Trost nach Verletzung, aber keine für Zuneigung. Ich bin eine Tochter, die nicht in den engen Schlitz mit der Aufschrift TOCHTER paßt, und sie können sich nicht an mir freuen.

Mutter ruft mich. Sie hockt vor dem hohen Sekretär und zerrt das alte Fotoalbum heraus. Sie faltet die von Bobe gehäkelte Tischdecke zurück und läßt es klatschend auf die Plastikunterlage fallen. »Du wirst ein paar von der Familie wollen.«

Ich stelle fest, sie hat recht. Auf einen molligen Ellbogen gestützt, wendet sie die vollgeklebten Seiten, feuchtet den Zeigefinger an der Zunge und tippt auf verblichene Schnappschüsse ihrer Familie, runzelt die Stirn mit eingesogenem Gemurmel, nickt mit bittersüß geschürztem Mund. Jungen in Knickerbockern, Mädchen mit großen

Schleifen auf den Locken posieren in Reihen auf den Stufen schmuckloser Holzhäuser, die selbst damals schon alt waren. Mutters Gesicht, schön und herzförmig, schaut mit scheuem und gequältem Lächeln empor von der verrußten Vortreppe einer Mietskaserne, wo sie sitzt, eine zaghafte Hand schützt immer noch ein Buch, und ihr langes Musselinkleid streift ihre Stiefeletten. Sie war so schön, meine junge Mutter, daß mein Herz puckert wie ein schlimmer Zahn.

»Da ist dein Großvater mit ein paar seiner Freunde, kurz bevor sie ihn umgebracht haben.« In einer Gruppe von Streikposten legt Großvater den Arm um einen dicken Mann mit einem Arm in der Schlinge. »War das ein Mannsbild? Schau, wie er dasteht, wie ein König.«

Mit zwei jungen Frauen, die Arme um die Taillen der anderen gelegt, steht Mutter in weißer Hemdbluse und rindenengem schwarzen Rock vor *Wanamaker*, wo sie arbeitete. Mutter ist auf der linken Seite. Mit einem Ansteckstäußchen auf dem gestärkten Busen und reizend ausgestelltem Bein wartet sie in der Pose einer Vorführdame hoffnungsvoll auf die Beachtung, die ihre Welt aus Sorgen, Armut und Kummer verklären wird.

»Das ist *er*«, flüstert sie laut. »Wußte gar nicht, daß ich noch eins habe. Ich dachte, dein Vater hätte sie alle zerrissen.« Ein untersetzter Mann lächelt breit in gestreiftem Badeanzug aus den dreißiger Jahren an einem Strand. Paps geht mit einem Bier in der Hand an uns vorbei und sagt nichts.

»Wer ist das da mit mir?« Ich griene durch einen fehlenden Schneidezahn, halte zierlich meinen Rock gespreizt und umarme ein spillriges, flachsblondes Würmchen, das nicht in die Kamera schaut, sondern auf meine Katze, die sich putzt. Ein dünnes Ärmchen streckt sich aussichtslos nach ihrem Kuschelfell.

»Donna. Du warst vier. Ach, du warst so ein sanftes, liebes kleines Kind, Jill!« Ihre Augen kratzen anklagend an meinem Gesicht. Dieses Kind, wo?

Vater auf seiner Highschool-Abschlußfeier schaut mit den blanken Augen eines Eichhörnchens unter gesenkter Stirn hervor, sein Kinn bekriegt sich mit dem steifen Kragen. Fotografien werden grau wie die nagende Ratte der Zeit. Fotoalben sollten bittere lateinische Sinnsprüche aufgeprägt haben. Bobe kauert entkräftet und verwirrt in der heißen Julisonne auf Belle Isle. Roch sie den Tod in der staubigen Picknickluft? Was hat bestimmt, daß sie Jiddisch mit mir sprach und ich ihr auf Englisch antwortete? Ich werde Jiddisch lernen und noch einmal ihre Stimme hören, wiedergeboren.

Mike und ich trinken Brause auf den Stufen. »Das möchte ich haben.«

»Klammerst dich an die Vergangenheit! Dieses Nichts – ein Held aus Stroh! A schtrojene held!« Sie knallt das Album zu. »Es reicht! Du kannst nie genug kriegen.« Wütend schaut sie auf die Fotos, die sie mir gegeben hat. »Gibt man dir den kleinen Finger, nimmst du die ganze Hand.«

Augenblicklich zanken wir uns laut und vertreiben den Geruch von Tod und Niederlage mit dem einzigen Ritual, das wir haben.

Hinter den Gleisen gleitet der Huron vorbei, geschützmetallgrau unter hohem Himmel. Die Hügel der Stadt erheben sich hinter dem Bahnhof aus rotem Backstein. Niemand kommt den Weg entlang, mich zu verabschieden. Wieviel Selbst habe ich hier verausgabt. So, du lappärschige Märtyrerin, wer soll sich denn auf dem Bahnsteig mit Kapelle versammeln? Eine Abordnung deiner verflossenen Liebhaber mit Sträußen aus Giftsumach?

Der Zug windet sich um die Kurve aus Lagerhäusern und kommt schon, so bald. Hinaus fahre ich, wie ich herkam, und die Stadt schmiegt sich an ihre grünen, bewaldeten Hügel und werkelt und ist mit sich selbst beschäftigt. Ich berühre meinen verbeulten blauen Koffer zum Trost, den gleichen, den ich ins College mitgenommen und in Donnas Zimmer gestellt habe. Schreibmaschine. Neue Kiste aus Holzfaserplatten, Inhalt: eine zu Fügsamkeit betäubte Katze. Abendbrot in einer Tüte. Die Lokomotive stampft an mir vorbei, viel höher, als ich erwartet habe. Die Waggons kommen zur Ruhe. Kurswagen nach New York? Dampf kitzelt meine Beine, als ich meine Habseligkeiten hinaufhieve.

In der Mitte des Waggons verstaue ich mein Gepäck im Netz über mir und die Kiste mit benommener Katze zu meinen Füßen, rasch, die Zeit flieht, und presse meine Wange an das schmutzige Fenster. Leb wohl, du Varieté, wo ich gelernt habe, spektakulär auf den Hintern zu plumpsen. Der Waggon ruckt an, steht, gleitet dann hoch und federnd am Bahnhofsgebäude vorbei. In fünf Minuten sind wir aus Ann Arbor hinaus, es geht ostwärts. Ich habe einen mühsamen Anfang gemacht, mein Handwerk zu erlernen, meine politischen Überzeugungen, meine Bedürfnisse. Ich habe mir jemand zugelegt, der von mir abhängig ist. Im sinkenden Zwielicht über dem geriffelten Bauch des mittleren Amerikas gleiten wir durch kleine und größere Städte, wo sich Autos hinter gestreifte Schranken ducken, ihre Scheinwerfer streifen mich, während ich vorbeihusche, in Einsamkeit und Neubeginn. Nach Osten zu dem Ozean, den ich noch nie gesehen habe.

35 Ein Leben allein ist nicht unbedingt einsam

Ab ersten August sitze ich in meiner eigenen Wohnung in der East Twelfth Street gleich an der Second Avenue, ein großes Wohnzimmer, das mir als Arbeits- und Schlafzimmer dient, und eine kleine Küche, genau doppelt so groß wie das voll ausgestattete Badezimmer, das – so weiß ich inzwischen – in der Lower East Side Luxus ist. Vom Vormieter habe ich einen Tisch und drei Küchenstühle geerbt, eine Kommode und einen maschinegewebten Orientteppich, zusammen mit einem unerschöpflichen Vorrat an Kakerlaken, kleinen gelb-rotbraunen und großen, glänzenden, kaffeebraunen. Anfangs jagte Minouska sie, aber offenbar schmecken sie scheußlich.

Ich habe schon eine Struktur, nach der ich aushilfsweise Büroarbeiten in einer Agentur mache und für Kunststudenten Modell stehe, Teilzeitjobs, die mir Zeit zum Schreiben geben. Meine Wohnung ist in heißen Nächten ein Ofen, dann ziehe ich zum Schlafen hinüber zu Alberta, ein Fußweg von zehn Minuten. Alberta hat eine Klimaanlage in ihrer Dreizimmerwohnung, die sich viel geräumiger anfühlt jetzt, wo Minouska und ich sie nicht mehr verstopfen. Meine erste Anschaffung war ein Doppelbett (ich bin wie immer voller Hoffnung), und meine zweite waren Gardinen (einer der Männer auf der anderen Seite vom Hinterhof benutzt ein Fernglas). Minouska gibt mir zu verstehen, davon habe sie immer geträumt: eine hübsche Wohnung, wir zwei beide, Fensterbretter mit Morgensonne und ein Bett voller Kissen, auf denen man sich räkeln kann.

Ich habe die Wohnung nach hinten raus im dritten Stock ohne Fahrstuhl, für die ich siebenundsechzig fünfzig plus Nebenkosten bezahle. Zum ersten Mal in meinem Leben wohne ich allein. Meine Teller habe ich vom Trödler, mein Besteck im *Union* gestohlen, meine Gläser von Woolworth, meinen Schreibtisch aus dem Keller des rotbraunen Sandsteinhauses, eine Tür auf Beinen, die ich selber angebracht habe, meine Töpfe und Pfannen von der Wohlfahrt und meiner Mutter, meine Bücher habe ich aus Detroit nachgeschickt bekommen, alles meins! Ich stürme in diesen Anfangswochen durch meine erste eigene Wohnung, durch mein kleines Kochkisten-Paradies mit der gleichen Freiheitseuphorie wie damals, als ich nach Ann Arbor kam. In meinen sechs Wochen als Mitbewohnerin bin ich Alberta näher gekommen als je zuvor, aber ich konnte dort nicht schreiben und blieb mir immer bewußt, wieviel Raum Minouska und ich einnahmen. Wie meine Mutter pflegte Alberta mir bessere Jobs aufzuzeigen, als ich wollte, in der Annahme, mir müßte eine Stellung im Verlagswesen lieber sein als drei Tage in einem Modehaus und zwei Tage in einem Kosmetikversandhaus.

Auf der Second ein paar Querstraßen nach Süden ist ein Markt, dessen Stände Stilleben aus Obst und Gemüse anbieten, Kisten mit Austern und Venusmuscheln, reife Oliven aus Sizilien, Schillerlocken, Räucheraal aus Long Island. Kochen ist eine Tätigkeit, der Alberta früher einmal nachging, vielleicht für ihren kurzzeitigen Ehemann, vielleicht für Gerrit; gewogen und zu leicht befunden. Sie glaubt an Außer-Haus-Verkauf und Restaurants. Ihre Vorstellung vom Kochen ist, auf dem Jefferson-Markt ein Brathähnchen zu kaufen und es zehn Minuten in ihren Herd zu stecken. Als ich auszog, schenkte sie mir ein altes *Kochen bringt Genuß* aus ihrer kurzen Häuslichkeit, und ich hatte meine erste Kochbuch-Affäre.

Die Freuden des Einzellebens sind intensiv, doch unerwartet. Ich habe noch nie Gedichte gelesen über die Liebe zur eigenen Küche, zu Töpfen, Handtüchern, Katzen, Büchern. Ich lerne in der City Männer so leicht kennen, wie ein ins Wasser gesteckter Finger naß herauskommt; Freunde von Freunden, Leute, die ich am College flüchtig kannte, Männer, mit denen ich ins Gespräch komme. Ich verbringe angenehme Abende, lehne Beziehungen aber dankend ab.

Ich koche Reispilaw von Huhn für Alberta, die auf meinem Bettsofa ruht und einen Zigarillo raucht, eine Angewohnheit, die ihren Vater rasend macht. Sie verläßt seine Anwaltskanzlei. Berufliche Nähe hat sich nicht als zutunlich erwiesen.

»Ich habe mich bei Corbett, Corbett, Bates & Bernstein vorgestellt.«

»Alberta! Ich weiß, das heißt was, aber nicht für mich.«

»Eine Kanzlei, die auf Privatrecht spezialisiert ist.«

»Was heißt das? Nicht öffentlich?«

»Das heißt unterste Rangordnung. Das heißt, mein Vater brüllt mich an und rast aus seinem eigenen Büro und knallt die Tür zu und muß dann wieder reinkommen, weil es natürlich sein Büro ist. Es heißt Scheidung. Trennung. Sorgerecht. Frauen, Bobele, Frauen.«

»Ich finde, das klingt wesentlich interessanter als Aktiengesellschaften.«

»Ich auch. Aber ich weiß, es sollte nicht. Das heißt, Macht und Einfluß ausschlagen. Mein Vater sagt, das ist nicht politisch, und das ist es natürlich auch nicht.« Sie seufzt.

»Du kannst nicht sagen, es ist unwichtig, ob eine Frau mit einem Mann verheiratet bleiben muß, der sie schlägt. Oder ob sie ihre Kinder verliert. Oder ob sie auf Sozialhilfe angewiesen ist.«

»Ich fühle mich dazu hingezogen. Es ist für mich viel interessanter, Jill, obwohl das betreffende Recht weniger aufregend ist. Er – ich meine Bernstein – hat mir die Stelle angeboten, und ich habe sie genommen. Ich wußte gar nicht, daß ich sie nehmen würde, bis ich mich selber zusagen hörte.«

Wir essen in der Nischenecke der Küche, die auf den Hof geht, von dem eine schwache Brise unsere Gesichter berührt. Sie hat Frascati mitgebracht. Diesen Sommer dekoriere ich, wie alle unbürgerlichen Studenten, mit Kerzen in Weinflaschen und mit billigen Kunstdrucken von Miró und Chagall. Was meine Gäste mir zu trinken gebracht haben, steht in Gestalt von Leergut mit schiefen Tropfkerzen, deren Wachs die Etiketten verdecken soll.

Oft gehen wir im Village spazieren, betrachten die Schaufenster von Ohrringläden, schlendern durch kleine Galerien, trinken einen Cappuccino. Manchmal fahren wir nach Norden in die City zu einer von CORE (dem Kongreß für Rassengleichheit) einberufenen Versammlung über Bürgerrechte. Wir sitzen auf einer Decke und lauschen Kammermusikkonzerten im Washington Square Park. Wir gehen in französische und italienische und japanische Filme. Wir gehen zu Diskussionen über Atomwaffen und Abrüstung und Sozialismus. In der Kaffeestunde hinterher treffen wir junge Männer, mit denen wir manchmal zusammen ausgehen und manchmal an Wochenenden getrennt. Wir sind vereint in dem Wunsch, auf unseren Ausflügen möglichst wenig Geld auszugeben. Zwar verdient Alberta dreimal so viel wie ich, aber sie gibt auch dreimal so viel aus. Ihre Miete ist hoch. Sie kleidet sich gut in adrette Kostüme, geht einmal in der Woche zum Friseur und ißt in Restaurants. Wir sind beide ständig knapp bei Kasse.

Mein Nachbar ist ein Ohrringmacher namens Conrad, der einen Souterrainladen von der Größe einer Duschkabine auf der MacDougal Street hat. Ein Jünger von Gurdjieff, dessen Bücher er mir übers Wochenende leiht (»Achtundvierzig Stunden. In achtundvierzig Stunden müßtest du es gelesen haben«), und der mir erklärt, er sei dabei, eine überlegene Maschine zu werden. Er sei auf einer höheren Seinsebene als ich. Er läßt sich einen buschigen blonden Bart stehen, trägt ein rotes Hemd und jammert, wie diese halbseidenen Leute das Viertel verderben. Leise (ich stelle mir vor, daß er den ganzen Abend mit gekreuzten Armen im Dunkeln sitzt und innere Disziplin praktiziert) beschwert er sich über meinen Krach – Schreibmaschine, Plattenspieler, Freunde.

Unter mir ist ein schwuler Kellner, der mir erzählt, sein Motto sei, nie zweimal mit demselben. Er frequentiert das St. Mark-Bad und hat einen Beo namens Gorgeous George, der nicht sprechen lernt. Ich höre, was mein Unter-Mieter ihm beizubringen versucht, und vielleicht ist der Vogel einfach prüde. Minouska hat ihn einmal gesehen und fing an zu singen vor Gier.

Gegenüber vom Kellner sind zwei Frauen, die am Cooper Union studieren, einer Kunstakademie in der Nähe. Im Stockwerk darunter ist ein puertoricanisches Ehepaar mit einem Baby und eine alte Frau, deren Mutter im Pflegeheim ist, 'Die Söhne und Töchter von Israel' eine Querstraße weiter. Der schwarze Hauswart wohnt vorne im Souterrain. Nach hinten raus wohnt ein berufstätiges Ehepaar mit kläffendem Pudel (beide gehen morgens in Anzug beziehungsweise Kostüm und mit Aktenkoffern aus dem Haus), das sich in einer Sprache anbrüllt, die ich erst nächstes Jahr lernen werde, wenn Ungarisch dran ist. Ich probiere mein Spanisch an der jungen Mutter aus, wenn ich sie alleine an den Briefkästen erwische.

Die Freiheit zum Arbeiten entflammt mich. Das Schönste am Schriftstellerdasein ist, daß ich mich hinsetzen und schreiben kann. Ich liebe den leuchtenden Kegel der Konzentration. Ich liebe es, aufzuhören und dann einen Moment zu brauchen, um mich zu besinnen, wer und wo ich bin. Was ich noch nicht liebe, ist das, was ich schreibe. Etwas Unbeholfenes, Träges lauert zwischen der Vision und dem Wort. Ich kann noch nicht sagen, was ich meine.

Alle paar Wochen tippe ich Gedichte und schicke sie in den Orkus – an irgendeine kleine Zeitschrift, wo sie drei bis fünf Monate lang altern und kaffeefleckig zurückkommen, um abgetippt und erneut verschickt zu werden. Ich habe eine große Wandkarte, wo meine Gedichte waren und sind, um mir die Illusion von Fortschritt zu verschaffen. An dem Dienstag, an dem mein erstes Gedicht von *Fugue* angenommen wird, bringt Alberta eine Flasche kalifornischen Sekt mit, und ich entdecke, daß ich in zwanzig Minuten betrunken werden kann.

An manchen Tagen arbeite ich des Geldes wegen in langweiligen Büros, wo ich Papier stehle. An manchen Tagen sitze ich an meiner auf Böcken liegenden Tischplatte und arbeite an meinen Gedichten. Schon fühle ich mich, als hätte ich Ann Arbor vor einem Jahr verlassen, denn die Melancholie und das Empfinden von Niederlage, die ich in meiner Brust trug wie einen Gletscher, sind mehr als geschmolzen, völlig verdunstet. Das ist mein eigenes, mein erwachsenes Leben.

So gehe ich verärgert über die Störung um siebzehn Uhr fünfundvierzig an einem Donnerstag Ende August von meiner Arbeit ans Telefon und melde mich mit meiner neuesten affektierten Angewohnheit, einem knappen »Hier Stuart«, da nölt Howie in mein Ohr: »Tja, ich bin auch hier, wer hätte das gedacht?«

»Ach.« Ich bringe kein Wort heraus. »Ist wahr?« füge ich hinzu, und die Frau, die in Straßencafés und schummrigen Bars und Spaghettibuden und französischen Restaurants über abstrakte Expressionisten, Sartre und Atomkatastrophen plaudert, fällt in sich zusammen. »Ach, du bist hier. In New York. Wann bist du angekommen?«

»Gestern. Ich wohne bei meiner Tante Manya in der West End Avenue beim Central Park. Warum kommst du nicht hoch und besuchst mich mal? Wie zum Beispiel jetzt?«

»Warum kommst du nicht runter und besuchst mich mal, wie zum Beispiel jetzt? Ich wohne nicht bei meiner Tante Sowieso. Ich wohne allein, und in meinem Viertel kann man wunderbar spazierengehen.« Ich bin eine Lower-Manhattan-Chauvinistin. Ich glaube, das echte Leben hört an der Fourteenth Street auf. Oben im Norden, da arbeite ich für Geld.

»Gib mir die Adresse.«

Ich tue es. »Soll ich dir nicht beschreiben, wie du herkommst? An welcher Querstraße bist du ungefähr?«

»Jetzt mal langsam, Landsmann. Ich war zwei Jahre lang hier, erinnerst du dich? Ich bin der Fachmann.«

»Ach, Howie, sie reißen jedes Jahr alles ab. Das ist nur ein Betonbühnenbild.« Wir sind so welterfahren, zwei verpflanzte Detroiter, daß ich über uns lächeln muß, und dann freue ich mich, daß er angerufen hat. Alte Sehnsüchte haben keinen Platz in meinem geschäftigen Großstadtleben. Warum sich wegen eines Mannes verzehren? Pah, ich hatte diesen Monat sieben zur Auswahl und habe bei keinem angebissen. Ich bin aus diesem weichen, wirren Sehnen herausgewachsen und bereit, ihm ganz und gar ein Freund zu sein. »Na dann komm. Mein Name steht auf der Klingel.« (J. Stuart.) »Ist Stephanie bei dir?«

»Nein. Sie ist in Port Huron, verdammte Scheiße. Du wirst meine Klagen noch früh genug hören.«

Er kommt zum Abendbrot, und er beklagt sich wirklich, während ich für ihn genau das gleiche Gericht koche wie für Alberta letzte Woche – Übung macht den Meister –, bis ich ihn nach Wein schicke, da ihm nicht eingefallen ist, eine Flasche mitzubringen. Er holt einen weißen Rioja, an dem wir nippen, während ich unser Essen zu Ende bereite.

»Stephanie hat ihre unvollständigen Kurse nicht nachgeholt. Jetzt muß sie zurück und ein Semester anhängen. Ich frage sie: Was mußtest du denn machen, was so wichtig war, daß du deine Referate nicht schreiben konntest? Sie plappert pausenlos von ihrer Familie und von der Arbeit in der Reinigung. Es läuft darauf hinaus, wenn sie zu Hause ist, paßt sie sich nahtlos in die Welt ein, aus der sie kam, und ich existiere einfach nicht mehr für sie.«

»Die Eltern, ihre Schwester, ihre Großmutter, alle in einem Haus. Kann doch gut sein, daß es unmöglich ist, da zu arbeiten.«

»Warum ist sie dann nicht zur Sommeruni gegangen? Das ist ein Fall, da muß man erwachsen genug sein, um zu wissen, was man will, und dem nachgehen. Aber sie benimmt sich die Hälfte der Zeit wie eine Frau und die andere Hälfte wie ein Kind. Ich komme ganz am Schluß.«

Ich muß ihn wegen ihrer Abwesenheit trösten, die Ironie verdirbt mir die Laune. In der nächsten Woche mache ich mit ihm die gleichen Dinge wie mit Alberta. Es ist fast das gleiche, nicht wahr? Fast. Wenn er von mir weggegangen ist, kann ich nicht schlafen.

Am Labour Day-Wochenende kocht die Stadt. Wenn ich nicht mit Howie verabredet wäre, würde ich zu Alberta ziehen. Sie ist in Bridgehampton und besucht Freunde, aber ich habe den Schlüssel zu ihrer Wohnung. Heute abend, Sonntag abend, nehme ich vielleicht Minouska mit hinüber, nachdem Howie gegangen ist. Minouska würde mir in die U-Bahn folgen, wenn ich sie ließe, in ihrer leidenschaftlich treuen Bindung. Wenn ich aus den Augen gelassen werde, könnte ich jeden Moment verschwinden, wie Donna, von der ich zwei rätselhafte Postkarten bekommen habe.

15. Juli 1957

Liebe alte Stu,

es ist warm im Kokon und manchmal auch dunkel, aber man sagt, am dunkelsten vor der Morgendämmerung. Ich stelle Ultimaten, aber ob aus Stärke oder Verzweiflung, das weiß nur der Geist der künftigen Weihnachten. Nymphe, schließ in dein Gebet all meine Sünden ein – damit ich sie vergessen kann.

Donna

Liebe Stu, 12. August 1957

es ist näher, aber woran? Möge das Nächste, was du von mir hörst, ein Ortsgespräch (gebührenfrei) sein, aber halt nicht die Luft an. Ich wandle mich zur Nahkampf-Spezialistin der High Society. Die schmutzigste spitze Zunge im Mittleren Westen.

In Liebe und Angst Donna

Ich schicke eine Postkarte mit meiner neuen Adresse und Telefonnummer zurück und einem Zitat aus den Sprüchen Salomos: »Hoffnung, die sich verzögert, ängstet das Herz.« Ich hoffe, wir schicken nicht für die nächsten zehn Jahre oder bis ihr Ehemann sie langweilt putzige Postkarten hin und her.

Die Luft ist schweflig und stopft die Lungen voll Kissenfüllung. Die Stadt riecht wie ein alter Aschenbecher. Über dem East River türmen sich Wolken auf, während die Luft klumpt. Ich probiere Kalbspaprika an Howie aus, mit sensationellem Erfolg. Er wischt seinen Teller sogar mit dem Finger ab, nachdem das Brot die letzten Soßenspuren entfernt hat. Es ist früh dunkel geworden. Ich sinne: »Schon ganz herbstlich, die Tage plötzlich kürzer.«

Er blinzelt hinaus. »Ich glaube, es wird nur regnen.«

»Das wäre wunderbar. Würde die Stadt waschen. Die Luft waschen.«

Howie hat zusammen mit zwei anderen Medizinstudenten eine Wohnung gefunden in der 109. Ecke Amsterdam Avenue. Er ist gestern eingezogen und war heute damit beschäftigt, auszupacken und Regale aufzustellen. »Ich habe zum Ausgehen nicht genug Energie übrig. Jetzt müßtest du einen Fernseher haben.«

»Ich habe eine Art Fernseher.« Ich knipse alle Lampen aus, weise ihn, sich zum Fenster hin auf mein Sofabett zu setzen, und ziehe die Jalousien hoch. »Mir kam die Idee, als ich sah, wie der Mann gegenüber mich durchs Fernglas beobachtete. Ich meine es ernst, Howie. Sieh dir das an.«

»Was? He, was ist da los? Bringen die Katzen die Hunde um oder die Hunde die Katzen?«

»Ich habe achtzehn verschiedene und wiedererkennbare Katzen gezählt, die alle jede Nacht raufen oder lieben. Stell dir mal vor, Howie, wie still die Nächte wären, wenn die Katzen Oralverkehr praktizieren würden! Dann sind da noch all die in den Höfen angeketteten Hunde, die die achtzehn Katzen anbellen.«

Er liegt auf dem Bauch und zeigt auf Minouska. »Wird sie nicht eifersüchtig und will auch was?«

»Sie hört zu, aber sie sieht die anderen als den elenden Plebs, aus dem sie aufgestiegen ist.« Sie will nicht vor die Tür außer mit mir zusammen.

»Da ist ein Glatzkopf, der Gitarre spielt.« Howie fängt langsam Feuer für mein Programm.

»Er hat einen Freund mit einem Banjo und einen anderen mit einem Akkordeon.«

»Wer sind die beiden Männer, die in Handtüchern rumlaufen? Ziehen die nie die Jalousien runter?«

»Sie ziehen nie was an, und sie ziehen nie die Jalousien runter. Siehst du, da ist Fernglas. Aber der Mann, der immer mit den Händen über den Ohren am Küchentisch sitzt, während seine Frau zetert, die sind nicht zu Hause. Und die Puertoricaner, die Domino spielen, sind weggegangen. Der Alte gewinnt immer. Und die Frau, die zetert: macht nicht solchen Krach, muß auch auf Urlaub sein.« Immer wenn ich festhänge, schlage ich die Zeit mit Hinausschauen tot. Rote und gelbe Backsteine, verputzte oder bemalte Backsteine, Wände voller Fenster, eins neben dem andern. Blumentöpfe, Blumenkästen, Pflanzen auf Fensterbrettern und Feuerleitern. Wäscheleinen auf Rollen zu Fenstern. Kleine Gärtchen schmücken sich mit einer Statue, einem Grill, rostenden Metallstühlen, Kieswegen.

»Warum wohnst du so weit hier unten, Stu? Und warum allein?«

»Nenn mich nicht so!«

»Mir ging das immer auf die Nerven.« Er runzelt die Stirn. »Wie bin ich darauf gekommen?«

Dreimal darfst du raten. »Ich wohne gern allein. Dir hat es früher auch gefallen.«

»Es hat mir nicht gefallen. Ich war nur zu faul umzuziehen.«

»Wie heiß es ist.« Ich zerre an meinem Kleid. »Du redest immer von deiner Faulheit, dabei arbeitest du härter als irgend sonstjemand, den ich kenne.«

Er streckt die Arme über die Kissen. »Ich rede von einer tieferen Faulheit.«

Ich nehme nervös Minouska zum Streicheln auf meinen Schoß. »Ich habe es satt, daß so viele Leben direkt auf mich eindringen.«

»Wessen Schuld ist das? Du liebst Klatsch und Intrigen. Du mußt dich mit allen einlassen. Jetzt spielst du Einsiedlerin.«

»Kaum!« Die Katze zu streicheln wird mir plötzlich zu verführerisch, also setze ich sie ab. Ein schwerer Windseufzer geht durchs Zimmer. Entfernter Donner grollt am Rande der Hörbarkeit wie eine kaum verständliche Warnung. »Ich hatte nie ein eigenes Zimmer. Warum sind wir wütend aufeinander?«

Er sinkt zurück, fährt sich mit der Hand übers Gesicht. »Warum kann es nicht regnen, damit wir's hinter uns haben?«

Aus Angst, daß es ihm langweilig wird und er geht, durchsuche ich mein Leben nach Anekdoten, die amüsant erzählt werden können. Ich schneide mich in Häppchen. Was denkt er? Er hat die Hände auf dem Bauch gekreuzt, nur ein graues Glitzern unter den Wimpern zeigt, daß er wach ist. Ich bin sein Clown, während er von Stephanie träumt. Ich möchte über ihn herfallen, feindselig und sexuell zugleich, und ihm die dicke Kehle durchbeißen.

Mit einem Donnerschlag setzt das Gewitter ein. Ich finde mich auf dem Fußboden kauernd mit den Händen über den Ohren. Minouska saust unter die überhängende Tagesdecke und verkriecht sich. Die Vorhänge bauschen sich im sturzbachartigen Regen, und Howie trabt, um die Fenster zu schließen. Ein Blitzdolch zuckt über die Häuser, die Götterbäume schütteln und neigen sich. Er steht und lächelt den Blitzen zu, die in einer Kaskade polternder Donnerblöcke und peitschenden Regens krachen. »Mach das Licht wieder aus, damit wir zuschauen können.«

Ein Fluß windet sich durch die Luft, trägt Blätter und Zweige und Papierfetzen mit sich, schlägt die Baumwipfel nieder und ergießt sich über die Dächer. Der phosphoreszierende, grell-violette Lichtschein der Blitze stellt die Welt an und ab wie eine Neonreklame. Nach und nach beruhigt sich der Regen zu gleichmäßigem Guß. Er dreht sich mit zufriedenem Grunzen um und trinkt seinen Wein aus. »Das war schön.«

»Gott sei Dank sind Gewitter nicht wie Feuer. Leute, die sie hübsch finden, können nicht rumgehen und sie legen.« Ich lege eine Platte auf, Bachs Konzert für Violine und Oboe, lasse aber das Licht aus. »Die Wand ist hart«, sage ich. »Du kannst den Kopf in meinen Schoß legen, wenn du willst.« Wie: Nimm doch einen Keks.

»Klar«, sagt er mit unverbindlicher Liebenswürdigkeit und bewegt den Kopf. Während die Musik sich um uns windet, durchglüht mich die Freude, ihn hier zu haben, ganz egal warum, undeutlich wahrnehmbar in der allgebärenden Dunkelheit: sein flächiges slawisches Gesicht, seine grauen Augen, seine breite Brust, die ein kleines Tablett für Gläser hergibt. Die Liebe verwandelt mich in einen Kloß, während die Musik, verschwenderisch und schmiegsam, meinem Schweigen Deckung gibt.

Als die Platte zu Ende ist, zündet er ein Streichholz an, um auf seine Uhr zu schauen. »Schon spät. Verdammt spät. Ich bin zu lange geblieben. Und es regnet immer noch, und ich bin müde. Zwei U-Bahnen und an jedem Ende ein langer Fußweg.«

»Du wirst völlig durchnäßt. Es schüttet aus Eimern.«

Zusammen stehen wir und schauen in den Regen, stellen übereinstimmend fest, wie ergiebig er ist und wie naß. »Du kannst dir ja ein Taxi nehmen. Wenn du meinst, daß du in dem Regen eins bekommst. Du kannst natürlich hierbleiben, wenn du willst.« Ich knipse eine Lampe an, und wir stehen blinzelnd da. Ich hoffe, daß bei Licht mein Vorschlag harmlos klingt.

Er starrt in den Regen. »Die U-Bahn schaffe ich nicht mehr. Das ist einfach zu weit ... Ein Taxi ist mein Essensgeld für die Woche.«

»Was dir lieber ist ...«

»Ich bin müde. Ich habe heute fünfundzwanzig Kartons geschleppt.« Er öffnet das Fenster in den Regen und streckt die Hand hinaus. »Du hättest nichts dagegen, wenn ich bleibe? Wirklich nicht?«

»Warum sollte ich?« frage ich lahm. »Ganz und gar nicht.« Ich weiß kaum, was ich sage.

Während er im Bad ist, beziehe ich das Bett frisch. Nichts ist unschuldiger, als daß er hierbleibt. Ich klopfe das Kissen flach. Mir doch egal! Aus meinem Schmuckkästchen nehme ich mein Pessar und stecke es in die Tasche meines Bademantels, den ich mir über den Arm lege.

Als ich dann aus dem Badezimmer komme, hat er seine Hose und sein Hemd über einen Stuhl geworfen und liegt bis zu den Achseln unter der Decke. Er bietet mit barscher Schüchternheit an: »Ich kann ja auf dem Fußboden schlafen.«

Aber er ist bereits in mein Bett geklettert. »Ist schon recht«, sage ich gnädig, drehe das Licht aus und hänge mein Baumwollkleid über seine Sachen. »Die Matratze ist nicht schlecht.« Ich lege mich nieder, und da sind wir nun, vierzig Zentimeter voneinander entfernt. Ich vermag nicht zu sagen, ob es draußen noch regnet oder nur aufs Dach tropft.

»Gute Nacht.« Da liegen wir, absurderweise. Ich bin starrwach, zu überdreht, um die Augen geschlossen zu halten. Meine Augenlider schnellen immer wieder hoch, wie Jalousien an zu fest gespannten Rollen. Wenn mir doch nur ein provokantes Diskussionsthema einfiele, das ihn wachhalten würde, aber ich kann keine zwei Worte zusammenkleben. Mein Fleisch kribbelt vor nervösem Juckreiz. Die Seite zu ihm brennt. Schläft er? Sein Atem geht tief und regelmäßig, aber fast schon verdächtig, als übertreibe er. Meine Lungen haben aufgehört zu arbeiten; sie sind vollgestopft mit Daunen.

Verzweifelt möchte ich niesen und strampeln und mich kratzen und bäumen und wälzen, um ihn so ruhe- und schlaflos zu machen wie mich. Warum habe ich ihn eingeladen zu bleiben? Ich bin gestraft genug für mein Komplott. Ich bin zu Tränen gereizt, der Straßenverkehr scheint in meinem Kopf zu heulen. Ich werde nie einschlafen.

Doch später, Stunden später, tue ich es. Zumindest vorübergehend schlafen wir beide, denn als wir erwachen, tun wir es zusammen und gleichzeitig und eng umschlungen. Mit jähem, völlig wachem Aufstöhnen zieht er mich fester an sich, unsere Münder finden einander. Als wäre ein Schleier zerrissen, weiß ich augenblicklich, daß wir in die gleiche Verschwörung verstrickt waren; die Bereitschaft, die meiner begegnet, stammt auch aus etwas lang Zurückgehaltenem und für verboten Erklärtem, außer im Grenzland zwischen Wachen und Schlafen. Wir zerren an den Schilden von Unterwäsche, trennen uns nur, um diese Überbleibsel an das Fußende des Bettes zu schieben, und schließen uns wieder zusammen.

Mit achtloser Triebkraft dreht er mich auf den Rücken, verlagert sein Gewicht herüber und stößt blindlings zu, bis ich die Schenkel teile und herunterrutsche und ihn ergreife, hart und stummelig, und ihn in mich schiebe. Zusammen stoßen wir tief die Luft aus, und unsere Münder vereinen sich sanfter. Wie jemand, der nach einer langen Kletterpartie erschöpft ist, liegt er reglos in mir, nur sein Puls ist zu spüren. Dann nimmt er mit einem Seufzer seinen Mund von meinem und reckt sich auf, schmiegt sich mein Gesicht zwischen Hals und Schulter, und langsam beginnen wir. Meinem an seine salzige Haut gepreßten Mund entfährt ein weicher, dumpfer Schrei und schwebt über uns.

»Ich meine nicht Freunde«, sagte Karlie. »Hör mal, du brauchst mir gegenüber nicht fürsorglich zu sein.« Sie lehnte sich auf dem Tisch zurück, immer näher an die Butterdose.

Ich rückte die Butter in Sicherheit. »Aber das hat überlebt. Mir ist Freundschaft verdammt wichtig –«

»Willst du damit sagen, du warst gar nicht in ihn verliebt?«

»Doch, schrecklich. Das hat sich nie verloren. Er hatte ... eine ungeheure körperliche Ausstrahlung.«

»Ich habe Fotos gesehen. Er war nicht gerade groß, schlank und gutaussehend.«

»Was einen Mann zu einem guten Liebhaber macht, das ist nicht gutes Aussehen oder Schlankheit.« Ich klopfte mir auf den Bauch. »Dünn ist sowieso nicht mein Ideal.«

Ihr Fuß in dem abgetretenen Laufschuh wippte. »War er die große Liebe deines Lebens?«

»Nein.« Ich griente wie ein Honigkuchenpferd. »Das ist Josh. Hast du das nicht erraten?«

Sie starrte mich finster an. »Hat ihn denn überhaupt jemand wirklich geliebt?«

»Stephanie und Sarah und ich – wir alle, Karlie. Er mochte Frauen, die Raufbolde waren – wir alle hielten viel zäher am Leben fest, als Howie es je tat. Wir haben ihn alle überlebt. Wir haben ihn sehr gut überlebt – wir konnten nicht anders. Aber alle erinnern wir uns an ihn. Lebhaft, liebevoll.«

»Und ihr seid alle befreundet. Das ist verdreht.«

»Nicht befreundet zu sein wäre verdrehter. In einem politischen Zusammenhang ist es leichter.« Falls sie mein Leben auf einem Tablett wollte, mußte sie lernen, daß nur gebratene Spanferkel so hilflos daherkommen, mit Äpfeln in den aufgerissenen Mäulern. Früher habe ich gebeichtet, Karlie; früher habe ich mich die ganze Nacht lang mitgeteilt. Ich wollte, daß Freunde und Liebhaber mich annehmen, die Dinge annehmen, die sogar ich noch nicht schlucken oder verdauen konnte. Ich wollte wohl, daß sie mir mein Ich säuberlich gegliedert und in strahlender Ordnung zurückgaben. Ich habe gelernt, das mit Hilfe meiner Phantasie selbst zu tun, das Gliedern, das Ordnen.

»Niemand sonst hat eine schwarze Tante und eine jüdische Tante und ist angeblich griechisch und der Vater ein politischer Heiliger!«

Da merkte ich natürlich, daß sie nicht mich auf einem Tablett wollte, sie wollte sich. Vielleicht konnte ich ihr nützlich sein, diesem wuscheligen pubertären Kind-Mädchen, in dem ich ein wenig von Howie zu sehen begann, seiner Bulldoggen-Hartnäckigkeit. »Warum bleibst du nicht für ein, zwei Tage? Ich habe ein paar Fotos. Ein paar Briefe.«

»Du würdest mir die Briefe zeigen? Liebesbriefe?«

»Liebe kommt drin vor. Aber mehr noch Debatten, was er und ich politisch taten. Auseinandersetzungen über die Bürgerrechte versus den Krieg – der Krieg in Vietnam«, merkte ich an, »hatte absoluten Vorrang. Die Briefe von Schriftstellern sind niemals völlig privat. Irgend jemand wird sie eines Tages veröffentlichen, und alle wissen das.« Howie vielleicht nicht. Ich bin nicht sicher, ob er verstand, was ich vorhatte.

»Kann ich sie sehen? Ich will sowieso noch nicht nach Hause.«

Ich nahm sie mit nach oben und durchwühlte meine Unterlagen. Ich gab ihr die Ordner und schickte sie damit hinunter ins Zelt, während ich selbst wieder an die Arbeit ging.

Am frühen Nachmittag baute sich Josh über mir auf, mit diesem taktvollen Gesichtsausdruck, den er hat, wenn er meint, ich sei nicht korrekt, moralisch und großzügig genug, und er werde mich jetzt aufs richtige Gleis setzen. »Du mußt dich Karlie gegenüber öffnen. Sie ist seine Tochter.«

Warum sagte ich ihm nicht gleich etwas von den Briefen? Zum Teil, weil ich nicht wollte, daß er den Abend damit verdarb, sie zu lesen und sich dann in sinnloser Eifersucht zu drehen und zu winden. Zum Teil, weil ich wollte, daß er mir mehr vertraute. Wir geraten beide in so etwas, wollen große Liebe noch größer haben, so absolut wie ein in Fels gehauener Gott an einem ägyptischen Bergabhang.

»Jeder taucht wieder auf, Josh. Sogar die Freunde, die in den Untergrund gingen oder nach Japan, um Zen zu studieren, oder Revolutionäre aus Namibia heirateten, alle tauchen sie wieder auf, bis auf die Toten, und manchmal kommen selbst die zurück. Ich habe sie dreimal gesehen – einmal bin ich ihr im Nebel in Truro begegnet, draußen im Moor an einem Ort, den ich jetzt meide, wenn ich allein bin.«

»Hast du ihn je gesehen?«

»Howie? Nein. Wir haben so gründlich um ihn getrauert. Es wurde alles darüber gesagt.«

»Weil er ein Held war.«

»Nachdem jemand tot ist, denkt man von ihm als immer tot, als wäre die Geschichte nicht ganz anders ausgegangen, wenn er in der Nacht damals nicht noch weggefahren und in den Hinterhalt geraten wäre. Der Anruf sprach von einem kranken Kind, und der Klan lauerte ihm an einer Kreuzung mit Schrotflinten auf, als ob die Ermordung von Howie eine ganze Generation dazu bringen könnte, sich verarschen zu lassen. Jetzt sind die Zeitungen wieder voll von ihnen.«

»Du müßtest ihr das alles sagen.«

»Kann schon sein. Ich denke immer, die Jungen wissen mehr, als sie tatsächlich wissen.«

Ich machte zum Abendbrot Paella, als sie mich fragte: »Bist du mit meinem Vater noch mal zusammengekommen, nachdem er meine Mutter geheiratet hatte? Ich meine, habt ihr noch mal miteinander geschlafen?«

Ich rührte und rührte den Reis, der langsam durchsichtig wurde. »Weißt du, Stephanie hat mich das nie gefragt. Wieso fragst du das?«

»Wegen der Briefe. Da habe ich mich gewundert. Habt ihr's nie gemacht?«

Nur die Lebenden empfinden Schmerzen; den Toten ist egal, was man über sie sagt. Ihre Ohren sind voll Lehm. »Nein. Ich hätte es getan, aber seine Treue zu Stephanie war zu groß. Er liebte sie zu sehr.«

Sie fixierte mich mit ruhigem, skeptischen Blick, in dem ich etwas von ihrem Vater las. »Er war nicht zu treu für eine Affäre mit Tante Sarah.«

»Das war keine Affäre. Sie arbeiteten zusammen, und sie waren zusammen in Gefahr.«

»Mmmm.« Sie starrte mich mit gesenktem Kinn an. »Ihr wart alle ganz schön verrückt, was?«

»Liebchen, wir waren die geistig Gesunden. Wir sind es noch.« Ich schmeckte meine Paella ab und fügte noch ein paar Fäden Safran hinzu. Alberta und Familie kamen zum Abendessen, und ich beschloß, Alberta für eine Geschichtsstunde einzuspannen. Langsam wurde ich aufgeregt. Irgendwo in einer Schublade hatte ich doch bestimmt die Liederbücher und den alten SNCC-Button mit dem Händedruck drauf. Bestimmt wußte sie nicht einmal, was das SNCC war: das Student Non-Violent Coordinating Committee. 'This Little Light of Mine.' Wenn doch Alberta noch ihr Banjo spielte! »In den fünfziger Jahren waren wir alle ein bißchen verrückt, aber seitdem sind wir immer klarer im Kopf geworden.« Selbst Josh hatte keinen Begriff von der politischen Geschichte der frühen sechziger Jahre. Unser gemeinsames Netz aus Arbeit und Freundschaft mit Karlie, mit Josh, mit ihren Kindern zu teilen, das war für Alberta und mich sicherlich das beste Heimkino, das wir aus dem Hut zaubern konnten. Und die Paella versprach vorzüglich zu werden.

36 Eins, zwei, drei, viele

So verbringen wir die Nacht und den Vormittag vom Labor Day und sind fähig, sanft und erfindungsreich und neugierig zu sein, nun, wo der heftige Zusammenschluß die Scheu zerrissen hat, die so lange zwischen uns stand. Wenn ich die Winkel seines breiten Mundes berühre, wird mir auch bewußt, daß wir immer noch auf der Woge des Ansturms reiten, vor der Flaute, in der wir miteinander reden müssen. Es soll bei diesem einen Mal bleiben, es wäre sonst das Ende jeglicher Unschuld, die eine spontane Regung beanspruchen kann. Ganz egal, was wird, die Sonne ist in mein Fleisch gekommen. Ich aale mich in seinen Armen. Hinter seinen halbgeschlossenen Augen, diesem milchig blaugrauen Glitzern im Licht, das uns überströmt, wird eine Entscheidung getroffen, und ich will mich mit ihr abfinden, auch wenn mein Körper noch widerspricht und überredet und lockt. Vom Fensterbrett betrachtet uns Minouska. Ich möchte diese Vereinigung in meinen Körper aufnehmen, durch meine Poren trinken und wieder zusammensetzen, schon Erinnerung, während sie geschieht.

Schließlich stehen wir auf. Ich könnte ihm einen Eber darbringen, einen Ochsen enthaupten. Ich mache nur Rühreier, Toast und Filterkaffee. Er lehnt sich gähnend von seinem Frühstück zurück. Plötzlich erstarrt er. »Vergessen, was zu benutzen! Ist es zu spät?«

Ich habe ihm immer die Wahrheit gesagt. Dies wäre ein schlechter Zeitpunkt, damit aufzuhören. »Ich bin berechnend. Ich habe mein Pessar eingesetzt.«

»Au.« Er kneift sich in die Nase. »Hättest du es mir bloß nicht gesagt. Dann könnten wir das Märchen ausschlachten, es sei mitten in der Nacht passiert. Krach-bum-Überraschung.«

»Das besagt nur etwas über *meine* Bereitschaft.«

»Danke, du. Das war lange fällig.«

Mit einem Stich der Enttäuschung betrachte ich sein junges, etwas mürrisches Morgengesicht und merke, die Entscheidung, die ich in seinen Augen gelesen hatte, ist ungetroffen. Bis hierher bin ich zumindest mit dem Schatten einer Erlaubnis von Stephanie gekommen, der Abend, die spontane Reaktion. Mehr verlangen heißt etwas nehmen, was sie nicht erlauben würde, wenn sie mich daran hindern könnte. Ferner bin ich nicht sicher, daß ich ihn erreichen kann. Ich gehe um den Tisch. »Du hast mich wirklich für jedes bißchen Blindheit bezahlen lassen, doppelt und dreifach.«

Mit einem Ächzen tief in der Brust nimmt er mich auf seinen Schoß und wiegt mich in seinen Armen, verbirgt sein Gesicht in meinen Brüsten. Ich spüre mehr, als ich sie sehe, die Grimasse, die es verzerrt. Sein Atem berührt mich durch die Baumwolle. Ich streichle sein sandfarbenes Haar, dick und rauh wie Dünengras, kraus wie Moos. Ein Strand, an den wir heute gehen werden, um unter dem Himmel zu liegen und aufs peitschende Wasser zu schauen.

Morgen fangen seine Vorlesungen an. Morgen werde ich meine Agentur anrufen für den nächsten Teilzeitauftrag. Morgen werden wir fortfahren oder uns enthalten. Heute packen wir ein Picknick ein und fahren mit der U-Bahn hinaus nach Rockaway, durch Brooklyn und über das Marschland. Der Tag ist flach und intensiv, wie eine Fotografie von sich selbst, ein Eindruck von intensiver Farbe und von Hohlheit, nicht von Leere, aber von Fremdheit, als seien die kleinen Häuser insgeheim voll verborgenen Lichts, ein Gefühl, das ich Jahre später mit LSD und mit Gefahr verbinden werde.

Alles rührt mich. Alles ist schwanger mit Worten, die wir nicht sagen. Um uns ist eine Aura des Schweigens, als wir uns durch den langsamen Nachmittag an den schmucken, den grellbunten kleinen Häusern vorbeibewegen, durch den Sand, der mit tausenden von Körpern in kleinen Schnipseln aus Latex und Nylon übersät ist. Wir gehen in einem Magnetfeld intensiver Lust. Sein Körper ist für mich zu Sex geworden. Ich fühle mich, als sei meine Möse die ganze Zeit voll warmem Honig. Jede Berührung stachelt mich auf zu Verlangen. Das Zentrum der Schwerkraft in meinem Körper sitzt ungefähr einen halben Meter tiefer als sonst, direkt im Schritt. Ich bin vom Praktischen so weit entfernt, daß der Tag fast vorüber ist, bevor mir einfällt, ihn zu fragen, warum er gestern abend nicht mit dem Auto gefahren ist, und höre vom Tod seines Autos eine Woche nach dem Umzug. Es verlor einen Bolzen, und er hat es seiner Nummernschilder und Kennziffern entkleidet und als verlassenes Fahrzeug angezeigt. Er hat natürlich ein schlechtes Gewissen.

Als wir uns am Montag abend klebrig trennen, erschöpft von Sex und Reden über alles außer dem, was wir machen sollen, arbeite ich an einem Gedicht. Ich schreibe, ändere, arbeite mich durch Fassung um Fassung.

Rockaway Beach, Long Island

1. *Die Stadt*

Auf Rockaway Beach, der See zur rechten Zeit
mit Schutt der Ahnen schichtweis abgehandelt,
rangeln sich und schniegeln sich die Häuser,
Biedermeierkäfige einsamer Hausfrauen.
Ein Überangebot an Vogeltränken
und statt der Bäume Zierlauch in den Gärtchen.
Die Ruheständler schaukeln auf Veranden,
folgen mit Blicken den Paaren bis ins Meer,
ersitzen sich das Dunkel. Ihre Gesichter
schweben und schwinden wie verrunzelte Monde.
Karten werden ausgeteilt, gichtige
Hände halten sie in dämpfigen Stuben.
Geplauder schläfert ein wie Jelängerjelieber,
verdickt die Luft und erstickt
das Rauschen
der Wellen.

Es geht weiter mit 2. *Der Strand* und 3. *Der Vergnügungspark*. Ich schreibe es immer wieder um, möchte, daß es etwas sagt, wozu ich es nicht zu zwingen vermag. Ich schreibe das objektive, betrachtende Gedicht, wie es mir beigebracht worden ist, sorgfältig ironisch und nichts von dem enthaltend, was mir ein Loch in den Körper brennt wie eine Sonne, die man in eine Papiertüte gesteckt hat.

Dienstag vergeht. Ich fahre zur Arbeit in die Stadtmitte. Ich komme nach Hause und schreibe meinen Rockaway-Zyklus weiter um.

Mittwoch vergeht. Ich komme nach Hause, und Howie sitzt auf meiner Vortreppe. Sobald wir in meine Wohnung gehen, schlingt er die Arme um mich, läßt mir nicht mal Zeit, meine große Segeltuchtasche abzustellen, die zum Abschleppen von Bedarfsartikeln sehr praktisch ist. Während wir uns küssen, fällt sie mir auf den Fuß. In ungefähr zwei Minuten liegen unsere Kleidungsstücke neben ihr.

Nur gut, daß er Medizinstudent ist. Nur gut, sonst wäre ich andauernd wund und brächte nichts zuwege. Ich hatte wirklich nicht erwartet, daß unter den Gesprächen und der politischen Arbeit und der Freundschaft dieser gewaltige Fluß der Lust fließt. Keiner von uns beiden weiß etwas anzufangen mit diesem ungeheuer mächtigen, schwitzenden Körper, der wir zusammen werden. Wir verbringen viel Zeit im Bett. Dann haben wir ein schlechtes Gewissen. Wir schmusen und kosen und turteln und vögeln. Wir vögeln lange. Wir vögeln zwei- oder dreimal in der Abfolge von Nacht und Morgen. Dann laufen wir voneinander fort in den Rest unseres Lebens, ein wenig erschreckt.

Während ich meine Einkäufe mache, muß ich mich plötzlich vor Männern in acht nehmen. Ich hatte noch nie Schwierigkeiten, gehe rasch, schlängle mich durch die Stadt wie eine Katze durch das Labyrinth der Hinterhöfe und Gassen. Doch jetzt trödle ich, schwebe. Ich verströme etwas, das gefährlich ist. Zum Glück wird das Wetter frischer. Ich kann meine alte Wildlederjacke tragen oder einen Regenmantel.

Heute, an einem Mittwoch Anfang Oktober, arbeite ich nicht, und als ich vom Markt zurückkomme, ist die Sonne heiß und rauh auf meinen Armen und meinem Gesicht. Howie hat mir meinen Körper wiedergegeben. Ich fürchtete Mikes prahlerische Behauptung: daß ich nur in jener qualvollen Unterwerfung voll werde lieben und genießen können. Ein rätselhafter Dispens erteilt hier den vollen Orgasmus und dort nicht; leugnete Bedeutung, wenn er fehlte; entzog ihn größtenteils der Kontrolle; wo er doch gegeben ist, mein Tun krönt wie die Sonne einer Richtigkeit jenseits der Moral. Ich fühle mich selbstzufrieden mit der süßen Rundheit einer Birne.

Ich komme nach Hause mit meinen Einkaufstüten, schwer von gelben Äpfeln und violettem Broccoli, den sie Blumenkohl nennen, weißen Flunderfilets, roten Salatsträußen, und sehe sofort in eine kleine Parklücke weiter vorn den weißen Sprite einfädeln. Mein Herz tut einen Satz, eine Plattenspielernadel, die auf einem Kratzer landet. Ich sinke mit meinen Tüten auf die Vortreppe und warte auf sie.

Sie trägt ein kobaltblaues Futteral, das fast zu eng zum Laufen ist und ihr einen hüftbetonten Watschelgang verleiht, als wäre sie eine wesentlich korpulentere Frau, als sie ist. Sie ist nicht mehr gertenschlank, nicht übergewichtig, doch ausgepolstert, und blinzelt mich im Schatten der Vortreppe an. Sie nimmt ihre Sonnenbrille ab, und ich sehe, es ist nur eine Sonnenbrille, nicht die eingeschliffenen Gläser von vorher. »Ich bin's«, sage ich und frage mich, ob sie mich ohne ihre Brille erkennen kann.

»Wartest du auf deine wahre Liebe, Stu?«

»Oder auf einen Bus. Oder was. Vielleicht auf dich.«

Sie folgt mir die Treppen hinauf, mit ungefähr der Hälfte meines Tempos in dem behindernden Rock. Drinnen mustert sie alles. »Ich liebe deine Bude.«

»Du hältst mir keine Vorträge, daß ich hier wohne? Alle unsere Freunde aus dem College fallen in Ohnmacht, wenn sie das sehen. Die weigern sich, die Fifth Avenue in Richtung Osten zu überqueren.«

»Ich liebe dieses Viertel. Ich beneide dich, Stu.« Sie setzt sich an meinen Tisch, während ich die Einkäufe wegpacke.

»Aber jetzt bist du auch hier. Du hast es offensichtlich geschafft.«

»Ja, ich habe gewonnen. Aber das Problem ist, New York State ist nicht New York City. Ich habe nie gewußt, wie lang Long Island ist. Ich meine, ist dir das klar? Bist du je da draußen gewesen, in der unendlichen Weite? Das muß sich fast bis Maine erstrecken. Stunde um Stunde nagelneue Autos Stoßstange an Stoßstange und Reihenhäuser eins neben dem andern.«

»Du wohnst irgendwo draußen in der Vorstadt?«

»Du hast es erfaßt.«

»In so einem Haus, das aussieht wie alle andern?«

»Du hältst das für einen Witz, etwas aus dem Malvina Reynolds-Lied 'Little Boxes'. Nein, wir haben eine Wohnung in einem Wohnkomplex. Keine richtige Wohnung wie das hier. Die Erfüllung der Träume meiner Mama. Alles elektrisch. Sie haben noch nicht diese Fenster wie in dem Cadillac von Peters Vater, wo du auf einen Knopf drückst, und sie gehen rauf und runter, aber das liegt daran, daß die Fenster überhaupt nicht aufgehen. Voll klimatisiert. Du hast nicht mal Müll, wie normale Leute. In der Küche ist eine Maschine, die ihn frißt. Du spülst ihn in den Ausguß, und sie gibt ein schrecklich leidendes Geräusch von sich und zermahlt ihn. Und einen Geschirrspüler. Nicht mal Peters Mutter hat einen – bloß ein Negermädchen.« Ihre Stimme und ihre Gesten heben und senken sich in einer Mischung aus Vergnügen und Verdruß.

Ich frage: »Aber was machst du?«

»Ich spiele mit den Maschinen. Ich stecke den Müll in den Müllschlucker und das Geschirr in den Geschirrspüler und die Wäsche in die Waschmaschine. Ich spiele Hausfrau.«

»Er arbeitet, und du machst den Haushalt?«

»Schau mich nicht so an. Es ist haargenau so langweilig, wie du es dir vorstellst. Ich dachte, ich wäre in der City und könnte hundert Jahre damit zubringen, einfach in Museen und Galerien und Konzerte zu gehen. Aber Peter und ich machen beide eine Analyse. Peters Analytiker ist draußen bei Stony Brook, aber meiner ist auf der Park Avenue. Gott, ist der intensiv, mein Analytiker. Ich vergöttere ihn. Er leuchtet im Dunkeln, Stu. Übertragung, Quatsch, ich bete ihn an! Außerdem finde ich ihn einen der beeindruckendsten Köpfe, der mir je begegnet ist, das gibt mir eine Entschuldigung, dreimal die Woche in die City zu kommen ... Meinst du, ich sollte wieder studieren, Stu?«

»Was denn?«

»Ach, vielleicht Physik. Oder Psychologie.« Sie zieht ein Gesicht, streichelt nebenher Minouska, die sich neben ihr niedergelassen hat. »Ich habe keine Lust. Ich will richtig etwas zu tun haben.«

»Donna, hast du dich je sexuell berauscht gefühlt? Besessen davon, mit jemandem Sex zu haben, bis du dich leicht behämmert fühlst?«

»Aber sicher. Ich drehe manchmal ein bißchen durch. Schnappe mir einen Fremden. Anschließend suhle ich mich in allen Varianten katholischer Schuld. Ein trostloser Kreislauf.«

»Ich meine nicht, wenn du mit jemand keine Beziehung hast. Ich meine, wenn du jemand liebst und mit ihm eine Beziehung hast.«

»Ist diese Art von Elektrizität nicht notwendig ein Phänomen, den anderen noch nicht zu kennen? Damit du wunderbare Phantasiegestalten erfinden und in diesen momentan aufgeladenen Körper hineinlegen kannst?«

»Ich denke, nicht für mich. Es ist Howie.«

»Du schläfst endlich mit ihm? Aber du kennst ihn doch schon eine Ewigkeit.«

»Genau.«

»Vielleicht brichst du damit ein Tabu.«

Ich bin nicht überzeugt. »Ich habe Angst, ich werde blöd. Versinke völlig im Fleisch.«

»Besser als versunken in East Setauket«, sagt sie bedrückt. »Anfangs war bei uns sexuell ein Feuerwerk los. Jetzt kommt Peter nach Hause und knurrt jeden Abend über seine Arbeit. Er fühlt sich technisch überfordert. Das ist natürlich meine Schuld, weil ich ihn dazu gebracht habe, aus Detroit wegzugehen.«

»Ihr schlaft nicht mehr miteinander?«

»Nicht annähernd so oft. Wir haben beide einige Probleme. Ich werde daran in der Analyse arbeiten. Dr. Evans sagt, eine meiner Schlüsselkonfliktzonen ist meine sexuelle Identität.«

»Ich dachte, Analytiker sollen nichts sagen außer mmmm.«

»Er ist nicht die Art klassischer Freudianer. Peters Analytiker ist mit einer ausgestopften Eule austauschbar, soweit ich feststellen kann, außer in dem, was er kostet. Ich sehe schon, Peter wird Jahre brauchen.«

»Und was dann?«

»Wir kriegen Kinder. Wir haben uns geeinigt, keine zu bekommen, bis wir beide mit unseren Analysen fertig sind.« Sie grinst mir zu. »Ich bin sicher, bis dahin will ich sie. Dr. Evans sagt, meine Furcht davor, Kinder zu bekommen, hängt mit meinen sexuellen Identitätsproblemen zusammen.«

Den nächsten Brief von Stephanie bringt mir Howie und überreicht ihn wortlos.

Lieber Howie,
ich war gestern mit Sophie einkaufen. Das wollte ich immer, seit mir beim Picknick auffiel, wie hübsch sie ist. Es macht eifersüchtig, hübsche Sachen für ein anderes Mädchen zu kaufen, selbst, wenn es erst 14 ist. Aber sie entwickelt sich rasch! Für dich jedoch zu jung. Meine Kusine Marina hat letzte Woche geheiratet. Ich habe getanzt, bis ich nicht mehr stehen konnte. Was für Essen! Sie ist sechs Monate jünger als ich, und jetzt ist sie schon verheiratet. Du weißt, ich kann noch nicht nach New York kommen, warum also fragen? Es war eine lange Zeit, und vielleicht verblassen wir ein wenig füreinander. Oder das ist mein Eindruck, wenn ich versuche, hinüberzublinzeln. Aber wir sehen uns ja zum Erntedankfest – nicht wahr? Ist Jills Wohnung hübsch? Kommst du zum Erntedankfest nach Detroit? Dich nicht zu sehen ist ein großer Schmerz – überall. Wenn du früher kommst, können wir uns in Ann Arbor treffen. Ich kann dich bestimmt irgendwo unterbringen!

Bis bald. Alles Liebe Stephanie

Ich kann ihm dafür nicht den Brief zeigen, den ich bekommen habe. Sie muß sie nacheinander geschrieben haben, denke ich, erst seinen und dann meinen.

Liebe Stu,
tut mir leid, daß ich so spät antworte. Howie beschwert sich auch. Ich fühle mich unfähig zu schreiben. Auch ich fühle mich verloren, verzweifelt, verwirrt – das sage ich dir ganz unter uns! Also hast du dich oft mit ihm getroffen, nach euren Briefen zu schließen. Sag mir, liebt er mich? Du mußt es doch inzwischen wissen. Ich kann Zweifel nicht ertragen, obwohl ich voll davon bin. Vielleicht muß ich deshalb wissen, daß er sich sicher ist, obwohl ich es nicht glaube.
Ich hasse meine Vorlesungen. Ich arbeite für einen griechischen Freund meines Vaters, der in Ann Arbor eine Druckerei hat. Es könnte nicht langweiliger sein! Ich arbeite jeden Vormittag für ihn und tippe auf meine fehlerhafte Art. Ist das alles es wert? Ich hasse mein Leben. Soll ich nach New York gehen? Ich habe Aussicht auf eine gute Stellung in Portland in Oregon, wo mein

Onkel Teddy ein Hotel leitet. George, der Sohn vom Freund meines Vaters, leitet das Büro. Er ist dunkel und gut gebaut und hübsch wie der Teufel. Der Typ, der mir als attraktiv eingeimpft worden ist. Er versucht mich zu verführen, so schlau, so überzeugend, daß sein Vater nichts davon mitkriegt. Aber mein starker Wille rettet mich von Tag zu Tag. Ich könnte ihn nicht lieben, es ist zu sehr wie ein Blick in den Spiegel. Abgesehen davon sieht er gut aus und küßt toll ...

Howies Briefe sind so nichtssagend. Ich habe einen vor Wut zerrissen. Ich beneide dich, daß du da lebst! Ich fühle mich Jahre älter als die braven Mädchen um mich herum. Was sagt Howie über mich? Ich würde mich nicht wundern, wenn er vorübergehend eine Beziehung hätte; ich würde mich überhaupt nicht wundern. Ich kenne ihn so gut! Erzähle ihm nie, was ich mir mit ihm erhoffe, untersteh dich! Ich will mit George ins Kino gehen, und ich habe Kopfschmerzen. Vielleicht weiß sein Vater, daß er hinter mir her ist. Vielleicht wissen sie es alle, und es ist ein Komplott.

Liebe Grüße, Stephanie

Ihr tut der Kopf weh. Mir dreht sich der Magen um. Mir wäre wohler, sie hätte ihm nicht so heiter geschrieben, mir nicht so emotional. Ich möchte, daß sie alles errät und daß es ihr nichts ausmacht. Wie weit das von der Wirklichkeit entfernt ist, bereitet mir Übelkeit. Ich sage ihm nur, daß sie geschrieben hat. Als er erwartungsvoll schweigt, gehe ich in die Luft. »Das ist zu viel, gegenseitig unsere Briefe zu lesen. Du mußt mir die Freiheit lassen, jeden von euch als Individuum zu behandeln.«

Er schiebt die Hände in seinen Gürtel und schaut hinaus in die hohle Mitte meines Blocks, lehnt die Stirn an die Fensterscheibe. »Sie darf es nicht erfahren. Sie braucht es nicht zu erfahren.«

Die Messerschneide an meiner Kehle. »Es jetzt beenden?«

Er fährt herum. »Was beenden? Daß wir uns kennen?«

»Daß wir zusammen schlafen.«

»Möchtest du eine Anstandsdame anheuern? Eine arbeitslose Heimleiterin? Möchtest du zurück zu der Heuchelei, wir wären nur Kumpel?«

»Das war nicht nur Heuchelei.« Ich stehe auf. »Was willst du dann? Mich hin und wieder einen Abend sehen, heimlich?«

»Sei nicht obszön.« Er setzt sich auf das Sofabett, glättet geistesabwesend die Tagesdecke, sammelt eins meiner langen schwarzen

Haare ab. »Ich weiß es nicht. Ich weiß nicht, was wir machen sollen.«

»Liebst du sie?«

»Verdammt noch mal, rede nicht darüber.« Er schaut finster drein, mitgenommen. »Du hast nicht gefragt, was ich für dich empfinde. Dann frag auch nicht nach ihr. Das hat nichts mit Worten zu tun.«

»Womit hat es zu tun?«

»Mit Verantwortung.«

»Aha.« Ich stehe vor einer Glaswand. »Wenn das kein Wort ist! Du fühlst dich für sie verantwortlich?«

»Für euch beide. Für mich, wie ich bin.« Er läßt den Kopf hängen.

»Fühl dich nicht für mich verantwortlich. Ich bin für mich verantwortlich.«

»Sie ist ein Kind, das Halloween-Masken aufprobiert. Sie spielt Zigeunerin, sie spielt Hausfrau, sie spielt Femme fatale – und rums, sie tut sich weh.« Er kratzt sich strafend den Kopf. »Außerdem, daß sie Jungfrau war, das macht mich –«

»Daß sie was?« Ich rücke mein Gesicht zurecht. »Bist du sicher?«

Er wirft mir einen wütenden Blick zu. »Ja natürlich!«

»Ich meine, das wußte ich nicht.«

»Ach, sie hat gesagt, daß sie ihren Freundinnen immer Geschichten erzählt hat, um sich erfahren zu geben. Ich habe das gleiche gemacht.«

Wirklich? Nein, das kann ich nicht akzeptieren, diese sich auf wundersame Weise erneuernde Jungfräulichkeit, die kein Verkehr durchlöchern kann, eine Hydra, deren Köpfe so schnell nachwachsen, wie sie abgehauen werden. Ich bin wütend auf sie, daß sie sich selbst verleugnet, ihre Vergangenheit, ihre Entscheidungen, und doch rührt mich ihr Glaube, dieser Betrug sei notwendig, ihre Bereitschaft, einen Meineid zu leisten, damit jeder Mann der erste sein kann. Das hat eine symbolische Realität, aber ich bin von ihr befremdet. Wie muß sie sich gefühlt haben, als sie in seinen Armen die Unwissende spielte?

Aber er stößt sich an meinen Fragen. »Warum warst du überrascht? Du hast doch mit ihr das Zimmer geteilt. Du mußt schrecklich unzugänglich gewesen sein, um das nicht zu wissen.«

»Wir haben nicht viel über Männer geredet.«

»Es war nicht nur, daß sie es mir gesagt hat, es war, wie sie sich verhalten hat –«

»Es ist nur meine blöde Annahme, daß Leute, wenn sie oft zusammen sind, auch miteinander schlafen.«

Als sei er dankbar, daß ich ihm einen Ausweg biete, das Thema fallenzulassen, legt er die Arme um mich. »Bolognese ist in der Stadt.

Er hat bei Macmillan eine Stellung als Lektor gefunden und wohnt in Chelsea.«

»Ann Arbor versammelt sich hier wieder.«

»Er hat nicht das Forschungsstipendium bekommen, das er wollte, deshalb arbeitet er für ein Jahr. Er hat mich gefragt, wie es dir geht, und mir ist das Herz in die Hose gerutscht. Mein einziger Gedanke war: Er weiß es. Dann habe ich eine komische Art Eifersucht gespürt, als er fragte, wie du zu erreichen bist, und wollte ihm von uns erzählen. Ich mußte mich zwingen, ihm deine Telefonnummer zu geben.«

»Ich habe es niemand erzählt.« Außer Donna und Alberta, fällt mir ein, aber das sind meine Freundinnen. Natürlich wissen seine beiden Mitmieter, wo er die Hälfte der Nächte schläft. Eigentlich, wenn ich es mir überlege, wissen es eine ganze Reihe von Leuten.

Er legt sein Kinn auf meinen Kopf und seufzt vor erschöpfter Zufriedenheit. »Es ist hoffnungslos, hoffnungslos.« Er hat eine Erektion.

Vielleicht kommt sie nie. Vielleicht verliebt sie sich in diesen George. Ich glaube es keine Minute.

Die Wochen tuckern dahin. Dies ist ein trockenerer, sonnigerer November, als ich ihn je erlebt habe, mehr Herbst als Winter. Manchmal, wenn er bis spät in die Nacht lernt, ruft er mich an, weckt mich. »Ich muß ein Sadist sein«, sagt er in mein Ohr. »Es macht mir Spaß, dich zu wecken. Als würde ich dich durchs Telefon berühren. Es ist plump, aber es funktioniert.«

Soll ich Licht machen? Nein, im Dunkeln ist er leibhaftiger. »Ich vermisse deine Anatomie.« In meiner Schläfrigkeit kommen die Worte langsam.

»Erzähl mir, wie du daliegst. Bist du zugedeckt? Hast du schon geträumt? Was hast du geträumt?« Wenn ich bei Sonnenlicht erwache, kommen mir diese kurzen Gespräche im Dunkeln traumhafter vor als meine wirklichen, bruchstückhaften Träume.

Ich schreite durch die Straßen meines Tages mit dieser körperlosen Liebkosung um mich wie ein Schal aus Licht. Es verwundert mich, daß wir durch unsere körperliche Liebe hindurchgehen können wie durch das Herz der Sonne, daß ich seinen Körper richtig berühren kann wie einen Tisch oder eine Milchflasche und ihm Vergnügen bereite und daß alles natürlich scheint. Es verwundert mich, daß ich nicht vergehe vor Innigkeit und Fülle, sondern weiter atme und arbeite. Wenn mir irgend etwas fehlt im November, während sich die Erde um mich abkühlt, so ist es ein Kult, eine archaische Gottheit so einfach und vieldeutig und mächtig wie Blut, zu der ich meine Liebe tragen kann wie eine nackte Votivfigur, ungeschlacht, mit übertriebenen Genitalien und fast entsetztem Ausdruck und flehentlich erhobenen Armen.

Ein frischer Samstag Ende November. Gestern abend, als wir mit Alberta und ihrem Galan ins Village in die *Dreigroschenoper* gingen, schneite es, blieb aber nicht liegen, eine Bestäubung, zart und vergänglich, doch ein deutliches Vorzeichen. Jetzt sind die Bürgersteige trocken, und die Temperatur liegt bei sieben Grad. Howie plädiert gegen die Staten Island-Fähre, er meint, draußen auf dem Wasser werde es rauh sein. Wir liegen halb nackt auf dem Boden umschlungen und essen Birnenscheiben und Havarti. Als das Telefon klingelt, bin ich zu faul, mich von ihm loszumachen, lehne mich zurück und ziehe es rumpelnd über den Fußboden zu mir. »Stuart am Apparat.«

Er äfft mich nach und kitzelt meine nackte Fußsohle.

»Hier ist Bolognese. Ich habe gerade Stephanie gesehen, und ich nehme an, sie ist auf dem Weg zu dir.«

»Oh.« Ich nestele am Hörer. »Woher weißt du? Ich meine ... danke.«

»Howie ist da, stimmt's? Was meinst du mit woher weiß ich? Ich wußte es vor dir.« Ich kann mir sein sardonisches dunkles Gesicht vorstellen.

»Das war Bolognese«, sage ich. »Stephanie ist auf dem Weg hierher.«

»Oh Gott!« Er läßt meinen Fuß los und springt auf. »Nichts wie weg hier.«

»Keine Panik.« Ich packe sein zweites Hemd und die Turnschuhe und stopfe sie in eine Schublade. »Hilf mir das Bett machen.«

»Was wirst du ihr sagen? Was fällt ihr ein, nicht zu schreiben oder anzurufen? Wieso hat sie uns nicht Bescheid gesagt, daß sie kommt?«

Er hatte fünfzehn gute Gründe, zum Erntedankfest nicht nach Hause zu fliegen, aber sie liefen alle auf mich und Feigheit hinaus. Das ist die unmittelbare Reaktion. Ich schlinge meine Arme um ihn. Wenn er sich nicht entscheiden kann, werde ich es so einrichten, daß er es nicht zu tun braucht. »Wir werden es ihr sagen. Wir können sie nicht wie ein Kind behandeln. Irgendwie werden wir es schaffen, wir drei.«

»Was schaffen – ein Blutbad?«

»Stephanie wird es akzeptieren.« Ich bin davon überzeugt, daß ich sie eher dazu bringen kann als ihn. »Rede mit ihr. Erzähl ihr, was passiert ist – oder willst du, daß ich es tue?«

Er geht stirnrunzelnd ans Fenster. »Klar. Ich wäre nur ganz schön fies, wenn ich dich lassen würde.«

Ich wage mich nicht zu nähern aus Angst, ihn zu reizen. Statt dessen gebe ich ihm sein Hemd und wasche ab, trockne mir die Hände und kämme mir das Haar. Ich würde ihm gern Ratschläge geben, wie man das Thema geschickt angeht, aber seine voraussichtliche Wut hält mich wirkungsvoll davon ab. Ich verharre mit verklammerten Händen und versuche mir etwas auszudenken, was ihn in diesem letzten Zipfel unserer Zeit als Paar mit der Erkenntnis überwältigen wird, wie liebenswert ich bin, da sagt er mit düsterer Erleichterung: »Dein Summer. Das ist sie.«

Ich summe zurück, um sie einzulassen. Streiche mir den Pullover und den Rock glatt. Fege Krümel von der Tischdecke. Warum klopft sie nicht? Howie reibt sich das Kinn und setzt sich vorsichtig auf meinen Arbeitsstuhl. Schließlich ist sie da. Ich mache die Tür auf, mein Gesicht verzieht sich zu einem Lächeln, das wirken muß, als hätte ich gerade Magnesiummilch getrunken. »Hallo, Stephanie. Willkommen in New York.«

»Hi, Stu.« Sie kommt unbeschwert hereingeschlendert und schwingt eine Futtersacktasche. Etwas hat in den letzten Monaten ihren Stil verändert, Schwere und modisches Zubehör abgeworfen. »Das war vielleicht umständlich, hierherzukommen! Bolognese hat mir den Weg sowas von blöde erklärt!« Mit halber Drehung hockt sie sich auf mein Sofabett, nimmt anscheinend dann erst Howie wahr, mit strahlendem Lächeln und einem Kopfnicken. »Hallihallo ...« Sie hat sich den Bronzesatin ihrer Haare ganz kurz schneiden lassen, ihre Ohrläppchen mit den Silbertropfen-Ohrringen liegen frei, und die Wirkung ist hübsch. Sie trägt einen engen schwarzen Rock und eine gestreifte Überbluse. Sie hat sich gekleidet, um zu betonen, daß Zeit vergangen ist, und auch, um eine Stephanie zu präsentieren, die sich vorteilhafter zur Geltung bringt. Jovial ruft sie uns zu: »Nun steht nicht rum und glotzt, als ob ich vom Mars gefallen wäre. Es ist kalt draußen, auch wenn es mild aussieht. Gebt mir was Heißes – hast du einen guten Tee?«

Während ich Tee mache, betrachtet er sie mit monumentaler Gleichmütigkeit. Ich habe Angst, sein Mangel an Reaktion wird sie verletzen. Ich habe Angst, sein Schweigen verbirgt eine Erneuerung älterer, stärkerer Gefühle, die mich hinwegfegen werden. Sie schaut von einer Birne auf, der sie die Ehre von Messer und Gabel angedeihen läßt, und knufft ihn. »Hast du schon gegessen? Gut, dann kannst du reden. Ich bin gestern bei meiner Tante Efi eingezogen. Ich bleibe bei ihr, in Queens. Ich habe ein eigenes Zimmer mit eigenem Klo, ist also gar nicht so schlimm. Das war das Zimmer von ihrem Sohn, also ist es ein bißchen maskulin – Modellflugzeuge und Fotos aus *Playboy* an der Wand und alte stinkige Catcherhandschuhe im Schrank – aber das werde ich fröhlich ertragen.«

»Wenn du mir Bescheid gesagt hättest, hätte ich dich abgeholt.«

»Ich wollte dich überraschen.« Mit arglosem Lächeln. »Abgeholt werden ist so künstlich. Außerdem, du kennst mich – tonnenweise Gepäck. Ich dachte, mein Onkel ist dafür besser ausgerüstet. Er hat einen Lieferwagen.«

»Aber du weißt, ich hasse Überraschungen.« Seine Stimme dringt rauh aus der Brust empor durch etliche Lagen innerer Wolle. »Ich bin zu langsam.«

»Immer noch das Stachelschwein?« Sie schaut unter dicken Wimpern hervor.

Sie tauschen einen vorsichtigen Blick intimen Erkundens. Widerwillig antwortet er, so daß ich weiß, das ist eins ihrer Schtiklech: »Und du bist immer noch ein Rotluchs. Also. Hast du deine unvollständigen Kurse fertig?«

Meine Überflüssigkeit fließt über. »Ich muß noch was erledigen. Bin in einer Stunde zurück.«

Ich wandere benommen und schlaff vor Selbstmitleid, bis ich am Strand Book Store vorbeikomme und hineingesogen werde. Ich schmökere. Melville. Mein Hauptfach war Anglistik, aber ich mußte ihn nie lesen. Ein vierschrötiger *Moby Dick* in blauem Leinen zieht meine Hand an. Ich hocke mich auf einen Tritt und blättere. Eine Stunde und zehn Minuten später schaue ich blinzelnd auf aus einer Schule Jungwale und unergründlichen Tiefen grünen Wassers, während die Gegenwart mit dem Gewicht einer Tonne Wolldecken weich über mich fällt. Die kleinen Wunder der Konzentration. Im Aufstehen schüttle ich die Falten aus meinem Rock, tausche mit einem buckligen Mann hinter der Kasse zwei Dollar für das sichere Gewicht des Buches unter meinem Arm und treibe auf das kalte windige Pflaster und zu meiner besetzten Wohnung.

Zögernd klopfe ich. Stephanie reißt mit überschwenglichem Knall die Tür auf. »So eine Höflichkeit! Ich hoffe, du hast nicht gedacht ...« Mit ihrem perlenden Lachen, der alten Derbheit in ihren Bewegungen. »Wir haben uns schon gefragt, was dir passiert ist – vom Bus überfahren, von Sklavenhändlern entführt. Howie muß jetzt nach Hause gehen.« Gespielte Strenge. »Er muß lernen. Du und ich, wir können plaudern – es sei denn, du hast zu tun?«

»Nein, nein«, sage ich schwach, suche seinen Blick. Er gibt ihn mir voll kühler Skepsis.

»Ab, marsch.« Sie nimmt ihn fest bei den Schultern. »Wir essen zusammen Abendbrot, aber nicht so spät. Wir fangen nicht ohne dich an.«

»Ich geh schon. Denkt gut von mir.« Sanft verschämt flieht er.

Als der Wunsch, hinter ihm her auszureißen, sich gelegt hat, wende ich mich ihr zu. »Du weißt es.«

»So ziemlich.« Sie fährt sich mit der Hand über das ordentlich geschnittene Haar. »Sein Zartgefühl ist extrem. Warum erzählst du's mir nicht direkt?«

Ein Lächeln zwickt mein Gesicht, während ich mir seinen gemurmelten, umständlichen Bericht vorstelle. »Wir haben miteinander geschlafen.«

»Aha.« Sie sinkt aufs Sofa zurück. »Ich war mir nicht ganz sicher.«

»Ich hatte gehofft, er hätte es dir gesagt.«

»Wer weiß, was er mir gesagt hat?« Mit angespanntem, gequälten Lächeln. »Unter nicht geringen Opfern verzichte ich darauf, zu sagen, ich hab's dir ja gesagt. Ist das vor kurzem passiert?«

»Ziemlich. Am Labor Day.«

»Am Labor Day? Also gleich, nachdem er angekommen ist. Ach. Weiter.«

»Was weiter?«

»Was hattet ihr weiter geplant?«

»Ich habe nichts geplant. Ich bin gesprungen.«

»Ins Bett.« Mit scharfem Kichern. »Das übliche Sprungtuch für unsereins.«

»Schlimmer noch, es war Absicht. Ich liebe ihn.«

»Natürlich.« Ihre Stimme schartig vor Abfälligkeit. »Aber ich liebe ihn auch. Ich stehe da und schaue mir das alles an. Nur weil ich nicht auf dich losgegangen bin, glaub ja nicht, daß ich das Feld räume.«

»Ich will dich nicht hinausdrängen.«

»Nein?« Die Sonne verfängt sich in den grünen Tupfern ihrer weit auseinanderliegenden Augen, in denen der Zorn tanzt. »Was dann?«

»Wir sind ein Dreieck. Ein gegebenes. Vorausgesetzt natürlich, daß er die Situation hinnimmt, was zweifelhaft ist, obwohl er sie geschaffen hat.« Ich fühle mich, als zwänge ich ihr meinen Willen durch ein Brennglas auf. »Wir sind drei eigentümliche Individuen mit sonderbaren Verbindungen. Wie anders können wir vorgehen, als daß wir versuchen herauszufinden, was wir voneinander wollen und brauchen?«

»Mmmm. Du meinst, wenn er gezwungen ist, sich zwischen uns zu entscheiden, kann es sein, daß er alles hinschmeißt und beschließt, sich völlig ins Studium zu stürzen?«

»Das ist meine Einschätzung. Ich werde ihn nicht bitten, sich zu entscheiden. Es bleibt dir überlassen, das von ihm zu verlangen, wenn du willst.«

»Hast du irgendwas Alkoholisches? Ich bin wirklich ausgedörrt wie ein Knochen. Irgendeinen Longdrink?«

»Nichts als Wein und Apfelwein.«

»Du? Ich glaube es nicht. Ich dachte, du hättest dir eine Bar eingerichtet.«

Mir fällt auf, seit ich Ann Arbor verlassen habe, war ich erst ein einziges Mal betrunken. Bei meiner neuen Diät der Lohnarbeit, um Zeit zum Schreiben zu erkaufen, habe ich kein Verlangen danach, mich selbst zu vergeuden. »Ich könnte dir Wein und Selters mischen.«

»Gut. Aber ich habe Gin trinken gelernt, und wenn wir eine ménage à trois haben werden – was heißt das eigentlich genau?«

»Haushalt zu dritt.«

»Glaub nicht, daß ich dich nicht um deine Wohnung beneide! Die verschafft dir einen unfairen Vorteil. Du hast doch nichts dagegen, wenn ich mir's gemütlich mache?« Sie hockt sich hin und schlängelt sich aus ihrem Hüftgürtel (was meinst du wohl, wie man sonst solche Röcke aushält?), schält die Strümpfe ab. Dann räkelt sie sich auf der Matratze und streckt einen trägen, rundlichen Arm nach dem Wein aus. »Ich hasse Hüfthalter, aber du mußt zugeben, daß er meine Figur unsagbar verbessert!«

Ich streife die Schuhe ab und setze mich an die Wand gelehnt. »Du sahst elegant aus, als du hereinstolziert kamst.«

Sie lacht kehlig. »Und ihr beide saht aus wie sterbende Fische. Habt ihr gedacht, ich würde eine Szene machen?« Sie schüttelt den Kopf, die Silberohrringe klingeln.

»Die gefallen mir.«

»Ein Geschenk.« Sie berührt sie. »Nachdem ich an meiner Tugend monatelang festgehalten hatte, erlag ich George für eine Nacht. Mondlicht ist eine gefährliche Einrichtung – heimtückischer als Whiskey. Erzähl mir, wie es zwischen euch dazu kam.«

Sie möchte wohl kaum, daß ich ihr glaube. »Es hat eines Nachts stark geregnet, und er hat hier übernachtet.«

Frech wie Eichelhäher und ebenso wachsam verbringen wir den dunkelnden Nachmittag. Um sechs kommt Howie wieder, bleibt in der Tür stehen, als zögere er einzutreten. Sie kneift ihn in die Wange. »Komm schon. Ich gehe mit euch beiden aus. Ich lade euch ein.«

Mißbilligend sagt er: »Das ist sinnlos extravagant.«

»Ich möchte aber!« Mit dickköpfiger Vitalität. »Ich habe jetzt Geld. Morgen muß ich mir eine Stellung suchen, und ich habe vor, mir eine gute zu angeln. Heute abend möchte ich mal richtig italienisch essen und Rotwein trinken.«

Er gibt allmählich nach, während wir umherstreifen und ein

Restaurant nach Stephanies Geschmack suchen und schließlich in einem südlich der Houston landen. In der dunklen Nische sitzt er wie eine Bulldogge, die von Schmetterlingen gepiesackt wird.

Sie lehnt sich kokett über den Tisch und gibt ihm eine Venusmuschel von ihrer Vorspeise. »Du glücklicher Mann mit zwei hinreißenden Konkubinen. Bei der geringsten Spur von Selbstherrlichkeit vermöbeln wir dich.«

»Und ihr beide lebt glücklich bis ans Ende eurer Tage?«

»Warum nicht?« Sie klimpert mit den bronzebraunen Wimpern. »Ich will nur nie, nie wieder ein Wort hören von einer Bruder-Schwester-Beziehung, oder ich steige auf den Tisch und schreie.«

»Ich habe dir gesagt, ich wollte immer eine Schwester – ich habe nur nie gesagt, wofür.«

Ich esse mein Abendbrot und fühle mich um Jahrzehnte älter. Ich hatte ganz vergessen, wie sie diese unbeholfene Verspieltheit in ihm zum Vorschein bringt (obwohl ich mich an die Szene erinnere, die Bologneses Anruf unterbrochen hat, komme ich mir lächerlich vor in meiner Reserviertheit). Nicht mit der Eifersucht des Nachmittags, sondern mit Erleichterung gehe ich nach dem Essen nach Hause und überlasse sie einander. Wenigstens haben wir uns Zeit erkauft, um herauszufinden, welche Fragen wir einander stellen müssen. Ich habe vor, so geduldig und unverwüstlich zu sein wie Gras.

37 Du weißt nicht, daß da ein Deckel ist, bis ihn jemand abnimmt

Vielleicht, wenn Stephanie und ich noch das Zimmer teilten, die Hektik des Tages und die Besinnlichkeit des Abends, könnten wir unsere unterschiedlichen Bedürfnisse im Gleichgewicht halten. Sie verbringt Zeit in meiner Wohnung hauptsächlich, um zu verhindern, daß ich mehr mit Howie allein bin, als sie notwendig findet, und je stärker sie ihren Zorn zu verbergen sucht, desto mehr fühle ich ihn jeden Austausch durchdringen.

Was mich anbelangt, ich habe mehr Zeit für Alberta, für Bolognese und für die Unterwelten von New York, die wir miteinander erkunden. Mit Bolognese gehe ich zu Lesungen und Buchläden und Kaffeehäusern. Mit Alberta gehe ich zu politischen Vorträgen und Versammlungen, zu Partys mit jungen Leuten, die wir kennengelernt haben. Im Januar nehmen wir an einer Demonstration teil. Ungefähr dreihundert Leute tragen Plakate gegen H-Bomben-Tests durch die Kälte.

Alberta ist demonstrationserfahren, also mache ich, was sie macht. Da wir die Fahrbahn nicht benutzen dürfen, gehen wir mit unseren Schildern auf den Bürgersteigen hin und her. Ich komme mir richtig albern vor. Es scheint lächerlich, mit unseren Plakaten um den Times Square zu marschieren, als wollten wir die paar Prostituierten, die an diesem Nachmittag Dienst tun, überzeugen, keine weiteren H-Bomben abzuwerfen. Ich muß an die Zeugen Jehovas in meinem alten Viertel denken, mit ihrem *Wachtturm*, der inbrünstig verkündeten Guten Botschaft. Ich bin Mitglied einer kleinen Sekte geworden, der der antinuklearen Linken. *Während ich jenen einsamen Marsch beschreibe, steht heute in der* Times *ein Artikel über Menschen, die damals in der Nähe des Testgeländes wohnten und eingeladen wurden, ins Freie zu gehen und sich das Feuerwerk anzuschauen, nahegelegene Schulen bekamen dafür schulfrei. Jetzt versuchen die Überlebenden, die Regierung auf Schadenersatz zu verklagen, weil sie so viele in ihren Familien durch Krebs verloren haben.*

Alberta ist fröhlich, zufrieden mit der Beteiligung und der Einstellung. Die Leute marschieren in Grüppchen von Freunden und

Genossen. Alberta hat keine Schwierigkeiten, die Arbeiterjugendliga von der Internationalen Frauenliga für Frieden und Freiheit und von den Quäkern zu unterscheiden. Wir marschieren mit Leuten unseren Alters, die wir bei Veranstaltungen kennengelernt haben und die weniger sektiererisch als die Älteren sind. Jene blutigen internen Kämpfe der dreißiger Jahre, die sie einander entfremdet haben, sind für uns kurios. Vielleicht brauchen wir ein größeres Paarungsreservoir, als jede einzelne Partei bietet, denke ich sardonisch, während wir rund- und rundmarschieren.

Ich frage Alberta: »Meinst du, das nutzt irgendwas?«

»Es nicht zu tun würde ganz bestimmt nichts nutzen, oder?« Sie blinzelt mir zu. »Wenn es ein paar Menschen zum Nachdenken darüber bringt, ist das kein Gewinn? Es schafft ein wenig Druck auf die Mächtigen.«

Ich mache eine Pause, um bei *Longchamps* austreten zu gehen. Ich würde gern etwas essen, aber mein Budget erlaubt das nicht. Dann eile ich zurück, bin versucht, mich unter die Touristen und Passanten zu mischen, zwinge mich aber, Alberta zu orten. Du mußt sagen, was du zu sagen hast, und zwar egal, wie, sage ich mir, schwenke mein Schild und marschiere an ihrer Seite. Mir fällt auf, daß sie nicht mit den KP-Leuten marschiert, obwohl sie viele von ihnen mit Namen begrüßt. Alberta ist nicht in die Partei eingetreten und wird es auch nicht, obwohl sie die Entscheidung ihrer Eltern immer verteidigen wird. Hätte ich doch warme, fellgefütterte Stiefel. Hätte ich doch warme Handschuhe! WEG MIT DER BOMBE!

Howie beteiligt sich nie an Protesten gegen Atomwaffen, kommt aber mit zu Versammlungen der Kampagne zur Eintragung von Negern in die Wahllisten, die im Süden beginnt.

»Meinst du, wählen ist wichtiger als die Möglichkeit, in die Luft gesprengt zu werden?« frage ich neugierig. In meiner Wohnung ist es heiß; die Temperatur in New Yorker Mietshäusern scheint bei siebenundzwanzig Grad festzuliegen. Draußen rüttelt der Wind an den Fenstern, weht von einem flachen schwarzen Himmel wie bemalter Pappe herunter. Als ich mich vorbeuge, um ihn zu küssen, schmeckt sein Mund nach Kakao.

»Gegen Technologie zu protestieren ist dumm. Wie Weber, die Maschinen zertrümmern. Stell dir mal Menschen vor, die einen Feldzug gegen das Schießpulver führen.«

»Schießpulver kann die Welt nicht auslöschen.«

»Erzähl das mal den Bauern im Hundertjährigen Krieg.« Er stöhnt auf, wälzt sich auf den Rücken. »Ich möchte nicht politisch sein ... Das bringt nichts ein. Die Linke hat nie eine Chance. Aber ich kann nicht umhin, mich einzumischen. Wir sind beide in schwarzen Vierteln aufgewachsen, und wir können nicht verdrängen, was wir wissen. Wir wurden beteiligt geboren.«

»Das ist wahr.« Ich setze mich auf. »Erinnerst du dich an die Detroiter Rassenkrawalle?«

»Jill, ich war zu klein.«

»Ich erinnere mich. Ich war den Sommer im Kindergarten. Die Weißen tuschelten, die Schwarzen hätten Messer, und die Schwarzen tuschelten, die Weißen hätten Messer. Alle Weißen versammelten sich auf einer Seite des Raums und alle Schwarzen auf der anderen Seite, und ich und Sarah Altweiler blieben in der Mitte zurück, die beiden Juden. Dann kamen die Mütter, um uns heimzuholen.«

»Sarah Altweiler. Warum kommt mir der Name bekannt vor?«

»Eine Sarah Altweiler spricht nächsten Monat auf dem Forum der Jungen Progressiven. Ob sie das wohl ist? Das kann nicht sein.« Aber ich möchte gern, daß sie es ist: ein Verbindungsglied zu meiner niedergebrannten Kindheit.

Seine Augen sind eine graue Wildnis, als sie mich mit einer Frage anschauen, die einfach sein könnte: Möchte ich? – oder so kompliziert wie die Summierung sechsjährigen Kennens. Meine Wange ruht an seiner Brust an dem Haarbaum und dem Herz, das die Sekunden schlägt. »Denkst du je plötzlich an den Tod, wenn du glücklich bist?«

»Ich bin nicht Mike, der sich in Posen wirft«, antwortet er barsch.

Hallo, alte Wunde: immer noch offen nach all der Zeit? »Howie, du kleinlicher Mensch, du verzeihst oder vergißt nie etwas.«

Er schließt die Augen, und ich schaue ihn an, bin begierig auf die Verwandlung in einen jüngeren, härter aussehenden, impulsiven Howie, dessen Gesicht gebieterische Schönheit hat als genauem Abbild seines Verlangens. Wie sein Körper in ausgeblichenen Khakihosen und groben Arbeitshemden schlummert, lebt so die Verletzlichkeit in ihm hinter der ständigen Kleinkrämerei der Alltagsentscheidungen? Ich fühle mich verliebt in den Mann, den ich gekannt habe, aber ich liebe diesen Mann mit dem unmittelbaren Ja der Vision. Könnte er heute nacht aus diesem Bett geboren werden, seine Langeweile würde wie Zellophan vor seinem ersten Schritt zerreißen; mit der heftigen Neugier eines Kleinkindes würde er die Möglichkeiten vor sich ergreifen und sich hineinbeißen, sie erkunden. Seine ungeschulte Intelligenz würde sich frei bewegen.

Er belebt sich in mir, wird vollkommen lebendig. Fiebriges Gemurmel. Gequirle feuchter Haare, geröteter Lider. Eine dunkle Blüte pulst um ihn. Ich lockere meine Arme in sanfter Entspannung und schließe sie dann wieder über seinen breiten Schultern. »Ach ... Ich liebe dich ...« Bei der Wahrhaftigkeit und Vertrautheit der Worte wird mir kaum klar, daß ihr Aussprechen neu ist, bis er zur Seite rollt und an mir vorbeischaut, die Stirn ist wieder gekraust von jenen Sorgenfalten, die schon zur Gewohnheit geworden sind.

Mit absichtlich spottender Stimme fragt er: »Wie? Wie du Peter geliebt hast? Wie du ein gutes Steak liebst? Wir können diese Worte nicht benutzen.«

Ich bin zu nackt. Ich ziehe mir die Bettdecke über die Brüste. »Warum können wir diese Worte nicht benutzen?«

Er vergräbt das Kinn in der Brust, schiebt sich zurück, die Schultern gegen die Wand. Stirnrunzelnd kneift er die Haut seines Bauchs in Falten. »Nein, tust du gar nicht.«

»Du meinst, wenn ich weiterhin vorgebe, es nicht zu tun, dann gibt mir das eine hübsche Schutzschicht von Würde? Das kannst du dir in den Hintern stecken. Ich wollte es nicht sagen, aber es ist wahr. Es ist schon seit Monaten wahr.«

Er schüttelt den Kopf, verklammert die Hände hinter dem Kopf und lehnt sich zurück. »Du brauchst keine Schutzschicht, und du brauchst mich nicht.«

»Wenn wir ein Jahr lang zusammenleben würden, würde ich dich brauchen.«

»Nein. Du hättest dich an mich gewöhnt. Brauchen würdest du mich nie.«

Ich umarme mich selbst vor Verzweiflung. »Babys brauchen Liebe, aber sonst kann jeder ohne sie leben. Es ist bitter und armselig, aber man behilft sich. Wenn du mich nicht lieben kannst, warum streitest du dann über brauchen?«

»Ach, was habe ich mich vor dir aufgespielt. Vor Jahren. Ich habe mich Kopf gestellt, um dich zu beeindrucken, daß ich ein richtiges, reingoldenes Genie wäre. Du warst das einzige Mädchen, das mich beachtete, und ich hatte wahnsinnige Angst, dich zu verprellen, du warst so abstrakt und aufbrausend. Die Titel von Büchern, die du nicht gelesen hattest, mit denen ich um mich geworfen habe.« Er grinst. »Du hast mich ins Schwitzen gebracht.«

Er war so ruhig und nüchtern argumentierend, dieser dicke Junge, daß mir schwerfällt zu glauben, hinter dem Gähnen und Theoretisieren war ihm wichtig, welchen Eindruck er auf mich machte. Es wird Zeit zu merken, daß andere auch Menschen sind. Ich nehme ihn bei den Schultern. »Ein langer Weg vom Friedhof, Junge.«

Er legt sich die Decke um, dichtet sich gegen mich ab. »Wenn du lieben sagst, meinst du, wir haben Spaß im Bett –«

»Meinst du, sich im Bett so zu verstehen wächst auf Bäumen? Ja, ich schätze es, dich, was zwischen uns geschieht.«

»Mit den anderen war es nicht so?«

»Kein Vergleich. Das ist die nackte Wahrheit.«

»Jedenfalls, du meinst einfach Sex und etwas Mitleid, Einsamkeit. Wenn es davon abhängt, kann es über Nacht weggehen.«

»Alles Menschliche kann sich erschöpfen. Ich habe das Gefühl, ich soll mich dir präsentieren wie eine Rechnung, die du bezahlen kannst.«

»Ich sehe nicht ein, wozu du mich brauchst. Siehst du mich, diesen Blödmann? Sobald du rauskriegst, wer ich wirklich bin, hast du von mir genauso die Nase voll wie von Mike.«

Ich setze mich wütend auf. »Was tust du dir selber an? Dieses Medizinstudium. Du willst doch gar nicht Arzt werden.«

»Ich habe das Geld von meiner Bobische genommen. Jetzt kann ich nicht mehr zurück.«

»Warum nicht? Sie hat ihr Leben gehabt. Warum ihr auch noch deins geben?«

»Wofür sie bezahlt hat, das bekommt sie auch: einen Arzt in der Familie.«

»Howie, du kannst nicht mit einer Bürde von Schuld aus deiner Kindheit rumlaufen. Du mußt tun, was du willst.«

»Was heißt wollen? Soll ich meiner Nase folgen und in der Physik landen wie dein ehemaliger Freund? Physiker tun so viel Gutes in der Welt. Wissenschaftler sind wahrhaft edle Menschen – du brauchst nur mal einen von ihnen zu fragen. Streben nach Wahrheit und Regierungszuschüssen. Wenn ich Sehnsucht danach habe, fürs Verteidigungsministerium zu arbeiten, dann gehe ich zur Armee. Ärzte sind hinterm Geld her, und das weiß jeder. Aber wenigstens bringen sie Menschen nur einen auf einmal um, und auch nicht absichtlich.«

»Dann mach gar nichts. Werde Gammler. Mir würdest du gefallen als Gammler.«

Sein Gesicht ist bleich geworden, er fährt mich an: »Ich kann meiner Bobische geben, was sie will, verstehst du denn nicht? Sie will nicht mich. Sie will nur einen Arzt, irgendeinen. Also gut. Und meine Mutter auch.«

»All diese Schuldgefühle. Ich schwöre dir, wenn ich mich über das Wetter beschwere, entschuldigst du dich. Was soll das? So wichtig bist du nicht, mein Schatz. Es schneit, ob du willst oder nicht. Wir stecken da drin, wir alle drei, weil wir einander wollen. So kommst du nicht davon. Wenn wir dich nicht wollen, sind wir alle beide frei, durch einen der zahlreichen Ausgänge zu entschwinden.«

»Ich müßte mich entscheiden. Ich weiß es. So ist das alles andere als gut.«

»Ich finde es gar nicht so schlecht«, sage ich wahrheitsgemäß. »Die Hälfte von dir ist zwei Peters wert und mehr. Aber wenn du dich entscheiden willst, entscheide dich, es ist dein Recht. Selbst wenn du dich für sie entscheidest, beharre ich auf deinem Recht zu wollen und auf unser beider Recht zu wollen.« Ich haue mit der Faust auf die Matratze. Nicht befriedigend. »Wollen! Verlangen! Entscheiden! Entscheide dich für irgend jemand. Aber sitz nicht zwischen uns da und bohre in alter Schuld wie in einem schlimmen Zahn.«

»Das ist das, was du willst, was du wirklich willst?« Er packt mich mit schmerzendem Griff.

»Ich will, daß du tust, was du willst. Weil ich auf alle Fälle das tue, was ich will.«

Er schaut mich noch einen Augenblick an, dann läßt er mich los, läßt sich wieder zurückfallen, die Hände im Nacken. »Für einen, der äußerst ungern Schmerzen zufügt, bringe ich mich immer wieder in eine Enge, wo mir nur der Ausweg bleibt, jemand anders auf den Kopf zu treten.«

Die ersten Narzissen des Floristenfrühlings stehen in einer kobaltblauen Vase kunstvoll arrangiert auf Albertas selten benutztem Fernseher, in dem die Channel 11-Nachrichten laufen. Alberta und ich essen Huhn cacciatore, das ich in ihrer Küche zubereitet habe, in der ich inzwischen besser als sie weiß, wo Knoblauchpresse und Muschelmesser verstaut sind.

Sie murrt: »Müssen wir uns das anschauen?«

»Ja. Wir warten auf ... Schau mal, oijoijoi, das ist sie!«

Alberta blinzelt. »Sei nicht albern.«

»Doch. Da in dem Tutu, das ist Donna.«

»Das ist kein richtiges Tutu.«

»Wird der Himmel nun grau oder blau, das sagt Ihnen unsere Wettervorschau«, gurrt Donna mit gehauchtem Sopran. »Morgen können wir uns alle auf einen schönen, sonnigen Tag freuen, einen kleinen Vorgeschmack von Frühling und kommenden Freuden. Die höchsten Temperaturen werden bei sieben Grad liegen, in der Nacht sinken sie bis zum Gefrierpunkt. Wir können mit leichtem Wind aus Südost mit Geschwindigkeiten um fünfzehn bis fünfundzwanzig Stundenkilometern rechnen. Es werden sich ein paar dünne Wölkchen zeigen, aber überwiegend wird den ganzen Tag die Sonne auf uns scheinen.« Ihr Vortrag deutet an, daß diese Information sexuell erregend ist. Sie trägt eine tief ausgeschnittene Bluse, in der man irgendwie einen wunderbaren Busenansatz zustande gebracht hat. Ihr Rock ist nicht direkt ein Tutu, aber auch nicht direkt irgendwas anderes. Sie trägt Pfennigabsätze und viel dunkles Augen-Make-up. Ihre Augen wirken riesig.

Ich stelle den Apparat ab. »Na ja, besser als in einem Reihenhäuschen in East Setauket hocken«, sage ich. »Oder?«

»Kann schon sein... Wenn sie irgendwann zu den Nachrichten überwechselt...«

Alberta und ich kauen bedrückt weiter. Alberta nimmt Anstoß an der Geschmacklosigkeit der Aufmachung und des Auftritts, ich daran, was für mich eine totale Verschwendung von Donnas Intelligenz ist.

Wir gehen eine Straße im Zentrum von Manhattan entlang, Donna und ich, frisch vom Schaufensterbummel und einem Imbiß an einer Bude, da sehe ich uns in einem Spiegelfenster gerahmt. Donna ist wie ein Mannequin gekleidet: Bleistiftrock, Wespentaille, Handschuhe, Hut, Gürtel und Handtasche zueinander passend, ein damenhafter, gepanzerter Stil hart wie die Chitinhülle eines Käfers, aber zu lackiert, um Wind oder Wasser standzuhalten, während er vorgibt, die Frau darunter sei so unwandelbar wie Marmor. Neben ihr sehe ich kindisch aus in meiner Studentenuniform aus Faltenrock, Pullover, schwarzen Leggings und Slippern. Eine erwachsene Frau sein heißt Schmerzen haben, denn diese Kleidung tut weh. Als ich den Bus zur Fifth Avenue sehe und losrenne, muß ich anhalten, denn mir fällt ein, Donna kann nicht rennen.

Donnas Kleidung ist Teil ihrer Ehe und Teil ihrer Arbeit beim Fernsehsender, obwohl sie, bevor sie vor die Kamera tritt, in ihre absurde Aufmachung schlüpft. Wenn ich in Büros arbeiten gehe, muß ich mir meine Haare zu einem Knoten aufstecken, denn offenes langes Haar kommt den Leuten unmoralisch vor. Nur Brigitte Bardot sieht so aus, verwuschelt, das Haar zerwühlt. Ich gehe in meinen Studentensachen oder in einem Prinzeßkleid aus Wollflanell aus einem Secondhandshop. Zu Hause brauche ich nur mein Haar herabfallen zu lassen und bin nicht mehr seriös. Wenn wir bei *Bonwit* oder *Henri Bendel* hineinschauen, weil Donna neue Handschuhe braucht, die bis zum Ellbogen reichen, fragen die Verkäuferinnen sie sofort nach ihren Wünschen. Mich sprechen sie freiwillig nie an. Sie sehen mich und schauen weg. Die ihnen gemeinsame Kleidung spricht von einer extremen Angst vor dem Körper, dem Fleisch, der Sterblichkeit, der Lust. 'Gepflegt' sein ist die Tugend selbst. Die Kleidung sagt, eine

Frau hat nichts zu tun, als sich selbst in Schuß zu halten wie ein perfektes weißes Wohnzimmer für Besuch. Die Kleidung sagt, sie ist eine Dame: Sie schuftet nicht, und sie schwitzt nicht.

»Ach was«, sagt Donna in meinem Wohnzimmer, ihr übergeschlagenes Bein vibriert vor Verärgerung. »Ich habe verdammtes Glück mit dem Job. Ohne Emil, meinen Analytiker, hätte ich keinen Fuß in die Tür gekriegt. Wirklich! Du und Alberta, ihr seid naiv. Macht ihr euch vor, ich könnte hineinspazieren und sagen, ich würde mich gern mal in John Cameron Swayze' Job versuchen? Ich mache nicht nur montags bis freitags das Wetter-Girl, ich bin auch in der Kindershow um fünf.«

»Im gleichen Kostüm?«

»Nein, in langer blonder Löckchenperücke und viel weißem Tüll. Ich bin die gute Fee Tintoretto.«

»Tintoretto?«

»Man kriegt den Eindruck, hier hat niemand Sinn für Humor.« Donna schenkt mir ihr altes schiefes Feixen. »Schau mal, das ist bei weitem besser als jeder andere Job, den ich hatte. Stell dir vor, ich bekomme Fanpost!«

»Dein Analytiker hat dir den Job besorgt?« Wenn ich mich doch bloß erinnern könnte, wann er sich von Dr. Evans in Emil verwandelt hat.

»Nur das Vorsprechen. Den Job habe ich selbst ergattert. Er hat Dutzende von Patienten in den Medien. Das Wetter-Girl vor mir war eine Schauspielerin, und sie hat die Hauptrolle in einer Tourneeproduktion von *Kiss Me Kate* gekriegt.«

»Wie kommt es, daß Peter dir schließlich erlaubt hat, den Job anzunehmen?«

Sie feixt wieder. »Wir haben dreitausend Schulden.«

Ich pfeife. »Wie ist denn das passiert?«

»Teils, weil sein alter Herr ihn reingelegt und überredet hat, sein Einkommen automatisch wieder ins Treuhandvermögen zu investieren. Was ich für ziemlich blöde halte, aber mich hat keiner gefragt. Teils, weil ich es geschehen ließ. Es war ganz einfach.«

»Willst du sagen, du hast es absichtlich getan?«

»Nicht direkt und nicht offiziell.« Sie streift ihre hochhackigen Schuhe ab, um sich die Fußsohlen zu massieren. »Aber ich habe mir kein Bein ausgerissen, um es zu verhindern. Er ist gewohnt, Geld auszugeben, machen wir uns nichts vor. Von seinem Gehalt können wir nicht annähernd komfortabel leben. Das habe ich ihn einfach herausfinden lassen und mir keine allzu große Mühe gegeben, das Unvermeidliche hinauszuzögern.«

Ich kann nicht glauben, daß sie bei Peters Gehalt in Schwierigkeiten sind. Ich bekomme einen Dollar fünfzig pro Stunde, mehr, wenn ich Modell stehe, und ich arbeite durchschnittlich vierundzwanzig Stunden pro Woche. Ich spare nicht viel, aber nach den Entbehrungen der Collegezeit habe ich das Gefühl, ganz komfortabel zu leben. Ich habe meine eigene Wohnung, Zeit zum Schreiben, Sex, Essen, sogar ein paar hübsche Kleider. »Was kostet denn so viel?«

»Alles! Unsere Analytiker. Einmal alle paar Wochen ist er mit Bouletten einverstanden, wenn ich sie brate. Aber grundsätzlich glaubt er an Steaks und besten Rippenspeer. Und ich bin durchs Gourmetparadies gegangen und auf der anderen Seite wieder raus. Du verbringst zwei Stunden mit Einkaufen, sechs Stunden mit Kochen, und zwanzig Minuten, nachdem du aufgetragen hast, ist alles vorbei ... Beide Autos kosten hundert Dollar, wenn der Mechaniker nur mal die Hand drauflegt. Versicherungen. Scotch. Anständige Klamotten.«

Ich schüttle meine Hände aus. »Du hast nicht lange gebraucht, um dich an Peters Lebensstandard zu gewöhnen.«

»Da hast du recht. Ungefähr fünf Minuten.«

»Aber du arbeitest der Freiheit halber, nicht des Geldes halber.«

»Das Geld bedeutet schon was. Sogar eine ganze Menge. Und sie mögen mich im Studio, doch, wirklich. Mein Produzent Guy sagt, ich komme sehr gut an. Ich habe jetzt schon eine hohe Wiedererkennungsquote bei den Zuschauern. Jill, Montag hat mich zum ersten Mal ein Junge auf der Straße erkannt. Ich wollte ein Taxi anhalten, um vom Studio zwischen meiner Fünf-Uhr- und meiner Sieben-Uhr- Sendung rasch zu Emil zu fahren, und war spät dran wie üblich.«

»Um dir die Wahrheit zu sagen, ich denke, du machst dich. Es ist nur so exotisch als Job.«

»Unsinn.« Sie tigert umher. Ihr Energiepegel ist wieder so hoch wie mit achtzehn. Sie hat fünfzehn Pfund weggebrannt, ihre zierliche Figur ist wieder knochendünn. Während sie an diesem Nachmittag in meiner Wohnung ist, klingelt für sie zweimal das Telefon. Sie spricht wieder mit dieser atemlosen, verführerischen Stimme. »Doch, du kannst mich ohne weiteres hier anrufen. Du kannst hier immer eine Nachricht für mich hinterlassen, mein Engel. Das ist meine alte Zimmergenossin aus dem College.«

Sie hätte wenigstens Kusine sagen können. Sie möchte sich nicht voll zu mir bekennen. Doch ich glaube nicht, daß sie mit einem Liebhaber redet. Ihre Anrufe haben mit internen Manövern um Rang und Stellung zu tun. Ihr Job hat ihr einen Mikrokosmos gegeben, den sie erregender findet als den ihrer Ehe. Wenn ich das so prompt errate, wird Peter auch drauf kommen.

»Was hält er von allem?«

»Ich versuche, es nicht ins Haus dringen zu lassen.« Sie zieht ein Gesicht. Mit der gerümpften Nase ist sie ein rebellisches, linkisches Kind. »Ich versuche, da nicht meine Anrufe zu machen. Ich rede nicht vom Studio – ich tue so, als fände ich es albern und nur gut fürs Geld.«

»Aber das ist nicht deine Meinung.«

»Nein, Jill. In unserer kleinen Künstlerenklave vergöttern die Leute die Mattscheibe vielleicht nicht, aber alle andern tun es. Es berührt das Leben der Menschen wie sonst nichts. Ich habe vor, im Fernsehen Karriere zu machen. Endlich hat mir mein Gesicht mal was eingebracht, außer im Bett. Mir wird gesagt, ich sehe verletzlich aus.«

»Toll. He, Donna, wo kommt der Sieben-Uhr-Busenansatz her?«

»Klebeband. Außerdem sieht jeder im Fernsehen dicker aus.« Sie beäugt sich kritisch, bohrt einen harten Mittelfinger in ihre Taille. Abendbrot, ja sogar Käse lehnt sie ab. Sie nimmt nur Tee mit Zitrone zu sich. »Das und Weißwein. Ich trinke nur Weißwein. Der macht nicht dick.«

Eines Abends gehe ich mit Alberta zu einer Lesung von Beat-Poeten, hauptsächlich, weil wir durch unsere Bürgerrechtsgruppe von dem Versuch gehört haben, *Das Geheul* in San Francisco zu verbieten. Wir haben genug Parodien auf Beat-Dichtung gesehen, um ein Scheinbild von Vertrautheit zu haben. Wir meinen sie zu kennen, weil wir darüber in *Time* gelesen haben. Bolognese äußert sich abschätzig und zeigt sich uninteressiert. Wenn Sarah Altweiler nicht in Georgia im Gefängnis säße und daher nicht vor dem Forum der Jungen Progressiven sprechen kann, wären wir nicht unter den zahlreichen Zuhörern. Ich habe viele Dichterlesungen an der Universität besucht, wo hundert Leute gewaltiger Zustrom waren. Acht Leute waren Zustrom. Hier haben wir sechshundert Leute, von denen einige so feingemacht sind, als gingen sie in die Oper.

Es lesen mehrere, mehr laut als gut, aber gleich werden Sie an einem Bekehrungserlebnis teilhaben. Der letzte, der liest, ist Allen Ginsberg, mager und glattrasiert. Er trägt ein kariertes Holzfällerhemd und strahlt Sanftmut aus, Geduld, eine fast mütterliche Fürsorge. Ich mag ihn, obwohl ich mitbekomme, daß er Frauen in seinen Gedichten stets nur beiläufig und mit ungeprüftem Abscheu erwähnt.

Der Inhalt ist nicht der Haken, der sich in meine Eingeweide schlägt. Ich habe Angst vor Drogen, seit eine Freundin sich mit einer Überdosis H umgebracht hat, als ich dreizehn war und sie fünfzehn. Die Mystik langweilt mich. Aber bei bestimmten Gedichten sitze ich plötzlich kerzengerade, atme hektisch und erlebe, wie sich Eisengitter von meinem Hirn heben.

Das Metrum bewegt mich. Ich beginne, kritisch über das zu denken, was mir über Prosodie beigebracht worden ist. Ich beginne, mich nach dem Wert englischer Bildung für eine amerikanische Dichterin zu fragen. Das Bekehrungserlebnis, das Gefühl von niederfahrendem Feuer überkommt mich, weil mir beim Zuhören klar wird, daß es möglich ist, mit dem ganzen lebendigen Ich zu schreiben. Meinem Ich. Es ist möglich, sich an Gedichte zu wagen und sofort morgen früh damit anzufangen über das, was mich am meisten bewegt.

Ich sitze wie betäubt. Damit, so habe ich angefangen. In der Highschool – ja, als ich nach Ann Arbor kam – ja. Aber dann verlernte ich es. Dann wurde mir beigebracht, mich von dem, was ich schreibe, zu distanzieren. Mit einem winzigen Teil meiner intellektuellen und emotionalen Ausrüstung zu schreiben. Mir wurde beigebracht, Gedichte seien zu sehen als komplizierte intellektuelle Konstrukte voller sorgfältig geschichteter Mehrdeutigkeiten, Ironien und ironisch behandelter Mythen, voller Anspielungen auf gleichartige Werke innerhalb einer komplexen Vernetzung. Aber du kannst über Beischlaf schreiben, du kannst über Supermärkte schreiben, du kannst über deine Mutter schreiben, du kannst über die Bombe schreiben. Du kannst über deine politischen Standpunkte schreiben. Du kannst tatsächlich Gedichte schreiben, die sagen, was du fühlst und was du denkst.

Ich kann nicht sprechen. Ich möchte wegrennen und mein Gehirn betrachten, plötzlich ist es von oben geöffnet und leuchtet blau. Ich stürze hinaus mit Alberta im Gefolge, ich kann nicht mal die U-Bahn nehmen. Wir gehen meilenweit durch die Frühlingsnacht. Ich muß die Energie abarbeiten, die mich wundscheuert.

Werde ich je sichtbar sein? Werde ich je real sein? Ich möchte zu Wirklichkeit entdeckt werden; doch noch habe ich mich selbst, mein Werk nicht erschaffen. Ich bin ungeboren, im Entstehen begriffen. Wer bin ich, daß ich davon ausgehe, was ich fühle und denke und erlebe, das könnte irgend jemand anders etwas bedeuten? Ich bin zu verdreht und eigenartig, um die Träume anderer zu gestalten. Meine Professoren im College dröhnten unentwegt Allgemeingültiges, aber sie meinten wohl nur Vorstellungen, Gefühle und Neigungen, die

Herren mit Geld und weißer Hautfarbe zueigen sind. Ich hege die Hoffnung – geboren durch einen Mann, der sich selbst in aller Öffentlichkeit stolz als Jude und als schwul bekennt –, daß ich aus mir schreiben kann, daß ich mich nicht als englischer Gentleman ausgeben muß, um schöpferisch zu sein.

Frühling 1982, Bloodstone Review

Miss Stuarts siebentes Gedichtbändchen ist vollgestopft mit verkürzten, vereinfachenden Schnipseln aus dem Phrasengut der Frauenbewegung. In ihren Beschreibungen einer Reihe von Mann/Frau-Begegnungen, bei denen Frauen verwundet, vergewaltigt und verstümmelt werden, zeigt sich Miss Stuart wenig verständnisvoll für männliche Bedürfnisse. Verschiedene Gedichte betonen nur Rolle und Leiden der Frau, statt einen ausgewogenen Standpunkt einzunehmen. Lediglich die Gedichte über guten Sex gehen über diese krankhafte, polemische Voreingenommenheit hinaus. Wenn wir Männer Frauen verunglimpfen, sie mit Schlamm vergleichen, mit Tod, Fleisch, Muttersauen, Sumpflöchern, Kloaken, Fallen, Toiletten, wenn wir sie mit Sterblichkeit, Zufälligkeit, Natur gleichsetzen, wenn wir Frauen herabsetzen, die ihre Sexualität einsetzen, und Frauen, die es nicht tun, dann sind wir nichts weniger als allgemeingültig. Miss Stuart macht sich der Parteilichkeit schuldig. In der Kunst kann es keine Parteilichkeit für Frauen geben. Ihre Dichtung ist vaginal und bar jeder Stoßkraft. Ihr Bändchen ist feucht, menstruiert und hat eine Handtasche, in der es nichts finden kann.

Sydney Craw

Howie könnte als Mittelpunkt unseres Dreiecks betrachtet werden, der Dreh- und Angelpunkt des Verlangens. Stephanie könnte als die Mitte gesehen werden, der empfindliche und oft wunde Punkt. Sie fühlt sich am meisten mißbraucht und muß verwöhnt, verhätschelt, umworben werden. In anderem Sinne bin ich die Mitte: Als die Zufriedenste in dem Dreieck mache ich die größten Anstrengungen, damit es funktioniert. Ich versuche, aller Konflikt- und Irritationspegel zu überwachen. Ich vermittle. Ich sage Howie, daß Stephanie diese Woche mehr Zeit mit ihm braucht. Ich sage Stephanie, daß Howie der Kopf schwirrt vor Prüfungen, was heißt, wir sollten ihm Urlaub von beiden von uns gönnen.

Wir sind unter unseren Freunden ein mittlerer Skandal. Alberta findet sich um meinetwillen damit ab, empfindet es aber als degoutant. Als Scheidungsanwältin glaubt sie leidenschaftlich an die Monogamie. Je mehr sie tagsüber Paare auseinanderpult und sich den Problemen der Unvereinbarkeit widmet, den Geschundenen und den Verschmähten beisteht, desto energischer verschreibt sie ihr Feierabend- und Wochenendleben der Suche nach dem Richtigen. Manchmal, wenn wir an einem beschaulichen Abend zusammen Bourbon trinken, erzählt sie mir, daß sie DEM Mann für sie nie begegnen wird. Gerrit war's.

Bolognese lacht wie über eine Zote. Donna ist fasziniert, halb verschreckt, halb verlockt. Während der Juni die Stadt aufheizt, ist unser vörderstes Problem Stephanies Stellung. Sie war als Sekretärin bei ihrem Vetter zweiten Grades, dem ein Möbelladen in Queens gehört. Sie möchte eine Stellung in Manhattan, und ich mache mich daran, Donna zu bearbeiten.

»Aber warum?« fragt mich Donna. »Sollen wir ihr nicht lieber einen Job in Alaska besorgen?«

»Sie würde nicht hingehen. Außerdem mußt du das verstehen. Wenn einer in einer Familie unglücklich ist, sind alle in der Familie unglücklich.«

Donna mustert mich mit halbem Lächeln. Seit sie für Channel 11 arbeitet, ist sie mir gegenüber entspannter als jemals, nachdem sie für Peter entbrannte. Ich würde gern verstehen, warum seine kalte Quecksilbrigkeit unser Einvernehmen nicht mehr vergiftet, aber ich nehme das Wunder hin. Sie sagt: »Du möchtest sie dazu bestechen, nicht mit dir um Howie zu kämpfen. Ich glaube, du kannst nicht gewinnen.«

»Falsch. Ich will gar nicht über Gewinnen nachdenken. Nachdem ich ein Jahr lang vergeblich nach ihm gegiert habe, ist ein Stück vom Kuchen eine unglaubliche Wohltat. Ich mag eigentlich das Dreieck. Ich weiß, das sollte ich nicht, aber es gibt mir viel Zeit zum Schreiben.«

Sie lacht. »Sag das nie Howie. Das würde er dir nie verzeihen. Ich kann mir keinen Mann vorstellen, der das tut.«

»Ich soll den Eindruck machen, daß ich leide? Aber das löst zwangsläufig Schuldgefühle aus. Er fühlt sich schon an allem möglichen schuld – am Bruttosozialprodukt. Am Durchschnittsniedrigsteinkommen in Tobago. Ich möchte ihm die Schuldgefühle austreiben.«

Das Telefon klingelt. Es ist für sie. Sie nimmt mir den Hörer ab. »Danke, Liz, du bist ein Engel! Gib mir die Adresse. Was soll ich anziehen? Nein, ich werde nicht zu erkennen sein. Lex zweihundertzwei?« Sie gestikuliert mir heftig zu und zeigt auf ihre Handtasche.

»Terminkalender« zischt sie vom Hörer weg. »An wen muß ich mich wenden?«

Mit dem Vorrecht alter Freundschaft mache ich ihre Handtasche auf und gebe ihr den Terminkalender in rotem Leder. Die Handtasche ist vollgestopft mit Fläschchen und Döschen und Schminkkästchen und diversen Pillen: Appetitzügler, Kopfschmerzen, alles mögliche. Als sie auflegt, wendet sie sich eindringlich an mich: »Ich mache Probeaufnahmen für einen Werbespot. Soll ich? Ich bin neugierig. Aber Stu, verkaufe ich mich damit nicht total?«

»Wo ist der Unterschied zwischen dem Wetter-Girl und ... was sollst du verkaufen?«

»Bohnerwachs.«

»Also wo ist da der Unterschied?«

»Das Wetter ist eine Dienstleistung. Ich bin nur das sichtbare Pendant zum telefonischen Wetterdienst. Viele Menschen sind abhängig von dieser Information. Reisende. Busfahrer. Baseballmannschaften. Farmer. Leute, die ein Picknick planen.« Sie wandert ans Fenster, schaut hinaus ins Nichts, wandert zurück. Ihr Gesicht ist zu harten Kanten angemalt, eine exakte Skulptur von Licht und Schatten; ihr Haar ist eine flaumige Wolke. »Ich studiere in meiner Freizeit Meteorologie. Wo ist der Unterschied, ob ich zutreffende Wettervoraussagen in einem langen oder einem kurzen Rock mache? Aber ein Werbespot ...«

»Schau mal, die halbe Zeit, die man mich vor den Fernseher kriegt, merke ich überhaupt nicht den Unterschied zwischen Werbespots und regulärem Programm, außer daß die Werbespots meistens besser fotografiert sind.«

Sie scheint enttäuscht, als wollte sie, daß ich ihr ausrede hinzugehen. »Aber Stu, zum ersten Mal in meinem Leben bin ich wer.«

»Das sehe ich. Donna, deine Vorstellungen haben nicht mit deinem Leben Schritt gehalten. Du redest immer davon, dich als Frau zu verwirklichen und den Geschlechterrollen anzupassen, dabei, als du zu Hause geblieben bist und nichts getan hast, warst du zu Tode gelangweilt. Du arbeitest gern.«

Sie sammelt sich zum Aufbruch. Ich mache ihr Angst, wenn ich die Ideologie angreife, nach der sie leben sollte, es aber offenkundig nicht tut. Sie muß so tun, als sei ihr Job eine vorübergehende Verirrung, die mit allen übrigen Neurosen hinweggespült sein wird, sobald sie gesund ist, und gesund sein heißt, nichts zu wollen außer Peter und Häuslichkeit. Vielleicht muß sie vor ihm so tun, aber vor sich selbst? Vor mir? Ich schaue auf die Tür, durch die sie gerade in vollem Tempo entschwunden ist, und grüble skeptisch. Schließlich unterscheidet sich diese Ideologie nicht von den Religionen der meisten Menschen, fromme Moralvorstellungen, die vor dem Verschleiß durch tatsächliche Einhaltung abgeschirmt werden. Wenn sie weiterhin an die Transsubstantiation oder die unbefleckte Empfängnis von Maria oder die Freudsche biologische Bestimmung der Frau glauben möchte, was kann es für einen Unterschied machen, wenn sie nur darauf achtet, ihr tägliches Leben nach praktischen Grundsätzen zu leben? Sie teilt diesen Glaubenskanon mit Peter, und dieses Gewebe aufzutrennen würde vielleicht ihre Ehe gefährden. Solange ihre Vorstellungen nicht ihren Aktivitäten im Wege stehen, welchen Schaden können sie anrichten?

Innerhalb einer Woche hat Donna es für mich geschafft. Sie besorgt Stephanie einen Job bei Channel 11: Rechnungen tippen.

38 Der Dreibeinwettlauf

Bolognese kann meine neuen Gedichte nicht leiden. »Irrational« nennt er sie. Doch abtun kann er sie auch nicht. Sie ringen ihm Respekt ab, obwohl sie ihn irritieren. Als Schundlektor ist er es gewohnt, sich jede Woche durch einen Misthaufen vermodernder Hoffnungen in Form von unangeforderten Manuskripten zu arbeiten, Blitzentscheidungen zu treffen und zur Tagesordnung überzugehen. Meine Gedichte halten ihn auf. Er weiß, nach allen Kriterien, die uns beigebracht wurden, sind sie schlecht, doch wenn er damit fertig ist, mich mit der Geringschätzung zu geißeln, die sich aus unserem gemeinsamen Anglistikstudium speist, stehen die Gedichte immer noch da. Sie sind roh, sie sind oft zu lang, aber sie erklingen in einer Stimme, von der ich weiß, es ist meine. Sie sind so real wie Kartoffeln.

Am Sonntag findet in meiner Wohnung ein spätes Frühstück statt: Bejgel, Rahmkäse, Bialis, Räucherlachs und Orangensaft. Das Essen habe ich natürlich nicht gekauft. Stephanie, Alberta und Bolognese haben zusammengelegt, und Howie ist es holen gegangen. Mein Beitrag ist starker schwarzer Kaffee, die Butter, die Teller, der Mozart.

Bolognese hört schließlich auf, sich mit meinen Gedichten zu plagen, und sinkt hintenüber, liegt ausgestreckt da, nur den Kopf lehnt er an die Bettkante. »Nein, ich bekomme nur vierzehn Tage Urlaub«, antwortet er Alberta. »Meine Eltern haben ein Ferienhäuschen am Crystal Lake in Michigan. Sie haben mir Flugtickets geschickt, und alles ist umsonst und weder mehr noch weniger langweilig, als wenn ich zu eurem Tummelplatz käme.«

»Ich liebe Sag Harbor. Es ist noch nicht verdorben. Wir mieten immer ein komisches, liebes Haus, das kurz vor dem Einsturz steht. Wir können ohne weiteres mehr Leute unterbringen, wenn einer von euch es sich anders überlegt, als stur hierzubleiben und zu schmoren«, sagt Alberta.

Howie seufzt. »Ich möchte so gern aus der Stadt raus. Aber in meinem Pflegerjob habe ich nur montags und dienstags frei. Wenigstens ist das *Presbyterian* klimatisiert.«

»Und wenn es diesen August wirklich heiß wird, dann stiefele ich einfach in deine Wohnung, Alberta. Deine Bude ist meine Landluft.« Schließlich habe ich einen Schlüssel. Ich soll ein bißchen aufpassen, die Post hereinholen und die geringen Bedürfnisse eines blühenden Kaktus befriedigen, den ihr ein Anbeter kürzlich geschenkt hat. Ich glaube, er sollte ein symbolischer Protest sein, aber Alberta mag ihn. Er ist die einzige Pflanze, die sie je in ihrer Wohnung am Leben halten konnte. »Und montags können wir einen energischen Versuch machen, einen Bus ins Grüne zu nehmen.«

Als erster geht Bolognese, um an seiner neuesten Kurzgeschichte zu arbeiten, sie handelt von einem Mann, der sich zu Tode ißt. Dann verschwindet Alberta, um für CORE Briefe einzutüten und anschließend mit ihrem derzeitigen, sorgfältig auf Distanz gehaltenen jungen Mann in den Central Park rudern zu gehen. Ich stehe meiner Familie zur Verfügung und weiß noch nicht, wie wir den heißen, dunstigen Tag verbringen sollen. Stephanie war schweigsam, kein gutes Zeichen. Sie mag mich lieber, seit Donna ihr den Job bei Channel 11 besorgt hat, denn auch sie findet das märchenhafte Fernsehen aufregend. Aber jedesmal, wenn Stephanie mit mir warm wird, zieht sie sich kurz danach wieder zurück, überzeugt, daß ich sie aufs Glatteis führe.

»Was ist los, Liebling?« fragt Howie sie. »Hast du Kopfschmerzen?«

»Gigantische. Kommt dir je der Gedanke, daß du, wenn du 'Liebling' sagst, dich nicht präzise genug ausdrückst? Jedenfalls war dieser Vormittag unerträglich langweilig.«

»Ich dachte, du magst Alberta und Bolognese –« fängt er an.

»Das sind *ihre* Freunde. Wer sonst würde sich zwei Stunden lang über ihre Gedichte auslassen? Als ob nicht jeder sowas schreiben könnte, der bereit ist, sich öffentlich auszuziehen. Du könntest es. Ich könnte es. Aber wir tun's nicht. Das ist das schwüle Gefasel von jemand, der faseln will!«

»Es waren keine zwei Stunden. Vielleicht eine Dreiviertelstunde. Und niemand war sonderlich schmeichelhaft«, sage ich verteidigend.

»Dir ist doch egal, was sie sagen, solange du im Mittelpunkt stehst. Was du nicht ertragen kannst, ist, wenn du's nicht tust.«

»Steph, ich kann mit Bolognese gesondert über meine Arbeit reden –«

»Arbeit? Das nennst du Arbeit?«

»Mir war nicht klar, daß es dir auf die Nerven gefallen ist. Ich denke schon, daß es für andere langweilig sein kann.«

»Du meine Güte, du hast gemerkt, daß andere da sind! Vielleicht kommen wir ja doch noch voran.«

Seit ich DIE ANDERE FRAU bin, bin ich für Stephanie nicht mehr DIE DICHTERIN. Sie tut meine Arbeit ab, als wäre das eine outrierte Form von Koketterie oder Selbst-Ausschmückung zur Verführung leicht zu beeindruckender Männer. Seit sie mich als Rivalin sieht, kann sie mir keinen echten Ehrgeiz mehr zugestehen außer dem, Howie zu besitzen. Doch häufig vergißt sie zu grollen, und dann haben wir wunderbare Zeiten, wir drei, sogar sie und ich. Die Wahrheit ist, daß Howie für keine von uns viel Zeit hat und daß wir einander das Leben in der Stadt leichter und angenehmer machen, wenn sie es nur wahrhaben wollte. Ich möchte, daß Stephanie mich liebt, aber sie weigert sich.

»Mit ihrer blöden Wohnung«, sagt Stephanie mit gespieltem Schmollen, das nur allzu echt ist, »ist es, als wäre Stu die Ehefrau und ich die Geliebte.«

»Laßt uns was Hübsches machen, bevor ich zur Arbeit muß«, sagt Howie. »Mit der U-Bahn zur Wall Street fahren und dann nach Süden zur Battery gehen. Ich liebe den Finanzdistrikt am Sonntag.«

Stephanie prüft ihre fast schwarzen Fingernägel. »Kann nicht. Ich treffe mich mit Brian vom Sender, er holt mich in Queens ab.«

»Dieser glatzköpfige Schnösel? Der sabbert ja sogar auf dem Bildschirm.«

»Wir sind aber empfindlich! Und wer hat damit angefangen, sich nach Abwechslung umzuschauen?«

Er probiert ein Lächeln. »Kein Recht auf Eifersucht zu haben heißt nicht, daß ich sie abstellen kann wie einen Wasserhahn.«

»Das wird immer unfairer!« Sie verschränkt die Arme, als hielte sie sich im Zaum. »Ich muß montags bis freitags arbeiten. Das ist die einzige Zeit, wo das Büro besetzt ist. Du arbeitest mittwochs bis sonntags von zwei bis zehn. An Wochenenden sehe ich dich morgens, und dienstags sehe ich dich abends und dann vielleicht noch einen weiteren Abend nach zehn. *Sie* stellt ihren Zeitplan um, wie es ihr gefällt, und belegt dich in deiner ganzen Freizeit mit Beschlag.«

»Ich nehme mir nur montags frei mit Howie. Die Freitage sind für mich«, sage ich. Und montags schreibe ich bis drei.«

»Aber nein, sie muß den Sonntagvormittag für dieses egoistische Spätfrühstück mit ihren ganzen Freunden aufbrauchen, und jetzt redet sie davon, mit dir montags wegzugehen, während ich arbeiten muß!«

»Aber Stephanie, ich arbeite auch. Es ist heiß in der City. Ich werde müde. Ich habe auch nicht so viel Zeit alleine mit ihm. Glaubst du, ich leide nicht auch unter dem Gefühl, mehr zu wollen?«

Mit gereizter Lässigkeit durchquert sie das Zimmer zum guten Sessel. »Behalt das zur Abwechslung mal für dich. Du leidest immer unter irgendwas, und zwar mit Stentorstimme. Wer hat dich gebeten, so verdammt ehrlich zu sein? Ich nicht.«

Sie hat natürlich recht. Ein verlegenes Lächeln zieht mir die Mundwinkel herunter.

»Wer hat die Abwesenheit ihrer guten Freundin ausgenutzt, um ein Verhältnis mit dem Freund dieser Freundin anzufangen? Als ich kam, wurde ich da mit offenen Armen empfangen? Nein, ihr beide drücktet euch rum, du mit deinem meilenweit betroffenen Gesicht und Howie, der sich wand wie ein Aal und rumstotterte, wir müssen Jill beruhigen. Ich habe mir den Hintern aufgerissen, höflich zu bleiben.« Mit den übergeschlagenen Beinen und einem Fuß, der im Bogen wippt, verströmt sie Zornvibrationen wie Geheul einer kleinen, aber leistungsstarken Säge.

Howie steht langsam auf, reibt sich die Knie. »Sie sagt, sie liebt mich.«

»Typisch!« Entrüstet wirft sie ihr kurzgeschnittenes Haar zurück. »Bloß, weil Jill ihre sogenannten großen Gefühle laut rausschreit, heißt das schon, daß sie mehr fühlt? Sie ist eine Exhibitionistin!«

»Ich habe ihn ein Jahr lang geliebt und den Mund gehalten!«

»Warum hast du ihn dann nicht weiter gehalten? Du mußt immer jemanden zu Tode lieben.«

»Du hast ja selbst ein paar Probeläufe absolviert.«

»Seid still!« Er donnert die Faust an die Wand.

Wir sind still. Wir starren ihn an. Minouska kriecht unters Bett.

»Also ihr beide gebt keine Ruhe, bis alles kaputt ist! Schmeißt eine die Treppe runter! Also bitte. Ich werfe eine Münze. Seid ihr dann zufrieden? Seid ihr dann still?« Er wühlt in seiner Tasche und schleudert ein Fünfundzwanzig-Cent-Stück hin.

»Du müßtest Milts Silberdollar nehmen, aber den hast du für deine erste Hure ausgegeben. Jetzt willst du uns beide für einen Vierteldollar?« Ich versuche auf ihn einzureden, damit er klein beigibt.

»Du denkst, das bedeutet was, all die Jahre«, schreit sie, »aber du wolltest ihn erst, als ich ihn hatte!«

»Ruhe, Stephanie. Kopf oder Zahl?« Er ist betrunken vor emotionaler Erschöpfung. Ich kann den hohen Ton seiner wundgescheuerten Nerven abnehmen. Ich bin ein guter Leiter; sofort klinge ich mit seiner überdrehten Erregung, wie ich es früher mit Donnas Hochs und Tiefs tat. Er schüttelt die Münze in seinen hohlen Händen.

Sie beißt sich auf die Lippe. »Meinst du, ich bin was, was du beim Würfeln gewonnen hast?«

»Laß ihn«, sage ich. »Laß ihn. Du solltest besser nicht weitermachen.«

»Kopf oder Zahl, Stephanie.« Sein Gesicht ist rasend vor Anspannung.

»Nein!« Sie rüttelt am Käfig seiner Hände.

Unsere Gesichter scheinen mit Licht getränkt. Seine Lippen ziehen sich von den Zähnen zurück zu einem atavistischen Grinsen. Er schaut keine von uns an, sondern nur auf seine hohlen Hände. Stephanie packt seine Handgelenke und versucht sie auseinanderzuzwingen. Er reißt sich los, weicht zurück. Wir haben ihn endlich aus der Selbstbeherrschung gezerrt. »Kopf für Stephanie, Zahl für Jill.« Er wirft die Münze. Sie wirbelt in einem Bogen und landet zwischen ihnen auf dem Teppich. Sie stellt den Fuß drauf. »Laß mich sehen«, herrscht er sie an. »Nimm den Fuß weg, Stephanie.«

»Meinst du, so kannst du mich loswerden? Du Riesenroß, eigentlich müßte ich dich lassen. Siehst du nicht, wie sie dich beherrscht? Wenn ich dich nicht mehr verhätschele, wirst du keinen Monat brauchen, um sie dir von der Seele zu schaffen, aber bis du so weit bist, kannst du mir gestohlen bleiben.«

Seine Stimme ist leise. Seine Hände hängen schlaff. »Du gehst?«

»Und ob. Du bist frei, mich zu besuchen, Howie, wenn du frei bist. Würdest du so lieb sein und bleiben, wo du bist, bis ich zur Tür raus bin? Ich möchte keinen tränenreichen Abschied, weil das keine Trennung für immer ist. Das heißt nur tschüß, bis du zur Vernunft gekommen bist.« Sie läßt die Münze auf mein Bett fallen. »Und was dich angeht!« Sie dreht sich wütend um. »Tu ja nie so, als wärst du nicht schäbig gewesen!«

»Tu ja nicht so, als hättest du nicht hingeguckt, bevor du die Münze mit dem Fuß verdeckt hast. Ich möchte dich nicht verletzen –«

»Nein, du möchtest nur, ich soll so tun, als wäre ich nicht verletzt.«

»Touché. Aber ich kämpfe auch ums Überleben.«

»Du willst es ja so haben. Bis du lernst, deine Scheiß-Prinzipien aufs Spiel zu setzen, stirbst du jede Woche, und wen kümmert's? Du warst ungeheuer ehrlich, und ich war ungeheuer tolerant, und jetzt habe ich die Faxen dicke. Ich hab's satt. Ich gehe!«

Die Tür knallt. Er wirft sich aufs Bett, mit dem Gesicht zur Wand. Ich sitze ängstlich und still. Minouska kriecht unter dem Saum der Tagesdecke hervor. Sie spitzt die Ohren und schnuppert. Geschrei vorbei? Dann kommt sie zu meinem Schoß geschlendert, springt herauf, dreht und dreht sich und knetet ein sicheres Nest. Ich warte und warte, beobachte Howie, der da an der Wand liegt, sich ganz seiner Qual zugekehrt hat und an ihr lutscht wie an einem sauren, gallebitteren Bonbon. Schließlich muß ich etwas sagen, weil es für ihn Zeit wird, zur Arbeit zu gehen. Ich räuspere mich.

Dann setzt er sich auf. »Das haben wir inszeniert. Du und ich.«

»Nur in dem Sinn, daß zwei Menschen, die einander gut kennen, ohne Worte reden können.« Ich umschleiche ihn vorsichtig.

»Nein!« Brutal reibt er sich mit den Knöcheln die Augen. »Das war häßlich.« Seine Bewegungen sind schwer, er rafft sich auf, holt seine Sachen. »Wir sind Schweine.«

Ich zwinge mich, still zu sein. Ich muß ihn heilen lassen. Ich schiebe die Katze auf meine Schulter und gehe hinterher, stehe da und schaue ihm die dunkle Treppe hinunter nach.

Donna rauscht herein, tupft sich die Stirn.

»Aber du siehst phantastisch frisch aus«, sage ich. »Ich würde in der Aufmachung ohnmächtig werden.«

Sie trägt ein weißes Hemd mit hohem, steifen Flügelkragen, der sich um ihren Hals erhebt und unter ihrem Haar verschwindet. Die Ärmel sind lang und frisch gestärkt. In langsamen Bewegungen zieht sie die Bluse aus. »Ich brauche deine Hilfe. Du mußt mir Make-up auf die blauen Flecke tun.«

»Was ist passiert?«

An beiden Seiten ihres Halses sind dunkle Blutergüsse. Jeder dünne Oberarm ist mit weiteren beringt. »Ich habe mich mit Peter gestritten.«

»Das hat er gemacht?«

Sie nickt nüchtern. »Er ist unglaublich jähzornig. Du kennst das ja.«

Ich erinnere mich an die letzte Szene in seiner Wohnung und nicke. Ich stelle mir vor, wie ich ihm ein Messer in die schmale Brust stoße. »Wirst du ihn verlassen?«

»Ihn verlassen? Stu! Sei nicht albern. Ich vergöttere ihn. Wir haben hin und wieder einen Krach, weiter nichts. Das geht allen so. Wegen ein paar simpler Kräche wirft man keine Ehe weg.« In ihrem Büstenhalter setzt sie sich auf die Toilette und gibt mir das Make-up, legt sich eins meiner Handtücher über ihren engen blauen Leinenrock.

Behutsam wasche ich die Schichten alter Schminke herunter, trockne sie ab und beginne, die Flecke erneut zu verdecken. »Weswegen habt ihr euch gestritten?«

»Abendbrot. Unwichtig.« Sie spricht ruhig. »Er ist der Mittelpunkt meines Lebens. Was ich immer an einem Mann wollte: schön. Kalt und heiß zugleich. Ich werde ihn nie über bekommen. Ich werde nie von ihm loskommen. Ich brauche nur ein winziges bißchen Freiheit, um etwas aus mir selber zu machen. Er ist Physiker, Wissenschaftler.

Alle bewundern, was er tut. Ich brauche nur etwas als kleines Gegengewicht. Ein bißchen eigenes Geld verdienen.«

»Aber er verletzt dich.«

Sie schaut mich mitleidig an. »Wenn du jemanden liebst, verletzt er dich immer. Weil er es kann. Wenn du ihn nicht liebst, kann er dich nur ärgern.«

»Das finde ich völligen Quatsch, Donna. Ein Vergewaltiger auf der Straße kann dich totschlagen. Ein Straßenräuber kann dich auch grün und blau schlagen.« Ich beende die Malerei.

Sie sitzt auf meinem Sofabett und wartet, daß das Make-up trocknet. »Stu, du weißt doch ein bißchen was über Drogen? Du hast mir mal erzählt, du hattest eine Freundin, die war auf Heroin.«

»Ja ... aber ich habe null Ahnung.«

»Ich möchte mal wissen ... hast du je von jemand gehört, der von Dexedrin sowas wie abhängig wurde?«

»Das Zeug, das die Kids, die nicht gelernt hatten, während der Prüfungen schluckten? Nein.«

»Das dachte ich mir. Ich nehme schon eine Weile lang Amphetamine.«

»Warum? Du hattest immer eine Menge Energie.«

»Ich wollte rasch abnehmen. Und das Pendeln hat mich fertiggemacht. Diese schreckliche Fahrt. Ich kam immer nach Hause und schleppte mich zur Tür rein, und das zu einer Tageszeit, wo ich für ihn frisch sein muß ... Und ich weiß, er findet mich wieder attraktiv.«

»Aber er hat dich doch immer attraktiv gefunden?«

»Ja, sicher, Stu. Wenn ein Mann dich heiraten will, bist du schön. Nachdem er dich eine Weile zu Hause gehabt hat und du Dienstmädchen bist und Faktotum und Köchin und Wasch- und Putzfrau, ist es, als hättest du Rang und Ansehen eingebüßt. Deine Attraktivität sinkt in seiner Wahrnehmung.«

»Aber das macht deine Arbeit, nicht das Abnehmen.«

»Vielleicht.« Sie lächelt. »Unser Liebesleben hat sich jedenfalls erheblich erhitzt. Ich frage mich, ob das in der Ehe in Kurven verläuft. Ich würde mir wünschen, daß wir es immer noch wie Tiere treiben, wenn wir sechzig sind.«

»Das macht bestimmt deine Arbeit. Mir gefällst du besser mit ein paar Pfund mehr.«

»Ach, Stu, du magst mollige Frauen. Wie deine Mutter.«

»Du hast recht.« Ich bin ein bißchen baff. »Wie lange hätte ich in der Analyse gebraucht, um zu dieser Erkenntnis zu gelangen?«

»Bei Peters Analytiker fünf Jahre. Bei Emil muß es irgendwelche Pillen geben, die das bewirken.« Sie klingt ein wenig verbittert. »Ach,

Stu, wir kennen uns nun schon so lange, durch ein halbes Hundert Veränderungen. Wem vertraue ich so wie dir?«

Am Montag abend, acht Tage, nachdem ich Howie zum letzten Mal gesehen habe, acht Tage, ohne miteinander zu sprechen, koche ich Spaghetti, da marschiert Minouska mit hoch erhobenem Schwanz und deutender Nase zur Tür und miaut penetrant. »Was ist denn? Eine Maus?« Ich komme neben sie. Ist jemand draußen vor der Tür? Sechs ist früh für einen Spanner im Treppenhaus. Ich kann mich nicht überwinden, die Tür zu öffnen, aber ich kann auch nicht weggehen. Schließlich klopft es. Da weiß ich. »Howie?«

Er hat draußen vor der Tür gestanden und wollte seinen Schlüssel nicht benutzen. Er schnuppert die Küchenluft. »Du ißt gerade?«

»Es ist fast fertig. Es ist reichlich da. Willst du nicht was?«

Er zögert. Die Überredungskraft der Essensdüfte. »Du hast wirklich genug?«

Freigebig füge ich mehr Fleischklößchen hinzu, mehr Pilze. Ich feiere, wie ich kann: Er bleibt für die Dauer einer Mahlzeit.

Beim Hinsetzen mustert er das Zimmer – spielt er den Fremden? Sein Gesicht ist neutral. Ich hatte gehofft, er würde zerrissen zurückkehren und ich könnte ihn zusammenlieben, aber er zeigt keine Auflösungserscheinungen. Minouska sitzt vor ihm und wartet auf eine Einladung auf seinen Schoß, aber er beachtet sie nicht, tut, als spüre er ihren flehenden Blick nicht.

Während ich den Tisch decke, frage ich mich, würde er das Essen annehmen, wenn er vorhätte, mit mir Schluß zu machen? Ja. Sanfte Trennung, alte Freunde gehen in vernünftigem Dialog auseinander. Als ich mich ihm gegenübersetze, bemerke ich Stephanies leeren Platz. Mein Appetit hat sich verflüchtigt, aber er ißt stetig.

Er nimmt sich noch etwas und fragt: »Willst du nicht wissen, warum ich gekommen bin?«

»Wenn du nicht gekommen wärst, hätte ich wissen wollen, warum.«

Nichts regt sich. Seine Augen haben Winterfarbe. Dezember auch in seinem Schädel. Wieder schaut er sich um. »Was hast du so gemacht?«

»Geschrieben. Gelesen. Meine Katze bei Laune gehalten. Für Pimperlinge gearbeitet.«

Sein Gesicht verhärtet sich, meine Schnodderigkeit ärgert ihn. »Und dich nach einem anderen Mann umgesehen?«

»Noch nicht.« Wenn ich ihn nur berühren könnte. »Das ist eine gemeine Frage.«

»Du glaubst doch sonst nicht daran, lange brachzuliegen. Du erwartest nicht, daß ich höflich bin?«

»Du hast mir mal gesagt, ich erwarte zu wenig, und ich habe gesagt, nein, ich erwarte zu viel. Soll ich Kaffee machen?«

»Wie lange hat Mike gedauert?«

Ich stehe mit dem Rücken zu meinem Herd. »Januar bis September.«

»Also du bietest mir sechs Monate.«

»Ich biete mich selbst.«

»Nein, tust du nicht. Du bietest mir ein kleines Stück und wahrst Distanz. Dir gefiel das Dreieck. Du willst mich nicht ganz.«

»Ich wollte, daß du zum Leben erwachst! Daß du einmal tust, was du willst.«

»Deinen Willen bekommen?«

»Laß mich in Ruhe!«

»Ich hasse die Männer, mit denen du zusammen warst. Alles Schweinehunde. Die werden immer schlimmer.«

Kemp hat mir die Spaghettisoße beigebracht, die Howie so schmeckt. »Nein. Stimmt nicht. Jede Freundschaft, jede Nähe bringt mir etwas bei. Ich lerne.«

»Was? Mit Krokodilen vögeln? Wie viel weniger hinterläßt jeder?«

»Das ist nicht wahr. Mike hat mich fast umgebracht. Ich verheile langsam.«

»Wofür? Macht Schmerz so viel Spaß?«

Wie ein Bruder legt er den Finger auf meine wunden Stellen. Unter seiner Zielgenauigkeit flammen meine Ängste auf, bis ich sein Gesicht nicht mehr sehe. »Nimm dein Zeug. Verschwinde, verschwinde, bevor du alles zerstörst!«

»Ich bin nicht irgendein Anhängsel deines Lebens. Ich komme nicht leicht, Jill. Aber ich lasse auch nicht leicht los.« Er nimmt meine Arme. »Ich wollte nicht, daß du weinst.«

»Doch!«

»Gut, es tut mir leid. Aber ich bin noch nicht fertig.«

»Hör auf! Verschwinde. Ich will nichts mehr hören.«

»Hör auf zurückzuschlagen und hör mir zu. Ich will nicht mit dir brechen. Ich bin völlig vernarrt in dich. Ich träume nachts von deinem Körper. Wenn ich onaniere, denke ich an dich.«

»Ist wahr? Wenn du mich willst, was stimmt dann nicht?«

»Das, wie wir waren. Wir haben falsch angefangen. Das lief völlig schief. Jetzt haben wir die Chance, von vorn anzufangen, richtig und sauber. Keine heimliche Affäre. Kein rein in die Kartoffeln, raus aus den Kartoffeln mehr. Ein neues Leben.«

»Wir werden uns sehen?«

»Mehr als das. Wir werden heiraten!«

»Was?«

»Hast du doch gehört.« Er nimmt mein Kinn. »Ich habe es die ganze Woche lang durchdacht. Wir machen es.«

»Heiraten?«

»Ich gebe mich nicht mit halben Sachen zufrieden. Einem Stück oder einem Teil von was. Du brauchst mich, Jill. So wie dein Leben läuft, vergeudest du dich.«

»Du meinst ... all das gemeine Gebrüll und alles, was du sagen wolltest, war, du willst mich heiraten?«

»Was willst du denn noch?« Er lacht und läßt mich los. »Kriegst du je diesen Kaffee zustande?«

Ich fahre herum. Ich habe Wasser in den Filter gegossen, aber keinen Kaffee dazugetan. »Wir können heißes Wasser trinken. Es sei denn, du gehst lieber Champagner kaufen.«

»Später. Mach den Kaffee.«

Ich löffle den gemahlenen Kaffee in den Filter. »Aber warum hast du mich nicht einfach gefragt? So richtig nett?«

Er wirft mir einen Blick blanken Unglaubens zu. »Hereinstolzieren und sagen, na, wie wär's heute mit ein bißchen heiraten? Bist du verrückt?«

Ich umklammere meinen Leib. »Kannst du nicht einfach einziehen? Wir können wunderbar zusammenleben ohne den offiziellen Kleister.«

»Nein. Und paß auf den Kaffee auf.«

»Warum nicht? Ehe ohne Trauschein. Vermähle dich selbst.«

»Wegen der Familie. Wegen des Medizinstudiums. Wegen der Steuern. Und weil du endlich einmal Farbe bekennen und dich fest binden mußt.«

Als der Kaffee fertig ist, sinke ich in einen Sessel. Meine Schenkel sind wie Wasser. Ich fühle mich völlig durchgerüttelt. »Sag es mir noch mal.«

»Daß du dich binden mußt?«

»Nein. Das Große.«

Er grinst. »Daß wir heiraten?«

»Besser. Aber meinst du wirklich, ich bin eine gute Frau und so? Und du liebst mich? Oder nicht? Du hast das nie gesagt, nie.«

»Ich liebe dich.«

»Endlich! Aber so, wie ich bin – mich? Du hast keine Angst, daß ich mich nach der Trauung in jemand anders verwandle?«

»Unsinn. Ich rechne damit, daß du dich irgendwann mal in eine kleine alte Dame verwandelst.«

»Ich denke, unter der Haut, unterschwellig, habe ich meiner Mutter geglaubt. Daß niemand mich je wollen würde.«

Er schenkt mir ein langsames, amüsiertes Lächeln und trinkt in kleinen Schlucken seinen Kaffee. »Ich habe nie geglaubt, daß dein Wettern gegen die Ehe einen Heiratsantrag überleben würde.«

»Darauf würde ich nicht setzen. Glaub ja nicht, ich nehme irgendeine alte, schon mal getragene Ehe. Ich will keine Ehe, die ich je gesehen habe.«

»Ich biete dir nur eine. Mit mir.« Er zieht mich auf seinen Schoß. »Ich habe dich gefragt, und du hast mich genommen, und wir machen es. Ganz echt.«

Ich fühle mich leicht wie zerknülltes Papier. Ich werde glücklich sein; ich werde ihn glücklich machen. Wie einmalig. Wie normal. Ich bin an einem sicheren, wesentlichen Ort angelangt, wo ich geliebt werde.

39 Von Champagner und Blut

Tatsächlich trinke ich den Champagner mit Donna, richtigen französischen und von ihrem Geld gekauft. »Wir feiern zwei Siege«, sprudelt sie freudig. »Deine Heirat. Und ich weiß, du wirst genauso glücklich, wie wir es sind. Die Ehe ist wundervoll, Stu, die einzige Art zu leben. Sie wird ungeheuer *gesund* für dich sein.«

»Sag mir, was das zweite ist …« Ich weiß nicht, warum ich weiterrede, es ist nichts, was ich bewußt denke, aber eine Stimme irgendwo in meinem Körper spricht. »Bist du schwanger, Donna?«

Sie schreckt sichtlich zusammen. »Wieso fragst du das?«

»Ich habe keine Ahnung. Bist du?«

»Das will ich nicht hoffen. Es ist wahr, vor ein paar Wochen habe ich in meinem verdammten Pessar ein winziges Loch entdeckt. Ich bin sofort hingegangen und habe mir ein neues geholt. Keine Sorge, Stu. Behalt das bitte für dich. Sollte ich Pech haben, werde ich mich darum kümmern, wenn es soweit ist. Woran ich dachte, das war etwas Erfreulicheres. Mir ist eine Stellung bei den Zwölf-Uhr-Nachrichten auf Channel 5 angeboten worden.«

»Für's Wetter?«

»Nein, Stu. Die richtigen Nachrichten. Ein riesiger Schritt zum Seriösen. Ich weiß, ich kriege nicht die großen Geschichten. Ich werde nicht über den Bürgermeister berichten, nicht mal über den Stadtrat. Aber keine beinfreien neckischen Kleidchen mehr. Kein Busenansatz mehr. Ich hab's geschafft! Mode, Frauengeschichten, ergreifende Schicksale.«

»Die Mittagsnachrichten. Wie soll das gehen?«

»Ich stehe früh auf und fahre rein. Und bin jeden Abend schon zurück, wenn Peter kommt. Er ist sehr zufrieden.«

»Wann gehst du zu deinem Analytiker?« Ich frage mich vor allem, wann ich sie sehen werde, denn ich tue meine Büroarbeit von neun bis fünf.

»Emil kann mir den Buckel runterrutschen. Es ist Peter, mit dem ich kommunizieren muß, nicht mit einem Arzt auf der Park Avenue … Ich habe ein bißchen Probleme, von den Tabletten runterzukommen.

Wenn ich noch ein Weilchen zu ihm hingehe, muß er mir einen früheren Termin geben.«

»Macht Peter dir Schwierigkeiten, weil du mit der Analyse aufhören willst?«

»Er gibt sich sehr überlegen. Das sei eine echte Verpflichtung und ein fortlaufender Prozeß, in den man nicht einfach mal stippen kann. Wenn ich den Analyseprozeß wirklich abgeschlossen hätte, dann würde ich Kinder wollen.«

»Hast du ihm was von dem Loch im Pessar gesagt?«

»Nein ...«

»Wird er nicht mißtrauisch sein, wenn du schwanger bist?«

»Wie soll er's erfahren?« Sie schenkt uns beiden Champagner nach. »Mein Pessar war erst ein Jahr alt. Mein Gynäkologe hatte mir letzten Sommer ein anderes verschrieben ... Ich werde bald ein neues Auto brauchen, der Sprite kommt in die Jahre.«

Ich stoße mit ihr an. »Ich bin sehr glücklich und trinke auf die Nachrichten in Channel 5.«

»Stu, ich muß damit Erfolg haben. Ich habe ein Gefühl, als wäre das meine einzige echte Chance. Etwas, was ich selber gefunden habe. Ich ahme nicht dich nach oder Sal, ja nicht mal Peter. Niemand hat mir sowas zugetraut. Aber ich weiß, daß Peter mich mehr achtet, seit ich das mache, selbst wenn er mir Schwierigkeiten macht, weil ich arbeite ... 5 ist ein überregionaler Sender, seine Einschaltquote ist ganz ordentlich ... Wann ist die Hochzeit? Soll ich kommen?«

»Wir müssen es erst den Eltern sagen. In zwei Wochen fahren wir nach Detroit zu allen hin.«

»Ist wahr? Warum heiratet ihr nicht erst, so wie wir?«

»Howie sagt, ich werde nicht glauben, daß ich verheiratet bin, wenn wir's nicht Kopf voran angehen. Er errettet mich.«

»Wahrscheinlich tut er das«, sagt sie und gießt Champagner nach. »Aufs Gerettetwerden. Peter hat mich gerettet.«

»Wovor eigentlich?«

»Meinen zügellosen Verhaltensmustern. Meiner Selbstzerstörung. Davor, daß ich einsam und verrückt verkomme. Als Groschennutte ende oder in Bars rumlungere und Lkw-Fahrer aufgabele.«

»Donna, solche Vorstellungen kommen aus schlechten Filmen. Wie meine Mutter, die nur Ehefrauen oder alte Jungfern kennt. Sind wir im Mittelalter – heiraten oder ins Kloster gehen? Kennst du viele Frauen, die sich vier Jahre lang durch ein gutes College gearbeitet haben und Groschennutten sind? Ich habe mehr Nutten gekannt als du, und es ist ein öder Job. Du tust es für Geld – um für dich aufzukommen oder für deine Kinder oder für eine Sucht.«

»Peters Freunde fragen mich immer wieder, wann ich denn nun ein Kind bekomme. Alle ihre Frauen sind schwanger. Manchmal habe ich das Gefühl, jede Frau in meinem Alter auf Long Island ist schwanger. Aber wir können nicht von dem leben, was Peter verdient.«

»Das hast du doch so arrangiert?«

»Ich habe neulich so leichtfertig darüber geredet, als ob ich das alles schlau eingefädelt hätte, aber die Wahrheit ist, wir geben jetzt mehr aus als damals. Er würde morgen wieder nach Detroit ziehen, Stu. Er kann bei Edison eine besser bezahlte Stellung bekommen. Dann würden ihm seine Eltern ein Haus bauen. Er haßt es, der Sohn seines Vaters zu sein, aber er ist es gewohnt, das auszunutzen, und das kann er nur in Detroit. Hier hat kein Mensch außer ein paar Architekturbegeisterten je von seinem alten Herrn gehört.«

»Zieh nicht zurück! Du würdest mir wahnsinnig fehlen.«

»Mach ich auch nicht! Er wäre sofort wieder unter ihrer Fuchtel. Alle Arbeit, die ich in ihn gesteckt habe, wäre den Bach runter. Sein Vater rechnet ihm jeden Cent, den er ihm gibt, in Respektlosigkeit auf – unsere Ehe wird nie überleben, wenn wir in deren Nähe sind. Ich bin allergisch gegen das Haarfärbemittel seiner Mutter.«

Minouska sitzt schnurrend zwischen uns. Jetzt, wo sie Donna verziehen hat, kommt sie immer und setzt sich zu ihr, ihre Augen gelbe Schlitze der Verzückung.

»Ich habe das Gefühl, als ob die Heirat mit Howie den alten Schmerz wegwischt, als ich für Mike etwas war, was meine Eltern ihm andrehen wollten.«

»Bist du jetzt nicht froh, daß er nicht drauf angesprungen ist?« Donna gießt sich den letzten Champagner ein, ihre Bewegungen sind schwerfällig und ungenau. Wir sind beide auf dem besten Weg zum Vollrausch. »Irgendwie habe ich mir Howie nie mit dir vorgestellt. Ich dachte, du würdest dir einen aussuchen, der ... mehr Glamour hat.«

»Und wenn wir beide neunzig werden, Donna, und jede fünfmal heiratet, wir werden den Ehemann für die andere nie gut genug finden.«

»Wird seine Familie nett zu dir sein?«

»Ich kann mir nicht vorstellen, warum. Ich kann nicht begreifen, warum irgendeine Familie sich über mich freuen sollte, um ehrlich zu sein.«

»Wann fährst du? In die Höhle des Löwen.«

»Erste Septemberwoche, bevor das Semester anfängt.«

Sie streichelt Minouska. »Wer füttert sie, während du weg bist?«

»Alberta wird zurück sein. Ich dachte, ich bitte sie vorbeizukommen.«

»Ich mach's. Vorausgesetzt, du bist unter der Woche weg.«

»Wir fahren Samstag nachmittag und kommen Mittwoch zurück.«

»Ich muß am Labor Day zur Arbeit reinkommen, also füttere ich sie am Montag und jeden Tag, bis du zurück bist. Kein Problem. Das mach ich gern. Du darfst nur nicht vergessen, mir den Schlüssel zu geben.«

Meine sofortige Angesehenheit verblüfft. Selbst Bolognese scheint durch die Neuigkeit umgänglicher. Julie schickt mir einen schwatzhaften Brief voller Bilder von Carl, Carl junior, der kleinen Constance und sich selber groß wie ein Elefant im Hintergrund. *Fünf Kinder hintereinander. Ich habe sie gerade an den Fingern abgezählt. Sie genoß die Schwangerschaften; nach den ersten paar beschäftigte sie sich mit natürlicher Geburt und der La Leche League. Wie meine eigene Mutter war Julie wunderbar mit Säuglingen und Kleinkindern, aber wenn sie dann anfingen, Zeugnisse nach Hause zu bringen und Probleme mit ihren Mitschülern zu haben, sah sie sie mit kälteren Augen. Ihre Kinder über sieben wirkten alle verloren und trotzig, Ex-Engel im Exil. Carl hatte vom Jahre eins ihrer Ehe an Affären, aber Julie kümmerte sich nicht darum und hielt sie mit Recht für belanglos. '68 fing Carl an, Stoff zu rauchen, ließ sich das Haar wachsen, rannte Teenie-Boppern nach, sagte irre und stark. Er schmiß seine Stellung hin, um seine Seele zu entwickeln, und erschien eines Tages in New York auf meiner Schwelle. Ich war in meiner Springerstiefel- und Nieder-mit-den-Laufburschen-des-Kapitalismus-Phase, also verstand ich mich nicht allzu gut mit diesem verspäteten Hippie mit Beatles-Haarschnitt, perlenbesticktem Stirnband und einem guten Lederaktenkoffer voller Drogenutensilien. Julie bekam offiziell einen Nervenzusammenbruch. Carl wurde in Cleveland geschnappt. Sein Familienanwalt bekam ihn frei unter der Bedingung, daß er zu Julie zurückging. Julie wurde gestattet, 1971 noch ein Kind zu bekommen, Nummer sechs. Karma, so nannte Carl sie. Julie hörte auf, Weihnachtskarten und Briefchen mit Fotos zu schicken, etwa zu der Zeit, als einige ihrer Freunde begannen, von mir gehört zu haben. Sie war beleidigt wegen des Theaters. Schließlich wußte sie ja, wer ich war, und daß ich allen etwas vormachte. Genau. Es tat mir leid, den Kontakt zu verlieren.*

Unsere Heiratspläne gefallen jedem, als düngten wir die Erde und schafften gesellschaftliches Glück. War das alles, was ich tun mußte, damit die ganze Welt mich liebte? Ich wünsche jedem, dem ich begegne, er möge bald so glücklich sein wie ich: Nur in einer mit Liebenden bewaldeten Welt kann ich mich sicher fühlen. Im Gesträuch meines Kopfes trällern kleine graue Vögel angstvoll von Schuld gegenüber Stephanie.

Ich sitze im Waschsalon, schaue zu, wie Howies Sachen vorbeiflackern wie Heimfernsehen, seine bunten Socken, seine grauen Arbeitshemden, und versuche, mir die Ehe vorzustellen. Ich sehe uns beide arbeiten, es summt vor Produktivität. Er heilt; ich schreibe. Wir erzählen einander unsere nützlichen, geschäftigen Tage. Im Waschsalon trage ich in meiner Brieftasche ein Zettelchen, das ich vor zwei Tagen morgens auf meinem Kissen fand. »Jill, ich liebe dich. Wir werden ein Leben haben, das leuchtet.« Heimlich trage ich es bei mir, zu einem angeschmutzten Klümpchen zusammengefaltet. Immer wenn ich etwas bezahle, berühre ich es. Ich werde geliebt. Was kann wichtiger sein? Ich reife in der Sonne.

»Wir schauen uns nach einer Wohnung um, sobald wir aus Detroit zurück sind«, sagt er bei Fettuccine. Das Abendbrot ist unsere große Mahlzeit, da er mittags im Krankenhaus nur einen Imbiß bekommt.

»Warum wohnen wir nicht einfach hier?«

»Ich kann nicht soviel Zeit auf die Fahrerei verschwenden. Ich habe im Herbst ein hartes Pensum.«

Ein Stich des Bedauerns, den ich schuldbewußt ersticke. Mein erstes Zuhause, mein Ort für mich, mir lieb und teuer, mein eigen.

»Außerdem bekommst du hier andauernd Besuch. Ich kann nicht lernen bei all dem Rattatata ... Ich hasse es, mit Robbie und Steve zu wohnen. Das sind die größten Ferkel der Welt. Das Badezimmer riecht wie ein U-Bahn-Klo. Die Küche riecht wie die U-Bahn. Wir werden leben wie Menschen.«

Ich werde groß sein. Erwachsen. Ein ernüchternder Gedanke. Ich kann's nicht glauben: Wir werden einen Hausstand gründen.

Er hält mein Gesicht zwischen seinen Händen: »Ich sehe das Findelkind in dir. Das Würmchen, das sich nach einem Zuhause sehnt. Die von der Gefühllosigkeit abgestumpfter Männer mißhandelte Frau.«

Eine Träne bildet sich in meinem Auge. Ich fühle mich zerbrechlich. Natürlich brauche ich Zuwendung.

»Wir werden ein paar schwere Jahre haben. Dann wird es dir an nichts fehlen. Du wirst in der Lage sein, das zu tun, wovon du träumst, ohne daß dir jemand die Zähne einschlägt. Und ich weiß, du wirst dafür sorgen, daß ich ehrlich bleibe. Du wirst nicht zulassen, daß ich eine Praxis in einem schicken Wohnviertel aufmache und Placebos an Leute verscherbele, denen nichts fehlt, was mit Diät und Bewegung nicht zu kurieren wäre.«

Wir werden zusammen sein; seit frühester Kindheit habe ich den Geschmack der Gewißheit nicht mehr gekannt. Er ist mir versprochen wie Morgen- und Abenddämmerung. Die breiten Knochen in Hüften und Stirn, das mooskrause Haar, die wintrigen Augen und der eigensinnige Mund: Er wird nicht auf und davon gehen. All meine dornigen Pfade liegen nun da als Wege, die zu ihm führen. Alles Leid und alle Schläge, die ich verursacht und ausgeteilt habe, notwendige Vorbereitungen. Wir sind auseinander gewachsen, und jetzt wachsen wir wieder zusammen, rund wie ein Gedicht.

»Wie soll er dich ernähren? Wenn sie meinen, verliebt zu sein, dann glauben manche Leute, der Mond ist aus grünem Käse und läßt sich mit langen Löffeln essen. Hör mal zu, Prinzessin: Das Leben in einer Kaltwasser-Wohnung wird nicht leicht für ein Mädchen, das es sich all die Jahre im College hat wohl sein lassen, statt draußen einem anständigen Broterwerb nachzugehen.« Mutters gesträubtes Haar züngelt wie schwarze Flammen. Ihr kleiner molliger Körper tänzelt flink umher. Hin und her marschiert sie und knallt Töpfe auf den Herd und Geschirr in den Ausguß.

»Mutter, wer ernährt mich jetzt? Ich selber. Und ich werde nicht aufhören zu arbeiten.« Am wackeligen Küchentisch halte ich mit dem Messer mitten in der Mohrrübe inne, weil mich überkommt, wie sehr sie dieses Drama genießt. Vor ihrer Energie mutet das Haus morsch an, als könnte sie seine Mauern wie zusammengeschusterte Bühnenkulissen durchbrechen: Aber sie tut es nie.

»Was weißt du denn vom Haushalt? Du wirst dir die Finger wundschrubben für einen Burschen, der jünger ist als du und nach kürzester Zeit von dir die Nase voll haben und Schulmädchen nachlaufen wird.« Sie packt mich beim Oberarm. Dunkle Augen zerkratzen mein Gesicht. »Bist du in Schwierigkeiten?«

»Nein. Ich bin nicht schwanger, ich plane auch nicht, schwanger zu werden.«

»Ha! Wie viele Frauen planen einen dicken Bauch? Es wären halb so viel Menschen auf dieser Straße, wenn Babys auf Planung hörten!«

Ich lache. Mir fällt auf, daß sie gepfeffert sein kann. Würde ich sie mehr schätzen, wenn sie nicht meine Mutter wäre?

Sie psalmodiert wehmütig: »Du bist zu jung, um einen Hausstand zu gründen.«

»Du warst jünger. Beim ersten und beim zweiten Mal.«

»Schsch! An Jahren, ja. Aber ich kannte die Welt, Häschen. Ich hatte Wasser für die Geburt meiner Brüder heißgemacht und ihnen den Hintern gewischt und mit dem Bestatter um Särge geschachert –

sie begaunern dich jedesmal. Wie kannst du in eine Friedhofsfamilie heiraten? Der Vater kann seine Kunstfehler begraben, na ist das nicht was?«

Es ist eine ihrer Tugenden, daß sie Howie nicht für einen Moment lang für einen guten Fang hält. »Sein Vater ist seit Jahren tot, Mutter. Sie haben seine Mutter aus dem Haus rausgeworfen. Sie lebt mit seiner Großmutter in einer Dreizimmerwohnung.«

»Der arme Junge!« Sie schnalzt mit der Zunge. »Er hat seinen Papa früh verloren, genau wie ich. Arme Frau! Entwurzelt werden und in eine kleine lumpige Wohnung gesteckt werden ohne Hof oder Garten, und ich wette, in einem unsicheren Viertel.«

Es soll sicherer sein als dieses hier, aber ich halte meinen Mund. Nimm jede verfügbare Quelle guter Gefühle.

Als Howie zum Abendessen kommt, ist Mutter ein Stahlkätzchen. Trotzig trägt sie ein altes Hauskleid, als er kommt. Dann verschwindet sie. Paps ist jovial und unglücklich. Er kauert in seinem Lehnsessel und raucht heftig, seine Brauen treffen sich vor Verlegenheit. Seine Hände verhärten sich zum Stamm eines knorrigen Winterbaumes. Wenn er mit mir in diesen Tagen allein ist, redet er über das gestrige Spiel zwischen den *Tigers* und den *Yankees*. Er scheint hauptsächlich besorgt, daß ich womöglich ein Fan der *Yankees* werde.

Mutter erscheint in einer paillettengeschmückten violetten Robe. Als wir uns zum drei Schritte entfernten Eßzimmertisch begeben, kneift sie in Howies Arm. Unter dem schiefen Lüster mit vier Glühbirnen setzen wir uns zu gebratenem Huhn. Entspannt euch alle! Wenn ich es täte, würde ich unter den Tisch rutschen. LIEBE DEINEN TISCHNACHBARN blinkt eine Neonreklame über meinem Kopf in Herzblutrot und Männertreublau. Howie hat sich auf seiner Würde niedergelassen wie auf einem harten Kissen. Mutter neigt neckisch den Kopf, klimpert mit den Wimpern; dann wirft sie ihm dunkle, muffige Blicke aus Verachtung und Mißtrauen zu. Paps hängt Tagträumen nach vom Angeln in einem eisigen Gebirgsbach zwei Meilen über unseren Tellern.

»Eine bürgerliche Trauung mit einem Friedensrichter, den ihr aus dem Bett scheuchen müßt – das nennt ihr eine Hochzeit? Schlimmer Anfang, schlimmes Ende.« Mutter nickt weise über der Hühnchenbrust.

»Wir werden das Geld nach unserer Heirat brauchen.« Howie ist hier praktisch und handfest, alle Schotten dicht. Verständig, aber distanziert – sein künftiges Medizinergebaren.

»Wir werden sehen, was deine Mutter sagt.« Sie hebt den Kopf, ihre schwarzen Augen punktieren ihn. »Was werden die Leute von so einer hastigen Holterdiepolterhochzeit denken?«

Ich sage rasch: »Nichts, was sie noch nach einem Jahr denken werden. Wir wollen keine Nationalfeiertagsparade mit Feuerwerk.«

»Warum nicht?« Mutter wirft mit königlichem Nicken den Kopf zurück. »Noch eine Gelegenheit bekommt ihr nicht. Natürlich weiß man heutzutage nie. Manche Leute heiraten alle zwei Jahre einen neuen.«

Paps entfährt ein unterdrücktes Stöhnen: Er sieht das vor sich, alle zwei Jahre ein neuer Freier, für den er Vater spielen muß.

Howie und ich vermeiden den Blick. Er hat eine sentimentale Vorliebe für meinen Vater, der Amerikanisch spricht, eine richtige Arbeit hat und die Ballspiele im Fernsehen guckt. Bei meiner Mutter wird Howie taktisch, sucht nach Schwächen, aus denen sich ein Bündnis gründen oder ein Vorteil schlagen ließe. Er lehnt sie ab, weil sie nicht seiner eigenen bleichen, leidenden Flüchtlingsmutter ähnelt. Ich möchte, daß er ihre Unverschämtheit bewundert, daß er versteht, wie die beengten Verhältnisse ihre Kraft und ihre Phantasie verkrüppelt haben, daß er ermißt, welchen Reichtum das Leben ausgedörrt hat, doch nicht ohne Spuren, wie Fossilien verschwundener Urwälder im Gestein. Ich bin das Produkt ihrer Phantasie und ihres Mangels an Betätigungsfeldern. Ich beobachte, wie alle versuchen, einander zu beeinflussen, möchte, daß die beiden wenigstens einen Blick erhaschen auf das, was meine Liebe entfacht.

Bei seiner Familie haben wir mit Problemen gerechnet, aber ich bin die Kompromißkandidatin. Anfangs ist seine Mutter mir gegenüber steif, ihre Augen durchpflügen mein Gesicht. Aber sobald wir miteinander gegessen haben, beginnt sie aufzutauen. Ich habe das Gefühl von lang angehaltenem Atem, der nun in einem endlosen Seufzer hinausströmt. Wie Howie später erklärt, sagte seine Mutter: »Wir hatten solche Angst, du heiratest die andere. Die Griechin.«

Für Stunden, die vom tropf tropf einer alten Kuckucksuhr gemessen werden, Stalaktiten aus Zeit, die zu Stein versickern, sitze ich auf dem geblümten Sofa neben ihr. Seine von Arthritis verkrümmte Großmutter kauert in dem Sessel davor. Am andern Ende des Zimmers hat Howie den Fernseher an.

»Nach der Chaßene nimmst du dir epeß eine bessere Arbeit, ein kluges Mädchen wie du«, drängt Großmutter.

»Dann muß Howie nicht jeden Sommer so lange im Krankenhaus arbeiten«, fällt seine Mutter mit ein. »Er braucht mal Urlaub.«

»Das Medizinstudium ist für ihn Arbeit genug«, sagt Großmutter ihrerseits. »Reden wir Tacheles, kannst du nicht ganztags arbeiten?«

Ich blicke hilfesuchend zu ihm, aber er schaut fern und hat unsere Stimmen ausgeblendet.

Nachts schläft seine Mutter auf diesem Sofa. Sie hat ihr Doppelbett an Howie abgetreten, Großmutter schläft im anderen Doppelbett.

»Ich schreibe. Das ist meine eigentliche Arbeit. Meine Jobs sind zum Geldverdienen, damit ich schreiben kann.«

»Gedichte, das ist im College was Schönes. Ich weiß, du warst gut im College.« Seine Mutter nickt mir ermutigend zu. »Du hattest ein schönes Stipendium. Gedichte, Musik machen, das ist hübsch. Später hast du deinen Kindern was zu geben.«

»Aber jetzt willst du dich verheiraten, nu. Da mußt du an deinen Mann denken. Keine Kinder, bis er seine eigene Praxis hat.« Die Großmutter droht mir mit einem geschwollenen Zeigefinger.

»Es ist unsere Aufgabe, darauf aufzupassen«, flüstert seine Mutter.

»Oh, unbedingt, ich bin auch der Meinung. Keine Kinder die ersten Jahre.«

»Ich bin dreimal Großmutter. Ich habe schon keine Eile«, fleht seine Mutter. Ihre Stimme ist sanft, zärtlich. Obwohl sie akzentfrei spricht, ist es die Weichheit, die Beschaffenheit ihrer Stimme, die ausländisch ist. Ihre Sätze steigen am Ende stets an. Selbst wenn sie versucht, mich unter Druck zu setzen, daß ich eine gute Ehefrau werde, läßt ihre aufsteigende Melodie die Bemerkungen wie verwunderte Fragen klingen. »Später schenkst du mir dann Enkelkinder.«

»Nicht zu viel von dem Später. Ich will ja aushalten, halwaj, aber ich bin keine siebzig mehr«, sagt die Großmutter.

»Er muß sich erst eine Praxis eingerichtet haben«, sagt seine Mutter. »Er wird am Anfang Schulden machen müssen. Du kannst ihnen kein Geld mehr geben. Deine Ersparnisse werden am Ende seiner Ausbildung alle sein.«

Großmutter murmelt erbost etwas Unverständliches. Ihre Ersparnisse haben Macht bedeutet, und so möchte sie niemals deren Ende sehen.

Jetzt holt seine Mutter ein dickes Album hervor. Stundenlang Großmutters Kinder, Tanten und ihre Ehemänner, Enkelkinder, Howies Vater, der ein Säugling in Polen war, ein Kind in Deutschland, ein Halbwüchsiger auf der Fahrt über den weiten, wilden Ozean. Stundenlang Howies Bruder Milt. Mir kommt der Verdacht, seine Mutter zieht den älteren Bruder vor, denn bei ihm ist fester Boden. Er wohnt knapp einen Kilometer entfernt. Sie redet jeden Tag mit ihm.

Ich möchte das Album von mir stoßen. Dies Kind in verblichenem Matrosenanzug, das ein Wägelchen hinter sich herzieht, was kann ich für es tun? Dann schaut plötzlich Howies sechzehnjähriges Gesicht unwirsch aus seinem Speckschleier. Mit schuldbewußtem Ruck in der Magengrube begegne ich seinem blinzelnden, argwöhnischen Blick: War die Ehe das, was wir meinten? Sind wir weiser oder törichter?

Tagsüber geht es in meinem Leben zu wie auf einem Flughafen, meine Verabredungen vermeiden so eben Zusammenstöße. Mutter spielt Verkehrswacht. Gezwungen, zwischen Jahwe und dem Gott des Schiedsgerichts zu wählen, gehen wir zu einem bangen Plausch mit einem Reformrabbi, der vor fünf Jahren Dick Weisbuch getraut hat. Die Familien haben über unseren Kopf hinweg ausgehandelt, daß wir in Detroit am Erntedankfest heiraten werden. Die Hochzeit wird offensichtlich nicht ganz so schlicht, wie wir es uns vorgestellt hatten; andererseits wird sie auch nicht sofort vonstatten gehen. Ich hatte schon den Verdacht, als Howie mein Leben in die Hand nahm, daß wir in Detroit heiraten würden, sobald wir es unseren Familien gesagt hatten. Mutter gibt mir zu verstehen, daß die Vorbereitungen Monate in Anspruch nehmen.

elektrischer Toaster
6 mal Handtücher, farbsortiert
7 Leinengeschirrtücher
1 Satz Vorratsdosen
Wandbüchsenöffner
gute Messer

Vater hat sich in den Keller abgesetzt, von wo das protestierende Geheul seiner Säge uns anklagt, während sie Holz zerbeißt, um ihn zu beruhigen. An dem Abend, als Howie sagte, wir würden heiraten, habe ich nicht von Brotkästen aus Aluminium geträumt.

»Donna schreibt mir nie mehr«, beschwert sich Mutter. »Aus den Augen, aus dem Sinn. Wie Pech und Schwefel, wenn sie in der Stadt ist, und dann du kannst mich mal.«

Ich kann nicht sagen, ob Mutter Donna liebgewonnen hat oder einfach ihr Ohr am Draht haben möchte. Im nachhinein weiß ich, daß Donna die Nähe forciert hat, um die Lücke auszufüllen, die ich hinterlassen hatte. Jetzt, wo sie einen Weg gefunden hat, sich mit mir ohne Peters Wissen zu treffen, hat sie meine Mutter vergessen. Donna ist eng in ihren Leidenschaften, ob der Liebe oder der Freundschaft, aber dauerhaft.

»Howie ist vielleicht keine so glänzende Partie wie Peter, aber er ist ein guter Junge und Jude. Es läuft darauf hinaus, Donna soll ihre Sorte heiraten und du deine. Auf die Art wißt ihr beide, was ihr bekommt ... ist er auch *liebevoll*, Jill?«

Die Erinnerung verursacht mir Gänsehaut. In meinem Zimmer, Sommerschwüle. Ich stand da und wand mich, versuchte, meine Liebe zu Mike zu verstecken, wo sie ihr nichts anhaben konnte mit ihrem Herumstochern. Einen Moment lang bin ich mißtrauisch und abwehrbereit wie eine der Kakerlaken aus meiner Wohnung. Ich möchte mich mit gefletschten Zähnen umdrehen und schreien: Hör zu, ich spiele dieses blöde Familienspiel mit, aber treib es nicht zu weit. Höflich sage ich: »Ja, Mutter, er hat ein freundliches Wesen.«

»Hm.« Sie saugt daran. »Jedenfalls ist er mehr ein Mensch als dieser Mike Loesser, den du angeschleppt hast.« Als ob das bei ihr die gleichen Erinnerungen hochgespült hätte. Was mir ein Gefühl des Verratenseins gibt, das sind ihre kleinen Bemerkungen, die erkennen lassen, auch sie ist überzeugt, ich werde mich schon unter das öde Joch fügen, das sie 'eine Frau sein' nennt, und alles aufgeben, was ich tun möchte. »Du kannst immer mal wieder einen Abend schreiben. Wenn die Kinder erst in der Schule sind, hast du wieder ein bißchen Zeit für Hobbys.«

Meine Mutter: das Wunder ist, daß wir mit fortschreitenden Jahren Freundinnen sind. Jetzt, wo ich älter werde, gibt sie zu, älter und älter zu sein. Ich weiß immer noch nicht, wie alt Pearl ist, aber ich weiß, sie ging ein großes Risiko ein, als sie mich bekam. Zumal die Geschichte ihrer frühen Jahre einleuchtender wird, wenn man ihr etwa fünf Lebensjahre mehr gibt. Wann hörte sie auf, mich abzulehnen? Sie mag die Reihe meiner Bücher im Regal. Vor ein paar Jahren begann sie vom Sterben zu reden. Sie sagte, es täte ihr leid, daß sie mich nicht lieben konnte, als ich jünger war, aber daß sie mich jetzt lieben kann; abgesehen davon, daß sie dieses Wort mir gegenüber immer noch nicht benutzen kann. Sie fragt mich immer noch, ob Männer liebevoll sind. Sie fragt mich das über Josh: »Ist er liebevoll, Jillie?«

Ich bin endlich nicht mehr verlegen. »Ja, Mutter, das ist er. Er ist der liebevollste Mann, der mir je begegnet ist.« Und ich meine es; ich meine auch das andere, wenn liebevoll all die Jahre ein Codewort für sexuelle Leidenschaft war. Ich bin mir immer noch nicht sicher.

Mutter, mit Mitte achtzig immer noch ewige Romantikerin, zog Josh all meinen anderen Männern vor, denn sie fand ihn von allen, die sie kennengelernt hatte, den Attraktivsten. »Alter, pah«, sagte meine Mutter mit Grandezza. »Alle Frauen in meiner Familie heiraten jüngere Männer. Wenn er nicht zehn Jahre jünger ist, paßt er nicht zu dir. Sie verschleißen schneller, und wer will schon als Witwe dasitzen? Man muß sie sich ja sowieso ranziehen!«

Jetzt, wo ich über vierzig bin, sagt sie mir, ich sei schön; jetzt, wo ich über vierzig bin, schickt sie mir Geschenke, und wir haben die langen, intimen und sogar bemerkenswert ehrlichen Telefongespräche, die ich mir immer so sehnlich wünschte, daß ich mir verbot, sie in meiner Phantasie zu führen. Wie seltsam. Vielleicht hatte Shaw recht, und wenn wir siebenhundert Jahre lang lebten, brächten wir doch noch alles ins reine. Ich bin zutiefst dankbar. Mit meinen Gedichten gewann ich schließlich sogar meine Mutter. Die längste Brautwerbung meines Lebens.

Howie und ich sind schweigsam, im Flugzeug und im Flughafenbus. Wir sind überfressen, übersättigt, leergeredet. Er fährt gleich zu seiner Wohnung in der Nähe der Columbia, um seine Sachen für die Einschreibung zu holen. Ich begebe mich nach Hause. Morgen früh werde ich mir einen Job zuweisen lassen, aber es kann sein, daß ich bis Montag warten muß, ehe ich anfangen kann.

Als ich die Treppe hinaufgehe, steckt Conrad, der Ohrringmacher von nebenan, den Kopf zur Tür heraus. »Sie müssen was mit der Katze machen! Sie hat Tag und Nacht geschrien. Ich rufe sonst den Tierschutz an.«

»Tut mir leid. Tut mir schrecklich leid. Ich war verreist. Eine Freundin wollte sie füttern.«

»Das Gejaule ist nicht auszuhalten.«

»Das macht sie bestimmt nie wieder, ich verspreche es!«

Herrgott, Donna! Noch dazu, nachdem sie es angeboten hat. Albertas Sag Harbor-Miete lief am 31. August aus, und sie hätte Minouska zuverlässig gefüttert, obwohl sie politische Vorbehalte gegen Haustiere hat. Als ich die Wohnungstür aufschließe, rast Minouska in den Hausflur. Ich muß ihr alle vier Treppen hinunter nachjagen, während Conrad durch einen Türspalt späht.

»Minouska!« Ich packe sie. »Du bekommst ja was zu fressen. Stell dich nicht so an!« Sie zerkratzt mir zum ersten Mal in zwei Jahren den Arm. Ich trage sie steif und Protest heulend die Treppe wieder hinauf. Drinnen setze ich sie ab, ziehe meinen Koffer herein und knalle die Tür zu. Was ist das für ein Geruch? Wie verdorbenes Fleisch.

Als ich zur Wohnzimmertür komme, sehe ich sie. Sie liegt in meinen Quilt verwickelt auf dem Rücken, einen Arm aufs Kissen gestreckt, einen Arm steif über der Bettkante. Der Quilt, die Matratze, der Fußboden sind durchweicht, überall Pfützen aus dunklem, geronnenem Blut. Schon im ersten Augenblick, als meine Knie unter mir nachgeben und ich mich am Türpfosten festhalte, weiß ich es. Schon, als ich »Donna!« rufe und zu ihr stürze, hinknie, ihren kalten Arm ergreife, in ihre fahlen, offenen, fischigen Augen schaue, weiß ich es. Ihre Haut ist blau. Ihr Mund ist farblos. Sie ist tot.

Ein Schrei gurgelt aus meiner Kehle. Ich zerre an ihr, will einen Rest Wärme finden, einen Rest Leben, will sie schlagen, mit den Fäusten ins Atmen zurücktrommeln. Das Bettzeug klebt an ihr mit getrocknetem Blut aus ihrem Leib. Hat sie an sich selber eine Abtreibung vorgenommen? Aber sie hatte Geld. Sie muß einen Arzt gefunden haben. Warum hat sie mir nichts gesagt? Warum? Ich wimmere vor verzweifelter Wut.

Ich sitze auf dem Fußboden. Ich habe lange Zeit geweint, so lange, daß ich mich betrunken fühle. Ihr Tod durchdringt mich mit Gewalt wie reiner Alkohol, weißer Blitz, von dem mir schwindelt. Ich ringe nach Atem. Ich weiß, ich kann nicht einfach hier sitzen. Ich sehe an der Uhr, daß es sieben ist und ich etwas tun muß. Was tut man mit einer toten Freundin? Ich fühle, sie ist mein, doch ich verweigere mich ihrem Tod, ich werde ihn nicht verzeihen. Nicht dieses dumme, dumme Sterben zu geschlachtetem Fleisch, nicht den Menschen, die mit ihrem gesetzesgepanzerten Frauenhaß meine Freundin getötet haben.

Ich wasche mir Gesicht und Hände. Ich füttere meine verängstigte Katze. Ich gehe ins Wohnzimmer zurück und fühle mich hohl. Sie starb hier allein, verblutete. Neben dem Bett steht eine Tasse mit Tee und eine Teekanne. Ein nasses Handtuch. Sie muß es mit Eiswürfeln probiert haben. Der Hörer liegt neben dem Telefon und ist tot. Ich lege ihn auf. Tränen laufen mir übers Gesicht, stetig wie ein undichter Wasserhahn.

Ich kann nicht weiter so bei ihr sitzen. Ich fühle mich entrückt, leer. Ich muß etwas tun, aber ich kann nicht denken, was. Ihre Hand, starr über dem Matratzenrand, ist die linke Hand mit dem goldenen Ring. Im Tod gehört sie Peter. Ich wähle ihre Nummer. Es kommt mir komisch vor, abends anzurufen. »Peter, hier ist Jill.«

»Was willst du? Rufst du für sie an? Wo zum Teufel steckt sie?«

»Ich bin gerade aus Detroit zurückgekommen. Ich habe sie hier gefunden. In meiner Wohnung. Peter, sie ist tot.«

»Was?«

»Sie ist hier verblutet.«

»Was hat sie gemacht, hatte sie eine Abtreibung? Ihr beide! Ich hab's doch gewußt! Dieses Miststück! Dieses Miststück!« Er schluchzt vor Wut.

Ich verstehe es sogar. Ich bin auch wütend, obwohl aus anderen Gründen. »Ich weiß es nicht. Ich komme gerade vom Flughafen.«

»Das ist deine Version. Was sagt die Polizei?«

»Welche Polizei?«

»Hast du nicht die Polizei gerufen?«

»Nein. Daran habe ich nicht gedacht.«

»Du steckst ganz schön in der Bredouille. Ich werde jetzt anrufen. Ich habe sie als vermißt gemeldet, nachdem sie gestern abend nicht nach Haus kam ... Wie ist deine Adresse?«

»Ich rufe an.« Ich lege auf. Das war ein tröstliches Gespräch. Wir konnten einander viel Beistand geben. Ich rufe die Polizei an und sage, was ich dreimal sagen muß, buchstabiere meinen Namen, buchstabiere ihren Namen. Mir fällt auf, daß Peter sofort auf Abtreibung gekommen ist, er war kein bißchen überrascht, daß sie schwanger war. Wohingegen Donna glaubte, er käme nie drauf. Ein kleines Loch, wie ein Nadelstich.

Mir ist kalt, durch und durch kalt. Nicht so kalt wie meinem armen Liebling. Ihre Handtasche liegt auf dem Fußboden. Ich hebe sie auf, um sie zu durchsuchen. Das Stückchen Papier, das ich erwarte, steckt säuberlich gefaltet drinnen, geschrieben auf einem Channel 11-Notizzettel. Ihr Job bei Channel 5 sollte am 1. Oktober anfangen. Ich lerne Name und Adresse des Arztes auswendig, bevor ich den Zettel am Gasherd verbrenne und die Asche im Ausguß hinunterspüle. Der Arzt mag oder mag nicht versagt haben, aber es ist das Gesetz, das sie getötet hat: die Menschen, welche die Gesetze machen, die uns zu zwingen versuchen, ungewollte Kinder auszutragen, und uns statt dessen zu grob verpfuschten Abtreibungen zwingen, die Gesetzgeber und die Richter, die Menschen, welche die Gesetzgeber unter Druck setzen, die Menschen, welche die niederträchtigen Gesetze vollstrecken. Ich werde ihnen nicht helfen. Ich werde sie ihnen nicht ausliefern. Ich lege die Handtasche dahin zurück, wo ich sie gefunden habe. Plötzlich fällt mir ein, ich müßte Howie anrufen. Ich berichte ihm noch, da geht der Summer. »Das ist die Polizei«, sage ich. »Ich rufe dich wieder an.«

»Ich komme sofort rüber ... Oder vielleicht besser nicht? Ich als Medizinstudent, sie könnten denken, ich bin mit verwickelt.«

»Ich rufe dich wieder an.« Ich bin betäubt.

Sie sind zwei Stimmen. Ich vermag die Kriminalbeamten kaum zu unterscheiden, obwohl ich weiß, sie spielen unterschiedliche Rollen.

Zu viel Nebel. Ich stehe am Herd, wo ich Donna nicht sehen muß. Minouska kauert unter dem Tisch. Die Fragen steigen vor mir auf wie große Karpfen aus einem kalten, finsteren Ort, in den nie Licht dringt. Ich umarme mich selbst, fröstele bis ins Herz.

»Nein, sie hat mir nichts gesagt. Ich habe ihr den Schlüssel gegeben, weil sie angeboten hatte, meine Katze zu füttern, während ich bei meinen Eltern in Detroit war.« Ich zeige ihnen den Abschnitt des Flugtickets. Sie betrachten ihn sehr sorgfältig. »Die Katze war mal ihre Katze, bevor sie geheiratet hat. Ich habe die Katze von ihr übernommen.« Ich zeige ihnen die kauernde Minouska. »Nein, das war in Ann Arbor. Nein, sie hat mir gegenüber nie erwähnt, daß sie schwanger ist. Nein, ich glaube nicht, daß sie ein Verhältnis hatte. Sie liebte ihren Mann sehr. Ihre Kusine, ja. Habe ich das nicht gesagt?«

Dann kommt eine zweite Garnitur Polizei, offenbar in Reaktion auf das, was Peter nach meinem Anruf getan hat. Sie sind mir gegenüber noch mißtrauischer als der erste Trupp und untersuchen sorgfältig meine Flugtickets. »Ich bin mit meinem ...« Ich will Freund sagen, ändere es dann in Verlobten. Das klingt ehrbar. »Wir haben unsere Eltern besucht – die wohnen alle in Detroit –, um ihnen zu sagen, daß wir heiraten wollen.«

»Sein Name? Seine Adresse?«

Sie durchsuchen ihre Handtasche, sie durchsuchen meine Schubladen, sie lesen die Papiere auf meinem Schreibtisch, fragen mich nach meinen Gedichten aus. Daß ich Gedichte schreibe, kommt ihnen verdächtig vor, und meine Aktien sinken wieder. »Nein, sie hatte normalerweise keinen Schlüssel. Ich habe ihn ihr gegeben, als sie anbot, meine Katze zu füttern, während ich in Detroit war. Ich habe ihr den Schlüssel letzten Freitag gegeben. Nein, wir sind erst Samstag geflogen, aber sie kommt samstags nicht in die City. Meine Eltern können bestätigen, daß ich durchgehend in Detroit war, ab Samstag um vier, wo sie uns am Flughafen abgeholt haben. Nein, ich habe mich von meinem Freund am East Side Airlines Terminal getrennt. Er ist in seine Wohnung gefahren, ich nach Hause. Nein, sie hat nur gesagt, sie würde die Katze am Montag und Dienstag füttern. Ich habe gesagt, ich käme heute zurück, um sie abends zu füttern. Ich habe ihr am Samstag viel Futter fürs Wochenende hingestellt. Ich kenne meinen Freund seit meinem sechzehnten Lebensjahr. Nein, meine Kusine.«

Ich brauche eine Weile, bis ich verstehe, sie stellen mir wieder und wieder die gleichen Fragen, um mich bei einer Unstimmigkeit zu ertappen. Das Telefon klingelt. Der massigste Polizist nimmt ab. Er heißt Muenster, wie der Käse. »Für Sie«, sagt er. Ich bin froh. Ich möchte nicht erklären müssen, daß Donna hier immer Geschäftsanrufe bekam. »Er sagt, er wäre Ihr Freund.«

»Was ist los?«

»Die Polizei ist immer noch da. Sie scheinen mir nicht zu glauben.«

»Ich komme vorbei.«

»Nein. Ich rufe Dich an, wenn sie weg sind.«

Er streitet sich pro forma mit mir. Ich weiß, daß er eigentlich nicht kommen will. Er ist erschöpft, er muß früh aufstehen, und er mochte Donna nie. Auf stille, unaufdringliche Art waren sie eifersüchtig aufeinander. Ich muß acht geben, daß ich in meiner Sucht, jemandem die Schuld zu geben, ihm das nicht anlaste, weil ich in Detroit war und nicht bei ihr.

»Warum ist sie andauernd in die City gekommen? Hatte sie einen Freund?«

»Sie hatte einen Job.« Ich erkläre, was sie gemacht hat.

»He, das ist sie. Die kenn ich«, sagt einer der anderen Polizisten, die inzwischen überall im Zimmer herumkrabbeln. »Sie macht das Wetter bei Channel 11.«

»Den sehe ich nie. Ich gucke lieber Huntley und Brinkley. Das sind die besten.«

»In den Sieben-Uhr-Lokalnachrichten. Sie ist ein flotter Käfer. Oder sie war. Meine Herrn, ich hab sie nicht erkannt.«

»Warum haben Sie uns nicht gesagt, wer sie war?« fragt Muenster vorwurfsvoll.

»Aber ich habe es Ihnen gesagt. Donna Stuart Crecy ... Sie haben mich nicht gefragt, wo sie gearbeitet hat.«

Ihre Neugier erwacht. Der Fall bietet zum ersten Mal interessante Aspekte. »Wahrscheinlich ging sie mit einem vom Sender ins Bett«, sagt einer von ihnen zu einem anderen. Und zu mir: »War sie da mit jemand befreundet? Hat sie mal jemand erwähnt?«

»Nein. Sie mochte ihre Arbeit, aber sie hat nicht viel darüber geredet. Sie hat gearbeitet, weil sie und ihr Mann das Geld brauchten.« Die Polizisten denken, die Abtreibung war das Verbrechen, nicht ihr Tod. Ich werde zu Eis und Staub. Wie Donna.

Drei der Kriminalbeamten haben sich ins Treppenhaus zu einer Besprechung zurückgezogen. Mein Nachbar Conrad vertraut Muenster an: »Wie die verfluchte Katze die ganze Zeit geheult hat, da habe ich gleich gewußt, da stimmt was nicht. Ich hätte den Tierschutz anrufen sollen.«

»Ach ja? Haben Sie je eine kleine Blondine kommen und gehen sehen?«

Conrad hat niemand gesehen, aber er hat die Katze gehört. Nein, sie gibt nicht oft Partys, aber sie hat viel Männerbesuch (stehe ich im Verdacht, einen Puff zu betreiben?) und spielt zu laut Schallplatten. Ein Arzt kommt, um Donna zu untersuchen. Ich verstecke mich in der Küche. Weitere Männer kommen, besprechen sich untereinander, gehen wieder.

Der rotblonde Kriminalbeamte hat etwas in der Hand. »Amphetamine. Speed. Wissen Sie, was das ist?«

»Nein.«

»Hat Ihre Freundin je über Drogen geredet?«

»Nein. Sie hat nicht mal geraucht.«

»Was geraucht?«

»Gar nichts. Und sie hat sehr wenig getrunken.« Diesmal kommt mir eine Erinnerung, die ich zu teilen bereit bin. »Sie hat mir gegenüber einmal Appetitzügler erwähnt. Sie war sich unsicher, ob sie süchtig machen.«

»Appetitzügler? Diese hier?«

»Ich habe sie nie gesehen. Sie hat gesagt, sie wären wie Dexedrin.«

»Wo hatte sie die her?«

»Ihr Analytiker hat sie ihr verschrieben.«

»Wissen Sie, wie er heißt?«

»Dr. Emil Evans. Er praktiziert in der Park Avenue. Mehr weiß ich nicht.«

»Wenn er Mediziner ist, darf er sie verschreiben. Wenn nicht ...«

»Hat sie über irgendein Techtelmechtel mit ihm geredet?« fragt Muenster.

Mehrere weitere Polizeibeamte kommen, einer, um Fotos zu machen. Ich sitze am Küchentisch. Muenster sitzt bei mir, plötzlich mitfühlend. »Sie kannten sich wohl schon sehr lange?« Die gleichen Fragen treffen mich dumpf aus einem anderen Winkel. Das kommt mir vor wie ein verbissener und langweiliger Tanz, ein Schulball, wo ich der tolpatschigen Führung eines riesigen und schwitzenden Jungen Runde um Runde folgen mußte, während er auf mich trat und seine Gürtelschnalle sich in meinen Adamsapfel bohrte.

Peter kommt. »Du bist dafür verantwortlich«, kläfft er mich an.

»Sie sagt, sie war in Detroit«, sagt Muenster. »Warum sagen Sie, sie ist verantwortlich?«

»Sie hat immer versucht, unsere Ehe zu zerstören.«

Mir wird klar, daß Donna ihm nie die Abtreibung in Michigan gestanden hat; das blieb unser Geheimnis. Peter ist braungebrannt, eigenartig hübsch und neben den Polizisten winzig. Sie entwickeln rasch eine Abneigung gegen ihn, denn er versucht sich einzumischen, erzählt ihnen, wessen Sohn er ist, was in Detroit vielleicht einigen etwas sagt, aber hier niemandem. Dann kommen Männer mit einer Bahre, um Donna zu holen, und Peter verschwindet mit ihnen und dem rotblonden Kriminalbeamten. Plötzlich wird mir klar, daß ich nicht bleiben kann. Ich kann nicht gut zu Howie, mit Steve und Robbie in der Wohnung. Ich frage den Beamten, ob ich meine Freundin Alberta anrufen darf, damit ich bei ihr schlafen kann. Er sagt, er fände das eine gute Idee.

Auch bei diesem Gespräch hört er zu. Ich merke, er ist hier eingezogen, und für den Rest meines Lebens wird Muenster im Zimmer sitzen und mir zuschauen, wie ich Gedichte schreibe und telefoniere. Er wird mir zur Arbeit folgen und nickend und rauchend in einer Ecke sitzen, während ich Briefe und Bestandslisten tippe.

Muenster setzt mich und Minouska mit ihrer Katzenkiste und etwas Katzenfutter bei Alberta ab. Er sagt, wir würden in Verbindung bleiben. Minouska zittert den ganzen Weg über.

Ich liege auf Albertas Bett und weine langsam, bis ich keine Luft mehr kriege, woraufhin Alberta mir ein Antihistaminikum verabreicht. Sie ruft Howie für mich an. Meine Kehle ist so zugeschwollen, daß ich nicht mehr reden kann. Schließlich gibt mir Alberta aus ihrem kostbaren Vorrat ein Seconal, das mich um drei Uhr morgens betäubt.

Als ich wach werde, ist sie in ihr Anwaltsbüro gegangen und hat mir einen tröstenden Zettel aufs Kissen gelegt. Sie hat auf dem Sofa geschlafen. Minouska ist bei mir im Bett, unter der Decke, eng an meinen Bauch gepreßt. Ich drehe mich auf die Seite und fange wieder an zu weinen.

40 Irre ist, wer Irres tut

Da ist das Bestattungsinstitut«, sagt Paps. »Wir sind gestern abend vorbeigefahren.« Er biegt in eine Einfahrt neben einer großen Tudorvilla und folgt einem Schild in Fraktur, das zu Parkmöglichkeiten im Hof verweist, wo ein Bediensteter uns das Auto abnimmt. Die Sonne wirft die Schatten von Hemlocktannen über den naß gesprengten Rasen.

Ich halte mich an Howies dunklem Arm fest, lasse los. Schleppend gehen wir in ein getäfeltes Vestibül, reihen uns ein, um uns in ein Buch einzutragen. Howie rückt vor seinem Spiegelbild seine Krawatte gerade. Als Paps mir den Stift gibt, weiß ich, was ich schreiben möchte. Donna Stuart. Ich zwinge mich dazu, meinen krakeligen Namen zu schreiben.

Mutter kommt zu uns. »Ach Malcolm, du hast doch nicht etwa unterschrieben? Ich habe schon für uns alle unterschrieben.«

»Wie kannst du?« Er verfinstert sich. »Das ist Pflicht des Ehemannes.«

Mutter liest Howie Schuppen ab, rückt seine geradegerückte Krawatte gerade. »Du hast einen Anzug an. Gut. Ich war mir nicht sicher, ob du überhaupt einen hast. Du siehst gut genug aus, um jedermanns Verwandtschaft gegenüberzutreten.« Sie nimmt meinen Arm, damit ich mich hinter ihr einreihe. »Beeil dich, wenn du sie noch mal sehen willst. Sie wollen anfangen. Es wäre furchtbar peinlich gewesen, wenn ihr beide zu spät gekommen wärt, vor all den Leuten. Deine Tante Jean ist hier, sie kam heute früh mit dem Flugzeug. Schsch!«

Der cremefarbene Sarg glänzt wie ein neues Kabrio. Paps bleibt über ihr stehen, beißt sich die Lippen. Mutters Kopf ruckt nieder und wieder auf, ihre Lippen bewegen sich. Ich rutsche vor. Einen Augenblick lang meine ich, es ist gar nicht Donna. Das Gesicht sieht aus wie zertrümmertes und sorgfältig zusammengeleimtes Porzellan. Die Knochen sind zu rundlicher Glätte geschmolzen. Sie haben auf die blaue Haut dick Make-up aufgetragen. Ein geschminktes Baby, auf dem Satinkissen so wenig überzeugend wie eine Schale mit Wachsfrüchten.

Mutters Finger treffen sich in meinem Arm. Sie zerrt an mir. Howie knufft mich mit zusammengebissenen Zähnen. Ich lasse mich weiterstoßen. Bin ich über dem Sarg eingenickt?

Tante Louella sieht dünner aus, die Nase zieht ihr Gesicht zusammen. Sie tupft an ihren Augen. Kummer steigt von ihr auf wie Schweiß; ich rieche ihn und bin beruhigt. Ich nehme ihre Hände, während sie meine ergreift, und für einen Augenblick wird etwas Echtes ausgetauscht. »Ach, Jill, es ist nicht recht«, murmelt sie.

»Es ist falsch«, spreche ich die Litanei. »Ich werde es nicht verzeihen.«

»Nein, ganz falsch. Verzeih es nie.«

Die Schlange trennt uns. »Die haben das sehr schön gemacht, Louella«, sagt Tante Jean fromm. »Sie sieht so friedlich aus.«

Paps schüttelt etliche Hände. Sie tauchen aus dem Nichts auf, Hände zum Schütteln. Howie steht neben ihm. Ich flüchte mich hinter sie und schaffe es, nicht mit der Schlange zu Peters Grüppchen vorzurücken. An der Wand ist eine Gedenktafel von Thomas A. Fairweather & Sons von der Fairweather Grabkapelle sich selbst zu Ehren und erinnert an die Klimaanlage, die Kirchenorgel, zehn Aufbahrungssäle, den modernen Fuhrpark (nicht näher definiert: Geländewagen? Feuerwehrautos?) und über ein Vierteljahrhundert Würde und Ehrfurcht. Ich stupse Howie. »Sechsundzwanzig Jahre lang ehrfürchtig, und was haben sie davon? Nichts als Leichen.«

Sein Gesicht wird sanfter vor unterdrücktem Lächeln. Zum ersten Mal seit drei Tagen habe ich etwas gesagt, zu dem er sich in Beziehung bringen kann.

Mutter zieht mich am Ellbogen. Peter steht gebeugt im Türbogen. Unsere Augen begegnen sich in einem Schock reinen Hasses. Dann streift er meinen wütenden Blick von sich und wendet sich ab. Ich möchte ihn ermorden. Langsam.

»Was hast du gesagt, Jillie, du sollst nicht nuscheln. Willst du Peter nicht kondolieren?«

»Nein.«

»Das wird auffallen. Geh hin. Die Leute werden denken, du bist immer noch eifersüchtig.«

»Mutter, er hat versucht, mich bei der Polizei anzuschwärzen.«

»Ach, ist das wahr? Du hältst dich von ihm fern.« Fest setzt sie mich hin. »Das soll dieser Taugenichts mal probieren!« Sie nimmt Howie mit hinüber. »Das ist Jills Verlobter«, höre ich sie trällern. »Er studiert Medizin an der Columbia. Ach, Sie kennen sich? Es tut uns so leid, Peter.« Händeschütteln, die Pumpenschwengel gehen auf und nieder. Bei Howie und Peter Kiefer an Kiefer.

Die Orgel beginnt mit ihren Gefühlsausbrüchen. Tante Jean beugt sich über die Schlange zu mir, ihr Gesicht wie verwittertes Kiefernholz ist straff gespannt. »Sie haben sich einen Episkopalen geholt! Dabei sind die Stuarts alle Presbyterianer. Außer ihrer Mutter, die ist eine Katholische.«

»Donna war Jüdin. Wie ich.« Ihren Körper an mich reißen und davonrennen. Im Rouge Park, im Arboretum ein Loch buddeln, mit meinen Nägeln, treuer Hund.

Samt, Marmor, Mahagonibänke. Die Orgel furzt violett. Gladiolen, Nelken, Lilien. Peters Mutter sagt zu Tante Louella: »Ach, ich war der Meinung, ihre ganze Familie sei in der Hochkirche. So hat Donna es mir dargestellt ...«

Ich rutsche zu Howie hinüber, sitze eingekeilt zwischen Mutter und ihm. Alle schauen erwartungsvoll hoch aus gefalteten Gesichtern. Der Geistliche ist kahl bis auf zwei Büschel braunes Haar, die sich über den Ohren angesiedelt haben, an den geschützten Hängen seines hohen, polierten Kopfes. Seine Stimme ist zwar klanggewaltig, aber als er den Baß mit einem Bibelwort erdröhnen läßt, dringt er zumeist damit nicht bis ins Mark, sondern bietet es wohlerzogen an wie ein Tablett mit Cocktailhäppchen.

Wir sollen dem Gottesdienst anhand eines roten Büchleins folgen, und wir sollen fortwährend aufstehen und uns setzen und knien. Etwa zwanzig Menschen im Raum wissen, was vorgeht. Nach einer Weile ist der Rest von uns hoffnungslos verloren, fragt sich gegenseitig: Welche Seite war das?, wir schnellen an den falschen Stellen hoch, wir sitzen lange Gebete aus, wenn wir knien sollten. Mutter wirft mir einen Komplizinnenblick totalen Nichtbegreifens zu.

Schließlich macht er sich an die Predigt. Er benutzt einen Text aus den Korinthern: »'Es könnte aber jemand fragen: Wie werden die Toten auferstehen und mit was für einem Leib werden sie kommen?'« Seine Stimme wird schlau und seidenweich. Er erinnert mich an Englischprofessoren, die die Unantastbarkeit der Tradition – einer Tradition, an der sie vielleicht teilhaben, aber ich nicht und Donna schon gar nicht – mit Witz verteidigen, mit Zitaten und indem sie allen Widerspruch als flegelhaft und unzivilisiert brandmarken. Auf seiner Stimme wird die Leiche vorangetragen wie ein mit taubenetzten Bändern behängtes Osterlamm. Er spielt auf den Autounfall an, bei dem sie umgekommen sein soll.

Donna war, Donna ist nicht. Direkt vor Howie sitzt Donnas Neffe neben Estelle. Sein in den Nacken gelegter Kopf bewegt sich langsam, als lese er etwas, was über dem Türbogen geschrieben steht. Dann sehe ich es auch. Von der Mauerkappe läßt sich eine kleine braune Spinne herunter, klettert wieder hoch zu einem Zwischenraum im Schnitzwerk und läßt sich wieder herabgleiten. Ich schaue zu, wie die Spinne häkelt.

Tante Louella schluchzt. Onkel Hubie reibt sich die Hände vor Gefühlsregungen, für die sein Repertoire akzeptabler Mienen keinen Fluchtweg bietet. Und Peter – ein Hänfling, der ein Storchenei ausbrüten soll. Er sitzt auf ihrem Tod und flattert mit den Ellbogen.

»'Der erste Mann ist von der Erde und irdisch; der zweite Mann ist der Herr vom Himmel,'« zitiert der Geistliche. Sie war von der Erde, irdisch, aber kein Mann, von dem Licht, das brennt, von dem Wind, der stürmt, von dem Wasser, das rasch fließt und nun vergossen ist. Meine Freundin in einem Wirbelsturm der Worte, die Freundin, die ich im Stich ließ und immer noch liebe, unnütz. Scharfe Elfenbeindoppelgängerin mit einem Lachen, als zerbräche etwas: Verblaßt du bereits ein wenig, so daß ich Sätze erfinde, um dich festzuhalten?

»Howie«, flüstere ich. »Ich halte das nicht aus.« Sein Gesicht friert zu, er wirft mir von der Seite einen wütenden Blick zu. Seine Augen aus wechselhaftem Himmel sind grau und kalt. Mutters Hand schießt zu langsam hervor und zerkratzt meinen Ellbogen. Dann bin ich auf dem Gang. Die volle Stimme des Geistlichen klopft einmal wie eine Fehlzündung, als ich an ihm vorbeistolpere. Der neben dem Ausgang dräuende Bestatter geht auf mich zu, seine Lippen spitzen sich zu Geflüster, aber ich schlüpfe an ihm vorbei und zur schweren Tür hinaus. Ich setze mich auf die unterste Stufe und muß mich heftig übergeben.

»Da du exmittiert worden bist, mußt du dir sowieso eine Wohnung suchen.« Howie schrubbt sich mit den Nägeln den Kopf. »Laß uns endlich was unternehmen. Ich kann den Anzeigenteil von der Sonntag-*Times* bei meinem Zeitungshändler früher bekommen.«

»Ich kann nicht. Ich kann noch nicht suchen.« Ich liege, den Kopf an die Wand gelehnt, auf Albertas Bett. Etwas hockt auf mir, ein kalter und schwerer Inkubus. Ich sehe dich mit Schnee auf deinem feinen Haar, wie du mit roten Wangen von Lennie kommst, dich selbst umarmst, Freude in scharfen hohen Möwenschreien ausstößt: ein Mädchen, sechs Jahre jünger als die Frau, die starb.

»Ja, schön, du bist traurig. Ich bin auch traurig. Aber du hilfst dir nicht, wenn du zur Pennerin wirst.«

»Ich muß sie entkräften, verstehst du denn nicht?«

»Du entkräftest uns beide. Du läßt dich da hineinfallen. Du genießt es.« Seine Bulldoggenkiefer haben sich im Rückzug verbissen.

»Sie ist wirklich tot. Ich weiß das die ganze Zeit. Ich komme noch nicht darüber hinweg.«

»Ich höre dich rührselig und mystisch. Schön, Donna war deine Kusine – du regst dich darüber auf, wie blöde du es findest, zu meiner nett sein zu müssen. Aber sie war mit diesem Nebbich Peter verheiratet. Sie gehörte ihm, nicht dir.«

»Sie gehörte auch mir.«

»In der Zwischenzeit verläßt du mich.«

»Ich weiß, du hast dich gestern mit Stephanie getroffen. Ihr Eau de Cologne haftet an dir. Ich kann nichts dafür, ich habe eine feine Nase.«

»Wir sind nie allein. In meiner Wohnung sind Steve und Robbie, und du hast dich hier mit Alberta und einer Katze verschanzt.«

Ich sage nichts. Alberta ist toleranter als er. Ich bin noch nicht dazu fähig, mit ihm Ehepaar zu spielen.

»Meinst du, ich schleiche mich heimlich zu ihr? Ich fand, ich schuldete ihr eine Erklärung. Ich wollte, daß sie unsere Heiratspläne von mir erfährt. Wir haben sie schäbig behandelt.«

Stephanies Ausdruck. »Bedauern heißt nichts, wenn ich es wieder tun würde.«

»Das frage ich mich. Zur Zeit hast du sehr wenig Verwendung für mich.«

»Howie, du kannst mich nicht vor dem Trauern beschützen.«

»Was soll ich denn tun, mich auf Eis legen? In eine Kiste klettern, während du beschließt, du willst irgendeine verdammte Erfahrung durchmachen? Wenn wir verheiratet sind, kannst du dich nicht einfach drücken.« Er hält sich den Bauch, als habe er etwas Vergiftetes gegessen, das in ihm anschwillt. »Jill, die ganze Nacht sehe ich, wie sie eingeliefert werden, die Zähne eingeschlagen, die Schädel eingetrümmert, ein Arm hängt nur noch am Hemd. Wir sind Fleisch! Du gewöhnst dich daran!«

»Gewöhnst dich so daran, daß du nichts mehr fühlst. Für jeden von ihnen ist es Schmerz. Menschen sind kein austauschbares Fleisch.«

Seit der Beerdigung hat er eine bestimmte Art, mich anzuschauen, wenn er meint, ich merke es nicht. »Weißt du, Jill, es werden Leute in die Psychiatrie eingeliefert, die sind nicht verrückter als du. Und doch habe ich ständig das Gefühl, du könntest aufhören, wenn du nur wolltest!«

Wir rennen auf einem schmalen Weg zwischen Djordjevicks Garage und einer verkümmerten Hecke, die nach Hundepisse riecht, wir rennen, so schnell wir können, aber wir halten uns bei den Händen.

Das Gatter klemmt, ich ziehe und zerre daran. Sie ist klein, und ihr Gesicht ist schmutzig. Sie sind dicht hinter uns, ihre Schritte stampfen, Metall klirrt. Ich reiße am Gatter. Callie verbirgt ihr Gesicht, kauert sich an die fleckige graue Garagenmauer. Ich zerre mit beiden Händen. Das Gatter springt auf, wir zwängen uns hindurch, hasten die Gasse entlang und laufen über ein freies Feld. Im Fliehen umklammert sie zu heftig meine Hand. Sie verfolgen uns über Buckel aus Natterwurz. Wir verstecken uns im dornigen Dickicht. Sie stürmen krachend durchs Gestrüpp, der Boden trommelt davon an unsere Knie. Ihr Herz pocht in ihrer dünnen Kehle. Um ihren blassen Mund ist Rost oder Blut verschmiert. *Renne! Nach oben!* schreie ich. Sie rennt so langsam, daß ich sicher bin, sie werden uns fangen, die Hintertreppe hoch, zum riesigen, staubigen Dachboden hoch. Wir kauern mitten auf dem Boden. Sie hat Angst vor den Ratten und verbirgt ihr Gesicht an meiner Schulter. Ihre Nägel tun mir weh. Ihre Tränen sind kalte Kieselsteine. *Die Ratten werden uns nicht beißen, Donna,* verspreche ich. Schritte umkreisen das Haus. Ich halte sie in den Armen und sage: *Hier sind wir sicher.* Sie zittert. Ich sehe, der Dachboden hat weder Türen noch Fenster.

In der mondlosen Neumondnacht kommt Regen herunter, als falle der Himmel in Docken und Garnsträngen herab. Bei Sonnenuntergang gehe ich hinaus, um den ganzen Abend lang zu laufen. Oft ist sie bei mir. Wir schlendern, wir streiten. Unsere Stimmen segeln wie Spielzeughabichte, spitz, schrill, aufgeregt steigen und kreisen und jagen sie. Ich verliere sie und treffe sie wieder.

Im Boden gefrorene Furchen von Autoreifen. Schnee macht die Luft schwer. Sie zieht die Fäustlinge aus und beugt sich über die Schneewehe am Weg, taucht die Finger. Sie spielt mit dem Schnee und lacht mich aus. Blut, gefroren wie Himbeersorbet. Ich tue es mir auf die Zunge, aber es schmeckt widerlich und salzig. Mein Atem dampft, weil mir zu heiß ist, fiebrig vor Verlangen. *Immer willst du irgendwas!*

Nach Einbruch der Dunkelheit umzingeln mich unter den Bäumen Halbwüchsige, aber dann ziehen sie sich zurück. Ich mache ihnen angst. Ich gehe umschlossen von etwas, das mich beschützt. Weit im Park in einer Grotte erwartet sie mich. Die Krallen ihrer Hände graben sich in meinen Arm, die Nägel, schwarz von geronnenem Blut, dringen bis auf den Knochen. »Willst du das wirklich?« Sie lacht mich aus. »Laß mich in Ruhe! Nimm mich mit! Es ist kalt, und es tut weh. Es wird immer kälter. Mutter. Mach, daß es aufhört! Mamma! Mamma!«

»Ich werde dich mitnehmen. Das verspreche ich!«

»Nimm meinen Tod in dich auf. Schenk mir Leben!«

»Das verspreche ich.«

Eine Hupe schmettert. Ich rappele mich vom Damm, ein Taxi braust vorbei. Die Straße ist wieder warm, und der sanfte Regen durchweicht mich, als wäre ich ein welkes Blatt. Durch und durch naß. Meine Knie zittern, meine Schenkel und Hüften sind kraftlos. Obwohl ich keine Ahnung habe, wie spät es ist, erkenne ich an den Straßen, daß es weit nach Mitternacht sein muß. Hätte ich mein Portemonnaie dabei, würde ich ein Taxi anhalten. Ich bin in der Central Park West, nahe der Einundachtzigsten. Ich gehe ängstlich nach Hause, so rasch meine Müdigkeit mich trägt. In der Hand halte ich einen nassen Zweig. Mein Handteller und mein Arm bluten. Meine Nägel sind kurzgebissen. Ich hetze nach Hause. Was immer mich heute nacht beschützt hat, es ist aufgebraucht, und ich habe zu tun.

Als Alberta aufsteht, um in ihre Anwaltskanzlei zu gehen (ich habe ihr das Bett zurückgegeben und schlafe auf dem Sofa), findet sie mich an ihrem kleinen, ordentlichen Schreibtisch. Der Zweig ist noch naß, meine Hand und mein Arm sind bandagiert, und ich bin umgeben von etlichen Bögen, die mit Entwürfen eines Gedichts bedeckt sind.

Einen Tunnel graben

Ich drang in den schwarzen Zweig
(echsenschuppig, dunklen Schnee weinend),
stürzte den saftlosen Stamm hinab
durch Wurzeln, deren feine Haare
im eisstarren Schlamm tasteten,
durch Kieselhäute schläfriger Kröten
mit nahezu reglos kalten Herzen,
durch die Knochen hingemetzelter
Indianer und Mastodonten, durch
Granit aus gefrorenem Donner,
durch Peristaltik rieselnder
Höhlengewässer tauchte ich Kopf voran.
In einer Höhle von der Farbe
der Innenseite der Augenlider
fand ich dich, du hocktest mit angezogenen Knien.
Ich komme dich zurückholen, sagte ich.
Zurück, wo ist das? flüstertest du.

Ich liebe niemanden, und was du liebst,
hockt nun in dir in einer Höhle,
Perle, Geschwulst oder Kind.
Den Mittelfinger deiner linken Hand
brachst du ab und botest ihn mir.

Ans Licht zurückgekrochen,
was fange ich an mit einem Mittelfingerknochen?
Doch, er weist mir die Zeit,
und die Zeit verrinnt rasch
wie Wasser bergab
zur Erde.

»Ich sehe, du hast endlich was gegessen.« Alberta bleibt in ihrem königsblauen Morgenmantel auf dem Weg ins Badezimmer stehen, ihr Haar hat sie zu einem Zopf geflochten.

»Ja, ich hatte Hunger.«

Sie schaut mich intensiv an. »Willkommen zurück, Kleines.«

»Ich bin nicht direkt zurück. Aber ich danke dir für deine lange Geduld.«

Ich murmele von Sterblichkeit wie ein mittelalterlicher Mönch. Donna hat in mir eine Unschuld zerrissen, die glaubte, es gäbe immer noch eine Gelegenheit gutzumachen, was fehlgeschlagen ist, immer einen Vorrat Zeit über den nächsten Herzschlag hinaus. Ich rufe Channel 11 an und bitte Stephanie, mich heute abend zu besuchen, wenn Howie bei seiner medizinischen Studiengruppe ist und Alberta ihren neuesten, ernsthaften und aufstrebenden jungen Rechtsanwalt-Steuerberater-Werbefachmann-Lektor-Börsianer-Professor für Wirtschaftswissenschaften trifft. Stephanie ist sarkastisch, aber offenkundig neugierig. Die Oberfläche ihrer blitzenden Feindseligkeit wird vom Schock über Donnas Sterben durchbrochen. Bevor Stephanie eintrifft, backe ich ihren Lieblingsschokoladenkuchen und stelle eine Flasche Mosel kalt. Das paßt nicht zusammen, aber ich möchte alles so nett machen, wie es irgend geht.

Sie verschränkt die Finger ineinander. »Ich habe mich um ihren Job beworben. Das haben alle gemacht. Ich habe ihn nicht bekommen. Aber ich bin froh, daß ich es versucht habe, denn ich werde in die Produktion versetzt. Guy nimmt mich auf Bewährung als Scriptgirl.«

»Keine Rechnungen mehr. Ich bin froh.«

»Du klingst so. Warum solltest du froh sein?«

»Ich hätte keine Lust, jeden Tag von morgens bis abends Rechnungen zu tippen. Du bist intelligent, und es wird Zeit, daß du einen besseren Job bekommst.«

»Und du? Was machst du denn? Halbtagsjobs sind hoffnungslos. Du wirst nie befördert. Die Vermittlung kassiert über die Hälfte von dem, was sie für dich verlangen.«

»Zeit brauche ich noch mehr als Geld.«

Sie zuckt die Achseln. Wir sitzen auf dem Sofa, auf dem ich jede Nacht schlafe, Minouska hat sich wie eine Boa auf der Rückenlehne ausgestreckt. Stephanie kuschelt sich ein, nippt an ihrem Wein, der Schuh wippt und wippt und fällt schließlich hinunter. Sie lagert wie eine Odaliske und nimmt zwei Drittel des Sofas ein. »Die Polizei suchte uns in Schwärmen heim. Ich meine, man könnte denken, sie wäre ermordet worden. Was geht die das an, ob sie ein Verhältnis hatte oder mit dem Widerling glücklich war, den sie geheiratet hat?«

»Die meinen, das geht die sehr viel an. Die haben sogar meine Gedichte gelesen.«

»Die können doch nicht meinen, das war Selbstmord. Niemand bringt sich *so* um. Du tust es, weil du leben willst... Ich finde es schrecklich, daß du sie gefunden hast. Als ich letzte Woche meine Regel hatte, mußte ich andauernd daran denken, wie sie gestorben ist, und hatte ständig das Gefühl, ich blute zu stark.«

»Wenn wir uns nicht beide mit Howie eingelassen hätten, wären wir immer noch Freundinnen. Ich vermisse deine Gesellschaft.«

»Daran hättest du vorher denken sollen! Daß wir Freundinnen sind.«

»Aber Stephanie, mit Howie war ich noch länger befreundet.«

»Ich habe nie an die Freundschaftsgeschichte zwischen Männern und Frauen geglaubt.«

»Stephanie, du glaubst ja auch kaum an die Freundschaftsgeschichte zwischen Frauen. Ich denke, alles, woran ich glaube, ist Freundschaft, auf die eine oder andere Art. Fast immer ist da Sex mit im Spiel, aber das ist nur ein Punkt von vielen.« Während wir trinken, muß ich an den Champagner denken, den Donna mir mitbrachte. All die Wörter, all die verdammten Wörter, die manchmal töten, aber niemals retten. Können Gedichte retten? Was – Erinnerungen? Ein Gedicht als Maschine, um Donna kurz aufblitzen zu lassen.

»Ein Punkt, hmmm? So kann man es auch ausdrücken ... Ich habe mich immer gefragt, ob du nie was mit Donna hattest.«

»Ob wir miteinander geschlafen haben? Nein. Nur einmal, als ich dreizehn war. Danach nie mehr. Sie hatte Angst davor.«

»Du hörst dich an, als würdest du das bedauern.«

»Das ist mein geringster Kummer. Doch ja, ich bedaure, daß ich aus meiner Liebe verjagt wurde.«

»Hast du sie mehr geliebt, als du ihn liebst?«

»Wenn du jemanden wirklich liebst, gibt es kein Mehr, nur ein Anders.«

»Liebe, Liebe, Liebe, Jill. Das sind nur Worte, wie deine Gedichte. Ich möchte etwas Reales. Etwas, das ich mit Händen greifen und fühlen kann.« Das Lampenlicht fängt sich in den grünen Tupfen ihrer Augen, die schönen Murmeln gleichen, den besten Glasbuckern, mit denen ich nie spielen wollte, sondern sie hamsterte, um sie in der Hand zu halten.

Ohne einen Gedanken, aus dem Impuls des Augenblicks küsse ich Stephanie auf den weiten Mund, dessen Winkel, das weiß ich, empfindsam sein werden. Es ist kein leidenschaftlicher Kuß; nur erkundend. Aber sie küßt mich zurück, und ich merke, ich hatte vergessen, welch ein weicher, fließender sinnlicher Genuß es ist, eine andere Frau zu umarmen. Wir küssen uns wieder und wieder auf dem Sofa, unsere Münder verwandeln sich in Pfirsiche und Mangos, unsere Brüste reiben sich durch den dünnen Stoff ihres Hemdkleides und meiner Bluse. Ich forciere nichts. Ich hatte nicht vor, das zu tun, und ich habe auch jetzt nichts vor. Die Hitze und die Feuchtigkeit hüllen uns ein, ein kleiner, süßer Obstgarten üppiger, fruchtiger Reben. Wir sind Weinstöcke voller Trauben mit prallen violetten Beeren unter den ringelnden Ranken und dicken Blättern. Die Beeren zerplatzen auf unseren Zungen.

Plötzlich entzieht sie sich und springt vom Sofa auf, geht sich das Haar glattstreichen vor dem Spiegel über dem winzigen Kamin, den Alberta liebt, obwohl sie nie etwas anderes hineintut als drei säuberliche Birkenscheite, zur Dekoration. »Wie ist das passiert? Das ist sehr gefährlich.«

»Nicht wirklich«, sage ich. »Auch nicht mehr als die Schokoladentorte.«

»Aber wie konntest du das tun?« Howie starrt mich an. Alberta ist ohne uns zum Forum der Jungen Progressiven gegangen, wo Sarah Altweilers Ansprache wieder vertagt wird, weil sie immer noch im Macon County-Gefängnis sitzt *(so daß Howie ihr erst drei Jahre später begegnen wird, um sich anwerben zu lassen).* Howie und ich gehen nicht, denn wir stecken im Küchenbereich von Albertas Wohnung fest und streiten uns. Unsere intensivsten Szenen finden in Küchen statt. »Als Stephanie zu mir kam, konnte ich es nicht glauben.«

»Ich wollte ihr nahe sein. Ich wollte sie ernst nehmen, wie ich dich ernst nehme, ich wollte, daß das passiert –«

»Und da tust du sowas Krankes?«

»Eigentlich war es schön. Ich habe ihr einen Kuchen gebacken –«

»Hast du gedacht, sie erzählt mir das nicht?«

»Damit hatte ich keine Probleme. Howie, es ist noch ein Stück Kuchen übrig. Alberta hat auch welchen gegessen. Das ist bis jetzt meine Höchstleistung auf dem Gebiet der Schokoladentortenmeisterwerke.«

Er packt mich bei den Schultern und schüttelt mich heftig. Es schmerzt. Sogar hinterher tun mir die Schultern noch weh. »Bist du verrückt? Willst du alles kaputtmachen?«

»Ich glaube, unmittelbar danach war ich verrückt, Howie. Aber jetzt nicht mehr. Ich sehe nichts, was nicht auch für andere Menschen im Raum ist. Ich muß sowieso wieder arbeiten gehen. Durch den Flug nach Detroit und den Verlust meiner Mietskaution und so habe ich Schulden bei Alberta.« Ich weiß, ich ärgere ihn. Ich berühre sanft seine Wange, probiere ein kleines Körperargument, komme ihm nahe. »Jetzt, wo ich verstehe, wirklich verstehe, daß wir alle sterben, und zwar jeden Moment, ganz plötzlich, lebe ich mein Leben ein bißchen anders. Weiter nichts. Ich möchte meine Zuneigung immerfort zum Ausdruck bringen. Ich spürte bei ihr eine alte Eifersucht, die ich direkt ansprechen wollte ... Küssen ist keine Katastrophe, Liebster. Nichts passiert. Nur, daß Stephanie sich etwas überlegener fühlt ...«

»Nichts passiert, nichts passiert!« Seine Fäuste ballen sich zusammen. Er stößt mich von sich, landet dabei selbst am Kühlschrank. »Glaubst du das?«

Eine Eiswelle gleitet an meinem Rumpf empor, und ich sehe, daß sich die Dinge rasch abkühlen. Eine gute Kraft entweicht durch jede Pore und läßt mich mit leeren, gefalteten Händen zurück. »Howie, kannst du dir nicht vorstellen, bei einem engen Freund zu sein? Sagen wir, du wärst bei Bolognese und der ist geknickt und traurig. Kannst du dir nicht vorstellen, daß du ihn in die Arme nimmst? Kannst du dir nicht vorstellen, daß du sexuelle Gefühle hast?«

»Was wirst du an dem Tag tun, wenn er zudringlich wird? Er braucht vielleicht noch mal fünf Jahre, aber irgendwann, wenn ihr beide bis nach Mitternacht aufsitzt und gegenseitig eure Arbeiten zerpflückt, wird er zustoßen wie eine Schlange. Wird er dir leid tun? Wirst du welche von den spontanen sexuellen Regungen haben, die du so anpreist?«

Gerade genug Wahrheit, um weh zu tun. Bologneses langes dunkles, über unsere Seiten gebeugtes Gesicht tanzt zwischen Howie und mir im Zimmer. »So was täte er nicht.«

»Du lügst.« Er umarmt sich selbst. »Jill, du mußt das aufgeben. Das Rumtreiben und auf Bäume Klettern. Schau, wenn zwei Menschen eine Straße entlanggehen und an eine Kreuzung kommen, können sie nur in eine Richtung gehen.«

»Und manchmal nicht. Warum nicht eine Verbindung haben, wo ich dann und wann allein um den Block gehe? Du hast kein Vertrauen zu mir.«

»An dem Abend, als ich zu dir zurückkam, habe ich nicht gesagt, ich ziehe jetzt in dein Leben ein, Jill. Ich habe gesagt, mir gefällt dein Leben nicht. Es ist verschlampt.«

»Komm ins Wohnzimmer. Setz dich.« Ich nehme seine Hand.

Widerwillig folgt er mir ins Wohnzimmer, will sich aber nicht aufs Sofa setzen. Er bleibt bei Albertas Schreibtisch stehen und schaut auf meine Gedichte, ohne sie zu lesen. »Was ist das?«

Ich gehe hinüber. »Der Name des Arztes, der Donnas Abtreibung vorgenommen hat.«

»Ich dachte, den weißt du nicht.«

»Ich wollte ihn der Polizei nicht sagen. Ich habe mir seinen Namen und die Adresse aufgeschrieben, damit ich ihn nicht vergesse. Ich habe eine Idee, wie ich es anstelle, daß Frauen nach einer Abtreibung Nachsorge erhalten können.«

»Ein Arzt muß eine Abtreibung melden, wenn eine Frau zur Nachsorge zu ihm kommt.«

»Ich weiß, es ist nicht legal. Aber es muß getan werden.«

»Jill.« Jetzt steht er direkt vor mir. »Du kannst mich nicht heiraten und solche Sachen machen.«

»Wenn du mit mir geschimpft hast, habe ich immer die Zuneigung in deiner Stimme gehört. Ich habe dir gesagt, ich will keine Ehe, die ich je gesehen habe. Ich dachte, wir könnten unsere eigene erfinden.«

»Wie ein Zirkuszelt, in drei Arenen gleichzeitig was los und daneben noch ein Monstrositätenkabinett.«

»Du willst mich nicht«, sage ich leise. Ich fühle mich wie eine explodierte Uhr, alle meine Rädchen über das Sofa verstreut. »Was kann ich tun, daß du für mich erschwinglich wirst?«

»Natürlich will ich dich. Sogar hier im Stehen habe ich eine Erektion.«

»Aber nicht mich im Innern.« Ich schaue auf in seine wechselhaften Augen aus bewölktem Tag. Lange Zeit haben sie mich beobachtet, und ich habe ihn beobachtet.

»Ich lasse nicht zu, daß du mich lächerlich machst.«

»Ich kann mich nicht umbringen, um deine Frau zu werden. Du mußt wollen, was ich wirklich bin.«

Ich stehe auf und lege ihm die Arme um den kräftigen, stämmigen Hals. Mein Mund streift seine Lippen. »Howie, ich liebe dich. Ich liebe das Zusammensein mit dir. Warum ist das nicht genug?«

»Genug wofür? Laß mich los, sofort, verdammt noch mal. Laß mich los!«

»Ich will nicht. Wir sind Freunde. Howie, du kannst nicht von Liebe zu mir in Haß auf mich verfallen. Das erlaube ich dir nicht. Auf keinen Fall!«

»Dann laß mich los. Laß mich los, oder ich werde dich hassen.«

Ich lasse los und trete zurück. Er nimmt seine Khakijacke, und einen Augenblick später ist er fort.

Langsam löst sich etwas in mir, ein Verlangen nach ihm, so stark, daß ich meine, gleich zu Boden zu stürzen. Es geht vorüber. »Warum hast du so eine Scheißangst?« schreie ich die Tür an.

Ich gebe Minouska kleingehackte Hühnermägen, dann ziehe ich mich langsam aus und streife meinen Bademantel über, als sei ich krank. Meine Liebe glüht unnütz, wie eine angelassene Glühbirne in einem verschlossenen Zimmer in einem leeren Haus; draußen dreht sich langsam der Stromzähler, und das ist das einzige Erzeugnis der verschwendeten Energie, des vergeudeten Lichts.

Ich scheuere die Badewanne aus und ertappe mich dabei, daß ich eine traurige mittelalterliche Melodie summe. Ich lausche, erstarre. Dann höre ich mit Schaudern deutlich Donna hinter mir singen.

»Wie erkenn ich mein Treu=lieb
Vor den Andern nun?
An dem Muschelhut und Stab,
Und den Sandelschuhn ...«

Mir sträuben sich die Nackenhaare. Ich drehe mich nicht um. Ich hatte vergessen, wie sie immer sang, ihr Sopran dünn wie ein Dunstschleier. Sie sang falsch genug, um Peters feines Gehör zu beleidigen. Dann sang sie überhaupt nicht mehr.

Es funktionierte folgendermaßen: du mußtest eine Nummer anrufen und nach Donna fragen. Das war meine Idee, der Name. Du mußtest deinen Namen und deine Nummer hinterlassen. Eine der elf Frauen in der Gruppe rief dich zurück. Wir unterhielten uns ein bißchen am Telefon, dann verabredeten wir uns mit dir an einem Treffpunkt. Von da wurdest du zu dem Büro gebracht, wo eine von uns dich beriet. Die ganze Prozedur wurde erklärt. Dann verabredeten wir uns erneut an der gleichen Ecke. An dem Tag wurdest du dann in die Klinik gebracht. Nachsorge stand an Ort und Stelle zur Verfügung oder durch einen Anruf unter der ursprünglichen Nummer. Wir sorgten für die billigsten und sichersten Abtreibungen, die es gab.

Die erste Verbindung beruhte auf Erpressung, aber bald brauchten wir Donnas Arzt nicht mehr. Vielleicht dreitausend Frauen, die meisten arm, viele Puertoricanerinnen und Schwarze, viele verheiratet und mit ohnehin schon mehr Kindern, als sie verkraften konnten, über die Jahre dreitausend Frauen erinnern sich an Donna, die ihnen aus der Not half; die ihnen ein besseres Leben brachte, für sich selber und für die Kinder, die sie hatten und für die sie nun vielleicht mehr Liebe hatten. Schließlich schafften es unsere Demonstrationen und unser Druck, unser nicht nachlassender Druck, unsere trostlosen Busfahrten nach Albany und Washington, daß Abtreibungen legal wurden, und Donna konnte in den Ruhestand treten.

Für wie lange?

Wenn Sie vom Mond in unser Schlafzimmer gefallen wären, hätten Sie an der Temperatur sofort gemerkt, es muß im Nordosten sein. In keinem anderen Teil des Landes haben die Leute gezwungenermaßen so kalte Häuser. Aber unser Land war schön, der nasse Schnee zog die Zweige der Pechkiefern herunter, die Kardinäle, die Eichelhäher, die Finken scharten sich um unser Futterhäuschen. Vogelfutter war diesen Winter teuer. Während Josh die Futterhäuschen füllte, verkündete er, was das kostete; aber als der nächste Schneesturm kam, hatte er wieder Mitleid mit den Vögeln. Die Sommergäste sagen immer, ach, auf dem Cape schneit es nie. Das haben sie in irgendeinem Buch gelesen. Wir waren am Ende unserer Zufahrtstraße eingeschneit, warteten ohne Ungeduld darauf, daß der städtische Schneepflug uns einen Weg bahnte, während die Katzen auf einem Haufen schliefen und sich gegenseitig wärmten, wie eine Flickendecke aus Fell am Fußende unseres großen Bettes.

»Ich bekomme Angst. Große Angst«, sagte ich zu Josh und setzte mich im Bett auf.

»Aber jetzt versuchst du nicht, eine Dichterin zu sein. Du bist eine.«

»Damals habe ich Gedichte geschrieben, die niemand beachtet hat. Heute schreibe ich Gedichte, die gerade genug Leute lesen, daß sie überleben. Das ist so zerbrechlich. Die Gedichte müssen gedruckt

werden, damit die Leute sie finden und mögen. Sie müssen verbreitet werden. Das Schreiben ist nur eine der Vorbedingungen für das Leben eines Gedichts, aber das Schreiben ist der einzige Teil, über den ich die Kontrolle habe.«

»Ganz egal, wie sehr du mich liebst oder was auch zwischen uns geschieht, du wirst nicht aufgeben. Du hast seit Jahren geschrieben. Und wovon soll die Stromrechnung bezahlt werden? Zusammen schaffen wir es gerade so.«

»Zusammen schaffen wir es prima. Manchmal«, fügte ich düster hinzu. »Wenn du nicht unmöglich bist.«

»Du bist natürlich nie unmöglich.«

»Ich bin nur schwierig. Ich bin immer ängstlich gewesen, mein ganzes Leben. Das habe ich von meiner Mutter.«

»Hast du mehr Angst vor der Wirtschaft oder vor der Regierung?«

»Weiß nicht, ob ich das auseinanderhalten kann. Jedenfalls ist es kalt.«

»Tja, mein Schatz«, sagte der fröhliche Josh, »wünschst du, sie sollen mit brennenden Hexen und Frauenkliniken heizen oder mit einem hübschen Krieg?«

»Was ist das?« Ich rannte zum Fenster meines Arbeitszimmers und schaute hinaus. Der Schneepflug blinkte mit seinen Lämpchen wie eine Spielzeuglokomotive, während er sich durchknüppelte. Ich kehrte zu Josh zurück, der sich immer noch im Bett räkelte. »Ich trage den Kompost raus, wenn du den Müll wegbringst. Du wirst das blaue Auto ausbuddeln müssen.«

»Ich hole die Post, wenn du den Klempner rufst.«

»Gut. Und wo du schon in der Stadt bist, hol Milch. Und Joghurt. Und die Zeitungen.« Zusammen zanken und feilschen wir uns durch. Voll Angst. Die Angst hetzt mich, ich hetze dahin. Die Zeiten werden enger, bedrängen uns. Ich bin nicht mehr ganz so zäh wie früher, ich habe mich an das liebevolle Leben gewöhnt, ans regelmäßige Essen, ans Weintrinken und an Musik, wann ich will; obwohl ich in mancher Hinsicht stärker bin. Was ich will, ist für mich so klar wie das Einmaleins. Wir sorgen uns zusammen, singen unsere Ängste im Chor wie die Frühlingspfeifer, die in einem Monat aus dem Moor hoffentlich wieder unsere Abende aufheitern werden. Sie wollen nur vögeln. Das brauchen wir auch. Wie gefährlich ist es, einander zu wollen, während die Temperatur sinkt und Freunde verdorren und zerstieben? Wir wollen einander und wollen damit jeder eine Welt, in der wir und unser Werk überleben können, und da fängt das Problem an.

Ich bin in eine kleine, aber sonnige Wohnung in der Second Avenue gezogen. Diesen Herbst stehe ich öfter Modell und tippe weniger. Ich habe eine neue gebrauchte Matratze und ein paar meiner alten Möbel, aber die Zimmer sind sparsam eingerichtet. Mit meinem Notizbuch unter dem Ellbogen liege ich auf dem Boden Nase an Nase mit Minouska, die mir erzählt, wie das die Wohnung ihrer Träume ist, die beste von allen, mit ihren Moschusgerüchen früherer Bewohner. Ich merke langsam, im Gegensatz zu volkstümlichen Meinungen über Katzen zieht Minouska gerne mit mir um. Wie viele Wohnungen in den Elendsvierteln wie vieler Städte werden wir teilen, deren jede sie, während wir uns einnisten, für wundervoll erklären wird? Sie wird es erleben, ihr Alter mit mir und anderen Begleitern, Tieren und Menschen, auf unseren eigenen wundervollen und mühselig bearbeiteten Quadratmetern zu verbringen. Meine Vertraute, die auf dem Cape in meinen Armen sterben und unter dem Blauregen begraben sein wird.

Mein Totem: die Straßenkatze. Alle Katzen würden am liebsten mit mir zusammenleben: eines meiner stillen Geheimnisse. Sinnlichkeit spricht zu Sinnlichkeit. Wir zwinkern uns zu. Sie gestatten die Annäherung meiner Hand, und ich wiederum genieße ihre seidenweichen Flanken. Wir finden einander schön, und beide sprechen wir durch Hand und Auge. Wir teilen auch das Dasein kleiner Räuber, die leicht selbst Beute werden. Ich habe ebenfalls so etwas wie Krallen und Zähne, und mein Buckel und mein lautes Fauchen sind meine besten Waffen. Wenn ich meinen Wuchs und meine Schwäche verbergen muß, kann ich grimmiger aussehen, als ich bin, aber wenn ich mich aus Bedrängnissen nicht hinausreden oder -drohen oder -streiten kann, dann bin ich wirklich in Bedrängnis. Wir jagen in den Gassen und Straßen einer Gesellschaft, die wir nicht regieren und kaum beeinflussen. Wir überleben und sterben beide, indem wir uns Liebhaber suchen. Freiheit ist eine tägliche Lebensnotwendigkeit wie Wasser, und wir lieben jene am anhänglichsten und längsten, die uns zumindest gelegentlich gestatten, zu verschwinden und die seltsame Nacht zu durchstreifen. Zu ihnen kehren wir immer zurück von den acht Toden vor dem letzten.

Marge Piercy in der edition ariadne

Roman, 520 S. Gebunden
Deutsch von
Heidi Zerning
49 DM/382 ÖS/49 SF
ISBN 3-88619-452-3

Computerspezialistin Shira Shipman verläßt nach der Scheidung die streng hierarchische Konzernmetropole ihres Arbeitgebers, wo weder ihre Karriere noch ihre Ehe auf einen grünen Zweig gekommen sind. Sie kehrt heim zu ihrer Großmutter Malkah in die freie Stadt Tikva, wo Rätedemokratie und Geschlechtergleichheit herrschen. Malkah ist derweil mit dem alten Forscher Avram an einem waghalsigen Geheimprojekt zugange, dessen Kern ins Prager Ghetto des 16. Jahrhunderts zurückreicht, jene Zeit, da Rabbi Juda Löw einen Golem gegen die Pogrome schickte ... In diesem Projekt findet auch Shira Arbeit – und anstelle von Ruhe eine völlig neue Aufgabe, die sie mit der halben Welt in Konflikt bringt. Dann plötzlich ist die Stadt bedroht: Mächtige Konzernmetropolen versuchen mit allen Mitteln, sich das Geheimprojekt einzuverleiben.

»Piercy schreibt anschaulich, plastisch, in ihren Büchern geht es stets um Politik, aber auch um die sinnlichen Genüsse. Sie hat das, was wenige Schriftsteller heute haben: eine soziale Phantasie, die ihr Zukunftsvisionen erlaubt, wo andere Politik längst aufgegeben haben.« *Norddeutscher Rundfunk*

»Ein Buch von atemberaubender Spannung, von der ersten bis zur letzten Seite. Aber auch ein Buch zum Nachdenken über das ausgehende 20. Jahrhundert.« *Sender Freies Berlin*